ゴサインタン

神の座

篠田節子

集英社文庫

目次

ゴサインタン　神の座

1

淑子《としこ》に会ったのは、猫の死んだ日だった。

三月に入っているというのに、ちょうど季節が一ヵ月戻ったように冷え込んだ朝、結《ゆ》木輝和《ぎてるかず》は、腋《わき》の下にすっと風の通る感じで目覚めた。

明治末期に建てられた天井の高い母屋は、もともと風通しがよすぎるが、それにしても不安をかきたてるようなうすら寒さだった。

半身を起こして、そのうすら寒さの原因がわかった。いつもそこにいるはずのものがいない。

「おい、お嬢」

輝和は呼んだ。あと半年で四十になろうという男に添い寝しているのは、妻ではなかった。

二年前の春、この家にやってきたきり居ついてしまった雌猫である。雪のように白い毛をしているのに、上瞼《うわまぶた》の縁にだけちょうどアイラインを引いたようにグレーが入ったこの猫を輝和は、「お嬢様みたいな猫だ」と言ってかわいがり、そのまま名前が「お嬢」になってしまったのである。晩春のほんの一時期だけ、輝和の布団から出ることがあるが、猫は一年のうち、ほとんどの夜を輝和のそばで過ごしていた。それがこの朝に限っていない。

胸騒ぎがした。

布団から飛び出した瞬間、古く大きな日本家屋の壁からしみ出るような独特の寒気が肌をさした。普段なら服を抱えて先に起きた母親の暖めておいた居間に行き、そこで着替えるのだが、今はそれももどかしく、冷えきって凍るようなジーンズに無造作に足を突っ込み、セーターをパジャマの上から着て、廊下の戸を開けた。

五葉松やさつき、つげなどの植わった庭を輝和は一回りし、裏の竹藪《たけやぶ》まで探しに行ったが、雌猫のふわふわとした白い毛並みは見えなかった。

畑にでも行ったものかといぶかりながら、腕木門《うでぎもん》を押し開き外に出た。石段を二段ほど下り、まぶしい朝日に顔をしかめたときだった。

霜の白くきらめく路面に、さらに真っ白なものが横たわっているのが目に飛び込んできた。

それは輝和の姿をみとめたらしく、弱々しい声で一声鳴き、前脚だけで立ち上がろうとした。

「お嬢」

輝和は駆け寄り、抱き上げた。車に撥《は》ねられたらしい。出血はないが、腰から下が砕けているのか、異様な柔らかさだ。

「お嬢、死ぬな。お嬢」

輝和はそれを胸に抱いたまま、納屋に走った。シャッターを開け、耕耘機《こううんき》や薬品ポンプを蹴飛ばすようにどかし、奥にある四輪駆動車に飛び乗る。

門を出て十分ほど走ったところに獣医がいる。ペットだけでなく、近所の酪農、養豚農家の面倒も見ている人だから腕には定評がある。

「おい、生きててくれ、頼むから」

輝和は裏門から車を出し、曲がりくねった街道をタイヤをきしませながら走り抜けた。


空豆の花が、一面に咲いていたから、あれは五月の半ば頃だっただろう。

用水路の土手の草刈りを終え、一服しようと草の上に腰を下ろしたとき、白い毛糸の塊のような子猫がどこからともなく現われ、膝にまつわりついてきた。捨てられたのか迷って帰れなくなったのかわからないが、その春に生まれた猫のようだった。無心にじゃれついてきて、輝和が畑に戻っても追ってくる。そしてそのまま家についてきてしまったのである。以来、耕耘機を押していれば、けたたましい排気音に怯《おび》えながら足元に擦り寄り、屈《かが》んでキャベツの定植をしていれば、背中に乗ってくる。

深夜、蛍光灯の下で、農協青年部の名簿作りをしているとき、ワープロの隣で丸くなっていた、なんとも平和な寝姿。営農部会から深夜戻ってきたとき、玄関先の暗がりで二つの目を青く光らせてじっと彼の帰りを待っていた彫像のような姿。

片時もそばを離れようとしない猫をもてあましながらも、その姿と仕草のひとつひとつに心を和ませて過ごしてきた。この美しい生きものが自分のそばから永遠に去ってしまうというのが信じられなかった。

「がんばってくれ、もうすぐだから」

輝和は前方に眼《め》を凝《こ》らして、なおもアクセルを踏み込んでいった。

圧搾空気の噴き出すような音がしたのは、獣医の家まであと五十メートルほどのところまで来たときだ。ぎょっとして助手席を見ると、白い体が痙攣《けいれん》していた。輝和は片手で猫の体を押さえ、急ブレーキを踏んだ。熱く柔らかな体が、手のひらに押しつけられた。

車が止まったとたん、猫はおびただしい量の血を吐き出した。白い胸元を汚した血がシートにあふれ、床にまで滴り落ちる。

「お嬢、お嬢」

輝和はその体を抱いて叫んだ。白猫は応えるようにびくりと体を震わせ、すぐに何か残酷な機械に引き伸ばされたように体を硬直させ、動かなくなった。

淡いベージュの瞳が半開きのまま、まだ輝和の方を見ている。

輝和は茫然《ぼうぜん》として、その目をみつめていた。

熱く痛みに似た思いが堰《せき》を切ったように込み上げてきた。血まみれの体を両手で抱いて輝和は号泣した。

どれだけそうしていただろう。やがて我に返ると、猫を膝の上に下ろし、のろのろとハンドルを摑《つか》み、Uターンして家の方に戻った。

その間にも伝い落ちてくる涙をセーターの袖でぬぐい続けていた。心の中に空隙《くうげき》ができている。この小さな生きものが、これほど自分の心を満たしていたとは思わなかった。

ただただ女が欲しかった二十代、そして一緒に暮らしてくれる女を求めた三十代前半、しかしこの二、三年、そんな気持ちは薄らいでいた。ぎらつくような生理的欲望から解放される歳《とし》になったからか、それとも農家の跡取り息子に生まれてしまった不運に諦めがついたからなのか、わからない。ただ情緒の思いのほか大きな部分を、この猫が占めていたということをあらためて知らされた。

納屋の脇に車を止めた輝和は、すでに冷たくなりかけている猫を、玄関先のにしき木の根元にそっと抱き下ろした。手早くシートの汚れを拭い、死体を包むものを探しに家に入る。

十二畳の座敷の中央に布団を敷いて、父が寝ている。その枕元に湯を張った洗面器を置き、ここ数年、白髪がめっきり目立つようになった母が、父の顔を拭いてやっていた。

「おはようございます」

　輝和は膝をついて父に挨拶する。

「どうした？」

　父が、不明瞭な発音で尋ねた。市内の中学校の校長から、市議会議員、市議会議長と歴任した父は、四年前に脳血栓で倒れ、左半身が不随になっている。

「猫が、死んでしまった……」

　輝和は、つぶやくように母に報告した。

　母はタオルを絞る手を止め、はっとしたように輝和を見た。

「車に撥ねられたらしい。獣医に連れていこうとしたが、もたなかった」

　小さな息をもらし、母はかぶりを振る。

「山に……埋めてこなくてはならないな」

　父はゆっくり息を吐き出した。その言葉にも口調にも、哀れみや痛みの感情が見えないのは、病気のために反応が緩慢になったせいかもしれない。

「ええ」と輝和はのろのろと立ち上がった。

「それより、おまえ、今日はあの日だろう」

　意外なほどしっかりとした父の声が追ってきた。輝和はびくりとして立ち止まる。

　あの日……。確かにあの日だった。生まれて初めて、外国人と見合いする日だ。二十四の歳から数限りなく見合いし、どれ一つとしてまとまらずにこの歳まできた。そしてこの日ついに外国人と見合いすることになった。

結木家としては条件を落とすところまで落とした最後の賭だが、今はそのことは考えたくない。決めた以上は、時間になれば出かけるとしても、この場で見合いの話をもち出す父の無神経さを輝和は恨んだ。

引き出しから絹のふろしきを取り出し、玄関先に置いておいた冷たく白い体を包み、輝和は山に向かった。

この辺りで山というのは、いわゆる山のことではない。里山、すなわちこの家で所有している雑木林のことである。

戦後の農地改革で、その土地の大半を失ったものの、結木家には未《いま》だ一町歩の畑と卯《う》津《つ》木《ぎ》地区にある二十軒の貸家、それに山林が残っていた。

東京の神奈川県境に近いH市黒沼田《くろむた》地区にある結木家は、寛政《かんせい》年間には石高百二十四石を数えた総名主として知られていた。天保《てんぽう》年間に入り、名字帯刀を許されるのと引き替えに旗本の勝手賄いを任されたのをきっかけに、一時はその持ち高を十分の一まで減らした。しかし明治の初期に、それまで副業的に行なってきた生糸商いを拡大させることによって再び勢いを盛り返した。

昭和初期には黒沼田地区の垂水《たるみ》峠から先は、人の土地を踏まないで結木の家の門に行き着くとまで言われていた。しかし農地解放をきっかけに、農地は一町歩にまで削られた。ただしこのとき、結木輝和の祖父、結木尊信《たかのぶ》は、地区の貧農のために解放推進側に回ったことで、経済的不利益と引き替えに、名家結木に対する人々の尊敬をさらに確固たるものにしたのである。

しかしいくらバブルが弾《はじ》けて地価が下落したとはいえ、年々宅地化の進む地域のことで、その山林と農地を含めた結木家の資産は市でも、一、二を争うものだった。

その資産と旧家の重みが仇《あだ》となって、この家に嫁に来ようとする娘はいなかった。

輝和はふろしき包みを抱えて林の中に入っていく。

養蚕から手を引いて二十年近く、見上げるような高さに育って、曲がった枝を四方に広げる桑にセーターの袖がひっかかった。無造作に腕を動かしたとたん、ぷつりと音をたてて、毛糸が切れた。

輝和は舌打ちをして、飛び出したグレーの毛糸の先を摘《つま》む。母の手編みのアラン模様のセーターには直径一センチほどの穴が開いていた。

この正月、農協青年部の農政部会の流れで、結木の家に遊びに来た沢村という若い男のセーターを指して、「そういうの、しゃれてていいじゃないかよ」と輝和は何の気なしに言った。五年前に大学の農学部を卒業し、大手スーパーへの朝採り野菜の直販や、コンピュータを使った出荷管理システムの構築などに取り組んでいる沢村は、その心意気が表われたかのような、精悍《せいかん》な面立ちをしていた。機敏な身のこなしや明るく引き締まった顔に、その白い立体柄のセーターは驚くほどよく似合っていた。しかも同じ農家の跡取り息子でありながら沢村はどこに行っても女たちに取り囲まれ、昨年の暮れに農閑期を利用して学生時代からの恋人と結婚した。

もとよりおしゃれにも服にも興味のない輝和が、沢村のセーターを誉《ほ》めた心の底には、そんな沢村への羨望《せんぼう》が含まれていたのかもしれないが、それを聞いていた母は、さっそく毛糸を取り寄せて、沢村のものより数段上等のアラン模様を編み上げた。

行き届いた母だった。金沢の呉服屋から十八で嫁いできて、四十数年、黙々と舅《しゅうと》姑《しゅうとめ》に仕え、二人の男の子を育て、父を助けながら畑にも出た。その一方で近所の子供や年頃の娘に書や生け花を教え、地域の人々の相談ごとにもよく乗っている。このあたりの人々からは「結木の奥様」と呼ばれ、「結木の家は奥方でもっている」とも言われている。

その母も、ここ二、三年めっきり体が弱くなった。それでも倒れた父の看病は他人にまかせようとはしない。

輝和が手伝おうとしても「男の人はそんなことはしないでいいの」と断り、市役所の職員に、ヘルパーの派遣を勧められたときも、「やはり身内の手が一番ですよ。わたくしも年寄り二人看取《みと》りましたから」と柔和に微笑《ほほえ》んで辞退した。

そんな母を一日も早く楽にしてやりたい、と思うたびに、輝和は、嫁をもらわねば、と追い詰められた心境になる。

「今日はあの日」という父の言葉を思い出しながら、輝和は手にした包みをそっと枯草の上に置き、足元の土をスコップで掘り始めた。

　確かにあの日、だ。異国の女だっていい。気立てがよくて、年寄りの面倒を見て、畑を手伝って、丈夫な子供を産んで、母を一日も早く安心させてくれるなら、日本人でなくてもいい。そんなことを思いながら、黙々とスコップを動かす。

　土は表面の五センチばかりは柔らかかったが、中は凍っていた。凍った土をスコップの先で割りながら掘る。

　この見合い話を持ってきたのは、徳山という近所の郵便局員だった。代々結木家の家長が行なってきた地域のさまざまな行事の世話役を、父が倒れる少し前から輝和が引き受けている。町会の予算の出し入れや、消防団のメンバー宛のはがきの発送などの用事で、輝和は頻繁に郵便局に行く。そこで徳山と顔見知りになり、歳が近く、そのうえ独身ということもあって、いつの頃からか友達づきあいをするようになったのだ。

　徳山の家は、山梨県の大月市にある。

　大月はさほど辺鄙《へんぴ》なところではないが、友人関係を見渡すと、やはりみんな結婚相手に不自由している。そこで徳山は中学の同級生四人ばかりを集め、業者に頼んで、外国人花嫁を斡旋《あっせん》してもらうことにしたのだという。

候補の女性の数は九人、斡旋料は、一回あたり百二十万円。これを男たちが頭割りにする。それなら男の数が多い方が、一人分の負担額は安くなる。徳山はそう考えたらしかった。

輝和が加われば、見合いの費用は、一人二十万円、まとまったときには、それとは別に謝礼として三百万円を業者に払うことになっている。

輝和にとってはそれが高いか安いかなどということは、考えの外にある。山や農地といった資産はあっても、結木家の暮らしぶりは決して派手ではない。三百万はもとより、十万単位の金も、無駄な部分にはかけていないが、この際、そうした費用は結木家存続のための必要経費とみなされた。

しかし相手の女性たちが、ネパールから来ると聞いたときには、さすがに輝和もうろたえた。

「フィリピンとか、中国とかじゃないのかよ」と徳山に言うと、徳山はとんでもない、と首を振った。

「陽気でかいがいしいなんて、ありゃフィリピンパブの顔だぜ。嫁さんにしてびっくり、掃除、洗濯、料理なんて、はなからする気はないし、ウインクひとつでケツの毛まで抜かれて、丸裸にされた男の話なんかけっこうあるしな。大陸の女はもっとひどい。共産主義下の男女平等のお国柄だから、男が台所に立つなんか、へとも思っちゃいない。高い金使って里帰りさせたって、お願いしますと頭下げるどころか、当然の権利だという顔をして、土産まで要求してくるそうだ。その点、ネパールはまだスレてないらしい。それに……」と、徳山は声をひそめた。

「これは業者が、研修って名目で電機部品工場に連れてきた女の子たちなんだ。と、いうことはみんな現地のしかるべき学校や工場に通っている。つまり、売春やってる心配がない。しかも十代が半分以上を占めてる」

「十代だって……」

輝和は尻込みした。この十月で四十になる自分の半分以下の歳だ。

「日本語や日本の生活様式をちゃんと教え込まなきゃならないから、そのためにも若ければ若いほどいいってことだ」と徳山は説明する。

「子供もらうのと同じだな」

「わがままな日本の女よりましだろう」と徳山は自嘲的に笑い、ほとんど頭髪の残っていない頭頂部を撫《な》でてみせた。

「ああ、日本の女よりは、ましだ」と輝和はうなずいた。

「悪いけど、同居は無理よ。あたし、性格きついから。結木さん、親から独立する気はないの？　一人前の男でしょ、あなたも。わかったわ。この先もいいお友達でいてね」

学生時代から六年間つきあって、そう言って去っていった女がいた。その後の数々の見合いでも、見えたものは女たちの打算と身勝手さばかりだった……。

輝和は、はっと我に返り、スコップを止めた。穴はずいぶん深く大きくなり、これでは猫どころか人間の死体が埋められそうだ。

おまえだけは、無限の信頼を寄せてくれたと、硬くなり始めた体にふろしきの上から頬ずりした。涙で鼻の奥がつんと熱くなるのをすすり上げ、赤土の上にそれをそっと横たえ、土と落葉をかけた。

葉を落とした楢《なら》やくぬぎの枝々の隙間から見える空は、きらめくばかりに青い。

「カリフォルニアの空は、今日も雲ひとつありません」

三つ違いの兄、高敏《たかとし》のくれる能天気なはがきの文面を思い出す。

「アジアから嫁さんを買うのか？　よせよな、国辱ものだ」

彼ならそう言うだろう。

「あんたに言われたくはないね」

輝和はつぶやいて、傍らの梅の木の根元に唾を吐きかけた。

輝和と違い、学業成績も運動も、学校では常にトップだった兄は、大学卒業後、外資系コンピュータ会社に就職し、そこのシンクタンクに勤める女と結婚した。なにやかやと理由をつけて都心にマンションを借り、その九ヵ月後、彼女がカリフォルニアに転勤になったのをきっかけに、自分もついて渡米してしまったのである。

もともと兄は、この家とこの土地から逃げ出したくてしかたなかったのだ。自分の能力と可能性にとって、結木の家は邪魔なだけであり、この町もこの国さえ狭すぎると信じて疑わなかったのだろう。次男の自分が、無責任で野心家の兄の犠牲になった。輝和には、そうとしか思えなかった。

家に戻ると、母が朝食を作って待っていた。壁のハンガーには、輝和のスーツがきれいにブラシをかけられ下がっている。

食事の後かたづけを手早くすませると、一休みする間もなく、母はすりきれた袖口をかがったセーターから外出用のニットスーツに着替えた。この日は、母も山梨に同行することになっていたのである。茄子紺《なすこん》のスーツを身につけ、口紅をうっすらとつけると、母は六十代半ばとは思えないほどの若やいだ気品を漂わせる。

出かけようとしたところに、若い女がサンダルをつっかけて現われた。母が書を教えている近所の娘だ。

先に玄関に出ていた輝和に無関心な一瞥《いちべつ》をくれ、ぺこりと形だけ頭を下げたが、母の姿を見ると子犬のように駆け寄っていく。

「はい、どうぞ」と母は包装紙に包んであったものを手渡した。昨日、書の道具を忘れていったのを取りにきたのだ。

「先生、おでかけですか」と彼女は母の格好を見て尋ねた。

「ええ、ちょっと山梨の方に用事ができてしまって」

「あら、じゃ、遅くなりますよね。だんなさま、私、看てます。留守番がいた方がいいでしょう」と、上がりこもうとするのを「ありがとう、でも大丈夫」と母は、柔らかく断る。

「妹が、来てくれることになってるの。気持ちだけいただくわ。いつもありがとうね」

「いいんですか？　もし人手がいるなら、いつでも声かけてください。私、とんできますから」

それだけ言い残し、彼女は母の方を振り返り、振り返り、帰っていく。

この家に習いごとに来る娘たちを母は何度かさりげない形で輝和に紹介した。

「先生みたいなお姑さんなら、大歓迎。お母さん以上だもの」などと言っていた彼女たちは、輝和の顔を見ると、とたんに表情を曇らせる。そうでなければあたりさわりのない話でその場を切り抜けようとする。雰囲気を敏感に察知して、母はそれ以上、ことを進めようとはしなかった。

外国人と見合いするという話をしたとき、母はさすがに驚いたようだったが、今までの四十数回の見合いのほとんどを断られたことが、よほどこたえていたのだろう。

「今の日本の若い娘さんたちよりも、すなおな働き者だっていうからね」と、諦めたように言い、なおも強硬に反対する父を説得する側に回ってくれた。

今朝がた猫を運んだ車に輝和は母を乗せ、山梨に向かった。日曜日ではあったが、行楽シーズンにはまだ早く、道路はすいている。定刻よりかなり早く、見合い会場である大月市内の商工会館に着いたが、斡旋業者と徳山はすでに来ていた。

業者は溝口という四十代半ばの男で、出された名刺の肩書きは、「精密機械部品卸売販売・昭和精機・常務取締役」となっている。

「すみません、ちょっと別の会社をやってるもので、そちらの名刺しか手元にありません」と溝口は弁解した。

まもなくメンバーが集まったところで、母親たちはマイクロバスに乗せられて別の会場に行かされる。

母親たちは、見合いの場には顔を出さない。午前中、息子が見合いをしている間、彼女たちは業者の主催する説明会に出席し、ビデオを見せられ、昼食の後、大月市内にある電機部品工場に行く。ネパールから来た女性たちは、名目上、研修目的で入ってきているので、普段はそこにいる。その日も見合いを終えたら、工場に引きあげる。

しかし実際のところ、見合いは終わっていない。工場に行った母親たちは、ガラス越しに彼女たちの仕事ぶりを観察し、意に適《かな》った人を見つけるのだ。

「生活習慣も言語もまったく違う彼女たちに、日本語と日本の料理や習慣をひとつひととつ教え込んで、一人前の日本の女にするのは、お母様たちですからね。たとえ息子さんがいいと思っても、母親にとって好ましくない嫁が家に入ったのでは、なかなかうまくいきません。ここはお母様の目でも選んでいただいて、よく相談して決めてもらうのが、国際結婚を成功させる秘訣《ひけつ》でもあるわけです。しかしこんな配慮をするのはうちだけですよ」

溝口は、そう言って胸を張った。

輝和は控え室に入った。

男たちは六人。徳山の同級生なので、年齢は、全員、今年で四十である。落ち着かない様子でタバコをふかすもの、「親や村役場の上司にむりやり勧められて来た」と、不機嫌そうに話すもの、鏡の前でせわしなく髪型を直すものと、様々だ。

やがて溝口の「どうぞ」という声とともに、隣の部屋に通じるドアが開け放たれた。

徳山を先頭に六人の男たちが、狭い部屋に入っていく。九人の女たちが壁を背に一列横隊で座っている。

まず輝和の目に入ってきたのは、ずらりと並んだ脚だった。彼女たちの前にテーブルはない。顔を見るのもなんとなく気恥ずかしく、視線をそらせば脚にいくというだけではなかった。

彼女たちは買ったばかりのたたみじわの残るブラウスに、揃《そろ》いのワインレッドのタイトスカートという服装で座っていた。スカートからのぞくまるい膝頭と引き締まった足首が眩《まぶ》しい。

輝和は、おずおずと視線をその胸のあたりに上げた。そこにペンダントのようにナンバープレートが下げられていた。

彼女たちと向かい合って、男たちが座り、それぞれにカードが手渡される。第一希望から第三希望までをそれに記載するようになっている。

溝口は、メモを見ながら花嫁候補を紹介し始めた。

「まずナンバー一番の方は、スワルナケシェリさん、十八歳。次二番、ラクシュミさん、十六歳。三番プル・クマリさん、二十歳。四番……それではそれぞれ気に入った方のナンバーを書いてください。その方と後でお話ししていただくということになります。それからくれぐれも希望は、ナンバーで書いてください。名前で書かれると間違えることがありますからね」

確かに一度聞いて、覚えられる名前ではない。番号で書くのが妥当だと、輝和にも思われた。

紹介はそれで終わった。男の方を女に紹介するという手順ははぶかれている。

「あの……」

一番端に座っていた男が遠慮がちに業者に尋ねた。

「彼女たちの名前と年齢だけでなく、どんなところから来たとか、趣味とか、どんな男が理想か、とか、そういったことは……」

「そういうことは、後で個人的に会ってもらってから、通訳もちゃんと付きますので、そこであなたからきいてください。今は、彼女たちの雰囲気を見てもらって、一番好みの女性を選んでいただけばいいのです。安心してください。普通の見合いでは、釣書《つりがき》がありますが、そんなものは当てにならんということは、みなさんよくご存じのことと思います。まずは好み、こんな女性と暮らしてみたい、そう思う人をみなさんのフィーリングで選んでください。まだそれで決定というわけではないんで、どうぞ安心してください」

輝和は、女性たちの顔を見た。戸惑いや緊張を通り越して、恐怖に近い硬い表情をした彼女たちを正面から見るのは、少し気がとがめたが、同時に、美しいとも思った。

浅黒い肌はなめらかで、大きなアーモンド型の目と、秀でた額、鼻筋から顎にかけての芯が通ったような高々とした線が、寂しげな表情を際立たせ、精巧な彫り物を見るようだ。インドアーリア系というより、ラテン系に近い。黒髪のスペインの少女をはるかに繊細にしたような顔立ち……。ネパール人というのは、こんなに美しかったのか、と輝和は驚きとともにみつめていた。

その中に一人だけ、黄色っぽい肌の女が交じっていた。東洋系だが、韓国人、中国人よりも、いっそう日本人に近い。彫りの深い顔立ちの女性たちに囲まれていると、やけに顔幅が広く、奥二重の瞼が眠たげで、憂鬱そのものといった風に見える。

少し迷って、輝和は他の八人の中から、三人を選び出し、カードにナンバーを記入した。とはいえ、与えられた情報といえば、相手の年齢だけだ。顔と短めのタイトスカートから露出した脚を見て選んだといったほうがいい。

まもなく見合いタイムは終わり、輝和たちは控え室に戻った。しかし通訳を交えての懇親会は、まだ先だ。

ネパールの娘たちは、これで見合いは終わりと告げられ、午後からは工場に戻り仕事をする。そこで母親たちが、やはり第一希望から第三希望までを選び出すのだ。

母と息子は互いの希望を調整しあって、もう一度、希望を出し直し、それから懇親会にこぎつける。

男たちの午後のスケジュールは、すでに国際結婚し成功しているカップルのビデオを見ることだ。

さきほど、彼女たちについてもっと詳しい紹介をしてくれるように業者に申し出た男と徳山が何かひそひそと話をしている。おおかた女たちの品定めかとそちらをうかがっていると、徳山が輝和に向かい、手招きした。

「こいつ、河合っていうんだけど」とかたわらの男を指した。

「彼の大学の先輩が、フィリピーナと結婚しているんだ。業者のビデオなんか見たってしょうがないし、これからその先輩の家に行ってみようかと思うんだが、どうだ？」

「実物の国際結婚って、見ておく価値はあるんじゃないかな。先輩は畑中さんといって、商社マン。気さくないい人だよ。なにより嫁さんが美人だし」

河合は笑って言った。

話はすぐにまとまり、彼らは溝口に適当な理由を告げてその場をあとにした。

畑中の家は、そこから車で二十分たらずの、甲州街道にほど近い果樹園の真ん中にあった。

玄関に出てきた畑中に、河合がわけを話すと、彼はいきなりやってきた三人組を迷惑がる様子もなく、家に上げた。

「こちら、アグネス」と畑中は、妻を紹介した。輝和の抱いていたフィリピーナのイメージとは少し違う。丸い鼻と丸い目に愛敬《あいきょう》があり、小柄だがめりはりのきいた体をした女を輝和は想像していたのだが、上背のあるアグネスは色が白く、ヨーロッパ人と言っても通用しそうな骨格の際立った顔立ちをしていた。河合が美人と言ったのはこういうことかと納得しながらも、どことなくどっしりと落ち着いて、貫禄《かんろく》のようなものを漂わせているその美貌の妻に、輝和は少しばかり気後れした。

「失礼ですが、奥さんとは、どこかで紹介されて？」と徳山が尋ねた。

「いや」と畑中は笑って答えた。

「二年ほど、マニラに仕事で行ってまして、そのときの同僚です。いわゆる職場結婚ですよ」

それから畑中は、彼らが来た意図を英語で、アグネスに告げた。フィリピンなまりの英語で彼女は返事をしてから、輝和たちに向かい、「一緒に、食事しましょう」と日本語で言った。

三人は恐縮しながら、ダイニングルームへ行く。畑中が妻についてキッチンに入り、二十分ほどして、テーブルの上に料理が並んだ。

トマトのスープに肉と野菜の煮物、ごはんといったメニューだ。

「食事はいつもこんな感じ？」と河合は尋ねた。

「ああ、最初はまいったね。おしんこに焼き魚なんて食べたくて。でもそのうち、こっちの舌も慣れてきて、フィリピン料理っていうのも、けっこういけると思い始めて。これ、いけるだろう、なんていったっけ、これ？」と輝和の皿に煮物を取り分ける。

「アドボ」

アグネスが答えた。身を乗り出した拍子に、大粒のビーズを通したネックレスが揺れて、大きなガラス鉢にぶつかり、かちりと音を立てた。食卓で立てられたその音が、神経に障り、輝和は、はっと視線を上げた。

アドボという料理を一口食べたきり、輝和の箸《はし》は止まった。色こそ、醤油《しょうゆ》の煮込みと似ていたが香辛料の香りとすっぱい味が馴染《なじ》めず、とてもこれで飯を食べる気にはなれない。

「とてもおいしい」と、徳山が英語で言った。アグネスは、よく光る漆黒の瞳に笑みを浮かべた。知性とプライドが滲《にじ》み出てくるような強い視線だ。そして英語で何か冗談を言い笑い転げた。輝和は、嫌な感じがした。

体を動かすたびにかちりかちりとネックレスが鉢にぶつかり音を立てるが、アグネスはいっこう気にする気配もない。

「家の中の会話は、英語ですか？」

遠慮がちに輝和が尋ねると、畑中はうなずいた。

「そうですよ。妻の母国語は、タガログだから、共通の言語は英語じゃないですか。互いに同じ条件で話をするということになると、やはり英語でなければならないと思いましてね。いや、最初は大変ですよ。仕事で使っていたとはいえ、家庭内で微妙なニュアンスを伝えるとなると、日常的な語彙《ごい》を一つ一つ覚えなければならないですから。疲れる話ですが、妻にしてみれば、まったく言語も文化も生活習慣も違う国に来ているわけですから、気苦労は僕どころじゃないでしょう。それを辛《つら》そうな顔も見せずにやってのけるのが偉いところでね。おかげで子供はバイリンガルです」

た。

「日本に嫁に来たのに、日本語、話せないわけですか？」と、徳山が驚いたように尋ねた。

「とんでもない。この人、大学を首席で卒業した人だからね、頭、いいですよ。こっちの日本語学校にしばらく通ってもらったんだけど、十週間で完全にマスターしてしまった。ちょっと信じられないでしょう。僕なんか、中学から十年も英語をやったってほとんどだめだったというのに」

それでなぜ日本語で話させないのか解せないまま、輝和は質問した。

「何か、国際結婚ならではの工夫とか、ありますか？」

「工夫か……」

畑中は、腕組をしてしばらく考え込んでいた。

「どこまで相手の育った文化を尊重してやれるか、じゃないですか」

輝和と徳山は顔を見合わせた。

「たとえばうちはもともと浄土宗なんですが、僕は結婚を機に洗礼を受けました。妻はカトリックなんでね。日曜日は一緒に教会に行ってアーメンです。アホ臭いと思っても牧師の話なんか聞いてくるわけですよ。それが夫婦円満の秘訣なら、ま、いいじゃないかというところで」

「教会にいるのは神父さま。牧師はプロテスタントです」

アグネスが口を挟んだ。

ついていかれない話だ、と輝和は嘆息した。アジア人同士が結婚して、なぜ英語を話さなければならないのだろう。家庭の中で外国語を話したり、外国の習慣で暮らすなどというのも一つの生き方だが、自分は口に合わない料理を食べ、一緒に教会通いまでしなければならない女と結婚をしようとは思わない。

食事が終わる頃には、輝和は外国人の一家に招かれたような気分になって、ひどくくたびれていた。一時間ほどで退散し、車に戻るやいなや徳山が、ふうっとため息をついた。「つまり外国から来た嫁さんは、最初にちゃんとしつけないとだめだってことか」

「反面教師でしたか」と河合が笑う。

「いろんな人がいるからいいいんじゃないですか」と、輝和は河合の手前そう答えながら、自分はとにかくああいう生活は嫌だと思った。

商工会館に戻ると、母親たちが先に着いていた。

「お母さん、どの子にした？」と輝和は母の希望票を見る。第一希望しか書いてない。しかもそのナンバーに輝和は覚えがなかった。

「どんな子だっけ？」

「日本人みたいな子」

「ああ、あれ……」

両脇を彫りの深い顔立ちの女に挟まれて、奇妙なほど黄色く平たく見えたあの顔……。輝和はなんとなく気分をそがれた。

いくら見合いをしても決まらぬ息子の結婚に業を煮やし、とうとう外国人の嫁を家に入れる決意はしたものの、せめて顔立ちだけでも日本人に似ている嫁をというのが、母の感覚だろうか。まだ若いし、きちんとしつければ日本人そのものになると、母はそこまで考えたのかもしれない。

「お嫁さんになってもらう人は、顔がきれいだってしかたありませんからね。あの子たち、コイルを巻いて、隣の人に渡す仕事をしていたんだけど、あの子だけよ。次の人が受け取りやすいような角度できちんきちんと置いていたのは。細かいことのようだけど、ああいう、ちょっとしたことでも、相手の立場を思いやれるっていうのが、いちばん大切なのよ。見ていると、こまごまと頼まれないこともやっていたし、家に入ってもらうなら、あの子」

そんなものか、とさほどの感慨もなく輝和は思った。彼自身が第一希望に書いた女は、たしかに美しいとは思ったが、恋愛感情やそれ以前の「何かそそられる感じ」というものは特になかった。執着する部分もない。母が気に入れば、あの東洋系の女でもかまわないという気もした。

それに、よく気のつく思いやり深い女性が、何くれとなく尽くしてくれる様を想像すると、ふんわりと心の芯が暖かくなってくる。

その日の夜の七時に、通訳と業者に連れられて、女性たちは大月のインターチェンジからほど近いレストランにやってきた。

中央のテーブルに、サンドイッチやピザなどが置いてあるごく狭いビュッフェ会場で、輝和たちは、希望した相手と話すことになった。

見合いの前には落ち着かなかった男たちも、ここまで来れば度胸が据わったのか、すみやかにカップルに分かれ、その間を通訳が飛び回る。

通訳を通さず、片言に英語で相手に話しかける男もいる。女性の方もある程度の英語を話せるようだ。

輝和のところには、母が薦めた例の東洋系の女が来た。あらためて見ると、化粧法のせいか輝和の回りの日本人の女の子よりも日本的な、なつかしい顔立ちをしていた。脂肪の乗った上瞼は切れ長で、丸い頬や小さな口元は、慎《つつ》ましやかな印象を与える。怯えたような、憂鬱な表情さえしていなければ、それなりに愛敬のある顔かもしれない。それに小柄で、男にしては背の低い輝和の肩までしかないことにも、好感がもてた。

六組のカップルにネパール人とおぼしき通訳が一人しかついていないので、カップルたちは片言の英語と身振り手振りでコミュニケートするしかない。

いまさら英語を使うというのも、なんとなく照れくさく回りの目も気になり、輝和は自分の方を指差し、「ユギ・テルカズ」と何度も繰り返す。相手は後ずさりするように身じろぎしながら、くぐもった声で何か答えた。それがどうやら彼女の名前らしいが、現地の発音なので聞き取れない。輝和はかたわらの紙ナプキンを取り、ボールペンを渡して書かせようとした。しかし文字らしきものを書こうとしているが形にならない。読み書きが満足にできないようだ。そういう女性を妻に迎えることに、不安を覚えた。

そこにようやく通訳が来た。彼を通してあらためて二人は名乗りあう。

この女性の名前はカルバナ・タミ。ネパールのカトマンズから来たという。

家族は？　向こうでは何をしていたのか？　日本の印象は？

輝和は質問した。眼窩《がんか》の深い、浅黒い肌をした若い男性通訳は、彼女に話しかけたが、そのカルバナという女性は眉を寄せ、首を傾《かし》げるだけだ。やがて双方とも首を横に振った。

通訳は輝和に向かって言った。

「彼女はネパール語、少ししか知りません。私は彼女の言うことがわかりません」

「ネパール人じゃないの、この人？」と輝和は、驚いて叫んだ。

ネパールというのは多民族国家で、主にインド系の人々とチベット系の人々によって構成されている。一応、公用語はネパール語とされてはいるが、ヒマラヤ山地に住む人々や、インドに近い平原に住む人々、その中間の山腹や盆地に住む人々と、各民族や部族によって、言語はもとより宗教や生活習慣などもまったく違う。そんな内容のことを通訳は手短に説明した。

「じゃ、いったいなに人《じん》、この人？」と輝和は無遠慮に指差した。

「国籍はネパールです。だけど、何族かわからないです」

「族？」

「だからいろんな民族がいます」

それだけ言うと、通訳は逃げるようにその場を離れていった。

日本人に似ているという理由で選んだものの、ネパールの山奥の未開の村から来た娘かもしれない。輝和は途方にくれて、彼女の毛細血管の薄く透けて赤らんだ頬を見た。しかしかりにネパール語が話せたとしてどうなるだろう。それを輝和が理解できるわけではない。通訳がいるのはこの場だけだ。英語が話せたにしても同様だ。あの昼間見たフィリピーナのようになられたらたまらない。

肝心なのは、彼女が一日も早く日本語を話せるようになり、日本の生活習慣に馴染むことだ。出身地の村や民族がどうだろうと関係ないではないか。そんなことを考え、輝和は「何か食べる？」と彼女に、しぐさを交えた日本語で話しかけた。

彼女は了解したらしい。中央のテーブルに近づき料理を皿に取り、それを輝和によこした。仏にでも供えるような丁寧な仕草だった。

「ありがとう」

輝和は微笑んだ。若い女と向かい合ったときに心にのしかかってくる、気後れするような、怖いような感じがなかった。心に不思議なゆとりが生まれた。

彼女を前にして、会話を選ぶわずらわしさはない。退屈な男と思われたりしないように気を張り詰めて話をする必要がない。話題がなければ黙っていたって、いっこうにかまわない。そのことは、言葉が通じないという不自由さを補って、輝和には気楽で心地良いものに感じられた。

彼女が結木の家に入ってくることへの実感はなかったが、目覚めると台所から、味噌《みそ》汁《しる》の具を刻む音が聞こえてきて、そこにいるのが年老いた母ではなく、彼女であるというのは楽しい想像だった。

「どうですか?」と溝口がやってきて、輝和の持っていたグラスにビールを注いだ。

「ええ、なんか、おとなしそうで……ただ言葉が通じないから」

業者は、笑ってうなずいた。

「男女の仲に、言葉は不要です。フィーリングの問題ですよ。それに日本語が話せないってことは、いいことなんです。わかるでしょう。日本語のわかる女の子たちというのがどういう商売をしてきたか」

「はあ」

「うちではそういう連中は、一切連れてきません。しかるべき家庭に育った正真正銘の処女ばかりです。それに若いし体力のある子たちですから、日本の風土や生活にすぐに順応します。それにネパールの女性には明治の頃の日本の女の気質がまだ残っているんです。従順でこらえ性がある。それが私たちが、彼女たちを呼んでくる理由なのです。ま、しっかり見て、決めてください」

輝和の肩を軽く叩《たた》き、励ますように微笑すると、溝口は去っていった。

輝和は、傍らに立っているカルバナという、その女の顔をみつめた。炒飯《チャーハン》を一口食べた女は、恥ずかしそうに目を伏せた。

「淑子《としこ》」

なかば無意識にそう呼んでいた。一緒に暮らすならその名前だ、と決めた。

中学の三年生の丸一年間、彼に熱く苦しい思いを抱かせたクラスメートの名前だった。卒業式の日、ようやく打ち明けたものの、都心の私立高校に進学した彼女と会うことは二度となかった。

古風でしとやかそうな響きのその名前が、この異国の女性にはよく似合うと思った。

2

淑子が、結木の家にやってきたのは、二日後のことだった。

見合いは一応成功し、いよいよ当人同士で会い、親交を深める段階に入った。

母は、朝早くから、未来の花嫁を迎える支度に余念がない。庭はきれいに掃き清められ、玄関先には椿と梅が活けてある。

輝和は道路の混雑を避けるため、早朝に出発し、昼前には大月市内にある工場の寮から淑子を連れて戻ってきた。

おずおずと車から降りてくる淑子を家に上げると、薄化粧した母は、和服の上に着けた白い割烹着《かっぽうぎ》を脱ぎ、その場に手をつき「ようこそおいでくださいました。輝和の母でございます」と深々と頭を下げた。淑子にとっては、姑になる人との初めての対面だ。

相手が外国人であることも、言葉が通じないことも問題とせず、礼を尽くすのはいかにも母らしいやり方だった。

父は、未だに外国人花嫁をもらうということに嫌悪感を示していたが、日本人にそっくりな淑子の顔を見て、いくぶんか安堵《あんど》した様子だった。

淑子という呼び名も、輝和が身振り手振りで説明したので、彼女は自分のことだと理解したらしい。「淑子」と呼ぶと、ちゃんと彼の方を見上げる。

母も「あのなんとやらという舌を嚙《か》みそうな名前より、よほどこの人に似合うわ」と祝福した。

昼の食卓には、ちらし寿司や含め煮の他に、唐揚げやてんぷらなど、母のこころづくしの料理が並んだ。

淑子は不器用な手つきで箸を操っていたが、やはり口には合わないらしく、ほんの少し手をつけただけだった。

「いいのよ。少しずつ慣れていけば」と母は微笑んだ。

午後から輝和は、日本語で一方的に話しかけながら、家の中や庭などを見せて回った。こうしていくうちにいずれ日本語に慣れ、理解できるようになるだろうと思った。霜の溶けかけた庭をめぐり畑を歩く間も、淑子の目には、表情らしきものはなかった。どこか哀しげな、倦《う》んだような色合いだけが見える。

「疲れたかい？」とそっとその肩に手をかけた。日本の女の子にはできなかったそんなふるまいを淑子に対しては何の抵抗もなくできることに、輝和自身驚き、その度、はにかんだように目を伏せる淑子の様子を愛らしいと感じた。

庭から戻ってきて、座敷に入りかけたとき、不意に淑子の足が止まった。何だろうと振り返ると、さきほどまで憂鬱さをたたえていた奥二重の目に、熱に浮かされたようなきらめきが見える。

「どうしたんだい？」

淑子は短く、何か言った。その視線の先を追って、はっとした。たまたま襖《ふすま》が開け放してあった。三部屋を通してつきあたりに仏間があった。淑子は幅三尺、高さ一間のつくりつけの仏壇の金色の内部を、魅せられたように凝視していた。

「めずらしいかい。この家の先祖を祀《まつ》ってあるんだよ」と言いながら、輝和は淑子の手を引き仏間に入り、仏壇に向かい手を合わせた。淑子は、その部屋の鴨居《かもい》の上にずらりと並んだ祖父母や、曽祖父たちの肖像写真を見上げ、少し怯えたような顔をした。

少ししてから、輝和は淑子と母を車に乗せ、結木家のホームドクターである医者のところに行った。小さい医院だが、父が内科、息子二人がそれぞれ整形外科と産婦人科を担当しているので、市街地から離れたこの地域でも、ここ一軒あればたいていのときには間に合った。

外国のしかも発展途上国から来たお嫁さんでは、何か病気でも持っていると取り返しがつかないから、と母が健康診断の手配をしていたのだ。

そのあたりの事情を淑子がどの程度まで把握したのかはわからない。しかし淑子にしても今まで医者にかかったことくらいはあるだろうから、言葉が通じないとはいえそこで検査を受けるのに不都合があるとは思えなかった。

鉄筋三階建ての医院の前で車が止まったとき、母に連れられて淑子は、少し不安げに眉をひそめた。そして、車に残った輝和の方を何度か振り返りながら、待合室の扉を開けて中に入っていった。

母の心配を輝和は重々承知していた。

斡旋業者の説明によれば、彼女たちは現地の家電部品メーカーの従業員で、しかるべき家庭の子女であり、現地工場では半年に一度健康診断を行なっているので病気の心配はない、ということだったが、母も輝和もその話を多少は疑ってかかっていた。とにかく健康に関しては、慎重にことを運ぶのが一番だという母の意見に輝和も異存はない。

二時間ほどして、淑子は戻ってきた。母に支えられるようにして歩いてくる淑子の顔は強《こわ》ばり、膝が小刻みに震えている。

「どうしたんだ？」

輝和は慌てて車から降りて、後部座席のドアを開けた。

「いえ、あちらではあまりしないような検査をしたから、驚いたのでしょう」と母は微笑し、淑子の顔をのぞきこんだ。

「ね、大丈夫よ。まったくの健康体だから、あなた。丈夫な赤ちゃんが産めるって」

健康診断の内容は、輝和にはわからなかったが、その震えている様子から、淑子にとっては辛いものだったのかもしれない、と察しがついた。逃げられなければいいが、と不安になった。

「結核のレントゲン撮影と性病検査は、結果が出るのはあさってですって」

母はそう言うと、かばうように淑子を後部シートに乗せ、自分もその隣に座った。

母を家に降ろして、輝和は淑子を寮まで送った。途中で渋滞に巻き込まれて、三時間近くかかったが、その間淑子はじっと外を見ていた。

輝和は日本語で話しかけたが、淑子は子犬のように小さく心細げに鼻を鳴らすだけだ。嫌だと言って逃げ出すのではないか、という不安はますますつのってきた。適当なところで車を止めて、甘い言葉をささやきその唇に軽いキスをするといった芸当は、輝和にはできなかった。

しかし淑子は逃げなかった。次の週末、寮に迎えにいくと、ちゃんと待っていた。そして検査結果は業者が太鼓判を押したとおり、まったく異常はなかった。


輝和がネパールに旅立ったのは、それから二週間後の三月下旬のことだった。

業者を通じて淑子の意思確認もなされ、輝和は現地での挙式費用と旅費、相手の女性の結婚準備金などを含めた諸費用、三百八十万円を業者に支払った。

それはまもなく四十歳になる農家の跡取り息子が結婚するためには、必要な出費でもあり、しかるべきところから嫁をもらい、結納金を払うことを考えれば必ずしも高い金額ではない。

外国人との結婚には、外国人登録証やパスポートの他に、現地政府の発行する婚姻要件具備証明書が必要となる。しかし、最近、日本での職を得るための偽装結婚が増えているという事情もあって、どこの自治体も受理には慎重になっている。窓口で書類の不備を指摘されたり、書類を法務局に回されたりして、思いのほか時間がかかる場合もあるので、輝和たちの結婚を仲介した業者は、カップルを現地に連れていき、そちらで結婚式を挙げ、婚姻証明書を日本の役所の窓口に提出する、という方法をとっていた。

それに輝和たち花婿にしても、現地に行ってフィアンセの親族に会い、その家庭を見て、彼女の人物歴にいつわりがないことを確認する必要があった。業者の話によると、そのとき彼女たちの家族と契約書を交わすのだが、その中で花婿たちは妻を大切に扱う旨を誓う。反対に花婿から花嫁たちの親族に要求する内容は一段と具体的で、結婚の失敗や花嫁に事故等があっても、仲介業者及び現地の紹介者に対して損害賠償を請求しないこと、また花嫁の親族が生活に困窮することがあっても、夫側の親族に対して経済的な援助を要求しないこと、などが盛り込まれている。とくに後者については、いくつもの好ましくない前例があることから、発展途上国の女性との結婚ではこの一文は不可欠だということだった。

当日、成田に集まった男は七人だった。見知らぬ男の顔が交じっているのは、あの日の見合いがまとまらなかった女性たちが、別の機会に行なった見合いで結婚することに決まったからだろう。

輝和たちと一緒に見合いしたメンバーのうち三人は、彼女たちとの結婚を断念している。一緒にフィリピン人妻を見にいった河合は、婚約にこぎつけたが、輝和を誘った徳山は断念組の一人だ。

「男と女の間に、言葉はいらないとは言っても、やっぱり結婚となるとな。パブでばかふざけしているのとはわけが違うからなあ」とめずらしく深刻な顔で首を振った。

覚悟はしていたもののデートをしてみると生活習慣も金銭感覚もあまりに違うということを思い知らされ、言葉が通じない不便さが身にしみた、と、徳山は苦笑しながら語った。

徳山の話によれば、他にも「体の相性が悪いというのがわかった」などとわけのわからないことを言って断った男もいたらしいが、本音は徳山と同じようなものらしい。

団体カウンターで待っていると、溝口が女性たちを連れてきた。淑子は、綿のシャツにジーンズ、厚手のセーターというカジュアルな格好をしていた。この前は憂鬱そうな顔をしていた女たちも、今日は何とはなしにうれしそうだ。

「結婚が決まって喜んでいるのは、どこの国の女の子も一緒だな」と思わず輝和がつぶやくと、隣にいた男が半ば白くなった頭をかきながら、笑って言った。

「俺みたいに四十面下げて女もできない零細企業の跡取りに嫁ぐったってさ、向こうの子にしてみれば、故郷に錦を飾る感覚なんだろうな。なんたってバングラデシュに次ぐ、世界最貧国だもんな」

「バングラデシュって、インドのそばだっけ」

「そうだけど、おたくネパールって、どこにあるか知ってた」

「最近知った」と輝和は正直に答えた。

そこが中国のチベット自治区とインドに挟まれた東西に長い内陸国だというのは、この旅行のために送られてきた案内書で知った。しかしどんな言葉が話され、どんな歴史があり、人々がどんな暮らしをしているのか、といったことまでは知らない。輝和はもともと外国について、さほど興味はなかった。

農業後継者の会の視察や親睦旅行で、アメリカと香港へは行ったが、アジア、しかもインド、ネパール、スリランカなどのような国は、暑くて汚いというイメージばかりが先にたち、関心は持てなかったし、こんな機会でもなければ、訪れることはなかっただろう。

溝口にうながされ、女性たちはそれぞれの相手の脇によりそう。

淑子は、輝和の顔を見るとうっすらと微笑し、「こんにちは」と日本語で挨拶した。

「ナマステ」と覚えたばかりのネパール語で挨拶を交わしている男もいる。

「荷物は？」と輝和は、尋ねた。他の女性たちは、親族への土産らしく、両手に段ボール箱や買物袋を抱えていたが、淑子の手には大きめの布袋がひとつあるきりだ。

「えーと、荷物、バゲッジ」

手振りで尋ねると、淑子は「ない」と首を振り、頬に垂れてきたまっすぐな髪をうるさそうに、後ろに払った。

「お土産、ないの？　家族に」と尋ねたが、意味がわからないらしく、「ない」と繰り返すばかりだった。

朝、成田を出発した一行は上海《シャンハイ》で飛行機を乗り継ぎ、その夜、トリブバン空港に着いた。上空から見る空港の周りは光はまばらで、月明かりに急峻《きゅうしゅん》な峰々が白く光って見える様は神秘的で、輝和は着陸するまで呑《の》まれたように外を眺めていた。

空港はごく狭く、ビザの申請事務が行なわれている到着ロビーも、どことなくのんびりしていて、地方の駅のような雰囲気だ。それでもスーツ姿の男や、鮮やかなサリーをまとった女性たちが、ブリーフケースや大量の荷物を抱えて行き来する様を目にすると、確かにここが一国の首都で、政治と経済の中心なのだと納得させられる。

「あれも、あれも、みんなインド人ね。カトマンズに商売に来てるんだけど、我々より金持ちだよ。肌の色もうちで世話した子たちより黒いでしょう」

溝口は女性たちを無遠慮に指差しながら説明する。

外に出ると、生暖かい風が頬を撫でる。想像していたほどには、空気は暑くも臭くもない。ましてや秘境という感じもしない。エントランスで現地人の男性スタッフが待っていて、一行はマイクロバスに乗せられ、ホテルに向かう。

窓の外に目を凝らすと、バスは広い舗装道路を走っていた。闇を透かせて脇には街路樹が茂っているのが見える。

　ほどなく車は曲がりくねった細道に入った。すれ違えるのはせいぜいバイク程度と思われるような道をマイクロバスはクラクションを鳴らしながら、人をかきわけ、スピードを落とさずに走る。

　整備の悪い車が多いのか、排気ガスのにおいが鼻をつく。ヘッドライトの中に、袋を担いだ男や、頭上に物を載せた女、犬などの影が浮かび上がり、後方に流れていく。

　整然とした空港近辺とはずいぶん印象が違う。

「これが市内だけど、夜はあまり出歩かないで食事はホテルの中でしてください」と溝口は注意した。

「せっかくだから、ちょっと夜の町にでかけたいんだけど」と男の一人が尋ねた。

「やめておいた方がいいね」と溝口が答える。

「ここは治安はいいんだけど、それでも物取りはいるし、乞食や物売りにつきまとわれて不愉快な思いをしますよ」

　頼まれたってこの町は歩きたくない、と輝和は思いながら、どう見ても清潔そうでない町並みと人々の姿を窓ガラス越しに眺めていた。

　三十分もしたころ、通りから少し入ったホテルの玄関前で降ろされた。

　自動小銃を持った兵士がドアボーイ代わりに立っている玄関を入ると、仏像や竹の民芸品で飾られた狭いロビーがあった。特に豪華というわけではないが、落ち着いた感じのホテルだ。

飛行機の座席では隣同士だったカップルは、このロビーで別れた。

女性たちは溝口や現地の男たちに連れられ、再びマイクロバスに乗せられて去っていった。これから生まれた家で家族と一晩心おきなく過ごすのだという。

花婿たちは、それぞれマイクロバスの窓から顔を出した自分の伴侶となる娘に手を振り見送った。そしてツインルームに二人ずつ、入れられる。

部屋はさほど広くはないが、黒檀《こくたん》のベッドや家具が、重厚な雰囲気をかもしだしている。輝和と同室になったのは、空港で言葉を交わした、自称「零細企業」の跡取り息子だ。

男は部屋に入るなり、ボーイの面前で上着とズボンを脱いで放り投げ、ベッドに大の字になった。

「いやはや、まいった」と、伸びをする。

「長いフライトだったからね」と輝和はその姿を見て、苦笑した。

「いやあ、神経がさ。あの席で隣り合って、全部身振り手振りだろう。何を考えてるのか、まだわかんないし、喜ばせかたがわかんないからな。暇だからって、ばかっ話してるわけにもいかないのが辛いな。今まで、デートったって家に呼んでたから、周りにだれかいたし、そう気詰まりじゃなかったけど。どうしたらいいかわからなくても、顔は、やさしそうに笑ってなきゃならんし、もう機内食に手をつけようにも、胃がきりきりしてきてさ。おたくのところは、どうだった」

「別に……」と輝和は答えた。言葉がわからなければ、黙っていればいい。無理して機嫌をとる必要などない。今は他人でも、一緒にいて少しずつ馴染んでいけばいいのではないか、と思う。

「そういえば、そちらの奥さん、ヤマトナデシコだからな。いや最近の日本の女の子はうるさいから、黙って座っててくれる方が、結婚した後は、かえっていいかな」

「そうだね」と輝和は荷物を整理し始める。

淑子とは、何も話さなかったが、ある程度、意思は通じたと思う。窓から下の景色が見えたとき、肩をつついて教えてやるとうれしそうに微笑んだ。彼が機内食のコーヒーをこぼしたとき、さっと手が伸びてきてズボンの膝を拭いてくれた。そのかいがいしい仕草を見ているだけで、心が和んだ。

「家で、嫁さんのこと、なんと呼ぶ？」

男は尋ねた。輝和は照れて笑っただけで答えなかった。

「ラクシュミってんだ、うちの奥さん。ヒンズーの女神の名前だよ。俺、調べたんだ。こっちの人は、子供に神様の名前をつけちゃうんだってよ。もっとすごいのが、彼女の兄貴。ブッダっていうんだ」

「どっかの教団にあったな、そういうの」

ひとしきり笑った後、「おたくは?」と尋ねられた。

「淑子」

「えっ」

「なんかめんどうな名前で、聞き取れないし、発音もできないから、そうつけた」

相手は怪訝《けげん》な顔をしたあと、ぷっと吹き出した。

「まさか別れた女の名前か? 西洋人だったら、いや、韓国人にだって、殴られるところだぜ」

「そうかな」

いくぶん興奮気味の男の話を聞きながら、旅の疲れも手伝って、輝和はいつの間にか眠りに落ちていた。

翌朝、現地人のガイドがロビーにやってきた。礼服を身につけた日本人花婿たちはそれぞれ車に乗せられ、フィアンセの実家に散っていく。しかし輝和だけが、はっきりした理由を告げられぬままその場に残された。

四十分ほど待たされた後、溝口が謝りながらやってきた。淑子がその脇にいて、中年の男女が後ろに控えている。

色が浅黒く髭《ひげ》をたくわえた男と、えらと頬骨の張った東洋系の女だ。

淑子の両親にしては、あまり似ていない。淑子は硬い表情でうつむいていたが、ちらりと輝和を見上げ、二、三度まばたきした。怯えたような目の色に気づき、輝和は不安を感じた。

「こちらは、シズエ・ラトゥーナさん。こちらがその旦那さんでインド人のジョーガン・ラトゥーナさん」と溝口は、中年の男女を紹介した。

日本人だったのか、と輝和は、その女性の顔を見た。シズエは、濃い化粧の下で、にっと笑った。細く弓形に整えた眉のせいか、黄色っぽく大きな前歯のせいか、どことなく狡猾《こうかつ》そうな印象があって、日本人と知らされてもなんとなく心許せぬ感じを覚えた。

ラトゥーナ夫妻は、カトマンズで観光客相手の料理店と雑貨屋を営んでいて、今回、女性たちを日本に紹介したのだという。

「こちらの女の子は、いいでしょう。まじめで明るいし、親孝行だから、歳とったご両親の面倒なんかも、いやがらずみてくれるんですよ。それにインド国境の子たちと違って、あたしが連れてくるのは、百パーセント処女よ」

そう言ってシズエは淑子の肩を軽く抱いた。とたんに、淑子の体がびくりと跳ね上がるように硬直したのを輝和は見逃さなかった。何かあるのではないかという疑念は、ますます濃くなる。

「実は」と言いにくそうに、溝口が言った。

「おたくのカルバナさんですが」

「は？」

カルバナと言われて、それが淑子の本名だととっさに思い出せなかった。

「ご両親を紹介できなくなりましてね」

「どういうことです？」

自分でも驚くほど強い口調で、輝和は尋ねていた。ここまでやってきて両親に会わせられないとは、やはり何かあるに違いない。淑子の素性に、人に言えないもの、怪しいものがあるのではないだろうか。

「あの、ちゃんとカルバナさんのご両親はいるんですよ、ただ、なにぶん遠くって」とシズエ・ラトゥーナが、答えた。

「遠くたって、僕が今日、来るってわかっていたんだから、その気になれば来られるはずじゃないですか」

「それが連絡がうまくいかなくってねえ」とシズエは、アイラインの濃い目を弓形にして微笑する。

「車をチャーターするとかなんとか、ならないんですか」

「車で行けるようなところならいいんだけど……」と溝口は、シズエと顔を見合わせた。

「ここから峠を四つ越えて、歩きで入るところなんですよ。もともと交易のために、村人が使っていた山道だから。そのうえちょっと前、吊り橋が切れちゃって川を渡れなくなったんで、ますます遠回りしなきゃならなくなってしまったんですよ」

「娘の結婚式ですよ」

「そのへんの感覚は、こっちの人は違うから」

「いったいどんな村の、どんな人なんですか。両親というのは」

輝和は詰め寄る。別に由緒正しいお嬢様をほしいというわけではない。しかし得体の知れない未開部族の娘など押しつけられるのはごめんだと思った。

「山岳部族の村です」と溝口が早口で言った。

「こちらには、いろいろな少数民族が住んでいるっていうのは、知ってますよね。カトマンズの町中は、たいていネワールなんですが、ちょっと山の中に入るとタマンとかマガールとかいますし、逆にインド寄りにはちょっと色の濃いのがいて……。そんなわけでカルバナさんの出身っていうのも、そういういろんな民族の一つで、タカリー族って昔から優秀で文化水準が高いことで知られる人々がいるんですが、たぶん彼らと近縁だと思いますが」

あまり自信がなさそうに溝口は言った。

「タカリー？」

「いえ、こちらの部族だの、人種だのなんてのは、現地の人でもわからないくらいややこしいから」とシズエが口を挟み、淑子の両肩を持って輝和の正面に向かせた。

「でも、ほら、他の娘たちと違って、日本人と似ているでしょう」

憮然《ぶぜん》として答えない輝和に、溝口は車に乗るように急《せ》かす。この近くにあるヒンズー寺院に行って挙式を行なうのだという。ラトゥーナ夫妻は、結婚式に出席できないカルバナの両親の代理として出席するそうだ。

さらに詳しく問い質《ただ》そうとすると、シズエは準備があるからと、淑子の手を引いて素早く消え、輝和は溝口の用意した車に押し込まれた。

バザールや寺の間の曲がりくねった道を車は二、三分走り、彩色した木彫りの鮮やかな寺院の門の前に止まった。山羊の糞《ふん》の散らばる石畳の境内に入ると、寺院の堂塔とほとんど軒を接するようにして民家やアパートが建っている。

物売りや参拝客で賑《にぎ》わう一角を抜け、もう一つの石門をくぐると、中庭のようなところに出た。そこで溝口と待っていると、やがてシズエに伴われて透き通る赤いベールで顔を隠した淑子が入ってきた。

桜色のブラウスとペチコートの上に、金糸を織り込んだ真っ赤なサリーをつけ、伏し目がちに歩いてくる淑子は愛らしかった。しかしその表情は、ここに来る間に見た若い女性たちの邪気のない開放的な笑顔と比べ、やはりどこかしら翳《かげ》のさしたような印象がある。

　まもなく僧侶《バラモン》がやってきて、式が始まった。

　輝和はシズエに教えられるまま、神に供物と灯明を捧げて祈る。淑子は未来の夫に貞淑と従順を誓う。僧侶が淑子の額と髪の分け目にアピルという赤い染料を塗りつけ、輝和の額にも同じ物を塗る。香が薫《た》かれた中で、祝福の花がまかれる。簡素で美しい式は、二十分足らずで終わった。

　さきほどの中庭に出てきたとき、輝和は気づいた。中央にある平らな石の上が赤黒く濡《ぬ》れている。何だろうと目を凝らしていると、溝口が耳打ちした。

「犠牲《いけにえ》を捧げた跡ですよ」

「えっ」と思わず、足をとめた。

「今でもそんなことをしてるんですか？」

「もちろんよ。家内安全、商売繁盛とか、願かけするでしょ。それで願いが叶ったら、お礼に鶏とか山羊とか持ってきて首を切るの」

　シズエが答えた。嫌悪感を覚えて、輝和は慌てて平石から目を逸《そ》らした。

「犠牲はね、でも雄だけなのよ。雌は捧げちゃいけないの」

「子供を産むからですか？」

「違うわよ、良い物の方を捧げないと神様は喜ばないんですよ。いつでも雄の方がいいの、この国じゃ」とシズエは笑った。

門に向かって急ぎながら、ふと淑子の髪にマリーゴールドの花びらがついているのに気づいた。何気なくはらってやろうとすると、淑子はいやいやでもするように身をくねらせ、輝和の手から逃れた。

「お花はね、神様の祝福だから、つけたままにしておくものなんですよ」

シズエが説明する。

輝和は再び車に乗せられた。次は役所と大使館に行くと、溝口が説明した。

「ちょっと待ってください」

輝和は、とっさに言った。

「少し時間をください」

さきほどの疑念は晴れていない。何か裏がありそうだ。淑子の正体もわからない。式だけなら法的な効力は生じない。しかし届けを出したらもう引き返せない。

「そんな、今頃言われたって」と溝口は慌てた様子で言った。

「だいいち、約束が違うじゃないですか。僕は、この人の素性をこの目で確かめることができなかったんですよ、こんなところまで来て」

輝和は、淑子を指差した。

「男と女の関係なんて、結局、家柄とか何かではなくて、気持ちの問題だし、それは日本人同士だって同じでしょう」とシズエが言う。

「そういうことではなくて」

ニュアンスは淑子にも伝わったのだろう。当惑とも怯えともつかない表情で、輝和を見上げた。

「困りますよ、今さら」

溝口がそのまま車を走らせる。

「とにかくちょっと時間をください。このままなら、役所へ連れていかれたって書類にサインなんかしませんよ」

溝口は困惑顔で、ブレーキを踏んだ。

「わかりました。じゃ少し考えてください」

人で混み合っている石畳の上で、溝口は怒ったような顔で車をUターンさせると、いったんホテルに引き返すことを、輝和に告げた。

結論を出すまで二時間待ってくれるという。

「でも、いいですか？　たとえノーという結論を出されても、支払ってもらった三百八十万は返せないけど、いいんですね」

素性の明かせないような女を押しつけたそちらに落ち度があるんじゃないか、という言葉を呑み込み、輝和はうなずいた。

車を降り、溝口はロビーのソファに不機嫌な表情で座った。

輝和は部屋に戻り、洗面所の鏡の前でさきほど僧侶につけられた額の赤い粉をタオルで拭い取った。それですこしさっぱりした気分になり、家に電話をかけた。

一人で判断する自信はなかった。なにより、これは恋愛ではなく、結婚だ。個人の問題ではなく家の問題、つきつめてみれば、結木の家の存続の問題なのだ。

電話には、母親が出た。相談できる相手は、母親だけだ。寝たきりの父は近ごろ、激高しやすくなっているし、いくぶんか判断が怪しくなっている。カリフォルニアに住んでいる兄の判断を仰ぐ必要などもとよりない。

淑子の家族に会えなかったこと、彼女の家庭も見られず、その人物歴もいささか怪しいことなどを輝和は手短に伝えた。電話の向こうで母は、ほんの少し考え込むように沈黙していたが、やがてきっぱりと言った。

「そのまま続けなさい。ちゃんと結婚して、淑子さんを連れていらっしゃい」

「へえ?」と、輝和は聞き返した。

「私たちが選んだ娘さんよ。どんな生まれでどんな育ちかなんてことは、人の価値に関係はないわ。孤児だっていいじゃないの。娘と同じです。女の子を授かったと思って、私が育てます。お医者さんも健康体だと太鼓判を押してくれたことだし、これからちゃんとした日本人として生まれ変わって、結木淑子としての人生を生きていってくれればいいのよ。世間様に恥ずかしくないように、私が責任持って仕込みますから、あなたはつまらないことを考えないで連れていらっしゃい」

「結木の奥様」にふさわしい静かだが、毅然《きぜん》とした口調だった。

迷いは霧散した。電話を切って輝和は、淑子たちの待つロビーに足取りも軽く下りていった。

役所と大使館を回った後、シズエの料理店を借り切って小さな祝宴が開かれた。宴席に招かれたのは、業者の溝口とシズエ夫婦の他は、シズエたちの知り合いのインド人やアメリカ人などだ。見知らぬ土地で見ず知らずの人々に取り囲まれて祝福を受けるということに、黒沼田という地域社会の中でもっぱら生きてきた輝和は、何か不思議の世界に迷い込んだような、照れくさいような気持ちになった。

テーブルの上には香辛料の強いカレーやサラダの他に、日本料理も並べられた。目先の変わった料理を受け付けない輝和は、成田を出てからようやく食事らしい食事にありつくことができた。

寺院での布施やここの宴会の費用などは、すべて輝和の支払った代金から支出されることになっている。女性の側は一銭も金を払わずに結婚できるというシステムなので、これは花嫁の両親に対しても孝行になるのだとシズエは輝和にそっと耳打ちした。

祝宴の間中、淑子はじっとうつむいて輝和に寄り添っていた。その様は古風な日本の花嫁のようで、輝和には可憐に見えた。しかし招かれたアメリカ人女性には奇異に映ったらしい。そっとそばに来て、「彼女は気分が悪いのですか？」と輝和に尋ねた。

「いえ、いえ」と片手を顔の前で強く振って、輝和より先に否定したのは、溝口だった。「恥ずかしがり屋なのです。日本でもここネパールでも、花嫁は結婚式の日にはみんなこうしています」と陽気な口調で答えた。

さきほどから淑子の隣に溝口がずっといるのが、輝和には気になっていた。溝口が用事で席を立つときには、シズエの夫の大柄なインド人がさりげなくやってきて、ぴたりと寄り添う。

不審に思いながらも、輝和は彼らが黒沼田の結木の家までついてくるとも思われないので、黙っていた。

やがて祝宴は終わり、頭上から花をまかれて祝福されながら二人は車に乗り、ホテルに戻った。

この夜から部屋は替えられ、それぞれのカップルに一部屋が割り当てられた。昨日に比べると一回り大きく、家具調度品なども豪華なダブルルームに輝和たちは通された。

「疲れただろう」

部屋に入り、後ろ手にドアを閉めて輝和は、淑子に話しかけた。優しいニュアンスは伝わったのだろう。淑子は数時間ぶりに微笑らしいものを見せた。

「風呂、入れ」

抱き上げて部屋に入ることも、キスすることも、照れくさくてできない。バスルームに行って、湯のコックを開けることが、輝和にできる精一杯の好意の表現だった。

花嫁の湯を使う音を聞きながら、輝和は少し緊張して自分のスーツケースから下着やパジャマを取り出した。

商売以外の女性を相手にするのは初めてだった。周りの男たちにからかわれても、さまざまなトラブルを考えると、輝和には素人を相手に軽率な真似《まね》はできなかった。少し不安でもあったし、これでようやく自分も一人前になるのだ、とも思った。男は所帯を持ち、子供を持ち、ようやくまともに扱ってもらえるようになる。

父が倒れてから名代として出席するようになった各種の委員会、地域のさまざまな行事、そして市内の農工業者の二代目の会。彼の立場は、いつも「結木のところのせがれ」だった。二代目ですらない。そして二代目の会でも、プライベートな部分では同年代の仲間からはなんとなくはじき出され、若い独身の男たちと行動をともにすることが多かった。

男の結婚とは、結局のところ、信用どころか市民権を得るためのものであり、輝和はこの十数年、嫌というほどそれを思い知らされてきた。

これで自分も一人前になると同時に、これまで父が背負ってきたものが、全面的に自分の肩にかかってくる。

先のことに思いを馳《は》せるほどに、淑子の浴びるシャワーの水音を聞いていても、いささかの生理的欲望も抱くことができず、輝和は石のようにベッドの端に腰かけていた。

やがてドアが開き、白いバスローブを胸元まできっちり合わせて淑子が出てきた。

唇を噛んだ硬い表情と首筋を伝う水滴に、輝和は思わず唾を飲み込んだ。胸をつかれるようないとおしさを感じた。抱き締めることもできず、少しの間、無言で瞳を合わせていた。

そのとき研ぎ澄まされた神経に障る音がした。

足音だ。絨毯《じゅうたん》を敷き詰めた廊下をゆっくりと歩いていき、再び戻ってくるすり足の音が聞こえてきた。

もしやと思い、ドアを小さく開けた。鼻先に溝口の顔があった。

「なんだ？」

思わず怒鳴りたくなるのを抑え、低い声で尋ねた。

「いいえ、ちょっと歩いていただけですが」

「この階にあんたの部屋があるのか？」

「いえ……」

溝口は狼狽《ろうばい》の色を浮かべる。何をしていたのか、想像はつく。この階には、他のカップルも入っているはずだ。

振り返ると淑子が青ざめた顔で、両手を口に当てて立っていた。

「失せろ」

輝和は溝口に言った。溝口はちょっと眉を寄せた。

「と、言われても……」

「失せろと言ってるんだ。下劣な真似するにもほどがある」

そう怒鳴って叩きつけるようにドアを閉め、チェーンをかけた。

淑子は蒼白《そうはく》の顔のまま壁に背中をぴたりとつけて震えている。興奮がおさまらぬまま、輝和は淑子の体を抱いた。両腕の中で淑子はなおも小刻みに震え続けていた。

「大丈夫だ。恐《こわ》がらなくていいよ、俺がついてるから」

そう言ってしっかりと抱いていると、体の内側からようやく熱いものが込み上げてきた。

3

湯を張ったポリバケツを淑子が運んでくる。室内は、むっとするほど暑い。四月に入ったというのに、部屋には石油ストーブがついている。

父の肩と腰に手を当てて、母は寝返りを打たせる。輝和には手を触れさせない。以前に市の保健師やヘルパーが指導に訪れたこともあるが、母は断ってしまった。お父さんは、あの人たちに触られるのを嫌がるから、というのが理由だった。それに彼女たちのものの言い方や考え方が、母のやり方と相容《あいい》れない部分があったようだ。

「できるだけ、自分でさせてください。なるべく手を出さずに見守ってください。こぼしたってかまわないですから、自分で食べさせてね。着替えもそう。残った機能は生かしましょう」

役所から来た保健師の言葉を母はうなずいて聞いてはいたが、内心、同意しかねていたらしい。

「体がたいぎな病人に、自分でやらせなさいなんて、言われてもねえ。もともと着替えだって一人でできない人なんだから」と苦笑しながら、二度と彼女たちを寄せつけなかった。

淑子だけが、父の部屋に入れられる。

「そうそう、そうっと拭いてちょうだいね」と母の声がする。

日本語のわからぬ淑子に、母は説明する。そうしていればやがて乾いたわらが水を吸い込むように、自然に日本語を覚えるとでも思っているかのようにいつもぴったりと淑子に寄り添い、一つ一つ教えている。

寝込んでから長いが、いっこう肉付きの衰えぬ腕を淑子に拭かせながら、父は唇を引き結び目を閉じていた。

建前上、この結婚に賛成したものの、彼の生理感覚はまだ外国人の嫁を受け入れることができないように見える。

ふと輝和が振り返ったとき、汚れものを手にした淑子が父の枕元を歩いて廊下に出ようとしたところだった。とたんに母がぴしりと淑子の脛《すね》を叩いた。

「だめ」と厳しい声が飛んだ。淑子の顔が無表情のまま強ばった。

「病人の枕元は歩かないの。この前も言ったでしょう。足元を回るのよ」と右手で父の布団の足の方を指し、布団にそって回るように指先で指示する。

「どすんどすんって病人の頭に響いてしまうでしょう。そうしたら痛いでしょう」

意味がわかるはずはない。それでもいい、と母は言う。ものを覚えるというのは繰り返しだ。繰り返すうちに言葉も覚える。

足音を忍ばせて、父の足の方を回ってこちらにやってくる淑子の頬に淡い翳ができているのに、輝和は気づいた。

ネパールから戻ってきて二週間。ふっくらとしていた淑子は、少し痩せた。厚ぼったい瞼が、美しい切れ長になったのはいいとして、抱くと腹に肋骨《ろっこつ》が触れるようになったのは、さすがに気になる。

日本の暮らしに慣れるまでは神経を使うだろうし、まだ日本食に馴染めないということが大きいのかもしれない。

台所で母は、根気良くだしのとり方や、煮物の作り方を教えている。それから淑子のために一品、必ず何か油と香辛料を使った料理を作る。しかしそれも淑子は、たくさんは食べられない。

「少しずつ、慣れていけばいいのよ。いずれ日本の味をおいしいと感じるようになるから」と母はとがめる様子もなく言う。

輝和は昼の間は畑仕事の他に、役所の農林課との折衝や、他県の農業委員会の視察受け入れの準備、さらに地域の世話役としての雑多な仕事があり、ほとんど淑子と過ごす時間がない。代わりに母が面倒をみてやっていた。

結木家に女の子はいなかったが、母は多くの娘たちを育ててきた。近所の家の母親たちが、結木の家に年頃の娘を連れてきては、書や生け花などの習いごとをさせていたのだ。

母は彼女たちに対しては実の娘に対するように、愛情深く、ときには厳しく接してきた。習いごとの名目で、実際は行儀見習いのようなことをさせられ、娘たちは最初は反発するが、やがて「先生のお人柄にひかれて」と長いつきあいが始まる。

しかしその母も外国人を相手にするのは、勝手が違うらしい。いっそ淑子が金髪で青い目でもしていれば、それなりの覚悟も心構えもできたのだろうが、姿形は日本女性でもまったく風俗習慣が違うということで戸惑いも多いのだろう。何かと神経をすり減らしているのが、輝和には感じられる。

淑子同様、母の目も落ち窪み顔には憔悴《しょうすい》の色が見える。それでいていつも口元に笑みを浮かべ、もの柔らかに淑子に接している様がむしろ痛々しい。

その母もときおり、耐え切れぬというような愚痴をこぼすことがある。

淑子には衛生観念というものが、まるでなかった。何度教えても、台布巾と布巾と雑巾の区別がつかない。舅の下の世話をした手をろくに洗わず、部屋のものに触る。サンダルを履かずに玄関の三和土《たたき》に下り、そのまま座敷に上がる。文化の差というよりは、神経が足りないのではないか、と母はため息をつく。

そのうえ、もの覚えが悪い。二週間経《た》って覚えた日本語は「あります、ありません」「います、いません」くらいなものだ。

人の悪口など言ったことのない母の、秋雨を思わせるようなもの静かで湿った愚痴を聞いていると、輝和はひどく切ない気分になる。

「日本語学校にでも通わせた方がいいんじゃないか」

輝和の言葉を母は遮って言った。

「中野の雄次さんところみたいになってもねえ」

中野の雄次さん、というのは、四年前に中国人と結婚した「中野鉄工所」の一人息子である。この地区での国際結婚第一号で、地元のタウン誌や雑誌の取材が相次いだ。「美人でしかも働きもの」という姑や夫の好意的な言葉を裏切るように、その外国人花嫁は、記者に向かい正直な心情を吐露した。

「幸せじゃありません。愛情ないです。お金ほしかった。今、後悔しています。私、家政婦です。日本はお金持ちの国、いろいろなもの、高いです。私のお金、ありません。自由ありません。これから日本人と結婚しようとする中国の人たち、私は、反対します」

日本語学校に出入りする人々や様々な団体が、一方的な考えを吹き込み、ことさら不満を抱かせるようにする。もう少し、この国のことがわかって公平な目で見られるようになるまで、そうした人々とは接触させたくない。それが母の言い分だった。

事実、この地区にあるニュータウンでは、「アジア女性の人権を考える会」などという女性グループが結成され、市内の日本語学校に出入りして、様々なイベントなどを行なっている。そこでどんな会話が交わされているのか、輝和にも想像がついた。

ポリバケツを提げ、洗濯場の方に行く淑子の後ろ姿を見やって、輝和は畑に出た。

ブロッコリの収穫が遅れ、花が開きかけている。野放図に伸びた小松菜の葉に、白っぽく泥が被《かぶ》っている。

輝和は、小松菜を引き抜いては傍らの籠に入れていく。このところの暖かさで、葉物の価格は下がっている。小売りでさえ一把百円足らずだ。

中腰のまま、一うね分の小松菜を採り、腰の痛みを覚えて立ち上がった。

「農家だから、跡継ぎだから、結婚できないわけじゃないわ。自分にそう言い訳してるだけよ。わたし、あなたの顔が嫌いなのよ。何もしたくないって顔だもの。何かしゃべる前に、もう、顔が愚痴っているのよ」

そう言って去っていった女がいた。ちょうど一年前の今頃見合いして、めずらしく三ヵ月もつきあった後のことだった。市内の染め物屋の次女でしっかり者に見えたが、実はただの生意気でわがままな娘だった。

いったい、どうやって覇気のある顔になれというのだろう、と輝和は、腰をさする。

農業に希望などない。都市農業となればなおさらだ。もともと不安定な農産物価格は輸入によって安値安定してしまい、生産緑地の指定を受けない農地には宅地並みの税金がかけられる。それでも土地がある以上は農業をやらなければならない。兄が逃げ出した後は、この一町歩の畑を守っていくのは、自分しかいない。

農協青年部の沢村のように、水耕栽培やバイオ野菜の栽培に取り組んだり、コンピュータを使った出荷管理システムの開発をしたりといった仕事ができるのは、彼自身に人生の選択権があるからだ。

新興住宅地の中にモザイク状に農地の残された黒沼田地区の若い農業従事者たちは、

野菜の小量多品種生産、スーパーマーケットなどへの直売販路の拡大、ブロッコリの通年栽培と、生き残りをかけてつぎつぎ新しい方向を模索していく。沢村などは、ついにマスクメロンの栽培に成功した。しかし輝和は父の代からの農業をそのまま受け継いでいる。

倒れた父に代わり地域の仕事を背負わされ、農業委員の長老たちの意見調整や、農家と役所のパイプ役に忙殺されてみると、本業の畑をやる時間やエネルギーはいくらも残っていない。

青年部会の度に、「農業を『守る』のではなく、発展させよう」と気勢を上げ、自らを「農民ではなく百の仕事を持つ百姓」と呼んで胸を張る沢村たち若い後継者の中で、彼らの代表という立場にありながら、輝和は語るべき言葉も持たず、ただ波風が立たぬように議事を進行するだけだ。

実際のところ農業で収益を上げなければならないほど、輝和の家は農業に依存しているわけではない。少し離れた卯津木地区にある貸家や駐車場などから入る不動産収入の方が、農業収入よりはるかに大きい、典型的な第二種兼業農家なのである。言ってみれば、輝和の畑仕事というのは、受け継いでしまった地域の農家のまとめ役としての体面を保つための看板にすぎない。

祖父の植えた彼岸桜が、満開になっている。染井吉野のような青ざめた色ではない。

生命の息吹きそのもののような濃い紅が、青空に映えている。鮮やかすぎる春景色が、目に痛い。輝和はため息をついて、毛玉だらけになったセーターを脱いだ。襟から頭を抜いたとき、育苗ハウスの脇に彼岸桜と同じ色のものが見えた。淑子の着ているセーターだ。

結婚式のためにネパールに行っている間に、母が編んだものだった。

「女の子を授かったつもりで、淑子を迎える」という言葉を母は実行していた。

そこに結木家を継ぐ若夫婦への重たい期待を感じとり、輝和はうれしさよりもむしろ息苦しさを覚えた。

淑子は、大きな花蕾《からい》を切り取った後のブロッコリの枝についた花蕾をせっせと摘み取っていた。売り物にならないが、自家消費用なら、これで十分だ。

家の中の仕事が終わると淑子は畑に出る。作物を扱うときの確実な手元を見ていると、日本語は達者でなくても淑子は結木の家にそれなりに溶け込んでいるように輝和には見える。無口で古風な妻の風情は、幼い頃に輝和の見た母の姿と重なる。輝和は、摘み取ったブロッコリを揃えてまとめている淑子に近づいていったが、ふと妙なことに気づいて、うねの一つに目を止めた。

かぶの葉が青々と茂っていた。

確かそこは根瘤《ねこぶ》病にやられて、葉が黄色く萎《しお》れていたところのはずだ。

慌てて引き抜いたところで、とても売り物にならぬと、輝和は放置していた。典型的な連作障害でいまさら土壌改良剤をまいても、とうてい元に戻るようなものではない。いったい淑子は何をしたのだろう。葉はつやつやと伸び、試しに引き抜いてみると、根のこぶは消え、小さな白いかぶが出荷の日を心待ちするようについていた。

奇跡を見るような思いで、輝和はまばたきして、そのかぶとうつむいて作業する淑子の細い背筋を交互に見ていた。

淑子が来てから不思議なことが起きるようになった。

あれはネパールから戻ってきた二日目の晩だっただろうか。

脇腹のあたりが、燃えるように熱くて目が覚めた。淑子ではない。彼女は隣の布団で行儀よく眠っているはずだった。なによりその温もりは、人の体温にしては高すぎた。そして小さく柔らかな毛並みがはっきりと感じられた。

輝和ははっとして上半身を起こそうとしたが、体はぴくりとも動かなかった。

「お嬢、戻ってきたか」

そうつぶやいたが、声は出ない。どうやら自分は完全に目覚めてはいないのだ、と悟った。しかし脇腹に寄り添っているものは、生きて、目覚めていた。小さな心臓が驚くほどの強さで打っているのが、皮膚に伝わってくる。

自分が死んだことがわからないのだ、と輝和は思った。不憫《ふびん》だった。わからないまま彼のもとに戻ってきた猫がいとおしく、悲しく、輝和は闇をみつめたまま涙をこらえていた。

次の晩も、その次の晩も、猫はやってきた。今度は彼の脇から、そっと這《は》い出て顔のそばを通り過ぎた。柔らかな腹の白い毛が、鼻の先をくすぐり、輝和はくしゃみが出そうになった。猫が、立ち止まり隣の布団を凝視しているのが感じられた。闇の中に、ぴんと立った白い尻尾だけが鮮明に見える。不思議そうなうれしそうなそぶりで、緊張している気配が感じられた。

「おい、何を見ている」

相変わらず言葉にならぬ言葉で、輝和は幻の白猫に話しかけた。それから半ば覚醒した意識の中で、淑子が半身を起こし、猫に向かい何か語りかけるのを見た。

次の瞬間、猫は彼の顔の上をひょいと跳んだ。小動物の温もりを含んだ柔らかな風が、瞼を撫でた。しかし着地した気配はなかった。猫はそれきり、闇に吸い込まれるように消えた。

猫は成仏したらしい。

輝和は自分は決して信心深い方だとは思っていない。しかしその瞬間、あの白い猫は淑子に導かれるように、向こう側の世界に行ったのだとわかった。淑子は、山に埋めた猫を彼に会わせ、それから成仏させた。

彼女の内包する力の正体などわからない。しかし輝和はその力の存在を憧れとも敬愛ともつかぬ気持ちで感じ取っていた。

ブロッコリの花蕾を摘み続ける淑子の背中を、輝和はぼんやりと目で追っていた。もしも生命に働きかける特殊な力があるのなら、何より早く俺たちの子供を宿してくれと、そんな現実的な希望が頭をよぎった。

結木家の跡取りをほしいなどというのは、建前上の希望にすぎない。それよりも近所の家の赤ん坊や子供たちを見るや抱き上げ、頬ずりし、とろけるような眼差《まなざ》しで語りかける母に、早く孫を抱かせてやりたかった。苦労の多かった母を早く安心させ、喜ばせたかった。もしも子供ができるとすれば、いつごろだろうか。ハネムーンでうまくいけば、まもなく兆候が現われる。そうでなくとも、健康な男女であるなら、梅雨の頃か、それとも夏には兆候が見られるかもしれない。

期待に応えるかのように五月に入ってから、淑子の食はますます細くなり、顔色は透き通るように青く、ものうい感じの動作が目立ってきた。

しかし言葉は相変わらず覚えず、体の調子はどうなっているのか、輝和は把握することができない。待ちわびていたことなのか、それとも病気なのか、半ば苛立《いらだ》ちながら、身振り手振りで尋ねるしかなかった。

あるとき畑仕事をしていた淑子が、いきなり、その場にしゃがみ込み嘔吐《おうと》した。輝和はこれはいよいよと判断し、母に告げた。

母はとうに気づいていて、すでに市内の産婦人科病院の予約を取っていた。

当日、母は地区婦人会の会合と華道の稽古の両方を断って淑子をそこに連れていった。

しかし結果は、輝和たちの期待したようなことではなかった。

妊娠の兆候は見えず、吐き気やだるさ、顔色の悪さは、ストレスと食欲不振による貧血から来たものだろうということだった。

母がそのことを輝和に話している間、淑子はその隣にじっとうつむいて座っていた。つわりと思えばこそ、眉間の縦皺《たてじわ》やかさついた青い顔も、何かいじらしくいとおしいものとして見ることができたが、それがストレスによるものと聞いたとたん、輝和は淑子が不憫であると同時にうっとうしいものに感じられてきた。何か自分が責められているような気もした。

さっそく母は健康食品を買い揃え、国立《くにたち》の紀ノ国屋まででかけて、今まで使ったこともないようなスパイスやエスニック食材を探してきた。

しかしそうした母の心遣いにもかかわらず、淑子はいっこうに食事に手をつけようとはしない。むくんだ瞼はますます憂鬱そうに半分閉じられ、小さめの唇は料理を前にしても、こんなところに連れて来られた自分の運命を呪うかのように、きつく結ばれていた。

病院に行ってから十日目のことだった。ハウスの中で、トマトの苗に水をやっているはずの淑子が、夕飯の支度をする時間になっても台所に現われなかった。

心配した母が畑や裏の竹藪の中まで探しにいったが、淑子の姿は見えない。

淑子はこの家に来た当初、母に連れられ近所に挨拶回りに行ったきり、ほとんど外出したことはない。迷って戻れないのではないか、それどころか表通りを歩いていて、車にでも撥ねられたのではないかと、母は少し青ざめていた。

輝和と母は手分けをして、近所の家を一軒一軒、尋ね回ったがみつからない。

近所の人たちも、帰国してからあらためて行なった披露宴や挨拶回りのおりに淑子の顔を見ただけであったし、しかも一見したところ特に外国人らしい特徴を備えていない淑子は、彼らの印象には残っていなかったらしい。

八百屋を兼ねた小さなスーパーのおかみさんが、午後の四時半過ぎにそれらしい女性を見かけたというだけで、消息はまったく摑めなかった。

辺りがうっすらと暗くなってから、いったん家に戻って、念のため淑子の荷物を調べた。パスポートと財布がなくなっていた。

「家出だ……」

輝和は小さく呻《うめ》いた。母は、眉間に皺を寄せて首を左右に振った。

しかし淑子の財布の中にそれほどの現金があるわけではない。いったいどうするつもりなのか、腹立たしくも心配で、輝和は自転車に乗って再び近所を探し回った。

しかし淑子の姿はどこにもない。警察に届けを出し、今度は自宅の裏の山林を懐中電灯を片手に探す。

やはりいない。

探しあぐね戻ってきて、祈るような気持ちで居間の電話をみつめていたそのとき、応えるようにそれが鳴った。

受話器を取る。埼玉県の飯能《はんのう》警察署からだった。

淑子は保護されていた。宮沢湖にほど近いゴルフ場脇の道路の縁石にぼんやりと腰かけている姿を近所の人がみかけ、数時間経っても、同じ場所、同じ姿勢で腰かけているのを見て、どうもおかしいと思い、話しかけたという。するとほとんど言葉が通じないので、道に迷った外国人だと気づき、交番に連れて行ったのだった。持っていたパスポートから名前はわかったが、巡査の方も英語が話せず、扱いに困って、彼女を警察署に連れてきたとのことだ。

「どうも、申し訳ありません」

ほっと体の力が抜けていくのを意識しながら、輝和は電話の向こうに、何度も頭を下げていた。

すぐに車に乗り込み、深夜の国道を飯能まで飛ばした。

警察署の一室で淑子は背中を丸めて座っていた。その淑子に言葉をかける前に、輝和は巡査の一人一人に礼とも謝罪ともつかぬことを言って頭を下げた。

あらためて淑子のそばに行くと、目の下に濃い隈《くま》を作った淑子は、上目使いに輝和を一瞥《いちべつ》したきり、憂鬱そのものという様子で弛緩《しかん》した顔を上げることもしなかった。

「いったい……」

なにがおもしろくないんだよ。みんなおまえのことを思っているというのに、という言葉を輝和は呑み込んだ。淑子の心に刻まれた深い悲哀とも苦悩ともつかないものが、皮膚にひやりと張りついてくる感じがした。

慌てて淑子から視線をそらし、もう一度、巡査たちに礼を述べてから警察署を後にした。車に戻った輝和は、黙って淑子の手を握りしめた。手首の骨が触れられるほど痩せた手は、季節はすでに初夏に入っているというのに、冷えきっていた。

それにしても、淑子はなぜ、どうやって飯能に辿《たど》り着いたのかはわからない。輝和の家は東京の西の外れだ。JRの駅に出るまでバスを乗り継ぎ、四十分以上かかるし、歩いて三十分ほどのところの私鉄の駅から乗ったとすれば、飯能まで複雑な乗り換えをしなければならない。

考えられるのは、ふらふらと歩いていた淑子がどこかのだれかの車に乗せられ、そこまで行って捨てられたという可能性だ。しかし交番に淑子を連れてきた女性が、道端に腰かけていた彼女を見たというのが、日暮れ前だ。その少し前まで畑にいたはずの淑子が、車に乗ったところで、その時間に飯能に着くはずはない。

それにパスポートと金は何のためだったのだろうか。

「どうしてなんだ？」

輝和は尋ねる。淑子は、ゆっくりまばたきした。

「だから、なぜうちを出たんだ。どうやってあそこまで行ったんだ」

「私、山、行く」

淑子はたどたどしく答えた。正確な語順だった。正確に言うなら「私は山に行こうとしました」ということになるのだろう、と輝和は解釈した。

山というのは、カトマンズや故郷の村から見えるヒマラヤの峰々かもしれない。ホームシックにかかったと思えば気の毒にもなる。しかしどうやって飯能に行き着いたのかは、わからない。狐《きつね》につままれたような気持ちで、輝和は飯能街道を真っすぐに南下していた。

玄関の明かりをつけたまま、待っていた母は、淑子の顔を見たとたん、泣きとも笑いともつかない表情を浮かべ、「本当にあんたという人は、心配させてくれること」と、いつになく取り乱した調子で言い、その両手を摑みわが子のように抱き寄せた。対照的に、淑子の方は、彫刻のような無表情のまま、厚い瞼の下からじっと母をみつめている。

その様子に輝和は、とっさに怒りとも薄気味悪さともつかぬものを感じた。

この娘に真心は伝わらないのかもしれないという気がした。それともやはり外国人と日本人の間には、埋められぬ感性の溝があるのか？

しかしいまさら引き返せない。

子供ができたら、と輝和は思った。子供さえできれば、すべてが変わる。子供だけは、まぎれもない日本人だ……。

腰骨が当たるようになった淑子の体を抱き、うしろめたさとそれを上回る疎ましさを感じながら、とにもかくにもその体内に射精しなければならないのは憂鬱なことだった。

翌日、母は淑子のパスポートと財布を取り上げた。取り上げたというよりは、淑子がどこかに迷い出て人に迷惑をかけたり、事故にあったりしてはならないと考えて預かり、仏間にある耐火金庫に保管したのだ。

それ以後の淑子の様子には、さほど変わったところは見られなかった。

六月に入り、淑子がこの家に来て三ヵ月が経とうとしていたが、日本語は「あります、ありません」「います、いません」の他に「まだ」と「大丈夫」など、いくつかの単語を覚えたくらいで、相変わらず片言のままだ。

毎日日本語を聞いて暮らしているのに、なぜ覚えないのか、輝和にはわからない。もともと少し言葉が不自由なのかもしれないとも思ったが、何か尋ねられたとき、必死に答えようとしている淑子の口から、早口の異国の言葉が飛び出すこともあるので、障害を負っているわけではなさそうだ。

もっとも母の前では、向こうの言葉を使うことは禁じられているので、どうしても沈黙することが多くなり、極端に口の重い女であるかのような印象を与える。

陽射《ひざ》しが強くなった畑で、淑子は首筋に汗をしたたらせながら、物憂い顔でせっせとさやえんどうを摘み、草を刈り、家に入ると母の後について黙々と立ち働く。

二度目に淑子がいなくなったのは、それから二週間後だった。しかし今度は探しに出ようとしたところに街道沿いのコンビニエンスストアの主人から電話がかかってきた。

受話器を握っていた母の頰から、すっと血の気が引いていくのが、輝和にはわかった。

「買物したんだけど、お金を持ってないんですよ。結木さんところのお嫁さんだと思うんだけど、言葉がよく通じないんで……」と店主は母に言ったという。

「結木の奥様」に遠慮したもの言いだ。

母は唇を嚙むと、鏡に向かいちょっと髪の乱れを直し、エプロンを外すと小走りに出ていった。輝和がついていこうとすると、「お父さんの様子を見ていてちょうだい」とぴしりとした声で制した。

輝和は胃のせりあがってくるような気持ちで、母が戻ってくるのを待った。

三十分たらずで、淑子はうつろな目を開いて座敷に上がってきた。何気なく淑子の手の甲に目をやり、そこが赤くなっているのに気づき、息を呑んだ。

幼いとき輝和が悪いことをすると、母はそこを叩いたものだった。

「淑子は何をしたんですか?」

そう尋ねると、母はにっこり微笑んで「もういいんですよ」と答えた。

「万引き?」となおも尋ねると、「済んだことだから」と言ったきり口をつぐんでしまう。

母が提げてきたコンビニエンスストアの袋を開くと、駄菓子と子供用の飾りピンが入っていた。どうやらこれが淑子の盗んだものらしい。

店に行って淑子を引き取り、店主の方が恐縮するほど平身低頭して謝る母の姿が見えるような気がした。

輝和は小学生の頃、友達に誘われ、プラモデルを万引きし、店主にみつかったことがある。その場にいた四人の子供たちはまとめて店の事務室に連れていかれ説教をされた。その場はそれで終わったが、だれかが見ていて母の耳に入れたらしい。

翌日、母は輝和の手を引いてその店に行き、涙を流さんばかりにして謝り、輝和の頭を押さえつけ、店主に何度も謝らせた。

そのときも、母は輝和の手の甲をぴしりと叩いた。頭や顔は決して叩かなかったが、その痛みはそのまま母の痛みでもあることが感じられ、長く輝和は忘れることができなかった。それにしても小学生ならいざしらず、成人した娘にしていいことと、いけないことをひとつひとつ教えていかねばならないのか、と思うとため息が出た。

以来、淑子はいっそうふさぐようになった。母も心を痛めている様子で、輝和はどうしたらいいかわからない。

その頃から、輝和の身辺はいっそう忙しくなっていった。

行政の農業振興事業のひとつとして、生産基盤整備の名目のもとに、大型農業機械を導入する場合は地区ごとに一定率の補助金が支払われるということが決まったのだ。

それを受けて、黒沼田地区でもトラクターやトレンチャーといった機械を入れるかどうか、自己負担分の支払いはどうするのかということについて、地区一帯の農家の意見を取りまとめ、合意を取りつける必要が出てきた。しかし各家によって事情はあまりに違う。

米を中心にした農業収入で食べている家、公務員の息子の給料と不動産収入が主で農産物はたまに市場に出すだけの家、市場出荷用に一品種大量生産をしている家、狭い農地に小量多品種の野菜を作り、市場を通さず住民やスーパーに直売している家。宅地にして農地を売り払うつもりで時機を待っている家、節税のために、一応、農地に作物らしきものを植えたきり、手入れもせずに虫がついても放ってある家、年寄り二人だけで、朝から晩まで畑に出てその家最後の農業を守っている家……。

武蔵野の赤土を耕し、畑作中心に発展してきた黒沼田の農業の歴史は古いが、都市化が進む中でその様相は変わり、この十数年で農地の広さも家族構成も、将来の展望も各家ごとに大きく異なってきている。

それぞれの家の利害関係を調整しながら、一帯の人々の意見を吸い上げ、満足がいかないまでも、各自が妥協できる線をみつけ出し、市に提示しなければならない。

そのために駆け回るのは、輝和の役目だ。近所の農家にでかけて年寄りの話を聞き、酒を飲まされ深夜にもどってきては、翌日、早朝から役所の農林課と農業委員会事務局に行き交渉をし、ときには彼らからも相談を受ける。

得手不得手や、好き嫌いは関係がない。そうしたことは寝込んだ父と家を出た長男の代わりに、結木の家の男として、輝和が一手に引き受けなければならなかった。

複雑な利害に金の絡んだ状況下で、どれほど有能な人間が問題に取り組み、事を収拾したにせよ、どこかしらに必ず不満が残る。不満は、狭い地域社会の中では、容易に恨みに変質していく。

だから結木家の者が必要になるのだ。

妥当な線が出た後に、「結木の旦那がこう言うから」「結木のところで困ってることだし、ここはひとつおさめてくれないか……」と言われれば、たいていの者はしかたない、と首をたてに振る。

それが江戸時代からの大庄屋で、飢饉《ききん》があれば私財をなげうって村人を救済し、明治期以降は教育者や議員を輩出し、さらに農地改革のおりには、小作側について積極的に土地を手放した結木家の神通力なのである。

「結木の天皇」と呼ばれる結木家の家長は、この地区の精神的な支えとして君臨してきた。

しかし時代は変わる。地区の中にニュータウンができ、都心から人々が移り住んできて、住民の意識が変わってきた。若い農業経営者たちは、各家ごとの方針を積極的に打ち出し、もはや結木の権威に本気で襟を正すことはしない。

そんな中で輝和は、地域の空気が父の時代とは違ってきたことを感じ取りながらも、重すぎる結木家の家名を背に、右往左往している。

家を空けることばかりが多いから、実った空豆はどんどん大きく硬くなって商品価値を失い、トマトやキャベツの苗も、定植の機を逃してビニールポットに植わったまま、葉を茂らせる。

尾崎淑子に会ったのは、そうした無益ともいえる交渉事に費やされた一日が終わり、農業後継者の会のメンバーとともに、市街地にあるスナックに飲みにいったおりだった。

隣のボックスに中年の女性客が数人いて、その中に輝和は見覚えのある顔をみつけた。幻ではないか、と何度もまばたきした。紛れもない。中学卒業の日に、思いを打ち明けたきり、会えなかった人だ。

ベージュのスーツの胸元からワインレッドのブラウスをのぞかせ、両脚を脇に流して座っている姿は、あのころの尾崎淑子の、中学生らしからぬ際立った大人っぽさと穏やかさに、歳相応の落ち着いたあでやかさを加え、いっそう魅力的だった。

本物の「淑子」だ。

輝和は息を呑んで、その姿をみつめていた。

やがて自分の顔を凝視している男に気づいたものだろう。「本物の淑子」は、怪訝な顔でこちらをちらりと見て、それから軽く眉根に皺を寄せ、数秒してから笑みを広げた。

「結木君……」と腰を浮かせた。

「覚えていた？　どうしてるの、今？」

彼女に向かい輝和は呼びかけた。自分でも意外なほどすらすらと言葉が出た。結婚しているからこその余裕だった。

「こっちに、帰ってきてるのよ」

尾崎淑子は、眉を寄せたまま微笑した。複雑な表情から、あまり幸せではない事情がうかがえた。彼女は体をずらせて、隣の席を空けた。周りの女性たちに頭を下げながら、輝和はそこに座った。

話を聞いてみると、尾崎淑子は六年前に、子供を一人連れて離婚していた。しばらくの間、財産分与された文京区のマンションにいたが、父が倒れたのでそちらを引き払い、実家に戻ってきたという。

「どうしてるんだい、今」と輝和は尋ねた。

「翻訳の仕事しているの。結婚前からずっと続けていたから、なんとか食べていける程度は大丈夫」と言いながら、周りに座っている女性たちを紹介する。彼女たちは仕事仲間だということだった。

「翻訳というと、小説とか訳しているわけ？」と輝和は尋ねた。尾崎淑子は昔から、いろいろ本を読んでいた。

「いいえ」と尾崎淑子は、首を振った。

「輸入ライセンスの婦人服の仕様書がメイン。最近ではフランス製の調理カッターのマニュアルもやったけど。そうそう、特許裁判の準備書面を訳したのよ。あれは苦労したわ」

「そんな仕事があるの？」

「ええ。翻訳の大半はそうした実務上のものよ」と「淑子」は、微笑した。

「子供と自分の生活があるから、手堅くやっていかなくちゃ」

「大変だな」

同情した口調と裏腹に、輝和は自分の知らない世界ではばたいている彼女に気後れを感じた。

隣のボックスから、仲間の声がかかる。ひやかしと羨望の入り交じった野次が飛ぶ。慌てて、自分の席に戻ろうとして、とっさに尾崎淑子の電話番号を聞いた。慌てていたので、かえって抵抗がなかった。尾崎淑子はためらう様子もなく教え、輝和はそれをナプキンに書き取った。

「そのうち昼飯にでも誘うよ」

「ありがとう、楽しみにしてるわ」

「淑子」は、昔より少し窪んで大きく見える目で、輝和を見上げた。輝和の家庭や家族について、一切尋ねないところが、よりいっそう大人っぽく洗練された感じがする。

家に戻ると、淑子は母と二人でテレビを見ていた。いつになく仲睦《なかむつ》まじい様子で、輝和はなんとなくほっとしてテレビに目をやって、首を傾げた。白黒画面だ。

テレビ番組ではなく、ビデオがかかっている。それもとてつもなく古い日本映画だ。

「どうしたんだい？　これ」

「江利子さんが、持ってきてくだすったのよ」と母は答えた。

「前に、私がこの女優さんの話をしたら、このビデオに出ているからって。ビデオデッキのつけかたも教えてくれて」

江利子さんというのは、母が書を教えている近所の娘で、輝和との縁談を遠回しに断った女の一人だった。しかし母とのつきあいは、その後も途切れることなく続いている。母は眼鏡をかけ、そのビデオについてきた商品カタログを見た。『おとうと』『流れる』『にごりえ』といったタイトルが見える。どうやら古い日本映画のシリーズらしい。

その中のいくつかに母は丸をつける。

「これ買いましょうね。近頃の映画と違って、日本語がきれいで聞きやすいし、内容もいいから」

母はそれらを淑子の教育用テープとして、ふさわしいと判断したらしかった。

数日後、注文したテープ六本が送られてきて、夜になると母と淑子は、一緒にそれを見ていた。その姿は仲のよい母娘のように見えた。しかし淑子の日本語は、その後も多少語彙が増えたきり、上達しなかった。

ほとんどまとまったセンテンスが話せないまま、やがて梅雨は明け、いつになく暑い夏がきた。言葉の問題が未だ解決されないのと同様、このときにいたっても淑子には、妊娠の兆候はない。

時だけが若い頃とは比較にならないほどの速さで、流れていく。

尾崎淑子のほうは、その場の勢いで電話番号を聞き出したままではいいが、誘い出すのはさすがに抵抗があり、そのままになってしまった。あのとき番号をメモした紙ナプキンは町内会名簿の間に挟まれたまま、インクの色もあせていき、雑用に忙殺されているうちにどこかにいってしまった。

尾崎淑子に再会したのは、七月の半ば、学園都市交流会という、市の社会教育課の主催する研究会に、委員として輝和が出席した帰りだった。

会場となった外資系企業の研修所の廊下で、輝和はその後ろ姿を見かけた。脇にファイルを挟み、グレーのタイトスカートに絹の半袖のブラウスを着た淑子の背中には、淡くブラジャーの線が透けて見えた。疲れとも安堵ともつかぬ気配が、その背筋に浮かんでいた。

「やあ、何をしているんだい、こんなところで」

輝和は声をかけた。驚いたように振り返った尾崎淑子の下唇の中央の口紅だけがはげて、肌の淡いサンゴ色が見えた。生活の疲れか仕事の疲れか、かつては疵《きず》一つない水晶玉のようで、どこか近寄りがたかった尾崎淑子の中に、ある種の澱《よど》みが見える。それの醸し出すいくぶんかの不健全な匂いに、輝和は息苦しいばかりの欲望を感じた。

「新しい仕事の説明会があったの。ここの会議室で」と尾崎淑子は手短に答える。

「送ろう。終わったんだろう、もう」と輝和は言った。

「ありがとう」と尾崎淑子は、屈託のない調子で礼を言い、駐車場についてきた。

「明日から忙しくなりそう。のんびりできるのは、今夜だけ」

輝和の車の助手席に乗り込み、額に落ちてきた髪をルームミラーで直しながら、尾崎淑子は独り言のように言った。その言葉に自分がひそかに期待した意味が含まれているのか、それとも考えすぎなのか、輝和は何と答えていいものかわからず迷った。

「あの、子供は……」

いくつになったんだい？　あるいは何人、と尋ねるつもりだった。しかし戻ってきたのは、「母が見てるわ」という言葉だった。

返事をせずに、輝和はギアを入れた。

車は、研修所の急な坂道を下り、尾崎淑子の実家とは反対の高速道路の入り口に向かった。淡い金色を刷《は》いたような明るみのわずかに残る空を正面に見ながら、輝和は車を西に向かって走らせた。

どこに行くのかとも、これからどうするのかとも、尾崎淑子は尋ねなかった。

地元を離れどこかで向かいあって食事をしようということくらいしか、輝和に具体的な計画はなかった。その先はわからない。とにかく人目のある地元から離れたかった。

そしてあまり非常識でない時間に、尾崎淑子を送り届け、自分も帰りつかなければならない。

4

「では、また」と尾崎淑子は、口元だけで微笑して車を降りた。「さようなら」でも「次はいつ会えるの?」でもない、「では、また」という言葉が彼女にふさわしかった。手首を摑んで引き寄せ、もう一度抱き締めて口づけしたかったが、だれが見ているかわからない。「じゃ」と、小さくうなずいて見送るしかない。

残り香が車の中に漂っていた。尾崎淑子の肌に暖められたオードトワレの、めまいのするような匂いだった。

いきなり苦い後悔が込み上げてきた。人生の選択をどこかで誤ったような、早まったような感じがあった。

一方は言葉の通じない、生活習慣や感性の違う妻。一方は離婚歴のある、子連れの女。結木の家の嫁としてふさわしいのは、どちらだったのだろう。

輝和は、ハンドルに両手を置いたまま、かぶりを振った。考えるだけ愚かなことだ。いまさらどうにもならないし、どうにかしようと思うのは間違っている。その程度の分別はあった。

しかし捕えたと思った瞬間、手の中からするりと抜けていくような、優雅で幻めいた尾崎淑子の仕草や声が、彼女がこの車から立ち去った直後から、輝和の脳裏に生々しくよみがえり悩ませる。

輝和は納屋の脇に車を止めたまま、目を閉じ、しばらくシートに座っていた。

やがて車から出て、母屋に歩きかけたとき玄関から小柄な背中の丸くなった女が出てくるのが見えた。

「あら、どうも。ぼっちゃん」

まもなく四十になろうとしている男がぼっちゃんと呼ばれ、輝和は憮然とした。女は
戦後まもなくから、卯津木町にある結木家の貸家に住んでいる老女で、木崎スガという。

「こんな夜遅く、どうしたんですか？」

輝和は尋ねた。

「いえね、いろいろ話し込んでしまって。こんなつまらない年寄りの愚痴を嫌がらずに聞いてくれるのは、結木の奥様くらいなものなので」と、止めてあったミニサイクルに、よたよたとまたがる。

スガは夫を早くに亡くしていた。嫁いだ一人娘は、離婚して子供を一人連れて戻ってきたが、四年前に肺癌《はいがん》で他界した。

生活保護を受けながら娘の忘れ形見の男の子を育ててきたスガの生活は楽ではない。しかし家賃を滞納したことはなかった。それも銀行振込みにせず、毎月、律儀に届けにやってくる。

気候の良いときには、縁側に腰かけて母を相手によく世間話をしていく。母の方も、忙しいそぶりなど少しも見せず、お茶をいれ、ときには野菜などを持たせて帰していた。

灯《あか》りひとつない夜道を自転車で帰っていくスガを見送り、輝和は家に入った。

「ご苦労さま」と母が出てきて声をかけた。その後ろで淑子が「おかえりなさい」と抑揚のない日本語で迎える。さすがにうしろめたさを感じて、淑子の顔から視線をそらし、母に、今、そこで木崎スガに会ったことを伝えた。

「こんな夜遅く何の用事だったの？」と尋ねると母は「いえね、お孫さんのことでいろいろあるみたいで」と言葉を濁した。それから思い出したように、先ほど徳山から電話があったと伝えた。

「何か言ってた？」

「特に用事はないということだったけど、一応、こちらからかけたら」と母に言われ、輝和は大月にある徳山の家の電話番号を押した。

「おう、帰ってきたか」

電話に出た徳山は、低い声で言った。

「かあちゃん、どうよ？」

冷やかしの口調ではない。

「どうって、うちにいるよ。おふくろとビデオ見てる」

「今なにしてるかって聞いてるんじゃないよ。変わった様子はないかって聞いたんだ」

「何が？」

「あのとき一緒に見合いした、河合のとこのかあちゃんが、逃げ出した」

「逃げた？　河合のかあちゃんって、あれか……」

ネパールへ行ったとき見たきりだが、彫りの深い顔だちの少し顎のしゃくれた、格別に脚の美しい女だった。

「なんでまた？」

「わからないらしい。気の利かないかあちゃんだったけどな、美人なんで河合は大事にしていたんだ。それが突然、ドロンだ」

「連れ戻してないのか？」

「ああ。河合がな、泣くんだよ。天女みたいな女だったって。何もしてくれなくてもいいから、そばにいてくれるだけでよかったって」

飯能まで車を飛ばした日のことを思い出し、輝和は他人事《ひとごと》ながら胸の痛くなるような思いで徳山の話を聞いていた。

「しかし亭主にとっちゃいい女でも、洗濯させても掃除させても、いい加減だったそうで、親にとっては目障りだったろうな。それで昼間、何かあったんじゃないかって言うんだ、やっこさんの親と。しかし丸損だよな。払った四百万」

「ああ……」

数ヵ月経っても、いっこうに日本語がうまくならず、日々ふさいでいく淑子の様子をその話に重ね合わせ、輝和は重苦しい気持ちになった。

徳山は、輝和の沈黙に気づいたらしく、快活な調子で言った。

「ま、きっかけはきっかけだが、結果的にいい夫婦になったならいいってことだよな。わざわざつまらない話を聞かせて悪かった。ちょっと気になったものでな」

受話器を置いて、振り返ると淑子が立っていた。

「逃げたりしないか、おまえは」

その肩に手をかけ、輝和は独り言のように言った。蛍光灯の下で見る淑子の顔は、いっそう痩せて、こめかみあたりの黄ばんだ皮膚の上に、血管が薄緑に透いて見えるのが、哀れでもあり、疎ましくもあった。

「逃げたり……逃げたり……」

単なる反復らしいが、恨み言のようにも嘆きのようにも聞こえる口調だった。

「そう、逃げたりはしないよな」

淑子よりは、自分に言い聞かせるように輝和は言った。

子供を作らなければと思った。淑子と自分と、そして母のために。

最近、母は、淑子が畑に出たあと、一人で門の前に立って街道を見ていることがある。

いったい何をしているのだろう、といぶかしく思っていると、ちょうどその時間、近所の保育園で園児を散歩させているというのがわかった。園児たちが保母に連れられ歩いてくる様を母はじっと見ていたのだ。輝和は胸がつまった。海外で所帯を持ったまま戻ってこない兄はともかくとして、四十を目前にして、そんな母の願いをかなえてやれぬ自分が情けなかった。

「いいんだよ」

輝和は、淑子のパジャマの背中を押して座敷に入り、敷いてある布団の上に座り、明かりを消した。尾崎淑子の年齢的な衰えと官能の入り交じった、ほっそりした白い体が、一瞬、生々しく瞼の裏をかすめる。ほっと息を吐き出し、手探りで淑子の動かぬ体から、パジャマの下だけを脱がせ、無造作に交わった。

その夏は、異常な高温が続いた。

地区の世話役としての仕事のかたわら、輝和は炎天下での草むしりや収穫といった作業に追われた。雨が少ないにもかかわらず、トマトや茄子などの夏野菜はかえって豊作になった。大量の野菜を車に積み込み農協に運んだところで、価格は暴落しており、タネ代にもならない。

「冗談じゃねえ」と青ざめる若い仲間のそばで、「まったく」とうなずきながら、野菜の価格の上下など、結木家の経済に何の影響も与えぬことに、輝和は虚しさを覚えた。

暦の上の夏はとうに終わっている。しかし暑さはいっこう和らがない。

母はいっそう痩せて小さくなり、以前なら根元まできっちりと染めていた髪も、そうしたことも億劫《おっくう》になったものか、この二ヵ月で雪を思わせる灰白色に変わった。

父の方も、妻と嫁の手厚い看護を受けながら、衰えが目立ってきた。

長く寝ていれば、だれでも多少のぼけは出る。しかし不幸なのは、そのぼけが父の場合、苛立ちとか、暴力といった怒りの形を取って現われることだった。

部屋に散乱したコップや茶わんを母や淑子が無言で片づける光景が見られるようになった。

入院の話は、母が相変わらず拒む。

このころになると、淑子の日本語習得能力に母も匙《さじ》を投げたらしい。以前のようにひっきりなしに話しかけたり、反復させたりするのをやめてしまった。

淑子はいつも何かしら仕事をみつけては、静かに手を動かしている。そして輝和はもう一人の淑子の面影を追いながら、過ごしていた。

母が淑子を不妊治療で有名な市内の大学病院に連れていったのは、まだ残暑の厳しい九月末のことだった。

淑子がこの家にやってきてから、母が厳しく言って実行させていたことの一つに、朝起きたら、体温を計るということがある。慌てて起きなくてていいから、枕元に体温計を置いて寝て、翌朝必ず検温し、グラフにつけるようにと身振り手振りでその意図を伝えた。

そのグラフが、すでに六枚もたまっていた。老眼鏡をかけてはそれに見入っていた母は、いよいよ検査と治療の必要を感じたものらしい。

月経の開始とともに下降し、低温が続いたあと、大きく落ち込み、その翌日から次の月経まで高温が続く。そうした成熟した女性の正常な体温変化が、淑子には一応あった。しかし、半年たっても妊娠の兆候が現われないということは、何か他に異常があるのではないかと母は考えたらしい。

輝和は、笑顔の陰に不安を隠した母と、自分が何をしにいくのかわかっているのかいないのか、弛緩した表情であらぬ方を見ている淑子を車に乗せ、病院に送っていった。

自分も中に入ろうとすると、「男の人はこんなところに来るものではありませんよ」と母に追い返された。

その日の夕方近くになってから、二人は戻ってきた。玄関に入るなり、淑子は、腹を押さえてうずくまった。

「どうした？」

輝和は慌ててその体を支え、奥の座敷に連れていき、母に布団を敷いてもらい寝かせた。

母は、ため息をついて首を振った。

「検査をしたのよ。健康な赤ちゃんを産むためなんだから、少しだけがんばりましょうねって言ったんだけど、やっぱりちゃんとは理解してもらえなくて。淑子さんも何が何だかわからないまま、いろんなことをされるんだから辛いわね。看護婦さんとお医者さんが、英語で説明したんだけど、この人、英語もだめなのよ。だから普段から少しずつでも、言葉を勉強してくれればいいんだけど」

輝和は、仰向《あおむ》いたまま前歯を小刻みに震わせている淑子の顔を不安な思いで一瞥し、すぐに視線を逸《そ》らせた。

子宮内膜検査、卵管造影検査……。不妊検査のほとんどに伴う痛みや羞恥を輝和は知るよしもない。

「結果は?」

「この人に原因があるのかどうかはまだわからないけど……」と、母は言いにくそうに、輝和も近いうちに来院して検査するようにと言われたことを伝えた。

「俺が?」

思い当たることはない。自分に異常があってたまるかという、反発する気持ちを押し殺し、「ああ、行くよ」と輝和はうなずいた。

尾崎淑子との情事を思い起こした。いったい自分は、彼女にならら妊娠させる能力があるのだろうか。向こうも四十だから、可能性としては、妻の淑子の方がはるかに高いとしても。

その夜、輝和は別の部屋で一人で寝た。鎮痛剤を飲ませても、検査をしただけだから心配はないと言い聞かせても、淑子は血の気のない顔に怯えた表情を浮かべ、体を海老のように曲げて小刻みに震え続けていた。心配した母が、隣に寝て様子を見ることになった。

輝和は寝付けないまま、闇の中で長い間目を開けていた。ようやくうとうとしかけた頃、闇の中に異様な気配がした。天井の梁《はり》が音をたててきしみ、一呼吸おいて屋根の上に何か巨大な物が乗ったように、家全体が揺れた。

輝和は跳ね起きた。明かりをつけようとした直前に鋭く長い悲鳴が聞こえた。女の声だった。

「淑子さん、淑子さん、しっかりして」という母の声がそれにかぶさる。

襖を開け、部屋を飛び出し、仏間を横切り、輝和は声のした方に走った。

悲鳴は途切れ、次の瞬間、張りのある女の声が響いた。地鳴りにも似た、家全体を震わせるような低い声だ。

淑子の声ではない。

だれが、いや、何が、そこにいるのか?

輝和はすくんだ。

襖を開けると、ちょうど母が明かりをつけたところだった。

上半身を起こし、淑子が何か言っている。あの声は、淑子の唇から出たものだった。

言葉の意味はわからない。異民族の言葉だ。淑子の形相は一変している。瞼の切れこんだ目は鋭く見開かれ、いくぶん上唇の厚い口は、意志力を秘めたように大きく開くかと思えば、すぼめられ、意味不明の言葉を吐き出していく。

仏の顔だ、と輝和は思った。菩薩《ぼさつ》や如来ではない。悪を調伏《ちょうぶく》する密教の忿怒《ふんぬ》仏の顔だ。

「淑子さん、しっかり。淑子さん、淑子さん」

気丈な母は、淑子の手を両手で握り、目覚めさせようとするように揺すった。

そのとたん、母の体はふわりと宙を舞うように畳の上を滑り、脇の唐紙にぶつかった。

さすがの母も、淑子の顔を啞然《あぜん》として見ているばかりだ。

淑子は背筋をぴんと伸ばして、何か語り続けている。眼光は夜の大気を貫くように鋭く、前歯が異様に白い。

とたんに輝和は咳《せ》き込んだ。喉が絞め付けられるように苦しかった。涙が出た。蛍光灯の明かりが目に刺さる。

這ってその場を逃れ、父の寝ている奥座敷の襖を開けて倒れ込んだ。しかしそこにも異様な光景が展開されていた。

白い清潔なカバーのかかった父のかけ布団が、動いていた。大正生まれにしては大柄な父の体が、布団の下で跳ね上がるように痙攣していた。

「お父さん」

輝和は、咳き込みながら叫んだ。

「助けてくれ」

弱々しい声が聞こえたが、何もできない。

神棚から、ばらばらと榊《さかき》やら瓶子《へいじ》やらが落ちてくる。地震のような有様だが、部屋は揺れていない。

畳に肘をついて半身を起こしたとき、部屋の明かりが消えた。ブレーカーが落ちたらしい。直後に、何もかもがぴたりと静まった。

「地震か……」

痙攣のおさまった父が、ぜいぜいと喉を鳴らしながら、聞き取りにくい声で言った。

「ああ」

返事をしかけてそのとき輝和は、びくりと背を反らした。静寂の中に淑子の声だけが続いていた。先程よりも声量は落ちたが、あの異国の言葉で、忿懣《ふんまん》でも恨みでもない、詩でも朗読するような流麗な調子で話し続けていた。

暗い廊下を輝和は手探りで、淑子の寝ている部屋まで戻る。闇に閉ざされた部屋に、淑子の白目だけがぽっかりと浮かんで見えた。

母は放心したように襖に寄りかかり、小さな呻き声をもらしていた。ほどなく淑子の体は溶けるようにその場に崩れ、体をねじ曲げたまま小さな鼾《いびき》のような寝息をたて始めた。

「輝和」

母が呼んだ。弱々しいが意外にしっかりした声だった。

「ブレーカーをもどして。それから淑子さんをお布団の上に寝かせて」

翌朝、輝和は淑子を病院に連れていった。一夜明けても淑子はうつろな目をしたまま、何か口の中でぶつぶつ言い続けていた。

結木の家から車で二十分ほどの所にある精神病院は、幸いなことに外来に内科や老人科が併設されているので、家族を連れてそこの門をくぐるにあたっての抵抗感はなかったし、近所の人に見られても変なうわさを立てられることもない。

淑子は病院の建物を見たとたん昨日の検査を思い出したのか、表情を強ばらせたが、輝和が腕を取ると、諦めたようにうなだれてついてきた。

ここの院長は、地域活動を通じて父と懇意にしていた。

輝和は院長に、昨日の淑子の様子を詳しく話し、淑子が結木の家に嫁にきた経緯や、昨夜起きた現象について、正直に話した。

家が振動した、そばにいた輝和が咳き込んだ、父が痙攣を起こした、ブレーカーが落ちた、そうしたにわかには信じがたい話を聞かされても、この老精神科医は笑うことも否定することもなく、「ふんふん」と熱心にうなずいて聞いている。

そして淑子にいくつか日本語で質問した。もちろん淑子は何も答えない。院長はうなずくと、今度は輝和に、父の病気も含めた家庭の事情について尋ねた。

輝和は、父の病状はもちろん看病に当たっている母の体力も衰えていることを告げた。

「どう、しばらく預かる?」

院長は輝和に尋ねた。両親の具合が悪い上に、嫁までがこうした状態では、一家共倒れになると判断したのだろう。

「お願いします」と輝和はためらうことなく頭を下げた。

院長は軽くうなずいた。入院手続きはすぐに整った。案内された病室は、清潔で明るかった。

一応精神病棟ではあるが、入院患者は必ずしも精神疾患のある人々ばかりではなく、特別養護老人ホームの空きを待っている老人も多い。

「少し落ち着くまで、様子をみよう」と院長は言った。

不安気な顔で自分を見上げる淑子に、「すぐに良くなるよ」と輝和は早口で言い、逃げるようにその場を離れた。

病院を出ると、外はアスファルトの照り返しで焼け付くばかりの暑さだったが、空はすでに秋の到来を告げる深い青色をしている。西に広がる山並みも、山腹の木々の一本一本が見分けられるほどに鮮明だった。

輝和は体がふっと軽くなるのを感じた。家族構成がもとに戻った。心をわずらわせるものがなくなり、半年前の停滞した、平和な日々が戻ってきた。

車を納屋に入れ、玄関の戸を開けたが、母は出てこなかった。

奥の座敷で、父が呻き声を上げている。恐る恐るそちらに行くと、母がその体をさすっていた。

「どうしたんだい?」

輝和は尋ねた。

「お腹が痛いっていうの」

「医者は?」

「今日は往診ができないんですって」

「連れていこうか?」

「いや、いい」と父は首を横に振った。目の回りがどす黒く変わり、こめかみの血管が脈打っているのがわかる。

医者に行くのを父は嫌がった。入院するのはなおさらだった。外では、結木家の男として人格者であることを要求され続けた父は、その息苦しさを発散させるように家庭では気ままにふるまってきた。

老いたことと病気によって、なおさら頑固になった父を説得することは、母にもできない。

「夏風邪がお腹に入ったみたいね」と母は父の腹をさすり、父が「これは効く」と言って譲らない漢方薬を飲ませていた。

「食中毒なんてことはないのかい?」

輝和は尋ねた。

「ありませんよ」

低く毅然とした調子で母は答えた。淀《よど》みない返事が、かえって不自然に聞こえる。

父の容体が少し落ち着いてくるのを待って、輝和は母に淑子を入院させてきたことを伝えた。

「まあ」

母は眉根に軽く皺を寄せてうなずき、「ちょくちょく行ってあげなくては、いけないわね」と言った。

そのとき、あたりをはばかることもなく父が悲鳴を上げた。

母は落ち着いたそぶりで父の体をさする。その手を乱暴に振り払い、不自由な体で父は布団の上を転げ回り、嘔吐した。

「救急車、呼ぼう。入院だ」

輝和は後ずさりながら、言った。直接病人に触ったことのない輝和はその苦悶《くもん》の様子に怖《お》じ気《け》づいていた。

母は動じた様子もなく、洗面器を引き寄せ、父の背中を撫でている。もともと取り乱すことのめったにない母だが、それにしてもその場違いな静けさには違和感がある。

「お母さん、病院に連れていくよ」

輝和は、父から目を背けながら、車のキーを手にした。

「今は無理ですよ。落ち着くまで待って」

「もし手遅れになったらどうするんだ」

「大丈夫」

母は低い声で言った。何かいつもの母と感じが違う。

「だめだ……病院はいかん」

ほとんど虫の息で父が言った。

「死ぬときはここで死ぬ。結木の家の畳の上で死なせてくれ」

輝和はへたへたと畳の上に座り込んだ。前回倒れて入院したとき、父は医師にも看護師にも、たいへん立派な患者さんだ、と誉められた。痛いときにも、苦しいときにも、弱音を吐いたり、嘆いてみたり、他人に当たり散らしたりすることはなかった。常に人格者だった。家を一歩出たときは、そのようにふるまうことしか父は知らなかった。死ぬ間際くらい、そうしたことから解放されたいのだ、と輝和にも理解できた。

しばらくすると父の様子は落ち着き、呼吸も正常に戻った。

汚れたパジャマやシーツを替えている母を残して、輝和は縁側に出た。そのとき細長い踏み石の脇に、土と枯草がついた籠が一つ、伏せてあるのが目に入ってきた。きのこを採るときに使うものだ。結木家の山には、秋になるとネズミタケやジゴボウなどがよく出た。真夏のような暑さが、まだ続いていたが、もうこんな季節なのかと時の経つ速さに驚き、それから妙なことに思い当たった。

慌てて座敷に引き返し、母に「きのこ、採ってきた？」と尋ねる。

「いいえ、どうして？」

表情を変えずに母は、輝和の顔を見た。

「いや、籠が放り出してあったから」

「物置を整理していて、しまい忘れただけですよ」と母は答えた。

釈然としない思いで輝和は畑に出て、収穫の終わったトマトや胡瓜《きゅうり》の支柱や茎を引き抜き片づけ始めた。

翌日には、父の容体は落ち着いたが、干涸《ひから》びたようなどんよりした目を天井に向けて寝ている様子には、はっきりと死相が現われていた。

さらに二日後、再び父は腹痛を訴えた。しかし今度はそれほど、激しく苦痛を訴えなかった。体力が落ちているのだ。

輝和は縁側を見たが、あのきのこの籠はなかった。

座敷に戻ろうとしてふと軒下を見た。引き抜いた雑草や収穫の終わった野菜の茎をまとめた中に、土のついた木の実のような形のものがある。

最悪の事態に思い当たった。

庭に下り、輝和はそれを指でつまみ上げた。無意識に力が入ったものだろう、その丸いものは指の間であっけなくつぶれた。ある種のきのこの根元にあるツボだった。おそらくシロタマゴテングタケ。

毒きのこの種類は多い。しかしその中で致死毒を持つものは、日本には数種類しかない。その中の一つ、シロタマゴテングタケのツボの部分が捨てられていた。それではその本体はどうしたのだろう。

母はきのこの見分け方を熟知している。それにその特色のある形状からしても、間違えて採ってくるはずはない。

「お母さん……」

台所に入り、輝和は母の背中に呼びかけた。振り返った母の頬にはうっすらと翳ができ、乱れなくとかしつけて後ろに流した髪は、いっそう白く見えた。

「物置をそろそろ片づけようか」

言うべき言葉をとっさに呑み込んでいた。母にそういうことを問う勇気はない。

事実を知って何になるのだろう。母が事実を認めるときは、死を決意するときだ。それこそ取り返しのつかないことになる。確かなのは、もう父は母の手には負えなくなっているということだ。あるいは父が望んでいることを母は実行に移しただけなのかもしれない。

輝和は足音を忍ばせて奥座敷に入った。そっと襖を開けると、父が寝ていた。体の厚みはなくなり、ほとんど布団の高さしかない。骸骨が寝ているようだ。

すみやかに死んでくれと願い、静かに襖を閉める。

家から一歩出れば人格者である父の、家での様々な行状……。だから母にだけ共感して、同情して、輝和は育ってきた。父の死自体にさほどの心の痛みはない。ただ、母が手を下すというのが、切なく、恐ろしかった。だからといって自分がそれを代わって引き受けてやる勇気はなく、そのことにむしろ罪を感じた。

皮肉なことに、父は死ななかった。しぶとい回復力を見せて、翌日にはその頬に血の気が戻ってきた。しかし生命力の強さは、今となっては残酷なものだった。回復するのと同時に苦しみを訴える呻き声が戻ってきた。

その耐えがたく陰惨な響きに輝和は耳をふさぎ、母はそのそばについて静かに父に語りかけ、体をさする。


まだいくつか実をつけていた夏野菜の茎をすべて片づけ、その夜、輝和は地区の市民センターに行った。

市の地域農業振興計画の策定に伴い、この時期、各地で農業者懇談会が開かれており、この日は黒沼田地区で行なわれることになっていた。輝和は地区のまとめ役として父の名代で出席することになっていた。

輝和が着いたとき、会議室には市の農林課の職員と黒沼田の農業経営者二十人ほどがすでに集まっていた。

「待ってましたよ、結木さん」

沢村が日焼けした頰で笑いかけた。しかし会場に輝和の座る椅子がない。きょろきょろと周りを見回していると、沢村がすばやく立ち上がり、別の部屋から折畳み椅子を五脚抱えて戻ってきた。

「はい」とその一つを輝和の前に置き、手際よく残りを並べる。

輝和がのそのそとテーブルの前に座ったときには、沢村はすでに配られた資料に目を通し始めていた。

役所の職員の進行で懇談会は始まった。

最初は、年配の農業者から、山のような苦情が役所側に寄せられた。

年々宅地化が進み、洗濯物が汚れるからゴミを燃やすなとか、消毒の音がうるさいとか近隣住民から文句を言われ、農業がやりにくくてしかたない。農道が駐車場代わりに使われ迷惑している、等々。

それに対し、役所側は「住民から寄せられる苦情については地域内の交流をはかることで解決してほしい。農道の件は警察に通報するように」などと回答していく。

そのうち黒沼田でも比較的大きな農地を持っている中年の男が発言した。

「草を生やすと雑種地課税されるからって、栗を植えてるところがあるんだけど、植えっぱなしで大きくなると、隣の家の畑が日陰になるんだよ。それだけじゃなくって、そういうところは手入れもろくにしないから、虫が入ってきてかなわないんだ。役所の方でなんとか指導してもらえないものかね」

農林課の職員は顔を見合わせた。

「個人の財産なので、市が介入するわけには……」

職員の一人が歯切れ悪く答えかけたとき、向かいの席に座っていた老人が激高した調子で怒鳴った。

「あんたは、この前も栗畑を目の敵にしていたが、うちみたいに跡継ぎがいないんじゃ、どうやって畑にするんだ。年寄り二人で耕せるわけじゃなし、栗でも植えとくしかないだろうが。人の家の事情も考えないで、勝手なことばかり言われたって困るんだ」

「だれも栗、植えるなとは言ってないだろ。手入れくらいしろと言ってるだけで」

中年の男は、日に焼けた赤ら顔を、ますます赤くする。

空気が険悪なものになっていく。輝和はのろのろと立ち上がる。こんなときどうやって父が場を収めてきたのかわからない。自分には父の半分の力もないと痛感する。

「まあまあ」ととりあえず、両者をなだめる。

それからおもむろに役所の職員に向かい、「問題は栗畑がどうこうではなく、後継者がいるか、積極的に農業を継ごうと考えるだけの所得が確保できるかということにかかっているんですよ」と言う。地域の人々の利害関係が対立し、感情的にこじれそうな問題から、税や補助金に論点を移さなければならない。輝和は続けた。

「後継者がいないという理由で生産緑地の指定を受けなかったところでも、一生懸命やっている家はあるんですよ。役所の方でも、そういうところには奨励金を出すというようなことを考えてもらえませんかね。それに補助金にしても、うちの市は周りに比べると少ないような気がしますが、どうですか」

今度は農林課の課長が、一通り補助率の丁寧な説明をし、この市だけが少ないということはないと答え、それから少し困ったような顔で、現在は財政的に厳しい状況なので、奨励金といった独自の事業はこれ以上増やせないと答えた。

そのとき課長の言葉を遮って、沢村が口を開いた。

「いつまでも補助金だの奨励金だのを頼りにやってる時代じゃないと思うぜ、俺」

年寄りたちがぎょっとした顔で、沢村を見た。若者の何人かがうなずいた。

輝和は、双方を見やって口をつぐむ。

「補助金なしでどうやって経営していくか考えないと、農業自体が地盤沈下起こすんじゃないのかな。で、これは役所への要望になるんだけど」

今まで眠たそうな顔をしていた職員が、沢村の方を見て背筋を伸ばした。

「たとえば、そこの堀内のとこなんか、豆腐工場の雑排水が水田に流れ込んでるんだ」

とメンバーの一人の方を指す。

「それからうちの地区には、取り付け道路のない畑もけっこうある。補助金なんかいらないから、そのかわり工場なんかの建築許可も含めて、水利や道路みたいな基本的な環境整備をきちんとやってほしいんだ」

黒沼田の農業は、今まで通りにやっているだけではいけない。都市化した中でやりにくい面はあるが、住民と農家が共存共栄できる道を探らなければならない。たとえば……

と沢村は言葉をつないでいく。いくつもの提案がなされる。口先だけではない。彼自身が試み、成功したものもあるし、計画したが沢村のところ一軒ではできないこともある。それを一つ一つ提示していく。

懇談会の空気は、青年たちを中心に盛り上がり、前向きなものに変わっていく。輝和は、年配の人々の顔色を眺めまわし、口を挟む余地もなくなり、またその必要もなく、黙って目の前に置かれた茶をすすっていた。

自分の判断と努力で、人生を切り開いていかれるというのは、実は恵まれたことなのだ、と心の中でつぶやき、熱弁を振るう沢村の横顔を見上げて重たいため息をもらす。

懇談会は、盛況のうちに終わり、輝和と役所の職員が型通りの挨拶をして閉会した。

輝和が部屋を出ると、湯呑みや椅子をすでに片づけ終えた沢村が近づいてきて、「結木さん、どうですか。若いのだけで、飲みにいきませんか」と誘った。

その張りのある声、さっそうたる足取り、沢村の持っている雰囲気の一つ一つが、鼻についた。

「俺、若くないよ」と輝和は、断った。

「またぁ」

「車なんで、帰るよ、親父の具合がよくないんだ」と、沢村を振り切り、逃げるように駐車場に向かう。

「残念だな」と沢村は屈託なく笑い、手を振った。

駐車場の電話ボックスで、輝和は尾崎淑子に電話をかけた。

本人が電話に出た。

「あら」とさほど驚いた様子もなく言い、「この間はどうも」と柔らかな声で挨拶した。

「どうだ、これから。出られるか？」

「一時間だけ、待って。子供が完全に寝つくから」

それだけで十分だった。きっちり一時間後に尾崎淑子はそっと家の裏口から出てきた。

「一時には、ここに帰してね」

「わかった」

助手席に淑子を乗せて、輝和はインターチェンジに向かう。

高速道路に乗ると、たちまちこの町は遠ざかる。十五分も走れば神奈川県だ。

「どうだい、仕事の方は？」

輝和は尋ねた。

「けっこう厳しいわ。一字でも間違いがあっちゃいけないから。新しい用語がつぎつぎ作られるし、こういう時代だからなんでしょうけど、速さが要求されるのよ。でもね、新しい仕事が入るたびに、今まで見えなかったものが見え始めるの。いろいろな人と知り合えるし。自分が毎日変わり、少しずつ進歩しているのがわかって楽しいわ」

「辛い」という言葉は、尾崎淑子の口からは出ない。疲れを見せながらも、いつも軽やかに話し、穏やかに笑っていた。彼女の低い話し声を聞いているだけで、心が落ち着いた。

防音壁が途切れ、左側に夜の湖が黒く沈んでいるのが見え始めた。輝和はゆっくり高速道路の出口に向かってハンドルを切る。別に降りなくてもよかった。一晩中、話をしながら夜の道をドライブしていてもいいような気持ちだった。

尾崎淑子の指定した、午前一時という時間に、再びあの町に戻っていったとき、父もそしてネパールから来た淑子も、二人とも消えていたらなんと楽なことだろうと思えた。

母と、少々歳はいっているが、知的で優雅な妻と、場合によってはその連れ子を引き取っての暮らしというのは、どんなものだろうか。やがて自分の子供ができるだろう。難しい人間関係は実際にはどこまでもつきまとうだろうが、それは考えたくない。

ただ、ぼんやりと尾崎淑子と一緒の人生を考えていた。

家に戻ったとき、父はまだ生きていた。生きてうなり声を上げ、母はその傍らについて、憔悴した顔をうつむかせていた。そして少し離れた丘の中腹にある病院では、妻の淑子が眠っているだろう。何も消えてはいなかった。何一つ変わってはいなかった。

翌日、輝和がトラクターの手入れをして納屋から戻ってくると電話が鳴った。母親が受話器を取った。

電話を切った母は、淑子が退院することになったと、輝和に告げた。

「四日しかたってないのに」と輝和はいぶかった。

電話の相手は院長ではなく、新津という女医だったという。

「淑子がもう退院できる状態なので相談したいと言うの。私が伺うと言ったんだけど、先方は、私ではなくてあなたに来てくれっていうのよ。『淑子は私がずっと面倒を見てきましたから』といくら説明しても、納得してくれなくて。『これはご夫婦の問題だから、ご主人と話したい』の一点張りなの。なにか、頑《かたく》なな感じの先生ね、女の人なのに……」

「俺、行くよ」と輝和は、畑仕事で汚れたポロシャツと作業ズボンを脱いで、清潔なシャツとスラックスを身につけた。

明け方から降り始めた霧雨が、家を出るときには暴風雨に変わっていた。横殴りの雨の中を輝和は病院に急ぐ。

淑子の担当医、新津は、まだ三十代前半くらいだろうか。はっと目を引くほどに華やかな目鼻立ちをしていたが、華やかさが決して毅然とした雰囲気を損なっていない。いかにも才色兼備といった感じの女性だった。

輝和は気後れし、それを隠すように「院長先生は、なんと言われていますか」と、ことさらぶっきらぼうに尋ねた。

新津医師は椅子をきしらせ、輝和の真正面に向いた。

「結論から言うと、入院の必要は、ありません。本人の退院したいという意思を確認しました。本人が望まず、しかも入院の必要のない患者さんをこういうところに閉じこめておくのは、百害あって一利なしです。法的にも許されません。ただし」と新津の目が厳しくなった。

「患者さんが戻っていった先が、問題です。というよりは、受け入れる家族の問題なんですよね。夫婦関係を正常に戻し、余計な緊張をしないですむ良い関係を築いてもらうのが大切なんです。つまりご主人の問題なのですよ」

「なぜ、私の問題なんですか」

輝和は、驚いて言った。

「それに、失礼ですが、淑子が退院を望んだということですが、淑子は、自分で退院したいと言ったのですか」

「残念ながら、私にも彼女の話す内容はわかりませんでした。しかし、入院を望むか戻りたいか、という問いは伝わり、彼女も答えることができました。さきほどから、奥さんの名前を淑子と日本名で呼んでいますが、奥さんが納得してのことなのですか？」

「はあ？」

「名前というのは、アイデンティティーに関わることですから、単に呼びやすいというだけで、勝手に異国の名前で呼ばれたら、あなたでも嫌でしょう」

「私は、淑子を日本人だと思っています。日本女性になれると信じているから、そう呼んでいるんです。それにうちでは、淑子を大切に扱ってきました。母が付いて日本の言葉や礼儀作法、日本の風習をきちんと教えています」

「お母さんではなく、あなたと奥さんの問題なんです。ご夫婦の関係をもう一度、見直してください。いいですか、彼女はあなたと結婚したんですよ」

「はあ」

結婚が、単に男女の問題なら、何の苦労もなかった。自分が四十近くまで独身でいることはなかったのだ。この女医はこんな当たり前のことがわかっていない。そのうえ農家の事情まで理解しろといっても無理だ。そんなことを思い、輝和はそれ以上抗弁するのはやめた。

「わかりました。ただし、今、ちょっと父の容体が良くないので、もう少し、淑子が落ち着くまで預かっていただきたいんですが」

新津は形の良い口元を引き結んだ。

「私の言っていることが、理解してもらえませんか？　奥さんはここで治療が必要な病気ではありません。社会や家庭から切り離すことによって生じる悪い面の方が大きいのです。家に戻って、二人でじっくり話し合って、もっとも話し合えるような言葉がなければ、彼女がどうしたいのか確認して、場合によっては国に帰らないと治らないかもしれませんが、そのあたり、もう少し思いやりを持って接してあげてください。最低限、夫であるあなたが、妻と妻の国の文化を理解しようと心がけるところから始めてください。そうすれば、彼女も日本を受け入れてくれるはずです」

「はあ……」

新津は、淑子を呼んだ。ここに来たときの服装のまま現われた淑子の血色は、だいぶ良くなっていた。喜ぶ様子も怯える様子もなく、輝和の方を見て挨拶するような仕草をした。

「どうだ、もういいのか？」

輝和は尋ねた。

「もう、いい。大丈夫」

淑子は答えた。大丈夫というのも、淑子の数少ないボキャブラリーの一つだった。

新津医師に丁寧に頭を下げ、輝和は釈然としない思いで、淑子を連れて家に帰った。

5

納屋の戸を開けるまでの間に、体は吹きつける雨でずぶ濡れになった。病院の帰りに車内で聞いていたラジオで、輝和は台風が関東地方に上陸したことを知った。

少し前にしっかりと支柱を立て直した茄子がこれで倒れてしまうだろう。ビニールハウスも無事では済むまい。ぼんやりとそんなことを考えたが、他の仲間ほどに深刻にならないことに輝和は憂鬱さを覚えた。作物被害などという経済的損失以上に深刻なことが身辺にいくつも起きている。

玄関で待っていた母は、輝和に「ご苦労さま」と声をかけ、淑子に向かい「よかったわね、退院できて」と言いながら、スリッパを揃えた。そして車から母屋まで来る間に、びっしょり濡れてしまった淑子の髪をタオルで丁寧に拭いてやった。淑子は、しつけのよい犬のように、されるままになっていた。

形ばかりの快気祝いの膳を整え淑子を迎えたその夜、いったん小康状態になった父は、再び苦しみ始めた。

もはや苦痛を訴えるほどの体力も残っていないかのような体で、布団の上を転げ回る父を前にして輝和が感じたのは、恐怖だけだ。肉親への慈しみも同情もない。これ以上、純粋に肉体的苦痛の極限を見せ付けられることから逃れたかった。自分が逃れたい一心で、救急車を呼んでいた。

母は父の体をさすり、口元に洗面器を持っていく。父は何度か痙攣するように、腕で母を薙《な》ぎ払った。

輝和は電話をかけたきり何もできず、震える足で立ち尽くしていた。向かい風とともに、ガラス戸を叩く雨音が、滝のように聞こえてくる。時間がおそろしくゆっくり過ぎていった。

救急車はなかなか来ない。輝和は父から目を背け、じっと柱時計をみつめた。五分たち、十分たち、それでもサイレンの音は聞こえてこず、父の呻きばかりが続き、その呻きはときおり絶叫となって古い家を震わせた。

そのとき廊下のきしむ音が聞こえた。障子を開けて首を出してみると、淑子がおぼつかない足取りでこちらにやってくる。母が、この日は父から遠ざけるように彼女を離れに寝かせたのだが、さすがにこの騒ぎを聞きつけたものらしい。

「いいんだ、離れに戻れ」

輝和は、淑子の前に立ちふさがった。せっかく落ち着いて戻ってきた淑子に断末魔の父親の姿など見せられない。

淑子は黙って、輝和の体を押し退《の》けた。驚くほど強い力だ。しかしその顔には、少しの力みもない。厚ぼったい奥二重の瞼の底で、黒い瞳が光を放っていた。輝和は射竦《いすく》められたように五体から力が抜け、その場にへたへたと座り込んだ。

淑子は、のたうち回る父の枕元を歩いていき、母の反対側に座った。そして吐瀉物《としやぶつ》で濡れた父の寝巻の胸に手を差し込んだ。ゆっくりと大きく手のひらを動かし、腹に円を描く。痙攣するように父の体が跳ねた。低いうなり声を一つ上げ、それきり静かになった。ぐたりと仰向けになり、動かない。

死んだのか、と輝和は恐る恐る近寄る。

生きていた。その証拠に、その乾いた唇から、息を吐き出す音が聞こえた。静かな深い寝息のようなものだった。

母は、驚いたように目を見開き、無言でその様を見ているだけだ。淑子の手は父の腹部に吸い付くように柔らかく触れられていた。どす黒く、こめかみの血管の膨れあがっていた父の顔が、次第に白くなっていく。青ざめた唇がかすかに動き、人間らしい声が聞こえた。

だれかを呼んでいる。か細い、幼子の声だった。父は、鼻を鳴らし母親に甘える幼子のような声を出していた。

淑子の手が父の腹部から離れ、はだけた胸に上がり、さらに首筋を撫で上げてその頰に触れた。父は笑っていた。赤ん坊のように無垢《むく》な、生理的な微笑を見せていた。

そのとき不思議な声が聞こえた。父の口からではない。輝和は淑子の口元に目を凝らす。自分の見たものが信じられず、母の方を見た。母は、淑子の顔を凝視している。

父の頭を抱いて淑子は、確かに言ったのだ。

「よしよし」と。

「もう、おやすみ、ご苦労さんだったね。もういいのよ、さあ、おやすみ」

明瞭な発音でそう続け、父の体から手を四、五センチ浮かせてゆっくり動かしている。淑子が日本語を話した。それとも例の淑子の部族の言葉が、こうした状況で一連の意味をなす日本語に聞こえただけなのか。

母の体が小刻みに震え始めた。震えながら、尻をついて後ずさる。静脈の浮いた手で口を覆い、笛のようなか細い悲鳴を上げている。這って廊下に出て、勝手口に逃げていく母を輝和は追った。

そのとき思い当たることがあって、生ごみの捨ててある籠に目をやった。手元に引き寄せ中を見る。手を突っ込み、ひねって捨ててある広告の紙を開いてみる。やはりあった。あの白っぽい、きのこのツボが、丁寧に紙に包まれ、捨てられていた。

唇を噛み、輝和は外に飛び出す。

裸足《はだし》のまま、母は横殴りの雨の中でうずくまり、悲鳴のように泣き声を上げていた。母のそんな取り乱した姿を見るのは初めてだった。

輝和は駆け寄り、抱き起こそうと肩に手をかけた。母はかぶりを振り続ける。輝和は正面に回り、「お母さん、大丈夫か、お母さん」と顔を覗《のぞ》き込んだ。

母は視線を上げた。眉間に深い皺が刻まれ、風であおられた白い髪が光背のように逆立つ。輝和は母を抱き起こし、枯木のような体を両手で支えた。

「いいんだ。親父はあれでよかったんだ。やっと楽になったんだから」

母は輝和の腕の中で、痙攣するように身を震わせた。あえぐような声が、母の喉から漏れ、輝和は濡れた白髪頭に手を当てた。

「大丈夫か？　お母さん」

「あの夜から、淑子さんが発狂したあの夜から、こんなふうに、頭が、割れるように痛くなることがあって……」

「何もしてないよ」

輝和は、ずぶ濡れの母の体を抱きかかえた。

「頭が痛くて……自分でも何をしているのか……」

「お母さんは、何もしていない」と輝和は遮り、母を引きずるように勝手口に連れていく。

「親父は、病気が悪化しただけだ。お母さんは何もしてない。だからこのことはだれにも言うな。絶対、言うな」

額を伝い目に入ってくる雨粒を片手で拭いながら、輝和は大声で言った。

母を和室に連れていき、たんすから乾いた衣服を出してそのそばに置いた。輝和が一人で父の寝ている部屋に戻ったのは、数分後だった。

蛍光灯が切れかけているらしい。青白い光が淡く瞬いて、淑子と父の顔を照らし出すかと思えば、一瞬後には、深い影を刻みつける。

異臭漂う布団の上に、一対の置物のように、淑子と父がいた。

異様な感動に体が震えた。ピエタだ、と輝和は思った。背筋を伸ばして座った淑子の、開いた太股《ふともも》の上に、父の頭があった。

父の蒼白の顔からは、皺という皺が消えて、意外なほど整った骨格ばかりが目立っていた。物心ついたときから、輝和が目にしていた気難しい父の顔ではなかった。また地域の人々に天皇と崇《あが》められ、多くのことがらに心をわずらわせながらも薄皮一枚の穏やかさを崩さなかった外に向けての顔でもなかった。

父は、子供に戻っていた。激烈な苦痛の後に、七十数年の生の呪縛からようやく解き放たれたように、無邪気な顔で瞬く蛍光灯をみつめていた。涙を浮かべたかのような濡れた眼球は微動だにせず、いつまで待っても瞼が閉じられることはなかった。

ようやく、輝和は父がすでに絶命していることを悟った。恐る恐る近づき、父の顔を凝視する勇気のないまま、父の頭をじっと抱いている淑子に向かい、「すまない、看取ってもらって」と頭を下げた。

それから母のいる和室に行き、早口で父が死んだことを告げた。

ぼんやりと座っていた母ははっとしたように顔を上げ、いつもの毅然とした表情に戻った。

「わかりました」とだけ言うと立ち上がり雨風になぶられた髪をなでつけ、父のいる奥の間に向かいながら、「あなたは高敏に電話してちょうだい」と長男の名前を言った。

救急車のサイレンの音が聞こえたのは、ちょうどそのときだった。車から降りてきた救急隊員は、豪雨でここに来る道の路肩が崩れ、到着が遅れたことを輝和に伝え、病人の居場所を尋ねた。

輝和は、奥の間に案内しながら、父がすでに息を引き取ったと答えた。淑子に抱かれたまま、まだ体温を残していた父の体は、そのまま病院に運ばれた。

長く寝たきりだった父は、市内の救急指定病院に運ばれ、特に不審感をもたれることもなく、急性心不全という死亡診断書を書かれて、戻ってきた。


葬式は二日後に、結木の家で盛大に執り行なわれた。花輪は門の前から、百メートル以上離れた四辻《よつつじ》まで並べられ、家の前の街道は参列者の車で渋滞した。

長男の高敏が六年ぶりに単身帰国し、一休みする暇もなく隣組の役員と相談し、右往左往する弟の代わりに驚くばかりの手際の良さで葬儀の準備をした。

落ち着いた態度と淀みない言葉で参列者への挨拶を終えた兄は、初七日が過ぎる前にアメリカに戻っていった。

遺《のこ》された母へ少しばかりの気遣いを見せたほかは、弟の結婚についても財産相続についても一切コメントせず、自分はすでに結木の家とは縁が切れているとでもいうかのように、滞在最後の日は成田空港の近くに宿を取り、翌日早朝の飛行機に乗った。

母屋と、渡り廊下で結ばれた離れ、そして土蔵が二つ。その屋敷にいるのは、今は、体中から水気が抜けて一回りも二回りも縮んだように見える母と、相変わらず口数の少ない淑子と、この家の新たな家長である輝和だけだった。

葬儀の後片づけも終わった十月初めの夜、母の布団を敷いて戻ってきた淑子は、機械的な仕草で傍らのビデオをセットした。

白黒の画面が出た。楽しみのためなのか、それとも少しでも日本語と日本の習慣に馴染もうとしているのか、淑子は寝る前に必ず、母の買ってくれた日本映画を見る。

「淑子」

輝和は呼びかけた。淑子は怪訝な顔で振り返った。

「話してくれよ。あのとき、何があったんだ？　親父の死んだ夜のことだよ。いや、その前、発作を起こしたときのことだ」

淑子は、奥二重の瞼を何度か開いたり閉じたりした。それから低い声でぽつりと言った。

「わからない……」

「わからなく、ないだろ。おまえは、日本語をしゃべったじゃないか、確かにしゃべったたろ」

淑子の少し厚みのある上唇がゆるゆると開いた。

「日本語……わからない」

「だから」

輝和は、ビデオのスイッチを叩くようにして切った。それから苛立ってもしかたない、と我に返った。淑子はうろたえたような目の色で、輝和をみつめていた。

輝和は、自分を指差した。

「これは？」

「てるかず」

間延びした調子で、淑子は答えた。

「これは？」

「映画。私は……映画……を……見ます」

輝和はため息をついて首を振った。淑子は、未だに片言の日本語しか話せない。話せたとしても、平板な、感情のこもらぬ調子になる。

あの夜、淑子が父に向かって日本語で語りかけたのは、自分の気が動転していて、それらしく聞こえたにすぎなかったのかもしれない。

いったいあの言葉は、母にはどう聞こえたのだろう。あの夜のことはまるでタブーであるかのように、二人とも話題に上らせることを避けていた。

あれから母はときおり、体を丸め片手で頭を押さえていることがある。大丈夫かと尋ねても、たいしたことはない、と穏やかだがしっかりした声で答えるだけだ。

変わったことと言えば、四六時中、淑子につき添ってさまざまな事を教えていたのが、父の死以降、淑子から離れていることが多くなったということだ。

それは自分の娘として、淑子を一人前の日本女性に育てるという意欲を失ったようにも、淑子を恐れ避けているようにも見えた。

それだけではない。「結木の奥様」の役割を放擲《ほうてき》したように、母はだんだん動かなくなった。ぼんやりしている時間が長くなり、かといってぼけたわけではなく、ただ置物のようにひっそりと座っている。

やがて陽の入らぬ奥座敷の一隅で冷たく固くなってしまうのではないか。そんな危惧《きぐ》をいだかせるほど、その体からはこれといった病気もないというのに、間近に迫った死の気配が濃厚に立ち上っている。

家の中は静かだった。畑から食事に戻ってきた昼下がり、燦々《さんさん》と太陽の光が降り注ぐ縁側に座っていると、輝和は自分もまたこの家の中でいつのまにか息を引き取っており、それに気づかず、魂だけがこうして漂っているのではないかと感じられることがあった。

停滞した自分の日常を他人事のように眺めながら、例年になく長い残暑のようやく和らいだ十月の半ば、輝和は四十歳の誕生日を迎えた。

何もなかった。昨年までは、必ず、祝いの膳を整えた母は、今年はそんなことも忘れたように、何をするともなく奥座敷に座ったままだったし、淑子はもとより輝和の誕生日など知らず、母に教えられたとおり黙々と廊下や板戸の雑巾がけをしていた。

輝和は、庭の鶏頭《けいとう》に目をやった。深紅の花が陽光に映えている。今まで鶏頭を美しいと思ったことはない。母がずいぶん昔に植え、こぼれた種で毎年秋になると勝手に咲く。しかし今年は、その燃え盛る色に揺らぎ立つ生命の力を感じ、まぶしかった。

「淑子、淑子……」

無意識に、つぶやいていた。妻の淑子ではなく、尾崎淑子の名前だった。

せめて父の四十九日が終わるまで、女に電話をするのはやめようと思った。それが輝和にとっての分別だった。しかしこうして死の影にからめとられたような家の中で、体を硬くして生きていると、尾崎淑子の存在が唯一の救いのように感じられる。

輝和は、縁側から腰を上げると庭の植込みを横切り街道に出て、十分あまり歩いたところにあるコンビニエンスストアの公衆電話のところに行った。

尾崎淑子の自宅の電話番号を押す。

別にだれかに聞かれるということはなかったが、家から電話するのは、はばかられた。

彼女は自宅にいなかった。電話に出た母親らしい女が、淑子が宇都宮まで出張していることを告げ、「さしつかえなければご用件を承っておきますが」と暗に淑子との関係を尋ねた。輝和は、「結木」という、この辺りでは知られすぎた自分の名字を、先に正直に名乗ったことを少し後悔した。

「実は、中学時代の恩師が今年で退職することになりまして、そのお祝いのことでご相談しようと思ったもので」ととっさにごまかした。

相手は恐縮した口調になり、急ぐのでしたらと淑子の持っている携帯電話の番号を輝和に教えた。

その電話番号を押すと、七回ほど呼び出し音が鳴った後、少し低い潤いを帯びた尾崎淑子の声が聞こえてきた。

輝和の声を聞くと、驚いたように「まあ」と言ったが、すぐに「このたびはご愁傷様でした。お線香を上げさせていただきたかったのだけど、そんな立場ではないので遠慮したの……大変だったでしょう、急なことだったから」と続けた。

それだけで十分だった。その声を聞けただけで、ほっとした。ほっとした次には会いたくなった。会ったあとには、泡のようにはかない白い肌に触れ、その体に深く身を沈めたいと思うだろう。

「いつ帰ってくる？」

そう尋ねると尾崎淑子は沈黙した。雑音と、クラクションの音が入った。

「車の中」

声がいきなり途切れた。それきりだった。電波が届かないのだ。少したってからかけ直す。

「ええ、ありがとう。ごめんなさい、トンネルに入ってしまうわ」

「帰りはいつ。迎えにいくよ」

「ええ」

「出張だって？」

「あ……ええ」


「電源が入っていないか、電波の届かないところにいます」という電子音声が淑子の代わりに答えた。輝和は舌打ちして、受話器を置いた。

振り返って、輝和はぎくりとした。街道の向かい側に、妻の淑子が立ってこちらを凝視していた。切れ長の目はいぶかし気に輝和を見ているだけだったが、輝和には、その白く丸い額の中央に、第三の大きな目がかっと見開かれ、鋭い眼光を浴びせかけてきたように感じられた。

信号が変わるのを待って、そちらの方に行きかけたとき、幻の目は消えていた。

「危ないから、外に出るなと言ったろう」

不機嫌に言いながら淑子の腕を掴み、輝和は家に向かって歩き出した。

その夜、電話が鳴った。尾崎淑子だろうか、と受話器を取り、素早く時計に目を走らせる。午後十時。これから迎えに行って、会って、今日中には家に帰せると、とっさに時間を計算していた。

しかし電話をかけてきたのは、淑子ではなかった。中学時代の同級生で、ときおり商工会議所の行事などで顔を合わせる板金屋の息子だ。

「尾崎って、覚えているか？」

いきなりその姓を言われて、面食らった。

「ああ、いたかな……」

関係を悟られまいとするように、輝和はことさらそっけなく言った。

「事故で……死んだ」

「はあ？」

相手の言葉がわからなかった。尾崎、死んだ、事故。一連の単語が外国語のように聴覚の表面を滑り落ちていった。

次に思ったのは、俺は今日電話した、死んでるはずがない、ということだ。

「尾崎……だろ？」

「そう、尾崎淑子。二年前に同窓会やって、名簿を作っただろ。それで一応、消息が摑める人間にだけ、今、連絡している」

「事故、って言ったか？」

「交通事故だ。中央高速でやったらしい。即死だ」

そんなばかな……中央高速であるはずがない。彼女の出張先は宇都宮だったはずだ。

続けて板金屋は、通夜と告別式の予定を事務的な口調で言い、別の同窓生に輝和から電話をして同じことを伝えてくれるようにと付け加えた。

電話を切って、輝和は言われたとおり、近所に住む同窓生にそのことを伝えた。自分でもおかしくなるほど冷静だった。しかし受話器を置いたとたん、顔から血の気が引いて、全身が冷たくなった。少しばかり吐き気がした。悲しみの感情は不思議なくらいない。

じわじわとその事実に実感が伴ってくるにしたがって、怒りのようなものがわいてきた。運命を呪っていた。彼女の運命と自分の運命を。

尾崎淑子の死を悼む余裕などない。何かが、自分の大切にしているものを、唯一のやすらぎ、唯一の希望を奪いとっていった。

低い、潤いを帯びた声、白い胸のぼんやりした輪郭、滑らかな少しばかり衰えの感じられる肌、首筋から上る淡い体臭。いとおしいもの、心を和ませるものが、永遠に失われた。本当なのか？　自分は悪い夢を見ているのではないのか？

輝和は電話台の横にある赤九谷《あかくたに》の壺《つぼ》を摑んでいた。そしてそれを頭上にかかげ、床に叩きつけた。

鈍い音がした。破片が跳ねた。しかし割れなかった。父が、視察旅行で金沢を訪れたおりに買ってきた壺は、口の部分がかけただけで、磨きぬかれた床に傷をつけてごろりと転がっていた。

その場にしゃがみこみ、輝和は両手で頭を抱えた。涙は出なかった。絶望とともに強烈な吐き気が襲ってきた。しばらく吐き気をこらえうずくまっていた。

ふと顔を上げると、淑子がいた。少しも欲しくない、疎《うと》ましい方の淑子が、鈍感そうな重たい瞼をして、輝和を見下ろしていた。

輝和は弾かれたように立ち上がった。あのとき街道の向かい側で、自分を見ていた淑子。淑子の額に見えた、第三の目。貫く眼光。

あのとき、自分が電話している姿をずっと見ていたのか？　もしや内容も聞いていたのではないか？　それはありえない。どんなに怒鳴ったところで、車のひっきりなしに通る街道を隔てて、電話の内容が聞こえるはずはない。

しかし、いくつかの事実が、淑子を中心に繋《つな》がっていく。父が死んだ。苦しんでいた父のそばに、淑子が行ったとたん、父は静かになった。そして母は錯乱したように、雨の中へ飛び出していった。淑子がいなければ、救急車が来るまで父はもったかもしれない。

淑子と出会った日に、猫が死んだ。

そして今、大切にしている方の淑子が、本物の淑子が、死んだ。

悪寒が走った。両手が震えた。その震える両手で、正面にいる淑子のシャツの襟元を摑んだ。

「おい」

うなるように、言った。

「おまえはいったい何だ？　何しに俺のところに来た？　何のために俺の前に現われた？」

淑子は目をしばたたかせた。何か言おうとするように、唇を動かした。両頰が緊張し、歪《ゆが》み引きつれた口元が、笑みの形を作った。

「なにがおかしいんだ」

輝和はこぶしでその口元を殴っていた。血が飛んで弧を描き、淑子の体が後ろの壁にぶつかった。崩れ落ちた体を蹴った。やわらかい肌に、爪先が吸い込まれる感じがした。

とたんに嫌な音を立てて、淑子はその場に嘔吐した。あの日、獣医に連れていく途中、助手席で血を吐いた猫の発した音とそっくりだった。

嫌悪感と悲しみと怒りと恐怖に、輝和の全身が鳥肌立った。廊下に四つんばいになっている淑子を残し、輝和は逃げるように奥の仏間に駆け込んだ。

明かりのついていない座敷の中央に膝をつき、震えていた。震えながら尾崎淑子のために、初めて涙を流した。

どれだけそうしていただろうか。流した涙が、突然、瞼の縁で凍るような気がした。うっそうとした黒い物が、そばに来た。目を上げると何もない。正面にはまだ祭壇があった。父の写真が飾ってあり、それが輝和をじっとみつめていた。


二日後、市内の斎場の殺風景な一部屋に並んだパイプ椅子に腰を下ろし、輝和は正面にある尾崎淑子の顔をみつめていた。

窪んだ目元に、暖かな微笑を浮かべた写真だった。助手席に座っていた淑子、自分の腕の中で軽やかな寝息を立てていた淑子、耳元で優しくささやいた淑子、生きていた淑子の仕草と匂いと感触のひとつひとつが鮮やかによみがえってくる。写真には実年齢が出るというが、本物の淑子は、黒枠の中の淑子より、はるかに若く奥深い美しさがあった。

「どうぞ、前の方からおかけください」

斎場の係員が、弔問客を誘導している。小学生の子供を残して亡くなった者へのやりきれない思いがそうさせるのか、だれも祭壇の近くには行かず、弔問の人々は後方ドアのそばに固まって背中をまるめて座り、正面の遺影を盗み見るように見上げながら、ひそひそと何かささやきあっていた。

輝和はちらりと時計を見た。まもなく僧侶の読経が始まる。それが終わると焼香だ。

そのとき輝和の座っている脇を長身の男が通り過ぎた。はっとして目を凝らしたのは、その男の足取りがふらついていて、片腕を真っ白な三角巾で吊っていたからだ。

まだ二十代と見える若者だ。一瞬見えた横顔に血の気はなく、額から鼻筋、顎へと続く線が、人工的な印象を与えるほど整っていた。

男はよろよろと通路を進み、そのまま祭壇の前まで行った。係員と家族が、腰を浮かせたときには、その場に崩れ両手で棺《ひつぎ》を抱いて号泣していた。

年の頃からして弟か甥《おい》っこだろうかと首を傾げていると、「淑子、淑子」という男の泣き声が聞こえてきた。泣き声はやがて裏返り、絶叫に変わった。

席に座っているものは、首を伸ばしてその様子を見ている。一人おいて左側に座っていた中学時代の同級生の男が、ちらりと輝和と視線を合わせ眉を寄せたまま、口元だけで笑い、親指を立てた。

「えっ」と輝和は、男の立てた親指を見た。男は片手を口の脇に添え、小さな声で言った。

「旅行先の事故なんだよ。彼氏の車で」

旅行、車、そして彼氏……。

「こっちに戻ってきてからは、けっこういろいろやってて、相手の数は片手じゃ収まらなかったらしい。旦那と別れて淋《さび》しかったのかもしれないな」

死者へのおざなりな同情をこめて、男は言った。

輝和は、冷たい汗が額から滴り落ちてくるのを手の甲で拭った。

いつ帰る？　迎えにいく……。

携帯電話に向かい、自分はなんと間の抜けた問いかけをしていたのだろう。あのとき彼女の隣には、あの棺に取りすがって泣いている若い男がいた。

若い男は、係員に慇懃《いんぎん》な調子で注意され、支えられるようにして通路を戻ってきた。黒スーツに、三角巾の白さが目にしみるようだ。

唇を噛みしめうつむいた若者の顔立ちは、息を呑むばかりに美しかった。

腰から下の力が抜けたまま、輝和は通路に敷かれた藤色の絨毯を踏みしめて祭壇の前に行き、遺影から目を背けそそくさと焼香を済ませた。

輝和はこの年に見た三つの死を思った。ただただ悲しく、切なく、透明な涙を流すことができたのは、白猫が死んだときだけだった。何の罪も犯さずに死んでいけるのは、動物だけかもしれない、と思った。

家に戻ると、妻の淑子が、待っていたように引き戸を開けた。淑子の顔はまだ少し腫れていた。

輝和が殴ったとき、前歯が一本抜けかけたのだ。翌朝、慌てて歯医者に連れていき、輝和は、「転んだ」と説明した。あのときほど、淑子が日本語を理解できないことをありがたく思ったことはない。幸い歯は抜かないで済んだ。しかし治療を終えた淑子の顔は、腫れていびつになり、しかも皮下出血の痕が頰からこめかみにかけて広がっていた。輝和はその顔から逃れるように、家の中では淑子を避けて過ごしていた。そしてこのときも、「ただいま」と押し殺したような声で言ったきり、母のいる座敷に直行した。

「お天気は、どう?」

華道の和綴《わと》じ本に目を落としていた母は、老眼鏡を外し、輝和に尋ねた。

「今日一日はもつよ」と答えると、「それじゃ唐辛子、取り込まないでいいかしら」と言った。

友人の葬式に行く、と母には伝えてあったのだが、葬式についても、亡くなった人についても、母は一切、尋ねない。

そんなことはどうでもよくなってしまったのだ。今の母にとって関心があるのは、庭先に干してある唐辛子と、それを濡らすかもしれない雨のことだけだった。

本を閉じて、母は片手で首筋を揉《も》んだ。

「痛いのか?」

尋ねて、輝和は母の肩に軽く手を置いた。

「やめてちょうだい」と母は、その手を払った。

「頭が痛くてね……あれから。あの人が、夜中に叫び出したあの晩から」

あの人、と母は淑子を呼んだ。この家に来た異国の女を、もはや娘としても嫁としても扱う気はないらしい。

ふと妙な気がした。母の頭痛はあの日から始まった。そして母は父に毒きのこを食べさせたらしい。そんなことをするような母ではなかった。母がそうしたことを実行するに至ったのは、世間的には立派な結木の家長を立派なままあの世に送るためか。それとも自分を見る病人の目の色に、死なせてくれという願いを感じとったからだったのか。

それだけではない。何かがあるような気がする。

輝和は、肩のあたりに薄寒い感じを覚え振り返った。淑子が立っていた。

「何してる？」

尖《とが》った声で、輝和は言った。

「雨」と言いながら、淑子は手の中のざるを見せた。唐辛子が入っていた。雨が降ってきそうなので、取り込んだ、ということらしい。

「わかったからあっちへ行け」

そう言いかけたとき、母が頭に片手を当てて、小さく呻いた。

「あっちへ行け」

淑子は小首を傾げた。輝和は傍らにあったマジックインクを手にして、淑子の足元にぶつけた。

「早く行くんだ」

猫と、父と、尾崎淑子の三つの死に淑子の影を感じる。このままでは母まで奪われそうな気がした。何を思ったものか淑子はその場に崩れるように座り込んだ。

「布団、敷いてちょうだい」と母は、弱々しく言った。

滅多にあることではなかった。

風邪をひいて高熱があるときでも、畑にこそ出ないが、母は家の中で片づけものをしていた。輝和が生まれるときも、直前まで台所に立っていた。女は多少の病気では寝ているものではない、というのが母の口癖だった。

輝和は押入れの戸を開けて、敷き布団に手をかけた。

そのとき「富美子《ふみこ》」と母の名を呼ぶ、父の声を聞いたような気がした。

「お母さん」と母の方を振り返った。

母は、驚いたふうもなくうなずいた。

再び聞こえた。今度ははっきりと、襖のそばから聞こえてきた。

淑子が、そこにいた。布団を敷こうとする輝和を手伝うでもなく、両膝を揃えその上に手を置き、置物のように座っていた。

しかし彼が聞いたのは淑子の声ではなく、確かに父の声だ。

輝和は茶だんすの引き出しから保険証を取り出し、スラックスのポケットに入れた。

「大変だ」

父が呼んだ、ということは……。

母の腋に手を差し込み、有無を言わさず立たせ、抱きかかえるようにして車のところまで連れていった。

後ろの座席に横向きに寝かせ、病院に運ぶ。助手席に座らせ、シートを倒すこともできたが、車に撥ねられた猫がその座席で死んだのだと思うと、同じ場所に座らせる気にはなれなかった。

輝和の判断は正しかった。

クモ膜下出血というのが、母の病名だった。

母は入院した。

「覚悟は、しておいてください」と医師は言った。

輝和は、金沢にある母の実家と、こちらに嫁いできている叔母の家、日本海側にいくつかある母の親類などに、つぎつぎと電話をかけた。そして最後に、兄の高敏のいるカリフォルニアの小都市に国際電話をかけた。

兄は驚いたように何度も病名を聞きなおし、どのくらい危ないのだ、と尋ねた。輝和は「心配ならすぐに戻ってこい、どうでもいいと思うならそこにいろ」と吐き捨てるように答え、受話器を置いた。

母の昏睡《こんすい》状態は、一日半続いた。その間に、親類の者が駆け付け、これから空港に向かうと、兄が電話をしてきた。

輝和はずっと付き添っていた。そして夜が明け陽が高くなり、再び陽が落ちたとき、まるで電池が切れるように輝和はことりと眠りに落ちた。人工呼吸器をつけた状態で、母が眠り続け、その上下する胸のそばで、硬い折畳み椅子に腰かけたまま、がくりと首を落として、約三十時間ぶりに眠った。

母の背中に括《くく》りつけられ、日暮れまぢかの畑道を歩いている夢を見た。鈍行列車の硬いシートに座り、車両の真ん中に据え付けられただるまストーブを母と二人でながめている夢を見た。

幼い頃、母に連れられ結木の家を出てさ迷った記憶がある。母の実家のある金沢に向かったのは、その翌日のことだっただろうか。冬のさなかだった。

あのときいったい何があったのか、母は話さなかったし、輝和も尋ねなかった。しかし列車の中で、母がそっと涙を拭ったのだけは覚えている。母が泣いたのを見たのは、その一回きりだ。

苦しい生涯だったのかもしれない、と輝和は、目覚めかけたぼんやりした頭で思った。

はっきり目を開いたとき、母の顔が目に飛び込んできた。

母は目を開けていた。ぽっかりと夢を見るような眼差しだった。そして隣に、家で留守番をしているはずの淑子がいた。

この病院のことは何一つ、淑子に話していない。言ったところでわからないだろうし、順を追って説明する心理的余裕もなかった。だから淑子が一人で来られるはずはない。しかしだれかが連れてきたということも考えにくい。親戚は、駅から直接ここに来たから、だれも淑子には会っていない。

にもかかわらず淑子はここにいる。母の枕元にぼんやり立っている。

淑子の右手が伸びて、まるで祝福《テイカ》を授けるように、母の眉間に触れ、額にゆっくりと円を描いていた。輝和は息を呑んだ。

母が、淑子を見上げていた。解放されたかのような幸福そうな、敬虔《けいけん》な感じさえする視線だった。

脳をやられて、意識を回復するめどのない病人のはずだった。その母が、目を開けている。奇跡が起きたのか？

ナースコールを鳴らすこともせず、輝和はぼんやりとその様をみつめていた。

再び母の目が閉じられたのは、それから四十分後だった。成田からタクシーを飛ばして、ほんの数分前に到着した兄と、親類の人々に囲まれて、母の瞼は輝和の手によって下ろされ、二度と開くことはなかった。

輝和の大切な人が三人と、猫が一匹……。彼らの死が、淑子によってもたらされたのか、それとも淑子が彼らの死に救いをもたらしたのか、輝和にはわからない。

6

結木家の二つ目の葬式が行なわれた。

母の書や生け花の弟子が、報せを聞いて告別式に駆け付けてきた。十年以上も前にやめて、九州に嫁いだ女性や夫についてフィリピンに行った商社マンの妻も、別れを告げにやってきた。

高校生から車椅子の老人まで、輝和が顔も知らない女性たちがいれかわりたちかわり現われ、ある者は遺影に語りかけ、ある者は焼香が終わった後もじっと廊下にたたずみ、涙をためた目で棺をみつめていた。

生前、母がなにかの形でかかわり、相談相手になった人々らしかった。

花輪の数こそ父には及ばないが、「結木の奥様」のために流された人々の涙はどれも本物だった。

さすがの兄も今回は、前ほど冷静ではない。顔には憔悴の色が見え、悲しみをこらえるようにときおり、じっと祭壇を睨《にら》みつけている。

しかしその場に淑子はいなかった。

前夜、ちょっとした騒ぎが起きていたのだ。

通夜の弔問客は焼香が済んでもすぐには帰らず、勧められるままに座敷に上がり、手伝いの主婦たちの炊いた精進煮などをつつきながら、しんみりと話をしていた。

そのとき母の遺影の前から、いきなりくぐもったうなり声が聞こえてきた。

うちひしがれ、座布団に座ったまま客に頭を下げること以外、何一つしていなかった輝和は、その声にぎくりとして腰を浮かした。母が揃えておいてくれた和装の喪服を身につけた淑子が、祭壇に背を向け、やや肘を張り気味に手を合わせて正座していた。

喪服は近所の主婦に手伝ってもらって着つけたもので、そうしていると姿形は日本人そのものだったが、祭壇に背を向けているのは尋常ではなく、何か異様な気配が身体《からだ》から立ち上っているのが感じられた。襦袢《じゅばん》の襟の白さよりもさらに白い顎のあたりが、小さく動いた。歯を食いしばっているのだ。

「やめてくれ……」

輝和は、呻いた。何かが始まるというのがわかった。

こんなときに、事を起こすのだけはやめてほしかった。母の御霊《みたま》を安らかにあの世に送り出そうとしているときに、死者の眠りを妨げるようなことをしてほしくはなかった。妻の精神が異常をきたしていることを、ここに集まった人々に知られるのも嫌だった。

輝和が近づいていったとき、淑子は顎を引いて目を見開いた。

とたんに輝和の足は止まった。

その額に、再び輝和は第三の目の幻影を見た。

ふっくらとした上唇が、痙攣するように動き、前歯が覗いた。数日前に輝和が折りかけた歯だった。白く揃った歯並びの美しさに、輝和はあらためて気づいた。

合わさった前歯が薄く開かれ、言葉が漏れた。いつか聞いた、意味不明の呪文のようなものではない。

日本語だった。

「おまえたちは、私の子供である。私は、おまえたちを救うために、ここに降りてきた。これより神の力をさずかるために、しばらく天空に行く。子供たちよ、どうか、私が帰ってくるまで、行ない正しくして待っていなさい。病のあるものも、大切な物を失ったものも、それを人のせいにしたり、この世を恨んだりしてはならない。争ってはならない」

襖を取り払った座敷で、料理をつつきながらひそやかに語り合っていた人々は一斉にそちらの方を見てざわめき、一瞬のちには水を打ったようにしんとした。

呑まれたように、淑子の姿を凝視したまま、だれも身動きひとつしない。

やがて淑子は両手を胸の前で合わせたまま、上半身をまったく揺らさずにすらりと立ち上がったかと思うと、足音も立てず滑るように座敷を横切り立ったまま襖を開けて廊下に消えた。

喪服のせいか、首筋は異常に白く、まるで燐光《りんこう》を放っているように見えた。

淑子の姿が見えなくなったとたん、呪縛を解かれたように座敷全体にざわめきが広がった。

眉を寄せてささやきかわす者、薄笑いを浮かべる者、聞こえよがしに「かわいそうにね、若いのに」と言う者……。

精神異常とおぼしい若い女の言動に、人々は一時、人間を超えた存在を見てしまった。そのことに戸惑い、気まずさを覚え、だれもが自分の感覚を否定しようと躍起になっていた。

茫然として淑子の消えた廊下の方を見やっていた輝和の肩を、焼香に来ていた徳山がつついた。

「ちょっとここははずしてさ、様子見てこいよ。知らない国に来て、いろいろ面倒見てくれた人を亡くしたんだから、ショックでおかしくなったんだろ」

「わかった」

淑子のそばに行ったところで何をしたらいいかわからない。それでもいたたまれない思いで腰を上げると、隣に座っていた母の遠縁に当たる男が小声で言った。

「嫁さん、日本語うまいんだな」

返事もせず、逃げるように輝和は部屋を出た。

以前父の寝ていた奥座敷に、淑子はうつぶせに倒れていた。

襖を開けたとたん、病人の汗と排泄物《はいせつぶつ》と消毒液のにおい、苦痛を訴える声がよみがえってくるような気がして、輝和は少しの間、その場に立ちすくんだ。

倒れたまま、淑子は寝息を立てている。声をかけるのがためらわれ、輝和は隣の納戸にしまい込んであった客用の布団をひっぱりだして敷いた。淑子の体を抱き上げ、その上に移すと淑子はゆるゆると目を開いたが、されるままになっていた。

「いいか、あっちの部屋には、出てこないでいい。ここにいてくれ、葬式が終わるまで」

輝和の言葉を理解したらしく、淑子は小さくうなずき、再び寝息を立て始め、そのまま朝まで眠っていた。そして告別式の当日は、どこへ行ったものか、姿を見せなかった。

午後遅く、葬式は無事に終わった。「結木の奥様」は、マイクロバス二台を連ねて火葬場まで行った彼女を慕う人々に見守られて、骨になった。

戻ってきて精進落としを終え、葬儀を手伝ってくれた隣組の人々を帰したときには、九時を回っていた。

近所の仕出し屋への支払いなどもあるので、輝和は今日のうちに現金を用意しておこうと思い、仏間に入った。仏壇の脇に高さ一メートル近い耐火金庫がある。

一民家に置いておくには、いささか大きすぎる金庫は、いったいいつごろからこの家にあるのかわからない。輝和が物心ついた頃にはすでにそこにあった。縁の部分の塗料がすっかりはげていることからしても、そうとう古い物に違いない。
十五、六年くらい前までは、父の市会議員選挙が近くなると、この扉を後援会長や秘書が開け閉めしていたものだ。銀行の支店長が現金を抱えてやってくる姿もよく目にした。しかし父が第一線を退いてからは、この金庫に入るのは現金で持ち込まれた家賃や家計費くらいのものになった。それでも法要や葬式など、人寄せのときには重宝する。
鍵を回し分厚い扉を開いた輝和ははっとして内部に目を凝らした。生活費を入れた封筒は上段にある。仕出し屋への支払いはそこから出せばいいのだが、下段が空だ。そこには大きな布袋が入っていたはずだ。中身は香典だった。

香典が消えた……。

額のあたりから血の気が引いていく。

火葬場から戻ってきて、精進落としをする前に、葬儀を取り仕切った隣組の役員から、その日集めた香典を輝和は確かに全額受け取った。

封筒に入った現金約三百万円と、空の香典袋、さらに参列者の住所氏名と金額の記載された香典帳と金種票。役員は布袋に入れたそれら一式を輝和に渡し、輝和は丁重に礼を述べた後、袋ごと金庫に入れて、慌ただしくお清めの席についた。慌ただしかったが、布袋を金庫にしまいこんだ記憶はある。ダイヤルを回しロックした覚えもある。

輝和は、叔母と話をしている兄の高敏を小声で呼んだ。怪訝な顔をしてやってきた彼に金庫の中を見せる。

「香典、どこかに移した？」

「香典？」

兄は首を傾げた。

「知らないよ」

確かに金庫の番号を知っているのは、輝和と両親だけだった。家を捨てるようにして外国に行った兄は、金庫の番号どころか、この家の資産についてさえ、父の遺言状を開けるときまで、詳しいことは何も知らなかった。

香典を金庫に入れるところをだれかに見られたのだろうか。

「ないとすると、大変だぞ」

押し殺したような声で兄が言った。もちろん三百万という金額は大きい。しかしそれは諦めがつく。それよりもだれがいくら持ってきたのか確認できないと、お返しに困る。それに金がなくなったということが公になれば、葬儀を取り仕切った隣組の役員や、輝和たちが火葬場に行っている間に香典を集計し記帳してくれた人、その他手伝ってくれた多くの人々に、嫌な思いをさせる。

何かのまちがいかもしれないと、輝和と兄は、まだ隣の座敷にそのまま置いてある仏具や器物の入った箱を一つ一つ点検した。しかしあの香典の入った布袋はどこにもない。

再び金庫の中を見る。

「盗難届、出そう」

ごく狭いその内部を再度確認したのち、扉を閉めながら兄は言った。

「手伝いの人たちには嫌な思いをさせてしまうかもしれないが。こういう大きな葬式専門に狙う香典泥棒がいるんだよ」

「ああ……」

生返事をしながら、もう一度中を見て、輝和は妙なことに気づいた。

金は残っていた。

結木家の貸家の住人の中には、未だに家賃を銀行に振込まず、現金で届けにくる者が何人かいる。駐車場を借りている近所の人々も現金で届けにきていた。金を払うついでに、縁側に腰かけてお茶をすすり、母と話し込んでいくのが常だった。

彼らが持ってきた三十数万円と、さらに農協の大口定期が満期になり、新規発行の転換社債を買うために用意しておいた四百万円。その他株券や債券、証書類は残っている。それだけではない。昨日、通夜の後に受け取った香典もやはり三百万円近くが、銀行の封筒に入りそのままそこにあった。

　金融機関の封筒に入った金はそっくり残し、この日集めた香典の入った布袋だけを盗んでいく、そんな泥棒がいるものだろうか。

　そのとき気づいた。香典の他にもなくなっているものがあった。うっかりすれば見逃してしまうようなささいなものだ。小さな茶色の財布。それにパスポート。

　淑子の物だ。彼女が、それらを取り返したのか？

　まさかと、かぶりを振った。なぜ、淑子が香典まで持っていくのだ？

　しかし財布とパスポートと、香典一式、それが消えたのは事実だ。

　輝和は金庫の扉を閉めて、台所に入った。叔母と、母と親しくしていた近所の主婦が一人残り、まだ何かしんみりと話をしている。

「どうしたの？」

　叔母が視線を上げて尋ねた。

「うちのやつ、見なかった？」

「気がつかなかったけど」

　仏間や奥座敷、蔵や離れまで見たが、淑子の姿はない。北側の、夫婦が寝間に使っている座敷に入って、輝和は何気なく茶だんすの戸を開けた。

　パスポートと財布があった。どういうことかわからず、引き出しという引き出しを全部開ける。しかし香典の束だけがない。

淑子がパスポートと財布を金庫から出した。そのとき香典も出したということか……。

彼女は、金庫の番号を知らない。

しかし現に金庫からそれらの物が消え、パスポートと財布がここにあるということは、どうにかして開けたのだ。

パスポートを残しているということは、まだ逃げてはいないだろう。金を持っていったとしたら、いったいどこに行ったのだろうか。

嫁に来てまもなく、淑子は近くのコンビニエンスストアで万引きをしたことがあった。パスポートを握りしめ、輝和は唇を噛んだ。

背後に気配を感じ振り返ると、淑子が立っていた。

「どこに行ってた？」

輝和は押し殺した声で尋ねた。

「ウツギ」と淑子は言った。結木の貸家のある町の名前だ。ウツギのギの鼻濁音を、淑子は発音できない。

「何をしにいった」

「歩いていく」と淑子は答えた。まるでとぼけているようだ。

「香典をどうした」と言ったあとで、「金はどうした？」と言い直し、片手で新品の香典袋を示した。

「これだ。この中にあったものだ」

「ない」

淑子は、ぽってりとした瞼を半ば閉じて答えた。

「ない？　どういうことだ」

思わず声を荒げた。

そのとき廊下を歩いてくる足音が聞こえた。親戚連中や兄にこのやりとりを聞かれたらめんどうなことになる。

輝和は淑子の腕を摑み部屋から出た。渡り廊下を通って土蔵に入り、分厚い扉を閉める。

裸電球が一つぶらさがった内部は、一昨日、慌ただしく祭壇用の仏具や鯨幕《くじらまく》、人寄せのための食器などを取り出してそのまま、空の木箱がいくつか放り出してある。

「これだよ、淑子。この中身は、どこにある」と輝和は、香典袋を淑子の目の前につきつける。

「ない」と淑子は首を振った。

「どういうことだ」

淑子は目を細くして、遠くを見た。意志の強そうな目だった。その澄み切った目の色に輝和は息を呑んだ。悪寒とともに震えが背筋を這い上ってきた。淑子が得体の知れないものに変わっている。哀願するように輝和は言った。

「どうしたんだ、淑子。金が欲しいなら言ってくれ。あれがないと困るんだ。葬儀に来てくれた人たちに義理が立たないんだ」

「義理……義理」

歌うような、間延びした調子で、淑子は言った。まるで言葉遊びを楽しんでいるようだ。怖さは怒りに変わった。

「だからどこにやったんだ」

輝和は淑子の喪服の胸倉を摑んだ。淑子の頰が硬直し、いつか見たあの引きつれたような笑みの形がまた浮かんだ。

「何がおかしい」

壁に向かって突き飛ばすと、淑子の体は手前にあった箱にぶつかり、跳ね返ってきた。鈍い音が聞こえた。

「金はどこにやったんだ」

床に崩れたまま、淑子は「ない」と答えた。腕を持って立たせた。

「どこにやった？」

「ない」

力まかせに平手で殴った。手のひらが痺《しび》れた。興奮に体が震えた。

「ない」

落ち着いた口調だった。発音もイントネーションもきれいな日本語だった。片方の鼻孔から血があふれ出した。

反対側のこぶしで、もう一度殴った。血が飛んで淑子の体は今度は脇の棚にぶつかり、そのままずるずると崩れた。

這いつくばっている淑子を輝和は、肩で息をしたまま見下ろしていた。

少し前に発せられた「ない」という平静な口調が耳奥に何度もこだましている。淑子の床についた手の甲に血が滴り落ちている。

怒りの発作がおさまってくると、なんともおぞましい気分と自己嫌悪に捕えられた。後ずさりするように蔵を出て後ろ手に扉を閉め、鍵をかけた。

幼いころ、悪さをして父に閉じこめられたことが何度かあった。同じように閉じこめて折檻《せっかん》するつもりは毛頭ない。怖かっただけだ。

腫れ上がった顔の淑子が、恨みがましい目で自分のそばにやってくる様を考えると、怖かったのだ。

母屋に戻ると、通夜の弔問客の名簿をめくっていた兄が顔を上げ、「やはり後々のことがあるから、盗難届を出そう」と言った。

「いや」と輝和は首を振った。

「悪いが、うちのことは……結木の家のことには、兄貴に口を挟まれたくない」

兄は複雑な表情で、輝和を見た。しかし家の重荷を全部弟に背負わせたことに、負い目を感じていたせいだろう。何か言いたげに口を動かしたが、やがてきっぱりと「いいだろう、おふくろがいなくなったら、僕はこの家に用はない」と言った。

翌朝、障子ごしの淡い光に輝和は目覚めた。母がいて雨戸を開けたのかと錯覚した。一瞬置いて、昨夜、自分が閉めずに寝てしまったことを思い出した。それは母か淑子か、いずれかの仕事だったからだ。

輝和は、台所の水音や、野菜を刻む音を聞こうとするように、無意識のうちに耳を澄ませていた。家の中は、静まり返っていた。

葬儀の慌ただしさから解放されてみると、あらためて母を失った悲しみと虚脱感が全身を満たし、それが輝和の心に優しさを取り戻させていた。

喪服のままの淑子を、便所もない土蔵に閉じこめたことが悔やまれた。昨日感じた怖さやおぞましさは残っているが、それよりも淑子を殴った手のひらの感触が、今は輝和の心に痛みをもたらしていた。

輝和は跳ね起き、パジャマ姿で土蔵に行って扉を開けた。

淑子はいなかった。さほど広くない内部の隅々まで見た。積み重ねた箱や棚の陰も見た。

香典帳が、木箱の上に無造作に置いてある。それを取り上げ、輝和はため息をついた。参列者への義理はどうにか果たせる。

だが、淑子はいなかった。扉の反対側にある観音開きの窓も見た。窓に張ってある金網は雨風に叩かれ汚れてはいたが、破った跡などまったくない。床には二つ三つ、小さな花びらのような血痕があるきり、淑子の本体は忽然《こつぜん》と消えていた。

やはりあれはただものではなかったのだ。漠然と思った。まさか魔物の仕業とは考えていない。しかしこれが日本に来て数ヵ月、妻のふりをして資産家の家に入り込み、金を持って逃げ出すプロの手口なのだろうと思い知らされた。

ため息をついて、足元の血痕を見た。業者に支払った費用、金四百万円は、こういう結果をもたらした。

香典は、ネパールに送金されてしまったのだろう。辺鄙な山村に両親がいるなどというのは、たぶん嘘《うそ》だ。おそらくカトマンズに一族がいて、日本に出稼ぎに行った娘に送金させ、優雅な暮らしをするつもりだったのだ。もしかすると業者や、あのシズエという日本女性やインド人の夫もみんなぐるだったのかもしれない。

そう考えると少し前、淑子を殴ったことに後悔した自分の同情心が、こっけいに見えてくる。

金を持ち逃げされただけなら、災難だと諦める。しかしあれだけ世話になった母の香典を盗み出したことは、許しがたい。

輝和は母屋に戻り、茶だんすの引き出しから斡旋業者の名刺をひっぱり出し、電話をかけた。

呼び出し音が一回鳴った後に聞こえてきたのは、「この電話は現在使われておりません」という、電子音声だった。

間違えたのか、ともう一度かけなおすが、同じだ。やはりという気がした。

いったん受話器を置いて、徳山のいる郵便局に電話をした。

「お、大変だったな、たてつづけに葬式だったものな。少し落ち着いたか」

電話に出た徳山は尋ねた。輝和は葬式に来てくれたことへの礼を述べた後、あの結婚斡旋業者について何か知らないか、と尋ねた。

徳山は、沈黙した。

「どうしたんだ？」

「いや、実は……」

言いにくそうに徳山は口を開き、ぽつりぽつりと言葉をつなげた。

「おまえに話そうかどうか迷ったんだけど、せっかく夫婦仲うまくいってるのに、水さすようで悪いから黙っていたんだが……」

「いいよ、言ってくれ」

「覚えてるか？　河合のかあちゃんの話」

「ああ、戻ってきたのか？」

「いや、係争中だ」

「離婚したのか？」

「違う」

徳山は、声をひそめた。

「あの美人のかあちゃんに訴訟起こされたのは、業者だ。見合い業者」

「業者が？」

「あれは見合いなんてもんじゃなかった。彼女たちは、売り飛ばされたんだ」

「なんだそれは？」

「だから……」

徳山は事情を話した。

あの場にいた女性たちの約半数は、日本人と結婚しないかと現地の仲介業者に誘われてやってきたのだが、残りの半分は、彼女たちが入国する際の建前通り、研修そのものを目的として来日したのだった。

日本の工場に来て三ヵ月間コンピュータ研修を受け修了書を発行されると、向こうの会社で正式採用され、男性並みの給与が保証されるという条件だった。女性の識字率の極めて低いネパールではそうした条件で集められた女性たちは例外的に高学歴で、意識は高く、祖国の近代化へむけて情熱を燃やす、都市の商人階級の娘たちであったらしい。

しかし研修施設というのは、コンピュータと関係のない家電部品工場だった。そこで単純作業に従事させられて一週間目、数人ずつまとめて男の前に引き出されるということが始まった。

彼女たちはそこで自分を選んだ男と結婚させられるのだと聞かされ、驚いて断った。するとと彼女たちを連れてきた男は、それなら今すぐネパールに戻ってもらうが、研修の修了書は発行しないと言った。そんなものはいらないと女性たちが言うと、研修が終了しないときは、旅費と違約金を払うという契約書を見せた。それらの金は彼女や彼女の家族が一生働いても支払えないほどの額だった。ムンバイあたりに出て性産業に従事でもしないかぎりは。

もちろん女性の中には、日本人との結婚をステータスと考え、初めからそれを望んでやってきた者もいる。しかし大半の女性は、パスポートを取り上げられ監禁同様の状態で、その意思に反して宿舎と工場と見合い会場を回らされることに苦痛を感じていた。いやだと言うと、冷たい廊下に何時間も正座させられたり、家族をひどい目に遭わせると脅された。悔しさと恐怖と諦めの交錯する思いで、彼女たちは日本の男との見合いに臨んでいたのである。

あのとき成田空港で見た女たちの奇妙に明るい顔を輝和は、鮮やかに思い出していた。あれは金持ちの先進国である日本の男と結婚することを出世と考えて喜んでいたわけではなかったのだ。

彼女たちは本国に帰ることに、逃亡という一縷《いちる》の望みをかけていたのかもしれない。そしていったん帰国したとき、それぞれの両親と日本の業者との間で、どのようなやりとりがあり、どれほどの金と欲が交錯したものだろうか。彼女たちは、どのようにして自分をなだめ、異国の男の妻となったのだろうか。今となってはわからない。

結果的に挙式したカップルの大半は平和に暮らしている。しかし河合のところは破綻した。日本の生活に耐えかねた河合の妻は、カトリック系のボランティア団体の事務局に駆け込み、彼女の話はそこからマスコミに伝わり、大々的に取り上げられた。現在彼女は業者を相手取り、慰謝料と損害賠償を求めて裁判中であるという。

「河合のやつ、ぼやくわ、ぼやくわ、俺の払った四百万はどうなったんだって。夢から覚めたら、女はいない、貯金はゼロだ」

おそらく日本の男たちの払った金は、介在した何人もの業者と故郷の家族のもとに流れたのだろう。あのときネパールに行った花婿たちは、向こうの物価水準からしたら一生を遊んで暮らせるほどの大金を手にした家族に祝福され、結婚式を挙げたというわけか？

向こうにいる間中、祝宴会場で淑子のそばをはなれなかった溝口の姿を輝和は思い出していた。ホテルの廊下に彼がいたのは、決して下劣な目的ではなく、淑子が逃げ出したりしないように見張っていたのだ。

「うまくいってる家まで、人身売買だなんだかんだと女性団体からいいがかりつけられてるんだ。みんな、きっかけはともかく、今は普通の夫婦なんだからほっといてくれって、怒ってるよ」

輝和は出会ったときの淑子の怯えたような、憂鬱な眼差しを思い起こした。いったい彼女は何か思うところがあって、日本人との見合いに応募してきたのか、それともそんなことは想像だにせず、日本に来て技術を身につけ、向こうで職業婦人として生きることをめざしたのか。そのあたりの事情は知る由もない。

「で、どうしたんだ、業者に用っていうのは？」

「いや、別になんでもない」

何か言いたげな徳山の言葉を遮って、輝和は電話を切った。茶だんすを開けるとパスポートが残っている。財布もだ。

洋服だんすには、数少ないが服がそのままあった。すると喪服のまま逃げたのだろうか。逃げていったいどうするつもりなのだろう。

河合の妻のように、女性団体に保護を求めて駆け込むつもりだろうか。夫に暴力を振るわれたと訴えられたら、否定できない。母が生きていたらずいぶん悲しい思いをさせただろう。

金が戻ってくるか否かなどということはどうでもいい。こうなったら淑子にはさっさと国に帰ってほしいと思った。結局、母に孫の顔を見せるのは、かなわなかったし、半年あまり続いたいつわりの夫婦の日々は、できるだけ早く忘れたかった。

隣の部屋では、兄が荷造りをしている。

「帰るのか？」

輝和は尋ねた。

「はずせない会議が入ってるんだ」と、答えながら兄はボストンバッグに、ゲームソフトの箱を詰める。いつの間に買ったのか知らないが、子供への土産らしい。

「相続税の申告、しなきゃならないんだ」

輝和は、その後ろ姿に向かって声をかけた。

「約束通りでいいよ……」

兄は荷造りの手を止め、そっけない口調で答えた。

カリフォルニアに渡って六年目に高敏は永住権を取得した。日本円にしてわずか四百万円で一戸建て住宅を買い、子供たちの教育のためにもこの先、日本で暮らす気はないと宣言した。

「僕も妻も、日本という国は合ってない」というたいそうな理由だった。

覚悟はあったのかもしれないが、父は荒れた。しかし周りの人々に対しても、長男に対しても、その淋しさと期待を裏切られた悔しさを単刀直入に表わせなかったのが、「結木の天皇」の悲しさだ。

不機嫌極まる顔を母にだけ向けて何かと当たり散らしながら、長男には「国際的視野に立つ世界人となれ」という、元の中学校長そのままの建前論とともに、駐車場にしていた土地を売った現金を生前贈与した。そして結木の家と土地、畑、山林、そして市街地にある二十軒の貸家は、両親の死後は輝和一人が相続することになった。

「うちに現金はほとんどない。貸家は、建ってから四十年も経ってる。建て替えや修繕の話が住人から来てるし、物納するのも難しい」

愚痴のように輝和は言った。

兄は、ふうっと息を吐き出した。

「立退いてもらって、マンション建てるのが得策だろうな。五百坪の土地に、木造平屋が二十軒っていうのは、あまりに無駄だ」

「だれがやる？」

「俺は約束通りでいい、と言ったはずだ」

「相続放棄するのか？」

輝和は確認した。

「俺が受け取るべき物は、日本を離れるときに受け取った」

明快な口調で高敏は答えた。兄の気性は子供の頃と変わっていない。頭が良くて、こだわりがなく、ルールを破ることは決してなかった。そしてフェアであることを常に相手にも要求した。それにしても一見フェアでありながら、この件に関しては、明らかに自分の方にハンディがあると輝和は思う。

十七年も前に家を出たきり、盆暮れにしか家に顔を出さず、挙げ句にアメリカ永住を決意した兄が、あのとき五千万円近い金を受け取ったことには、今でも納得がいかない。しかしそれもあくまで感情的なものだ。実際のところ今の輝和は、それほど資産自体に執着する心境ではなかった。


葬儀の後の慌ただしい日々が続き、さまざまな手続きが終了してみると、季節は晩秋に入っていた。

部屋の隅には葬儀に着た礼服が丸まったまま押しつけられ、洗濯機の脇には数日前の汚れた下着が山積みになり、だだっ広い屋敷の床はうっすらと埃《ほこり》を被っている。

わずか数ヵ月の間に、たった一人になったことを嘆く気力もなく、気が滅入《めい》るような家の中の空気から逃げるように、輝和は畑に出る。実ったまま収穫することもなく枯れた茄子の茎を引き抜いては片づけていると、つい二、三日前にやってきた沢村の顔が浮かんできた。

市場単価の高いアスパラガスの通年栽培を一緒にしないか、と沢村はもちかけてきた。昨年、彼のところで初めて都心のデパートに卸したところ、評判は上々だったという。

朝採りして出荷すれば、食味が良いので安い輸入物に十分対抗できる、と沢村は目を輝かせた。輝和は、農協の職員と深夜まで飲んでいた沢村が、そのまま一睡もせず、午前三時過ぎの真っ暗なビニールハウスに入って摘み取りをして、その日の出荷に間に合わせたという話を仲間から聞いたことがある。朝採り野菜というのは朝ではなく未明に採るものだ。自分にそこまでする気力はない。海外から文献を取り寄せ、肥料や温度について徹底して研究、検討する沢村のやり方にもついていかれない。

その気概、その生き生きとした表情、そして爪に泥の詰まったたくましい手に光っているプラチナの指輪。相対していると、輝和はますますけだるく、重苦しい気分におちいってくる。

黙っていると、沢村は遠慮がちに尋ねた。

「あの北側のところ使ってますか?」

農地改革の折に、飛び地となって残った畑があって、おざなりに葉物を植えてあった。

放置しておくと市の資産税課からすぐに問い合わせが来るし、結木の家がそうみっともないこともできないので、一応耕作してはあるが、手が回ってないのは一目瞭然《いちもくりょうぜん》だった。

「やらせてくれないかな」と沢村は言った。

「あのままだと荒れてくるばかりだし、水捌《みずは》けがいいから葉物やってるよりトマトの緑健《りょくけん》栽培やるとちょうど良さそうなんだ」

輝和は視線を上げて、沢村のいくぶん頬のこけた顔を見た。

「畑地を借りたいってことか？」

「いや、僕を使ってくれるってことでいいんです」

使ってくれ、だと？

輝和は、地面にぺっと唾を吐いた。

けっこうな作男だ。無能な地主の次男坊の持っている農地が荒れるにまかせているのが、見ていられない、というところなのだろう。沢村の家の農地は狭い。もとをただせば、農地改革のときに結木家の土地を分け与えられた小規模農家だ。近隣の農家は、近ごろ自分の家の畑を沢村にやらせている。沢村はその一帯にトラクターを入れて耕し、機械の購入費をあっという間に完済した。

沢村には他人に使われる気など毛頭ない。黒沼田の土地の上に自分の夢を実現する気だ。土地がないと農業はできないという常識を覆し、そのいくばくかの地代と引き替えに新しい農業を起こす気でいる。

「悪いけど、帰ってくれ」

ぼそりと輝和は言った。

沢村は、怪訝な顔をした。

「帰れって言ってるんだ」

そう怒鳴ると、沢村は、ちょっと驚いたように何か言いかけた。

「聞こえないのか。親父もおふくろも死んで、まだ四十九日も済んでないんだ。非常識にもほどがある」

沢村は、何か言いたげだったが、すぐに「申し訳ありません」とこれまたきびきびとした動作で頭を下げ、「また来ます」と帰っていった。さほど動揺する様子もなく戻っていくしっかりした足取りがさらに腹立たしかった。

輝和は引き抜いた茄子の茎を畑の端にまとめていく。

そのとき家の門を入っていく、女の後ろ姿が目に入った。卯津木町の貸家に住んでいる木崎スガだった。ずいぶん前、尾崎淑子と会った夜、門の前で出会って以来だ。

葬儀の日に姿をみかけなかったから、おそらく今日になって線香でも上げにやってきたものだろう。輝和は慌てて泥だらけの軍手を外して、その後を追った。

玄関のところで追いついて声をかけると、振り返ったスガは何か言おうとし、それから言葉に詰まったように顔をくしゃくしゃにした。丸く縮んだような顔が、みるみる涙に濡れた。

「どうぞ」と輝和はスガを、仏間に案内した。

スガはまだ飾ったままになっている母の遺影に向かい、丁寧に手を合わせて線香を上げ、輝和の方に向き直った。

「このたびはありがとうございました。おかげさまで孫と一緒に暮らせることになりました」

「はあ？」

意味がわからず、輝和はその涙に濡れた皺深い顔をながめた。

「くださるとはおっしゃいましたが、何年かかっても、お返しいたしますので、淑子様にはそうお伝えくださいまし」

「淑子？」

意外な名前が出てきて、輝和は驚いた。淑子はスガにはせいぜいお茶を出したくらいで、話をしたことなどないはずだ。

「淑子がどうかしたんですか」

「あの……ご存じないんですか」

スガは、困惑した表情で、身じろぎした。それからぽつりぽつりと話し始めた。

肺癌で死んだ娘に代わってスガが育ててきた男の子は、この春都立の航空高専を卒業した。例年になく厳しい就職戦線を彼は優秀な成績で突破し、ある精密機械メーカーの研究所に就職が決まったのだが、その初任給は生活保護の基準をわずかに越えていた。

このまま暮らしていれば、生活保護は打ち切られる。スガは就職したばかりの孫に養われるか、あるいは世帯分離と称して、収入のある孫を工場の寮かアパートに入れて、離ればなれに暮らすかという選択を迫られていたのである。

孫は一緒に暮らそうと言ってくれているし、かわいがって育てて、ようやく一人前にした孫を手放すのは淋しいし心細い。しかし孫も社会人になってかかりも多くなると思うと、自分がその収入に依存して、生きていくのは心苦しかった。

数ヵ月前の深夜、結木家の門の前で輝和が会ったとき、スガはそんなことを母に相談しに来た帰りだった。母は、スガがなんとか保護を継続しながら孫と一緒に暮らせるように、場合によっては議員を通して福祉事務所にかけあってみる、と返事をしたという。しかし父の葬式や自分の体調がすぐれなかったこともあって、そのままになってしまったらしい。

結局、スガは孫の強い勧めもあって生活保護を辞退し、家族二人で生活を始めたのだが、まもなく、前からわずらっていた腎臓疾患を悪化させ、人工透析を始めた。再び福祉事務所に行くと医療費の補助は受けられることになったが、差額ベッド料金や体を動かすのも大儀なときに通院に使ったタクシー代、他にもさまざまな出費があって、それだけでは賄えなかった。借金できる親戚はいないし、孫の会社に、社員への低金利の融資制度があることは知っていたが、入社したての孫に利用させるのは心苦しい。なによりも新しい職場に慣れるのに必死な孫に、生活費の相談はできず、結局町の金融機関に足を運んだ。相手は孫の就職先を知り、金を貸してくれた。ごくわずかな金額だった。

しかしこの月、孫の方も学生時代と違いいろいろ物入りがあった。「ごめん」と頭を下げて渡された生活費はぎりぎりの額で、とても返済には当てられなかった。

とりあえず利子分だけ返済したが、その後は他の業者から借りて返すように言われた。それが悪質なサラ金業者の手口だということくらいはスガにもわかっていた。しかし他に方法はなく、言われるままに、聞いたこともない、小さな金融業者の店舗に足を運んだ。

借金は、一ヵ月あまりの間に膨れ上がった。

何もかも話して、孫と別れ、老人単独世帯としてまた生活保護を受けようと決意したとき、スガは「結木の奥様」の死を知ったという。情けないことに香典代もなかった、とスガは、着ていたカーディガンの縁で目頭を拭った。

葬式に来られないままスガが自宅で手を合わせていると、ちょうど玄関先に淑子が現われた。てっきり滞納していた家賃のことだろうと、その場に手をついて謝った。しかし淑子は布袋を、スガの膝の横に置いた。

「受け取りなさい。これで息子と仲良く暮らしなさい。やがて息子のもとに妻となる人がやってくるだろうが、そうしたらあなたの子供のように大切に扱いなさい。人を騙《だま》したり、陥れようとしたりせず、真面目に生きていれば、何も悪いことは起こらない。肉親の死も、病気も、貧困も、神様が、あなたを修行させるために授けたものだ。ありがたくうけとめ、精進すれば、移ろいやすい現世の幸福の代わりに、神の大きな祝福を得るでしょう」

スガの言葉を借りると、淑子はこんな内容のことを言ったらしい。孫を息子と言い間違えてはいたが、スガにとってはとにかくありがたい申し出だった。

「おきれいで、本当に女神様のようでした。威厳というのかしら。真っ白い肌から、光がぽうっと出てくるみたいで……お顔を拝見しているだけで、涙が溢《あふ》れてくるんです。それでもう、ありがとうございます、とそれだけ言って、畳に頭をすりつけておりました。顔を上げると、もういらっしゃらない。それで袋を開けてみたら、お香典じゃありませんか。もうびっくりして……。すごい数でしたから、いただける金額じゃありません。そうしたら、ちょうど、サラ金から電話が来て、早く返せ、返さなければ孫の会社に乗り込むと言われて、本当に申し訳ないと思いながら、そのお金で返してしまったんです。後から考えると、あれは奥様の御遺志で、お嫁さんに『行っておいで』と持ってこさせたものではないかと思われましてね。あの方、タイかインドか、そちらからお嫁に来られたんでしょう」

「ネパールです」

「お上手な日本語でしたけれど、何かお芝居のような節回しだったのは、きっと奥様が遺言のつもりで、淑子様に一字一句教え込まれたのかもしれませんね。それで今日は、奥様にお礼を申し上げに参ったのです」とスガは、もう一度母の遺影に向かって合掌し、深々と頭《こうべ》を垂れた。それから輝和の方を振り返って言った。

「今すぐに全額というわけにはまいりませんが、少しずつ、お返しいたしますので」

割り切れぬ思いで輝和はうなずく。

亡くなった母が何かしたということはありえない。また生きていて、スガのために何かをするにせよ、母なら金を与えて済ませたりはしない。輝和の知っている母は、そういう安直さを嫌う人だった。

スガ自身が先に語った通り、母ならまず福祉事務所に足を運び、福祉事務所長と担当ケースワーカーに会って事情を話し、適当な措置を講じてくれるように交渉するだろう。それで埒《らち》があかなければ、懇意にしている市議会議員に相談し、協力を得ようとするはずだ。

法律に則った仕事とはいえ、ケースワーカーは、その裁量で書類上の要件を整えて、年老いた女が孫と暮らせるようにしてやることくらいはできる。地域住民と役所とのそうした折衝は、結木家の者はだれでも行なったし、事を荒立てずにそれを行なえるというのは、母の特技のようなものだった。

「母からは何も聞いていませんでした」

輝和はそれだけ答えた。

「はあ……」

「おそらく母と木崎さんが話しているのを聞いていた淑子が、独断でやったことでしょう。母の意を汲《く》んだという面はあるかもしれませんが」

しかし淑子の日本語力からしたら、母とスガとの会話を耳にしても、その意味を理解できたとは思えない。それとも淑子が日本語をわからないというのは演技なのだろうか。

スガは途方に暮れたような顔をしていた。輝和は、慌てて言葉を継いだ。

「すぐに返して下さいって意味じゃないですよ」

卑屈なほど、スガは何度も頭を下げた。

約三百万の金は、淑子のネパールの親族に送られたわけでもなければ、淑子の逃走費用、あるいは結婚相手や業者を相手取っての裁判費用として活用されたわけでもなかった。生活苦と借金地獄に陥った、いまどきの日本ではめずらしいくらい貧乏な老女にもたらされたものだった。

いったい淑子の意図は何なのだろう。そして身一つで土蔵から姿をくらました淑子は、どこで何をしているのだろう。

淑子は何かの拍子にスガの窮状を知って同情したのかもしれない。

香典は、もともとはなにかと物入りな葬式に際して、周囲の人々が援助するといったものだった。ネパールから来た淑子には、それが喜捨に見えたのかもしれない。だから集まった金を貧しい老女に与えてしまったのだろう。三百万という金の価値が理解できないままに。

それにしても、と割り切れない思いで、輝和は去っていくスガの縮んだような後ろ姿を見送った。

7

かちりかちりと音がした。

輝和は、椎茸《しいたけ》を干す手を止めた。門の方からでもない、山の方からでもない、遥《はる》かかなたから、ひょっとすると彼自身の耳の奥底からか、かちりかちりと何かを打ち鳴らす音が聞こえてきた。

輝和は振り返った。何もない。だれもいない。

椎茸干しに絶好の、抜けるような青空だ。奥多摩の山並みの、木々の一本一本までが鮮明に見えるほど、秋の陽射しは澄み切って明るい。

腰を上げると葬式以来、穿《は》いたままのジャージが、垢《あか》じみて膝の裏に張りついた。透明な大気の中で、自分の体臭に気づく。

沢村を追い払った日から、だれもやってこなくなった。ひょっとするとこの臭いのせいだろうか、と輝和は思う。

台所には、汚れた食器が山積みになり、捨て忘れた生ごみが袋の中でそのままになっている。何日もかき回していないぬかみそが腐敗臭を放ち、座敷のあちらこちらに薄汚れた衣類が、これまた異臭を放って山を築いていた。

結木の家が少しずつ、腐敗していく。そして腐敗の核としての自分は、こうしていつまでも椎茸を干しているのだろうか、と思いながら、空を見上げる。

再びかちり、と音がした。今度は後方からはっきりと聞こえた。輝和は振り返った。まぶしい晩秋の空を見ていた目には、里芋の葉の緑の上に、一面濃紫色の闇がかかって見えた。

その中をおぼろげな人影がやってくる。それは陽光の下に現われた一点の黒い影のように見えた。

黒い和服……。淑子だった。喪服の裾を揺らめかせて、にじり寄るようにこちらにやってくる。

かちりかちりと、音がした。両手に何かを持って、それを打ち鳴らしている。

口を半ば開けたまま、輝和はよろよろと立ち上がり、その正面に突っ立っていた。

幻ではなく、淑子がいる。国に帰ったわけでもなく、女性団体に保護を求めた様子もなく、消えた日の姿そのままに、輝和の前にいる。

かちり、と淑子は手にしたものを鳴らした。

丸く白っぽい石だ。それが陽にきらめいていた。花崗岩《かこうがん》かと目を凝らし、ぎくりとして後ずさった。石が輝和を睨みつけた。

石に眼球がついている。そんなふうに見えた。赤く丸い小さな瞳の回りを虹彩《こうさい》のように茶色の鉱物が取り巻いている。

「どこへ行ってた……」

輝和はようやくそれだけ尋ねた。言葉が押し寄せ、しかしそれ以上のことは口をついて出なかった。

「山に行きます」

淑子は、答えた。いつもの片言の日本語だ。喪服の裾は、埃で汚れている。白い半襟についた褐色のしみは、輝和が殴ったときの血だ。

ざらついた後悔の念が込み上げてきた。

「うちに入れ。今、お茶、いれるから」

香典の件は、もうどうでもよくなっていた。だれもいない家に戻ってきてくれただけで、もう何も言うことはなかった。

淑子は、両手に持った石を再び打ち鳴らした。

「どこに行ってたんだ」

散らかった新聞や着替えを座敷の片隅に押しやり、輝和は空いたところにお茶の盆を置く。

「山に行きます」

「どこの山だ?」

「寒い山です」

「何を食べていた?」

淑子は少しも痩せていない。家にいたときよりも、むしろふっくらとしていた。

「たくさん食べます」

「だから……」

言いかけてやめた。やはり淑子は話せないだけではない。こちらの言うことだって、一部しか理解できないのだ。それとも演技なのか。

長旅から帰ってきたように、淑子はくつろいだ様子で、喪服のままごみためのようになった座敷の隅の薄暗がりに座っている。何をする様子もない。

輝和は、いったん畑に出てやりかけの仕事を片づけ、再び家に入ったが淑子はそのままの姿で座敷にいた。

輝和は数日前に買ってきたきり冷蔵庫に入れっぱなしになっていた惣菜《そうざい》と、朝炊いた飯で、夕食にした。向かいあって座った淑子は、食事にはほんの少し手をつけただけで、喪服のまま、輝和が敷きっぱなしにしていた布団に入った。

着替えろと言う気も起こらず、輝和はその静かな寝姿を見下ろしていたが、やがて自分もその隣に潜り込んで目を閉じた。闇の中で、淑子の手を探った。温かく柔らかな手に触れ、握りしめた。自分の手の中で小さな手が脈打っている。ゆったりと規則正しい寝息を聞いているうちに眠りに落ちた。この二週間たえてなかった安らかな眠りだった。

翌朝早く目覚めた輝和は、部屋の中を片づけ始めた。脱ぎ散らかした異臭漂う物を洗濯機に運び、積もった埃をはたき、掃除機をかける。

淑子はのろのろと起きて、緩慢な動作で帯を解き、いくつものからまった紐《ひも》をはずして、喪服と白い襦袢を脱いだ。そして普段着のTシャツとコットンパンツを身につけて台所に入った。

朝食でも作るのだろうと思っていたが、何の音もしない。しばらくしてからのぞくと、台所にはだれもいなかった。

輝和は目をこすった。淑子がまた消えた。

慌ててサンダルをつっかけて、勝手口から飛び出した。外の流しに、きのこのざるが放り出してあり、白く乾いている。柿の木に、薄黄色く色づいた実がいくつかなってい る。

それきりだ。朝の大気はしんと静まり返っている。

「淑子、淑子」

輝和は呼んだ。

門のところまで行き、引き返して畑に出て生い茂った里芋の葉の間を見、さらに雑木林まで行ったが、淑子はいなかった。

昨日戻ってきた淑子が幻であるような気がしてきた。

人恋しさに幻を見たのかもしれない。

得体の知れない悲しみが込み上げてきた。打ち捨てられたような気分だった。

午前中いっぱい、ぼんやりして過ごした。

電話はこの日も鳴らなかった。母を亡くした当初は、さかんに気を引き立てようと誘ってきた農業後継者の会の男たちも、地域の農家への口ききを輝和に頼んでいた役所の職員たちも、廃屋のように汚れ果てた屋敷の中で、うっそりと過ごしている男に愛想をつかしたように、連絡を絶った。

ときおり徳山が心配して電話をかけてきたが、その都度輝和が億劫そうな応対をするせいか、このところ音沙汰ない。

まだ朝食を食べてないことを思い出した。炊飯器の中に飯はなく、米もといでない。母が買ってそのままになっていたそばを茹《ゆ》でようとして、手を止めた。細かな虫がわいていた。それを見ると夏を越したのだ、と実感した。かまわず虫ごと鍋に放りこんだ。そばを食べ終え、まぶしい陽に顔をそむけながら畑に出る。

陽が傾きかけた頃のことだった。いつもより早く家に戻った輝和が縁側に腰かけ、泥だらけになった地下足袋のこはぜをはずしていると、再びどこからかあの石を打ち鳴らす音が聞こえてきた。

目を上げると庭の植木の間から、淑子がこちらにやってくるところだった。

「どこに行ってきた？」とは、もう輝和は尋ねなかった。

そのかわり風呂場に行き、浴槽の底に溜《たま》っていた濁った水を流した。風呂を洗い淑子のために湯を溜める。

「入れ」と風呂場を指して言うと、淑子はうなずき、ためらう素振りもなく輝和の前で服を脱ぎ捨てた。

淑子の体は前よりも肉付きがよくなっていた。二の腕のあたりも、淡い色の乳首のついた胸のあたりも、ふっくらと白い。

輝和は息を呑んでその体の隅々にまで視線を注いでいた。およそ性的興奮とは無縁の、ひどくたかぶった感情にとらえられた。

淑子は、恥じらう様子も嫌がる様子もなく、下半身の淡い茂みを室内のかすかな空気の流れにそよがせながら、滑るように風呂場に歩いていく。

不可思議な感動に膝が震えてくるのを輝和は止めることができなかった。茫然としてその後ろ姿を見守る。たとえ子供を作ることを強要されたとしても、自分はもうその体を抱くことはできないだろうという気がする。


玄関の戸を叩く音がする。突風で何かが当たったのか、それとも古くなった格子戸が、鳴っているだけなのか。呼び鈴は、母が亡くなった数日後に電池が切れ、そのままになっている。

輝和は跳ね起きた。廊下に出ると隣の部屋の襖が音もなく開き、淑子が顔を出した。

「俺が出るからいい」と制して、玄関に行き、「どちらさん？」と大声で尋ねた。

「市川です、坂の下の」と女の声がして、早く開けろと言わんばかりに、引き戸を叩いている。

祖父の代から使っている柱時計が、鈍い金属音をたてて十二時を告げた。

戸を開けると、目の下に隈を作った中年の女が、子供を抱き、肩で息をして立っていた。

市川家の主婦、清美だ。タオルケットに包まれた子供の顔は、チアノーゼの紫色を呈している。

「淑子様は」

息を弾ませて、清美は尋ねた。淑子様という呼び方に違和感があった。清美の汗で光った額に、白髪混じりの前髪が、二筋、三筋張りついている。

気配もなく淑子が現われた。とたんに清美は輝和を突き飛ばすような勢いで、淑子の前に子供を差し出して叫んだ。

「助けてください。お願いですから。お願い……昼間、じいちゃんを治したみたいに」

淑子は、両腕を差し出し、子供を受け取った。

輝和はわが目を疑った。

子供の体は、肩と膝の部分を淑子の手にひっかけたまま、骨も関節もないぼろきれのように垂れ下がっていたのだ。

市川の家で障害児が生まれたというのは、狭い地域のことで噂《うわさ》にはなったし、その後の市川家の内情も漏れ伝わってくる。しかしその子供の姿を目のあたりにするのは、輝和も初めてだった。

淑子は、その垂れ下がったものを抱いたまま、座敷に入る。清美はサンダルを蹴散らすように脱ぎ捨て、「健ちゃん、健ちゃん」と子供の名前を叫びながら、淑子の後に続いた。

淑子は子供を畳の上に横たえ、その正面にパジャマ姿のまま座った。奇妙な姿勢だった。あぐらに似ているが違う。両足の裏をぴたりと合わせ、膝は床から二十センチほど持ち上がっている。翼のように広げた両手には、彼女が戻ってきたときに携えていた石を持ち、それを静かに打ちつけ始めた。二回、三回。それから石を体の前に置くと、両目を閉じて小さく唇を動かす。

子供の顔色は、どす黒いほどの紫色だ。

清美は両手を胸の前で合わせ、経文を唱えている。

市川の家の人々は、戦後台頭したある新興宗教の熱心な信者だ。そしてそこの息子は、同じ教区の信者の家から妻をめとった。それが清美だ。

しかしこの夫婦に障害児が生まれたとき、信仰はさほど家族の精神的支えにはならなかった。

生後三年を経ても言葉を発することがなく、独特の容貌をして、筋緊張が極端に弱く、抱くとぼろきれのように垂れ下がる体を持った子供が生まれたことを、市川の家の者は「先祖の因縁」と解釈した。そして当然のことのように、責任は嫁の血筋に押しつけられた。

生まれて一年間は家族の同情を集めた子供は、二年目には疎んじられ、健康な次男が生まれたその翌年には、邪魔者として扱われるようになった。

健一と名付けられたこの男の子は年齢相応の発達をしないうえに、深刻な心臓疾患を負っていた。

「最大限長生きしたとして、思春期を過ぎるくらいまで」と宣告されたことに、市川家の人々はあるいは胸を撫で下ろしたのかもしれない。

健一は頻繁に発作を起こすらしく、子供を抱いた清美を後部座席に乗せた車が、市川の家から深夜の国道に急発進する様を、近所の人々は何度となく目にした。しかしそれも昨年の正月くらいまでのことで、この一年あまり、そんな光景は見られなくなった。

代わりに半狂乱になった清美が、夜中、子供を抱いて近くの小児科医院に走る。発作のたびに、病院まで車を出していた父親は、今は何もしない。

「夜中に無理に起こせば殴られる」と、清美が医院の待合室で嘆いていた、という話を輝和の母にしたのは、健一と同じ歳になる子供を持つ近所の主婦だった。

子供の顔色は紫色から、数秒後には死体のような鉛色に変わっていた。

淑子は、子供の体の上で石を打ち鳴らし、何か真言《しんごん》のようなものを唱えた。輝和の知らない言語だった。それから石を脇に置き、子供の頭に手を置いた。

その様を凝視する清美の横顔を汗が一筋流れ落ち、口元にくっきり刻まれた縦皺の上で止まった。

この市川家の嫁が、まだ三十を少し出たばかりだということに、輝和はあらためて気づいた。結婚当初は、くるくるとよく動く目と丸い鼻が、高校生と見まごうほどに子供っぽく、愛くるしかったものだが、この数年で別人のように老け込んだ。抜け落ちた眉の下から、人を見上げる目は険しく、口元はいつもへの字に結ばれている。話をすると虫歯を放置したまま茶色に変色した前歯がのぞく。

淑子は口の中で、呪文を唱えながら、健一の頭に置いていた手のひらを額にずらし、さらに顔の上を撫でるように首筋に下ろしていく。

子供の皮膚の色にまだ血の気は戻っていないが、先程のブリキのような色は消え始めている。淑子の手は子供の胸の上まで来てぴたりと止まった。

不意に呪文の声が高くなった。微妙な発音は、輝和が聞いたどんな経文とも違う。アリアを歌っているような、不思議なリズムと音程だ。

子供の手足がぴくりぴくりと痙攣するように動いた。猫のような泣き声を立て突然体を反り返らせる。

呪文の声はさらに高くなった。反り返った体が、小刻みに震える。淑子の唇から漏れる声量は、もはや人のものとも思われなかった。

襖がびりびりと震え、家から溢れ出た声は、畑を渡って離れた両隣まで聞こえるのではないかと思うくらいすさまじいものだ。輝和は思わず両手を耳に当てた。

しかし数分するうちに、淑子の声は次第にディミヌエンドし、ふっつりと消えた。

健一の顔色は、まだ少し青白かったが、人間らしい色合いに戻っていた。淑子は子供の体から手を離した。

「市川清美」

淑子は、女の名前を言った。厳かな日本語だった。

「はい」

清美は、かしこまった。

淑子は託宣を述べるような口調で話し始めた。日本語だ。芝居がかって聞こえるほどゆっくりした節回しの、完璧な日本語だった。

「この子をあらゆる災厄から守り、大切に育てなさい。この子の生命力は、まだつきていない。気立てのよい子に育ち、十六の歳まで生きる。この子の寿命はそこまでだが嘆くことはない。この子は神として生まれてきた。家族に幸福をもたらす小さな神を授かったのだということを忘れずに、お守りしなさい」

清美は畳に両手をつき、深く頭を下げた。しばらくしてから、淑子の足元で安らかな寝息を立てている子供を抱き上げる。そのとき淑子は、着ていたパジャマの上着をまくり上げ、腹のあたりから何か取り出し、肘を高く掲げて清美に差し出した。

蛍光灯に照らされて、何かがその手の中で緑色の光を放った。清美は、両手でそれを受け取り、驚きの表情で手の中の物をみつめている。

「いつまでも持っている必要はない。まもなくこの子のために必要になる。そのときためらわずにお金に換えなさい」

彼女は何度も礼を言いながら、子供を抱いてにじるように廊下に出ていった。

淑子は目を閉じ肘を張って合掌したままじっと動かない。

輝和は清美を送って玄関まで行った。

「ちょっと教えてくれないか。あの、なぜ健一くんをうちに連れてきたのか」

腰を下ろして子供を膝に抱き、サンダルを履いている清美に輝和は尋ねた。清美は振り返り、「すいません」と頭を下げ、「じいちゃんの怪我《けが》を治してもらったんですよ」と、ふだんとは打って変わって穏やかな顔で答えた。

この日、市川家では、梯子《はしご》に上って庭木を切っていた舅が足を滑らせて転落した。飛び石の上に、頭から落ちた瞬間、そばにいた清美は何かの折れる鈍い音を聞いたという。

老人は壊れた人形のように首を曲げて、清美の足元に転がっていた。清美が慌てて家に入り、姑にことの次第を伝え一一九番に電話をしようとしたとき、淑子が勝手に門を開けて入ってきた。

通夜の席での淑子の奇行を清美たちは見ていたし、何しに来たものだろうと一瞬身構えたが、事態はそれどころではなかった。

淑子は門から続く飛び石の上で、何か目に見えないものを押し戻すような格好をした。それから、市川の家の軒下まで来て、倒れている舅を見下ろすと、両手を合わせて何か呪文のようなものを大声で唱えた。

やがて少し声の調子を落とすと、淑子は小動物のような俊敏な動作で舅のそばにしゃがみこみ、その首に触れた。家の中から飛び出してきた姑は、呑まれたように突っ立ったまま、その様をみつめているだけだった。

まもなく、ぴくりとも動かなかった舅が、呻き声を上げた。淑子は立ち上がり、姑と清美を見て言った。

「私を礼拝供養しなさい。心のうちより邪《よこしま》な神を追い払い、私を礼拝しなさい」

清美も姑も、はっとして言われた通り合掌し、いつもこの一家が唱えている観音経を唱えたという。淑子は、再び舅の首筋に触れた。そのうちに舅の体と首は横たわった石の上でまっすぐに伸びた。

数分後に救急車が到着したときには、舅の意識は回復して立てるようになっていた。救急隊員は、どなたが怪我人ですかと尋ねた。舅が「あたしですが」と言うと怪訝な顔をしたが、一応、精密検査を受けた方がいいということになり、病院に運ばれた。清美たちが気づいたときには、淑子はもういなかった。

検査の結果、舅の脳にも頸椎《けいつい》にもまったく異常はなかった。しかしそばで見ていた清美は、あのとき舅の骨の折れる音を確かに聞いた。それどころか死んでしまったように見えた。舅自身、自分が飛び石の上で意識を回復したとき、十数年に及ぶ長い夢から覚めたような気がしたと語っている。

いったいどんな夢だったのか、と姑が尋ねると長い時間だったと言うだけでそれ以上のことは答えなかった。

「淑子様には、神様がのりうつっています。いいえ、淑子様自身が、神様なのかもしれません」

清美は言った。輝和には否定も肯定もできない。

清美を見送り、玄関の鍵をかけて戻ってきたとき、淑子の体は布袋かなにかのように二つ折りになっていた。いったいどういう修行をしたのか、それとも筋緊張がさきほどの子供同様、病的に低いのか、足裏を合わせて座った姿のまま、頭から胸までぺたりと足の上につけて畳まれたようになっている。

日本に来て以来、伸ばしている髪が、首筋で二つに割れて、畳の上に流れるように落ちていた。

「淑子……」

輝和は、おずおずと声をかけた。返事はない。

肩に手をかけ、慌てて引っ込めた。

熱い。発熱した人の体の熱さではない。まるでストーブのように、乾いた熱気を内部から放射している。

輝和は、淑子に触れた自分の右手を見た。何か梵字《ぼんじ》でも浮かび上がってきそうな、厳かな熱感が残っている。

そんなはずはない、と自分の中に生じた感覚を打ち消す。

さきほどの子供は、時間が経過して発作が治まったにすぎない。あの子の祖父も、転落して気を失っていただけだ。

淑子は精神を病んでいる。たまたま偶然が重なり、奇跡が起きたように見えただけだ。そんなことを考えながら淑子の体を抱き起こした。水袋のような重たさが両腕にかかり、畳の上に横たえるとその首はがくりと横を向いた。完全な脱力状態で淑子は気を失っている。

いったい先程の託宣めいた日本語はどうして淑子の口をついて出たのか。そして今まで、何度か発せられた奇妙な抑揚のついた言葉はいったい何なのだろう。

輝和はとりあえず、淑子を布団の上まで連れていこうとして、その背と膝の下に手を入れた。

持ち上がらない、首を傾げて、もう一度膝を曲げ、背筋に力を込めた。

びくともしない。

輝和は、さほど大柄ではないし、筋肉質でもない。しかし農作業をできる程度の筋力はある。普通の男よりは、重いものを持ち、担ぎ上げる技術もある。しかしわずか四十キロ足らずの淑子の体は、まるで溶接でもされたかのように、畳から一ミリも持ち上がらなかった。その尋常でない重さに、淑子の体の下にある自分の両腕がつぶされるのではないかという恐怖にかられ、輝和は慌てて腕を引き抜いた。

遺体のように横たわる淑子を輝和は茫然と見下ろしていた。

ふと恐怖にかられ、逃げるようにその場を離れ、寝室に戻って唐紙を閉める。布団に入ったものの、寝付けないまま明け方になり、少しばかりまどろんで目覚めてみると、淑子は隣の布団で眠っていた。

その日の午前中に、来客があった。

夫婦者らしい老人二人と中年の女の二人の四人連れだ。中年の女のうち一人は、金糸銀糸の袈裟《けさ》をかけている。

玄関に出た淑子の姿を横目に、彼らは「ちょっと上がらせてもらいます」と、どやどやと入ってきた。

「なんですか。おたくたちは」

輝和は飛び出して袈裟をかけた女の腕を摑んだ。淑子は怪訝な表情で立っている。

「入ってろ」

輝和は座敷を指さし、淑子に言った。

「若奥様はいらっしゃいますか」

中年の女が、摑まれた腕を振りほどこうとしながら言った。フレームの大きなファッションググラスの中の片目だけが、左右に動く。もう片方は義眼らしい。

「なんだ、あんたたちは、人の家に勝手に上がり込んで」

輝和は、女の腕を摑んだまま怒鳴った。

「天正《てんしょう》奉誠《ほうせい》会《かい》の者でございます」

袈裟をかけた女の後ろで老婦人が言った。

「天正奉誠会？」

清美のところの新興宗教団体の名前だ。お導きと称する勧誘のために、許可もなく人の家に上がり込むことに、何のためらいも感じない連中だった。

「若奥様は」と袈裟の女は、叫んだ。

「いない。帰ってくれ」

女たちを玄関に向かって押し戻そうとしたときだった。

淑子がふらふらと輝和と彼らの間に入ってきた。

「まさかこちらが……」と老女が、淑子の方を見た。袈裟をかけた女は脂肪の乗った腕を輝和の手から振りほどく。

「もしや若奥様ですか？　市川さんのところに行って、私たちの神様は邪なものだから、自分を拝めとおっしゃったそうですね」

淑子は焦点の定まらないような瞳を大きく開けて、女の顔をみつめている。

「邪とはどういう意味なのか、邪な神様っていうのが、お上人様のことなのか、会長の宇津見宗五郎《うつみそうごろう》先生のことなのか、説明してくれませんか」

そこまで言ったところで、女の言葉が途切れた。何か言いたげに口を開くが、猿ぐつわでもされたように、喉の奥から呻き声が出るだけだ。

淑子の形相が、変わっていた。両目が鋭く切れ上がった。とっさに輝和は不作法な客から妻を守ろうとするように、その間に割って入った。

そのとき淑子のふっくらした上唇が開き、言葉が発せられた。

「探しものは、西の方角にある。道陵堂《どうりようどう》の隣にある飯場の二階につながれている」

女の義眼ではない方の眼が、激しく左右に動いた。

「それは……」

言葉を呑み込むように、太い喉元を何度かひくつかせていたが、「ちょっと、ごめんなさい。これで」と仲間に言い残し、玄関に向かって走っていく。ほどなく引き戸を叩きつけて出ていく足音がした。

残された人々は、互いに顔を見合わせるばかりだった。

淑子はその中の一人の老女の脇に行き、腕を取って座らせた。

「我を礼拝せよ」

低い声で言った。

「邪な神を捨て、我にすがれ」

淑子は、老女の手に自分の手を重ねる。関節の部分が膨れ上がり、指の曲がった手だった。老女は恥じるように、その手を引っ込めようとしたが、淑子はかまわず握りしめた。

手を握ったまま足を組み替え、昨日と同様の奇妙な座り方をした。床から浮いた両膝の間から、下着が丸見えになったが、目を背ける者も眉をひそめる者もいない。

数分後に、淑子は老女の手を離した。老女は信じられないという顔で、自分の手を見ていた。くの字に折れ曲がった指はそのままだったが、変形した関節はわずかに腫れを残す程度になっている。

老女は何度もまばたきし、指をゆっくり曲げたり伸ばしたりした。それから口の中で経文を唱えて淑子に合掌した。

一人は茫然として淑子の顔をみつめ、もう一人は老女にならって合掌している。

いったいこれで自分は何度目の奇跡を見せられたことになるのだろうか、と輝和はため息をついた。もはや驚きなどない。淑子は不思議な力を持っている。それがどこから来るのか、何のためにその力を行使するのかわからない。

客たちは何度となく淑子を拝み、帰っていった。

その日の午後、畑仕事をしていた輝和のところに天正奉誠会から、また別の客がやってきた。今度は中年の男と市川清美の二人連れだ。

男は一応の礼儀を心得ていて、まず名刺を差し出した。泥にまみれた軍手もはずさず、輝和はそれを受け取る。

宗教関係者の名刺というのを輝和は初めて見た。

「天正奉誠会西東京支部　支部長　小沢東八郎」とある。

はげあがった額に細かな汗を浮かべ、小沢という男は「奥様にお目にかかりたいのですが」と、慇懃な口調で言った。

「お断りします」と男の方には目を向けず、輝和は名刺をズボンのポケットに無造作につっこみ、畑に敷いたマルチという除草用のビニールシートを丸めてはがしていく。

「ぜひ、なんとか」と小沢は頭を下げる。

「いいかげんにしてくれ」と輝和は怒鳴った。

「見ての通り、こっちは忙しいんだ」

「うちの健一のことを話したら、ぜひ支部長さんが淑子様にお目にかかりたいと……」

清美が、泣き出しそうな顔で訴える。

「会ってどうするんだ」と輝和は中腰の姿勢のまま小沢を見た。

小沢は小さく咳払《せきばら》いした。

「奇跡や超能力というのは、人の心を一時的に引きつけはしますが、それと信仰する心とは違います」

「勧誘だったら他でやってくれ」

輝和は遮った。

「でも現に、健ちゃんは淑子様に救われたのです」

今度は清美が、小沢に向かって叫んだ。

「あなたたちが、何をしてくれたんですか。奉誠会が、市川の家の人たちが、健ちゃんに何をしてくれました？　苦しんでいるときに、因果応報と言ったのはだれでした？集会のとき、健ちゃんが泣いたら、外に出しなさいって言ったのはだれですか？」

「因果応報というのは、あなたが言っているような意味ではありませんよ」

教義論争を始めた幹部と女性信者を捨てておいて、輝和はさっさとマルチを丸め、納屋に行く。

清美が追いすがってきた。

「淑子様には、お目にかかれますか」となおも尋ねる。輝和が答える前に、清美は縁側に腰かけ、何をするともなくぼんやり表を眺めている淑子の姿をみつけた。

小沢を急かして、清美はそちらに駆けつける。輝和は舌打ちして手にしたマルチをその場に放り出した。

「お願いです。来てください。おすがりしたい人がいるんです」

小沢は何か言いかけてやめ、淑子の姿を見ている。口元にうっすらと笑いが浮かんでいた。

袖口の伸びたセーターにポリエステルのギャザースカートをはき、半端な長さのパーマ気のない髪をだらりと垂らしている様には、神様の威厳も神秘もない。

淑子はのろのろと踏み石の上にあったサンダルを履いた。

行くという意思表示だ。

「ちょっと失礼」と小沢は、淑子に向かい自分の名前を言った。淑子は小沢を一瞥したきり、沈黙している。

淑子の手を清美が取った。

「どこへ行く？」

輝和は尋ねた。

「病気で苦しんでいる方がいるのです。清川町の方に住んでいる人で。ぜひ淑子様にみていただきたいのです。救っていただきたいのです」

　輝和は、泥だらけの軍手を手から引きぬき、縁側に放った。

「車、出します」

　短く言った。よせと言っても淑子は行く。止めることはおそらくできない。一人で行かせたら、この連中とどんなめんどうなかかわりができるかわかったものではない。

「おそれいります」と、小沢は慇懃な様子で頭を下げた。

　助手席に淑子、後部座席に小沢と清美が乗り、車は清川町に向かった。バスを乗り継いで行けば、一時間以上かかるところだが、車なら二十分とかからない。

　清美の説明によれば、病人というのは天正奉誠会の幹部ということだ。もとから入信していた妻に勧められ、信仰を始めて四十年あまり、今では自宅の一階を信者に開放し、地区の信者のまとめ役となっている。しかし二年ほど前に肺癌をわずらい、その病状が深刻になってくるにしたがって、信仰から離れてきた、という。

「離れたわけではない」と、小沢が清美の言葉を訂正する。

　いずれにしても「これだけ奉誠会のために尽くしてきて、なぜこんな苦しみを味わわなくてはならないのだ」というのが、その男の最近の口癖になっているらしい。

　妻や周囲の人々が、こんなときこそ信心しなければと諫《いさ》めると、「いくら拝んだって、ちっとも楽になんかなりはしない」と苦しい息とともに恨みの言葉を吐く。

手をやいた家族に呼ばれた小沢が「死は霊界への誕生で、苦しみはそのための胎動だ」と諭せば、「自分が苦しんでないなら、どんな戯言《たわごと》だって言える」と背を向ける。

「人間であれば、迷いはあります。信仰の道も同じです。私だってしじゅう迷っています。迷い、悩みながら魂の充実感を得られる境地に導かれていくのです。あせらず見守ってあげなくてはならないのですよ」

小沢は清美に語りかける。清美は一言も発しない。ルームミラーには、唇を一文字に結んで視線を前に向けている清美の顔が映っている。

まもなくその幹部の家に着いた。植木に囲まれた、構えの大きな日本家屋だ。広い玄関に立つと、中央の祭壇のある広間が見通せる。

清美も小沢も、家人が出てこないのに、勝手に上がり込む。広間には信者とおぼしき人々が数人いた。彼らに挨拶し、小沢は自分の家のように奥に進む。

病人は祭壇の裏側にあたる座敷で、上半身を高くして寝かされていた。傍らに付き添っている老婦人が妻だろう。

輝和はふと数ヵ月前の自分の家の有様を思い出し、憂鬱な気分に襲われた。

小沢の姿を見ると妻は「これはどうも、支部長さん、いつもすみません」と手をついて頭を下げる。

「帰れ」

そのとき落ち窪んだ目をした病人が低い声で言い、とたんに咳き込んだ。妻がその背を撫でる。

「お上人様が救ってくれるというなら、この息の苦しいのをまずなんとかしてくれ」

言い終わらぬ前に、さらに咳き込み、激しい咳に湿った音が交じった。男の妻が慌ててタオルを口元に当てる。たちまち白いタオルが真っ赤に染まっていく。輝和は目を背けた。

そのとき輝和の体の脇をすりぬけ、清美が淑子の手を摑んだまま、男の足元に走り寄った。

「この人が救ってくれます。生き神様です。すぐ苦しみを取ってくださいます」

咳き込みながら、男は淑子の方を見た。

淑子は病人の枕元に行き、足裏を合わせて座った。男は苦しげに息を吐き出し、まばたきして淑子の膝の間に視線を漂わせた。

淑子はどこからともなく、あの目玉のような文様の刻まれた石を取り出し、打ち鳴らした。それから石を置き、男の体に触れながら真言のようなものを唱え始める。

ものの数秒で男の咳は止《や》み、安らかな呼吸が戻ってきた。ゆっくり呼吸しながら、男は目を閉じる。眠ったらしい。

小沢は驚いたように目を見開き、男の妻は両手を合わせてその寝顔を見守った。

静かな呼吸は十数回続き、それからことり、と止んだ。それきりだった。

沈黙だけがあった。

しばらくしてから、「ありがとうございました」と男の妻は、淑子に深々と頭を下げた。

「亡くなったのでしょうか……」と、小沢が我に返ったように輝和に尋ねた。

「覚悟しておりました」と男の妻は静かに言った。「この次、大喀血《だいかっけつ》して入院したときには、二度と家に戻れないと先生もおっしゃってました。痛いのは薬で取れますけど、息の苦しいのだけは取れません。こんなふうに安らかに逝ってくれるとは、夢にも思いませんでした」

「やはり治すということは、できないものなのですね」と、小沢は首を振った。

「祝ってあげなさい」

淑子が口を開いた。ぎょっとして輝和は、顔を上げる。しかし男の妻も清美も淑子をみつめ、深くうなずいた。この会の教義では、死は新しい生の始まりであって、忌むべきもの、悲しむべきものではなかったのだ、と輝和は気づいた。

「人の寿命というのは、この世に生まれ出《い》でたときにすでに決まっているものです。この人は、今日が命の尽きる日でした。旅立ちは無事に済みました。心ゆくまでお祝いしてあげなさい」

淡々とした口調だ。

男の妻は淑子に向かって合掌した。

車に戻りながら、小沢は独り言のように輝和に向かって言った。

「いくら徳を積んだ方でも、人である自分を礼拝せよとは言いません。会長の宇津見先生でさえ、私どもに、そうおっしゃったことはありません」

自信なげな、細い声だった。

「淑子様は、生き神様なのです。人じゃありません。そうでしょう」

同意を求めるように清美は、輝和の顔を見た。

輝和は無力感を覚えながら微笑を返した。

淑子はあるときは人の病を癒し、あるときは人を死に導く。半分は暗示かもしれないが、その手で人を苦しみから救っているのは確かだ。

治るものは治り、治らないものは死んでいく。それだけのことだ。かりに病院に行き、しかるべき処置をほどこしたとしたら、淑子が何かをする以上の効果がもたらされる可能性はある。所詮、奇跡とは目の前で起きた現象をどう捉えるかという解釈の問題にすぎない。

輝和は不合理な思考にからめとられそうになる心を戒めるように、そう自分に言い聞かせた。

十二月に入ると、母が亡くなって以来、訪れる人もいなかった結木家に、ひっきりなしに人がやってくるようになった。

病気の子供を連れてくる者、病の末期症状に苦しむ者、そして失せ物探しやこれから事業を起こすに当たって託宣を求めてくる者。

家には、そうした人々の持ってきた菓子や果物、花などが乱雑に散らばり、淑子は彼らの前に神の姿を見せるとき以外は、まるで眠っているかのように日がな縁側に腰かけ、凍りつくような風が吹いているときでも裸足の足をぶらぶらとさせて、ぼんやり過ごすようになった。

掃除も家の片づけも、畑仕事も何もしない。畑から戻ってきて輝和が、いくら待っていても食事はできてこない。

姑が生きていた頃の働きものの姿は、すっかり影をひそめていた。

積み重なっていく汚れた衣服や食品の入っていた袋などで、家の中は足の踏み場もない。見かねて輝和は、自分で掃除機をかけ、客の汚した便所を掃除する。母が生きている間は、息子にそんなことは決してさせなかった。だから輝和にしても手際が良いわけではない。

なぜ自分がこんなことをしなければならないのか、と苛立ち、明日こそ玄関も、縁側も、裏口も、入り口という入り口に鍵をかけ、だれも上がってこられないようにしてやる、と思いながら、当日になると面倒でもあり、大人げないような気もして、そのまま逃げ出すように畑に出ている。

淑子を追い出し、新たに妻をもらって人生をやりなおすこともできないことはないだろうが、今さら別の人間を見つけて一緒に暮らそうという気力もない。

暮れも押し詰まってくると、常時、二十人近い人々が、ときには四十人を超える人々がこの家に集まっているような状態になった。その中にはいつか淑子のところに抗議にやってきた中年女もいて、太った体に金糸銀糸の袈裟をかけて淑子を拝んでいた。

あのとき、彼女は地方布教に出かけた会の幹部から預かった、一頭三百万円のセッターに逃げられ、手を尽くしたにもかかわらずみつからず、途方にくれていたところだったのだ。それが淑子と目が合うなり、「探しものは、西の方角にある。道陵堂の隣にある飯場の二階につながれている」と言われた。驚いて、疑う余裕もなく飛び出していったのだが、はたしてその犬はこの市の西端にある、朽ち果てた山寺の「道陵堂」の近くにある飯場に迷い込み、作業員たちにかわいがられて飼われていた。

一週間後、その奉誠会の女は、菓子折を持って礼を述べに現われ、それをきっかけにあっけなく改宗してしまった。彼女とともに、それまでの奉誠会の方針に不満を持っていた信者が、次々と淑子を訪れるようになった。驚くべきことには、小沢までがやってくるようになった。

その節操のなさに輝和は内心呆《あき》れたが、小沢は「奇跡とか、託宣を信じてきたわけではなく、淑子様の私たちを包んでくださるような優しさと高い徳がわかった。自分にとって先生と呼べるのは、もはや淑子様しかいない」と語った。

奉誠会のある女性信者の話によれば、小沢は他の幹部とのポスト争いに敗れただけらしいが、その執心ぶりには、まんざら真実味が感じられないというわけでもない。

反対に、近所の人々は、ますます結木の家に寄りつかなくなった。母が亡くなったのちも、回覧板だけはきちんと手渡ししてくれていた隣の家の主婦は、この頃は黙ってそれを郵便受けに突っ込んでいくようになり、毎月家賃を届けにきていた借家人たちも、口座振込みにして、この家には近づかなくなった。

遠方から来る客が増えるに従い、輝和を知らない人が多くなってきた。彼らにとって、輝和は「結木家の息子」でも「この家の主人」でも「淑子の夫」でもなく、戸籍上、神様と結婚した、「ただの男」である。

彼らが敬意を払うのは淑子一人であって、輝和は黙殺される。初めの頃のように、形式的にでも輝和を立て、輝和に遠慮する者は、ほとんどいなくなった。

けじめをつけておくべきだったと輝和は後悔した。今さら来るなと言っても、彼らは聞くまい。淑子をさらって、どこかに逃げるかもしれない。

淑子がいなくなる。そのことを輝和は何より恐れていた。自分でも、なぜ淑子に執着するのかわからない。夫婦としての関係もない、妻としての役割も果たさない、まともに言葉も交わさない、一緒に住む理由などどこにもない。それでいて淑子がいなければ生きていかれないような気がする。

母が亡くなり、尾崎淑子も自分を裏切って死に、たった一人になったからなのか、それとも多少なりとも淑子にいとおしさを感じているのか、自分でもよくわからない。

十二月の三十日には、清美に連れられて元奉誠会の女性たちが十数人やってきて、風邪気味で寝ていた輝和を叩き起こし、大掃除を始めた。彼女たちは、「ご奉仕」と称して広い母屋の隅々まで雑巾がけを行ない、障子と襖を張り替えた。

土蔵の中も掃除すると清美は言ったが、輝和はそちらの方は断った。結木家の歴史を秘めた古文書や掛け軸、焼き物などがそこには保管されており、彼らを信用していないわけではないが、他人を入れる気にはなれなかった。

さらに三十一日には、彼女たちは台所に入って、なますや煮物を作った。

午前中、日向《ひなた》では汗ばむほどだった陽気は、昼過ぎから凍てつくような寒さに変わった。鉛色の雲に覆われた空から、霙《みぞれ》が降り出した午後の三時過ぎ、一人の大柄な男が何も言わず、家に上がり込んできた。

坊主頭に、伸びた髭、飛び出したような目を血走らせた男は、乱暴に襖を開けながら、奥座敷まで大股に進んだ。

その通った後に、真冬だというのに、アルコールと汗と垢の入り混じった、すさまじい臭気が漂った。

あっけに取られている輝和や奉誠会の女たちに一瞥もくれず、男は真っすぐに淑子の前まで行くと、崩れるように座った。淑子の方は驚いたふうもなく、男をみつめていた。さきほどから何かを待っているかのように、玄関の方向に体を向けて座っていたのである。

霙に打たれてずぶ濡れになった男の体はまもなく震え始めた。淑子が呪文らしきものを唱えたりする間もなく、数秒後にその場に昏倒《こんとう》した。

男はそのまま数時間、気を失っていた。畳の上に伸びている汚物のような男をどう扱ったらいいのかわからず、輝和も他の女たちも、奥座敷を恐る恐るうかがうだけで、足を踏み入れることができなかった。

深夜、男はむくりと起き上がり、見守っていた淑子に丁寧に頭を下げると家を出て、闇の中に消えていった。

男が帰っていった数時間後、結木家は、この数年来なかったような賑々《にぎにぎ》しい正月を迎えた。

座卓の上には、清美たちの作った正月料理が並び、奉誠会の元信者や、淑子の託宣によって失せ物をみつけた人、病気の治った人など、年始客がひきもきらなかった。その間、清美は、市川の家には一度も帰らず、健一を連れて結木の家で立ち働いていた。

三が日が明けて、徳山がやってきた。この日が郵便局の仕事始めだったらしい。

玄関先に立った徳山は、賑わっている座敷の様子を一目見て、絶句した。

「おまえ、いつの間に拝み屋の大将になったんだ？」

徳山は、詰め寄るように輝和に尋ねた。

「俺がやってるわけじゃない、女房が……」

と言い訳するように、輝和は答える。

「噂は聞いていたが、ここまでなってるとは思わなかった。まさか、おまえ、これでいいのか？」

「いや……」

「自分でこうしたいっていうなら話は別だ。しかしその気がないんなら、がつんと一発言って、連中を追い出さないと大変なことになるぞ」

徳山はもともと宗教嫌いではあったが、その口調には、自分の好き嫌いというよりは、心底、輝和を心配している様子が感じられた。

「ああ、しかし……」

「あんまりひどいようなら、かあちゃんに国に帰ってもらった方がいいな」

「嫌だ」

輝和は、低い声で答えた。徳山はぎょっとした顔で、輝和を見た。

「おまえ……。まさか洗脳されちまったのか」

「いや……」

徳山はしばらく輝和の様子を見守っていたが、やがて気まずそうに身じろぎし、別れを告げることもなく、振り返り振り返り帰っていった。

徳山が言うとおり、手に手に菓子や果物を持って訪れる人々に、母屋をのっとられたのは事実だった。

幅二間の広い玄関の三和土に、靴がぎっしり並ぶ様を横目に、輝和は霜で凍った畑に出ていく。

まもなく露地物の小松菜の最盛期に入ると、清美や小沢が信者を引き連れてやってきて、畑仕事を手伝っていくようになった。好意はうれしいが、さほど戦力にはならない。耕した土をジョギングシューズで踏み固められ迷惑するだけなのだが、相手は労働奉仕のつもりだから始末が悪い。断っても、遠慮していると勘違いされ、ますます荒らされるのには、閉口する。

そんなとき、大晦日《おおみそか》に現われたあの大柄な男が、ふらりとやってきた。坊主頭と不精髭はそのままだったが、足取りはしっかりしており、アルコール臭くもない。

男は母屋に上がり込もうとして、畑を耕している輝和に気づくと、近寄ってきてぺこりと頭を下げ、傍らに放り出してあるもう一本の鍬《くわ》を摑んだ。

「ちょっと、あんた」

輝和は手を止め、男の作業靴を指差した。

「それで畑に入られちゃ困るんだよ。淑子は中だ。素人に手伝ってもらっても、迷惑なだけなんだ。あっちに行っててくれ」

清美たちへの苛立ちも手伝って、輝和は邪険に言った。

「すみません」と男は低い声で謝り、どこかに消えた。半時間ほどして戻ってきたときは、真新しいゴム長に履きかえていた。

輝和は黙って男に自分の使っていた新しい鍬を手渡した。そして自分はすでに作ったうねの山の部分を平らに均《なら》していく。

男は慣れた手つきで黙々と鍬を振るう。力強く正確な動きだ。傾斜が強い上に地形に問題があって耕耘機の入らないそこの畑は、あっという間に耕された。

輝和一人なら夕方までかかるはずだった作業は昼過ぎに終わった。後はうねにマルチを張ってブロッコリの苗を植え、フレームを組み立ててビニールを張る作業が残っているだけだ。

「一息、入れるか」と輝和は、男を促し母屋に戻る。

輝和は台所で番茶をいれてきて、信者の集まった座敷を避けるように縁側に腰かける。冬のさ中でも、陽が照っているときはそこが一番暖かい。

「番茶がこんなうまいと、久しぶりに思いました」

大きな体を丸めるようにして、男は茶をすすって言った。そして大晦日にここに来た経緯をぽつりぽつりと語り始めた。

男は山下という名で、十七のとき北海道から出てきた。東京や関西で、職を転々としていたが、好きな女と出会ったのをきっかけに、トラックの運転手として真面目に働き始めた。しかし十年前、高速道路で居眠り運転をしてワゴン車に激突し、相手の一家四人を全滅させた。刑期を終えて交通刑務所から戻ってきたときには、仕事も家族も失っていた。

そのまま酒浸りになって、手がつけられないくらい暴れるかと思えば、失禁と嘔吐を繰り返して気絶し、病院に担ぎ込まれる。退院すると再び飲み始めて、もとのもくあみになる。この五年ばかりは、精神病院と福祉事務所を往復していたという。

しかし昨年の大晦日、酔って道路に寝ていると、夢ともうつつとも知れず、だれかが自分を呼んだ。黒沼田にあるこの家に来るように、とその声がささやいた。ふと目が覚め、言われた方向に歩いてくると、やがて夢の中で見たのと同じ家があった。不思議に思いながらも、その家に入ると女の人が座っていた。この人が自分を呼んだのだと悟ったのと同時に、体が焼けるように熱くなり気を失った。長い夢を見ていたようだが、目覚めるとまったくその内容を覚えていない。

一旦、それまでいた簡易宿泊所に戻ったが、自分は、あの女の人の赤子として生まれ変わったという観念が頭から離れず、今日、あらためて来たのだ、と山下は語った。

「女房なら、中にいると言ってるだろう」

輝和は「赤子」という山下の言葉に、抵抗と嫌悪感を覚えながら、座敷の方を顎でしゃくった。

「いえ」と山下は首を横に振り、座敷に上がることもなく、一休みすると輝和について畑に出た。

二日後に再びやってきたときも、山下は畑を手伝っただけで座敷に上がることはなく、淑子の姿を遠目にながめて、拝むような格好をしただけで帰っていった。

山下は一日おきくらいにやってきた。首がめりこむばかりの僧帽筋を際立たせて、この大男が隣にぬっと立つのは、輝和にとっては気分の良いものではない。しかし力仕事もいとわず、耕耘機や雑草カッターなどの機械類を器用に扱うかと思えば、苗床に入れる電熱器の故障などもすぐに直せる山下がいると、仕事がはかどった。

そうこうするうちに図体は大きいが、酒が入らぬ限りは、物静かで口数の極端に少ない、それなりに肝も据わったこの男に、輝和は信頼感をいだき始めた。

それでもふともらしたりする「ガキの頃、遊びつくしましたから」という言葉などには、えもいわれぬ凄味《すごみ》があって、ぎくりとさせられる。はっきりとは言わないが、昔どこかの暴力組織に属していたこともあるらしい。

山下の他にも、年が明けてから多くの人々が淑子を訪ねてくるようになった。これから始める商売は成功するか、いまつきあっている人と結婚すべきかそうでないか。奉誠会系統の人々とは別に、自分の人生を自分で決められない人々が淑子に選択を委ねるためにやってくる。難病や障害を背負った人々が淑子の力にすがってくる。春が近づくにつれ、結木の家はますます盛況になってきた。

はたしてこれが宗教と呼べるものなのか否か、輝和にはわからない。淑子が起こしたものが本当に奇跡なのかどうかも疑問だ。

淑子の託宣は確かに当たる。病人の苦痛も取りのぞく。どうやってそれを行なうのかはわからない。もしかすると本当に淑子には、そうした能力があるのかもしれないが、たとえそうだとしても、人々が求めるのは所詮は現世利益で、輝和が今まで漠然と想像していた宗教的境地というものとは遠く隔たっている。

8

小沢が輝和に相談を持ちかけてきたのは、二月も終わりに近づいた頃だった。

内密な話を、と言われ、輝和は信者が集まっている三十畳の部屋から離れた北側の座敷に小沢を入れ、襖を閉めた。

声をひそめて小沢が話し始めた。

「立場上言えなかったことですが、実は私も市川清美さんと同じことは、以前から感じていたのです。そもそも天正奉誠会は、既存仏教教団の形式的で儀式的在り方に疑問を持たれた村山正夫師が、人々の苦しみをわが物とし、積極的に救済することによって、共に幸福な生活を送ろうということから始まったものです。確かに創設の頃は、村山師の教えは、教団の行動の隅々にまで生きていました。奈良原村《ならはらむら》事件というのをご存じですか？」

「ええ」と輝和はうなずいた。昭和三十年代に奉誠会が起こした事件で、このあたりの年寄りの間では知らない者はいない。

黒沼田地区からほど近いところにある奈良原村で、江戸の昔から差別を受けていた家があったのだが、あるときそこの七つになる息子が、体を反り返らせたり、いきなり奇妙な叫び声を上げて走り回るといった神経症状を呈した。高度成長からとり残されたような赤貧の一家のことで、医者にも見せられず、症状が悪化していくのを放置したまま日が経つうちに、凶作や赤痢の発生など、村はいくつかの凶事に見舞われた。それがいつとはなしにその息子のせいだということになっていった。

村人は一家に物を売らず、そこの家の田への水路を埋め、私道を通さないといった嫌がらせをした。

孤立したその家の母親は、町に行商に行ったとき、たまたま天正奉誠会の「全人平等、全人幸福の教え」に出会い深く共感し、迷うことなく村山正夫教主のもとを訪ねて、助けを求めた。

自らも東北の貧農の家に生まれ、上京して旋盤工をするうちに、戦前の労働運動に関わり、幾度かの投獄経験もした村山正夫師は、その母親に同情した。そしてただちに信者二百名を集め、自ら奈良原村に乗り込んだのだった。

揃いの袢纏《はんてん》姿でのぼりを立て、口々に「お導き、お導き」と唱えながら、村の一軒一軒を回る信者の姿は、村人には極めて異常なものに映ったらしく、四十年近く経った今でも地域の人々の語りぐさになっている。

しかし村の顔役に向かい、村山正夫の行なった説教というのが、それまでの村の迷信や因習を払拭《ふっしょく》するかのような理路整然としたもので、しかも戦後民主主義の洗礼をうけた教祖らしい、近代的な人権感覚に富んだものだった。

さらに天正奉誠会は、その後六ヵ月に亘《わた》ってこの一家に経済的な援助を行なった。奉誠会によるこのような糾弾活動や援助活動は、以来、各地の公害病発生地や被差別部落などを中心に、高度成長が終わり日本経済が安定期に入る頃まで続けられた。

「宇津見宗五郎が教主に就任してからでしょうか、奉誠会は変わってしまいました。拡張主義に取りつかれ、信仰の心を置き忘れていったのです。金持ちや社会的地位の高い信者の獲得に躍起となって、本当の意味で仏様の救いを求めている弱い人々を排除していきました。創設期から、教団のために尽くしてきた幹部をつぎつぎに除名していきました」

「それでおたくも、除名されたわけ？」

輝和は、冷ややかに尋ねた。

「いえ、私は除名されたのではなく、こちらから奉誠会を捨てました。一昨日、本部に正式な届けを出しました」

輝和は警戒した。いかなる理由があれ、小沢のような男が、教団を捨てたということは、この家に本格的に乗り込んでくるということだ。

「宇津見は教団を私物化し、現在、その後継者と目されているのは、彼の次女、それも信徒でも何でもない外部の女に産ませた子供です。これは奉誠会の中でも私とごく一部の幹部しか知らないことですが、そうしたところに少しでも良心のある者が、安穏として居座っていることはできません」

話の先は予想がついた。あらためて内密な話を、と言われるまでもない。小沢がこの家に出入りし始めた頃から、いつかはこんなことを言い出すだろうと輝和は踏んでいた。

「要するに、新たに教団を起こそうってわけですか」

「いえ」と小沢は首を横に振った。

「起こす必要などありません。結木淑子様という立派な教祖様のもとに信徒がすでに集まっているではないですか。ないのは器だけです。いくら中身が立派でも、私たちを含め、人間というものは、愚かなものです。器のいい加減なものは、中身もよくないと判断しがちです。たとえば淑子様は確かに慈愛深い方で、人々の苦しみを癒す神秘的な力を持っておられる。しかし教養もないところで、あのようなお姿をして人の道を説いておられても、人は信用しないのです」

「破れごろもで布教はできませんか」と輝和は腰を浮かせた。いつまでもこの男の戯言《たわごと》につきあってはいられない。

「ちょっとお待ちください」と小沢は引き止めた。

「ここに炊きたてのご飯があるとします。まっ白なご飯がほかほかと湯気を立てていて、あなたはたいへんにお腹がすいている。しかしそれが肥《こえ》びしゃくに盛られて、どうぞと差し出されたとしたら、食べられますか？　肥びしゃくが洗ってあって、しかもその真ん中だけでもいいから食べろ、と言われたら、食べることができますか」

「女房は肥びしゃくですか？」

輝和は立ち上がり襖を開け、小沢に向かい出ていけというように廊下を指した。

「とんでもない。そういうことではなく、つまり宗教としての内実と形式について話しているのです。形式の中には教義の問題もあります。それは私に任せてください。それとは別に、教団というのも組織ですから、良心的で有能なスタッフが必要なのです。私としては、結木さんと力を合わせ……」

小沢は腰も上げずに言った。

「私は女房があんなふうになってるから黙っているだけで、あんたたちのやっていることを認めているわけじゃない。迷惑しているんだ。それに結木の家は、もともと曹洞宗《そうとう》だ」

「最後まで聞いてください」と小沢は、輝和ににじり寄り、声をひそめた。

「黙認するというのは、一番、責任のない態度です。それが恐ろしいことだというのがわかりませんか。この家に信者が集まってくる。彼らはここの座布団を使い、ここのお茶を飲んで、淑子様のお話を聞き、淑子様に相談し、病気を治してもらったり災いを報せてもらったりしている。けれどお布施は一銭も払わない。もちろん入会金も会費もありません。逆に、淑子様は施しをしている」

「施し？」

母の香典のことを思い出した。

「施しはいいのですが、この前、信者に着物を与えていました」

「着物ですか？」

輝和はとっさに隣の部屋に入り、桐のたんすを開けた。古びた藤色の袷《あわせ》が一枚だけあった。母の形見だ。もともと分不相応のぜいたくはしないというのが口癖だった母は、冠婚葬祭に必要な和服以外は、ほとんど作らなかった。そしてそれも形見分けで、ほとんど母の妹にやってしまったから、残っているのはこれ一枚だ。着物をやった、というのは、何かの間違いだろう。

戻ってきた輝和に、小沢は言った。

「いいですか、入会金を一人一万として、最低の見積もりで百万、それに会費を加えれば、一応、教団としての体裁を整えられます。さらに相談料や礼金を布施という形でいただくとして、相場は五万ですが、実際はそれ以上見込めます。こんなことを口にする私を軽蔑するかもしれませんが、淑子様は村山正夫師のように、一職人から身を起こし、艱難《かんなん》辛苦を舐《な》めた末に、宗教者としての境地に達した方とは違います。何も汚れを知らない、天空から舞い降りてきたようなお方です。朝露をためて開いた白い蓮《はす》の花のようなお方です。だからこそ、私たちが世間の泥水を飲まねばならない場面もあるのです」

輝和は、黙って小沢を追い立て、自分も部屋から出た。

「考えていただけますか」と小沢の声が追ってくるのに、「俺は宗教は嫌いなんだ」と答え、それから「弁の立つ人間というのも、信用できない」と付け加えた。

縁側に腰かけ、地下足袋を履こうとして、ふと小沢の言葉にひっかかりを覚えた。

小沢はなぜ自分に相談を持ちかけたのか。拠点が、結木の家と土地にあり、オーナーが輝和だからだ。もう一つは、彼が画策している教団設立のための人材が他にいないからだ。

ここに来る信者を見れば一目瞭然だった。女と老人が圧倒的に多い。それでなければ病人だ。山下は四十になったばかりの一人前の男だが、アルコール中毒になって淑子にすがってきた経緯を考えれば、とても教団の幹部は任せられない。用心棒がせいぜいだ。しかし心にひっかかっているのは、そんなことではない。

淑子が施しを与えた、という内容に、思い当たることがあった。

輝和は地下足袋から足を抜き、座敷に上がった。金庫から鍵を取り出し土蔵に向かう。土蔵に入るのは、数ヵ月ぶりだ。香典の消えた夜、淑子をここに閉じこめた記憶は、未だ輝和の心のうちに痛みと嫌悪感を伴って澱《おり》のように淀んでいて、その場所に足を踏み入れるのをためらわせていた。

分厚い扉を開けて中に入る。今朝は寒さがぶり返し、外の流しには氷が張ったというのに、土蔵の内部はふんわりと暖かかった。

裸電球をつけて、輝和は小さな呻き声を発した。床にあのときの血痕がまだ残っていた。拭いておかなければと思いながらそのままにしてあったのだ。目を背けて跨《また》ぎ越す。

まず、手前の桐の衣装箱を開けた。

空だった。その向こうの塗りの箱を開く。やはりない。

予想はしていた。それでも腹の底がすっと冷えてくるような感じがした。

つぎつぎと箱の蓋を取っていく。

人寄せのための大量の揃いの食器、塗りのはげたお膳、大正時代のミシンとアイロン、火鉢、お手前に使う夕顔をくりぬいた炭入れ、膨大な古文書を収めた、堆朱《ついしゅ》や螺鈿《らでん》の文《ふ》箱《ばこ》……。

結木家の歴史を物語るような品々が、代々ここに嫁いできた女たちの手によって、念入りに手入れされ、保管されている。しかしその約半分が消えていた。江戸切子の鉢、虫食い一つない鼈甲《べっこう》の飾り櫛《くし》、能装束、そして祖父が大陸から持ち帰った玉《ぎょく》の文鎮や筆立て、琥珀《こはく》から彫り出した観音像。さらに美麗を極める装飾経。

売りに出したら、およそ値のつけようのないような、結木家の宝がそっくりなくなっている。

さきほど小沢が忠告するともなく言った、「着物」というのは、母の遺品ではなく、能衣装か小袖のことだったのだ。

輝和はうなり声を発したまま、いくつかの箱のぽっかり空いた内側をみつめていた。

いったい淑子はどこにばらまいてきたものだろう。

輝和は、深夜に市川清美が子供を抱えて飛び込んできた日のことを思い出した。神がかりと奇跡に気を取られ失念していたが、あのとき淑子は清美に何かを手渡した。困ったときには金に換えろ、と渡したものの緑色のきらめきに思い当たり、顔から血の気が引いた。

土蔵に鍵もかけずに母屋にとって返し、母の使っていた奥座敷の茶だんすの観音開きの鍵を開けた。書の手本と証書の類《たぐい》が少し残っている。

しかし消えているものがあった。

兄の結婚が決まったとき、兄弟で貯金を出し合い母に贈った指輪だ。あの頃はまだ、兄との関係は今ほど疎遠ではなかった。

父の代から家に出入りしていた、この町で一番古い時計屋「黒沼時計店」が、ちょうど「ジュエリー・ノワール」という名前で市の中心部に大店舗を開店したときのことだ。懇意にしていた店主に相談に乗ってもらい、兄弟が買い求めたのは、エメラルドの指輪だった。

瑕《きず》一つないスクウェアカットの吸い込まれるような緑色の石は、大きさこそさほどではなかったが、その少し前に買った、兄の婚約者へのエンゲージリングなど比較にならないほど高価な物だった。

旧家に生まれ、それなりの格式と資産のある結木家に嫁ぎながら、華やかな衣服にも高価な装飾品にも縁のなかった母に、せめてもの親孝行をしたいと二人とも思ったのだ。「お母さんは、宝石も着物もぜんぜん欲しくないのよ。やせがまんじゃなくて、本当にいらないの。あなたたちが立派に育ってくれるのが一番うれしいんだから」というのが口癖だった母は、無残なほど節くれだった指にその指輪をはめ、「もったいなくて」と鼻をすすり上げた。そして「私が死んだ後は、お嫁さんにあげましょうね」と言ったのだった。棺に入れてくれ、とか遺体にはめてくれとは言わなかった。

だから確かに淑子のものだ。しかし嫁が赤の他人に、ぽい、とくれてやることを母は望んだだろうか。大切にして、息子とともに自分を思い出し、偲《しの》んでくれることを願ったのではないだろうか。

座敷に数人の信者がいたが、清美の姿はない。台所を見たが、そこにもいない。淑子は奥の座敷にいたが、彼女に何か尋ねても埒があかないだろう。

輝和は家を出ると裏の雑木林をかけ下り、市川の家に行ってみた。

息を弾ませインターホンを押すと、清美が現われた。丁寧に挨拶をしかけたのを遮り輝和は尋ねた。

「指輪、持ってないですか」

清美は怪訝な表情をした。

「エメラルドの指輪です。もし淑子がよこしたのなら、返してくれませんか。金の問題じゃなくて……あのときは気がつかなかったんですが、あれは母の形見なんです」

「あ……」と一声発して、清美は両手を口に当てた。

「健ちゃんの心臓、手術に使ってしまって。ごめんなさい、形見だなんて知らなくて。健ちゃんの手術しないと半年しか生きられないって言われて、でもうちの人、必ず成功するわけではないって聞かされたので、それにあいう子だからって、お金出してくれなかったんです。でもお陰様で、手術を受けられたし、健ちゃんもがんばってくれました。十六までは生きるって淑子様が言われたので思い切って受けさせたんです」

「どこに売りました？」

清美の言葉を最後まで聞かず、輝和は尋ねた。確かに救われた子供の命は尊いが、手術を受けさせるか否かというのは、親の意識の問題だ。輝和にとっては、母の思い出の方が大切だった。

「あの……黒沼さんに持っていって」

輝和たちが買った旧黒沼時計店、「ジュエリー・ノワール」のことだ。

引き取り金額を尋ねると、輝和たちの買った値段の五分の一だった。

すぐに市川の家を出て、輝和は「ジュエリー・ノワール」に電話をかけた。店主に事情を話し、そのエメラルドがあれば買い戻したいと申し出た。

店主は、あることはあるが、表面の瑕をとるために削り直し、台を取り替えてしまったという。売値は、輝和の買ったときとほぼ同額になっていた。

元はといえば、自分たちが買ったものだ。

必ず近いうちに買い戻すから、他人には売らずにとっておいてくれと輝和が頼むと、店主は、「事情が事情ですし、古いおつきあいですから、できる限り値段はお引きします」と答えた。

電話を切ると、あらためて淑子への怒りが湧いた。しかし殴ることも、土蔵に閉じこめることも二度としたくない。かわいそうだからではない。血を流した淑子の姿のおぞましさ、自己嫌悪と恐怖が、輝和の心を萎縮させているのだ。

玄関の引き戸の閉まる音がする。客が帰っていく。日が暮れれば帰っていくというのが、ここに集まってくる人々のかろうじて保っている良識だ。

玄関に内側から鍵をかけ、淑子のいる座敷に入った。脱力したように、二つ折りになった淑子の体があった。その脇腹を輝和は蹴り上げた。軟体動物のような感触が爪先にあった。

信仰も奇跡も、何もかも嘘だ、と思った。

「拝めば金目のものをくれる。病気が治ったような気がする。これで人が来ない方がおかしいじゃないか」

ぐにゃりとした淑子の襟首を摑んで体を立たせた。淑子はぼんやりと輝和を見ていた。

「しゃべれるんだろ、本当はわかるんだろ、俺の言っていることが」

こんなことがあるたびに、何度となく繰り返してきた不毛な問いかけだった。

輝和は、淑子の体を離した。淑子は、ぐにゃりと崩れて畳に尻餅をついた。後頭部が背後の柱にぶつかり、鈍い音を立てた。

「人の心を金で買おうとするのは浅ましい。結木の家は確かに資産家かもしれないが、おふくろは自分でもぜいたくはしなかったし、金で他人の歓心を買おうとする浅ましい真似もしなかった」

淑子はゆるゆると瞼を開き、輝和を見た。視線というものの感じられない、無限に深い穴のような瞳だった。

「いいか……」

輝和は、その脇に膝をついた。母の指輪、母の香典……そんなものが頭の中をめまぐるしく回った。自分が愛し、尊敬していた母の思いを、淑子は、一つ一つ踏み躙《にじ》っていく。

「そんなことで、人に慕われたいか？　それともあいつらに同情したのか、どっちだ、答えろ」

空洞の目は、何も語らない。

「困っているから、くれてやる。そんなことが通用するのは、おまえの国の話だ。ここは日本だ。まともな人間なら恥や遠慮や自尊心を持っている。施しを受けて喜んでいられるのは、くずだけだ。おふくろがそんなことをしたか？　人の間に立って、苦労しこそすれ、金をばらまいてカタをつけたことなど一度もない。役所や議員や、いろいろな人間を訪ねて、お願いしますと頭を下げて、そうやって物事を一つ一つ解決してきた」

そこまで言って、無力感に捕えられた。淑子に何を言ってもわからない。そしてそれ以上に、自分は人に説教できるほど偉いのか？

背筋を不自然に曲げ、よじれたような格好で柱に寄り掛かっている淑子をそのままにして、輝和はその場を離れた。

翌日の午後も遅く、畑仕事から戻った輝和が縁側で、ズボンについた泥を払っていると、アタッシェケースを提げたスーツ姿の二人連れが、門を入ってくるのが見えた。淑子の信者ではなさそうだ。男たちは、輝和の姿を目に止めると会釈して近づいてきた。差し出された名刺には、大手の不動産開発会社の名前があった。

バブルの最盛期に、土地買取りの話を父に持ちかけてきたところだ。数年前、生産緑地法が制定され、輝和たちは、結木家の一町歩の畑を、今後三十年間田畑として使用するものとして低い課税率に抑えるか、それとも農業を放棄して宅地として活用するかという選択を迫られていた。

不動産価格が天井だったあの頃売っていれば、結木家は莫大《ばくだい》な現金を手にしていたことだろう。しかし、結局畑は売らず、この先も売る意志はないとして、生産緑地法の指定を受けた。農業という仕事そのものに、もはや未来があるとは、父も輝和も考えてはいなかった。しかし農地解放の折にわずかに残った土地にはそれなりの意味があったし、農地こそ結木家の存立基盤だった。

畑が生み出す収益に期待はできないにしても、畑に出ていることは、とりあえず輝和に「農業経営者」としての地位と地域における彼自身の居場所を与えてきた。

しかし今回、不動産会社の営業マンがもちかけてきたのは、土地を売らないか、という話ではなかった。現在、結木の家の持っている卯津木地区の古い貸家を取り壊し、等価交換方式でマンションを建てないかというものだった。

父から受け継いだ卯津木の貸家については、改築するのも処分するのもなんとなく億劫で、そのままにしてあった。それでも、輝和はいずれ時機を見てマンションに建てかえるつもりではいた。だから借家人が、部分的に改築したいと申し出たときにも、もう少し待ってくれるようにと、答えを引き延ばしてきたし、相続税の支払いのために銀行から借金したときにも、卯津木の土地は担保にせず、今、住んでいる家と土地に抵当権を設定していた。

営業マンの説明によると、この家の建っている黒沼田地区と違い、卯津木町は新しく私鉄の駅ができた一年前から、急速にベッドタウンとして発展してきた。だからマンションヨン価格の下落の下落が続いているとはいえ、そこなら賃貸マンションの借り手はいくらでもいるという。

さらに、卯津木町の貸家には戦後まもなくから親子二代、三代で住んでいるような人々がいて、建て替えも家賃の値上げもしにくい状態だったが、立退き交渉などの面倒な事はその大手不動産会社が一切を引き受けてくれるらしい。

「こんなところでは何ですから」と輝和は、玄関の方を指差した。

玄関に回った彼らは、広い三和土に溢れているサンダルや靴を見て、「何か人寄せですか？」と尋ねた。

「いいえ」と輝和は、それらの履物を爪先で隅に寄せた。そのときまるで壁から湧いて出たように、淑子が玄関に現われた。

空洞のような黒い瞳が、男たちの方を見ていた。

「いいから、あっち行ってろ」

輝和は言って、淑子の体を押した。しかし淑子の体は石像のように動かなかった。

「私のものだ。この家も、この土地も私のものだ。去れ。何事も起こらぬうちに、去れ」

破《わ》れ鐘《がね》のような声が、響いた。

不動産会社の営業マン二人は、ぎょっとしたように後ずさりした。

「すみません、家内は病気ですので」

淑子の後ろに、中年の女や老人たち、そして幼い子供の顔がのぞいた。その顔はつぎつぎに増えた。営業マンは困惑した表情で顔を見合わせている。

「あの、また日を改めて参りますので」

「ちょっと、待って」

輝和は呼び止めたが、若い方の男は気味悪そうな顔でそそくさと帰ろうとする。

「待ってください。こちらからうかがいます」

「またお電話させていただきますので、ご都合のよろしい日に参ります」

年配の方の男が、腰を折って丁寧に一礼し、二人は足早に去っていった。

輝和は、少しの間、一人で玄関に立っていたが、やがて泥のついた長靴を脱ぎ捨て家に上がった。

この調子で、自分の家を変な教団にのっとられたのではたまらない。

他人の女房を神様にまつり上げて、日が暮れるまで居座っていく人々の非常識さかげんに、さすがに堪忍袋の緒が切れた。

きょうこそ、追い出してやろうと足を踏みならして座敷の襖を開けた。

淑子に何をしてもらったのか、カシミアのセーターを着た中年婦人が、起き上がったところだった。彼女はオストリッチのバッグから封筒を取り出し、それを淑子に捧げるように渡した。淑子は両膝を浮かせたいつもの座り方をしたまま受け取り、その場で封筒から中身を取り出した。

一万円札の束だ。その一枚をまるで供物を分け与える神のように、肘を高く張った姿勢で、一番前に座っていた老人に与えた。部屋にいた人々が、膝をついたまま一斉に前の方ににじり寄っていく。また一枚。ひらひらと札が宙を舞う。人々の手が伸びる。さらに一枚。まるで祝いごとの餅まきのように札が散らばっていく。

それを追う人々の浅ましい目の色と仕草に、輝和は吐き気を覚えた。

これがこの前、小沢が言っていたことだ。こんな行為を施しなどと呼べるだろうか。さきほど礼金を差し出した女は、正座したままじっとこの騒ぎをやり過ごしている。その顔には驚きとも恐怖とも失望ともつかない表情が浮かんでいた。

こうして良識ある客は、寄りつかなくなるのだ、と輝和は暗澹《あんたん》とした気持ちでその様をみつめた。

傍らで清美が、困惑したように突っ立っている。

「どういうことなんだ？」

輝和が尋ねた。清美は首を横に振った。

「前からこうなのか？」

「いえ……。淑子様のお考えは計り知ることはできません」

「あんたは何とも思わないのか?」

清美は、金に向かって手を伸ばす人々から目を背け、小さく首を振った。

「でも、私の知恵などたかが知れたものです……」

金はいつまでも、まき続けられている。輝和ははっとした。女のオストリッチのバッグから出てきた分だけではない。

輝和は手を伸ばして、人々を乱暴にかきわけ淑子に近づいていった。

淑子は、腰の下の方から札を出して、人々に与え続ける。

「やめろ」

輝和は大声を上げた。座敷にいた者は、はっとしたように輝和の方を見て、それから手にしたものをそれぞれに自分の荷物の中に捻《ねじ》り込み、そそくさと立ち上がる。

「返せ、それはうちの金だ」

そう怒鳴った自分が惨めだった。結木家の男は、金銭のことを口にしてはならないと幼い頃から、父に教えられていた。金のことを言うと、結木家は商人の家系ではない、とたしなめられるのが常だった。

しかしこうした人々に対しては、人間としての品性など不要だった。

「返せ、警察に通報するぞ」

とたんに後ろの方の数人が、玄関に向かって走り出した。他の者も続く。人間の浅ましさ、卑しさを目のあたりにしたようで、追っていく気力も萎える。

清美が小さくため息をついて、その様を見ている。

「おたくも……帰ってくれ」

輝和は言った。清美は眉を寄せ、輝和を見上げた。

「淑子様には、何かお考えがあるはずです。私にも、小沢さんにも、とうてい計り知れない広く深いお心を持っておられる方ですから」

「帰ってくれ、と言っているんだ」

清美は一礼し、座敷から出ていった。

輝和は奥座敷に行き、ダイヤルを回して金庫の扉を開けた。

予想はしていたことではあったが、言葉を失った。

家賃収入その他の現金、そして通夜に集めた分の香典などが、ここ数ヵ月、入金するのを忘れ、金庫にそのまま入っていた。しかしその分量が明らかに減っている。数えてみると、百万の束が二つ、消えていた。

有り余っている金ではない。輝和は、つい最近、相続税を払うために、銀行から金を借りたばかりだ。それもこの家屋敷を担保にして。

叩きつけるように金庫の扉を閉め、ダイヤルを乱暴に何度も回した。座布団が散らばった三十畳に、淑子だけが端然と座っている。

輝和は、つかつかと近づき殴った。

体が横倒しになり、こちら向きになった淑子の背をさらに蹴った。ぐにゃりと体が曲がった。

またやってしまったと思った。曲がった体を摑んで起こすと、空洞のような目が、輝和の方を見ていた。その目から逃れるように顔を殴った。堰を切ったように止まらなかった。

気がついたとき、輝和は、ぼろきれのようになって畳の上に転がっている淑子の脇に、茫然と立ちつくしていた。周囲の畳に点々と血が飛んでいた。

畳の上に、ゆっくりと淑子の尿が広がっていく。異様なほど濃い色だ。

輝和は震えた。叫び出しそうになった。

死ぬのではないか、自分は淑子を殺してしまったのではないか……。

淑子のせいではない。淑子の……。

かちかちと前歯を震わせながら、輝和はつぶやいていた。きっと清美や、小沢がそそのかしたのだ。あの金はあいつらの懐に流れ込むに違いない。淑子のせいではない。

不意に淑子は起き上がった。

「慈悲です。こうしなければ、おまえは神様を振り向きなさることはなかった。吐き出しなさい、この家の底深くたまった念を。吐き出しなさい、この家の受け継いだ数限りない邪なものを。一つ残らず捨てなさい。長きにわたって人々を苦しめ、百姓たちの血を吸って築き上げてきた結木の家の名誉と富を捨てなさい。蔵のお宝の一つ一つに人々の怨み、苦しみ、悲しみがしみ込んでいます。一つ残らず吐き出し、道端にお捨てなさい」

切れて、血のしたたった唇から明瞭な言葉が溢れた。

顔は斑《まだら》に黒ずみ、腫れ上がっている。片方の目は、充血していた。

しかしその瞳は、空洞ではない。限りなく黒く深く、澄み切った光を放っていた。

喉の奥から叫び声を上げて、輝和は家を飛び出した。

重たく激しい恐怖に取りつかれて震えていると、全身の毛穴から汗が噴き出す。ようやく納屋にたどり着くと、倒れこむように車に乗りアクセルを踏み込んだ。

そのまま裏口を出て、あてもなく夜の国道を走る。

清美に言われるまでもなく、淑子には計り知れないものを感じる。清美や小沢、そして輝和の判断の外に、淑子の思考はある。

灰色の路面をみつめたまま、輝和は自分を落ち着かせようとした。

結木の家の資産に人々の苦しみや悲しみや怨みがこめられているはずなどない。

江戸の昔から、この家の男も女も、地区の人格者、指導者として尊敬されてきたはずだ。

頭痛がしてきた。脈打つたびにこめかみが痛む。ヘッドライトに照らされた路面が白い。目に刺さるような白さだ。輝和はまばたきした。その瞬間、その白い路面よりさらに白い、光の矢のようなものが、車の前に飛び込んできた。

急ブレーキを踏む。猫だ。白い猫だった。

ゴムの焼けるにおいを発し、車体は上下に揺れて止まった。輝和は車から降りた。

数メートル後ろに、白猫が転がっている。

走り寄ると、猫は上半身だけを起こして、輝和を慕うように小さく鳴いた。

「お嬢」

輝和は叫んだ。くっきりとアイラインを引いたような目の縁のグレーの毛が、夜目にもはっきり見える。

「お嬢、すぐに獣医んとこに、連れてってやる」

叫びながら抱き上げた。そして助手席に乗せ、タイヤをきしませてUターンした。今度こそ助けてやる。あのとき、猫さえ死ななかったら、こんなことにはならなかった。母も死ななかった。尾崎淑子も自分を裏切らなかった。異国の女など妻に迎えはしなかった。

輝和はアクセルをめいっぱい踏み込んだ。助手席の猫の体が揺れた。揺れてよろよろと立ち上がった。

「寝てろ」

猫は返事をするように鳴いた。元気な鳴き方だ。朝、輝和に餌をねだるときのような、甘えた媚《こび》を含んだ鳴き方だった。

そして胴体をぶるっと震わせ輝和のズボンに前脚をかけた。輝和はブレーキをゆっくり踏んだ。ハンドルから手を離し、柔らかな毛の密生した背に触れた。暖かかった。手のひらがひりひりするほど暖かく、力強く速い鼓動が伝わってきた。

「お嬢、戻ってきたか、本当に戻ってきたか」

小さく柔らかな体を抱き上げ、頬ずりし輝和は泣いた。

9

冷たい水底から、体が浮かび上がってくる。濁った水を割って、白い光が射し込んでいる。輝和は何度か深く息を吐いた。

目の前にハンドルがある。農道に車を止めたまま、輝和は眠っていた。不自然な姿勢をしていたせいだろう。首筋が痛い。猫はもういなかった。

夜明けにはまだ間があり、あたりはまだ暗い。

家に戻ると母屋はしんと静まりかえっていた。

玄関の土間に入りかけ、中に淑子がいると思うと急に体が強ばった。数時間前のぼろきれのような姿を見るのが怖く、そのまま立っていると、畳の黄ばんだ暗い座敷の向こうから、「百姓たちの血を吸って築き上げてきた結木の家の名誉と富を一つ残らず捨てなさい」と、声が聞こえてくるような気がした。

輝和はきびすを返してまだ暗い庭に出る。家の横手に回り、渡り廊下から忍び込むようにして離れに入った。

狭い座敷に客用の布団を敷き、身を横たえる。母が亡くなって以来干したこともない布団は、湿っていていてかびくさい。

しばらくうとうとしてから目覚めたとき、すでに陽は高かった。

母屋の方からは人の声が聞こえてくる。もう客が来ている。

輝和は、ここに入って来たときと同じように、こっそりと表に出た。

淑子は鍵のかかった金庫から金を取り出し、百万の束を二つ、あのようなばかばかしい騒ぎの中でばらまいた。

せめて施設か、市に寄付するならまだいい。たまたま家に来た者に、祝儀の紅白餅のようにばらまいたのだ。慈善事業のつもりならまったく無意味であるし、良識ある相手にとっては屈辱だ。

復讐《ふくしゅう》か……？　ふとそんなことを思った。結木家に対する、単なる悪意かもしれない。

結婚という形で、結木の家にやってきて、淑子は淑子なりに辛い思いをしてきた。言葉の壁があって、それを十分理解してやれない場面もあった。淑子の方も誤解を解くことができず、苦しんだこともあっただろう。今、淑子は自分を騙して連れてきて結婚させた業者や、日本という国へのつのった不信感と恨みを、婚家の財産を流出させることによって吐き出しているのかもしれない。

とすると、「長きにわたって人々を苦しめ、百姓たちの血を吸って築き上げてきた結木の家の名誉と富」というあの言葉は何を意味するのか？

そのときふと脳裏を掠《かす》めたことがあった。今から二十年近く前、まだ輝和が学生だった頃、地元にある大学の経済史の研究者が、結木家を侮辱する記事を郷土史雑誌に発表したとして、怒った父が出版元に回収を申し入れたことがあった。その雑誌のスポンサーがたまたま結木家と関係の深い地元の信用金庫だったために、即座にその号は回収されたが、どんな内容だったのか、輝和は知らない。

その研究者の専攻が、経済学とはいってもマルクス経済学であり、時代の風潮からいっても、さしたる根拠もなく地主や地元の有力者を叩く内容であったことは想像にかたくない。つまりこの地域には、ごく少数ではあるが結木の家に対し偏見を抱く者もいるということだ。信者の中に、そうした人物が紛れ込んでおり、淑子にろくでもない入れ知恵をしたということも考えられる。

輝和は市役所の市政資料室に向かった。

輝和がその部屋に入っていくと、嘱託の女性司書が愛想よく挨拶した。市の行なう教育・文化行事のたびに世話役としてかり出されるため、輝和はここの職員とは顔見知りになっていた。

「今日は何をお調べになるんですか」

中年の女性司書は、カウンターの中から出てきた。

「うちのこと」と輝和はぶっきらぼうに答えてから、書架の方に行きかけた司書を「あ、いいよ。自分で探すから」と止めた。

「お父さまの追悼集か何か出されるんですか」

こちらを振り返って、司書は尋ねる。

「ええ……まあ」

市政資料室には、直接市政に関することとは別に、郷土史関係の文献が置いてある。公文書や商業出版物はもとより、学校や個人の手によって書かれたあらゆる文書、公民館で行なわれた成人講座の講義録から、児童の作文まであった。

しかしいくら探しても、あのマル経の研究者が論文を掲載したという郷土史雑誌はない。

輝和はカウンターに行き、その雑誌のことを尋ねた。

「もうこちらにないんですよ」

司書は、すまなそうに答えた。

「こちらにない、と言うと？」

その雑誌は、半年前に全巻、市の郷土資料館に収蔵替えになったという。

「郷土資料館に行けば、あるわけね」と輝和は念を押した。

「少し待ってください。もしかするとまだ整理が終わってなくて、閲覧できないかもしれませんから。今、確認します」

司書はガラスの衝立《ついたて》で仕切られた事務室に入り、電話をかける。

待っている間に、輝和は郷土資料の棚を見た。『多摩の偉人』という子供向けの本をみつけ、手に取る。

輝和が小学校の頃、郷土史家でもあった担任の教師が、道徳の副読本として使ったことのある本だ。

ぱらぱらとページをめくると、「結木半左衛門　飢饉を救った大庄屋」という章がある。また別の章では、「結木コウ」という輝和の曽祖母が登場する。そこには「村の子供たちの母」として、乳の出ない母親たちに代わって自分の乳を含ませ、弁当を持っていかれない子供たちに食べ物を与え、家の手伝いをさせられて学校に行かれない子供たちを呼んで、読み書きを教えたというエピソードが綴《つづ》られている。

別の棚に目を転じると、「結木尊信の思い出」という書名がある。輝和の祖父、尊信の一周忌に出版された本で、彼の人柄と業績を讃えた内容だ。執筆者はこの地区の名士たちで、監修は現市議会議長である。

少なくとも、結木家の者は、世間に顔向けできないような生き方はしてこなかった。

手にした本を丁寧に書架に戻し、カウンターに行くと、ちょうど司書が電話を終えて戻ってきた。

「大丈夫。郷土資料館の閲覧コーナーの方に、全巻揃っているそうです」

司書は微笑して言った。

礼を言って輝和は市政資料室を後にし、郷土資料館に向かう。

郷土資料館は、結木家のある黒沼田地区とは正反対の方向、市域の東端にある。市役所からは、二十分ほどの道程だ。

校倉《あぜくら》造りを模した小さいが洒落《しゃれ》た建物の階段を上がり、展示室の奥にある事務室の扉を開けた。

「おお、結木さん」

奥の机の前に座っていた館長が、さっと立ち上がり駆け寄ってきた。

「どうもこのたびは……」と腰を折って丁重に挨拶する。若い学芸員が、書類から目を上げ、その様を一瞥し肩をすくめた。

輝和を応接コーナーに案内しながら館長は「ほら、お茶を出して」と、叱責するような調子でその学芸員に言う。

「いえ、おかまいなく」と断り、輝和は郷土史雑誌を見せてくれるように館長に頼んだ。館長が自ら輝和の指定した雑誌の号を探しにいっている間、今度は年配の学芸員がやってきて、「実は、折り入ってお願いなのですが」と丁寧な口調で切り出した。

「来年、うちで郷土織物の特別展をやりたいんですが、着物、お借りできませんかね。確か元禄の花小袖と、幕末から明治にかけての友禅がおたくに残っているという話を聞きまして」

「元禄年間の花小袖ですか……」

「いえ、元禄時代のものということではなくて、元禄様式のすごく華やかな小袖が残っているそうですが」

浅葱《あさぎ》色のりんず地に、菊やりんどうなどの秋草を乱れ散らした装飾小袖は、美麗を極めたものだった。江戸末期、このあたりで一、二をあらそう生糸生産高を誇った結木の家で、嫁ぐ娘のために織らせたものだそうだが、その娘は小袖が縫い上がる前に、病死したと伝えられる。

八年前に都心の美術館で行なわれた「江戸小袖展」に貸し出したときに、自分の家に伝わる物ではあったが輝和は初めてそれを目にした。母が蔵にある桐箱を開け、訪れた学芸員に見せたのだった。

それだけ古いものになると、たいてい生地は黄ばみ、刺繍《ししゅう》の艶《つや》が失せているものなのに、蔵から出して、座敷に広げた小袖はついさきほど織り上がったばかりのように傷みはまったくなく、真珠様の光沢と壮麗な色彩は息を呑むばかりだった。それどころか、普通ならすっかり剝がれてしまう金箔《きんぱく》、銀箔もそのままに残っていた。結木家に嫁いできた女たちが、丁寧に手入れし、護《まも》り、引き継いできた結木家の宝だった。

しかしあれも消えた。この前、はっきり確認はしなかったが、確実に消えているだろう。

輝和は、ため息をついて両手で顔を覆った。

「あの……だめですか、お借りできませんか」

当惑したように学芸員は尋ねた。

なんと答えたらいいかわからない。

「実は……盗難にあったらしくて……ないんですよ、おそらく……」

「盗難？」

学芸員は、口を半ば開いたまま、まばたきもせずに輝和をみつめた。その表情から、あの小袖の価値が理解される。

歴史的価値、資料的価値、美術的価値、それらの計り知れない価値。生糸を紡いだ遠い昔の黒沼田地区の人々と、それを織り上げたこの町の職人たち、凍てつくような厳寒の季節に市内を流れる入船川でそれをさらした染職人《そめしょくにん》たち、そしてその衣装を二百年近くも、埃を払い、虫干しし、虫食いも黄ばみもないように護り通した結木家の人々……。美しいものへの愛情と、伝統を大切にする心によって、作り出され護られてきたものだった。

それに比べれば、札束などさほどの価値もない。

そのとき雑誌を数冊抱えて、館長が戻ってきた。中の一冊は、コピーの綴りだった。

「出版されてすぐに回収された号でしてね。本誌がなかったものでたまたま持っていた市民のお宅にうかがって、コピーさせていただいたものなんですよ」

「見せてください」

館長の説明を遮るように、輝和はその綴りに手を伸ばした。

問題の記事はすぐに特定できた。坂脇秀司という名の学者が書いていた。

「郷土史雑誌」は、学術誌ではなく、郷土の歴史に興味を持つ一般市民向けの雑誌である。したがって内容も論文ではなく、エッセイ風の読み物が中心になっている。

坂脇の手による物も、読み物の体裁を取っていた。

題名は、「黒沼田村残酷物語」というもので、「零細農民の血で織られた多摩織物」とサブタイトルがつけられている。

つい今し方、自分の家に伝わる小袖の話が出たこととそのタイトルの間に、輝和は符《ふ》牒《ちょう》めいたものを感じた。

事務室内に作られた狭い閲覧コーナーで、輝和は記事に目を通した。

「黒沼田地区に限らず、多摩地方は、典型的関東ローム層の赤土で、水捌けは悪く地味が痩せている。特に黒沼田は地下水が低く水利が悪いことから、水田よりもむしろ雑穀中心の畑作が行なわれていた。新潟や富山に見られるような一千町歩地主や豪農がこのあたりに出現しなかったのは、こうした理由による。しかしその少ない石高を補ったのが、生糸の生産である。江戸中期から末期にかけ、穀物生産だけでは生活できない農民の副業として始まり、その換金性からより豊かな生活を保障するはずだった生糸生産は、しかしその発展の過程で古くからの大百姓を中心とした土地の集積を促進し、多くの小規模農民を極貧の淵《ふち》に追い込んでいく結果となったのである」

こうした前文に続き、坂脇秀司は次のような物語を展開させていた。

時代は天保年間、耕地二反歩という零細農民が、農閑期の副業として生糸の生産を行なっているが、度重なる飢饉の中で少しずつ土地を減らしていき、やがて地域の大百姓から、繭《まゆ》を買って、できた生糸を売ることをもちかけられる。結木家が登場するのは、この繭の供給元である大百姓としてである。

しかしいざ製品の生糸を納入してみると、結木家はその品質についてさまざまなクレームをつける。結果的に買取価格は当初約束した金額の七がけや、場合によっては半額にまで削られる。

これではとうてい生きていかれない、と訴える小百姓たちに対して結木家の当主、結木庄左衛門は、この糸に関する細かな規格は、糸の買手である江戸の大呉服問屋が設定したもので、当家では勝手に変えることはできない。丁寧な仕事をし、売り物になるような糸を納めるように、と諭す。

都市での人口集積が進み、江戸文化の花開いたこの時代、織物原料の生糸一つとっても、品質向上と均一化が要求されるようになっていたのは事実だった。しかしその規格外の烙印《らくいん》を押された低価格の糸が、果たして本当に品質が劣っていたかどうかというのは疑わしい。むしろ難癖をつけて買い叩いたという方が当たっているだろう。

そして次の繭を購入できなくなった者に、庄左衛門は「今度こそ、立派な糸にして返してくれればいいから」と繭を貸しつける。繭を貸すかわりに、それから引いた糸をすべて納めさせる。農民に支払われるのは今度は買取代金ではない。工賃である。

一方、享保《きょうほう》の時代から始まった新田開発によって、このあたりの農民は里山を失っていく。里山を失うということは、薪や堆肥の供給を断たれるということで、それらを金で買わねばならなくなっていた。

しかし生糸の買取代金の数分の一にしかならない安い工賃では、薪代、堆肥代まで賄えるはずはない。黒沼田の悲劇は、日本各地で起きた飢饉とはまったく別の形で起きる。

ほとんどの農民は痩せた土地からろくな収穫を上げることができず、さらには煮炊きするにも暖を取るにも必要な薪を失っていた。着物も布団も、家財道具一切を売り払い、丸裸の状態で冬を迎えた。

渋柿をかじりかけたまま子供が餓死していく。冬の朝、寝具代わりの藁《わら》の上に、暖を取るために重ねた生糸の束の下で、一家が寄り添って凍死している。

惨状を見かねた結木家では、そうした水呑み百姓に薪や雑穀を分け与えた。その際、情け深い言葉とともに大量の繭を貸しつけ、さらに収奪を強めていく。

こうして黒沼田地区の多くの百姓が小作に転落し、その土地を得た結木家は、地域の生糸生産農家を組織化していく。

「こうして富と土地を集積させた結木家が、名字帯刀と引きかえに旗本勝手賄いの職を得ることによって、まさに食物連鎖のさらに上位のものに食われるように、その資産を吸い上げられ凋落《ちょうらく》していくのは、歴史の皮肉であり必然である」と坂脇は結んでいた。

「ばかな」とつぶやいて、輝和はそのコピーの束を閉じて脇に退けた。原料の繭や生糸を小作人に分け与え、製品を納めさせるということをやったのは、何も結木家に限ったことではない。資本主義発展の一過程としてのそうした「問屋制家内工業」は、江戸の末期の換金作物を産する地域なら、どこでも見られた生産形態だ。それに問屋制家内工業自体も、比較的豊かな地域で発展するというのが定説だ。

飢饉がくれば餓死者は出るし、子供や年寄りの死亡率が高いのも当時としては当たり前のことで、衛生管理の行き届いた現代と単純に比較することはできない。そうしたことをすべてその当時の支配階層の責任とし、「搾取収奪」という言葉でくるのが、坂脇たちの考え方であり、だからこそ、今、その学問分野はソ連邦の崩壊を待つまでもなく衰退していったのだ、と輝和は考えた。

「お家のことに興味がありますか?」

そのとき後ろから声をかけてきた者がいる。振り返ると総白髪の老人が立っていた。この資料館で参考《レファレンス》業務を行なっている田中という資料館ボランティアだ。元は機関車の運転手で、筋金入りの動労の闘士だったが、退職して二十年が経った今、この町では熱心な郷土史研究家として知られている。

「そんなもの読むより、お宅の蔵の中の文書を見た方が、よほど有意義ですよ」と田中は前歯の欠けた口でにやりとした。

蔵の中の文書と言われて、輝和は思い出した。この前、蔵を見たとき、文書は手をつけられず、そのまま残っていた。淑子が貴重なものを勝手に処分した後も、それだけを残しておいたのは、金にならないから、というだけの理由だろうか?

「あんなもの、みみずののたくったような字で、とても読めませんよ」

輝和は答えた。

「情けない話ですな」

田中はほっと息を吐き出した。

「昔は、ちょっと名の知れた百姓家のせがれなんてのは、だれだって古文書くらい読めたもんですが」

「とてもじゃありませんが」

輝和は、笑って首を振った。

「ここの学芸員は、お宅の着物だ、鏡台だ、焼き物だって、物ばかり言ってますがね、本当のお宝は、あんた、『結木家文書』ですよ」

「『結木家文書』？」

「ええ、以前、郷土史を編纂《へんさん》する折に、見せてくれと頼んだことがあるんだけど、親父さんは首を縦に振らなかった」

「父が？」

「あれは他人には見せないということになっているとかで、まるで天皇家だね。もっとも結木さんといったら、このあたりの天皇だけど」

「古いものなので、傷みを心配してのことでしょう」

そんなやりとりがあったなどということを輝和は知らなかったし、父の真意もわからない。

「さあ……読まれちゃ具合が悪いことが書いてあるのかもしれないね。しかし百年も二百年も前のことじゃ、別にどうということもないと、あたしなんか思いますんですけどね」

「読まれちゃ具合が悪い？」

そんな物が結木家にあるのだろうか。この老人は何かを知っているのではないだろうか。

確かに百年も二百年も前のことだが、その具合の悪いものをもしや淑子が読んでいるのでは、と思った。しかし、すぐに否定した。日本語、しかも古文書を淑子が読めるはずはない。いや、読めないふりをしているだけで、実は読めるのか。あるいは神がかりの状態のときに、読みこなせるのか。

「もし、よかったら、中身を見て、内容を私に教えてくれないですか」

輝和は急き込むように言った。老人は、皺だらけの瞼を何度か閉じたり開けたりした。

「本気ですかね？」

「急な話で悪いんですが、今夜どうですか」

「いや」

田中老人はかぶりを振った。

「今で大丈夫ですよ。資料館ボランティアとして、これ以上重要な仕事はないですから」

彼は輝和を急かして出口に向かい、館長の方を振り返り声をかけた。

「ちょっと、出かけてきます。四時までには帰るつもりですが、どうなるかわからんのでよろしく」

助手席に田中老人を乗せて家に戻り、母屋を避けて車を止め、渡り廊下から土蔵に入った。

「何か、人寄せでもやっておられるんですか。お家の方、にぎやかなようだが」と老人は尋ねた。

「いや、なにもありません。妻のところに客があるだけで」

裸電球をつけ、棚の奥にある文箱をつぎつぎに下ろしながら、輝和は答えた。

「ああ、そう言えば……。外国人の奥さんが占い師をやって大繁盛してるとか」

「人の口なんて、無責任なものですよ」と輝和は、文箱の蓋を外し、中身のあることを確認した。

「夢のようですな」

片手で眼鏡を額の上にずらしその表紙に見入り、老人は何度もうなずいた。

「まさか門外不出の『結木家文書』を読めるとは思わなかった。いや、長生きはするものだ」

　こんなものになぜそれほど感激するのか、輝和は老人のうれしそうな表情を理解できないまま、「離れに運びますよ。ここは冷えるんで」と文箱の一つに手をかけた。

「いや、けっこう」と老人は、板の間に置かれた茶箱の一つに腰かけ、さっそく文書を開く。

　輝和はその隣に座って、手元を覗き込んだ。

　草書体の文字が並ぶ帳面に傷みはほとんどないが、年月に洗われた和紙は褐色をしている。

「なんですか、それは？」

　輝和は尋ねる。

「小作証文ですよ、天保のころの」

　老人は文書から視線を上げずに答えた。上から下に一気に流れていく文字は、輝和には形さえわからない。

「こちらも？」と、輝和はもう一冊を手にする。

「いや、そっちは質《しち》証文だね」

「質ですか？　結木家にも何か質入れしなければならなかった時代があったんですか」

　田中老人は、苦笑した。

「借りたんじゃないですよ、貸していたんですよ」

「なんでうちが質屋をやるんですか？」

老人は、証文を板の間に押しつけ、両手できれいにのばした。

「江戸の中期には、ちょっとした百姓はけっこうやってましたよ。小質屋っていって、質屋の下請けみたいなのもあったからね。でも結木家は、立派な質屋だったらしい。ほら、ここ、返済が滞って質草の田畑を押さえている」

「結木の家が、質屋をやって人の土地を借金のカタに取ったってことですか」

「めずらしいことではないですよ、このあたりでは。それに質屋だって必要だから、あるんだしね」と老人は、眼鏡をかけなおす。

「江戸時代には田畑永代売買の禁っていうのがあったのだが、質草に取られれば関係ないんだね。武蔵野大飢饉以来、このあたりの農民の暮らしが楽になったためしはないんですよ。いつも飢え死にと背中合わせで、だから質屋がなけりゃないで困るでしょう。そりゃ土地は取られてしまうが、当面は飢え死にしないで済む。後は無一文、小作なり、作男なりになってなんとか生きていく。ほら、初めのうちはなかなか気前良く貸しているでしょう」と皺だらけの指が、古文書の漢数字の上を行ったり来たりした。

「金を借りて肥料を買って、作物ができて市で売る。しかしその後は、それ以上の金を返さなければならなくなる。結木家としては、初めのうちは利息だけ返してもらっているわけですな。それがこの証文。しかしそのうち元本はどうしたと、催促を始める。そして払いきれない借金は田畑で返すと。こうして結木家は、ひところは百二十四石のこのあたりきっての豪農になったわけだ。それでこっちは」と粗末な紙の束を指差した。「嘆願書だよ。慶応《けいおう》年間のものだが、当主の結木庄蔵に小作年貢と質利息の引き下げを要求している」

「で、どうしたんですか？」

　輝和は、我知らず身を乗り出した。百年以上前のことだというのに、もしもその訴えを冷酷に蹴ったとしたら、今の自分の身の置き所がないような気がした。

「要求を呑んでますよ」

　こともなげに、田中老人は答えた。

「しかしこちらの文書を見てみると、『宗五郎《そうごろう》倅《せがれ》他《ほか》弐人《ににん》北方《ほっぽう》一件《いっけん》相加《あいくわえ》』とあるでしょう。小作料引き下げの嘆願書にも宗五郎の名前があるわけだ。北方一件っていうのは、慶応二年に起きた武州一揆《ぶしゅういっき》のことだが、結木家の当主は、要求を呑んだかわりに、その一揆にうちの村の宗五郎の倅が加わってるよ、ってことを代官に報告してる」

　輝和は息を呑み、老人の顔を上目遣いにみつめた。

「総名主ってものは、百姓の代表というよりは、権力の末端として機能していることの方が多いんですよ。領主と百姓の板挟みになって、ぬえのようにふるまわなければならないもので、まあ、悩みも多かったでしょうな」

田中老人は付け加えた。

つまりこれが結木家の裏の歴史であり、父が公開を拒否したものなのだ。

老人の手にしている文書は次第に新しくなり、字の方も楷書体が多く輝和でも読めそうな内容になってきた。

「旗本勝手賄いを始めてから、結木家はずいぶん石高を減らしたようだが、この頃からこの地方の生糸生産が本格化していきます」と老人は解説した。

「きょう、郷土史雑誌で読みました。坂脇さんとかいう人の書いたものでした」

「あれは享保から天保にかけての話でしょう。しかし維新後のこの家の当主はずいぶん商才があったらしい。今、見ているのは、当主宗左衛門が倅に残したものだが、彼は生糸をこの町の市に出さずに横浜に持っていった。輸出したわけですよ。繭から糸を引かせるのに小作に金を貸して、利息相殺で、ただ同然の工賃で生糸にする。それを半年ほど握ってて相場の一番上がったときに売って、その差額でまた儲《もう》けるというわけです」

「はあ」

自分の知っている結木家の歴史とあまりにかけ離れていることを聞かされ、輝和は啞然としていた。しかしその証拠が、他のところにあるのでなく、れっきとした『結木家文書』として、結木家の蔵に保管されているのだから、否定のしようがない。田中老人の話は続く。

「ただしと、この宗左衛門は書いているんですね。この商売は博打《ばくち》だから長くは続かない。まもなく日本の生糸が国際競争に負けて、国内に戻ってきたとき、価格は暴落する。その前にこの商売から手を引けとある。手を引いた後、何をするかというと、生糸と反対に一番安全なのは、土地だ。土地を買えとある。しかしこの宗左衛門さんの商才というのか、展望の確かさには、感心させられますな。この少し後に、生糸相場が暴落したんですよ。それで没落した家はいくらでもありますからね」

「では、生糸の利益で、結木の家はこのあたりの土地を買ったわけですか」

「土地といっても、別に山林を買って開いたわけじゃない。それから先が、こっちの文書です」と、老人はまた別のものを指す。このあたりまで来ると、文字は楷書になり、様式も定まってくるので、輝和にもそれが何なのか、理解できた。

膨大な量の金銭貸借と土地売買の証書だった。

「明治の初期の地租改正のおりに、このへんの貧農はみんな税金を払い切れずにつぶれてしまうんですな。それで、土地が一部の大農家に集積したわけですよ。結木家など典型的な例です。いや、結木家があこぎなことをしたということではないですよ。国家政策です。日本の近代化が始まるわけで、いかに国力を蓄えるかという国策にそって行なわれた措置ですよ。それで着手された地租改正ですが、場所によっては、虐げられた水呑み百姓といえども、徳川の時代の方がまだ楽だったなんてところもあるわけです。税率の査定の仕方が変わってしまいましてね、米を作っている地方にとっては、徳川時代より楽になったわけですが、畑作中心のこの地方の農民にしてみれば、徳川の時代の石高制の年貢よりも、実際の負担が重くなっちまった。それで税金を払えない農家に、結木の家は土地を担保に金を貸す。

ところがちょうどこの頃は、土地私有制度の確立期に当たっているわけだ。国の方でも金銭貸借の上の債権をきっちり保証する。つまり期限までに金を返せなければ、即刻土地を売って返せってわけです。だからこの時期の公売の数というのはすごいですよ。それで結木家は、借金の担保としての土地を取得するだけじゃなくて、税金を払えなくて公売にかけられた土地も積極的に買いに出るということをやったわけだ。その裏に一家離散や想像を絶する農民の貧困があったわけで、そのことから、困民党事件なんていうのが、起きてくる。それで結木家は、今度は暴徒の説得につとめるかたわら、官憲に対し、彼らの動きを逐一通報するという役目を負わされるわけです。ここにまあ一種の、警察との連絡文書みたいなものも残ってるわけですな」

「わかりました」

輝和は、二十を超える文箱に入っていた文書を物も言わずに戻していく。

仏間に置いてあるあの古く大きな金庫は、いったいいつの時代の物で、だれが買い、どのように使われたのだろうかと、ふと思った。

江戸時代に質と生糸で資産を形成した結木家は、いったんその財を旗本に吸い上げられて零落しかけたが、明治に入り盛り返し、再び広大な土地を所有する大地主となった。これを成功物語と読むことはできる。しかし同時にこれは確かに坂脇の言葉を借りれば、結木家の搾取と収奪の歴史ということになる。

父も、坂脇に指摘されるまでもなく、そこに搾取と収奪の構図を見て、それを恥とする意識があったからこそ、この文書を公開することを拒否したのだろう。

買収や吸収合併、経営合理化に名を借りた首切り、組合つぶし等々をサクセスストーリーとして自叙伝に綴る企業のトップの感覚よりは、それははるかに品が良いといえるかもしれない。

父だけではない。戦後の農地解放時に積極的に一番地味の良い土地を手放した祖父の心にも、そうしたことを恥とし、罪とする同様の思いがあったのだろう。

蔵の中の空気が、重たく淀んでいた。日はとうに暮れている。

声もなく、頭を抱えて木箱に腰かけていると、田中老人が言った。

「よくある豪農の歴史ですよ。たまたま結木家の文書だったというだけで、これを結木さんの家の固有の歴史だとは思わん方がいい。日本の近代化はこのようにして進められてきたというだけの話なんです」

確かに罪のないところに、富の集積が起きるはずはない。

気を取り直し、輝和は尋ねた。「文書だけでなくて、モノも見ていきますか？　だいぶ少なくなってしまったんですが」

輝和は立ち上がり、上の方の棚にある柳行李《やなぎごうり》を下ろした。

「これは、ありがたい」と老人は、疲れを見せずに腰を浮かす。それから怪訝な顔つきになった。

「少なくなったとは、どういうことですかな？」

「搾取収奪の後にくるのは、散財ですよ。文字通りの。事情があって、まもなく蔵の中は空っぽになるかもしれない」と言いながら、輝和は行李を開けた。

底の方に、ちゃんと中身は残っていた。和服だ。数時間前、資料館の学芸員に貸してくれと言われた江戸の花小袖ではない。縦縞木綿の女物の野良着だ。

「郷土資料的価値はあるでしょう」と自嘲的に笑い、それを引き出した。地主の家とはいえ、嫁の立場は作男作女とまったく変わらない。舅姑夫に仕え、子供を育て、なお野良に出て鍬《くわ》を振るい、石を拾い、草を刈る。肩のあたりがほころび、布を当て、それもまたほころび、幾度となく繕って分厚くなっているのが、激しい労働の跡をしのばせる。

それを取り出し、田中老人の前に置いたとたん、何か嫌なにおいがした。かびでもない。何かが腐るにおいでもない。もっと不吉な、もっと不穏なにおいだ。

野良着の下から出てきたのは、ごく短い木綿の袷と単衣《ひとえ》……。子供の物だ。その下から出てきたのも、また子供の晴れ着だった。七五三のときのものだろう。柿色の地に蝶《ちょう》の柄の四つ身の着物は女の子のもの、袴《はかま》は男の子のもの……。

しかしその一つを手にしたとき、輝和は小さな呻き声を上げた。

「これは……」

木綿の男児用の普段着だ。その前身頃の胸の部分に、小さなもので大豆粒大、大きなもので手のひらくらいの黒いしみが一面についている。触れてみれば、おそらくその部分は生地が強ばっているのだろうが、そんな気にはなれず、輝和は慌ててその面を内側にし、まるめるように畳んで行李の中に戻した。

その手元を覗き込み、田中老人が、ふうっとため息をついた。

「鼻血か、喀血でしょうな。よくありますよ。亡くなったときに着ていたものをそのま、こうして残してあるんです」

いつか母に聞いた話を思い出した。資産家となった結木の家も、明治以来、子供には恵まれなかった。

生まれても生まれても死んでしまう。結木家の仏壇にあるおびただしい数の位牌《いはい》のほとんどは子供のものだ。

偉人伝にさえなった曽祖母コウのあの情け深さは、病気と戦争で十二人生まれた子供のほとんどを亡くした母親の悲しみがその根底にあった。そして父の兄弟姉妹も、妹一人を残してごく幼い頃に亡くなっている。その妹も嫁いでまもなく肺結核で逝った。だから結木の家は大農家でありながら分家がない。

結木家の土地とともに人々の怨みも集積し、それがこんな形で不幸をもたらしたのだろうか。

村人の人望を集める結木の家の人々の心の底には、常にこういう罪と恥と、そして祟《たた》りや怨みを恐れる気持ちが、交錯してきたのかもしれない。

兄は、おそらくそれを知っていたのだろう。知っていたから、遺産も責任も放り出して逃げ出したのだ。

淑子の言う通りだった。淑子は何もかも知っていた。なぜ知ったのかはわからないが、そうでなければあの言葉は説明がつかない。

冷静に考えれば、他国から嫁いできて日本語もまともに操れない淑子が、婚家のこんな陰の歴史など知り得るはずはない。それとも彼女に、何かがとりついたのか。結木家に怨みを抱いたまま、未だ成仏できない何かが。

「どうも、貴重なものを見せてもらいました」

丁寧に頭を下げると、ズボンの尻を払いながら、田中老人は立ち上がった。

「あの……」

老人は振り返った。

「怨みというのは、残っているものなのでしょうか」

ぽつりと輝和は尋ねた。

「はあ？」と老人は、首を傾げた。

「この地域の人々、私の祖先が苦しめた人々の怨みというのが、どこかに残っていて、家や土地や、家族にとりつくってことはないんでしょうか」

「何かあったのですか？」

「いえ……」

輝和が、首を横に振ると、老人は老眼鏡をしまいながら、毅然とした口調で答えた。

「私は、今年で七十二になるジジイですがね、そういう考え方をしたことはありませんな。今日、私が申し上げたことについて、そういう解釈をされると困るんですよ」

「私もこんなふうに考えたことはなかったんですがね」

輝和はため息をつきながら、外に出た。

母屋は静かだ。客たちは帰った後らしい。

田中老人を送ろうと車の方に行きかけ、ふと気になっていたことを思い出した。いったん母屋に引き返し、銀行のマネーカードをポケットに入れた。

資料館で田中を降ろしたのち、輝和は銀行に行った。すでに営業時間は終わっているのでＡＴＭで残高照会をした。機械が小さな音を立てて紙を吐き出した。

それを見たとき、輝和はめまいを感じた。普通口座の残高は二百万円ほどだった。家と土地、農地、山林、そして貸家。これらのものにかけられた相続税は、約五千万。そのうち三千五百万は家と土地を担保に金を借り、残りの一千五百万は農協の大型定期を解約し、債券を売って作った。そしてその五千万は、税務署に納付するまでいったんその口座に入れておいたはずだ。それがない。

銀行の閉店している今、事実関係を確認するすべはない。そして確認するまでもなく、何が起きたのか想像がついた。

印鑑と通帳は金庫の中だ。どうやったものか、香典のときと同様、淑子は金庫の扉を開け、それらのものを取り出した。

輝和は近道をして、家に向かう。結木家の裏手の谷地をまっすぐにつっきる細い道だ。農地解放の折、祖父が手放したその土地に今は田畑はない。軒の傾いた二軒長屋や木造アパートがひしめくように建っている。

祖父がそのあたりに住んでいた貧農の生活を見かねて積極的に手放した土地、そして祖父の二代前の結木家の当主が、小作たちから吸い上げた金を小地主に貸し、返済に困った小地主から取り上げて自分のものにした土地だった。

今、その土地は何も生み出さない。農地解放で土地を手にした小作は、そこを耕しはしなかった。さっさと廃農し、その土地を手放した。あるいは一晩で飲んで無くした。やがてそこに安普請の借家がいくつも建ち余所者《よそもの》が住みつき、高度成長も好景気も、この地区だけは素通りしていった。

住人はさらに代替りし、雨が降れば軒下の水びたしになるその一帯は、都下でもっとも所得が少ない人々の住む地区となった。二軒長屋には月三万少々の家賃で子沢山の夫婦が住み、木造アパートには、他に行くところもない年寄りが一人で住んでいたりする。

今、ここを持っている地主たちは、彼らを追い出してマンションを建てたいのだが、借家権がじゃまをしてそれもできず、改築や修理を認めないといういやがらせの手段を取って、この一帯が限りなくスラムに近づいていくのを放置する。

結木家の家から二百メートルと離れていない崖下にあるこの地域の子供と、輝和は遊んだ記憶がない。彼らはたいてい汚れていて、言葉遣いも奇妙で、顔つきもどんよりと曇っていた。

近所の子供たちも、一帯を「下の町」と呼び、対立することもないかわりに、一緒に行動することもなかった。成長した今も、輝和たちにとっては、そこは単に通り抜けるだけの町だった。

地区の真ん中まで来たとき、何かがヘッドライトに光った。ひらひらと空から舞い降りてきて、それがフロントガラスに貼りつく。

急ブレーキを踏む。一万円札だ。札が降ってきた。

ドアを開けて外に出て、ガラスからその一万円札をとった。空を見る。中空に月が白い輝きを放っている。

四方を見回す。かなたにぽつりと白い人影があった。バスケットのようなものを片手に提げている人影。淑子だ。近づくにつれ、そのバスケットからひらひらと何かが風に乗って、舞っているのが見えてきた。

淑子は、札をまいていた。

一摑み、また一摑み、高く放り投げ、夜風に乗った札はひらひらと舞い散る。足元に降ってきた札を輝和は慌てて拾う。

この前、家で配っていた金より、はるかに多い。その出所はすぐにわかった。

「よせ、何をしている」

輝和は走っていく。背後から足音が乱れて近づいてきた。

「ほら、あそこだよ、あそこでお金を配ってる」

子供の声がした。
七、八人の人影が、輝和を追い越して淑子に向かって走る。慌てて輝和も後を追う。
「持っていきなさい、あなたたちのものです」

淑子がバスケットの中の金を摑み、子供のひとりに差し出した。さらにばらばらと人が集まってきた。

「なんだ、ちょっとおかしいのか」と躊躇《ちゅうちょ》している男を突き飛ばすように、老女が淑子に近づき、札束をひったくる。

「結木の家の、生き神様だ」

一斉に人々は淑子の周りに群がった。

「退《ど》け、退いてくれ」

輝和は、叫びながらその人垣をかき分けた。突き飛ばされるかと思ったが、人々は意外なくらい礼儀正しい動作で、輝和のために道を空けた。

「やめろ」

息を弾ませて淑子の腕を摑んだ。淑子は意に介さないように、もう一方の手で鶏に餌を与えるように金をまく。

輝和は両腕で淑子を押さえこみ、息を弾ませた。

「おまえのやっていることは侮辱なんだ。おまえは、ここの人たちを侮辱しているんだ、わからないのか」

闇の中を札がひらひらと飛び、それに人が群がる。

「やめろ」

輝和は絶叫した。淑子に向かって言ったのか、それともここの人々に言ったのか、自分でもわからない。

淑子は輝和の顔を正面から見た。闇の中に白目だけが浮かび上がっている。

「捨てなければならない、人々の血を吸って、蓄財した物をすべて捨てなければならない。早く捨てなければ、一刻も早く、蔵を空にしなければならない」

輝和は息が詰まった。膨大な文書と血染めの晴れ着のイメージが、闇を覆って視野いっぱいに広がっていく。

輝和は、へたへたとその場に膝をついた。

「わかった、淑子。わかった。そのとおりだ。だからやめてくれ……」

そのとき「あれ、結木の息子さんじゃないか」という声がした。

狂騒状態が一段落して、取り巻いた人々も我に返ったようだ。ざわめきが広がった。

「すいません、お騒がせしました。女房、病気になってしまって……」

輝和は、頭を下げた。

「気の毒に」と男が札を返した。

「はい」と子供が返した。

札はつぎつぎと戻ってきた。バスケットに半分ほどの金が戻ったあと、道ばたには淑子と輝和の二人だけが残された。

バスケットを持ち、片方の手で淑子の手首を握り、輝和は黙って車の方に戻る。

街灯の青白い光に、淑子の顔がいっそう白さを増して見えた。唇の端が切れて膨れ上がり、瞼の縁から頬にかけて、痣《あざ》が広がっていた。昨日殴った痕だった。

輝和は、吐き気のするような自己嫌悪と後悔の念に捕えられた。

淑子のせいではない。淑子にとりついた何かのせいだ。布団を売り払い、白い輝きを放つ生糸で暖を取りながら死んでいった小作の怨念か、それとも地租を払えず土地を奪われ、父親が梁で首を吊り、離散した一家の呪いか、官憲に息子を売られ、拷問死させられた父親の恨みか。

淑子の両肩に手を置いたまま、輝和は震えていた。

「わかったよ、わかった。だから……勘弁してくれ」

少し落ち着いてから、輝和は車のドアを開けて助手席に淑子を乗せた。そのまま数メートル走り、空き地に車を入れてターンし、自宅とは反対の方向に走り出した。

黒沼田を抜け、三十分ほど行くと市街地に出る。シャッターの閉まった商店街を抜け、閑静な住宅地の石畳を上ると、高台の一角に大きな門柱が見えてくる。市長の家だ。

家の正面に車を止め、インターホンを押した。

「結木です、結木輝和です」と名乗ると、すぐに門が開いた。

玄関に出てきた市長の妻は、淑子の痣のある顔を見てぎょっとした表情をしたが、何も尋ねず、二人を応接間に通した。

「どうもご無沙汰してまして」

出てきた市長は、丁重な挨拶をした。輝和の父は市長の後援会長で、病気で倒れるまでは、議会対策などについての市長の相談役であった。

「で、どうなすったんですか」

淑子の顔に目を止め、市長は不審そうな表情をした。

「実はお願いがありまして」と、輝和は車の中から持ってきたバスケットの中身を出して見せた。

「えっ」と市長は厚さにして十センチはありそうな札束二つと輝和の顔をまじまじと見比べた。

「寄付したいのですが」

「どういうことですか」

市長の口調が、急に鋭くなった。

「地震の被災地への義援金募集のポスターが、出張所に貼ってありましたね」

「結木さんのところで、集められたんですか？　信者からでも」

今の結木家の有様は、彼らにも知れ渡っているらしい。

「いえ、私、個人のものです」

「結木さんのご遺志ですか？」

市長や結木家と親交のあった人々が言う「結木さん」とは、輝和ではなく、未だに父のことだ。

「違います。申し上げた通り、私個人からです。数えてないんですが、たぶん二千数百万、あると思います」

市長は、何度か物を言いかけては、言葉を呑み込んだ。小さく咳払いしてから、ようやく尋ねた。

「失礼ですが、何か事情がおありですか」

「聞かないでください」と輝和は立ち上がる。

「待ちなさい」

ぴしりとした調子で市長は言った。

「私の自宅に持ってこられても受け取れませんよ。せっかくですが、明朝、市の社会福祉協議会か、総務部広報課に持っていってください」

「家に持ち帰りたくないんです。匿名の寄付ということでお願いします」

輝和はそう答えて、部屋を出ていこうとした。

「ちょっと」と市長は輝和の前に立ちふさがった。

「犯罪がらみの金じゃないでしょうね？」

「いいえ……」と輝和は、首を振った。

「信じていいですね」

「ええ、うちの金です」

市長はしばらくの間呻吟《しんぎん》していたが、やがて決心したように言った。

「何か事情があるようですから、今夜は、一応私が預かっておきましょう。気が変わったら、明日電話をください。もしも本当に寄付ということなら、匿名というのはやめてもらいましょう。明日、午前中は、視察があるので、午後いちばんに市長室に来てください。いろいろ手続きがありますから。おたくだって税金のことを考えたら、ちゃんとしておいた方がいいでしょう」

「よろしくお願いします」と輝和は丁重に頭を下げ、市長宅をあとにした。

車に戻り、トランクにすっかり空になったバスケットを放り込む。

「これでいいだろう」

許しを請うように輝和は言った。

「もう、いいよな……」

淑子の表情はよくわからない。

家に戻って輝和は仏間に入り、金庫を開けた。銀行の袋が入っている。輝和の入れた覚えのない袋だ。中を開けてみると、きっちりとテープのかかった百万円の束がちょうど十あった。淑子はどういう手段をとったのかわからないが、父の代から取引きのある銀行から五千万を下ろした。そしてこの一千万を残して、すべてバスケットに詰め込み、まき散らしにいったのだ。

税金の納付期限には、まだ間がある。卯津木町の貸家を手放すなりなんなりすれば払えないことはないと輝和は思った。

実際のところ、その金が自宅を担保に借金をしたものであり、貸家を手放したら、返済計画が狂うはずだが、そこまで考えるのが面倒だった。自分を取り巻く事柄の一つ一つが、何か現実感を失っている。

輝和は仏壇の方を振り返った。金色に輝く内部でいくつもの位牌がこちらを向いていた。その中に、輝和は哀しげに微笑する母の顔を見た。結木の天皇にふさわしい威厳を湛《たた》えた父の顔を見た。偉人伝の写真にあった曽祖母コウの、農地を小作に差し出したことによって命を縮めてしまった祖父尊信の、そして幼くして死んでいったたくさんの子供たちの顔を見た。そのどれもこれもが、微笑していた。淡く、哀しい笑みを浮かべ、金庫に首を突っ込んで残金を調べている輝和を見下ろしていた。

輝和は這うようにして仏壇に近づき手を合わせていた。

10

市に寄付した金額が二千三百六十二万だったということが、翌日、役所に行って判明した。金庫の中には淑子が銀行から下ろした金のうち、約一千万が残っていたから淑子がまき散らしたのは、一千七百万くらいだろう。

とにもかくにも贖罪《しょくざい》はなされた……。

ほっとしたような、疲れ果てたような気分で、輝和は役所を出て、家に帰る途中銀行に立ち寄った。

あの日、淑子がどうやって預金を下ろしたのか解せなかったのだ。ナンバーもわからない自宅の金庫の鍵を開けてしまったように、まさか正式な手続きも操作もせず銀行のATMから金を引き出したというわけではなかろう。

窓口で、この二、三年、結木家を担当していた多和田という営業マンを呼んでもらい、輝和は淑子が金を下ろしたときの状況を尋ねた。

「何かあったんですか？」

金額が金額だけに、質問された多和田の顔色が変わった。

「いえ、何もないです。ただちょっと聞きたかっただけで」

「ここではなんですから」と多和田は二階にある応接室に輝和を通し、次長を呼びにいかせた。

次長が席に着くのを待って、多和田はそのときの経緯を話した。

一昨日、淑子から五千万の現金を下ろしたいので用意してほしい、と銀行の多和田宛に電話があったという。

「おたくに、ですか？」

　輝和は尋ねた。

「ええ、多和田を、とおっしゃったそうですが」

　家に来る営業マンへの対応は、母しかしていない。淑子もお茶くらいは出しただろうが、彼の名字まで知っていたとは思えない。

　多和田は説明を続けた。

　その際、多和田は「何かにお使いですか？」と尋ねたが、淑子は言葉を濁したという。翌日、払い戻しのために淑子が窓口にやってきたが、金額が大きいので、応対したのはテラー係ではなく次長だった。

「それで家内に、五千万円を現金で渡したわけですね」

　輝和は確認した。

「確かに額は大きいのですが、わたくしどもの立場としては、原則的にはお客様のお金である以上は、請求があれば払い戻ししないわけにはまいりません」

　次長が答えた。

「確かに一昔前なら、そういう連絡をいただいた時点で、ご主人様に確認の電話を入れたりしておりました。しかし現在では失礼にあたるので、いたしておりません。『使い道はどういったことでしょうか』とお聞きすることは、確かにありますよ。しかしそれは、払い戻しではなく融資の方をお勧めしたり、といったような、あくまで営業的なものです。ご印鑑とお通帳、それに奥様でしたら保険証、などお持ちいただければ、現金をお出しいたします。わたくしどもといたしましては、それは拒否できないわけですから」

輝和はうなずいた。確かに淑子のしたことは、「主婦が自分の家の普通預金を下ろす」という行為にすぎないのだ。

「で、そのときの淑子の様子は？　言葉が……うちのやつは、日本語があまり上手じゃなくて」

次長と多和田は顔を見合わせた。

「奥様のことですよね」と多和田が確認するように言った。

「ええ、家内の」

「日本語はお上手でしたよ。とても外国から来たお嫁さんとは思えないくらい。いえ、お話ししたのは、今回が初めてでしたけれど、言葉遣いといい、ものごしといい、亡くなったお母様にそっくりで」

「母に……」

あっけに取られて、輝和は多和田の顔を見た。

「お母様は本当のお嬢さんのようにお嫁さんの面倒を見られていたというお話でしたから、似るんでしょうね。それで、何か？」と、今度は次長が身構えるような調子で尋ねた。

「いえ、別に……」

輝和はこれ以上、何を尋ねたらいいのかわからなくなった。

「つまらないことで時間使わせて、申し訳ありません」と怪訝な顔の二人に頭を下げ、逃げるようにその場をあとにした。

帰ってみると、家には相変わらず信者が集まっている。まるで他人の家に忍び込むかのように勝手口から入り、輝和は台所の脇の板の間で清美の作った遅い昼食を食べた。

畑に出るためにスニーカーを長靴に履きかえているときだった。向こうから山下がやってきて、輝和を見てぺこりと頭を下げた。しかし今日は畑についてくる様子はない。

輝和は農薬を取りに納屋に行き、噴霧器を担いで庭に出た。そのとき戸を開け放した縁側から、座敷の様子が見えた。山下が膝を崩すこともなく、淑子の前にうつむいて座っている。その山下の手に、淑子が何かを渡す。はっとして目を凝らした。厚さ七、八センチほどの札束だ。

金庫の中の残金と、借家人が持ってきた今月分の家賃収入……。

慌てて家に駆け込もうと、縁側に手をついたとたん、腰から下の力ががくりと抜けた。

輝和はずるずるとその場に尻をついた。早春の陽に暖められた土の感触は、優しく心地よかった。立ち上がる気にはとうていなれず、裏切られたという思いもない。

山下は頭を畳にすりつけるようにお辞儀をし、金を抱えて去っていく。

その様を輝和はぼんやりと見送っていた。

ここまでくれば教団でも何でもない。いったいいつの間に、どうやって、淑子は金庫を開け、金を取り出すのか、輝和にはわからない。

見つけしだいその手から金を取り返さなければ、この家は破産する。根本的な対策としては、家庭裁判所に請求して準禁治産者宣告をしてもらうことだ。いやもっと賢明なのは、一刻も早く離婚することだ。それもかなわなければ精神病院に入院させる。

理屈ではわかっている。しかしそのどれも輝和にはできない。できるくらいなら、半年も前に手を打っている。億劫なのだ。なぜかわからない。輝和はもともと覇気のある方ではなかったが、母が死んでから、ことを起こすことを考えるだけで、体中の力が抜けてくるほど億劫になるのだ。

こうして資産が切り崩されたところで、今のところ、食うに困るところまでは行き着かず、それどころか淑子と一緒に落ちていくことに、何か救いのようなものを感じる。

いったい山下になぜ金を渡したのか、いくら渡したのか問うこともせず、輝和は噴霧器を担ぎ直し、畑の方に歩いていった。

その日最後の信者が帰ったのは、夜の九時過ぎだった。

戸棚に入っていた折り詰めを輝和は取り出し、淑子と自分の二人分を座卓に並べる。信者が家から作って持ってきたものだ。生き神へ捧げる供物といったところだろうか。中身は精進料理ではない。肉や野菜の惣菜はすっかり冷えて脂が固まり、ご飯は固くなっていた。それをぬるいお茶で流し込む。

さほど不満も感じなかった。淑子とこうした暮らしをしていると、味覚を始めとして、さまざまな価値を決定する感覚のひとつひとつが、麻痺《まひ》し欠落していく。

淑子は極めてゆっくりした動作でおかずを口に運ぶ。相変わらず極端な小食だ。それでも生きている。

「おまえは、結局、何なんだ……」

輝和はぽつりと尋ねた。

淑子は目を上げ、「え……」と問い返すように小首を傾げた。

「何なんだ、と聞かれたって困るよな、確かに」

輝和はつぶやいて苦笑した。淑子は妻だ。今のところ、それ以外のものではない。神がかりと脱力を繰り返し、片言の日本語を話す、おとなしく頑なな妻。

「何か言ってくれ」

箸を置き、哀願するような調子で輝和は言った。

「昨日、おまえは一千万以上の金をまいた。残りは、俺が市に寄付した。合計で四千万以上の金を失った。それではまだ済まないのか？　余っている金ではないんだ。あれは国税庁に納める金で、しかも借金なんだよ」

淑子はゆっくり口を動かし、固くなった鶏肉を噛んでいる。何の表情もない。

「しゃべれるのか、しゃべれないのか。おまえは、俺の言ってることを理解しているのか。この家のことをどこまで知っているんだ」

「しゃべれます。少し。知ってません。少し」

淑子は答えた。

「おまえが、信者の前で立派なことを言う、あれは何なんだ。あの託宣は、何なんだ。どうやってあんな日本語を操る。銀行ではどんな口をきいたんだ。覚えてないのか、うちのこと、結木家のことをどうやって知った？　もしもすべて演技だというなら、頼むからそう言ってくれ。もう疲れたんだ」

「わからない」

淑子は、目をうっすらと閉じる。ものうく憂鬱な表情だった。

苛立ちが心を侵食してくるのを輝和は感じた。

信者を見るときの、あの優しく慈悲深い目は、どこに行った？

俺の前では、なぜそれほど頑なな顔になる？

「殴ったのが悪かったのか？」

掠《かす》れた声で輝和は、尋ねた。意味は通じたらしい。淑子は皮下出血で地図のように紫色に痕のついた頬骨のあたりを右手でふれ、首を振った。

通じている。このやりとりだけは通じ合える。なぜこんなことだけが通じるのだ、と的外れな怒りと罪悪感を同時に感じながら、輝和は尋ねる。

「おまえの言う通り資産を吐き出した。いったい何が不満だ」

不思議そうな顔で淑子は輝和をみつめ、冷えて脂の黄色く固まった鶏肉を口に運び、ゆっくり嚙み締めている。

生き仏が肉を食う。なんだか妙におかしくなった。

もっとも「仏」でなければ、おかしなことではない。

ふと、いつか行ったネパールの寺を思い出した。あの結婚式を挙げた寺院の中庭の平たい石、その表面の赤黒いしみ。

神へ何事か祈願し、願いが叶うと、鶏や山羊を奉納するのだと聞いた。願いを叶えてもらって、礼をするのを忘れていると、神は恐るべき罰を人に与えるという話だった。

常に犠牲を要求するのが神、ということだろうか。

輝和は、手早く折り詰めを片づけると、仏間に行った。金庫の脇にわずかばかりの淑子の持ち物が置いてある。櫛や化粧水、財布とパスポート……。母が日本語を教えようとしたときに使った鉛筆とノートも、そのままになっている。

ノートを広げてみる。つたない日本語の文字がいくつか書いてあるだけだ。

ノートの脇に無造作に重ねられたビデオソフトが目に入った。数本の古い邦画は母の形見だ。

一番上に載っていたものを輝和が手に取ったとき、淑子が部屋に入ってきた。

「座れよ」と、輝和は短く言った。淑子は腰を下ろした。神が憑《つ》いたときの座り方ではなく、輝和の母が教えたとおりの正座をした。

輝和は何気なく手元のビデオをデッキにセットした。

やがて画面に、タイトルが映った。

『にごりえ』。樋口一葉原作のオムニバスだ。淑子の方を見ると、食い入るように画面を見ている。

現代の映画に比べると、テンポがゆるい。話の展開のテンポだけではなく、セリフのテンポもゆっくりしていて、俳優は学校で教えるような正確な日本語文法で話していた。母が淑子に見せた理由がわかる。

一話目の『十三夜』が始まったとき、輝和は淑子の小さなつぶやきを聞いた。その唇が動いている。俳優のセリフに重ねて、淑子は話していた。スピーカーから流れてくるセリフの調子を聞いたとき、輝和はあっ、と声を上げた。

一般的な映画の自然なセリフではない。抑揚が大きく、テンポはゆるく、古色の際立った、舞台劇風のセリフ回しだ。それはまさに淑子の神がかり状態での口調そのものだった。このテンポとリズムは、淑子の言語中枢のどこかにすり込まれてしまったらしい。

しかしそれがなぜ、日常生活の場では出ないのか。そしてなにより、口調はそのセリフ回しと似ているにせよ、淑子の話す内容は、その映画とは決して重ならないのだ。

「淑子」

輝和は呼んだ。

淑子の唇の動きは止まった。

「いったい信者の前で話すとき、おまえはどんな感じなんだ。いったいどういうつもりで話してるんだ」

「信者……」

信者という言葉は、彼女のボキャブラリーには無いのだろうか。不思議そうな目で輝和を見上げる。

「いや、いい」

輝和はかぶりを振って、ビデオのストップボタンを押した。自動的にテレビのチャンネルに変わる。とたんに俳優のゆったりした言葉は、騒々しいコマーシャルの音楽に重なるタレントの甲高い声に変わり、ロングショットを多用したモノクロ画面はめまぐるしく変化する極彩色の映像に変わった。

淑子の頭の中もこんなふうに、チャンネルが切り替わるのかもしれない、と輝和は思った。いつまで経っても日本語が覚えられぬ妻から、人の体と心を癒す力を持つ生き神へと。


桜の季節が、過ぎつつあった。どういうものか、今年の桜は、例年に比べて色が薄い。見上げると澄み切った青空を背景にした花びらは限りなく白に近く、血の気を失ったようなその色にそぐわず、花づきは異常なくらい良い。ぎっしりと詰んだ花の塊を重たげに枝々に抱え込んだ様は、衰えた木が今年を最後と生命の炎を燃え立たせているようで、痛々しいと同時に、どこか不吉な感じがする。

札束を持って帰っていった山下は、以来この家には現われない。考えてみれば当然のことだ。

蔵の中も預金もほとんど空になった。それでも輝和の生活は、何一つ変わらない。たとえ湖をひとつ持っていたとしても、人の胃袋はその水を飲み干せるようにはできていない。資産というのは、人にそれを所有しているという意識を与えるだけで、実際のところは、煩雑な管理に頭を悩ますことを強いる以外、何の効用ももたらさない。それは母の生活を見ていた輝和にはよくわかる。

銀行への返済は滞り、もちろん相続税も払っていない。ときおり督促通知らしいものが来たりするが、封を切る気にもなれず放ってある。

家には、相変わらず信者が集まっている。

生活費が無くなると、金融機関で残り少なくなった金を下ろす。それでも、食うに困るという実感はない。欲しいものはないし、食事については、清美が律儀に作ったり運んできたりしているからでもある。

しかし小沢や清美の方は、金を信者に投げ与える淑子の行為には困惑し、輝和以上に危惧している様子だ。

仕事を持っている小沢は、このところ休日だけここに来ているが、たいてい清美と二人で、額を突き付け何か話し合っている。たまたま輝和がそこに出くわすと、なにやかやと相談を持ちかけてくる。しかし輝和はたいてい無視した。

ある日、小沢は、早急にここを宗教団体の本部として体裁を整え、運営方法を決めなければならない、と切羽詰まった口調で言った。

「あなたの家の問題なんですよ」と小沢は、黙っている輝和に向かい呆れたように言った。

小沢は、淑子を直接信者に会わせるのはやめて、輝和と清美、それに小沢の三人が、信者との仲介役をした方がいい、と主張した。

「淑子様は汚れない天空から舞い降りた生き神様です。しかし世間には世間の汚れがあり、その汚れの部分を引き受ける人間が必要なんです。淑子様の崇高な理念を一般の衆生に伝えるには、だれでもが理解できる言葉にしなければならないし、我々が信者と淑子様の間に立って翻訳してさしあげるということも必要になるんではないでしょうか」

「やりたきゃ、あんたと市川さんの二人で勝手にやればいい。俺を巻き込まないでくれ」と輝和は投げやりな調子で答える。

淑子は小沢たちの動きとは無関係に、集まった人々の体と心に触れ、癒していく。たとえ集まる人々のほとんどが、少し頭のおかしい教祖から、金を引き出すのが目的だったとしても、目が見えないという老人の瞼に触れ、エイズ末期で咳が止まらないという若い女の唇に自分の唇を触れ、息を吹き込むその様は限りなく優しく、神々しくもあった。

それは『結木家文書』から輝和が想像した、恨みや憎しみといった感情とは、あまりにかけ離れた姿だ。怨念などというのは、もともと関係がなかったのだろう。

淑子はもしかすると本当に神で、いずれ人々と自分を救うかもしれない、と輝和は少しずつ思い始めていた。

五月の末に、小学生くらいの女の子を連れた四十過ぎの女性がやってきた。市川清美の友人ということだった。

知的障害があり、養護学校に通っているというその子は、極端な撫で肩でひょろりと痩せ、人の感情に人一倍敏感そうな、あやうく、清潔な感じの目の色をしていた。

そのとき中年の男性信者が、うやうやしい仕草で白木の札を母親の方に差し出した。

「ここにお子さんのお名前と生年月日をお書きください」

母親は丁寧にそれを受け取る。今までこんな札などなかったし、信者が相談にやってきた人にこんな形で応対することもなかった、と輝和は首を傾げた。

さらには今日は清美もその信者も、作務衣《さむえ》に似た紺の上下を着ている。

彼らは教団らしいシステムを作り始めている。

信者が受け取った札を見るともなく見ると、女の子の年齢が十六歳ということがわかった。見た目よりもずっと歳がいっていて輝和は少し驚いた。

信者は隣の部屋にいる淑子のところにその札を持っていく。しかし淑子はそれに関心を払う様子はない。それどころか取り次いだ信者に一瞥もくれず、すっと立つと、親子の方に滑るように近づいていく。

母親の顔に当惑の表情が浮かぶ。不安そうに眉をひそめ、淑子のだらりと垂れ下がったスカートや、薄汚れて毛玉のついたセーターに目をやる。

「あなたが、教祖様なんですか……」

「はい。こちらが結木淑子様でございます」

背筋を伸ばして正座した清美が、凛《りん》とした声で答える。

「この子を治してやってください。お願いします。知恵遅れで、腎臓疾患もあります」

母親は、女の子の両肩を持って淑子の方を向かせた。

「事情があって夫と離婚してますので、この子と二人きりなのです。今のうちはいいんです。私が歳取ったり病気になったら、このままではこの子は……」

母親はうつむいて、少しの間黙りこくった。

「私が、動けなくなったとき……もしも何かあったときは、この子を連れていかなくてはならないと思っているんです。でも不憫で。どうしてうちの子だけが、こんなふうなのか。聞くところによるとあなたさまは、医者に見離された者の病気を治してくださるとか」

輝和は、女の子を凝視した。確かに淑子は、今まで多くの人々を癒した。痛みを取り、ある者は回復したようにも見えた。もしもこの少女の知能を普通のレベルに戻したとしたら、淑子には本当に奇跡を起こす力があるということだ。

輝和は、この子の母親と同じくらいの期待を持ってこれから起きることを見守っていた。

淑子は、女の子の正面で、両の足裏をつけて座り合掌した。

しばらくしてから合掌を解き、どこからともなく石を取り出した。ここに戻ってきたとき、叩いていた二つの石だ。それを女の子の眼の前に持っていき、二回打ち鳴らした。

うつむいていた女の子の背がぴくりと震えた。

次の瞬間、頭を垂れ顎を突き出した姿勢で座っていた女の子の背筋がすらりと伸びた。

母親の小さく息を呑む声が聞こえた。そばに寄ろうとするのを信者の一人が制する。

それだけだった。厳かな様子で淑子は石を脇に置き再び合掌し、祭文のようなものを唱えた。

低い声で奏でられる独特のリズムは美しく、耳を澄ませていると、背筋のあたりが一面粟《あわ》立《だ》ってくるような、感動を覚える。

やがて声は途絶え、淑子は再び女の子の頭上で石を打ち鳴らす。

ものの数分で、そうしたことは終わった。

母親は、緊張と期待に強ばった顔で、女の子の名前を呼んだ。呼びながらおずおずと近寄り、わが子を抱く。

女の子はまっすぐに、淑子を見ていた。そしてゆるゆると口を開いた。

「神様、神様」と女の子は間延びした調子で言った。

それから母親に視線を移す。

「ねえ、お母さん、神様、やさしい神様」と、座っている淑子の洗いざらしのスカートの裾に両手で触れた。

母親の顔に失望の色が広がっていく。無気力な怒りを肩のあたりに漂わせ、彼女は淑子を見ている。

娘は健常児になりはしなかった。何も変わってはいない。

うなだれた母親はもう一度娘の両肩を抱いた。それから低く、苛立ちを含んだ声で、

「どうもお世話様でございました」と一礼した。

布施はまだもらっていない。これでもらったら詐欺だろう。

「安心なさい。もうどこも悪いところはありません」

淑子は初めて口を開いた。

「悪いところはない、ですって」

母親は、鋭い視線を上げて繰り返した。

「そうですか、悪いところは、もうない、ですか……」

「この子は、神の子です。短い間この世に遣わされてきました。だからこの世の汚い色に染まらずに、しばらくの間、あなたの手の中で過ごしているのです。大切にお護りなさい。それがあなたの務めです。子供を持った親は、必ず子供に泣かされます。そのために心煩わされるものですが、この子は親の心を慰めこそすれ、決して悩ませたり煩わせたりはしないでしょう。この子を礼拝しなさい。大切にお護りなさい」

母親は不服そうな表情を浮かべて、娘を立たせた。

詭弁《きべん》か、暗示か、輝和にはわからない。それ以前に淑子の日本語水準さえ、輝和には未だ理解できない。

しかし今、そう語った淑子の中にある底深い慈しみの心が、輝和には確かに見えた。娘はうなだれた母親に手を引かれて帰っていく。

輝和は、はっとしてまばたきした。すれ違いざまに見た女の子の顔に白い光が射していた。微笑とも異なる、漠然とした幸福の表情が浮かんでいた。

透明な眼差しは、どこか聖なるかなたで焦点を結び、唾液で濡れ弛《ゆる》んだ唇の端に、限りなく深い慈悲の表情があった。

いい知れぬ衝撃を受けて、輝和はその後ろ姿を見守る。女の子のひょろ長い背中から発する輝きを輝和の目ははっきり捕えることができた。

女の子をかばうように連れて帰る母親の姿が、如来を守る眷属《けんぞく》のように、小さく脆《ぜい》弱《じゃく》に見えた。

あの輝きは、淑子がもたらしたものなのか、それともあの子が生まれながらに持っていたものを淑子が引き出して見せたのか。少なくとも淑子は、女の子を健常者にする以上の奇跡を起こした。

輝和は座敷にいる淑子を振り返る。脱ぎ捨てられた衣服のように、淑子は体を二つ折りにして畳の上に伏せていた。脱力状態に入ったらしい。

彼女は本当に生き神なのか、それとも一人の病気の女なのか？　明らかに落胆したような顔で、数人の信者がその様を見ていた。彼らには、あの子供の発する光が見えなかったらしい。

輝和は伏せている淑子の手に目をやった。まだ石が握られている。

この石を持って淑子は奇跡を起こす。そしてこの石を打ち鳴らしながら、淑子は母の葬式の二週間後に戻ってきたのだ。

輝和はその石を取ろうとした。しかし気絶した淑子の指はしっかりとその白く光る花崗岩質の石を握っていて離さない。

「おい」と体を揺すったが、まったく動かず、石も外れなかった。

夜になり、信者も帰り、家に二人だけ残されたとき、輝和は「石を見せてくれ」と単刀直入に淑子に切り出した。

「石？」

不思議そうな顔で淑子は尋ね、庭を指差した。石という単語は知っており、かつ見せてくれという意味も理解している。しかし何の石か特定できずに、庭に転がっている石か、と尋ねているのだ。とぼけているのだとしたら、これほど腹立たしいことはないが、そのようには見えない。

「石だよ、おまえが持ってきた」と言いながら、輝和は両手に何か持って、打ちつけるような仕草をした。淑子はかぶりを振った。奥二重の瞼の下で、漆黒の瞳が強い光を放っていた。

「なぜだ」

淑子は無言で首を振るばかりだ。

輝和はいつも信者の集まっている座敷に行った。そこには祭壇も仏像も護符も、普通の教団なら当然あるべきものが、何ひとつない。

信者の持ってきた袋菓子や花が、畳に置かれた盆の上に無造作に積み重ねられているだけだ。それらのものを一つ一つどけて、輝和は石を探す。しかしみつからない。

再び茶の間に戻ってきて、淑子の小物を入れてある引き出しやたんすを見たがやはりない。

「石だよ。頼むから見せてくれ」

淑子は首を振った。輝和は淑子の両肩を摑んだ。そして手のひらを肩から胸に沿って下ろしていった。そのまま腰まで触れたが、何も隠している様子はない。石の大きさからして、身につけているのならわかるはずだった。そしてこんな飛行機搭乗の際の手荷物検査のようなことをしなくても、裸にしてみればわかることだ。しかしなぜかできない。

自分の妻の身につけているものを剝がすことに、抵抗を感じる。気が狂《ふ》れたか神が憑いたか知らないが、淑子が自分の妻であることに間違いはない。その妻に触れることに身のすくむような畏怖を感じた。自分の中に生じたこの禁忌の感覚に、輝和はとまどった。

淑子の体から手を離し、輝和は逃げるように部屋を出ると、離れに敷きっぱなしにしてある布団にもぐり込んだ。


夜半過ぎに、石を打ち鳴らす硬く乾いた音を耳にした。それは遠くから聞こえてきた。

布団を被ったまま、何度かまばたきしてみる。

夢ではない、と意識したそのとき、再びはっきりと聞こえた。輝和は布団を跳ねのけ、上半身を起こした。

淑子が、こんな夜中に石を打ち鳴らしている。いったい今度は何を始めるつもりなのか？　かすかな雨音がする。まもなく六月に入ろうとしているのに、空気は張り詰めたように冷たい。

廊下の隅にぼんやりと白く光っているものが目に入った。輝和は布団から抜け出し、近寄る。

石だ。いつか淑子が打ち鳴らしながら戻ってきた石の片割れ。それが、床の上に無造作に転がり、淡い光を放っていた。細かな石英や白雲母《うんも》の粒の内側から光を発し、あの眼球のような模様をくっきりと際立たせて。

廊下の床にはめこまれた瓢簞《ひょうたん》型の象眼が、石の発する淡い光に、うっすらと照らされている。

淑子が、ここに置いていったのだろうかと首を傾げながら、輝和は石を拾い上げた。手のひらにぬくもりが伝わってくる。石が温かいわけはない。おそらく淑子が直前まで握りしめていたのだ。そうに違いないと思い込もうとした。

と、そのとき手の中で石が動いた。輝和は小さな叫び声を上げたが、かろうじて石を放り出さないでいた。

再び動いた。いや、石が動いていたわけではない。脈打ったのだ。心臓のように、石は律動していた。

それでも放り出さなかった。輝和は震える指でそれを握りしめ、じっと立っていた。動悸《どうき》がおさまってくるにしたがい、脈打っているのは石を握りしめている自分の手ではないか、と考える余裕が出てきた。手を開いてみると、もう石は発光しておらず、脈打ってもいない。輝和はそれを部屋に持ち込み、蛍光灯の下でよく見た。

花崗岩だ。眼球に似た模様が異様であるほかは、変わったところはない。

淑子はこれをどこから拾ってきたのだろうか。それがわかれば、葬式の日に土蔵を抜け出して消えてから二週間、どこで何をしていたか見当がつくだろう。

夜が明けるまで、輝和は石を握ったまま、まんじりともせずに過ごした。石は、二度と発光したり脈打ったりすることはなかった。

翌朝八時前に、輝和は車で家を出て、市の中央にある都立高校に向かった。

受付にはまだだれもいなかった。下駄箱のあたりに、早朝練習にやってきた運動部員とおぼしい少年が数人いるだけだ。かまわずスリッパに履きかえ、輝和は職員室に向かう。引き戸を開けて挨拶をすると、中にいた中年の男が片手を上げ、入るように合図した。

伊能といって、この高校の地学の教諭である。地域では生活指導主任として知られている男だ。市の教育委員会主催の青少年向け行事で、輝和は何度か一緒に活動したことがあり、顔見知りだった。

「どうしたんです、こんな朝早く」

伊能は尋ねた。

輝和はポケットの中から、石を取り出した。

「これ、何の石なのか、知りたいんですが」

「これがどうかしたんですか？」

「いや……その」

伊能は、輝和から石を受け取り、眼鏡を額の上にずらせ石を凝視する。

「粗粒花崗岩のようだが、妙な模様だね、こりゃ」と目玉に似た模様に指先で触れる。

「白く光ったんですよ、昨夜。闇の中で」

「ほう」と伊能は石をひねり回した。

「何か光エネルギーを蓄めておいて、後で放出する物質を含んでいるということも考えられるけど……」

「どこの石なのか知りたいんですが」

「どこの石かだって？　見たところ隕石《いんせき》ではなさそうですが」

「実は、妙な経緯があるもので」と言った後に、輝和は何と説明したらいいものか迷った。

「妙な経緯？」

「妙というよりは、妻が持っていたものなんですよ」

「ああ、あのネパール人の奥さんね」

「はあ……まあ」

結木の家の息子に嫁の来てがおらず、外国から嫁をもらった。その嫁が、舅姑の死後、妙な宗教を始めたという話は、今やこのあたりで知らない者はない。

そのときぞろぞろと職員室に人が入ってきた。

「申し訳ないんですが、ちょっと朝の会議なんですよ。これ、預かっておいていいですか」

伊能は尋ねた。

輝和は遠慮がちに言った。

「自分から持ってきてこういうのもなんですが、できれば早めに知りたいんで」

「わかりました、それじゃ昼休みにでも調べておこう」と伊能は、石を机の上に無造作に置いた。

夕方、伊能から電話がかかってきた。

「だいたいわかったんですがね……」という伊能の口調は、歯切れが悪かった。

「うちの高校に、僕より勉強家の若いのがいてね、彼の見立てではやはりペグマタイト、要するに粒の粗い花崗岩のことです。発光物質らしいものは含まれていない。だから光っていたというのは、たぶん雲母や石英に、何かが反射していたんだと思う」

「しかし」と反論しかけて、輝和は口をつぐんだ。確かに自分は見誤ったのかもしれない。寝呆《ねほ》けていたのかもしれない。第一あれは、手の中で脈打った。普通に考えればありうることではない。

「あの目玉模様の瞳の部分は、柘榴石《ざくろいし》、ガーネットだね。ほら、ご婦人方が指輪にするあれね。その柘榴石を白雲母が取り巻いているんで目のように見えるんだ。地層的には、ヒマラヤ山塊など大規模な地殻変動が、わりに新しい時代にあったところに産する石、とされているね。日本では福島県などでみつかっている。その若いのは、化石を調べに昨年、東部ネパール山地に行ったんだが、あれと同じようなガーネット粒の入ったペグマタイトが転がってるのをよく見たそうです」

「ネパールですか?」

輝和は問い返した。

「ああ、奥さんが持ってきた石だと言ってたでしょう」

「いえ……持ってきたというよりは、持っていたわけで」

輝和は淑子がこの家にやってきたときのことを詳しく思い出そうとした。身の回りのわずかな品を持っただけで、淑子は嫁いできた。その荷物はすべて見たはずだ。しかし妙な石など持っていなかった。

淑子の荷物は母が整理していたから、もしもあんな石ころを大事に持っていたとしたら、何か尋ねたはずだが、そんなやりとりも聞いていない。やはり石は、淑子がいったん消え、しばらくして戻ってきたあの日に持ち込んだものだろう。しかしそうだとすれば、淑子はネパールの石など、どこで手に入れたのか?

まさか淑子は姿をくらました二週間のうちに里帰りしていたのだろうか。

金はともかくとしてパスポートも持たずに帰れるわけはない。それも喪服を着たままだ。

「どこに行ってた？」

「山に行きます」

「どこの山だ？」

「寒い山です」

「何を食べていた？」

「たくさん食べます」

石を鳴らしながら戻ってきたときの、あの淑子の言葉は何だったのだろう。

考え込んでいると、受話器の向こうからためらうような伊能の声が聞こえてきた。

「それで、結木さん、あの石なんだけど、大事なものだったの？」

「いえ……そういうわけでは」

「たいへん申し訳ない」

伊能はいきなり言った。

「はあ？」

「これはもう、僕の不注意で、なんとも弁解のしようもないんだが……見当たらないんですよ」

「見当たらない？」と輝和は問い返した。

「いや、一時的には理科室の鉱物の棚に置いたりしたが、確かに白衣のポケットに入れた覚えはあるんだ。いや、確かに入れた。しかしそのつもりだけだったのかどうか。けっこう大きな卵ぐらいあったし、重いから落としたりすれば気づくはずなのだが……」

「なくしたということですか？」

「申し訳ない」

伊能はもう一度、謝った。

奇妙な感じがした。

自分がみつけたときも、あれは廊下の隅に転がっていた。前夜、そこにはなかったにもかかわらず。

「いや、いいんです。こちらが勝手なお願いをしたことですから」

輝和は答えた。淑子はあれが無くなったとしたらどうするのだろうか？　そんなことを考えながら電話を切ったとたん、かちりと石を打ちつける音が聞こえたような気がした。

耳を澄ませる。

座敷から人々の話し声が聞こえてくる。

輝和はそちらの方に行った。奥に座った淑子に向かい、人々が整然と正座していた。信者の数はさらに増え、座敷から人が溢れて、今では廊下と座敷を隔てる障子まで外してしまっていた。

淑子は足裏をぴたりとつけ、膝を畳から浮かせて座っている。

その両手に石が握られていた。

右手と左手。石は二つある。輝和は眼を凝らした。石に眼球の模様が確かにある。まさにあの石、今朝、輝和が伊能に渡してきた石だ。

それとも石は三個あったのか？　余った一つを淑子は廊下の端に転がしておいたというのか。

いや、石は二つだ。すでに伊能の手元にないのだから。

石は伊能の白衣のポケットから消えた。そしてここに勝手に戻ってきた……。そんなばかなことがあるだろうか。

石を操る淑子の姿を見ていると、輝和は不思議な感動に捕えられた。

あの石はネパールから来た。

淑子は母の葬式から二週間ほどの間、ネパールに戻っていた。「寒い山」に行き、「たくさん食べ」、淑子は少し太って、健康そうになって戻ってきた。彼女の魂は故郷の山岳地帯に里帰りしていた。パスポートも金もいらない天空に開けた回廊を辿って。

目を閉じると、黒い和服の裾に風をはらませ、ヒマラヤの白い峰々に向かって跳んでいく淑子の姿が浮かぶ。

ばかな、とすぐに自分の妄想めいたものを打ち消した。

しかし、淑子はネパール人なのだ、とあらためて意識した。淑子は異国から来た妻、あるいはアジアから来た妻ではあった。しかしネパールという具体的な国名を輝和が意識したことは、ほとんどなかった。

淑子の始めた宗教は、彼女のここに来るまでの半生に何か関係しているかもしれない。こうなる前に、向こうで、淑子には淑子の信仰生活があったのかもしれない。と、すればそれはどんなものだったのだろう。

輝和は、郵便局にいる徳山のところに電話をかけた。

「お……ひさしぶり、なんだ？」

徳山はせっつくように言った。

「頼みがあるんだ。あのとき見合いして結婚したメンバーと会えないか？」

「なんだ、おまえんとこも、逃げられそうなのか？」

「いや、ネパール人というか、ネパールってどんな国なのか知りたい」

「いまさら何を言ってんだ。そんなこと、かあちゃんもらう前に、調べとくもんだろ」

呆れたように徳山は言った。

「いや、ネパールの宗教ってなんだっけ？」

「なんだ、いきなり？」

「たとえば、石をぱちぱちぶつけるまじないみたいなことをする宗教なんて、向こうにはあるのかな」

「俺にきいたってわかるかよ」

そう言った後で、徳山は輝和の意図に気づいたらしい。

「かあちゃんの始めた宗教が、それをやってるってことか?」

「ああ……まあ」

「そういうことなら、あのとき見合いした連中より、もっと詳しいのがいる。ちょうどいい、今晩紹介する。出て来られるだろ?」

「今晩?」

急な話に戸惑い、輝和は問い返した。

「ああ、今晩。大学のクラブが一緒で、今、タネ屋に勤めてるやつなんだ」

「タネ屋?」

「農家じゃみんな世話になってるだろ、藤丸種苗。バイオトマトとF1スイカの藤丸だよ。で、そいつは植物の原種を探して、年がら年じゅう、中国だ、ネパールだ、と歩いてる。ご苦労さんなこった」

徳山は、今夜、その男に会う約束をしているという、市の繁華街にある居酒屋の名前を言った。

11

徳山の指定した時間までまだ間があり、輝和は書店でネパールのガイドブックを買ってきて読んだ。淑子と出会ったときも、そして式を挙げるために現地に飛んだときも、淑子が異国で体と精神に不調をきたしたときでさえ、何の関心も抱かなかったその国について、初めて知ろうとした。

南北が約百八十キロ、東西八百五十キロほどの細長い国土。世界の最高峰をいくつも持つ山岳地帯があるかと思えば、南部には高温多湿の亜熱帯林が広がる。無数の深い谷と川がヒマラヤ山系から北インド平原に向けて国土を縦断する。

山と谷に仕切られた様々な地域に暮らす多様な民族と部族。民族部族ごとに異なる言語、文化、習俗。

ヒンズー教、仏教、イスラム教、それに土着の様々な神々が入り交じり、せめぎ合い、習合した、おそろしく複雑な様相を見せる宗教……。

淑子はそういう国から来た。顔形が日本人と似ているというだけの、日本とはあまりにかけはなれた文化や風土を持つ国から来た女だということを、輝和はこの期に及んで知らされる。

夕方の六時過ぎに、輝和はバスで市街地に出た。帰りは酒が入るので、車は使えない。

その店は甲州街道沿いの繁華街にある大衆酒場だった。

表から見れば三階建てのビルに見えるが、裏に回れば古びた木造の二階ないしは平屋建てで、ビルに見えるのは一枚のモルタルの壁にすぎないとわかる。街道沿いの商店のほとんどがこうした造りになっている。

小学校の頃、初めて町にできたデパートの屋上に上って、この事実を発見した輝和は、何か騙されたような感じがして少し失望した。しかし今になってみると、書き割りのような商店街の風景は、いかにもこの町にふさわしいように思える。

引き戸を開けて店内に入ったが、人影はまばらだ。この店だけではない。私鉄の駅ビルが出来てからこの街道沿いの商店街はすっかり寂れてしまったのだ。

徳山が奥のテーブルで、片手を上げるのが見えた。モツを焼く煙とたれのにおいが充満している中をそちらに行く。

「さっき話したタネ屋の畦上《あぜがみ》」と、徳山は隣に座っている半袖ワイシャツ姿の男を紹介した。

畦上という男は、日焼けした顔で、「よろしく」と名刺を差し出した。

「藤丸種苗　研究開発部　主任」と肩書きがある。

「来週、また成都からラサを経由してカトマンズへ行くことになったんだそうだ。行ったら最後、半年は帰ってこられないから、今夜はじっくり飲もうかと思ってな。あっち方面のことだったら、本業の植物から、仏像の見方から、いい女のいる宿まで、とにかく知らないものはない男だから、なんでも聞いてやってくれ」と徳山は、畦上の肩を叩いた。

「おいおい、いい加減なことを言うなよ」と畦上は、肘で徳山をつつきながら、鷹揚《おうよう》に笑い、輝和のコップにビールを注ぐ。

「さっき徳山からちょっと聞いたんだけど、ネパールの宗教に興味があるんですって?」

畦上は尋ねた。

「興味があるというか……」

「あっちの宗教なんて、わけがわかんないですよ。公式的には、九十パーセントがヒンズーってことになってますがね。実際は仏教、イスラム、土着宗教なんてのが混在してましてね。日本でも結婚式は神道で、葬式は仏教で、クリスマスにケーキ食ったりしてるじゃないですか。向こうはもっとひどい。ヒンズー教徒のはずがブラマンを呼びにいくのがめんどうくさいからって近所の坊主を頼んだり、病気治すのに得体の知れない呪術師を呼んだり。神仏の素性なんかかまってられない、効果がありゃいいんだ、みたいな感じですね」

「石を鳴らして、病気を治すような宗教はありませんか?　花崗岩みたいな白い石をこうやって」

　輝和は、両手に石を持って打ち鳴らすまねをした。

「土着宗教では、やってるんじゃないですか。僕は見たことないけど」と畦上は答えた。

「何もネパール行かなくても、やってるぜ」と徳山が口を挟んだ。

「ここの町のはずれにある諏訪神社の神子《みこ》が、火打ち石をかちかちやって中風のじいさんを立たせたとかいう話が残ってるよ」

「諏訪神社で？」と輝和は、思わず身を乗り出した。母がときどきお参りにいっていたところだ。

「別にそこでなくても、けっこう一般的なお祓《はら》いとか神おろしの手法じゃないのかな。最近の神子さんは、もう女子大生のバイトばかりだから、そんなことしないだろうけど」と畦上は輝和の方を向き直った。

「ほら、昔、家族が出かけるときに火打ち石を打って、無事を願ったりとか、そんなちょっとしたまじないがあったの知りませんか？」

　輝和が「はあ」とうなずいたとき、徳山が「実は、こいつの嫁さん、ネパール人なんだ」と、畦上に言った。

「おいおい」と畦上は、抗議するように徳山に言った。

「それを先に言えよな。それじゃ結木さんは俺なんかより、よっぽどネパール通なんじゃないか。ばかなことを言って恥かいたらどうするんだよ」

「いえ……そういうことはないです」と輝和は首を振った。

確かにネパール人と結婚していれば、この男の言うとおり「ネパール通」と思われて当然だ。それにしても妻の母国について何も知らずに暮らしていた自分は何なのだろう。

「それが、女房は日本語が話せないんですよ。それだけでなくて英語も、一般的なネパール語もだめなんで、それでいろいろこじれたこともあって……」

「と、言うと?」

「様子がおかしくなりましてね。素性はもともとわからなかったんですが。実は結婚が決まった他の人たちと一緒にネパールに行って結婚式を挙げたんですが、うちのやつだけは、親が顔を出さなかったんです。山の上の村で出てこられないとか言われて」

「仲介業者かなにか、入ったんですか?」

鋭い口調で、畦上が尋ねた。

「そうなんだ。研修という名目で女の子を入国させて、嫁さんとして斡旋したまではいいんだが、トラブルが起きたらドロンよ」

徳山が代わりに答える。

「結婚だけじゃなくて、売春の斡旋もしてますね。そういうケースは」と畦上は、言った。

輝和は息を詰めて畦上の顔を見た。

「実は、問題は業者でなく、妻のことなんです」

「なんだ？　金でも持ち逃げされたのか」

徳山が深刻な様子で、身を乗り出してきた。

「逃げちゃいないが……」

「つまり奥さんの素性が怪しくて、業者とつるんで何かたくらんでいるんじゃないかってことですよね？」と畦上が尋ねる。

「いや、そんなんじゃないんです。多少宗教づいてて」

多少宗教づく、というのは、きわめてひかえめな言い回しだった。

「それで奥さんが、さきほどの話にあったように、石を打ち鳴らしたってことですか？」

畦上はようやく少し事情が呑み込めたらしい。

「ええ。神がかりのようになって、石をかちかちやって人の病気を治したり、それが本当に治るんですが……解せないことが多くて」

「治るように見える、ということだろ」と徳山が言い直す。得体の知れない宗教に取り込まれそうな輝和の身の上を案じているらしい。

「それでネパールにいた頃の奥さんの前歴が、何か宗教に関わっていたのではないか、と考えているわけですね？」

畦上が確認した。

「ええ」

「確かにあそこは生活の中に神がいるような国ですよね。村に入ればジャンクリなんて呪術師が医者がわりをやってるし。それで奥さんの旧姓は？」

とっさに思い出せなかった。

「カルバナ……」

「それはファーストネームだと思いますが」

「カルバナ……カルバナ・タミ」

「タミ？」

畦上は首を傾げた。

「名字を聞くとたいてい部族やカーストがわかるんですが、タミっていうのは、僕は初めて聞いた。結婚式に当たって両親と会えなくて、素性もはっきりしないって話でしたよね。それで日本で神がかりになったわけですか？」

「ええ」

「寺に住んでいたのかな」

独り言のように、畦上は言った。

「寺に住んでいた？」

「デパキという言葉はきいたことがありますか」と畦上は尋ねた。

「いえ」と輝和は首を横に振る。

「神に処女を奉納する制度です」

「斎　宮《いつきのみや》のようなものですか」

「ええ。デパキに限らず、ネパールやインドなど南アジアの宗教的な伝統の中では、若い処女を寺に囲うという制度があるんです。ネパールのは僕は見たことがないんですが、インドでは会いましたよ、そういう女性に。向こうではデヴァダーシーと言うようです。もっとも昔、そうだったとその女性たちが自分で言ってただけでしたが」

「で、その人たちは、寺で何をしているんですか？」

輝和は身を乗り出した。

「いろいろです。寺院の下働きや、儀式の手伝いが表向きですが」

「裏というのは？」

畦上は、苦笑した。

「さまざまな呪術なども行なうようです。それから宗教行事としての売春なども……」

「呪術と売春」

輝和は、思わず声を上げた。

「我々の社会から見れば売春ですが、儀式を通じて不特定多数の男に仕えるということは、神に仕える崇高な行為でもあるわけですよ。それで彼女たちは結婚を許されないわけですが、子供が生まれれば地域の人々が大切に育ててやるし、地域社会ではたいへんな尊敬を集めていたと言われてますね。実際、何か不思議な力があったなんて話も聞きます。まあ出家者というのは、ある意味で純粋消費者で生産に関わらないわけで、それでも生きてる限りは、食っていかなくてはならんとなれば、一番、簡単なのは、そっちということになるんで。昔から宗教と売春というのは、切っても切れない関係にありますからね。日本でも曼陀羅《まんだら》の絵解きをしながら春をひさぐ熊野比丘尼《びくに》なんてその代表だし、巫女《みこ》なんてものも、たいてい副業はそれでしょう。人間のやることは、どこも一緒ですよ」

徳山は、輝和と畦上の間に忙《せわ》しなく視線を動かし、額の汗を拭いている。

畦上は、それに気づいたように、慌てた様子で顔の前で手を振った。

「いや、だれもおたくの奥さんがそうだなんて、そんなこと言ってるわけじゃありません。ただ、そういうのを聞いたことがあるというだけで。話のつながりがまずかったですね。すいません。無責任な話をして」

「いえ、もう少し聞いていいですか。そういう人たちは、今でもネパールにいて呪術を使ったりしているわけですね」

輝和は、念を押した。

畦上は首を振った。

「いや、そういう例もあるでしょうが、僕がインドで会った彼女たちというのは、もう、どうということのない普通の売春婦でしたね。家が貧乏なものだから、女の子が七つくらいになると、少しばかりの穀物と引きかえに奉納したりしてしまうんですよ。そうした女の子たちは寺の掃除なんかしていて、初潮がくると、高僧や地主が、花を散らす儀式っていうのをやるわけで。それで、囲われ者になれば運がいい方で、たいていは食いっぱぐれてムンバイなどの売春宿に出てくるわけです。売春と宗教行事が結びついてて、人々の尊敬を集めていたというのは、昔の話で、今は、性産業の予備軍を作っているだけという批判もあって、一部では社会問題化しているようです」

「では、そうした売春婦と何か巫女のようなことをしたり、神がかりのようなことをするのは、今ではあまり関係がないということですか」

少し苛つきながら、輝和は尋ねた。

「まあ、そのあたりも、千差万別で」と畦上は腕組みをした。

「インドとネパールでは、少し事情が違うかもしれませんし、彼女たちの属するカーストや親の経済状態によっても違うでしょうね。娘を単に寺に売る場合もありますが、思春期になった娘に本当に神が取りついてしまったので、奉納するケースもある。たとえば、娘が夜中に大声を上げたり、震え出して妙なことを言ったり、ということがあれば、日本なら精神科とか心療内科に親が連れて行くところですが、向こうでは僧侶や呪術師のところに行く。そこで『母なる神エラマが自分の霊媒者として、その少女を選んだ』などという託宣が下ると、その少女は寺に住むようになるわけです。そこで村人が相談に行くと何か拝んでもっともらしいことを言ったり、儀式のときに神がかりになって託宣を下したりするってこともあります」

「相談に乗って……神がかりになって……託宣、ですか……」

輝和はゆっくり繰り返した。淑子の行動そのものだ。

「そういう本物の巫女は、売春などはしないのでしょうね」

「やることは同じですよ。本来の宗教的売春婦だからグレードは高いですけどね」

こともなげに畦上は言った。

淑子がそうだと決まったわけでもないのに、輝和の額から汗が噴き出してきた。

「何度も言うようだけど、僕は実際にネパールのデパキを見た、というわけではないんですよ。イギリス人の書いた本で読んだ知識にすぎないんです。見たのは写真だけですし」

弁解するように畦上は言った。

「その写真は、どんな女だった？」

興味を引かれたらしく徳山が尋ねる。

畦上は肩をすくめた。

「おばさんだよ、普通の。普通のおばさんが、あぐらをかいてる写真」

「蓮華座《れんげざ》じゃなくて？」

「違う、違う、あぐらともちょっと違うかな。両方の足裏をぴたっとつけて、両膝を浮かせた、不安定な姿勢なんだ」

ぎくりとして輝和は、畦上の顔をみつめた。

「こんなんじゃ、ないですか？」と淑子の座り方を椅子の上でまねた。輝和の関節は固くなっていて、実際はその通りにはできなかったが、畦上はすぐに、「そう、それそれ」と膝を打った。

「ネパール人の一般的な座り方ではないんですか」

輝和は念を押すように尋ねた。

「まさか」と畦上は首を振った。

「普通の人はそんな座り方、してませんよ。写真では供物でいっぱいの汚れた寺の中で、肘を横に張り出すような格好で手を合わせて、そうやって座ってました」

その有様を輝和は、鮮やかに思い描くことができた。供物の散らかった座敷で信者を前にしている淑子の姿そのものだからだ。

業者が淑子の素性を隠した理由、結婚式に両親が来なかった理由、淑子の特殊な能力、そして子供ができない理由などが、するすると一本の糸となって結びついていく。

村人の相談に乗り、儀式で神がかりになり託宣を行なう女。女神が自らの意思を伝えるために選んだ霊媒。その実、結婚を禁じられた寺院の売春婦。

無残な話ではある。しかし同時に、汚れた女を摑まされた、売春行為の果てに不妊症になった女を紹介された、という被害者意識めいたものを抱いている自分の身勝手さも、輝和は意識していた。

輝和の沈黙に気づいたように、畦上は巧みに話題を変えた。

「いや、向こうの連中は、人がいいですよ。素朴で純真で。一度、村の茶店にカメラを忘れたことがありましてね。そうしたら追いかけて届けてくれたんですよ、店番のおばさんが。知らん顔してバザールで売ってしまえば、それこそ何年も遊んで暮らせるほどの金になるのに。あの急な坂を一時間も登ったり下りたりして、追っかけてきてくれたんです。情があるっていうか、人がいいっていうか。僕なんか東京を飛び立ってトリブバン空港に降りるとほっとします。おたく、向こうの女性と結婚したとは、果報者ですよ。せいぜい大事にしないと」

「はあ……」

畦上は、ことさら明るく言った。

輝和は、微笑を作って答える。

「僕なんか、あっちの女性が結婚してくれるっていうんなら、カトマンズ近辺の村に住んでもいいと思っています」

「ほう、向こうに住んでもいいと……」と輝和は息を吐き出した。

畦上の話題は、やがてネパールで最近行なわれた選挙の話から、グルカ兵の訓練の話に移っていった。

相づちをうちながら、輝和の頭の中心には、さきほど聞いた寺院の売春婦のことばかりが、釈然としないまま居座っていた。

家に戻ったのは、十一時過ぎだった。

母屋にはまだ明かりがついていて、人々のざわめきが表まで漏れてくる。

彼らの非常識さもだんだんひどくなる、と苦々しい思いで玄関の戸を開ける。

いつになく客が多く、玄関には革靴やハイヒール、スニーカーや子供用の長靴まで、入り乱れ、重なり合って脱ぎ散らかしてある。下駄箱はと見ると、上までぎっしり客の靴が詰まっていた。

何の騒ぎだと首を傾げながら上がると、座敷や廊下で信者たちがほうけたようにぐったりと座り込んでいる。ある者は声もなく大粒の涙を流し続け、ある者は小刻みに震えて頭を両手で抱え、またある者はひれふしたまま、微動だにしない。淑子の姿はなかった。

藍の作務衣風の服を着た、清美が走り寄ってきた。輝和に向かい何か言いかけては言葉を呑み込む。

「何の騒ぎだ、いったい」

輝和は、憮然として尋ねた。

「淑子様がお怒りになられて……」

「怒り？　淑子が怒ったのか」

「まるで雷が落ちたような、大きな地震が来たような……」

清美は口をつぐんだが、輝和は地の底から響いてくるような重低音とともに、家が揺れた様をまざまざと思い出すことができた。あのとき取り押さえようとした母が、紙屑《くず》のように襖に叩きつけられた。

清美の頰を大粒の涙が伝った。白いワイシャツの第一ボタンまで止めた若者が、両手を膝に置いたまま、歯を食いしばって涙を流し、その隣で清美と同じ服を着た中年女が茫然として柱にもたれている。

「何をしたんだ、あんたたち」

そう尋ねてから、はっと気づいた。

「小沢はどうした？」

「這って台所に行って、そのまま裏口から逃げていきました。あの人、たぶんもう来ないでしょう」と清美は唇を噛みしめる。

淑子の怒りが何であるのか、想像はついた。彼らだけではない。この国の人々の信仰の根底に見えるのは現世利益を求める心だ。そしてこの家には彼らの現世利益を生み出す潤沢な原資がある。

紺の上下を着た女性信徒が、堰を切ったように話し始める。

「もったいなかったのです。淑子様が、あんな粗末な姿で私たちの前に出られるのが。もっと神様らしくなって、たくさんの人々を救ってほしかったから、もっともっと大きくなってくださらなくてはならないと思ったから……神様にふさわしい御衣装をと思い、着替えを手伝わさせていただいておりましたのですが、何がお気に召さなかったのか、急に恐いお顔になると、どしんどしんと巨人が屋根を踏み潰すような音が聞こえ……」

「いつまでもこんな形で教えを説かれていてはいけないのです」

さきほどまでぼんやりしていた痩せこけた中年の男がぽつりと口を挟んだ。このところ頻繁に見るようになった顔だ。小沢が奉誠会から引き抜いてきた元幹部だ。

「淑子様の教えには、名前もついていません。教義もありません。私たちのように、淑子様にじかに接するものには、淑子様の御心《みこころ》のありようはわかりますが、淑子様から離れている人々には、何も伝わりません。淑子様は確かに私たちをあらゆる苦悩から救ってくださいました。しかしその深遠なお考えが、普通の人々には理解できない。ただ病気が治ったとか、足が立つようになったとか、なくした母親の形見が出てきたとか、それだけのことでは決して魂の救いに結びつかないのです。宗教団体としての基盤がやはり必要なのです。いつまでもひと様のおうちの中で教えを説かれているわけにもまいりません。信者の方、もちろん我々も寄進させていただいて、生き神様にふさわしいお住まいを作らなければなりませんし、淑子様には神様にふさわしいお姿になっていただきたかったのです。決して姿形だけ整えて、などと考えておりましたわけではありませんのですが……いきなりお怒りになられて」

男は巻物のようなものを手にしている。輝和は何も言わず、男の手からそれを取り上げ開いた。

「なんだ、これは?」

「大光救霊教会　大光淑子様の教え」という文字が、力強い毛筆で書かれている。

「教義です。今年の初めから練ってきたものです」

小沢がここに顔を出し始めた頃だ。その頃から小沢は着々と淑子を教祖に据えた教団を作る準備を進めていたらしい。

巻物は、一種の装飾経のようなものだった。金粉銀粉を刷いた和紙に、神とこの世界と人の起源、教祖結木淑子の出自や由来が書いてある。

その一部に輝和は素早く目を通す。

「教え主、大光淑子師は、ネパールの貴族の娘として生まれました。幼い頃から情け深く、村人の貧しい様子に心を痛め、幼くして寺に入り修行を始められました。十四歳の春に、天空の神によって心霊界へと導かれ、『起《た》て、これより厳しき世になるべし。カイラスに向かえ』との啓示を受けました。嘆き悲しむ父母に見送られ、幾多の山、幾多の谷を越え、艱難辛苦の末に、聖地カイラスに辿り着き、その地で修行すること七年、再び天空の神より『これよりこの国を出でて東へ行け』との啓示を受け、物質的豊かさに溺れ心を忘れた人々を救うために、この国に遣わされてきました。

この国では、人々は目に見える肉体や物が主で、心や魂に目を向けてはきませんでした。しかし魂や霊によって肉体が生かされ、動かされているというのが真理なのです。魂や霊の曇りを取らぬまま、体の病を治そうとしてもそれは一時的なものです。大光救霊教の教えは、人の霊を浄化し魂を磨き、物欲に捉われた現代の人々の心を絶対幸福の世界に導くものです」

既成の新興宗教団体の教義のパターンをきれいに踏襲している。

「おたくが作ったものですか？」

輝和は、男の頰の窪んだ顔を見た。

「確かに書いたのは私ですが、淑子様のお心を写したもので、私が作ったというのは当たりません」

「奉誠会でもこうした仕事をしていたのですか」

「ええ」

小沢は、この仕事のために彼を連れてきたのだろう。

ネパールの寺で修行をしたという部分は、先程、畦上から聞いた話と重ね合わせると、かなりのブラックユーモアだ。

「淑子様と人々のかけ橋になる者が必要なのです。しかし我々にその役ができると思ったのは、うぬぼれでした。淑子様のお心をお鎮めできるのは、やはり旦那様しかいないと思いまして」

旦那様と言われて、輝和はそれが自分のこととは、すぐに理解できなかった。そうした言葉でくくれる関係は、とうの昔に喪失している。

「我々信者の代表として旦那様から、淑子様に再び心を開いてくださるようにお願いしていただけるとありがたいのですが」

輝和は黙って、その場を立った。

「どうかお願いします」

汚れた灰色の猫のような男は、卑屈な声で叫んだ。

「帰ってくれ」

輝和は男に背を向けたまま言った。彼らと関わるのは、金輪際ごめんだった。我が家の座敷にひしめく、いくつもの厚かましい善人面、その無教養、その非常識ぶりにこれ以上、耐える気はなかった。

「帰れって言ってるんだよ、ばかやろう」

なおも追ってきて、取りすがる男のシャツを掴んで、輝和は怒鳴った。

「どいつもこいつも帰れ、ここは俺の家だ。ふざけるな」

「申し訳ありません。何かお気に障ったら、このとおりですから、なにとぞ淑子様に……」

清美が足元で土下座した。

潮が引くように、人々の姿は座敷から消え始めた。後には座布団や、信者が連れてきた子供に与えた菓子の粉や、だれかが脱いで落としていった老人用のソックスや、鼻をかんだ紙などが、座敷一面に散乱している。

唇を噛んで輝和はその様をみつめていた。足元に「大光救霊教会　整備計画書」というコピーの束が転がっているのを蹴飛ばして、隣の部屋に行こうとしたとき、その表紙が開いた。びっしり書き込まれた数字が、目に飛び込んでくる。収入見積もりだ。

信者の住所氏名、寄進する額などが一覧表になっていた。小沢たちは本気だったのだ。少なくとも結木家の財産にたかるつもりはなかった。

彼らの目的は増殖だった。彼らだけではない。すべての宗教の目的は教えを広めることではなく、拡大、増殖そのものにあるのではないだろうかと輝和は思った。

本来、もっとも生産的な仕事、農業にたずさわりながら、停滞し衰退していくだけの結木の家、そこに新たに芽生えたのが虚業の極ともいうべき、宗教だったとは。

一ヘクタールの畑を耕しても、種代にもことかくほどの収入しか上げられないこの土地に、無限増殖する宗教が根づくところだった。ネパールから来た、元娼婦であったかもしれない生き神を中心に据えて。

腹の底からおかしさが込み上げてきた。結木の家と、衰退したこの家の畑に、肥やしのように埋まって生きてきた自分自身を、輝和は笑っていた。

しばらくほうけたように笑っていたが、ふと気づいて、「淑子、淑子」と呼んだ。返事はない。また消えてしまったのかと思うと、胸がつぶれるような不安に襲われた。冷えきった廊下を走り、つきあたりの離れまでいったが淑子はいない。

渡り廊下を通り土蔵に行き、観音開きの扉を開いた。鍵はかかっていなかった。中は真の闇だ。その一点の灯りもない中に、白くぼんやりと浮かび上がっているものがあった。

ぼろきれのような厚みのない肉体が、ねじれ、折れ曲がって転がっていた。淑子だった。一糸まとわぬ姿の淑子の体が、ちょうどあの石のように、白く発光していた。

輝和は崩れるようにその脇にひざまずいた。おずおずとその背に触れた。冷たくなめらかな感触が手のひらに伝わってくる。息を詰めてその肌の上に手を滑らせて、悲鳴を上げそうになった。

息をしていない。

「淑子」

小さな声で呻いた。

「やめてくれ……」

両手をその肩にかけて、仰向けにした。

「やめてくれ、これ以上」

淑子の体はだらりと揺れて、首が脇を向いた。

「一人にしないでくれ」

薄い胸が、かすかに上下したように見えた。爬虫類《はちゆうるい》を思わせるゆっくりした呼吸をしている。輝和はその左胸に耳を押しつけた。微弱な鼓動が聞こえてくる。

我知らず涙が流れてきた。目のあたりにしたいくつかの奇跡、地上のあらゆる罪を贖《あがな》うかのような深い慈愛に満ちた微笑。

前歴は売春婦だったかもしれない、あるいは単なる狂女、そして常軌を逸した散財者……。それでも本当に神かもしれない。過去にネパールで何をしていたにせよ、今は神だ。神でなくて、どうしてこんなふうに体が白く発光するものか。淑子は内側から放射する聖なる力によって輝いている……。そんなことを思いながら冷たい肌に頰を押しつけ、輝和は長い間その体を抱き締めていた。

落ち着いてくるにしたがい、発光しているように見えた裸の体が、土蔵の小さな窓からこぼれてくる母屋の裏口の蛍光灯の光に照らされて光っているだけだというのがわかった。それでも打たれたような敬虔な感情はなお残っていた。

輝和は立ち上がり、頭上にぶらさがっている裸電球のスイッチをひねった。そのとたん黄ばんだ光の下に、さまざまな色彩が跳ね、金糸銀糸がきらめいた。

肋骨の浮いた扁平《へんぺい》な淑子の体のまわりに、破られ引きちぎられた、真新しい和服があった。虹のきらめき立つような艶のある白生地だ。拾い上げると袖幅がやけに広い。すっぽり手のひらまで隠れる衣装だ。

神様の衣装だった。これが神様にふさわしいと、清美たちは考えたのだ。既成宗教の熱心な信者だったという彼らの考えそうなことだ。張りの失せたスカートをはき、ポリエステルのブラウスを着た神を彼らは許せなかったのだろう。神は神らしく、そして神の家は神の家にふさわしく……。しかしそれこそ生き神、淑子の心にそわないことだった。

輝和は上着を脱ぐと、その体を包み押し戴《いただ》くようにして抱いて、母屋の座敷に戻った。淑子の体は脱力し、呻き声一つ上げることもなかった。

神の怒りを鎮めようとでもするつもりなのか、翌日の早朝から清美たち信者が押しかけ、玄関を掃いたり庭の草むしりを始めた。

わずらわしさから逃れるように、輝和は離れに閉じこもり、彼らがご奉仕と称する一連の作業をするのを眺めていた。

淑子は一晩寝て、またいつもと変わらぬ姿で座っている。

まもなく男性の信者数人が畑に入り込み、雑草を抜き始めた。さすがに輝和も、重い腰を上げた。

彼らの革靴やスニーカーで、せっかく掘り返した土を踏み固められる前に、畑から追い出さなくてはならない。

縁側に腰かけ長靴を履いていると、白髪頭の男がこちらにやってくるのが見えた。戦後まもなくから卯津木地区の貸家に住んでいる男だった。

彼は輝和をみつけると、何度もお辞儀をしながら駆け寄ってきた。

「実は、雨漏りがするようになりましてね」

慇懃な口調で切り出してきた。

「もしなんならうちで直してもいいんですが、孫が来年中学なんですよ。勉強部屋の一つも作ってやりたいんで、ちょっと手を入れさしてもらいたいんですが」

貸家の住人たちとはつきあいが長い。しかも家賃も滞りなく入れる借家人ばかりだった。だから結木家のほうでも彼らが庭先にプレハブを建てたり、押入れを改造したりするのを黙認してきた。いつの間にか、彼らもそこを自分の家と大差なく感じるようになっていたのかもしれない。自分の家のように直し、ときには簡単な改築工事のようなことまでするようになっていた。

「なんとか、ひとつよろしく」

輝和は、体を二つ折りにしておじぎした男の白髪頭をぼんやりとみつめた。

合計五百坪ほどの土地に建つ、二十軒の木造平屋建ての家がどれだけ無駄かということは、だれにでもわかる。多少の常識があれば、不動産屋がやってきて説明されるまでもなく、老朽化した家を取り払いマンションを建てて土地の有効利用をはかるべきだと考える。

男の申し出を拒否し、出ていってほしいと言い、不動産屋を呼んで立退料その他の見積りにかかる。建てたマンションの一部を売って相続税を支払い、滞っている銀行の返済に当てる。それが今、輝和がとるべき行動だった。自分と結木の家のためだけでなく、住宅不足に悩むこの市の市民のためにも、それが正しい選択だった。

しかし一連の手続きを思い浮かべるだけで、気持ちが萎えてくる。何もかもが無意味に思える。

背後で障子の開く音がした。

「お上がりなさい」

凜とした声が響いた。男は驚いたように頭を上げた。

「お上がりなさい」

淑子は再び言った。男は輝和の顔をうかがう。輝和はいたたまれず、視線をそらす。

男は、言われた通り座敷に上がった。

男の後を追って、奥の仏間に入ると、鴨居の上にかけられた父の顔写真が目に飛び込んできた。

その隣に母の写真、向かい合うように、農地解放で自らの土地を進んで小作に分け与えた祖父の白黒写真を模した肖像画、その横に偉人伝にも名を連ねる曽祖母コウの肖像画。さらに紋付を着た曽祖父のいかめしい顔……。

そうした亡くなった人々の顔に囲まれて、淑子は文机の前に座った。母が使っていたものだ。そこに和紙と筆を置く。

輝和は、驚いてその手元をみつめた。淑子が筆を手にしている。ネパールの文字さえろくに書けなかった淑子が、筆で何を書こうというのか？

しかし淑子の手は滑らかに筆を操り始めた。達筆な楷書で、和紙の上に文字を書き連ねていく。

「貴殿に対し、H市卯津木町二丁目五百八番地所在　宅地七十八平方メートルと家屋を贈与します」

「えっ」と男は声を上げ、輝和の方を見た。

輝和は、その文字をみつめていた。内容よりも、その筆跡に驚き、声も出ない。母のものだった。流麗の一言につきる女文字、優雅な撥ねと、ひとかけらの力みもない留め。淑子の手に母が乗り移った……。

今、男が借りている土地と家屋を彼に贈与する、というのは、母の意思なのか？

「結木輝和」と淑子は署名した。

ことの重大さがわかっていながら、輝和は身動き一つできなかった。何度見ても、母の字であり、筆を運ぶ手の動きも、母のものだ。

「四年、五年で出てくるのは、個性ではなくただの癖です。見誤ったらいけません。本当の個性は十年経ってようやく出てくるものです」

書を習いにくる弟子にそう説き、少しばかり上手くなった者が奇をてらい、我流を押し通すことを戒め続けた母。五十年近いキャリアを持つ母の「本当の個性」の出た文字を、だれも真似のできないはずのたおやかな文字を、今、淑子の手が書いた。それとも淑子の心が書いたのか。あるいは淑子の心でなく母の心か。

淑子は、金庫の正面に座り直した。そしてダイヤルに手をかけた。

右へ四回、左へ二回、さらに右一回……。淑子の手が、流れるように動く。まるで何百回となく、この金庫の扉の開け閉めをしてきたような躊躇のない動き。分厚い扉がきしみながら開いた。

淑子はその中から、鹿の革に包まれたものを取り出す。実印だ。父が亡くなったときに、印鑑登録してきた輝和の実印が、今、淑子の手の中にある。

取り返さなければならない。あの文書に印鑑を押されたらおしまいだ。裁判を起こし、取り返すにはたいへんなエネルギーと時間がかかる。

「ばかなまねはするな」

淑子の後ろで、すがるように輝和は言った。

「たのむから、やめてくれ」

哀願した。殴り倒して、その手から印鑑を奪うことが、なぜできないのかわからない。あの字が母のものだったからかもしれない。いったいこれは本当に母の意思なのか？

おぼろげな光景が、瞼の裏に広がる。

雨に煙る卯津木地区の路地だ。輝和は母の手を握っている。建てつけの悪い格子戸を開け、母は一軒の貸家に入っていった。湿った畳のにおいがした。幼い輝和には、あのときなぜ母がそこに出かけていったのか、わからなかった。

母は長い間、そこの家の主婦の話を聞いていた。何か深刻な内容だったのだろう。主婦はときおり涙を拭き、幼い輝和は初めて大人が泣くのを見た。母は優しそうだった。

自分以外の人間に、これほど母が優しく接することが悔しくて、輝和はむずかった。

しかしその後、母は、主婦に向かい穏やかだが、ひどくしっかりした口調で、何か言った。主婦は、鼻をちょっと啜《すす》り上げてうなずき、奥に入っていって擦り切れた財布を持ってきた。そこから札を取り出し、母に払い、母は女の差し出したおそろしく汚れた帳面に、何か書いて印鑑を押した。

あの金は滞納していた家賃か何かで、おそらく集金人の手に負えないということで、母自らが出向いたものなのだろう。

外に出れば父は建前のきれいごとで通す人だったから、結木家のそうした仕事は、母に押しつけられてきたのかもしれない。たまたま輝和が目にしたのが、その一回きりだったというだけで……。

あのとき女は、母にどのような胸のうちを話して、泣いていたのだろうか。あるいは金そのものに関したことだったかもしれない。

同情し、優しい言葉をかけ、しかし結局は支払うべきものは支払わせる。母は筋を通す人だった。

何の迷いもなくやっていたというわけでもあるまい。優しい顔をした鬼にならざるをえない悲しみを胸に抱え込んで、母は亡くなったのではなかろうか。

淑子はもうその場にはいなかった。客は靴を履いているところだった。

輝和が近づくと、男は「それではどうも」と、緊張感のあまりか青ざめた顔で会釈した。片手に淑子の書いた書面を握りしめ、輝和と視線を合わせないように後ずさりし、もう一度ぺこりとおじぎすると、くるりと体の向きを変え、逃げるような早足で立ち去っていく。

座卓の上には、朱肉のついた実印が一つ転がっているだけだった。

輝和は呪縛が解けたように、その場にへたへたと座り込んだ。淑子の行為を制止する意志も気力もなかった。ことの重大さをわかっていながら、何もできない。淑子の行為を制止する意志も気力も萎えていた。一部始終を傍観していた自分自身にさえ、格別の危機感を抱くことはできず、輝和はぼんやりと、実印に刻み付けられた裏返しの文字を見ていた。

その翌日、畑に出ていた輝和は、同じ卯津木地区の借家人数人が、玄関に入っていくのを見た。昨日やってきた男の話を聞きつけ、我も我もとやってきたのだろう。

彼らは贈与税を支払って、長年住んだ老朽化した家を自分のものにする。家はともかく坪四十万の土地も……。

何の意味があるのだろうと、輝和は思った。親子代々、そこに居座ってきた借家人が、普通の勤め人なら長期のローンを組んで、ようやく手に入れる家と土地を、すこぶる不平等で理不尽なチャンスを摑んで手に入れるだけの話だ。

祖父なら、祖母なら、そして父なら、同じように失うとしても、そこを肢体不自由児施設の建設のために市に無償貸与するだろう。物と金を失うかわりに人々の尊敬と、人としての誇りと喜びを得る。いや、それ以前に、そこを売って銀行から借りた金をきちんと返済し、相続税を払うのが筋だ。

しかし……。

お捨てなさい、という淑子の言葉が、よみがえる。

まさに廃棄だ。ドブに捨てるようなものだ。しかし止めることができない。

自分は狂ったのだと、輝和は思った。

一週間後、借家人たちは所有権の移転登記をしたいと、司法書士と連れ立ってやってきた。半信半疑の顔で「本当にいいんですか」とささやいた司法書士に、輝和はうなずいて委任状を書いた。


七月最初の朝、重苦しい排気音を夢の底で聞いた。それは自分を押しつぶすばかりに、近づいてくる。

ブレーキの音で輝和は目覚めた。

「おはようございます」という声とともに、玄関が開いた。

布団をはねのけ、輝和はパジャマ姿のまま、玄関に出ていく。

「どうも、石橋造園です。作業にかからせてもらいます」と作業着姿の男が言った。

そうか、と思い出した。一週間前、この庭の石や植木を売る約束をしていたのだ。生活費が底をついていた。庭の植木と父が伊豆から運ばせた青石、さらに石灯籠《いしどうろう》が石橋造園のものになっていた。

スコップや剪定鋏《せんていばさみ》などが、荷台から下ろされる。作業員が三葉ツツジの根元を掘り始めた。

「待ってくれ」

輝和は叫んで、庭先に飛び出していった。作業員は、当惑した顔で輝和を見た。

「これについては、売ってないですよ……」

作業員は、ズボンの尻のポケットから、書類を取り出して輝和に見せる。売買契約書には、ちゃんと三葉ツツジの名前が入っていた。

黒沼田特産の三葉ツツジは、父が裏山から掘ってきたものだった。結木家の山林にももともと生えていたこの木を、おりからの山野草ブームで、ハイカーが片端から掘り取ってしまう。

このままでは黒沼田の三葉ツツジが滅びてしまうと、ある日父は近所の男たちを呼び集め、山に残っていたものを採取し、自宅の庭に移した。

たいていの山の草木は、里に移すと生気を失い、花の色も褪《あ》せてしまうものだが、父や出入りの植木職人の丹精こめた手入れのおかげで、結木家の三葉ツツジは、毎年、見事な花を咲かせた。

早春の頃、ツツジ科にしては丈高い木々が、鮮やかな紫に染まるのを、父は目を細めて眺めていたものだった。

「どうします？」

地面にスコップを刺したまま、作業員は尋ねた。

淑子が後ろから音もなく近づいてきた。

「お捨てなさい」と淑子はささやいた。抗《あらが》えない声だった。輝和は自分の心が、あの厳重な耐火金庫の扉のように開けられるのを感じる。

淑子の黒く光る目で射られた瞬間に、父の残した大切な三葉ツツジも、伊豆から取り寄せた青石も、越後の石工に彫らせたという高価な石灯籠も、空になったペットボトルよりも無価値なものに変わる。

輝和は、息を吐き出し首を振った。

「持っていってください」

いずれこの地面も人のものになる日が来るだろう。そのとき三葉ツツジの五、六本が植わっていようといまいと変わりはない。

十年ほど前、結木の家の貸家に、「お夕ネばあさん」という、戦争未亡人が住んでいた。

苦労して男の子を育て上げたものの、息子たちは転勤やら結婚やらで母親のもとを離れてしまい、七十を過ぎたおタネばあさんは、一人暮らしをしていた。

そのうちに隣の貸家の住人が、「おタネばあさんの家から悪臭がするので、何度か注意しにいったが、聞き入れてくれない。そちらでどうにかしてくれないか」と結木の家に言ってきた。

母が、家賃の集金をさせていた者に様子を見にやらせると、おタネばあさんは、紙屑や空瓶、空缶、壊れた食器や錆《さ》びた自転車などを拾ってきては、小さな借家の部屋と物置いっぱいに蓄め込み、わずかに空いた空間に布団を敷いて寝ていた。

ぼけてしまったらしく、その集金人がいくら捨てろと言ってもきかないので、今度は輝和の母親が説得に出向いた。

会ってみると、おタネばあさんは、ごみを蓄め込むという行動以外は、すこぶる正常だった。

「こんな汚い物に囲まれていては病気になってしまう」と諭す母に、おタネばあさんは、「戦争中の苦しい生活を経験した者にとっては、どれもこれも宝に見え、粗末にはできない」と、頑として捨てようとはしなかった。

夏に向かい、においはさらにひどくなり、貸家の住人だけでなく、この一帯から苦情が殺到した。

再び輝和の母親が訪れたとき、おタネばあさんは、ごみに埋まって冷たくなっていた。卒中だったらしい。

拾ってきたごみを整理し、古雑誌や空缶や、空瓶を天井まで整然と積み重ねていったおタネばあさんと、植木や蔵一杯のがらくたを手入れし、整理し、後生大事に守ってきた結木家の人々といったいどれほどの違いがあるのだろうと、今、輝和は思う。

違いがあるとすれば、おタネばあさんには、せっかく蓄め込んだものを引き渡す者がおらず、それを背負い込んだまま一人で息絶え、結木家の者は、蓄め込んだものを次の世代に引き継がせる重責を負ってきたというくらいのことだろう。

わずか数時間で、結木家の庭は掘り返され、表皮を剝がれ、からになった。

12

結木の家の資産は急激に削られながら、その年の夏が終わった。借金返済の督促状は、さらに積み重なっていく。

電話が頻繁にかかってくるようになった。

「何か事情がございますなら、返済方法についてはご相談に乗りますので、ぜひお越しください」という銀行の融資係の丁寧な口調は、輝和がその場限りの受け答えをしているうちに、「誠意あるご返事をいただけませんと、こちらといたしましても法的手段に訴えざるをえなくなります」という、慇懃ながら凄味をきかせたものに変わった。

そして九月の半ばには、督促状の発信者が銀行から「M・K・ファイナンス」というところに変わっていた。銀行との契約時に間に入った民間保証会社だ。返済が滞って、六ヵ月が経過し、M・K・ファイナンスから銀行に代位弁済が行なわれ、同時に債権もそちらの保証会社に移ったのだ。

十月に入るとM・K・ファイナンスの社員が、結木の家を訪れるようになった。初めのうちは、その度に畑仕事を中途にして母屋に戻り、「すみません、もう少し待ってください」と謝っていた輝和も、次第に彼らが現われると姿をくらますようになった。幸い結木家は、畑や山林など、隠れるところにはことかかない。

同じ頃、税務署の調査が入った。玄関に足を踏み入れた税務署員は、三和土を埋め尽くした靴を見て怪訝な顔をした。

座敷に上がり、彼は輝和に向かい、すでに相続税の申告期限が切れているので、早急に手続きをするようにと指導しながら、襖一つ隔てて聞こえてくる、信者たちや淑子の声に聞き耳を立てている。

「いろいろ事情があるようですが、分割納付や延納の制度もありますから」

税務署員は言った。

輝和は庭に目をやる。庭石も植木も、何もない庭だ。さっぱりした眺めだが、ただ捨てるために、自分はなぜこんなわずらわしい思いをしなければならないのか不思議な気がした。

「あの」税務署員は躊躇するように言葉を切った。

「このままですと、こちらで税額を決定して加算税、場合によっては重加算税をかけることもあるんですよ」

「そうですか……」

視線を相手からそらせたまま、輝和は答えた。相手は少しの間押し黙ったが「とにかく早急に申告手続きをしてください」と繰り返し、帰っていった。

そうこうするうちに家と土地を差し押さえた旨を伝える通知が、M・K・ファイナンスから届いたが、放置したまま、その年も終わりに近づいていく。

こうした間も淑子は冷蔵庫を開けるように金庫の扉を開け、牛乳のパックを取り出すように、わずかに残った金を取り出していた。

ときには難病の子供に手術を受けさせたいという女に、百万以上の金を与えた。それが本当に難病の子供の手術費か、それとも遊興費なのか、女に子供がいるのかどうかさえ定かではない。

そして輝和もそんな光景を目にしても、妻が冷蔵庫の牛乳を取り出すのを見るように何も言わなくなっていた。

二度目に税務署員がやってきたとき、畑にいた輝和は裏山に逃げた。脱税の積極的な意図などあるわけはない。ただ、面倒な話を聞かされるのがわずらわしかった。

季節はすでに十一月の半ばに入っている。葉を落とした木々の間に身を隠していると、少し離れた街道を走る車の音に混じり、鳥の声や、小さな水路を流れる水の音が聞こえてくる。

輝和はゆっくりしゃがみ込み、背中を丸めて、それらの音に聞き入った。かさこそと落葉の鳴る音とともに、風の冷たさが身にしみる。しかし晩秋の陽射しは柔らかく、あくまで明るい。

降り注ぐ光の下で、息をひそめていると、不意にひどく惨めな気分に襲われた。自分は、なぜこんなところで、追われた鼠《ねずみ》のように、人の気配と寒風に身をすくませてうずくまっているのだ、と思った。

顔を上げると、遮る物一つなくなった庭を通し、屋敷がすっかり見渡せる。木枯らしに土ぼこりの舞い立つ中、土蔵と離れが、母屋と渡り廊下で繋がれて、寒々と建っている。苦い後悔の念が込み上げてきた。

そのときふと温かな気配を背後に感じた。

「捨てなさい」

神の声が聞こえた。振り返った。

生き神が立っていた。木々に遮られているとはいえ、凍るように冷たい大気の中に、トレーナー一枚を着ただけで、裸足の淑子が立っていた。

「隠れることはありません。まだ、残っているものを捨てなさい」

妻ではなく神の声で、淑子はそう語りかけてくる。

「何が残っているというんだ」

言いかけて、輝和は言葉を呑んだ。

この場所だ。この山林と畑があった。

「どうするんだ……もう不動産収入があるわけじゃなし。百姓が畑を売ったら、どうなるんだ」

「すべてが新しく生まれ変わります。行きなさい。隠れたりすることはありません」

背中をそっと押すような調子で、淑子は諭した。

「捨てろっていうのか。本当にすっからかんになるまで……」

「捨てなさい。捨てて幸せになりなさい」

輝和は落葉を踏みしめ、ふらふらと家の方に戻っていった。

ここまで来ると、すべてが宿命であるように思えてくる。彼が結木の家に生まれたことも、淑子というネパール人の妻を持ったことも、そして淑子が神となったことも。

玄関に入ったとき、税務署員はまだそこにいて、輝和の行き先を知らないと答える信者と押し問答をしているところだった。

「どうも、ご苦労さまでございます」

輝和は数ヵ月ぶりに、結木の息子らしい挨拶をした。それから山林と畑を物納する意図を相手に告げた。


庭から植木が消え、家から家財道具が消えていくにしたがい、何か危険なものを感じ取ったのか、それともむしりとるものが、もはやこの家にはないと判断したからなのか、信者の数は、めっきり減っていった。

数ヵ月ぶりにやってきた信者は、この家の有様を目にして門の脇でしばし立ち尽くす。しかし淑子はいっこう、気にする様子はない。頼ってやってくる人々の痛みを取り、曲がった足を治し、不安に怯える人々の話を聞いて、神の指示を与え続けている。

この年は、静かに暮れていった。もう一年前のように信者たちで賑わうこともなく、大晦日の夜は、灯油代にもことかいて、屋敷内は底冷えがした。

雨戸を閉めようと廊下に立った輝和は、霜の降りた庭が、遮る植木もないために、街道沿いの街路灯に一面青白く照らしだされている様を見やった。

数日前、輝和は山林と畑を手放していた。権利証や印鑑証明委任状などを持って、税務署に出向き一連の手続きをした。それがそこの職員にとっても、この年最後の仕事になった。

他の手段はない。延納にしても、分納にしても、支払える金自体がなかったし、貸家とその土地を無償贈与してしまった段階で、こうなることは覚悟していた。それでも現実に、結木家が代々守ってきた農地、そして農業者の生命線であった畑を失ったことに、いまさらながら罪悪感にも似た気持ちを味わっていた。同時に、何か重たいかせから逃れたような、寂とした解放感もあった。

畑には収穫間際の小松菜が植わっていた。霜がかかって甘く濃厚な味になり、収穫を待っているはずだ。

「もう少しですよ。気をしっかりお持ちなさい。もう少しで、すべてが新しく生まれ変わります」

淑子が座敷から呼びかける。その「もう少し」が何を意味するのか、輝和にはわかっていた。

裁判所の執行官がやってきたのは、年が明けてしばらくしてからのことだった。

屋敷と土地が競売にかけられるという通知は昨年のうちに配達されていた。しかしそれがいつごろのことだったのか、記憶に定かではない。

強制執行の準備は着々と進んでいたようではあった。

執行官はまず家の外を調べ、写真をとり、その後カメラを片手に「失礼します」と座敷に上がり込んできた。中にいた数少ない信者は、ぎょっとした様子でその様を眺めていたが、やがてそそくさと帰っていった。

それから二週間ほどして今度は不動産鑑定士が来て、座敷にいた輝和にはおかまいなく、柱の本数を調べたり、測量をしたりといった入念な調査をした。

まもなくこの家と土地が人手に渡る。生まれ育った家は、跡形もなくなるのだと輝和は実感した。ここまで多くのものを失うと、ゼロになることに、何かを期待する気持ちが生まれてくる。

「生まれ変わる」と淑子は言った。淑子が奇跡を起こすに違いない。淑子には不思議な力がある。

「家、出ます」

鑑定士が戻っていくのと同時に、淑子は言った。片言の日本語だ。その顔に神の面差しはない。

「どこへ出る？」

輝和は尋ねた。

「出ていくところなどどこにあるんだ」

「私の住む家があります」

「私の家？」

「山にあります」

「まさか……あれのことか？」

何もかも失ったはずだが、まだ残っているところがあった。面積は広いが、資産価値はゼロに等しいところだ。

相続税として山林と畑を物納したが、山林の一部に、緑地保全地域の網がかけられ、そこは買手もつかなければ担保にもならずに残っていた。

その林の中に結木家の作業小屋がある。山仕事の合間に一休みしたり、機具を置いておくのに使っている六畳一間のプレハブだ。しかし住居の建築を禁止されている区域なので、ガスも水道も引いていない。手洗いさえない。

「山に行きます」

淑子は、腰を浮かせる。

「まだ、いい」と輝和は言った。

「まだいいんだよ。確かに差し押さえられたが、まだ、大丈夫だ。評価に来ただけで、まだ競売にもかけられてないいんだから」

「捨てなさい。すべてを捨てなさい」

淑子は、遮るように言った。

「しかし……」

「捨てなさい」

「出ろってことか、今すぐ？」

執拗《しつよう》な口調に驚き、輝和は尋ねた。淑子はそうだ、というように輝和をみつめた。

何か理由があるに違いない。今、出ることによって、何かが変わる。もう、後戻りはできない。今、踏み留《とど》まってしまえば、今まで捨てたものすべてが無駄になるかもしれない。ここまでくれば、淑子と淑子の不思議な力を信じ、頼るしかない。丸裸になって、再生の光を待つことしか、もはやできない。

こんな状態になっても、この家には清美と数人の熱心な信者が残っていた。淑子の言葉を隣の部屋で聞いていた彼らは、すぐに引っ越しの準備にかかった。とは言っても、引っ越し荷物はほとんどない。

わずかばかりの家財道具、桐のたんすや鎌倉彫の鏡台などが残っていたが、淑子はそうしたものを清美たちにその場で分け与えた。洗濯機や冷蔵庫といったものも、電気のない小屋では不要になるので、やってしまった。

結局持っていくことになったのは、古びたやかんや、鍋、石油コンロとストーブ、それに布団やたらいなどごくわずかな身の回りの品と、父や母、それに先祖代々の膨大な数の位牌だけだ。

引っ越し先が山の中なので車は使えず、また車で運ぶほどの量もない。清美が家から台車を持ってきて、布団をくくりつけて運ぶ。次に他の品をまとめて載せて二往復もすると、家の中はほぼ空になった。

輝和は別れを告げるように、慣れ親しんだ屋敷の座敷の一つ一つをめぐった。仏間に入ったとき、輝和は代々のこの家の人々の写真や肖像画がそのままになっているのに気づいた。慌てて丸いすを引き寄せ、乗ってそれらを外す。

母が亡くなってから掃除が行き届かず、手を触れただけで綿のような埃が舞い上がる。清美に手伝ってもらい、丁寧に額のガラス面をふく。白黒写真の父の目が輝和をみつめていた。無念さをにじませたような重たく憂鬱な視線から逃れるように、輝和はそれを裏返した。

小屋に荷物を運び終えると、清美たちは早々に引き上げていったが、入れ代わりに淑子たちが引っ越したという噂を聞きつけた男の信者がやってきた。

彼は片隅に布団を積み上げた室内を見渡し、「これからどこに引っ越すんですか」と輝和に尋ねた。ここを引っ越し先が決まるまでの仮の住居だと思っているらしい。

「いえ、特には……」

輝和は答える。

「まさか、ここに住むわけじゃないでしょう」

「さあ……」

「便所もないじゃないですか」

「どうするんだか」

輝和は苦笑した。淑子はそんなことを少しも心配していない。

ネパールの山の上の村にはまだトイレがない、ということを以前畦上に会ったときに聞いた。

村はずれの林の中で、人々は用を足すという。なんの気なしに聞き、笑っていた生活を自分がするようになろうとは想像だにしなかった。

男の信者は、そそくさと帰っていき、まだ陽が高いうちに小屋の中で淑子と二人きりになった。

春になるまで、まだ少しある。もう一段寒い季節がやってくるはずだが、灯油はタンクの底の方にわずかに残っているだけだ。水道も、電気もない。

いよいよこれで終わりだと、輝和は悟った。

終わりとは、再生を意味する。

淑子は小さな石油ストーブをつけて、手をかざした。反射板のオレンジ色の光が、淑子の頰を思いのほか健康的な色に照らし出している。

「どうだ」

淑子の脇に座り、ちろちろと炎が舌を出す赤い燃焼筒をみつめながら輝和は言った。

「どうだ、何もかも捨てた」

幼いころ、庭の草むしりが終わったことを母に報告したときのように、いくぶん得意げに告げた。

淑子は目を閉じた。いつの間にか、その両手にあの眼球の模様を刻みつけたヒマラヤの石が握られている。

いよいよ何かが起こる。輝和の胸は、痛みを覚えるほどに高鳴った。

数分間、いや数十分くらいだろうか、息詰まるような時が流れていった。狭い部屋のことで、石油ストーブをつけていると、室温はたちまち上がり汗ばむほどになった。

空気が汚れているのか息苦しい。

輝和は身じろぎした。

「さあ、何が起きるんだ？」

淑子は、優しげに輝和の手に触れた。それだけだった。何も起こらない。

「俺は死ぬのか。死んでどこかで生まれ直すのか？」

淑子は微笑した。喜びと恥じらいを含んだ、若い東洋人の女の顔だ。

二人きりになって淑子の微笑を見るのは、何ヵ月ぶりだろう。結婚して以来のことかもしれない。

「生まれ変わりました」

片言の日本語で、淑子は答えた。

「え……」

「私たちは生まれ変わりました」

「つまりこの状態が……」

あっけにとられて、淑子をみつめる。輝和の額から、冷たい汗が一筋、二筋流れてくる。

淑子はかつてないほど晴れ晴れとした顔で微笑している。これほど美しい女だったのか、と思わせるほど、その笑顔は輝いていた。

「これが目的だったのか」

押し殺したような声で、輝和は尋ねた。

「最初から、これが目的だったのか」

「何もかも捨てました。あなたは生まれ変わりました」

奇跡は起きていない。いや、奇跡は起きた。淑子の意味する奇跡とは、こうしてどん底に落ちることだった……。

淑子を入院させたときの新津という女医の言葉が耳の奥によみがえってきた。

「名前というのは、アイデンティティーに関わることですから、単に呼びやすいというだけで、勝手に異国の名前で呼ばれたら、あなたでも嫌でしょう。お母さんではなく、あなたと奥さんの関係をもう一度、見直してください。いいですか、彼女はあなたと結婚したんですよ」

通り過ぎていった尾崎淑子の白い肢体が、土蔵の床に飛び散った血が、生々しく脳裏で像を結ぶ。

それでも結木家の嫁として大切にしたつもりだった。自分も、母も。

しかしその気持ちを淑子に伝えることはできなかった。そして淑子も辛い思いを言葉にして訴えるすべをもっていなかった。

何も訴えず、一人静かに仕組んだ復讐がこれだったというわけか？

そして復讐は成功した。淑子はこの家を見事に没落させてみせた。

淑子は黒い瞳の奥で微笑し、輝和をみつめていた。神の笑みか、人の女の笑みか、輝和には判断がつかなかった。

「満足だろう」

輝和はつぶやいた。

「喜べよ」

淑子はふと真顔に返った。そして不思議そうに首を傾げた。

「そんな顔しなくていいよ。笑っててていいよ」

輝和は淑子の両肩に手を置いた。そしてその手を腕にそってゆっくり下ろし、淑子の手首を握りしめ、屈み込んで自分の頰を静座している淑子の太股に押しつけた。温もりとかすかな体臭が感じられる。

「高い買物だったよ、確かに。おまえは高かった……」

輝和は泣き笑いを浮かべたまま、つぶやいた。

時間が空虚に過ぎていく。軽い空腹感を覚えたが食物はない。淑子は、空のペットボトルを持って立ち上がった。

「どこへ行く？」

「水を持ってきます」

この山には、一箇所湧水がある。淑子がこの家に来たばかりの頃、案内して見せたことがあった。

輝和はのろのろと淑子の後を追った。

小屋のがたつく戸を開けたとたん、まばゆい金色の光に目がくらんだ。何万という光の矢が自分に向かって放たれている。

再生。

本当に奇跡が起こった……。

一瞬そう思った。

それが何のこともない、ただの夕日とわかった後も、しばらくの間、動悸はおさまらなかった。黄色を帯びた冬の陽が正面の山に沈むところだった。中空には雲が垂れこめていたが、西側はきれいに晴れ上がっている。隔てるものもない山の入日が、あたりの大気を見事なばかりの朱と金に染め上げていた。

長くそんな光景を見たことはなかった。目にしたことはあったのだろうが、感動したことはなかった。

ふと我に返ると、淑子の姿がない。慌ててあたりを見た。五分ほど早足で歩くと、飛ぶように前を歩いていく細い背中が見えた。追い付き、無言のまま肩を並べて歩く。あたりが暗くなった頃、小さな流れに辿り着き、やや遡ると岩の間から水がしみ出している場所に着いた。

積み重なった落葉を淑子は、両手でかき分けた。細い流れが現われる。ペットボトルの口をあてがいしばらく置いておくと、一・五リットル瓶が透明な水で一杯になった。蓋をしてから淑子は両手を岩に押しあて、手のひらに水をくんだ。それを輝和の前に差し出す。

輝和は背を屈めて飲んだ。甘かった。喉にしみいるような冷たさと甘さだった。空っぽの胃が差し込むように痛む。うずくまり、片手を腹に当てたまましばらくじっとしていた。

静かだった。葉を落とした枝々の間を渡る風が、冷えきった耳を掠めて通り過ぎていく。顔を上げると枝にいくつにも区切られた藍色の空があった。上弦の月の濡れたような光を浴びて淑子が立っている。両手を落葉の上に置き、這いつくばったまま輝和はその姿を見上げた。

真珠色の額が、顎が、さらに一段白い喉が、はるか上にあった。月の光を映し込んだ双眸《そうぼう》が、輝和に向けられている。

甲高い、凍るような音が辺りの空気を震わせた。

淑子は両手に白く光る石を持ち、輝和の頭上で打ち鳴らした。

輝和は、その足元にひれふした。二度、三度、祝福を与えるように、その石は鳴った。澄み切った音は、まっすぐに輝和の心に落下してきて、その五感にくさびを打ち込んだ。体が小刻みに震えた。畏《おそ》れと圧倒的な幸福感が入り交じって押し寄せてくる。涙が溢れて頬を伝う。サンダルをつっかけた淑子の足が目の前にある。小さな聖なる足の親指に、輝和は半ばおののきながら触れた。

奇跡は起きていた。魂は再生されつつある。それは輝和が予想したような、何か人間離れした力によって得る豊かな生活や、宗教に名を借りた社会的成功ではなかった。

輝和が、得たのは何か得体の知れない胸がつぶれるばかりの感動であり、畏れの感覚だった。

やがて淑子は輝和に背を向けると、水の詰まったペットボトルを抱えて山道を下りていった。枯葉を踏みしめる音を聞きながら、輝和はしばらくの間、這いつくばった姿勢のまま、冷えきった大気の中で亀の子のように首だけ伸ばし、上弦の月を見ていた。

体が芯まで冷えた頃、輝和はのろのろと立ち上がり、小屋に戻り始めた。

淑子は明かりのない小屋の中に、ぽつりと座っていた。そして輝和が入っていくと、ペットボトルの水をアルミのコップに入れて差し出した。

食事はない。輝和は差し出された水を飲み、近くの林の中で用を足してから、冷たい布団に潜り込んだ。薄い壁を通して強烈な寒気が染み入ってくる。

隣の布団で、「神」は丸まって震えていた。歯の鳴る音が聞こえてきて、輝和はそっとその布団の中に入った。小さな足が氷のようになっていた。輝和は、それをふくらはぎで挟んだ。「神」は、甘えるように鼻を鳴らした。

うとうとしかけた頃、軽やかな足音が枕元でした。小動物の歩き回る音だ。柔らかな毛が頰を掠め、丸い体が背中にぴたりと寄り添った。体温と鼓動が、はっきりと感じとれる。腕の中からはゆっくりとした淑子の寝息が聞こえる。

二つの体温に挟まれ、輝和は安らかな眠りに落ちていった。

翌日も食物はなかった。何も知らず母屋を訪れた信者が数人、人伝《ひとづて》に聞いてこちらにやってきた。

彼らは生き神と輝和の暮らしを見て驚き、不審そうな表情を浮かべた。

神だと信じてはいても、ここまで落ちぶれた姿を見せられれば、自分の信心を疑う。あるいは、自分の信じていた者が実は神でも何でもなく、何か別の事業に手を出して失敗した詐欺師だった、とでも考えるのが普通だ。

輝和は何も説明しなかったし、淑子は客たちに向かい、布団を片隅に押しつけた狭苦しい小屋に上がるように、身振りで示した。

彼らは、気味悪そうな、裏切られたような不機嫌な顔をした。

彼らだけではない。多くの信者は、結木の家から値打ちのある物が消え始めた段階で、去っていった。輝和が財産のすべてを失ったとき、淑子は信者の大半を失った。

宗教が虚業であるからこそ、人は目で捕えられるイメージでその内実を判断する。繁栄し、大きな伽藍《がらん》を建て、立派な衣装を身につけた教祖と理解しやすい教義があればこそ、人々は何の不安もなくその教えに従うことができる。

昨年までのあの賑々しさは、金をばらまくことによって得たものだった。純粋にたかる目的でやってきた者も、金によって形成されたイメージに聖なるものを感じた者も、もっと素朴な現世利益を求めた者も、手洗いもない掘っ立て小屋に住む教祖からは離れていく。

淑子を拝み、その言葉に神妙な顔で耳を傾けた信者は、このとき、淑子と室内に置かれた家財道具の間に忙しなく視線を動かし、何も言わずくるりと背を向け、林の中の道を戻っていく。困惑と失望が彼らの背に見える。

輝和は戸口に突っ立ったまま立ち去っていく人々の後ろ姿を見ていた。しかしそれが視野から消えないうちに、入れ代わりに林の中をやってくる徳山の姿が見えた。小屋の前に立った徳山は、肩で息をしながら無言のまま輝和を見ていたが、しばらくしてからぼそりと言った。

「本当かよ……」

輝和は、返事の代わりに微笑した。

「噂は聞いていた。しかしまさかこんなことになっているとは思わなかった。なぜもっと早く手を打たなかった？」

徳山は鋭い視線を淑子に浴びせかける。それから輝和に向かって早口で言った。

「知り合いに弁護士がいる。遅すぎるかもしれないが、とにかく相談してみろ。それから彼女は、早く医者に診せることだ。これが法律事務所の電話番号、すぐにここに連絡するんだ」と弁護士の名刺を輝和に手渡そうとしたが、不意に手を止めた。

「おい、大丈夫か」

輝和は、戸口の敷居に腰を下ろしたまま、ぼんやりと徳山を見上げる。

「いいんだ」

「なんだぁ？」

輝和は名刺を持った徳山の手を片手で押しやった。

「いいんだ、これで」

「ちょっと待て。おまえどうなっちまったんだ。何をされたんだ」

徳山は輝和の両肩を摑んで揺すった。

「そっとしておいてくれ」

「しかし……」

輝和は、逃れるように体をひねった。

「悪いが、そっとしておいてくれないか」

徳山はゆっくりと手を離すと、淑子の方を見た。それから腕時計に目を走らせた。

「昼休みが終わっちまうんで、とにかく一旦帰る。後で必ず連絡をくれ。いいな、必ず、だ」

それだけ言い残し、徳山は林の中の道を走って戻っていく。

輝和は急に胃のあたりに差し込むような痛みを覚え、その場にうずくまった。

淑子の手が、脇腹からそっと輝和のシャツをめくって入ってきた。温かい手のひらが皮膚に触れた。痛みが消えていく。

積み重なった枯葉の上に、輝和は横たわった。全身を淑子に包まれているような気がする。淑子に抱かれて逝った父のことを思い出す。このまま死ぬのかもしれない。

これは確かに神だ。結木家の資産と家を継ぐべき血筋まで絶やした、限りなく慈悲深い神。そしてここにたった一人残った信者がいる。

まもなく痛みは引き、輝和は起き上がり、体中についた枯葉をはらうこともなく小屋に上がった。水を一口飲んだ。まだ生きていた。何のために生かされているのかわからないが。

ぼんやりしている輝和の隣で、淑子が足裏をつけて座り、合掌していた。

陽が傾きかけた頃、淑子は不意に立ち上がり、「捨てなさい」と厳かな調子で言った。

「もう何もないじゃないか」

輝和は乾いた唇でつぶやいた。

淑子は枯枝を部屋の中央に置いた。そして入り口の脇にある石油ストーブに近づき、タンクを抜き出した。

「すべてお捨てなさい」と淑子は繰り返し、そのタンクを押しつけた。輝和はぎょっとした。これを枯枝の上にまき、点火しろという意味だ。

おまえも一緒に燃えてしまえということか。この小屋も、おそらく雑木林も燃える。

風向きによっては、近くの住宅も巻き込むことだろう。

すべて捨てるとはそういうことだ。輝和は戦慄《せんりつ》した。

神は慈悲深く、峻烈《しゅんれつ》だ。

輝和は枯枝の上で、タンクを逆さにした。灯油は思ったよりも残っていた。淑子はその様をじっとみつめていた。両目は、黒く深い空洞のようだった。

それからマッチをすった。炎を近づけると、小枝の先に弱々しく火が移った。透明な青い炎が揺らぎ、それから少しずつ火は大きくなっていく。輝和は火の正面に胡坐《あぐら》をかいて座り、その様を凝視した。

そのとき淑子が輝和の肩に手を触れた。

「ここを出なさい」

輝和は、まばたきした。

「ここで死ぬんじゃないのか」

「外に出るのです」

「なぜだ」

「出なさい」

ゆっくりと立ち上がり戸を開けると、昨日同様、見事な夕焼け空があった。小屋の中の熱気が、背中を押す。

導かれるまま、輝和は小屋から離れた。

小屋のすりガラスの小さな窓から、中で炎が踊っている様子が見える。母屋から持ち出したわずかな品々が、今、燃えつきようとしていた。しかし不思議なことに外壁は燃えていない。真っ先に割れるはずの窓ガラスもそのままだった。

そのとき小屋の壁に、点々と黒いしみが浮いた。二、三秒のうちに、しみは大きく広がりつながった。壁はあっというまに全体が黒変し、紙のように歪み、音もなく内部に沈みこむように崩れた。天井部分から一筋、細長く輝く炎が立ったきり、火の粉も噴き上げず、小屋は燃えつきた。

気がついたとき、輝和は大きな焚火《たきび》の跡のようなところに立っていた。まわりの木々の枝も幹も、少しも焼けず、小屋と中のものだけが跡形もなく燃えつきた。

深い藍色の空に半月が皓々《こうこう》と照っている。夜風が体の中に染み入るように吹き抜けていく。

ようやく、何もかもなくなった。

熱気はとうに拡散し、寒さの中にとり残された輝和は体を震わせてその場にうずくまった。明日の朝までに、全身に霜が生えそうだ。

隣で淑子がかちかちと歯を鳴らしている。神でも人並みに寒がるものらしい。抱き寄せ、小さな体を守るように、両腕の中に入れた。

寒さは、深夜に向かいさらに厳しくなり、意識がもうろうとしてきた。東の空がうっすらと白むころには、寒さは全身を締め付ける痛みに変わった。

いよいよ終わるのか、と輝和は覚悟した。しかし甘美な死の時はいつまで経っても訪れない。雪や霙ならともかく、晴れていれば、風邪をひくことくらいはあっても、凍死できるほどには東京の冬の夜は冷え込まない。

どこからか、かさり、と枯葉を踏む音がした。空耳かもしれない。

音は途切れ、今度は先程よりも近くから聞こえた。小さな女の足が霜と落葉の道をやってくる音だ。

母だった。

「まあ」と母は、小さく声を上げ、その場に膝をついた。

「なんてこと」

「すみません」

輝和は深く頭を垂れた。

「結木の家をつぶしてしまいました」

数秒で燃えつきた、おびただしい数の位牌のことが脳裏に浮かんだ。生まれても、生まれても、まともに育たずに死んでいった結木家の子供たちの名前を記した、小さな板切れ。

おびただしい数の小さな魂は、もしかするとあの炎によってようやく家の呪縛から解き放たれて、空に昇っていったのかもしれない。

「来てください。お迎えする準備ができました。どうぞこちらにお移りください」

母の声が変わっていた。うっすらと目を上げると下ぶくれの顔があった。

清美だ。

獣じみた体臭が鼻をつく。鈍重そうな小さな目をした坊主頭の男が清美の後ろに控えている。

「山下」

思わず叫んだ。

昨年、淑子から大金をせしめて、消えてしまってそれ以来だ。

山下は一言も口をきかない。拝んでいるのか、それとも謝っているのか、両手を合わせて、坊主頭を深々と下げた。そして顔を上げると、ひょいと淑子を背負った。

「何をする」と輝和が、声をかける間もなく、山道を下りていく。幅広くたくましい男の背中で、淑子の小さな体が揺れている。清美にうながされて、輝和も後に続く。

林を出たところにライトバンが一台止めてあった。

清美が手早くドアを開け、乗るように促す。どこに連れていかれるのかわからないまま、輝和は乗り込む。暖まった車内の空気に体が溶けるようだ。二十分と走らないうちに車は止まった。

何のことはない、卯津木地区にある結木家の貸家の前だ。もっとも贈与してしまったので、今はその住人が持ち主になっているが。

「さ、どうぞ」

中から信者の一人が出てきて、車のドアを開けた。

輝和の祖父が建てた、築四十年の木造家屋が、軒を接して建ち並んでいる。そこの一軒に輝和たちは案内された。

屋根瓦《がわら》には、緑色のこけが生え、トタンのひさしはすっかり錆びているが、玄関の引き戸だけは、真新しいアルミサッシになっている。この家は、確か、淑子が母の香典を渡してしまった木崎スガの住居だった。

中に入ると、畳は擦り切れ、ベニヤの壁はすすけたように黒ずんでいたが、暖められた空気が心地良い。

信者の一人が、淑子と輝和に真新しいカバーのかかった座布団をすすめる。

その脇から静脈を浮き立たせた皺深い手が、割り箸を添えてプラスティックの椀《わん》を輝和に差し出した。

卵を落とした熱い粥《かゆ》が、湯気を立てている。

「これはどうも」

輝和は卑屈なくらい深々と頭を下げてから、相手の顔を見た。ここの持ち主、木崎スガだ。

「淑子様のために、このくらいのことはさせてください」

「はあ……」

温かい粥が、胃の腑《ふ》にしみた。うっすらとした塩味が、舌をとろけさせるほどの美味に感じる。ありがとうございます、と心の内で輝和は合掌していた。目がうるんでくるのをうつむいて隠した。大の男が、一杯の粥に泣く様は、さすがに人に見られたくはなかった。正面でスプーンを動かす淑子に清美が付き添い、甲斐甲斐《かいがい》しく給仕している。

「どうぞ、いつまでもいてくださってけっこうですから」

スガは言った。

「は？」と輝和はスガの顔を見た。スガの視線は輝和に向いていない。

「孫には、理由を話して社員寮に移ってもらいました。あのようなお山の家などにいないで、どうぞ、ここをご自分のお家と思ってお使いになってください。私も老い先短い身ですから」

そう淑子に向かって頭を下げる。生き神にもらった終《つい》の住みかを、いま生き神に返すつもりらしい。

体が暖まると、引き込まれるような眠気がやってきた。輝和が箸を手にしたまま、うつらうつらしていると、「こちらへ」とスガに促された。

隣の六畳に移ると見知らぬ中年女と老人がいた。挨拶するのも億劫で、輝和は顎をしゃくるように会釈しただけで、座布団を引き寄せ横になった。

老朽化した家は、少し傾きかけ、隙間風が入る。しかし掘っ立て小屋で寝ることや昨夜のような野宿に比べれば、天国のような暖かさだ。

風呂がどうとか言っている声がした。輝和は、むくりと起きだした。手も足も顔も汚れ、セーターには泥と枯葉がついていた。

「淑子様が入りますので」と清美が止めた。

輝和は、うなずいてその場にもう一度腰を下ろした。その単純な順番が自分と淑子との関係を象徴するものとは、このとき輝和は気がついていなかった。

温かい物を腹に入れ、少し眠って落ちついて見回してみると、あらためてこの家の狭さと、安普請の造りに驚いた。

玄関を入るとすぐ脇が風呂場で、脱衣場はなく、縁側をカーテンで仕切ってあるだけだ。正面の六畳の座敷の向こうに狭い台所が丸見えになっていて、その脇に畳の破れたもう一つの六畳間。バラックとさほど変わらぬ建物に無計画に増改築をくり返したあげくの奇妙な間取り。

天井には無数のしみが浮き出て、土台が腐りかけているのか、柱と壁の間にはわずかな隙間があった。

すりガラスの戸を通して聞こえてくる湯を使う音を、輝和は聞くともなく聞いていた。

からからと風呂場の引き戸の開く音がした。タオルを抱えて清美がカーテンの向こうに消え、すぐに出てきた。しばらくしてカーテンが開き、現われたのは淑子とあの坊主頭の大男、山下だった。

濡れた髪をぴったりと額に張りつけ、真新しいカーディガンと化繊のスカートを身につけた淑子の後ろで、山下は額に玉のような汗を浮かべ、白い肌着とズボン下を濡らして、ぬっと立っていた。

輝和は息を呑んでその様をみつめた。淑子を背負い軽々とした足取りで前を歩いていったさきほどの山下の姿を重ね合わせる。山下は淑子に向かい、合掌して一礼し、カーテンの陰に入った。自分の濡れた衣服を着替えるらしい。

「ちょっと待て」と輝和は、カーテンを片手で払った。脂肪と筋肉の乗った、おどろくほど量感のある山下の上半身が迫ってきた。

「今、何をしていた?」

山下は、平静な顔で唇をわずかに動かしたが、言葉は出てこない。

「なんだ?」と輝和は、聞き返す。

今度は無言のまま、輝和を見ている。言い訳がましい表情もない。

「淑子様をお流ししただけですよ」と清美が答えた。輝和に住む家のあったつい三日前よりも、口調がぞんざいなものに聞こえるのは、気のせいだろうか。

「どういうことだ、いったい」

「淑子様にお仕えするのは、信徒の勤めです」

「言っておくが、淑子は俺の女房だ」

「淑子様は、生まれ変わられ、私たちの母になりました」

「何をふざけたことを」

いきりたったが、反論の言葉がとっさに浮かばない。そのとき「どうぞ、お風呂、入られるなら」とスガが声をかけてきた。

いずれにしても自分がのたれ死に寸前でここに転がりこんだことは間違いない。どういう理由があれ、住みかまで手放したのは、自分の責任だ。

さまざまな呪詛《じゅそ》の言葉を胸に収め、輝和はカーテンで仕切られた廊下の隅にある籠に着ていたものを放りこみ、風呂場の戸を開けた。

埃と脂の入り混じったような男の体臭が鼻をついた。先程見た山下の額や鼻の頭いっぱいに浮いていた汗のつぶを思い出し、不快な気分になって窓を開けた。鼻先に、隣の家の窓が迫っている。

よくもこんなところに人が住めるものだとも、よくもこんなところを人に貸していたものだとも思った。

浴槽の蓋は取ってあり、ぬるく汚れた湯が底の方に淀んでいる。腹を立てて、輝和は汚れた手足を流しもせずにいきなり、浴槽に入った。

彼らにとって、神は淑子だ。大切に守るべきは淑子一人なのだ。

以前、結木の家に信者が集まっていた頃、小沢をはじめとして、だれもが輝和に、一応の遠慮はしていた。そういう連中に敬意を払ってもらったところでうれしいというものではなかったが、少なくともないがしろにはされなかった。しかしそれは結木の家の者であるからでもなければ、教祖の夫であるからでもない。単に集会所のオーナーだったからだ。

動産も、不動産も、何もかもなくした後にも、信者のごく一部は残った。

彼らこそ、本物の信者だった。

小沢やあの家に集まったほとんどの人々は、非常識で、少しばかり狂っていて、意地汚く、単に淑子を拝むことで物質的見返りを求めただけの、敬虔さのかけらもない連中だった。

しかし今なお、淑子のもとに残ったごく少数の人々は、物質的豊かさにも、きらびやかで威厳ある外観にも興味を抱かず、信仰することへの見返りも求めず、しかしより非常識で狂気の度合いを強めた人々だ。

輝和は浴槽に身を沈め、小さく身震いした。湯の温かさの奥に、背筋をなでる冷たさを感じた。

13

湯から出ると、淑子の姿はなかった。奥の六畳にいるらしい。黄ばんで唐紙の繊維の飛び出した襖は閉め切ってあった。玄関側の六畳で、山下と清美、それからいつか淑子のもとにやってきて一命を取り止めた清美の子供とスガと、名前も知らない信者の老人が一人いて、雑巾を縫ったり、新しく買い揃えた食器を戸棚に入れたりしているところだった。

住居を提供してくれ、家財道具を揃えてくれるのはありがたいが、家自体はもともと結木の持ち物である。腹立たしさもあり、人がひしめいている部屋にいる気にもなれず、輝和は六畳の襖に手をかけた。

「いけません」

清美が言った。

「入ってはいけません」

結木の家に来ていたときとは打って変わった命令口調に、輝和はたじろいだ。

「ふざけるな、もともとうちの貸家じゃないか」

「いけません」

頑として動かぬという様子で清美は、その襖の前に座った。

「今、淑子様はお心を神様と通わせておられますから」

「何が神様だ」

吐き捨てるように輝和は言ったが、清美をどかし襖を蹴倒して侵入するほどの気力はない。

こいつらの魂胆は何なのだろうと、食器の梱包《こんぽう》を解いては戸棚に入れているスガの手元をみつめる。そして自明のことに気づいた。魂胆などないのだ。魂胆あるものは、結木家が丸裸になった時点で去っていった。淑子は信者を淘汰《とうた》した。常軌を逸した散財はその淘汰の手段だったのかもしれない。

ということは、自分もここに残ったものと同様に狂えというのか。

言葉も少なく、黙々と作業している彼らに背を向け、輝和は家を出た。

湿り気を帯びた冷たい風が頰を打った。夕暮れ間近の空は分厚い雲に覆われている。ぽつりと冷たいものが落ちてきた。霙だ。

あのまま山にいたら、凍死していた。しかし昨日の今頃はそれを覚悟していた。むしろ望んでさえいた。淑子とともに死にたかった。

死んだ後の、光り輝く神の国を信じていたのかもしれない。少なくとも、淑子という神を信じた。一瞬であれ、淑子に帰依した。

静けさと寒さと空腹と、住み慣れた家との別れ、これ以上はない絶望的状況下で、赤子のように淑子を慕った。

何もかも淑子の計画の内だったのかもしれない。

自分は洗脳されたのか？

背筋が冷たくなった。あれは確かに洗脳だ。

父が、母が、恋人が、死んでいった。その後、自分は家作も畑も山林も、住む家まで失った。何の物理的強制もないまま。

このことは淑子の取り巻きの信者たちにはとうに理解されていたのではなかろうか。

清美がやってきて開口一番に言ったことは、「お迎えする準備が整いました」だった。結木家の財産をゼロにして、自分たちのところに迎える。そのプロセスの一つに、のたれ死に寸前まで教祖の夫を追い込むというのが入っていたのかもしれない。

そこで自分の無力を悟れということだったのか、それとも仲間として受け入れてやるから、自分たちと同様に狂え、ということだったのか。

輝和は、じめついた借家の間の路地を抜けた。一区画が更地になり、二、三軒の家は改築工事が始まっている。

すでに結木家の持ち物は一つもない。あのときやってきた男に、淑子は贈与を約束する文書を与えた。数日後、その土地と上物は登記され、噂を聞きつけた住人がつぎつぎに結木家を訪れ、淑子はすべて無償で譲り渡した。ただでもらうのは筋ではないとか、贈与税が払えない、とか言う者もいたが、結局は、みんな受け取った。ただでくれる土地と家をいらないと断る者はいない。

霙がセーターから染み入ってきて、下に着ているシャツを濡らす。傘はない。上着もない。そして金もない。

背中を丸めて更地になった貸家跡に立っていると、向こうから一人の老人がやってくるのが見えた。

「おや、結木さんところの息子さんじゃありませんか」

老人は、丁寧に腰を折って挨拶した。用地買収のトラブルや息子の就職などで、結木の家が何かと面倒をみた人々の一人だ。

「なんですか、大変なことになっているそうで」

嫁が得体の知れない宗教を始めて、とうとう結木家の身上を潰したという話は、このあたりで知らぬ者はいない。

「気を落とさんようにしてください。生きてりゃいろんなことがありますからね。困ったことがあったら、いつでも相談にいらっしゃいよ」と老人は言った。

「どうも……」と輝和が頭を一つ下げると、老人はさらに付け加えた。

「本当にね、あたしなりに面倒見さしてもらいますから」

「はあ」とうなずき、輝和は逃げるように老人の前から立ち去った。

老人は長くこの地区の民生委員を務めている。

「あたしなりに面倒を見させてもらう」という意味ははっきりしている。結木家の跡取りが、彼のもとに生活相談になど行かれるはずはなかった。

寒さに震え、輝和は再びあの信者のひしめく家に戻った。淑子のいた部屋の襖は開いていた。

片言の日本語が聞こえてくる。神ではなく、結木の嫁として見せていた淑子の姿がそこにある。

少し怯えたような、おとなしそうな目の色をして、言葉少なに清美と話していた。

「シャツ、あるか？」

輝和は、彼らの間に割って入り、淑子に尋ねた。

「二番目の引き出しに入っていますから」と清美が答えて、たんすを指差す。

輝和は黙って、その場に立っていた。清美は新聞紙の上にあずきを広げて虫食い豆を取り除《の》け、息子の健一もぺたりと畳に腰を下ろして、筋肉のほとんどついていない細い腕で、絵本をめくっている。山下はどこかに出かけたらしく姿が見えない。

だれも輝和のことを気にかけている者はいなかった。

夜になり、彼らがそれぞれの家庭に戻っていくのを輝和は待っていた。霙は降り止まず、あたりより一段低くなった敷地は、沼のように水が溜まりぬかるんでいる。

玄関の敷居の下から、三和土に水が上がってきた。

さきほどまで窓枠の雑巾がけをしていた老人が、ストーブに灯油を入れるために裏口から出ていく。

清美が立ち上がり、台所で野菜を洗い始める。手持ちぶさたのまま、輝和はその後ろ姿を眺める。

まもなく夕飯ができあがり、その場にいた信者の一人が襖をはずして二間を一緒にし、折畳みのテーブルを出した。

肉の細切れと野菜のいためもの、それに味噌汁といった質素な夕食が並べられる。

淑子が座ると、老人の一人が「私たちは食べてもよろしいでしょうか」と尋ねた。

どういう意味なのだろうと、輝和は首を傾げた。

淑子は「食べなさい」と神の声で答える。奇妙なやりとりだった。

輝和の脇で、硬く小さな肉片を噛んでいる淑子に、神の面差しはない。淡い悲しみの表情を浮かべた、ごくおとなしい女に戻っていた。

食事を終えても、人々は帰らなかった。清美もその息子も老人たちもまだいる。

さらに九時まぢかになって、山下がまたやってきた。

そのときになって輝和は気づいた。ここは自分の家ではない。また客でさえなく、自分は彼らの場所に居候しているに過ぎないのだ。

ここは彼らの家だった。それがわかっても清美がここにいるのは気になった。

「そろそろ家に帰らないとまずいんじゃないのか？」

輝和は尋ねた。

「いいえ」と清美は首を振った。

「家を出ました。私は、もう市川の人間ではないのです」

背筋をぐにゃりと曲げた健一を抱いて、清美はきっぱり答えた。

「どういうことだ」

「淑子様は、おっしゃいました。私と夫の縁は魂で結びついたものではない。ただ、この子を授かるために、神様が結びつけた夫。男女の間に、永遠の愛はなく、神様への愛だけが永遠。神様を愛することによって、人と人の間も親愛によって結ばれると」

「愛だって？」

輝和は、淑子の方を振り返る。淑子はこちらに背を向け、奥の方でうずくまるような格好で座っている。彼女は、輝和の前で「愛」などという言葉を使ったことはなかった。そんな抽象的な言葉を使いこなせるとも思えない。そして自分自身、淑子に対して、男女の愛も、人間としての愛も、さほど注いだことがなかったような気がしてきた。

それでも何か釈然としない腹立たしい思いにかられ、清美に「それじゃ、いったいどうするんだ、市川の家は」と尋ねた。

「私はもう市川の嫁でも、市川武雄の妻でもないんです。この子も私も、等しく神様の子であり、淑子様は、私たちのお母様なのですから」

「何なのだ、その神様というのは」

「神様というのは神様です。この世では淑子様のお姿を借りておりますが、自然の理《ことわり》というのか、宇宙そのものなのです」

「そんなことを淑子が言ったのか」

清美は、うなずいた。淑子は片言の日本語で、そんなことを語ったのか、それとも奇妙な抑揚とともに唇から流れ出す託宣の中で語ったのか、あるいは清美たちが勝手に作り上げた教義の一つなのか、輝和には判断がつかない。

「宇宙はいいが、しかし……市川の家はどうなる」

自分自身が潰した結木の家のことを思うと、他人事とはいえ深刻な思いに捕えられる。

「年寄りはいるし、それよりあんたの次男坊はどうするんだ。捨てるのか？　家の中の事はいったいだれがやる。勝手に飛び出してくるのはいいが、家族を苦しめてどうするんだ」

「次男坊」という言葉を聞いたときだけ、清美は瞼の縁をぴくりと動かしたが、すぐに微笑して立ち上がり、押入れを開けた。それを合図に他の者も腰を上げた。散らばった座布団やテーブルを片づけ、端から布団をきっちり詰めて敷いていく。

雑魚寝《ざこね》をする気だ。

冗談じゃない、と輝和は唇を噛んでその様を見おろした。

布団を敷きながら、清美は言葉を続けた。

「私は、女の子は高校を出て少ししたら、お嫁に行くものだと教えられてきました。両親も、奉誠会の宇津見宗五郎先生も、歳になったら結婚し、夫と夫の親を大切にし、健康で丈夫な赤ん坊を産んで立派に育てるのが女の務めと言ってましたから。そういうものだと信じていたのです。中学校までは市立でしたが、高校は奉誠会の設立したところでしたから、私たちの年代の普通の女の人たちとは、少し違った考え方をしていたのかもしれません。うちは家族で信心していたから、夫の親と同居が嫌だというのは、わがままだと私も思っていたし、それに市川の家も同じ奉誠会の信者でしたから、多少何かあっても、根っこのところではわかりあえる、多少辛いことがあっても、耐えていれば必ずむくわれる、と信じていたんです。でもこの子が生まれてから、何も信じられなくなりました」

清美は、健一を横にして布団をかけた。

「私も辛かったし、たぶん夫も面目なかったと思うんです。私、健康で丈夫な赤ん坊を産めなかったんです。それは女としても奉誠会の信者としても失格だったんです。昔、村山正夫師の始めた頃はそうではなかったかもしれませんけど、少なくとも宇津見先生の教えではそうなのです。私自身か、私の血筋の者が悪いことをして、人を泣かせたからその怨みでこの子が不幸を背負って生まれてきた、ということになるんです。夫も、夫の家族も、実家の者はもちろん、毎日、欠かさずお祈りして許しを乞いました。過去の悪業と、こんな子を産んだことについて、私も許しを乞いました。今まで私は何をしてきたのか、人を苦しめ、泣かせたことはなかったかどうか、いつも考えて暮らしていました。

思い当たることは、ありますよ、たくさん。生きていれば、そうじゃありませんか。あれやこれや、考えて考えて、もうくたくたになってしまって、そのとき淑子様が言ってくださったんです。弱いことは、強いことよりもいいのだ、と。小さいことは大きいことよりいいことなのだ、と。強いというのは、人を食べて自分が大きくなることで、大きくなるからお腹がすいてもっと食べたくなって、食べるからもっともっと強く大きくなるって。反対に弱ければ、だれも食べない。小さいからほんの少しの生命をいただいて、平和に、何も持たずに、毎日生かしてもらっていることに感謝しながら生きていかれる。だからこの子はだれよりも一番、神様に近い。それなのになぜ、あなたはこの子を産んだことを誇りに思わないのか、この子をなぜ、かわいそうだなどと思うのかと」

清美は、寝息を立てている健一の頬のこけた小さな顔をそっと撫でた。

「確かにこの子ほど素直な優しい子はいないんです。そんなことにも気づかず、少しでも普通の子に近づけなくては、ほんの少しでも言葉を覚えさせなくては、ほんの少しでも長く生かさなくてはと思っていたんです。そのためにこの子の本当の良さがわからなくなっていたんです」

清美の言葉は、輝和の耳元を素通りしていた。彼は部屋を埋めつくした布団をじっと見ていた。

「今までの私は、迷ってばかりいました。考えてばかりいて、何もしないから苦しいんだとようやくわかったんです。けれど私は弱く愚かな人間なので、自分で考えて自分の生き方を変えるなんてことはできません。考えるのをやめればいいのです。淑子様を信じて、淑子様のおっしゃるとおりにしたら、急に心が楽になりました」

輝和は黙って首を振った。さきほどの「食べていいでしょうか」「食べなさい」という奇妙なやりとりの意味が、わかってきた。彼らは考えず、自分の判断を放棄しようとしているらしい。そうすることによって楽になろうとしている。

六畳の一番奥に淑子の布団が敷いてある。それと少し離れ、いくつもの布団がぎっしり並べてあり、淑子の近くの布団に山下が潜り込んだ。

輝和は黙って、そのそばに行った。

「悪いがあっちに行ってくれ」

短く言った。淑子は、何も言わずに輝和の顔を見上げた。

「非常識じゃないか、どういうつもりだ」

山下は、起き上がり口をぱくぱくとさせたが、声は出なかった。

その隣にいた老人が、輝和のズボンの裾を後ろから引いた。

「不埒《ふらち》な気持ちなどありません。淑子様は私たちのお母様です。だれがお母様におかしな真似ができますか。いいえ、山下さんだけでなく、殿方のだれも淑子様に触れることなどできません」

「あなたには、何も言ってない」と輝和は老人の方は見もせずに、ぼそりと言った。

「話せないんです、話したくても」

そのときスガが、口を挟んだ。

「山下さんは、咽頭癌の手術をされて、しゃべれなくなったんですよ」

「えっ」と輝和は小さく声を上げた。昨日から、何を尋ねても答えなかった理由がようやくわかった。

「たぶん、あと半年の命です。短い時間をできるだけ淑子様のそばで過ごしたいそうで、淑子様もそれをお許しになったのです」

半年という言葉に衝撃を受け、輝和は山下の方を見た。この一年余、死に接し過ぎていたが、それでも死に慣れるということはできなかった。むしろ病気とか死についての感覚が鋭敏になっていた。同時に、昼間見た山下の肉体の、辟易《へきえき》とするほどの存在感が、まぢかに迫った死と結びつかず輝和を戸惑わせている。

当の山下はこんなふうに無造作に自分の死が話題になっているというのに、まるで耳まで聞こえなくなったように、少しの動揺も見せない。

「昨年、淑子様からお金を受け取り、山下さんは姿を消しました。騙すつもりはなかったんです。北海道の兄弟のところに帰ってやり直すつもりだったのですが、受け入れてもらえなかったようです。それでお酒の方に逆戻り。道で倒れていて担ぎ込まれた病院で、癌とわかったんです」

「ずいぶん勝手な話じゃないか」

輝和は山下に向かって低い声で言った。山下は黙って頭を垂れた。

無言のまま自分をみつめる淑子の視線が、重たく苦しい。輝和はきびすを返し、敷き詰めた布団を踏みつけ、寝ている清美の子供の頭を跨ぎ越して玄関に出た。

「あの……」

靴を履いている輝和の背に、清美が小さな声で言った。

「淑子様は、もうどなたのものでもありません。あなたは淑子様の子供なのです」

言葉の内容以前に、あなたという対等な呼びかけに苛立ちを覚え、輝和は乱暴に戸を開け外に出る。

霙はまだ降っていた。濡れた地面はうっすらと白い。冷たいものが襟首に入ってくる。家を出て、背中を丸めて歩いていると、あの山下という男へのなんとも言いようのない、怒りが胸底から湧いてきた。あのたくましい肉体と、遊びつくした若い時代の記憶を留めているかのようなどこか放縦な気配。

初めて結木の家を訪れたとき、山下は体も精神もアルコールにむしばまれ、憔悴しきっていた。

それを立ち直らせ、魂を救った淑子の力には、感服するしかない。しかし山下が、平然と淑子に寄り添うのを許すほど、自分はお人好しではない。

好きなように生きてきた男。故郷を捨て、都会で勝手気ままに暮らし、交通事故で一家四人を殺した後は、つぐなうでもなく酒に溺れて、あげくは宗教頼み。しかもいったん金を摑んだ後はまた雲隠れして、もはや自分の命もこれまでと悟ったら、後生大事と舞い戻ってくる……。

それが許されるのなら、家に縛られて職業選択の自由さえなく、長兄の責任まで負わされて、四十まぢかまで結婚もままならなかった自分は、いったいどうなるのだろう。

アル中でのたれ死のうが、癌になろうが自業自得というものだ。因果応報とはそういうことではないのか？

いつのまにか街道筋に出ていた。さきほど民生委員の老人に出会ったところだ。

ポケットには、一円の金もない。

「困ったことになったら相談に来い」と老人は言った。それができるほどに、結木の名を忘れ、自尊心を失っていればどれほど楽だろう、と輝和は思った。

ズボンのポケットに両手を突っ込み、シャツに染み入ってくる霙の冷たさに胴ぶるいする。どこにも行く当てはない。

自分が追い出される筋合いなどない、と気づいた。

あの家に戻り、鈍重な目をした坊主頭から布団を引き剝がし、追い出すなり淑子のそばから離すなりすればいいのだ。

あれがあのままぬくぬくと眠り、自分が霙の中をさ迷わなければならない道理はない。

輝和は、くるりと体の向きを変えると、来た道を大股で戻り始めた。

家に着いて戸を開けた。電気はすでに消えている。

静かだ。鼾も寝言もない。長く、ゆったりした、この上なく安らかないくつもの寝息だけが、部屋を包んでいる。輝和は眠っているいくつもの体を踏み越え、淑子のそばまで行った。

老人の言うとおり、山下は不埒な素振りなどまったく見せず、眠っているのか起きているのか、規則正しい呼吸をしている。

布団を剝がしてあっちへ行け、とどなることも、その顔を踏み潰すことも簡単にできそうだった。

しかし、いざそうしようとしたとき、こいつは死んでいく者、もう命が長くはないのだ、という思いが急に心の中に立ち上がってきた。そんな病人を排除するということに、どうにもならない抵抗を感じた。

本当は自分の方が、明日事故に遭って死んでしまうかもしれない。人はだれでも死ぬし、明日のことなどわからない。「先が短い」などという言葉ほど当てにならないことはない。

理屈ではわかっていても、現実に死期を宣告されている人間に対して、手出しをすることは、輝和にはできない。

俺もやはり弱い人間なのだと、輝和はため息をついた。

髪から雫《しずく》をしたたらせながら、その寝顔を見ていると、音もなく淑子が上半身を起き上がらせた。どこからかタオルを取り出し、輝和に渡す。闇の中で白目が真珠色に光った。輝和は黙ってタオルを受け取る。

明かりをつけているわけでもないのに、なぜ自分の体が濡れているのがわかったのかと、不思議に思いながら、タオルで体と髪を拭いた。タオルは、甘く切なく懐かしい匂いがした。淑子の体の匂いだった。

淑子はかすかに唇を動かした。

「おやすみなさい」と言っているように見えた。優しく抗いがたい力を感じた。

すごすごとその場を離れ、輝和は清美と老人の間の布団に潜り込み目を閉じた。火の気がないのに暖かかった。いくつもの体を通し、淑子の息遣いが間近に感じられた。


翌朝目覚めたときに、山下の姿はなかった。四時過ぎに起きて仕事に行ったという。

「山林作業に出てるんです。奥多摩まで」と清美は説明した。

「山仕事？」

輝和は驚いて尋ねた。

産業空洞化が進み人手が余っているとはいえ、絶対的に人の足りない業種はある。山林作業などはその最たるもので、最近では日当も高い。しかしそれが建設作業を上回る重労働であることを輝和は知っている。とうてい先の短い癌患者にできることではない。

「淑子様が山に行きなさい、と言われたんです。山下さん、北海道のウトロの生まれで、森林の伐採作業をしていたそうで、すぐに奥多摩の森林組合に行って仕事をみつけてきました」

「病気はどうなんだ？」

「働けるうちは、働きたいって本人が言ってますから」

返す言葉もなく輝和は立ち上がり、枕元に畳んでおいたジャージを身につけた。

朝食を終えると、淑子はきれいに片づけた六畳に座り、全員が拝むようにそちらに向かい正座した。淑子は目を閉じ何か祈っているように見えたが、まもなく一番手前にいた老人に、「こんにち、北東の方向に、悪風あり。決して決して近づかぬように」と告げた。続けてスガにも、何か似たようなことを言う。

それが終わると、清美は神妙な顔でうなずき「では、行きますよ」と輝和を促した。

「どこへ？」

驚いて尋ねる。

「ご奉仕に」

「奉仕？」

「私たちも、お仕事をさせてもらうんです」

信者は、それぞれに仕事を持っていた。スガは、この家の主婦として信者の面倒をみて、清美は隣町にある特別養護老人ホームの臨時職員として雇われ、他の人々も各自の仕事場に散っていく。

清美は健一の口の周りを素早く拭いてやりスガに預けると、輝和に「さあ」と促した。

輝和の働き口も勝手に決めたらしい。

「なぜ、あんたに働かされなきゃならないんだ」

輝和は吐き捨てるように言った。

自明の理だ、と思ってはいた。

何もかも捨てる。神の意志のもとに持てるものをすべて捨てたところで、神は地上に即座に神の国を用意しはしない。神は決してお見捨てにならない。しかし現実は金がなければ飢える。霙まじりの寒風から身を守ることさえできない。何もかも捨てた者は、生きているかぎり働かなくてはならない。

理屈はわかっていても、心は納得しない。

「なぜ、俺がそこに行って、働かなくちゃならないんだ」

「淑子様にお仕えする者として、人々の魂と体を癒し、神の懐に抱かれて親愛の情に満ちた世界を作り上げるためにです」

「やだね」

輝和は即座に答えた。清美の言葉遣いに、その表情に、全身の毛が逆立ちそうな違和感を覚える。

どんな言い方をしようと、人は食っていくために働く。それをなぜ他人を癒すためとか、愛の世界を構築するためとか言い替えなければならないのか？

自分は淑子のために結木の家を潰し、生産手段であった畑を手放した。それどころか、今は淑子でさえ、自分のものではなくなった。

六畳二間のつぶれかけた家で、老人と障害児と元アル中の癌患者が疑似家族を形成し、愛だのなんだのと偽善的言葉を吐きながら暮らしている。何もかもを失って得た現実の神の国の惨めさと卑小さに、輝和は身震いした。

畳の上から動かない輝和をそれ以上誘うのをやめて、清美は戸棚の中からプラスティックのざるを出した。

「何かお金が必要なことがあったら、ここから持っていっていいですよ。働いて得たお金も、ここに入れることになってますから」

中には千円札と硬貨が数枚入っていた。

輝和は唇を噛んで視線を逸らした。いまさら施しを受ける気もしない。しかし彼らと共に福祉施設の下働きをする気は、さらにない。

清美や他の信者は淑子に「行っていいですか」と尋ね、淑子は「行っていいです」と彼らを送り出す。「行ってまいります」「行ってらっしゃい」と同様の挨拶のようなものなのだろうが、聞いている輝和にとっては抵抗感がある。スガは健一を養護学校に連れていった。家には淑子と座り込んだままの輝和だけが残された。

働くことを厭《いと》う気持ちはない。以前は額に汗して働いていた。それも３Ｋ職種の代表、農業だ。今思えば、それが食うことに直結してなかったのはなんと皮肉なことだろう。不安定で、単価の安い野菜栽培で得られる収入は、とうていい生活を支えられるようなものではなく、彼が今いるこの貸家から上がってくるわずかな不動産収入にさえ及ばなかった。

輝和は、ただ「日本の農業を守れ」というスローガンをかかげた地域の農業青年の代表として、耕耘機を押し、ビニールハウスを組み立て、苗床の苗に水をやり、炎天下で全身に農薬の霧を浴びながらよとう虫の防除をした。そうすることによって結木家の土地と名誉を守ってきた。

楽な作業は一つもなかった。「日本の農業を守る」という大義名分のために、正当な対価のない労働を黙々と行なってきた者が、今度は単純に自らの口を養うための労働に対し「神の国」だの「愛」だのという看板をかかげろというのか？

いったいどちらが宗教的行為なのだろうと輝和は思う。

何もせずに、狭い部屋でじっと座っているのが、どれほど苦痛なことか、三十分もしないうちに輝和は思い知らされた。しかし淑子は、超然として、両足裏をつけたまま座り続ける。

「淑子」

輝和は、小さな声で話しかけた。昨夜の甘く切ない感情が、不意に戻ってきた。全財産を失ったのはしかたない。自分は淑子と別れ、ここから出ていくべきなのだ。出ていって新しい仕事と、新しい住まいをみつけ、人生をやり直すべきだ。そのくらいのことはわかっていた。しかしできない。自分はやはり弱い人間なのだろうと思った。淑子のぬくもりから離れたくないのだ。

自分だけではない。清美も山下も、あの老人たちも、淑子のぬくもりに包まれていたいのだろう。

それが彼らの「食べていいですか」「行っていいですか」という問いかけの意味だ。

淑子に許可を求めているわけではないし、ましてや命令されたがっているわけでもない。

淑子に包まれることによって、彼らは楽になる。選択し、判断し、行為の結果を我が身に引き受けねばならぬという辛さから免れることができる。

そのことを非難できるのは、強い者だけだ。自分はそれほど強くはない。それまで自分の弱さを意識せず生きてこられたのは、結木の家、正確にいうと結木の家の資産と、もう一つ、母親に守られていたからだ。

すっかり剝がれてしまった自分の脆弱さを知ったとき、清美の口から聞いた「弱いのはいいことなのだ」という淑子の言葉が救いとなった。今ここにいる淑子の口から聞いたように心にしみる。

淑子はうっすらと目を開いた。

「聞いてくれ」

輝和は呻くように言った。

「ここを出てくれ。ここは集会所にすればいいじゃないか。ただ、寝る場所、住む場所だけは、どこかアパートを借りよう」

淑子はゆっくりと首を左右に振った。

「みんな私の子供です。家族はいっしょに住みます。外に行く子もいます。でも私と一緒にいたい子もいます。私はここです」

たどたどしい日本語が返ってくる。たどたどしいが、その内容は明確だった。

「おまえは俺の女房だ」

懇願するように、輝和は言った。

女房という言葉と裏腹に、今、輝和にとって、淑子は母であり神だった。しかしその母であり神であるものが、他の人間にとっても、母であり神であることが許せなかった。

淑子は立ち上がり「祝福を授けに行きます」と言い、玄関に出ると素足にゴム草履を履いた。

何をするのかわからず、輝和はぼんやりとその後をついていく。

淑子はうつむいたまま、すり足で歩いていった。

手首部分の伸びたセーターといい、張りを失ったギャザースカートといい、そしてその歩く姿といい、生き神にはほど遠いみすぼらしさだった。

しかし、ふと輝和は、本当の神は、そうしたものかもしれないと思った。大きな教会や寺院を建て、きらびやかな衣装を着るために必要な金は、たとえそれが信者の寄進であるにせよ、教団経営に携わる者の実業家的手腕が必要になる。神として存在することは実業とは反対の極にある。

そう思うと、ゴム草履の踵《かかと》をひきずって路地を抜けていく淑子の姿が、まだ世俗の垢にまみれる以前の原初の神の姿のようにも見えてくるのだ。

やがて淑子は一軒のアパートの階段を上がると、ドアの前に立ちノックした。ドアが開いた。

「祝福を与えます」

淑子は言った。相手はぎょっとした顔をした。

「あなたに祝福を与えます」

淑子の鼻先でドアが勢い良く閉められた。淑子は閉められたドアを叩いた。ドアの向こうは沈黙していた。

隣の部屋のドアを叩く。洗濯機の回る音とともに、「間に合ってます」と言う女の声がした。

「祝福を与えます」とばかの一つ覚えのように、淑子は言った。

「いらないよ。こっちゃそんな暇じゃないんだから」と声が返ってきた。

やりとりを聞かれて居留守を使われたのか、それとも本当に留守なのか、その隣のドアを叩いたときには、中からは何の応答もなかった。

「行こう」

輝和は淑子の手首を摑んだ。あまりに惨めで見ていられない。生き神は結木の三十畳の座敷に鎮座していてこそ、生き神だ。

輝和自身、これから畑に出ようとしているときに、やってきた中年女の二人組に「福音について、お話ししたいと思います」と言われ、「朝の忙しいときにいい加減にしろ」と怒鳴ったことがある。子供の手を引いた女が布教に来たときには、そのあざとさに心底腹が立った。

「ご苦労さまでございます。申し訳ないんですが、うちは曹洞宗ですので、どうかおひきとりくださいませ」と丁寧だが、はっきりした口調で応対する母の真似はできなかった。

引きずるようにして帰ろうとする輝和の手を淑子は振りほどき、さらに別のドアを叩く。

「はい」と眠たげな男の声がして、ドアが開いた。

「祝福を……」と淑子は言った。

こちらの方が恥ずかしくなり、とてもそばについていることなどできない。輝和は淑子に背を向けて、その場から二、三歩離れた。

しかし男は淑子を即座に追い払おうとはしなかった。淑子は開いたドアの隙間から、するりと中に入った。

「俺ね、夜の仕事なのよ。起こしてくれた以上、責任とってくれるんだろ」

ドア越しに凄みをきかせた声が聞こえてきた。輝和は慌ててドアに飛び付き、開けた。男は淑子の二の腕を摑んで引き寄せ、空いた方の手をスカートの裾から股につっこんだところだった。

淑子は逃れようともせずに、されるままになっている。

「すいません」とっさに輝和は謝っていた。

「ご迷惑かけました。こいつちょっとおかしいんです」

そう叫びながら淑子の体を男から引きはがして自分の後ろに隠し、「お騒がせしてすみません」とさらに平謝りに謝る。

相手は幸いにも堅気だったようだ。不機嫌な顔で輝和を睨みつけ、「そんなもん、うろうろさせんなよ」と言い捨てて、ドアを閉めた。

淑子の腕を摑んだまま、輝和はそのアパートから足早に遠ざかる。

「わかっただろ。自分のやってることが、これでわかっただろ」

しかし淑子は何も理解していない。引き止める輝和の手を振りほどき、今度は一戸建ての住宅のインターホンを押す。なすすべもなく輝和は、少し離れてその様を見守る。

性懲《しょうこ》りもなく、淑子はドアに向かい、何か言う。

「ちょっと忙しいんで」

「けっこうです」

「赤ちゃんが寝てるんです。チャイム鳴らさないでって書いてあるのが読めないんですか」

様々な答えが返ってくるが、ドアは開かない。

一軒の家で淑子は、執拗にドアを叩き続けた。鉄筋三階建てで、出窓やポーチのついた近所でも目立って瀟洒《しょうしゃ》な家だ。しかしその出窓を覆ったレースのカーテンは破れて黄ばみ、門の脇の蔓《つる》バラの、あるものは枯れ、あるものは勝手な方向に這っている様に、荒廃した家庭の様子が感じられた。

「どなた」というインターホンの声に淑子は「祝福を与えます」と答えた。

ぷつりとインターホンの受話器を置く音が、輝和の耳にも聞こえた。

淑子はなおもドアを叩き、「あなたとあなたの夫とあなたの子供たちに祝福を与えます」と叫ぶように言った。ドアの向こうは沈黙している。

輝和は、異様な感じを覚え、とっさに淑子に近づきドアから引き離そうとした。

そのとき突然ドアが開いた。同時に水が降ってきた。輝和は一瞬、体を引いて避けたが、じっと立っていた淑子は、頭から被ってしまった。

輝和は、唖然とした。いくらうるさかったとはいえ、布教に来ただけの人間にここまでするとは、いったいどれほど索漠とした心の持ち主なのだろうか。

玄関の黒タイルの上で、ポリバケツを手にした、四十過ぎくらいの痩せぎすな女が肩で息をしていた。化粧気のない顔にもつれた長い髪が垂れ、頰に被っている。絹のブラウスの柔らかな光沢と、上に羽織ったカーディガンの淡いピンクが、その顔と不釣り合いに華やかだ。

「人の弱みにつけこんで……あなたたちは……」

声が震えている。

伝道という純粋に宗教的行為が、状況によってはひどく人を傷つける。どんな事情があるかわからないが、淑子の行為はこの女の逆鱗《げきりん》に触れるものだったのだろう。

髪から雫を滴らせたまま、淑子は突っ立っていた。

「行こう」

輝和はささやいた。

「早く」

はっとした。淑子の頰に涙が流れていた。頭から被せられた水ではなく、確かに涙のように見えた。

女は食い入るように淑子の顔をみつめている。

「祝福を……」

「やめろ」と輝和が叫んだのと、その鼻先でドアが閉められたのは、同時だった。

その夜、質素な食事を囲んでいると、客がやってきた。

きっちりと口紅を塗り、髪をシニョンに結ったその女が、輝和は一瞬だれかわからなかった。しかしその上等そうなカーディガンに覚えがあった。昼間、淑子に水をかけた主婦だ。応対に出た清美に「近所の方にうかがってまいったのですが、神様の家は、ここですよね」と念を押すように言い、爪先立ちになって中を覗き込む。

テーブルを囲んだ人々の中に輝和と淑子の顔を認めると、主婦はその場で深く頭を下げた。輝和が慌てて玄関に出ていくと、箱入りの果物とデパートの商品券を畳の上に置き、「昼間はたいへんに申し訳ないことをいたしました」と、もう一度頭を下げる。

「あの……どうぞ」と清美は、女を座敷に上げる。

女は、二年前、海外のリゾート地で、夫と子供三人をいっぺんに失っていた。遊覧セスナ機で家族は氷河見物に出かけ、その帰りに飛行機が墜落したのだ。彼女だけが風邪をひいてホテルで寝ていたために、この世にとり残されてしまったのだという。

「お葬式の日からいろんな宗教の人が来るようになったんです。そっとしておいて欲しいのに、主人が浮かばれてないとか、奥さんが悲しむとあの世の子供も悲しむから、今の生活を充実させなさいとか。忘れるなんてことができるわけないでしょう。私だけ充実した生活を送れるはずがないじゃありませんか」

清美は、うなずいて話を聞き、淑子の方はというと、女の話を聞いているのかいないのか、穏やかな様子で箸を動かしている。

「あなたが、あのとき涙を流しておられたお顔が、実は長女に見えたのです。自分の気が狂ったのだと思いましたのですけれど、あの後、居間に座っていましたらテレビの音が聞こえて、小さな音で、それがサッカーの中継なんです。みんなで見ていた番組なんです。あの旅行に行く前のように、子供たちも夫もみんなソファに座っているんですよ。いいえ、見たわけじゃないんですが、私一人がいるという感じではないんです。主人のパイプタバコの匂いもしました。夢なんかじゃありません。息子が私の脇を走り抜けて、テレビのリモコンをサイドボードの上に置いたんです。はっきりと気配がしましたもの」

淑子は微笑し、箸を置いた。

「私、死ぬつもりだったのです。このお彼岸に」

女はハンドバッグから、紙袋を出した。錠剤やカプセルが数種類、おびただしい量の薬だ。

「あなたさまにお預けします。子供たちと夫は、私のそばにちゃんといるんだ、と教えてくれました。あなたがいらっしゃるまで、私は自分が悲しむことに夢中になって、それに気づかなかったようです」

淑子は、女から薬を受け取り、そのうちの一つを女に返した。そして「死んでいいです」と言った。ぎょっとして、輝和は淑子の顔を見た。

「辛くなったら、夫や子供と一緒のところに行っていいです。ぜんぜん悪いことではありません。でも死にたくないのに、死んではいけません」

物静かな、たどたどしい日本語で淑子は語った。

女は渡された薬を宝物のように握りしめた。そして何度も頭を下げると帰っていった。

たった一錠であの世に行ける薬など、今の日本で一般的に出回っているとは思えない。淑子の渡した一錠が、死の象徴にすぎないことは、輝和にもわかった。

強く生きていけ、と淑子は言わない。励ますかわりに、淑子は辛い生からの非常脱出口を女に与えた。非常口があるかぎり、人は安らかに生きていくことができる。

結木家が破産したときに、ほとんどいなくなった淑子の信者は、一月経ち二月経つうちに、再び増え始めた。

小さな家に、困難を抱えた人々がやってくるようになった。

以前と違うのは、淑子が彼らにより多くを語りかけるようになったことだ。それも重々しく、ことさらゆっくりした神の声ではなく、あまり流暢《りゅうちょう》ではない日本語の、生身の女の声で語り始めた。

「何かしようとするのは、だめ。自分でなにかなどできない。神様の中で生かされていることを知りなさい。神様は宇宙とか海とか空とか、そういうものです。だから神様はいろいろな姿になって、私たちの目に見えます。私は神様のこの世の姿です」

うまい説教ではなかった。その都度、補い要約する清美がいなければ、淑子の意図は人々に伝わらなかったかもしれない。しかし淑子の眼差しと、人の肉体的、精神的苦しみを癒すその手の温かさに人々は神を見たらしい。

こうして淑子はさらに生き神らしくなり、輝和から遠のいていきつつあった。

昼間は人々が相談にやってきて、狭い家の中はごった返し、夜は様々な事情のある人々が、家を出てここに移り住んでいるために、やはり混み合う。

布団の数より多い人間が、鍵のないこの家に寝泊まりし生活している。彼らは家政婦や病院や福祉施設の下働き、宅配便の運転手などをしながら、各自の持ち金を夜になるとざるに入れ、朝はそこから必要なだけ持っていく。

他人への信頼だけが頼りの危うい共同体だが、今のところ金銭面で裏切る人間は出ていない。

一度だけ、信者の中の一人の男が、そろそろ教団としての名前をつけ、各自の寝泊まりする場所とは別に、布教の拠点である神の家を作ろうと提案したことがある。

「強くなろうとしてはいけない」と、淑子は、男に諭しただけだった。

「強くなってはいけないから、建物を建ててはいけない。名前もつけてはいけない。集まってはいけない」と淑子は言った。

舌足らずな日本語を翻訳するのは、いつも清美の役割だった。

「教団としてまとまって、布教所を建てたり、名前を作ったりしてはいけません。そうすることで、社会的に強くなってはいけないのです。強いというのは、他の人を排除すること、他の人を食べてしまうことだからです」

以前にも結木の家にいた頃、小沢が同じようなことを目論《もくろ》んだときのように、淑子は、もう地響きや、怒りの発作で、人を驚かせたりはしなかった。

あの頃のような猛々《たけだけ》しい神の姿を、ここに来てからの淑子に見ることはない。

淑子の中の神は、身辺から財産という雑多なものを排除したときから、あらぶる魂を捨て、穏やかな菩薩の境地に入ったように見える。

輝和にしてみれば、教団としての結束などは、どうでもいい問題だった。しかし住居と集会所が一緒というのは、決して居心地のよいものではない。狭い家での老若男女、ハンディキャップを負った子供まで含めての雑魚寝は輝和には耐えがたい。できることなら、男の言うように、集会所と住居を分け、プライバシーを確保したかったが、淑子が拒否するのであれば、しかたがない。

なぜ淑子と別れ、ここを出ていかれないのかと、輝和は自分の弱さを呪う。原因の一つは意志の弱さであり、もう一つは生身の人の中に神を見てしまうような、自分の精神の根源的な非合理性であると思う。

淑子は神ではない。精神に異常をきたした、異国の女だ。この自明のことを、輝和の五感が拒否する。おまえはここを出て一人で人生をやり直す覚悟はあるのか、淑子と二度と会わずにすむのか、と自分に問いかけるとき、輝和の心は硬直し、言葉を失う。

14

この春もまた、輝和にある種の焦燥感を与えながら過ぎようとしている。

他に行くところはなく、淑子から離れていく勇気もなく、輝和は六畳二間の信者の家に居続ける。信者の一人が、便利屋の仕事を探してきたので、輝和は引っ越しの手伝いや、換気扇の掃除、子供の送り迎えといった仕事を不承不承引き受けるようになっていた。しかし依頼があれば出かけていくような仕事なので、週に三日くらいは休みになる。それで家でごろごろしていたところで信者のだれも咎《とが》めない。

寝泊まりする信者の数は、八人から十二人の間を上下していた。家庭の事情でここで暮らすようになっても、事態が好転すればまた各自の家に戻っていく。淑子も清美も、引き止めたりしない。

騒ぎは、新しい同居者が二人ほど加わり、この小さな家が飽和状態になった六月の初めに起きた。

夕食が終わり、淑子を囲んで、輝和以外の人々は手を合わせ、瞑想《めいそう》していた。

室内の静寂を破るように、ガラス戸に何かがぶつかる音がした。叩きつけるように戸が開き、山下が玄関に仁王立ちになった。充血した目を鈍く光らせ、自分のけがか返り血か、シャツの前が真っ赤に染まっている。

山下は、草履を蹴飛ばすように脱ぎ、横になっていた健一の手を踏み付け、他の信者を突き飛ばして、奥の部屋に入ってきた。悲鳴と子供の泣き声が一斉に上がった。

山下の全身から、アルコールのにおいが立ち上っていた。

「だから淑子様の言うとおりにすればよかったのに……だから言ったのに」

山下と一緒に山仕事をしている若い信者が、声を震わせた。

この日の朝、山下が出かけようとしたとき、淑子は「今日こんにち、南方、道と道の交わりしところに悪風、悪運あり」と言ったのだ。

その信者の話によると、仕事を終えた山下は、この家の真南にあたる円山町《まるやまちょう》の交差点で、昔のトラック仲間に偶然会ったのだという。相手は飲みに行こう、と山下を誘った。一緒にいた信者は止めたが、山下はポケットからメモ用紙を取り出し、相手と筆談を始めた。そしてそのまま信者と別れ、昔の仲間とどこかに消えたという。

先の短い身となれば、昔の仲間と飲み納めをしようと考えても無理はない。

しかしいったんアルコール依存症になった人間の常で、山下は一滴でもアルコールを体に入れたら最後、自分の意志では飲むのを止められなくなる。

「淑子様の言葉をあのとき思い出していてくれさえしたら」と信者は山下の背中を凝視して唇を嚙む。

山下は、まっすぐ淑子に近づいていった。広げた両手に狂暴な表情がある。

なんとかしなければと思いながら、輝和の足は畳に吸い付いたように動かない。

大きな体、そして酒の力を借りた命知らずの狂暴さ、暴力組織に所属していたと噂される過去……。いくら癌で衰えているとはいえ、分厚く盛り上がった肩の筋肉が、輝和を威嚇する。

老人まで含めれば、ここに男は四人いる。だれか一人でも、いや他の人間がみんなで立ち上がってくれれば、と輝和は思った。そうすれば酒乱の一人くらい取り押さえられる。しかしだれも腰を上げない。すくんだようにその様を見ていた。

輝和は嘆息した。まるで仲間が血祭りに上げられるのを怯えてみつめるガゼルの群れだ。

淑子の教えのとおり、こんなときでさえ、この人々は戦おうとしないし、団結することも知らない。

それを批判できない。アルコールによって引き起こされた機械的怒りで、肩を上下させている山下の背後で、一歩も動けぬ自分自身もそのガゼルの一頭だ。もっと立派な体格をしていたら、と自分の貧弱な肉付きを思った。幼い頃から父に習わされていたのが、剣道でなく柔道だったら、などと愚にもつかぬことを思いながら、輝和はなすすべもなく立ち尽くしていた。

山下の両手が、淑子の首にかかった。

輝和は小さく体を震わせた。次の瞬間、目をつぶり、ほとんど体当たりするように山下に飛び付き、「だれか、一一〇番だ」と大声で叫んでいた。

信者の一人が表の公衆電話に向かって駆け出したとたん、「ここにいなさい」と淑子の声がした。

実際の音声を聞いたのかどうか定かでない。しかし明らかに心の中に呼びかける声を聞いた。

公衆電話の方に行きかけた信者は立ち止まり、輝和は、岩の塊のように頑丈な山下の体から手を離す。

淑子は山下をみつめていた。首を絞められたまま赤みを帯びた顔に、わずかな緊張もない。むしろ穏やかな表情をしている。

山下の体が震え始めた。震えながら淑子の喉を絞め上げる。

今し方の度胸がどこから出てきたものやら、「やめろ」と言ったきり、輝和の下半身は力が抜けた。膝を折ったまま輝和は山下のシャツを握りしめていた。

淑子の顔色は赤から紫色に変わっていた。それでも山下をみつめる優しい目の色は変わらない。

殺される……。輝和は喉の奥から悲鳴に似た声を上げ山下の腕にしがみつく。

そのとたん淑子は、部屋の空気が震えるような鋭い声を発した。

バッテリーが切れたように山下の手から突然力が抜けた。淑子の足元に膝をつき、大きな体はそのまま畳の上に崩れる。

輝和は畳に尻をついたまま後ずさった。

淑子は山下の両肩を持って起こした。小柄な淑子が大男の山下を軽々と起こして正座させる。

その山下の顔の前で、淑子は両手を交差させ素早く開いた。もう一度、低い声でかけ声をかけ、その手を止めた。

茫然と見守っていた信者たちの息が止まる。

部屋にいくつもの空気の断層ができた。茶だんすのガラス戸や窓が震え、天井から吊り下げた蛍光灯が振り子のように揺れた。数秒間、そのまま淑子も山下も静止していた。

突然、山下の声を失った喉から嗚咽《おえつ》が漏れた。淑子は手を膝の上に下ろした。山下は子供のようにその膝に擦り寄っていく。坊主頭の体格の良い中年男が、淑子の膝に手をかけ、その腋の下に顔をつっこんでいる。

そのとたん異常な感動とも嫌悪感とも憎しみともつかない思いが、輝和の胸に込み上げた。解釈も処理もできない感情に輝和はとまどった。

息を弾ませながら、山下の手は淑子の膝から離れその胸をまさぐっている。淑子は、咎めるふうもなくなすがままにさせていた。

複雑な思いの中で、憎悪の感情だけがはっきり形をなしてくるのを輝和は意識した。先程、酒によって引き起こされた山下の怒りが、なぜ淑子に向かったのか、理解した。疑似の怒り、攻撃は、憎しみによるものではない。まったく反対の要素を含んでいた。

輝和は、飛び出していって山下の襟首を摑んだ。山下はびくともしなかった。淑子の表情もさほどかわらない。たしなめるような、少し当惑した表情で、輝和に向かって小さく首を振った。

輝和は、淑子の腹に額を押しつけた山下の耳をこぶしで力任せに殴った。淑子はかばうように片手をかざす。

先程の激高していた酒乱の山下には、ろくに手出しができず、こうしてすすり泣きながら淑子にひっついている赤ん坊のような山下なら殴れることに、輝和は苛立っていた。

その幅広い背中に、淑子の乳房を摑んで離さぬ手の甲に輝和はこぶしの雨を降らせた。

淑子は山下の頭を抱き、大きな赤ん坊のような男を守ろうとしていた。

輝和の度を越した憤慨と嫌悪感は、吐き気という生理的反応に変わった。口を押さえて、淑子と山下に背を向け、玄関に駆け出した。

信者をかき分け玄関の三和土に裸足で飛び下りてから、ふと思い直し、もう一度座敷に上がった。茶だんすの上にあるざるの中の金をひっつかんで、家を飛び出す。

今度という今度こそ、ここを出ようと決意した。

淑子様の子、私たちみんなの親、などというのは、おそるべき欺瞞《ぎまん》だ。淑子に擦り寄る山下の姿に性的欲望を見ないですますことがどうしてできよう。山下は子供ではない。泥酔した山下の行為は、内向した淑子に対する性欲が抑制を失い噴出したものだ。清美や他の信者が考えているようなきれいなものではない。輝和自身が一人前の男であるからこそ、山下の心の内にあるものが見える。

生き神だ、母だ、と祭り上げておきながら、男の信者は淑子の中に女を見、教祖の淑子もそれを許す。不可侵の存在という建前の背後で、交わる夢を見る。

輝和は歩いた。歩いているうちに小走りになり、何かから逃れているような疾走に変わる。路地を抜け、街道に出て、繁華街に入る。

やがて疲れて歩道の端に寄り、両膝に手を置き、体を折ってぜいぜいと息を弾ませていると、調子外れの大音量で、マイウェイが聞こえてきた。

徳山たちとよく来たカラオケスナックの脇にいた。ずいぶん昔のことのような気がするが、考えてみると最後にそこのマイクを握ってから、まだ二年と経っていない。

手を開いてみた。握ってきた金は、千円札が三枚だけだった。それがざるの中に入っていた札のすべてだった。それをズボンのポケットにねじ込んで街道をどこまでも歩く。

時間の感覚がなくなっている。道はニュータウンに連なり、月の金属的なほどに青白い光が、アスファルトとコンクリートに囲まれた町をさらに無機的に見せていた。

気がついたときには、丘陵地に開けたニュータウンを一周し、私鉄の駅の券売機の前にいた。ポケットの中の三千円を握りしめ、いよいよここを出て行かなければ、と思った。

振り返るな。失ったものを嘆いていてもしかたない。この町を出て仕事を探せ。

口の中で、そう繰り返す。

この歳になるまで、そんなふうに人生を前向きに、建設的に、捉えたことはなかった。今こそ、自分の姿勢を変えなければならない。

しかし具体的にこの先の生活を思い描こうとすると、それは不安と虚無感に覆われた砂色の光景となって、心にのしかかってくる。

飯場か、あるいは木賃宿か、うまくいってアパートでの暮らし。そのイメージのどれもが、今いる信者の集まる家よりも、さらに耐えがたいものに映る。いったいそれが何に起因するのか、輝和にはわかっていた。そこに淑子はいない。その先の人生のどこにも淑子はいない。

あれほど人生を狂わされ、家をつぶされても、それでも淑子のそばにいたい。その暖かさと湿り気に、包まれていたい。

愛なのか、と思い、即座に否定する。単なる依存だ。ある種の人間がアルコールや薬物に依存するように、自分は淑子に依存しているだけだ。

これ以上関わりあってはならないと自分に言い聞かせ、正面の電光掲示板を見る。

『特急　新宿行　23：17』

あと一分で発車する。

自動券売機のところへ向かう。

運賃はいくらかと、運賃表を見る。行き先がなかなかみつからない。みつけようとしていないのかもしれない。

三百五十円。

札を入れるところがみつからない。それはカードと小銭の専用機だった。隣の券売機に千円札を入れる。戻ってきた。もう一度やるが、やはり戻ってくる。「表にして入れてください」という表示にようやく気がつく。今まで何度も使っている機械なのに、なぜこんなときに、つまらない間違いをするのかわからない。

自動改札機を通ると発車ベルが鳴った。

「駆け込み乗車はおやめください」

ホームのアナウンスが聞こえてくる。次を待てばいい。

『各駅停車　新宿行　23：32』

掲示板の表示が変わる。各駅で行っても途中で追い越されるので次の特急を待つことにする。

発車ベルが聞こえてくる。三百五十円の切符を握りしめ、階段をゆっくり下りていく。この町を出る実感、淑子から離れる実感はない。

「新宿行き各駅停車、発車します。無理なご乗車はおやめください」

アナウンスが間延びして聞こえてくる。

プラットホームに下りてみると人はいなかった。駅員が一人、ホームの点検をしている。そして輝和の顔を見ると言った。

「終電は、行ってしまいましたよ」

「え……」

確かにその通り、わかっていたような気がする。わかっていながら、この町を出ていく手段を失った。簡単な理由だ。決心がつかなかったのだ。出ていかなくてはならないという意志を感情が抑え込んでいた。

輝和は階段を上がり、改札を出た。

深夜のニュータウン駅からは人の匂いがまったく消えていた。酔っ払いや浮浪者さえいない。通路の両側にある店はシャッターを下ろしてあり、そのシャッターに描かれた、ハワイとおぼしい南の島の絵だけが、場違いなきらびやかさで蛍光灯の光に照らされている。

輝和は、再び夜の国道を歩き始めた。駅から十字路を二つほど越え、大きな交差点から、市域を南北に貫く街道に出る。そのまま真っすぐ北に向かって歩いていく。

一時間も歩いた頃、なつかしい町並みに出た。まもなく結木家の門扉が見えるはずだった。

しかし行き着いたとき、そこには何もなかった。きれいに手入れされたカイヅカイブキの生け垣も、二階と見まごうばかりに高い母屋の屋根もない。屋根も木々も遮るものをすべて失った夜空が頭上に広がり、中空に水のような青い光を放つ満月がかかっている。

更地だ。あの庭も、母屋も離れも、土蔵も、漬物小屋も、何もかも無くなった結木家の敷地は、のっぺらぼうになってみると意外に小さい。

輝和は更地の正面で、ぼんやりとその様を見ていた。

月に照らしだされた、荒涼として埃っぽい光景を前にしていると、重たい喪失感と寂《せき》寥《りょう》感が、じわじわと込み上げてくる。

この二年間に起きたすべてのことが、淑子に集約されていく。

何もかも失い、その淑子にすがりついている自分自身の愚かしさ……。

薄寒い感慨に体の力が抜け、思わずしゃがみ込んだ。両手で顔を覆い、その指の間から、なおも正面に広がる光景を凝視し続けていた。

家の建っていたところ、庭石のあったところ、そして赤く甘い実をいっぱいにつけるユスラウメが植わっていたところ。その先に続いていた小松菜の畑。結木家の人々が、何代もかかって耕し、作り上げた、柔らかく真っ黒な土。

そうしたもののあったところが、いかにも硬そうな、石ころだらけの真っ平らな地面に変わっている。

これが淑子のしたことだ。そして淑子にそそのかされ、自分がしたことだ……。失われかけていた正気を取り戻そうとするように、輝和はその地面をみつめた。自分の影だけが足元から黒々と伸びている。

淑子は神などではない。断じて神ではない。それを神であるとするのは、自分の心のありようにすぎない。

淑子は妻だ。何と理由をつけようと、自分を陥れ、婚家を没落させた一人の女にすぎない。

そうつぶやき、輝和は立ち上がった。そして何度も振り返りながら、その場を後にした。

淑子のいる家に戻ったときには、信者は皆寝静まっていた。台所口から入ると、いくつもの安らかな寝息が聞こえた。

輝和は雑魚寝している信者を跨ぎ越し、淑子のところに行った。

待っていたかのように、淑子は、ゆるゆると瞼を開け、片方の肘をついて体を起こしかけた。

「だいじょうぶ？」

そうささやいた顔に、神の面影はない。

「何がだいじょうぶなんだ」

呻くように輝和は問い返した。

ガラス越しの月の光に、白目が微光を放っているように見えた。輝和は、自分の心が溶け、その優しく柔らかい眼差しにからめとられていくのを感じる。

これだった。さきほど、この町を出る電車に乗りそこなったのも、今までこんなところに自分が居続けたのも、そしてそもそもこんな境遇に落ちてきたのも、すべてこの眼差しのせいだった。

月の光の中で見た更地の荒涼とした風景が、その優しげな瞳の上に重なる。

聖なる者、犯すべからざる生き神……。

「嘘だ」と輝和は、呻いた。淑子は怪訝な顔をした。

何もかもが嘘だ。生き神でも、母でもなんでもない。ただの、ネパールから来た妖術使いではないか。あるいは売春婦あがりの詐欺師か。

輝和は淑子の両肩を摑んで組み敷いた。淑子は驚いたように、二、三度まばたきした。隣で山下の鼾とも寝息ともつかない深い息遣いが、聞こえた。

淑子の口を片手で押さえた。

「騒いだら殺す。本気だ」

淑子の眼が見開かれ、輝和を突き抜けたどこか遠くで焦点を結んでいた。その視線から目をそむけ、輝和は淑子のパジャマのズボンと下着をまとめて下ろす。

このまま済むとは思っていない。だれかが目を覚まし袋叩きにされるか。いや、その前に、淑子の内の得体の知れない力によって、廃人にされるかもしれない。

それでもかまわない。それができなければ淑子は生き神ではない。いや神であってもいい。どちらでもいい。

輝和は両腿《りようもも》で淑子の片足を押さえつけ、自分のズボンのジッパーを下ろした。淑子の口元から手がそれた。ガンダーラ仏を思わせるくっきりとした唇が、月の光に青ざめ半開きになっている。今にもそこから窓ガラスを震えさせるほどの音量で、呪いの言葉が吐き出されるのではないかと思った。何か巨大なものが屋根に乗ったように、家が揺れ始めるかもしれない。あるいは自分自身が激烈な苦痛に打ちのめされるか。

淑子は、首を振り、両手で輝和の体を押しやろうとしていた。その手首を捕えて輝和は畳に押しつけた。

「女じゃないか、ただの女じゃないか」

輝和は、荒い息遣いとともに低い声でささやいた。矛盾するように、これは神だ、と彼の五感が叫んでいた。神が犯されるはずはない、と。

淑子は、畳の上に頭から迫《せ》り上がるように逃げようとしていた。非力な姿だった。神であるなら犯されるはずはない。そして神であるからこそ犯さなくてはならない。矛盾した思いに捉われながら、半勃起状態のままの性器を自らの手でこすり、淑子の体に宛てがった。

自分の心は生き神を犯すことによってしか解放されない。

淑子はまっすぐに輝和をみつめた。黒い空洞のような眼差しだった。

恐怖が体を貫いた。淑子のかけ声とともに、自分の体が無数の肉片となって、この部屋に飛び散る様が思い浮かんだ。固く目をつぶり、傷口を押し広げるように体を沈めた。

静かだった。地鳴りも、激烈な痛みも何もなかった。

輝和は体を動かした。床のきしる音、戸棚のガラス戸が触れ合う音がそれに呼応する。

信者の目覚める気配がする。

シーツの擦れ合う音がした。

それでいい。これがおまえたちの神だ。

挑戦するように、低くつぶやいた。

淑子の目は、輝和を見上げていた。それはもう空洞ではなかった。熱情とも欲望とも、恋の感情とも無縁な、暖かくおし包むような叙情が見えた。こんなはずではない、と輝和はうろたえた。

体をつないだまま、輝和は淑子の体から衣服をはぎ取った。白い肌が、一面鳥肌立っているのが、淡い闇を透かして見えた。

神の姿か、これが生き神か……。

輝和は不思議な感慨に捕えられた。優しい眼差しに自分が追い詰められるのを感じる。

いくつかの人影が、闇の中で半身を起こした。布団を踏んで近づいてきた清美が小さな悲鳴を上げた。その後ろにぬっと、山下が立った。肩のあたりからどす黒く忿怒が噴き上げているのが感じられる。

「眠りなさい」

そのとたん、落ち着き払ったおごそかな神の声が、輝和を受け入れたままの淑子の唇から漏れた。輝和はぎょっとして体を離した。

「この人に手を触れてはならない。目を閉じて眠りなさい」

闇の中のいくつかの視線が、一斉にうつむいた。清美が、山下が、離れていく。

「行くな」

輝和は叫んだ。

「見てろ。これが神様だ、おまえたちの神だ。俺に貫かれているこれが、神様だ」

淑子の肩を両手で摑み、激しく体を動かした。淑子の上半身が跳ね、よじれた。清美は両手で顔を覆って向こうを向き、目覚めた者たちは、一斉に布団を被った。

「なぜ、見ない。これが神の正体だ」

輝和は吠《ほ》えるように叫んだ。部屋の中は静まり返っていた。山下が深く激しい呼吸をして、うずくまっている。だれもが息を殺してこの光景に背を向けていた。

虚しい排泄の感覚があった。淑子は、落ち着いた眼差しで輝和を見上げている。何事もなかったような、穏やかな表情だ。

敗北感に襲われた。半ば意地になって、萎えたものを再び奮い立たせ犯す。そんなことを何回繰り返したことだろう。淑子は静かだった。まるで腹をすかせた幼児に自分の食物を与えてやるように、淑子は黙々と受け入れた。

神を犯す。その言葉の大仰さが、泥のような疲労感とともに、しだいにこっけいなものとして意識されはじめた。たかだか性器を結合させて射精する、それだけのことだった。呼吸し、食事し、眠り、排泄するのとまったく変わらぬ、生理的行為。そんなことにどれほどの意味があったのか。性器によって破壊できるものなど何もなく、淑子は相変わらず淑子であり同時に神なのだと、輝和は悟った。

あたりがうっすらと明るくなってきたとき、輝和は逃げるように淑子から離れた。神は犯すことも殺すことも貶《おとし》めることもできなかった。「依存」だと自らが断定した淑子への思いを断ち切ることのできないまま、輝和はここを出ていかなければならなくなった。

昨夜の皓々と月の照っていた天気は一変し、トタン屋根を叩く激しい雨音がする。

輝和は台所口から出ていこうと扉を開ける。とたんに水の溜まった地面から上がる茶色の飛沫《しぶき》が中に入ってきた。

「いけない」

背後から鋭い声が聞こえてきた。

「行ってはいけない」

輝和は耳を塞いだ。

「西、駒木野村《こまぎのむら》で災厄がある」

神の声が響いた。尋常でない声色だった。信者たちは一斉に飛び起きた。

「すぐに起きて、知らせなさい」

無視して出ていこうとすると、淑子が走り出てきて、輝和の前に立ちふさがった。

「すぐに駒木野に行きなさい。すぐに一軒一軒の扉を叩き、知らせなさい」

「退け」

輝和は言った。

「そこを退いてくれ」

淑子の肩を片手で払った。動かなかった。突き飛ばすように両手で押しても、びくともしない。その石像のような重さと強固さに輝和は驚いた。

昨夜、淑子はたやすく輝和の手で組み伏せられた。それが今、悲壮な表情で立ちはだかったきり、輝和の力ではその腕一つ動かすことさえかなわない。

「どうしろって言うんだ？」

「駒木野村の家に行き、一軒一軒の扉を叩き、人々を白山川《はくさんがわ》のこちらまで逃がしなさい」

厳かな口調だ。

駒木野村は、広い市域の西の端にある。十年ほど前までは、一面杉の植林された山だったが、バブルの成長期に不動産会社が買い上げて開発し、山の下半分が雛壇《ひなだん》式に固められて小規模な住宅地になった。住人たちは、そこを駒木野村という旧名では呼ばず、さつき台と呼んでいる。

さつき台の戸数はごく少なく、かわりに一戸あたりの敷地は広い。ガレージと芝生の庭を備え、出窓やタイル壁で飾られた家々は、住人のセンスを競い合うように、しゃれた意匠をこらしてあった。しかし高く塀を回し、門柱にはインターホンをつけて無用の者を拒絶するようなその造りからして、とても一軒一軒、扉を叩けるようなところではない。

いったいそこに何の災厄が訪れるというのだろうか。

「駒木野へ行くのです。早く」

淑子は西の方向を指差した。

最初に、山下が傘を片手に飛び出した。他の信者たちも、顔も洗わず後に続く。輝和はそれを一瞥し、別の方向に行こうとした。淑子の託宣も、命令も聞く必要はない。自分には関係がない。無視して出ていかなければならない。

輝和は、三和土に立てかけられていた傘を手にした。開くと骨が二本折れていた。

「行きなさい」

輝和の正面に立ったまま、淑子は命令し、それを最後にくるりと輝和に背中を見せ、雨の中に出ていった。輝和はその後ろ姿を見送る。とたんに何か心をゆさぶられるような感じに襲われた。全身の血が泡立つような、悪寒とも興奮ともつかないものが、込み上げてくる。

気がつくと傘を捨てて、飛沫を上げ、飛ぶように淑子の後を追っていた。そうすると楽になった。いままでになく楽な気分になった。先頭を淑子が傘もささずに歩いていく。その後を信者たちが続く。最後尾をスガが小走りに歩き、少し離れて輝和が行く。まるで鳥のヒナの行列だ。輝和もヒナの一羽になっていた。

自分の心は淑子の内にあるという実感が体の奥深くにある。自分は淑子の中で生きている。それが昨夜の征服と敗北の果てに得た実感なのかもしれない。

街道に出るとごみを出しに出てきた主婦や遠距離通勤のサラリーマンが、どしゃぶりの早朝の道を通り過ぎていく一団をぎょっとした顔で見た。

昨日、終電を逃してしまったニュータウンの駅で電車に乗り、都心とは反対方向に行く。駒木野村まで、駅は四つだ。

電車を降りて二十分ほど歩き、旧駒木野村、さつき台の入り口まで来たとき、輝和は淑子の言う災厄の気配を、全身で感じた。胸を圧迫する苦しさが迫ってくる。

目の前に立ちはだかる山は黒かった。そこは結木家の持っていた雑木林とはまったく違う。いくつもの生命の匂いを秘め、人の心を和ませる山ではない。ねじ伏せられたいくつもの魂が苦しみあえいでいるような黒ずんだ息遣いが、雨に煙る山肌から立ち上っていた。

山の麓部分の勾配《こうばい》のきつい斜面に、コンクリートの擁壁を築き、雛壇式に家々が建っている。どの家も道路脇に車庫があり、階段を上ったところに門と玄関を配した砦《とりで》のような造りだ。

淑子は階段を上り門に手をかけた。ロックしてあり開かない。あとから行った輝和がインターホンを押した。

「はい」と警戒心を顕《あらわ》にした女の声が答えた。

「逃げなさい」

淑子は言った。

「災厄が来ます。早くここを逃げなさい」

インターホンはぷつりと切られた。

淑子は再びボタンを押す。

「なんですか？」

「災厄が来ます」

「いい加減にしてください、朝から」

「恐いものが来ます。ここを逃げて白山川を渡りなさい」

再び切られた。

淑子は狂ったようにインターホンを押した。

「警察を呼びますよ」

甲高い声が答える。

輝和は淑子の腕を摑んで、そこの階段を引きずるようにして下ろした。淑子は別の家のインターホンを押し、同じことを言う。

輝和は何気なく、家々の上手にある山肌を見やった。

重油を燃やした烟《けむり》にも似た黒い塊がいくつも立ち上り、この家々を包み、嚙み砕いていく光景が見えたような気がした。脳裏に浮かんだその不吉なイメージが、あまりに鮮明で輝和はうろたえた。自分にも淑子の妙な感性がうつったのかもしれないと思った。

他の信者たちも、家々のインターホンに向かい同じことを言う。

そのとき輝和は、傍らから聞こえる甲高い声に、耳を疑った。

つっかえつっかえ、いくつかの単語を発するのがせいぜいの健一が、利発な子供のように「家から出て、早く逃げてください」と叫んでいたのだ。

奇跡はまた起こった。しかしそんなことに心を奪われている暇はない。

雨足はさらに強まり、景色は飛沫に煙り、ごく近くに見えていた山肌はすっかり分厚い雲に隠されてしまった。

不審そうな顔をした人々が数人、道路に出てきた。

「早く逃げて、白山川を渡ったところまで」と清美が叫んでいる。

六十過ぎの女が、「なにか、あったんですか」と清美に尋ね、何気なく淑子の方に目をやったと思うと、二度、三度目をしばたたかせた。その顔に輝和は見覚えがあった。淑子が結木の家で生き神をやっていた頃、二、三度来たことのある女だ。

女は慌てふためいて家の中にとって返し、若夫婦と子供たち三人を連れて出てきた。

「何、やってるんですか、ばかばかしい」と息子らしい若い男が怒鳴り、自分の腕を摑んで離さぬ女の手を振りほどこうとしている。

「お母さま、この子風邪気味なんですから」と子供を抱いて、嫁とおぼしき女が遠慮がちに言う。

「いいから、あたしの言うことをききなさい。風邪なんか治る。それより取り返しのつかないことになったら、どうするの」と、女は息子の手を離し、子供たち二人の手を引き、白山川目指して坂道を走り下りていく。

「何、ぐずぐずしてるの」と振り返って怒鳴る。

若い夫婦は、顔を見合わせ、それぞれの傘の中で困ったように肩をすくめ、しぶしぶその後に続く。

さらにもう一人、とっさに淑子の言葉を信じたらしく、夫に罵られながらも家族を引きずるようにして下りていく女がいる。

まもなくサイレンをならしてパトカーがやってきた。しつこくインターホンを鳴らされた住民が、警察に通報したらしい。

巡査が降りてきて、淑子に事情を尋ねる。もちろん埒があかない。サイレンの音に、あちらこちらの家から人が顔を出した。その人々に向かい淑子は、

「早く逃げなさい。このままだと死にます」と叫んだ。

通常なら、だれも取り合わないところだ。

しかしこのとき人々の間に、目に見えぬ動揺が広がっているのが輝和にはわかった。生き神、淑子の顔を知っている者はほとんどいない。しかしずぶ濡れのみすぼらしい女の姿に、住民たちは何か本能的に真実を読み取ったのかもしれない。

数人の若い母親が互いに視線を交わし、うなずいたかと思うと、家の中に入り、子供を連れて出てきた。

「早く、白山川の向こうまで逃げて」

「あんたね、朝から何度も他人のうちのインターホンを鳴らしたり、家の前で演説したりすれば、やはり迷惑なんだから」と巡査は困り果てた様子で淑子に言い、淑子はそれを無視してさきほどから同じ言葉を叫び続けている。

そのとき巡査の表情が強ばり、言葉が止まった。輝和は振り返った。

山がにやりと笑った。斜面に口ができて、それが大きく開いたように見えたのだ。開いた口から、何かが引き裂かれ嚙み砕かれるような無数の悲鳴に似たものが聞こえてきた。降りそそぐ雨のただ中に、茶色の土煙のようなものが上がった。木々が薙ぎ倒され、

それらの木々と水のような茶色の流体が、こちらに向かってくる。

「逃げろ」と輝和は言おうとしたが声にならなかった。その場にいた人々は転がるように下に向かって走る。

「そっちじゃない。こっちだ」

とっさに輝和は叫び、下ではなく脇の方向を指さす。清美がそばにいた子供をさらうように横抱きにして、言われた方向に走っていく。

土砂は途中の土止めのコンクリートに乗り上げ、いったん止まった。数秒間持ちこたえたのち、土砂はコンクリートの擁壁を紙のように破り、さらに大きな流れとなって落ちてきた。このときになっても、家々はしんとしていた。

輝和は無意識に淑子の手首を摑み、さっき台の斜面を横切るように走っていた。

土砂の先端が、上手の住宅に迫り、明かりとり窓のついた二階の屋根がすさまじい音とともに砕けて吹っ飛ぶのが見えた。

あっと言う間に家はなくなり、コンクリートの雛壇の一角が崩れ、滝のように茶色の流れが落下してくる。

輝和たちは道の突端まで行き、そのまま生い茂った下草をかき分け、林の中に突っ込んだ。

その目前を石が転がり落ちていく。コンクリートのかけらが、窓枠が、柱が、そして土砂で茶色に染まり、ねじ曲がった人の体が落下し、一瞬遅れて、茶色の流れが一帯を洗っていった。

輝和の足元にも、石ころや土砂が流れてくる。しかしその雑多な樹木の生い茂った斜面は、どうにか持ちこたえていた。それでも時間の問題で崩れるかもしれない。

ずいぶん長く感じたが、あるいは数十秒のことだったかもしれない。

我に返ったとき、目の前にあったコンクリートで固められたガレージも、階段も、頑丈な塀に囲まれた住宅も消えていた。

赤い色をした関東ローム層が、傷口のように剝《む》き出しになり、その上を濁流が洗っている。

振り返ると、悲嘆も驚きも、何の表情もないいくつかの顔と出会った。その向こうに両手を合わせて祈りを捧げている清美がいる。しかし淑子はいない。

輝和は慌てて、周りを見回した。やはりいない。

「淑子」

輝和は叫んだ。淑子が消えていた。ついさっき、その手首をきつく握りしめ、ここまで連れて逃げてきたというのに。

「淑子」と声の限りに叫んだ。

どこかで押し流され、埋まってしまったのではないか？

輝和は林から走り出し、崩れたばかりの赤土の上に飛び下りる。とたんに足を取られて転倒し、数メートル滑り落ちた。

起き上がり、淑子、淑子と狂ったように叫んだ。

淑子が再びいなくなる。永遠に消えると思うと、胸がはりさけそうだった。

ねじ曲がった鉄筋を生やしたコンクリートのかけらや、屋根瓦が散乱する赤土の中を輝和は淑子の名を呼びながら走る。

雨に煙る灰色の視野の端に、うずくまり、犬のように両手で何かを掘っている人影を見つけたのは、数分後だった。

淑子だった。無事だ。

輝和は走り寄った。

「何をしてるんだ、おい」

土の中の何かで切ったものだろう。片手を血だらけにして、淑子は懸命に掘り続ける。

「早く……早く……」

独り言のようにそう言った。

「どけ」

淑子の体を押しやり、輝和が代わりに掘る。指先に柔らかなものが当たった。

人の皮膚だ。全身が鳥肌立つような感じに見舞われ、輝和は両手で土をかき分ける。

顔が現われた。少年だ。急いで口と鼻をおおった土を取りのぞく。泥だらけの唇が動き、息が吐き出された。

生きている。

「いいか、すぐに助けだしてやるから、もう少し待ってろ」

輝和は大声で呼びかけ、少年の肩先から手を差し入れ、体を引っ張ったが抜けない。

少年は悲鳴を上げた。何かに挟まれているらしい。土をさらにどかしてみると、土の中でコンクリートパネルのようなものが、少年の肩から腰を斜めに押さえていた。

両手をかけてどかそうとしたがびくともしない。

そのとき輝和の脇に、太い腕がぬっと伸びた。山下だ。割れたベニヤ板のようなものを使って回りの土を素早くかき出し、パネルを動かそうとする。輝和は慌てて手を貸す。足を泥に取られて、力が入らない。

二度、三度やっているうちに、重たいパネルが、わずかにずれた。

「よし、その調子」と思わず声をかける。しかしそれきり、泥の中に根を生やしてしまったように、パネルはぴくりとも動かなくなった。

消防団が到着するまで待つよりしかたないだろうと、輝和は手を離す。そのとき山下は渾身《こんしん》の力を込めて、パネルを押した。

青白いこめかみの血管が膨れあがり、食いしばった口元が真一文字になった。とたんにパネルが動いた。すかさず輝和は少年の肩先から手を突っ込み、腋の下にかけ、引き上げた。

少年の体は、あっけなく地上に出た。

山下は大きく息をついて、汚れた手で額の汗を拭う。

「だいじょうぶか」

輝和が尋ねると、少年は意外にしっかりした様子で、うなずいた。

内臓破裂などの深刻なダメージを負っている様子はない。

ほっとしたところに、上の方から悲鳴が聞こえてきた。

いったん崩れた斜面上に、さらに細い泥の急流ができていた。それは幅を広げながら、
滝のように勢いを増し、こちらにやってくる。その先端が小石を撥ねとばしながら、茶
色に煙り、まっすぐ自分に向かってくるのを輝和は茫然と見ていた。

後ずさり、次に脇に退こうとした瞬間、水気をいっぱいに吸った関東ロームの赤土に
足を取られた。

よろめいた体を茶色の塊に薙ぎ倒された。もみくちゃにされながら、押し流される。

視野が回り、明るくなり暗くなり、泥に混じった煉瓦《れんが》か木のようなものに、脇腹を叩
かれて転がった。

不意にすべてが静かになった。激しい圧迫感と息苦しさと底無しの闇がいっぺんにや

ってきた。

体がねじ曲げられ、口の中に泥が詰まっている。間近にある死を意識する余裕もなく、空気を求めてもがく。しかし指一本動かせない。

恐怖が体を貫き、早く気を失うことだけを願った。しかし呼吸のできない苦痛は増しこそすれ、意識は至って清明だ。体中の血液が、全部頭に集まってきたように頭痛がして、暗黒をみつめる眼球の裏側に、金色の光がいくつもはじける。

そのとき輝和は、自分の体の上に分厚く重なり、押さえつけてくる泥が動いたのを感じた。

早くどけてくれ。まず顔、いや口のところだけでいい。

しかし口の回りの泥がどけられるより先に、腹の下に腕が差し込まれた。そのまま体がひっぱられる。体中の骨がきしみ、輝和は痛みに悲鳴を上げた。不意に明るさを感じ、最初にした呼吸が、その悲鳴になった。

泥だらけになった口を大きく開け、輝和は激しく咳き込みあえいだ。土の上に両手両膝をついてぜいぜいと喉を鳴らしているうちに、自分の見ている物が山下の安全靴を履いた足だというのがわかった。

輝和の胴体を掴んで引っ張り出したのは、山下だったのだ。

借りを作ってしまったような、気まずい思いでその顔を見上げたとき、「ここ」と叫んでいる淑子の声が耳に入ってきた。

　住民と信者が入り交じり、淑子に言われたところを掘る。一人が手でなく、折れた棒切れで掘ろうとして淑子に止められる。直後に埋まっている人間の顔が現われた。

　淑子は赤土の上をひらひらと飛び回り、つぎつぎと掘る場所を指示していく。それがちょうど埋まっている人間のいる位置で、しかも顔の部分なのだ。土や煉瓦を通して、彼女には人の姿が見えるのか、あるいは気配を感じ取るのか、わからない。

　まもなくサイレンの音がして、消防車と救急車が到着した。消防士と地元の消防団員が下の道から上がってきた。

「住民の方は、避難してください。ここも崩れるおそれがあります」と消防隊員が呼びかけるが、だれも動かない。

「二次災害が予想されます。住民の方は安全なところに避難してください」

「ここ」

　淑子は、消防隊員の上着をひっぱった。

　怪訝な顔で彼は振り返る。健一が、泥の上に座り込み掘り始める。

　何か感づいたように、消防隊員も同じところを掘る。人の頭髪が泥の中から現われた。慌てて顔の回りの泥を退ける。

　疑ったり不思議がっている暇はない。淑子に言われるまま、消防隊員も、信者も、住民も掘る。

泥だらけで救い出された者も、動けるようならすぐに他の人々の救出を手伝う。辛うじて土をどけて呼吸だけはできるようになっても、柱に挟まれて動けない者もいる。

「ちょっと待ってくれ」と叫んだ者がいた。このあたりの山持ちで、寺田という男だ。この町では、東の結木、西の寺田と呼ばれた旧家の主人だった。

「だれか、五、六人、一緒に来てくれ」と寺田は言って、ぬかるみに足を取られながら、斜面を飛ぶように下りていく。輝和はその後についた。斜面は、五十メートル程に亘って崩れ、土砂はちょうど白山川の手前で止まっている。

寺田の屋敷は、その白山川のフェンスに面していて、土蔵が土砂に半分埋まっていたが、住居は無事だった。

寺田は壊れた塀の間から敷地に入り、鉄骨プレハブの物置小屋の鍵を素早く開けた。スコップや鉈《なた》、ロープなどを取り出して男たちに渡していく。いちばん奥にチェーンソーが三つ入っていた。

「これ、持ってってくれ」

六十をとうに過ぎた寺田家の主人は、ひょいとそれを持ち上げ輝和に渡した。受け取ったとたん輝和はふらりとした。いったい何キロあるのだろう。

横からすばやく山下が手を出してそれを受け取って、一つずつ両腕にぶら下げ、雨で滑る粘土質の斜面を大股で上っていく。そのあとを輝和が息を切らしながら追う。

この山の斜面と麓の広大な土地を持っていた寺田家は、十数年前、先代が亡くなり、相続税を払うために土地を売った。さつき台の家々の四分の一くらいは寺田が手放した土地に建ったもので、小屋にあったのは寺田家の山林の山仕事のための道具だ。

チェーンソーを担ぎ上げた輝和は、人が挟まれている家の柱に刃を当てスイッチを入れた。しかし振動していたチェーンソーの刃は、濡れた柱に数センチ食い込んだだけで動かなくなった。消防団員の若い男が、代わったがやはりうまく切断できない。向こうでは山下が、切断した断片に両手をかけて取り除けている。

「どれ、貸せ」

皺だらけの手が、チェーンソーを輝和から奪い取った。寺田だ。重たい機械を左右に揺すり、いったん食い込んだ刃を離し、下から刃を当ててスイッチを入れる。泥を被って湿った柱は、あっさり切れた。

柱の下から引きずり出された中年の女は担架に乗せられ、下の道に止めてある救急車に運ばれた。輝和たちはひとが埋まっている場所に移動する。

山下が、悲痛な顔で泥だらけの子供の体を掘り出した。すでに息絶えている。それを抱き上げ、二、三歩歩きかけた山下の体が、ぐらりと傾いた。

駆け寄って声をかけた輝和に、腕の中のものを押しつけ、山下はその場に崩れた。

「しっかりしろ」

手の中の子供の遺体を足元に下ろし、輝和は山下の肩に手をかけた。

「おい、目を開けろ」

山下は言われたとおりぽっかりと目を開いた。泥のように湿った眼球に、雨粒が容赦なくふりそそぐ。

「こんなところで死ぬな」

救急隊員が、担架を持って近づいてくる。

「生き埋めですか」と尋ねられ、「病気です」と短く答え、輝和は足の方を隊員に持たせ、山下の分厚い両肩を持ち上げて担架に移す。そのとき初めて気づいた。

さほど痩せたようには見えていなかった山下の体は、骨太のために目立たなかっただけで、皮膚は弾力を失い、筋肉がはっきりと落ちて枯木のようになっていたのだった。

「まだ死ぬな。淑子に会いたきゃ会わせてやるから、あいつの手握って死ね」

そう叫びながら、輝和は山下の肩を揺すった。救急隊員が無言で輝和の手を摑んで止めた。

「私がついていくから」と背後からスガの声がした。

頭から泥を被ったスガが「病院には私行くから、結木さんは埋まっている人を助けて」と早口で言った。

わかった、と運ばれていく山下を振り返りながら、輝和は斜面を上っていく。

淑子は次々と人々の埋まっている場所を教えていった。いくつかの遺体も含め、埋まった人間のほとんどを地上に掘り出し、一息ついたとき、救出に夢中になっていた消防隊員や住民の間から、感嘆と疑問の声が一斉に上がった。

あの女はいったいだれなのか。なぜ人の埋まっている位置がわかったのか。

彼らがあたりを見回したとき、すでに淑子の姿はその場になかった。

15

一行が泥まみれになって戻ったとき、淑子は家に戻ってきていた。

壁を背にして、あの足裏を合わせた神の格好で、両手に石を持っている。

「淑子」

輝和は呼びかけた。

「すぐに病院に行ってやれ。山下が倒れた」

淑子は目を閉じて、石を持った両手を開き、ぴたりと止めた。白雲母に囲まれた柘榴石の赤い瞳が輝和と輝和の背後にあるものを照射するように光った。

やはりあれは目だ、と輝和は感じた。はるか彼方、世界の果てまで見通す目だ。

淑子は静かに両手を近づけ、打ち鳴らす。それから目を開けた。自分の足の上に何かが乗っているように、限りなくやさしい視線で見下ろす。

輝和は息を呑んだ。なにかがそこにいた。山下が、戻ってきている。そして今、赤子のように淑子に寄り添っている。

自分を闇の中から引き出したたくましい腕と、担架に乗せるときに手のひらに触れた強ばった肩の感触を思い出しながら、輝和は合掌した。

風呂場に行き体にこびりついた泥を落としていると、スガが病院から戻ってきた。

山下は死んだと言う。あのまま意識が回復しなかったとのことで、スガが持ち帰ってきたのは、治療費の請求書だけだった。

輝和は、すぐに数人の信者とともに病院に向かった。

霊安室に敷かれた布団の中には、数時間前より、一回りも、二回りも小さくなったように見える山下が寝ていて、その隣に中年の男が付き添っている。市の福祉事務所のケースワーカーだった。

輝和はワーカーに挨拶し、自分たちは山下と住んでいた者なので、遺体を引き取りたいと申し出た。

「ああ、例の宗教団体の人ですね」

相手はうなずいた。

「今、彼の担当ケースワーカーが、別れた奥さんや北海道にいる親戚に連絡をしているところなんですよ。別々に暮らしていたとはいえ、やはり家族や親族がいることですから……」

やんわりとした断りの口調だった。輝和たちはせめて親族たちがやってくるまで、山下を見守っていることにした。

しかし二時間もしないうちに、山下の遺体は教団が引き取ることに決まった。大田区にいる山下の別れた妻も、北海道にいる兄弟や親族たちも、揃って遺体の受け取りを拒否してきたのだ。

翌日の明け方、山下は棺に入って、淑子たちの待つ家に、戻ってきた。

さつき台の土砂崩れは、最近起きた同様の災害の中ではかなり大きなものだった。山の中腹から流れ落ちた土砂は、二十メートルほどの幅で家々を押し流した。二十軒近い家屋が倒壊したにもかかわらず、人々は素早く土砂の中から救出されたため、死者は五人にとどまった。それでも住人は長期ローンを組んで建てた家を土地もろとも失っていた。

この山は、全体が関東ローム層の非常に軟弱な地層でできており、江戸の末期にも大規模な地滑りがあった。そのとき土砂はやはり白山川のところまで流れてきて止まり、その先端に犠牲者の供養のための地蔵が立てられている。

何度か車にぶつけられて台座が欠け、鼻の削れたこの地蔵の由来や、自分たちが住んでいる土地が、地元の者なら絶対に家など建てない危険地域だったということを、住民は惨事が起きて初めて知った。

業者と開発を許可した自治体を相手取って裁判を起こすという話が持ち上がる一方で、そうした気力さえ失った人々がいる。

家族の命や人生の目標まで失った人々の心に、あの惨事を予言し、埋まった人々を救出した淑子の姿は強く刻印されていたらしい。

まもなく卯津木の家にさつき台の住人が、やってくるようになった。

初めは言われた通りに逃げて助かったという一家や無事に掘り出された人々が、礼を述べに訪れ、次には家族を失ったり、土地も家も失い借金だけが残された住人が、寒風に吹き寄せられるように淑子を頼ってやってきた。

行き場所を失った人々の一時避難所として、市は公民館の和室を開放していたが、そこを出て、この家に寝泊まりする住民も現われた。

そうした人々を受け入れているうちに、六畳二間の狭い家は、人が身を横たえる場所もない有様になった。やがて一時避難所からやってきた何人かが、ベニヤ板やビニールシートを使って、軒先に小屋ともテントともつかない、かろうじて雨露のしのげる場所を作った。

災害から二週間後には、市は家を失った人々のために、借り手のない民間アパートを一時的に借り上げて提供したが、それでも雨が降れば足元に水が溜まるようなこの庭先の仮住居から離れようとしない人々がいる。

そうするうちにも淑子が惨事を予言したこと、それが起きた後、生存者の居場所を教えたこと、そして被災者の救出に協力した奇妙な集団があったことなどが、テレビや雑誌などでつぎつぎと取り上げられた。その取り上げられ方も、番組によってはかなり神秘主義的な粉飾がほどこされていた。

遠方から、淑子の力を借りたいという人々もやってくるようになった。

しかしここを訪れた者の大半は、老朽化した家屋に、信者が十数人も同居し、ひしめくように暮らしている様に気味悪さを覚えるのか、想像した以上に狂信的なものを感じるのか、及び腰になる。

淑子に会い、何かの託宣を聞かされたり、精神や肉体を癒されたりしたときにも、いくばくかの礼金を包んで、関係をその場限りのものにしようとしているのが、輝和たちにもわかった。

それでもごく少数の者が、そうした「姿はみすぼらしいが、役に立つ神」のうちに、宗教的な境地をみつけ、淑子に心理的な共感を寄せるようになっていく。

土砂崩れの折に、チェーンソーを貸してくれた寺田もそうした一人だ。彼がやってきたのは、災害から一ヵ月が過ぎ、崩落地近辺の道路の復旧工事も軌道に乗り、剝き出しになった赤土が早くも夏草に覆われ始めた頃だった。

夜遅く人々のひしめく小さな家を訪れた寺田は、三和土のコンクリートにひび割れの入った玄関に立ち、驚いたようにきょろきょろと部屋の中を見回した。

「この間は、どうも」

輝和が出ていって、チェーンソーを貸してもらった礼を言った。

「とんでもない、こちらこそ大変なご恩を受けてしまって。奥さんにぜひお目にかかって、お礼を言いたくてまいったんですが」

「恩?」

意味はわからないが、淑子を「奥さん」と呼ぶ感覚に、輝和は好ましく、ほっとするものを感じた。

「実は、末の娘がさつき台にいたんですよ。嫁にやったとはいえ、遠くに離したくはなくてあそこに住まわせていたんですがね。崖崩れのあった朝、あたしは前の晩、夕飯に呼ばれたきり、酔っ払って泊まってまして、それで朝、寝起きに、奥さんの声を聞いたわけです。言っておきますが、あたしはこの歳まで、宗教嫌いで通してきたんですよ。親戚に頼まれても、宗教政党に票は入れないし、なんとか教のやってる美術館にも行ったことがありません。娘が英語を習うとかで教会に行きたいって言ったときも許さなかった頑固親父です。しかしあのとき、奥さんの声は、なんというのか、ずん、と腹の底にこたえたんです。ああ、これは人の声じゃない、これが本物の神様のお告げってやつだ、って思いまして、これは大変だってことになったわけです。本物の神様が逃げろって言ってるなら、逃げなくては、と娘と孫を無理やり引きずって、白山川のところまで逃げましたよ。娘は、お父さんがぼけてしまったなどと泣きっ面してましたけどね。それであの地蔵のところまで来て、ふっと振り返ったら、あんた、うちの山がうわーっと崩れて土が降ってくるじゃありませんか。腰抜かしましたね。あたしなんか、もう老い先短いからいいんですがね、あのままだったら孫と娘の命はありませんでした。本当に、なんと言って感謝したらいいのか……」

「淑子」と呼びながら、輝和は「じゃ、家族の方は御無事だったんですね？」と尋ねる。

「いや、婿がね、これが大学を出て会計士なんかやってる生意気な男なんですが、あたしがいくら逃げろって言っても、鼻の先で笑ってたんですよ。そしたらごらんなさいよ、家と一緒に流れちまって。それで、結局おたくの奥さんに泥の中から助け出されたんです。肋骨にヒビが入っただけで元気にやってます」

そこまで言って、こちらにやってきた淑子に気づき、「このたびはどうも、ありがとうございました」と、深々と頭を下げた。

「ちょっと上がらせてください」と座敷に上がり、手にした菓子折を差し出す。

そして再び頭を畳にすりつけるようにして礼を述べた後、あらたまった調子で寺田は言った。

「多少、手狭なようにお見受けしましたが、もしもよかったら、うちの敷地にプレハブ住宅を建てますから、ご夫婦だけでもそちらにお移りになったらいかがですか」

輝和と清美は、顔を見合わせた。

「あの世まで、持っていける財産などあるわけじゃなし、奥さんには命より大事なものを救ってもらいましたので、何かあたしなりにできることをさせてもらえたら、と思いまして」

寺田には、何の下心もあるように見えない。

しかし淑子は首を左右に振った。

「何か差し障りがありますかね」と寺田は尋ねた。

淑子は少しの間沈黙し、おもむろに言った。

「私に山を預けなさい」

寺田は、怪訝な表情になり、それから困惑したように首を振った。

いくら命を救ってもらったからといって、そしてそこがいくら金にならない土地だからといって、そう簡単に山林を他人に譲渡するわけにはいかない。庭先にプレハブを建てて、無償で使用させるのとは、わけが違う。家を潰してしまった結木家の事情を当然のことながら寺田は知っている。

「山が、苦しんでいます。私に山を預けなさい」

淑子は言った。輝和にも淑子の意図は摑めなかった。やがて寺田ははっとしたようにまばたきした。

「預けるんですか。差し上げる、ということではなく」

「山は、だれのものでもありません。木が苦しんでいます。土が苦しんでいます。私に預けなさい」

「うちの山に入りたい、ということですか。山ん中で修行をなさりたい、ということですか」

淑子は唇を動かしたが、言葉は聞き取れなかった。

「入るんでしたら、どうぞいくらでも入ってください。ハイカーや山菜取りの業者が、今だって勝手に入ってるんですから。しかし差し上げるとか売るとかいうのは、どうかご勘弁ください」

「私に預けなさい」

厳かな声で淑子は繰り返すだけだった。寺田はじっとその様を見ていたが、しばらくしてからゆっくりとうなずいた。

荒れ果てた林道を輝和たちは登っていく。

季節は七月も半ばに入っていた。梅雨はすっかり明け、朝の七時を回ったばかりだというのに、太陽は白く無慈悲なばかりに照りつけている。

しかし針葉樹の密生した森は、じめついて暗い。優しい翳も、葉をそよがせる風もない。重たい空気が、隙間なく立った赤茶色の幹の間に淀んでいる。

戦後の建築ブームのときに植林し、採算が取れなくなってそのまま手入れがなされず放置された杉林には、ひょろひょろとした若木が密生し、その根元を笹が覆い尽くしていた。

「今どき山仕事やろうなんて者はいないし、こんな木を切り出したところで、手間賃にもならないし……あたしも若いころは、よく山に入ったものだけど、だんだん歳取ってくるとね」

寺田は話しながら足早に登っていく。山道の勾配は、スキーの上級ゲレンデよりはるかにきつく、歩きながら相づちを打つのに、輝和は息が切れた。

「枝打ちやらせたら、あたしにかなうものはいなかったよ。電気ノコなんてあんなもの使うのは素人だ。鉈をね、よく研いで、スパッとやる。それが木にとっちゃ一番、楽なんだ。樹脂が出て、たちまち傷がふさがるだろう。するとまっすぐないい柱がとれる」

そんなことを言いながら、寺田は腰に提げた鉈をぽんぽんと叩いた。まもなく山道は狭くなり、枝が頭上に覆いかぶさってくる。顔にまつわりつく羽虫を無造作に払い、寺田は怒鳴るように話し続ける。

「枝打ちはね、あたしらは夜にやったものだよ。驚いただろう。うちの山だ、何も怖いことはない。風がない分だけ、やりやすいんだ。見上げると満天の星だ。あんたが生まれた頃には、もうここらじゃあんな星は見られなくなっていたな。あの頃は空気もきれいだった。それに人工の光なんかどこにもないからよく見えたものだ。今は、星どころか夜空も拝めない」

そう言って杉の梢《こずえ》を指差す。細い木がぎっしりと茂った森の上方は黒ずんだ葉に覆われ、地面に太陽の光は届かない。

輝和は、首にかけたタオルで流れ落ちる汗を拭う。振り返ると木々を透かして、赤土が剝き出しになった崩落箇所が見えた。この間の土砂崩れの跡だ。

「ひどいもんだ……」

独り言のようにつぶやいたのは、老いた父親と家と土地をあのとき失い、ローンだけ残った元さつき台の住人だ。

「やられてるな」

寺田が今回の作業のために雇った林業家の一人が、反対側の森の一角を指差した。杉の枝が一本折れて、そのまま幹からぶら下がっている。皮一枚でつながり、葉が赤く枯れている様は、相手が植物であっても凄惨《せいさん》な感じがする。

目を凝らせば、そこここに幹が折れたり、根元から倒れた木がある。

二月の終わりに、このあたり一帯が、季節外れの大雪に見舞われた。夜半から降りだした春の雪は、夜明けに霙に変わった。枝々をすっぽり覆った雪は、水気を吸って急速に重量を増した。しかも湿った雪は、細かな刺《とげ》のような葉にしっかりと食い込み、落ちることはない。やがて重みに耐えかねて、枝が折れ、次に太陽光を求めて上へ上へと伸びていったひょろ長い幹が折れた。

その頃、この真下にあるさつき台の住民は背後の森にこだまする、木々の断末魔の声を何度となく聞いたのだった。気味の悪い思いで、互いに顔を見合わせたものの、それを、三ヵ月後に、自分たちの住まいを根こそぎ持っていくことになった災害に結びつけて考えることはしなかった。

山はすでに壊れつつあったのだ。山が養っていた木々がまず悲鳴を上げ、次に山の表皮そのものが剝がれ落ち、さらにその下の土砂が雨に弛んで崩落した。

「行くか」と寺田は、崩落地を食い入るように見ている元の住人を促す。

ワイヤーロープや発動機を運ぶ男たちの後を、弁当や鎌や鉈を持った女たちが続く。つづら折りの道を息を切らせて上がってくる女たちの中で、淑子一人が、軽々とした足取りで飛ぶように歩を進める。

その手の中の布袋には、山下の骨の一部が入っていた。

寺田に「山を預けなさい」と言った淑子は、その後「山に家を作ります」と信者の前で宣言した。輝和は、ログハウスでも建てて、修行用道場兼住居にでもするのだろうと思った。

この頃、寝食をともにする信者の数は三十人以上に膨れ上がり、後から来た人々は庭先にテントを張って暮らしていたが、次第に近所の住民から白い目で見られるようになっていたのだ。

家庭的な問題を抱えて飛び出してきた者や地滑りで家を失った者が大半とはいえ、血縁でもない者が、教祖を中心に貧しい共同生活を営む姿は、やはり一般の人々にとっては異様で、同情よりも薄気味悪さが先に立つ。そこに物騒なカルト教団の姿を重ね合わせたとしても不思議はない。

淑子がそうした外の世界に対し、何か教団としての在り方をわかりやすい形で示せば、まだ気味悪がられながらも、人々に認知されたかもしれないが、未だにそこには教義はおろか、教団の名称も、神の名称さえない。

あるのは淑子という生き神と、それにすがる弱く貧しい人々の小集団だけだ。

話し声がうるさい、信者が軒先を通るので家の中を覗かれるようで嫌だ、といった苦情が、淑子や信者にではなく、役所や町会長のもとに寄せられる。軒先の洗濯物がなくなった。庭木を折られたといった小さな事件が、信者に関連づけて語られる。

結木の大きな家と敷地は、特殊な集団と一般社会の緩衝地帯を形成し、淑子を取り巻く雰囲気を神聖なものに見せるとともに、摩擦を回避する役割を果たしていた。しかしあの小さく老朽化した家に、そうした機能はない。

地域から排除されだしたことに、淑子は抵抗しようとせず、山の中に生活と信仰の拠点を移そうとしているのかもしれない。そうすることによって世間から逃避し、閉鎖性を強めていくのだろうと思うと、輝和は少しばかり不安をかきたてられた。

淑子が寺田に、まず山の杉の木を切り出しそれで家を建てる、と言ったとき、寺田はそんなことはできない、と即座に首を横に振った。寺田の山の杉は、三十年前にそこにあった楢やシラカシ、トチなどを伐採し、植林したばかりだ。樹齢三十年ではまだ若木であるうえ、密植して放置してあったために、上には伸びたものの太さは足らず、とうてい建材にはならない。

しかし淑子はそれでも山の木で家を造る、と言う。いったいどうするつもりだろうかと首を傾げながら、輝和も他の信者もその言葉に従った。

寺田の方も、いずれにしても間伐をしないことには、杉は建材としては育たないので、それで家が建つかどうかというのは別にして、この機会に木を切ることはかまわないと返事をしたのだった。

そしてこの日、以前から寺田の山を管理してくれていた山番と呼ばれる林業家四人を頼み、それだけでは人手が足りないので、山下が所属していた奥多摩の林業組合からも数人来てもらい、輝和や信者たちは山に入ったのだった。

まもなく尾根筋に辿りついた。本来なら視界が開けるはずの尾根だが、そこは一条の光も射し込まぬ鬱蒼《うっそう》とした森だ。人一人ようやく通れるほどの、木々の密生した痩せ尾根に、高さ二メートルほどの有刺鉄線が張られている。

有刺鉄線の向こう、反対側の斜面はゴルフ場として売りに出されていたが、途中でバブルが弾け、そのまま放置されている。

寺田は山道をそれて森の中に入っていき、「まずここからだ」と手を振って合図した。地下足袋で急斜面を下りていく足どりは軽やかで、とても還暦を過ぎているようには見えない。

曲がった木や細い木は、あらかじめ寺田と彼が雇った林業家が選び出し、テープを巻いてあり、それを切ることになっている。

「始めるか」と寺田が声をかける。男三人がひと組になり、切り倒す木の周りに集まる。三人の中の一人は林業家で、あと二人は、信者たち素人である。

輝和の班には、山下と一緒に作業をしていたという奥多摩から来た五十がらみの林業家がついた。

赤いテープの巻かれたひょろひょろとした杉の木の梢を彼は見上げ、一方を指差し、

「こっちに倒すぞ」と指示した。信者の一人がロープを肩にかけ木に取りつき、慎重な足取りで上っていく。

中途まで上って、ロープを木の幹に巻き付け、解《ほど》けないようにしっかり結びつける。

「受け口、ここ」と林業家が幹の一点を指差した。輝和は鉈を手にして、その場所に振り下ろす。よく研《みが》かれた刃が幹に食い込む。

「慣れてるね、おたく」と林業家が言った。

「うちにも山はあったから」

輝和は苦笑した。

「へえ。自分でやってたのか」

「十年に一度くらいね」と答え、輝和は二回、三回と、鉈の刃を食い込ませる。

「もういい」と林業家が止めた。

鉈の跡の反対側を今度は鋸《のこぎり》で丁寧に挽《ひ》く。半分まで挽いたところで、林業家と輝和が、さきほど幹に巻き付けたロープの端を握り、注意深く引いていく。軍手とロープが擦れて手のひらが熱い。

腰を落とし、全身の力を込める。木の繊維の裂ける音がして、木はゆっくりと傾いて

いく。

「ようし、もう少し」

傾斜し頭上に覆いかぶさるように見えた木は、途中でとまった。ぎっしりと茂った周りの木々に枝が絡んでいるのだ。

もう一人も入って、三人がかりで引く。ひっかかった枝が、大きくたわみ悲鳴のような音がこだました。

そのとき小さな影が、山道から斜面に、ひらりと下りてきて、三人を止めた。「だめ、だめ、止めて」

息を弾ませて、叫んだのは淑子だった。

次に発したのは、言葉ではなかった。何か甲高い警告音だった。少し離れたところで同じ作業をしていた人々が、その場を離れこちらに向かってきた。

そのとたんひっかかっていた枝が、うなりを上げて跳ね上がった。そしてたった今、幹に鋸を当てていたところを下から叩き上げ、千切れた葉や土ぼこりを舞い上げた。

輝和たちの引いたロープは抵抗がなくなり、高さ八メートルあまりの細長い杉の木は、ゆっくりと地面に転がった。

「危なかったな」と、林業家が汗を拭った。

そのままロープを引いていたら、周りにいた者は、枝に撥ね飛ばされ、大けがをしているところだった。

待ち構えていた他の男が、倒れた木の枝を払い、二つに切断する。切断した丸太を別の男が斜面に滑り落とし、下で待ち構えていた清美たちが皮をむく。

女たちがあらかた皮をむいた丸太の、窪んだ部分にナイフの刃を当てて、残った皮を丁寧に取り去るのは、健一の役目だ。

並べられた直径二十センチ足らずの細い丸太が、新しい住まいになる。

信者にとって、何かが変わる瞬間だった。

それまでは最低の生活を維持する程度に、彼らは仕事をしていた。輝和を含めただれもがいわば自らの基礎代謝量以上のことはせずにすごしてきた。

淑子の不思議な癒しの力のもとに集まった人々は、生産的なことと、家族と、世間の風に背を向け、淑子という精神と肉体のシェルターの中で肩を寄せ合い暮らしていた。

護られながら、静かに停滞していた。しかし今、彼らは動き出した。

自分たちの住まいを造るという目的を得て、彼らの間には溌剌《はつらつ》とした空気が漲《みなぎ》っている。

一本また一本と、木は切り倒されていく。その様を見ていると、輝和は体の細胞の一つ一つが、新たに生まれ変わるような清新な喜びに満たされていくのを感じた。

黒い森に淡く光が射し始める。風が通り、木々と下草の吐き出す湿り気を帯びた空気の澱みが攪拌《かくはん》され、天空に上っていく。

昼の休憩を挟み、作業は続けられた。

やがて印をつけた木々がすべて切り倒された。

尾根からいく筋もの午後の光が、山肌に降り注いでいた。ほっそりと伸びた赤褐色の幹に日の光が弾け、立ち上る水蒸気で森全体が金色に染まっている。

傍らで寺田が茫然と立ち尽くして、その様を眺めている。

森の中で、いくつもの生命が、歓喜の声を上げていた。

神というのは、いるものらしい。輝和は初めてそんな感じを得た。

神の存在について語ったことも具体的な神の名前を口にしたこともない淑子の背後に、神と呼べるものがいるのをはっきり感じとることができた。

それは、キリスト教の神でも、仏でも、神道の神でもない。

人の姿を写すこともなく、名前もなく、人の言葉をもって世界と宇宙を語ることもなく、彼岸について語ることもなく、偶像によって人格化されることもない神。

病気を癒し、失せ物を探し、身辺に迫った危険を知らせ、人々を安らかな気持ちに導く。たかだか人間、それも個人というちっぽけなものに対し、きわめて現世的な救いの手を差し伸べてくるに過ぎない、卑近で実用的な神。それでいてありとあらゆる生命の根源に立ち、ときにその峻厳《しゅんげん》さを見せつける神。

それはある種の雰囲気として漂い、体を包み込んでいく森の霊気のようなものでもある。あえていうなら命をはぐくむ太陽光や自然の大気のような、あまりに当たり前のものだった。

淑子は、木々の間から射し込む光に、ぽっかりと明るんでいる木の根元を鍬で掘ると、そこに山下の骨をさらさらとまいて、両手で土をかけた。

小屋を建てる用地として寺田が指示したのは、林道脇の平らな空き地だった。笹や灌《かん》木《ぼく》に覆われたじめついた場所のように見えたのが、草木を刈ってみると、石積みもしっかりした整地された土地が現われた。昔、木材の切り出しのために、小屋が建てられていた場所だった。

一方、建材になどならないはずの間伐材で家を建てるという淑子の言葉も、実現しつつあった。

信者の一人、小森という男が切り出された細い丸太を見て、「簡単ですよ」と図面を引き始めたのだ。体が小さく、よく日焼けした顔に白い歯が印象的な彼は、一見したところ三十そこそこにしか見えないが、実は輝和より年上らしい。一九七〇年代にブームとなったコンミューン運動に参画していたというから、四十代も半ばだろう。しかし下草の生い茂った急斜面を、鉈を片手に猿のような身軽さで飛び回る様は、とてもそんな歳には見えなかった。

内紛が原因でコンミューンを脱会した小森は、その後、岐阜県の山中の廃村で、仲間とキブツに似た共同体組織を作り上げた。しかしそこの生活が軌道に乗る前に、今度は運営方針をめぐって仲間と対立し追い出された。その共同体で得た妻や子も失い、アジア各地を放浪した後、二年前に日本に戻ってきて、空き地の草刈りや道路掃除、牛丼屋の店員、ピンクサロンのボーイなどありとあらゆる仕事をしてきた。しかし新聞で淑子の記事を読み、ここに人生最後の可能性をみつけた、とのことで、つい一週間ほど前にやってきたのだった。

半信半疑の輝和たちの前に、小森は自分の設計した立体図と図面を見せた。それはかまぼこ型トタン屋根の中二階の建物だった。かつて所属していたコンミューンで、彼が考案した家畜小屋を応用したものだと言う。

「家畜小屋？」と輝和は思わず非難がましい調子で尋ねた。

森と家を建てるための用地を提供した寺田も、図面を見たとたんその殺風景な造りに失望の表情を見せ、「私は、今流行のログハウスみたいなものを想像していたんだよ」と苦笑した。

「ログハウスを造るのは、技術がいるし時間もかかる。なによりも間伐材だけで造るわけにはいかないじゃないですか。そのうえ、このやり方ならログハウスと違って、一棟の建物をいくらでも大きくすることが可能です。何より、家畜にとって快適な小屋は、人間にとっても快適だと思いませんか」

小森はそう答えると、半ば呆れている輝和たちをよそに、手際よく準備を進めていったのだった。

淑子は終始無言で、説明している小森の方さえ見ていなかった。

小森の方法によると、家を建てるのに、特別の材料や専門家はいらない、とのことだった。

作業は木を切り出した直後から信者を総動員して始まった。

輝和や男の信者が、小森の指示通り平らな地面に穴を掘り間伐材の柱を五十センチ置きに立てていく。その様は、柱というよりは壁そのものを作っていくといった方がいいかもしれない。こうすることによって、細い丸木柱で十分な強度を保てると小森は説明する。

さらに柱と柱の間を埋めるように、丸木を横にしてびっしりと積み上げ、番線で結ぶ。これが壁になる。

屋根はさらに細い間伐材を使い、やはり番線で格子状に組んでいきトタンを被せる。天井は壁と同様、細い枝で隙間なく埋めて作る。このことによって断熱効果が驚異的に高まり、夏涼しく、冬暖かく過ごせるようになるという。

簡易トイレは小屋の外に作ったが、雨に濡れずに行かれるように小屋から屋根と壁をつなげた。

塩ビパイプを斜面に埋め込み、沢から水を引いて簡易水道もできた。

さらに小森は山林作業の用具や、苗木、枝などを運ぶために、ロープラインを作ることを提案した。

山の中腹に支柱を立て、滑車をつけてロープで結ぶというだけの簡便なものだが、道路一本とトラック一台分くらいの役に立つという。輝和と数人の信者が山に入り下草を刈り、小森の指導のもとに防腐処理した間伐材を支柱にして、滑車を取り付ける。方向やロープラインの傾斜については、事前に綿密な打ち合わせをした。たまたまあったロープの強度が十分でないことがわかり、その点については、三本を撚《よ》り合わせて使うことで解決した。

ろくな機材もなく専門家もいなかったが、試行錯誤を重ねながら、一ヵ月後には一連の作業は終わっていた。

家は農家ではあったが、輝和には家を直したり、機械の修理をしたり、簡単な道具を作ったり、身辺のあらゆることを自分で行なって「俺は百姓だ」と胸を張れるような技術はなかった。しかしここで小森の後をついて歩いていると、効率を第一に考えない限り、たいていのことは自分ででき、ほとんどのものは自分で作れるのだと気がつく。小森の方も、自分に多くの辛酸をなめさせたコンミューンやキブツの生活の中で身につけたそうした技術が、この場で役立ったことを喜んでいるふうでもある。

まもなく信者たちの大半はできあがった山の家に引っ越してきた。しかし卯津木町にあるスガの家に残りたいというメンバーは残った。

山の家は、身体屈強の者には快適であっても、年寄りやハンディのある者にとっては、やはり住みづらい。それをあえて山の中に住め、とはだれも言わなかった。

卯津木の家でアルバイトをして食いつないでいた人々は、山の家を拠点として山仕事を行なうようになった。

間伐、枝打ち、下刈り、蔓切り……。

二十年近く放置された山の仕事は、限りなくある。寺田の家の山林を昔、管理していたという山番に付いて信者たちは森に入り、鉈や電動カッターなどの使い方を一つ一つ覚えていく。寺田から、この見習い作業員たちにはいくばくかの手間賃が支払われた。

枝打ちして落とした枝は燃料として使われ、新たな間伐材からは寺田の家の庭の一部を借りて鶏舎が作られた。

鶏に餌をやり、卵を拾い集め、小屋を掃除し、鶏糞を近所の農家に売りにいくのは、すっかり背丈の伸びた健一の仕事だった。心臓の発作は、近ごろは滅多に起きなくなり、鶏の扱いは、メンバーのだれも彼にかなわないほどになった。人に慣れることの滅多にない鶏が、彼にだけはペットのインコのようになつき、肩や腕に止まっているのは、奇跡のような光景だ。

神経質になっている抱卵中の雌も、巣箱をかき回しているのが、健一である限り、平然としている。

そうしたことを目にするにつけ、健一の寿命が十六歳と予言されたことが、輝和には残酷に感じられる。しかしだからこそ健一の中に、聖者に似た輝きが見えるのかもしれない、とも思う。

この年の終わりに、輝和は山仕事から離れ、ごく狭い畑地を耕すことになった。

寺田の畑は、税法上の農地の指定をうけるために豊後梅《ぶんごうめ》が植えられたまま放置されていたのだが、虫の巣になっていたのを見かねて、輝和が貸してくれるように頼んだのだ。

役所の税制部から、農地として活用されていない旨を指摘され、耕作するようにと再三、注意を受けていた寺田は、喜んで貸してくれた。

幹の大部分をカミキリ虫にやられて枯死寸前だった梅の木を切り倒し、輝和は中国野菜の栽培を始めた。自宅でやっていた頃には、単価が高いことは知っていたが、あえて作ってみようとも思わなかった。しかし今、新しい試みをするのに、何の心理的抵抗も億劫さも感じない。

野菜作りは輝和が中心となり、数人の信者と淑子が手伝った。

鶏舎から出る鶏糞と山から集めてきた落葉や土、それに近所の豆腐工場からもらってきた廃液をかけて藁で覆っておくと発酵する。その上に苗床を置き、ビニールで覆う。発酵による熱で種が発芽し、十分育った頃、堆肥が出来上がっている。それを土にすきこみ、育った苗を植え付ける。

結木家の畑で行なっていたことと多少方法は違うが、それでも農作業であることに変わりはない。あの頃のものうげで薄寒い閉塞感は、今はない。

一日が終わり、小屋のドラム缶の風呂で汗と泥を流す。収穫のあった日には、その作物が食卓に上る。季節が変わり、作物は日一日とその様相を変えていくが、輝和の中を流れる時間は、ゆったりとして穏やかだ。

自分の育てた作物が、自分と仲間を養い、その仲間と一緒に作業をする。幸福感というのが、案外単純な要素から成っているのかもしれないと輝和には感じられた。

土砂崩れから、一年あまりが過ぎた五月、山菜を採らないか、という寺田に誘われ、輝和は山に入った。

荒れ放題で、昼なお暗かった杉林には手が入り、すっかり風通しがよくなっていた。戦前、日本の各地にあったといわれる美林は、こうしたものだったのだろうと、輝和は、杉のまっすぐに伸びた幹の先にある青空を見上げる。

尾根筋まで登り、寺田は森の杉の一本に手を置くと、「こんなふうに山がよみがえる日が来るとは思わなかった」と、しみじみとした口調で語った。

杉の木はどれも細い。今後さらに間伐を行ない、枝打ちをして、木材として出せるまで、あと三十年は十分にかかる。

「私はもう、この世にいないんだね」と寺田は言った。「立派に育った木が切り倒されて運ばれるのを、草葉の陰から見守っているかね」とたのもしそうに、梢を見上げる。

淑子の託宣も言葉も、相変わらず現世に関わることだけだ。死後の世界と宇宙の神秘については何の示唆もない。しかし輝和も他の信者も、育っていく木々や岩の間からしみだし流れていく水、枝々の間から射し込む光に永遠の魂を感じる。

草葉の陰という寺田の言葉こそ、淑子と淑子に寄り添うように集まってきた人々の死生観そのものだ。

天国も地獄もなく、人も鶏も森の木も区別なく、すべての生命はこの緑深い自然の懐に抱かれて安らぐ。

今、光が射し込むようになった林床に、やわやわとした薄緑の葉を広げて、箸ほどの細さの木々が生えている。種が運ばれてきて芽を出した広葉樹だ。降り注ぐ光を浴びてそれらは育っていく。やがてこの山は、シラカシやイヌブナ、トチと杉の混合林になるだろう。関東中部の山は、もともとモミ、アカマツを主とする針葉樹、カシ類を主とする常緑樹、ブナ類を主とする落葉広葉樹からなる豊かな森だった。地中深く根を張った木々が、水をため込み、表層部分はさまざまな下草と落葉と菌類に覆われ、幾多の小動物を懐深く抱いていた。

その森が再び戻ってくる。

三十年の後、輝和はまだ生きているかもしれない。最後に見るのは、豊かな森がじわじわと広がり、山の中腹のコンクリートで固められた醜悪な住宅地を呑み込む様なのだろうか。山の緑が家々の屋根に迫り、コンクリートの擁壁を破り、一帯を押し包んでいく。

脳裏に浮かんだ映像が鮮やかすぎ、目がくらむような気がした。自分の想像したものではない、と直感した。だれかが見せたビジョン、ほかならぬ淑子が。

木の生い茂る山の斜面の一隅に、昨年土砂に流されたさつき台の土地が放置されている。赤茶けた関東ローム層は、一年がたち、繁茂した葛《くず》や茅《かや》などの緑に覆い尽くされている。

住民のほとんどは、上物を直す資金力くらいはあっても、斜面に戻ってしまった土地を再び整地する金銭的余裕はない。たとえあったにせよ、いつまた土砂が襲ってくるかわからない危険な土地に、再び住む気にはなれない。事実、何世帯かの住民はここを捨てて離れていった。

離れていく人間がいる一方で、自分たちはこの森に住み着いた。

奇妙な疑問につきあたった。

あれは本当に災害だったのか？　あの土砂崩れは、本当に自然災害だったのか。もしや淑子が引き起こしたことではないだろうか。確かにこの土地ではいつ起きても不思議はない災害だったが、あの日、あの時間に、あの地域の住宅を押し流すような形で、うまく災害が起きるものだろうか。

あの日を境に、淑子を中心とした教団、というより共同体は、一つの指向性を持ち、急に活性化した。あの土砂流出事故がなければ、自分たちはこの山を得ることはなかった。

すべては淑子のあの得体の知れない力が引き起こしたものではないだろうか。

何をばかなことを、と輝和は自分の考えたことを否定した。

あれは単なる災害だ。もちろん人災と考えることはできる。しかしそれは森を荒廃させた無理な開発や、ずさんな土木工事のために引き起こされた、という意味においてだ。少なくとも一人の人間が、念力か何かで、土砂崩れを起こしたと考えるのは、愚かなことだ。

しかし淑子は、事故を予言した。それはある種、人知を超えた力であることは間違いない。それではその人知を超えた力で、山を崩し、見せしめのようにさつき台の中の住宅の数軒を押し流すこともできたのではないか。

できるとして、そうしたことを淑子がするだろうか？

少なくとも、あれで五人の人間が死に、多くの住民がローンを残したまま、土地ごと家を失っているのだ。

淑子の優しげな顔が思い浮かぶ。暖かな我々の母……。

淑子は、結木家の財産をすべて捨てさせた。そしてあの年に、つぎつぎに棺が並んだ。淑子は神だ。神の倫理観は、人間の論理や情緒を大きく超えたところにある。いや、倫理観などそもそもない。それは不完全な人間が、自分の内面にはめたタガに過ぎない。神は破壊する。神は再生させる。神は造り出し、神は殺す。

あの程度の土砂崩れや、たかだか寺田の持ち物に過ぎないこの山一つの再生が、淑子にとってどれほどの意味があるというのだろう。

いったい淑子はこの先に、何を見ているのだろうか、と輝和は思った。それともすべては神の、神にふさわしい気まぐれなのか。

16

同居する信者は増減を繰り返しながら二年目の初夏を迎え、その人数は三十人ほどに落ち着いた。

山の家は用途区域の関係から、本来は住居として使用することを禁じられていた。そこに多くの人間が寝起きしている事実は、やがて市の都市計画課の知るところとなり、山林の所有者である寺田は、何度か注意を受けた。

山林作業員の簡易宿舎であるという言い訳をしてはみたものの、市の職員が現地調査をしてみれば、人々がそこで生活していることは一目瞭然だ。

早急な立退きを迫られ、信者たちはその間伐材の家が完成した翌年には、引っ越さなくてはならなくなった。

そこでさっき台の外れにある寺田家所有の土地を借りて、新たな間伐材の家を建てた。今度は中二階で開閉式の天窓のついた、以前より少し大きな造りの家だった。水道やガスも引けて、人間の住居らしいものになった。

山の家の方は作業小屋として残され、山林作業の折に一休みしたり、機材を置くのに使われている。

野菜栽培と養鶏場の経営は軌道に乗り、内部消費では品物が余るようになり、輝和は街道筋で無人販売を始めた。清美たちはさらに販路の拡大を考えているらしい。

また男たちは山仕事の技術を身につけ、奥多摩やときには関西方面にまで呼ばれていくようになり、福祉施設の臨時職員として働いていた清美たちは、機構改革で正職員に昇格した。

我を捨てよ、我が手の中にと呼びかける淑子のもとで、内部の空気は、輝和が気恥ずかしくなるほど、潑剌として親密だ。

信者の数は、思ったよりも増えない。積極的な布教活動はしていないし、教えの拠《よ》り所《どころ》となる教義がないのだから当然かもしれない。

それでも近隣の人々が、体の具合が悪くなったり、困ったことが起きたり、ときには娘の縁談が持ち上がったときなどにも、淑子を訪れるようになっていた。

いい結果が出ると、改めてお礼に来たりはするが、たいていは次に事が持ち上がるまでは音沙汰なくなる。ましてや信者としてこの共同体に参加しようとする者はほとんどいない。

困ったときの神頼みで、あとは放っておいても祟りはない。尊敬の程度も畏れの程度もほどほどに、淑子は地域の小さな神様になっていった。

淑子を中心にした人々は、教団というよりは、親密な大家族を形成しつつある。

しかしこの種の集団にしては、めずらしいほど一般社会とのトラブルは起こしていない。

積極的に布教し、信者を増やそうとする拡張主義をとっていないせいもあるが、何よりもここにやってくる人々が、世間一般にとって必ずしも有用な人材ではなかったからかもしれない。

教団の人々と暮らし始めた信者を家族が取り戻しにくるなどという「普通の光景」を輝和はついぞ見たことはなかった。

死んだ山下はアル中になって、家族からも社会からも排除された男だったし、離婚してここに入った清美は、障害を負った子供もろとも婚家からやっかい払いされたようなものだった。

人生に対して前向きな姿勢を保ち、生きていくためのいくつもの技術を手にしている小森にしても、一般社会にはもちろん、自分が作った特殊な組織にさえ適応できず、ここにやってきた男だ。

その他にも、長期入院をしているうちに会社から解雇され、病院から戻ってきたときには行き場所を失っていた男や、つぎつぎに同棲《どうせい》と破局を繰り返し手首にいくつもためらい傷をつけた若い娘など、世間からも家族からもはじき出された人々だけが、淑子に相談に来てそのまま居着いた。弱い者が肩を寄せ合い、淑子のもとに集まり、世間的利害に背を向けて暮らしていた。

しかしここの男たちが職能集団として山に入って作業に従事したとき、そしてここの野菜や卵が、販売されてそれなりの評判を取ったとき、淑子を中心にした共同体と一般社会との間に、小さな好ましい接点が生まれた。

その一方で信者同士、多少のいさかいがあっても、さほど深刻な対立に発展しないのは、メンバーの中で序列らしいものもなければ、それにともなう権限もないからだろうと輝和は思う。

たかだか三十人の規模では、統率のための機構も、統率という概念自体も不要のものだ。さらにざるの中に現金が入っていて、そこから必要な金を持っていくのも、また働かずに一日家に残るのも自由という、貧しいながらの気楽さと、この集団の中で権力を持ったところで、得られるものは何もない、ということが、人々の間に争い事はもちろん、争う感情さえ起こさせなかった理由かもしれない。

梅雨が終わる頃、七十歳を過ぎた信者が森で作業をしている最中に倒れ、淑子に看取られて死んでいった。そしてそれと同じ日に、手首にいくつもの傷痕をつけた薫という女性信者の妊娠が判明した。

昨年の暮れ、薫は数回目の同棲生活に破綻してここにやってきた。二十歳を過ぎているのかいないのか、薫と名乗ったきり、だれが話しかけても押し黙ったまま、彼女は淑子以外とは決して視線を合わせようとしなかった。

陰気を通り越して異常な感じのする娘で、冬の間中、まるで冬眠でもしているかのようにストーブのそばでうつらうつらとして過ごした。畑仕事を手伝うわけでもなければ、スガと一緒に信者の食事を作ったりするわけでもない。

ときおりざるの中の金を持ち出してマニキュアを買ってきては、うつろな表情で爪に塗り、ストーブにかざして乾かしているだけという暮らしぶりに輝和は眉をひそめていたが、ここの人々はだれも咎めない。

そんな日が続いて二月に入ったある朝、薫はのそりと起きだして健一について鶏舎に行った。餌をやったり水を取り替えたりし始めたかと思うと、初めて言葉を発した。健一に対してではなく、ひよこに話しかけたらしい。

そして翌日には、親鶏と健一に対して、言葉をかけた。鶏には「ねえ、辛いの？」とさかがこんなに白くなって」と、健一には「餌は、このくらい入れておけばいいの？」と尋ねた、という。長い間、薫の話し相手は、鶏と健一だけだったが、そのうちにぽつりぽつりと他のメンバーとも話をするようになった。

春の訪れとともに薫の冬眠は終わった。その動作にも瞳の色にも生命の輝きが戻ってきた。すると、彼女が少し尖った顎と大きな瞳を持った、実に魅力的な娘だったということに、だれもが気づいた。

ある夜、薫はメンバーの中の菊池という同年輩の男と何かささやきあっていたかと思うと、手に手をとって外の闇に消えた。

菊池は、五ヵ月ほど前、栄養失調から極度の貧血を起こした状態でここにやってきた。岩手の家を出て、東京の大学に入った年の六月にある新興宗教に入信し、そこを一年あまりで脱会した後、いくつもの教団を転々としてきたらしい。

ここへ来た当時、頬がこけ透き通るような顔色をした菊池は、不機嫌な薄い色の瞳でどこか遠くの一点をみつめたまま、口の中で常にマントラのようなものを唱えていた。しかし寺田たちと山に入り森林作業を手伝うようになってから、体は一回りたくましくなり、快活さと純粋さの入り交じった笑顔を見せるようになった。そんな二人が、農機具置場の隅や陽の落ちた森の中で、固く抱き合っている姿を輝和はときおり見かけたが、何か微笑ましく、足音を忍ばせてそっと立ち去るのが常だった。

薫の妊娠が告げられたとき、宗教から宗教へと渡り歩いてきた菊池は、ここを出て一般社会に復帰することを宣言した。薫と二人、アパートを借りて仕事をみつけ幸せな家庭を築きたい、と語った。

淑子は「みんなで幸せになります」と言っただけで止めなかった。みんなで幸せに、というのは、どこにいても、それぞれに幸せに、という意味であろうと輝和は解釈した。

春先に戻ったような冷たい雨の降りしきる中を二人は祝福されてここを去り、健一だけが、その後何日もほうけたような哀しげな目で、白色レグホンに頬ずりして過ごしていた。

それを契機に、内部にいくつかのカップルができた。新しくできた家では、もう雑魚寝はしていなかった。食事を終えた後、テーブルを片づけたところに、男たちが布団を敷き、女は梯子のような階段で中二階に上がり、寝るときには梯子を引き上げてしまう。

しかし若い二人がここを去る以前から、ときおり惹《ひ》かれあった男女が、納戸や空いた部屋に消えることがあったり、周囲の林に手に手を取って入っていく後ろ姿を見ることがあった。もちろん咎める者はいないし、のぞき見はタブーだった。

晩秋に入ったある日、今度は内部で女の子が生まれた。母親はまだ結木の家があった頃から淑子のところに来ていて、自分の名字や素性はいっさい告げず、「ユリア」と名乗っていた信者だ。もちろん本名ではないだろう。四十代前半であること、前の結婚で生まれた子供を事故で亡くしていることくらいしか、輝和は知らない。

父親の方は小森である。このカップルは、ここを出ないで子供を育てたい、と言った。内部で結婚することを淑子は禁じていなかったが、彼らは籍を入れることを拒んだ。ユリアは「この子は私の体が産んだというだけで、みんなと等しく淑子様の子です」と言った。

輝和は抵抗を感じた。女にそう言わせて平気でいる小森の腑甲斐《ふがい》なさに苛立ちを覚える。戸籍に父親名の記載のない娘が成長し、遭遇するであろうさまざまな差別や面倒な事態を考えると、輝和はあえて結婚制度を否定し、共同体の子供として育てることを手放しで祝福する気にはなれなかった。

そのことを小森に言うと、小森は「それは日本の法体系の重大な欠陥であって、改めるべきはそちらだ。僕は妻とか子とかいう形で、人を所有し囲い込むのは、幸福な状態ではないと考える」と答えた。

輝和にとっては、それが小森の無責任さと男としての狡猾さの表われにしか聞こえない。所有し、囲い込みたくない、というのは、裏返して言えば、自分が束縛されたくないということで、妻や家庭や子供との義務を伴った関係から逃れる方便である。いずれ内部の何人もの女性と関係を持ち、生臭いトラブルの種を作ることになるのではないかと心配した。

しかしその後も小森は、輝和の危惧したような事態を引き起こす様子は見せなかった。子供は、母親のユリアや、スガや、清美たちによって育てられ、成長していく。小森はいささか淡泊ではあったが、それなりの愛情を示し、子供の母親以外の女性と親密になる気配もない。

しかしそれでも輝和の中には、何か割り切れないものが残っていた。何かがおかしいのではないか、という感じが、ここの人々の暮らしが、それなりに安定し充実した様相を見せるにしたがって、輝和の中では膨れ上がってくる。それが何かはっきりしないまま、小森の言葉は、輝和の心に長い間とげのようにひっかかり、思い出すたびに神経が苛立つのを感じた。

その間にも、一組、ここを出たカップルがいた。そしてまた新しいメンバーがやってくる。そんな具合だったから、翌年もまた、信者の数は相変わらず三十人足らずだった。

「みんなが幸せになる」というのが、このところの淑子の口癖のようになっている。

この世界で普通に生きていくと、自分が幸せになるために、だれかを、何かを、不幸にする。しかし周りの動植物も含め、傷つけないように幸せになるすべが必ずある、と淑子は言う。

言葉だけ聞くとまるで絵空事であるが、この状態がまさにそれらしい。

「みんな幸せ」なこの家族の中で、自分の心にだけ小さな憂鬱が広がり始めているのを輝和は感じる。

憂鬱の原因ははっきりしない。肉体的にも精神的にも、あまりに健全で幸福な状態が続いたために、活力を失ったようでもあり、漠然とした飽きの感情のようでもある。

ともあれこの教団というより、家族は、最近では共同経営体という性格を強めていた。それがどこまで淑子の意図であったのかはわからないが、寺田の土地に家を建てて三年目に入ったこの春、寺田と清美、それに小森たち数人の信者が中心となって、養鶏場と畑と山林を有機的に結びつける生産システムを作り上げつつある。

山から切り出した間伐材で養鶏場を作り、落葉や鶏糞は肥料として畑にすきこむ。以前は食べきれない卵と作物を街道沿いの無人販売所で売っていたのだが、最近は特に宣伝したわけでもないのに、ここの作物が近隣の人々の知るところとなり固定客がつくようになった。

近隣地区に都心から大学が移転してきて、その大学職員の住宅も近所にできた。さらに街道を車で五分も走れば、丘陵の大規模開発によって作られたニュータウンが広がっている。地元民でなく、そうした都会から流入してきた人々が、森林と農地と養鶏を積極的に結びつけた生産形態に着目し、その強い健康指向やエコロジー指向からここの作物を求め、教団の経済の一端を支え始めた。

地域社会の呪縛から自由であるニュータウンの住民は、この一風変わった大家族の形態に目をつぶる寛容さがあった。そして教団は一切の宗教色を表に出さず、清美が営業担当のような役割を引き受ける一方、新住民を中心にして共同購入会が作られた。ほどなく教団には、小森の提案でファックスつきの電話が入り、受注管理も万全となった。

「結木さんちのブロッコリが来週から入ります。ポストハーベストの心配のあるカリフォルニア産のブロッコリと違って、安全で自然な甘味。どうぞおためしください」

共同購入会の幹部の作ったこんなビラが、ニュータウンの家々に配布される。文面から宗教色は払拭され、「結木さんちの」と、作り手の個人名をかぶせて、一農家との契約栽培かと思わせる工夫がこらしてある。

教団の生産物は、宗教団体に警戒感を抱く住民にも受け入れられ、販路は確実に広がっていく。

またそうした売られ方を是とする清美や小森たちの現実主義によって、ここの作物は、

「安全・新鮮・高品質」という信用を得ることができた。そのブランドは、「結木さんちの健康野菜」である。

さらに卵については、鶏の世話をしている清美の息子、健一をキャラクターに使い、「健一くんの卵」と銘打つ。

――効率第一主義を廃し、鶏と森林と畑の有機的つながりによって育てられる「結木さんちの野菜」は、本物の味がする――

――健一くんの卵は甘い、生でごはんにかけてみてください――

こうしたキャッチフレーズに引かれて、役所や学校の労働組合や福祉団体からも注文がくる。とくに健一が鶏を抱いて微笑している、宣伝用スチールは好評だった。

すでに清美は福祉施設の仕事を辞め、営業はもちろん受注や出荷管理まで一手に引き受けている。

宗教における現世利益よりもさらに現実的な成果が教団を潤しつつあった。

ざるの中の金は、次第に増えていったが、ある時点で、それは元のわずかな金額に戻った。余剰金を金融機関に預け、運用するようになったからだ。

ある夜、夕飯が終わった後、清美は通帳と印鑑を輝和のところに持ってきた。

「預かってくれませんか」と言う。

「なぜ、俺が?」と輝和は尋ねた。

「こういうことは、男の人がやった方がいいから」と清美は答える。

帳簿をつけたり会計報告をしたりといった煩雑な事務処理を清美が嫌がっている様子はない。

しかし組織の経済が膨らんでくることによって、さまざまな問題が生じる可能性がある。

金がらみのトラブルは金額が膨らめば、深刻さの度合いも膨らむ。それに肝心の教祖の反応も心配だ。清美はそうした面倒のいっさいがっさいを、生き神の夫に押しつけてしまうつもりらしかった。

輝和は淑子の方をうかがった。食事を終えた淑子は、静かに座っていた。手の中の「結木輝和」名義の通帳と印鑑を握りしめたまま、輝和はおののいていた。昔、結木の家で、小沢がしようとしたことを清美は別の形で実現しつつあった。あのときの破られた神の衣装と、淑子の発作的な怒りを思い出した。しかし淑子は、自分を見ている輝和に気づくと、ちらりと小首を傾げたきり、輝和の手の中の物を不思議そうに見ているだけだった。

梅雨も間近に迫った六月の半ばの日曜日、輝和たちはある自然保護団体から呼ばれて、隣接した神奈川県境の山に入った。

その団体は、森林再生の夏のイベントとして下草刈りの作業を行なっていたのだが、集まってくるのは、技術が意識に追いつかぬ素人ばかりである。山仕事で、しかも刃物を使うとなれば、彼らの手におえず、毎年プロの林業家に指導してもらうことになっていた。しかし、都市近郊のことで、そうしたインストラクターを探すのも年々むずかしくなっている。しかも揃って高齢者ばかりで、なかなか来てくれなくなった。それでニユータウンの共同購入会を通じて、清美のところに話が来たのである。

指導員として参加したのは、輝和と寺田の他に男性信者二人だった。

大型バス二台を仕立てて、連れて行かれたのは、標高八百メートルほどの山だ。今回下草刈りを行なう南斜面は、昔は薪やきのこ、山菜などを人々に供給し、入会地《いりあいち》として機能していたが、今ではすっかり荒れ果てて放置されていた。

集まったメンバーは、ピクニック気分で訪れた家族連れの参加者がほとんどだった。暑さも手伝い、登山口までの長い舗装道路で疲れたところに、森に入ると急な登りが待っている。ようやく下草刈りの現場に着いて、いざ鎌を持たされたときには、だれもが一日の作業を終えた後のようにぐったりしていた。

輝和たちが、木の根元に腰を下ろしてしまったきり立ち上がろうとしない彼らに鎌の握り方を教え、一休みしてから作業が始まった。

急斜面で行なう中腰の作業は、思いのほか厳しい。音を上げながらも、彼らは黙々と林床を覆い尽くす下草を刈っていく。ときおりヤマシャクヤクの目にしみるような白い花や、ツリフネソウの群落などをみつけ歓声を上げる。

一時間ほどして、汗を拭いたときには、正午になっていた。

風通しの良い、虫の来ない落葉松林《からまつ》に入って、三々五々、弁当を広げる。

弁当を食べる間も、子供たちは少しもじっとしていない。いつのまにか子供同士の集まりができて、「気をつけるのよ」という母親の声を背に、登山道と斜面を走り回る。

「くだもの、どうですか」と母親の一人が、輝和にタッパーを差し出した。淑子と同じくらいの年格好の女だ。丁寧に薄皮をむいたグレープフルーツと、兎《うさぎ》型に皮をむいた林檎《りんご》がきれいに並べてある。

ふと懐かしく、胸をつかれるような思いに捉えられた。小学校の遠足で、母が作ってくれた弁当を思い出したのだ。格別高価なものは入っていなかったが、おかずのどれもこれもが丁寧に心をこめて作られていた。あの頃、どこの家にも母がいて、妻がいた。その暖かな懐に自分たち兄弟も、父も身を寄せていたのだ。

遊びあきたのだろう。子供が戻ってきて、虫に刺されたと言いながら、シャツの袖をまくりあげて、母親に見せる。

「おたくは、お父さん一人で参加ですか?」

そばにいた若い父親が声をかけてきた。

彼は他の班にいたので、輝和をインストラクターとは知らず一般の参加者だと思い込んでいるのだ。

「あ……いや」

奇妙な気まずさと羞恥が入り交じった思いが込み上げてきた。なぜこんな気持ちを抱かなければならないのか、と自分に腹を立てながら押し黙っていると、相手は何か間の悪い質問をしてしまったと気づいたらしく「いや、どうも」と小さく頭を下げる。

「私は、参加者じゃなくて、山仕事の指導を頼まれて来たもので。家内は、家で留守番してますよ。あまり人前に出るのが好きでないたちなんで……」

「あ、インストラクターの方。これは失礼」

それまでさかんに父親のシャツの裾をひっぱっては、甲高い声で話しかけていた子供が、その膝にもたれ、ビニールシートの上で寝息を立て始めた。母親が自分のウィンドブレーカーをその背にかけてやる。

「子供は、まだでしてね……結婚が遅かったもので」

輝和は続けた。

「あら、新婚の奥さんを置いて出てこられたんですか」と子供の母親が、顔を上げた。

「子供なんて、そのうちいやだってできますからね」

父親が笑った。

自分の擬製の家族について説明する勇気を輝和は持てなかった。仮に勇気があったにせよ、ここで味わったなんともいえない羨ましさが、輝和を落ち着かない気分にさせていた。

揺り戻しが来たようだ。

家族が欲しい。共同作業の合間に、ごく自然に、家族ごとに分かれて休憩する人々の姿を見ているうちに、そんな思いがわき上がってくる。

淑子の存在を核として精神の絆で結ばれた仲間ではなく、血の繋がりと戸籍という堅《けん》牢《ろう》なシステムでつながれ、社会に認知された家族が欲しい。自分の血と、妻の血の半分ずつ入った子供を膝に乗せて、台所で細々とした手仕事をしている妻の後ろ姿をながめている。そんな暮らしに渇きにも似た羨望を感じる。

その夜、家に戻った輝和は、大部屋で食事の準備に追われている仲間に、何か不自然な、社会の異物であるかのような感じを抱いた。

女たちは台所に入って食事を作り、男たちは部屋に長テーブルを出し、食器を並べる。それはこの三年の間に、すっかり見慣れた光景になっていたが、血縁でない人々が、「家族」という意識の下に一緒に住むことに、改めて違和感を持った。

食事が始まったとき、台所口の方から「ただいま」という、くぐもった声が聞こえた。

淑子がすばやく立ち上がり、そちらに行き引き戸を開けた。

一年前にここを出ていった薫が立っている。淑子をみつめ、それから無言のまま淑子の両腕を摑み、その胸に顔を押し当てた。薫の後ろには一緒に出ていった菊池が子供を抱き、少しはにかんだように微笑していた。その顔はまた昔のように顎が尖り頰がこけ、蒼白の肌に戻っていた。

「おかえりなさい」と淑子は言った。驚くでもなく、歓迎するでもなく、朝仕事に出た家族を迎えるように、ごく自然に招き入れる。

「ご飯、食べたの？」とスガもすこぶる自然な調子で尋ねる。

薫は恥ずかしそうに首を振った。

なぜここに戻ってきたのか、出ていった一年の間、何をしていたのか、だれも尋ねない。しかし菊池の方が、一部始終を語った。

彼らは隣の市にアパートを借り、菊池はゲーム機器会社の営業の仕事をみつけたという。しかし子供が生まれてみると、夜泣きがひどく、壁の薄いアパートのことで近所から苦情が来た。近所の公園は、公団住宅に住む母親たちが集まりサークルのようになっていて、民間アパートに住む薫は仲間にはいれない。何かのはずみに手首の傷痕を見られてからは、余計に彼女たちの視線が気になるようになった。

保健センターの三ヵ月健診に行ったとき、薫は保健師に子供の世話についてちょっとした注意を受けたことから、かっとしてその場を飛び出してしまった。その後は、自分は子育てができないのではないかと悩み続けた。

一方、夫の方はというと、こなしきれないノルマを押しつけられ、ゲームセンターを仕切っている暴力団関係者の接待をさせられていた。否応なく彼らと親交を結び、飲めない酒を飲まされ、あげくに女を抱かされた。

結局、さまざまな人間関係で神経をすり減らし夫婦仲が危うくなり、薫は気がつくと泣き叫ぶわが子の顔に布団を被せている。追い詰められたあげく、ついにここに戻ってきたというわけだった。

世間はそう甘くはない。楽しいこともあれば辛いこともある世間を人は泳ぎ渡っていく。ときに流され、ときに溺れかけて苦しい思いをしながら。しかし、この集団に守られて生きることに慣れた彼らは、たちまちのうちに挫折して戻ってきた。

いったんコースから外れてしまうと、普通の社会に普通の人間として復帰するのはそれほど難しいものなのか、と輝和は嘆息した。

さらにその一ヵ月後、薫たちに続いてここを出たカップルも戻ってきた。

まず最初に妻だけが駆け込んできて、二週間後に夫もそれを追って帰ってきた。

こちらのカップルは借金をしてごく普通のマンションを借りて住んだ。

高層建物から見える窓の外の景色に嫌気がさしたのだ、とその妻は言う。きれいなマンションの壁に押し潰される夢を見て、眠れなくなった。

夫の方は、仕事の後のつきあいで、頻繁に外で飲むようになった。遊びに誘われ妻に隠れて借金をし、それがかさみ自己破産した。

彼らが一様に口にしたのは、世間の生活の虚しさであり、競争社会の非情さであり、物質万能で心を置き忘れた現代社会の冷たさである。

はたして本当にそうなのか、と輝和は首を傾げる。いかなる理屈をつけても、彼らの自分を律する意志の弱さを否定することはできない。

彼らは一般の社会に適応できないだけだ。結局、最初から落ちこぼれるような人々が、ここに来たのか、あるいは、ここでいったん生活したら、外では生きていかれなくなるということなのだろう。

淑子やここの「家族」が人をそんなふうに作り変えてしまうのではないだろうか。

輝和は二年前、淑子から離れようと外に足を踏み出したときに味わった、激しい寂寥感を思い出した。ここから離れた人間は、あの寂寥感にずっとさらされて、耐えなければならないのではないだろうか。

いずれにしても、淑子も他の信者たちも、戻ってきた人々を暖かく迎え入れた。受け入れられた彼らはまたたく間に、明るい表情を取り戻していく。

夏を過ぎるとメンバーは少しずつ増え始め、共同購入会から来る注文もまたうなぎのぼりに増えていった。

淑子に寄り添うようにして個々の信者が静かに過ごしていた夜の時間に、しばしばミーティングが開かれるようになった。

当初は小森や菊池を中心に提案がなされていたが、最近では他の信者からも活発に意見が出るようになっている。

養鶏の規模を拡大し新品種のぶどうと組み合わせ、ぶどう棚の下で地鶏を飼ったらどうか。

寺田から借りている畑をさらに増やし、将来的には新規参入農家としての体裁を整え買い取りを考えた方がいいのではないか。

作業を見直し、機械化できる部分は機械化し、女性や体力のない者も積極的に外の仕事に従事できるようにしたらどうか。

話し合いが続く間、予言し託宣を下すはずの淑子は黙っている。もはや信者は信者でなく、教祖は教祖でなく、この組織は教団ではなくなった。

そして淑子の身の回りからは、次第に「神」の持つ神秘色は薄れていく。

いや、あの崖崩れを境に拠点を山の家に移したあたりから、淑子は次第に神の座から降りてきたように見える。

淑子の託宣や心霊治療を受けに訪れる人は少なくなり、朝の託宣もほとんど聞かない。

何よりも淑子は予言しなくなった。

それだけではない、淑子の口からあの厳かな神の口調を聞くことも、めったになくなった。

最近の淑子は輝和の畑仕事を手伝ったり、鶏小屋の掃除をしたり、信者の赤ん坊をあやしたり、ごく普通の農家の主婦のような生活をしている。

暮れに客が相談ごとにやってきたとき、石を打ち鳴らしたまではよかったが、二つ、三つ単語を言ったきり、絶句してしまったことがあった。いくら待っても言葉は出てこない。客の眉間に、不信感を表わすように皺が寄った。

そのとき清美は顔色も変えず、客と淑子の間に入った。合掌したまま、まるで淑子に話を聞いているかのように、うなずき返事をする。二、三分そうしていたかと思うと、くるりと客の方を振り返って言った。

「ただいまより、淑子様の御心の声をお伝え申し上げます」

清美の口から出たのは、世間の占い師や、霊媒師、イタコといった人々が行なうような、一見もっともらしくは聞こえるが、ちょっと考えてみればだれのケースにでもあてはまるような、巧みな口上だった。

客は「ありがとうございました」と深々と頭を下げ、納得して帰っていった。

輝和は清美のそばに行き「今のは？」と小声で尋ねた。

「方便ですよ。淑子様も許してくださるでしょう」

平然として清美は答えた。

年が明け、元日の朝、淑子は祈りを捧げ石を打ち鳴らした後、何一つ語らぬままその場に体を二つ折りにして倒れ、脱力し、萎えたように動かなくなった。

輝和が駆け寄って支えると、あのときの白い猫そっくりに、淑子は甘えるように小さく鼻を鳴らした。

驚いた様子もなく、清美は「ご無理がたたって、お疲れになったようですね」と言い、他の信者に指示して布団を敷かせた。

それ以来、信者が生き神に捧げていた朝の祈りは、清美を中心にしたミーティングに変わった。

山々に早春の息吹が感じられるようになったある夜のことだった。女たちが中二階に引き上げ、夜の早いこの家の明かりが消えようとしたとき、板戸が叩かれた。

輝和が開けると、五十がらみの和服姿の女が立っていた。

「こちらに生き神様がいるときいて参ったんでございますが」

街道からの緩い上り坂を走ってきたのだろう、女の額には汗の粒が浮き、乱れた前髪が青ざめた肌にはりついていた。

「遠くにいる人の居場所を当てたという神様にお目にかかれますか」

輝和が返事をする前に、淑子が梯子段を下りて来た。女は一目見て、これが生き神と判断したのだろう。

「娘は無事なのかどうか、知りたいのでございます」

玄関の三和土に立ったまま、すがりつくように言った。

男性信者数人が手早く布団を片づけ客の通路を作り、奥の三畳間に招き入れた。淑子と客は向かい合って座った。その脇で清美が、出番を待つスタントマンのように緊張した表情を微笑に隠して、正座している。

女の話は、つぎのようなものだった。

彼女の娘の一家は、この週末、東北まで春スキーに行ったのだが、準指導員の資格を持っている娘は昨日の午後、子供を夫に預け、一回だけという約束で森林コースに入った。しかし彼女は夜になっても戻ってこなかった。けもの道に迷い込んだ可能性も考えられ、警察はヘリコプターを飛ばして付近一帯を捜索したのだが、まだみつかっていない、という。

「こちらに来ると申しましたら、主人に叱られました。けれどもあれだけたくさんの人が一昼夜探してくださったのに何もみつからないですし、あの寒さですからのんびりしていたら凍死してしまいます。なんでもあなたさまは、地崩れを予言したり、埋まっている人を当てたりされた有名な生き神様とか……。どうか娘を助けてください」

女が言い終える前に、淑子は両足の裏をつけて座り合掌した。それから石を取り出し打ち鳴らした。

久しぶりに見る姿だった。輝和は息を詰めて、その様子を見ていた。淑子の顔が蒼白になった。一筋、二筋、そのこめかみから頬に汗が流れるのが見えた。こんな苦しげな様子を今まで見たことはなかった。

清美はその姿を凝視している。いつ助けに入ろうかとタイミングを見計らっているのがわかる。

淑子は痙攣に似た小さな身震いを二度、三度した。小さな寒々しい音を立てて、鼻から息を吐き出す。

しばらくそのまま座っていたが、急に淑子の顔は弛緩した。頬の筋肉も瞼も唇も力を失い、だらりと垂れ下がったように見えた。

「だめです」

淑子はかすれた声で言った。

神の声ではなかった。この教団ができてから、だいぶ話せるようになったものの、未だ流暢とは言いがたい日本語だった。

「だめです」

淑子は繰り返し、清美が腰を浮かせる。

「そんな」と女は悲鳴のような甲高い声を上げた。

「だめ」という言葉を女は、娘がもう助からないという意味と受け取ったらしかった。

しかし輝和には、淑子が女の問いに答えられないのだということがわかった。淑子には、何も見えていない。淑子の体から今、神が立ち去りつつある。

清美が淑子ににじり寄っていきかけたとき、淑子は座り直し再びきつく目を閉じ合掌した。

二度、三度、淑子は痙攣した。そして体が反り返るような大きな身震いをした後、低いうなり声を発し、ほどなくはっきりしない語尾で語り始めた。

「東の谷を探しなさい。音を立ててはいけない。静かに、探しなさい。大きな音を立てては、魂が迷ってしまう」

「魂が迷うって」

女の頬が歪み、ぱっと赤くなって、すぐに血の気が引いた。

「娘はだめなんですか?」

「東の谷を探しなさい。鉄塔のそばにいます」

女は弾かれたように立ち上がった。それから急いで座り直し、「ありがとうございました」と早口で言い、家を走り出ていった。

清美が大きく息を吐き出し、自分の額に吹き出した汗を拭った。

女を見送ることもなく、淑子はその場にシーツのように二つ折りになって倒れた。

輝和は近づき、その体を布団の上に横たえた。張りを失った皮膚に血の気はなく、骨や筋肉組織がばらばらに解けたように柔らかく、触れるのも危うい感じがした。とっさに手首を握った。ごく微弱ではあるが脈打っており、胸はゆっくり上下している。

その晩、淑子は長い間、気を失っていた。

翌日も一日、ぼんやりして過ごしていた。

夕方になってから、昨日の女から電話がかかってきた。淑子の言った場所で娘がみつかったという。ただし遺体になって。林間コースから転落したらしく、ほぼ即死だった。

ここを出ていった後、女は地元の警察に電話をかけ、今夜中に東の谷を探してくれと頼んだが夜中のことでそれもかなわず、だいいちそれが生き神様の言葉とあっては、人を説得することもできなかった。翌朝、娘の友人のスキーヤーたちが危険を押してそこを探してくれ、ようやく午後になってみつかったという。

東側の谷は、滅多にスキーヤーが入るところではなく、普通なら雪が溶けるまで遺体が出ないところだった、とその母親は涙ながらに淑子に礼を述べた。

悲劇を伝えた淑子の託宣は当たった。しかしそれを最後に、淑子の口から神の言葉は消えた。

その二日後に、「引っ越してきてから災難続きなので、何が原因か教えてくれ」と訪ねてきた男がいたが、淑子は長い間合掌して座っていたものの、結局何一つ答えられず、そのまま気を失った。

いつも助け船を出してくれる清美は、たまたま共同購入会との打ち合わせでいなかった。

男は眉をひそめ、舌打ちして帰っていった。その場にいた数人の女が、いつもと様子の違う淑子を抱き起こし、布団を敷いて寝かせた。

まもなく戻ってきた清美は、この話を聞き、寝ている淑子の様子を見ると、輝和を呼んで声をひそめて言った。

「普通の女の人になってしまわれただけならいいけれど、もしかすると病気かもしれないわ。少し落ち着いたらお医者さんに連れていった方がいいわね」

輝和ははっとして清美の顔を見た。普通の女の人になってしまわれた、と清美ははっきり言った。失望も、侮りも、当惑する調子さえなく、「もう神様でも何でもないし、そんなことはとうにわかっていた」とでも言いたげだった。

「ああ、医者に連れていこう」

輝和は同意した。

しかし意識の戻った淑子には、特に悪いところがあるようには見えず、医者に連れていくまでのこともなさそうだった。

輝和は、清美の言うとおり、これで神が離れてくれるのならそれはそれでいいと、むしろほっとしていた。

予言も託宣も失せ物探しも、何もできなくなってもここの人々の淑子を慕う態度に変わりはない。

彼らにとっては、特殊な力などというものはさほど重要ではなかったのだと、輝和は気づいた。淑子に、慈愛に満ちた母の微笑が残るかぎり、淑子は今のままの淑子であり続ける。教団が家族として機能し、清美や小森によって順調に経営され、安定するに従い、淑子の持つ神秘の力はその役割を失い、急速に衰えていったらしい。

もはや淑子が生き神でも何でもないということは、みんな薄々感づいている。だからといって、淑子をないがしろにしようとする者はいない。

四月に入ったある日の明け方のことだった。

他の女性信者たちと中二階に寝ていた淑子はいきなり起き上がり、大きな声で何かを言った。その場にいたものは目を覚まし、久しぶりの神のお告げに耳を澄ませた。しかしだれもその内容を理解したものはいなかった。

淑子の半ば開かれた唇から漏れたのは、だれも聞いたことのない異国の言葉だったのである。長い間、淑子は何者かと対話するように、間を置きながらその言葉を話していた。

いくぶん高く澄み切った声は下の階にまではっきり聞こえ、やがて何か尋常でないことが起きたと、男性の信者数人も急な階段を上がって様子を見にいった。

話し終えると淑子はそのまま倒れ込み、何事もなかったように深くすこやかな寝息を立て始めた。そして信者たちがそれぞれ朝の仕事のために散っていった後も、そのまま眠り続けた。午前八時を回ったころ、畑にいた輝和は淑子が狭い農道をこちらにやってくるのを見た。

最近では淑子は頻繁に畑に出るようになっていた。淑子は人一倍よく動き、生育の悪い苗や、水捌けが悪く腐りかけた根などを見ると、そっと抱くように両手でその株を囲った。するとたいてい一週間も経たないうちに、ねじ曲がった茎はまっすぐに伸び、白い斑点《はんてん》のついた葉は、つやつやとした輝きを取り戻している。

淑子の体から神が去っても、その生命を燃え立たせる力だけは、淑子の固有のものとして彼女の魂の奥深くに根付いているように見えた。

「おおい」と輝和は、やってくる淑子に向かって手を振った。そんな呼びかけをするのは、数年ぶりだった。

昔、結木家の畑でピンク色のセーターを着て豆の支柱を立てていた頃の淑子の姿をそれに重ね合わせ、何か胸の痛くなるような懐かしさを覚えた。

淑子は笑っていた。そう見えただけかもしれない。午前中の太陽の光を真正面から浴び、その顔から影が飛び、白く平坦に見えた。

淑子はそのままゆっくりと輝和たちが作業している脇を通り抜けた。どこへ行くのだろう、と輝和は首を傾げた。

山かもしれないし、鶏舎かもしれないと思った。そして淑子は山の方に消えた。確かにそちらに行った。じっと後ろ姿を見守っていると小さくなり、木の陰に入ったかと思うと瞬時に姿がかき消えたように見えた。

輝和は、奇妙な不安に捉えられた。追いかけたかったが、その不安に根拠がないことはわかっていた。淑子は一人で山に入っていった。今までもそういうことがあった。山に入り木と話す。岩の間を縫って流れる透明な水に手を浸す。そうしながら、淑子は自分の中にある何者かと対話している。

神秘的能力を失ったにせよ、淑子は一面で相変わらず生き神であり続けた。その神への無意識の敬意が、輝和をその場に留めていた。

17

淑子は本当に消えた。

夕方になっても、淑子は信者の待つ家に戻ってこなかった。

これまでも淑子は、動けない年寄りのいる家などには治療や相談ごとのために呼ばれていくことがあった。しかし生き神としての力を失うにしたがって、そういう話も来なくなった。それに人の家を訪問するときには、たいてい清美が一緒だったし、行き先を告げずに消えるということもなかった。

「淑子様はどこか遠くに旅立たれたのかもしれない。たぶん二度と戻ってこない」

そんな言葉が聞こえてきて、輝和は振り返った。

薫が癇《かん》の強そうな瞳に怯えたような表情を浮かべ、清美に訴えているところだった。この朝最後に見た淑子の姿が、胸を押し潰すような不安となって湧き上がってくる。

テーブルを出したり、畳の上の散らばったものを片づけたり、雑用に気をまぎらわせながら、薫以外の信者は押し黙っていた。

「そっとしておいてあげたら、どうかしら。こうしたところで、ずっと神様をしていたら、ときには一人になりたくなることもあるんじゃない？」

清美は答えた。その落ち着いた口調に輝和は驚いた。

そういえば淑子に霊力がなくなったことをいち早く見抜いたのは清美だった。それをカバーしようと努めていた清美は、だれよりも早く淑子を神ではなく人と認知し、人として受け入れることができたようだ。

そろそろ神様としての重責を負うのも疲れてきた。ちょっと一人になって自分をみつめ直すか、そうでなければ一人の女に戻ってだれにもわずらわされずに暮らしたい。失踪した淑子の心のうちを、清美はそんなふうに読んだらしかった。

いつになく静まり返った夕食が終わり夜空に星がまたたき始める頃になっても、淑子は戻ってこなかった。

「山を探しに行った方がいいな」

小森がぼそりと言った。その一言がきっかけになって、男たちはつぎつぎに腰を上げた。

「しかし……」と信仰ショッピングを繰り返してきた菊池が遠慮がちに言った。

「修行をしているのかもしれないですよ。このごろ、あんな状態でしたから、一人で山にこもって、行《ぎょう》を行なっているのなら、邪魔をするのはつつしむべきじゃないでしょうか」

彼は、ここに来てからもずっと、淑子のことを何か修行を積んで特殊な霊力を身につけた人と信じていた。

そのとき薫が強くかぶりを振った。

「淑子様は、戻ってはきません。遠いところに行ってしまわれました」

唇を噛み、目にはうっすらと涙をためていた。

遮るように小森が「事故の可能性もあるぞ」と言い、懐中電灯を手に山仕事用の地下足袋を履いた。

輝和は、寺田に電話をかけ、一緒に山を探してくれるように頼み、小森と一緒に家を出た。捜索には清美たちも加わった。

畑を抜け、健一と女たちは養鶏場の方を見に行き、輝和や小森は途中で駆けつけた寺田と合流し、山に入る。

夜の森は一点の明かりもない。

杉の香の漂う道を懐中電灯で足元を照らしながら上っていくと、夜風に木の葉の擦れ合う音、岩の間にしたたる水の音、小動物が餌をあさる音などが聞こえてくる。暗い森は、思いのほかいろいろな音と、いくつもの生命の密《ひそ》やかな気配に満ちていた。しかし淑子はどこにもいなかった。

山道から藪の中に分け入り斜面を手分けして探すが、みつからない。沢に下りて流れに目を凝らすが、小型の齧歯類《げっしるい》の目らしきものが、ときおり闇の中で光るほかは、動くものもない。

二時間近く歩き回ったが、踏み跡一つみつからず、夜が明け次第出直すことにして、一旦その場を引き上げた。

「もしかすると、今ごろ家に帰ってるかもしれないね」と小森が、ぽつりと言った。

森が切れ、淑子が消えた場所に戻ったそのとき、輝和は足元に白く微光を放つ小さなかけらをみつけた。以前、結木家の離れの廊下でみつけたときと同様、それは呼吸をするように光を強めたり弱めたりしながら草の中で青白く浮き上がっていた。

激しく心臓が打っているのを感じる。絶望感が押し寄せてきた。

輝和は屈みそれを拾い上げ、握り締めた。

「何ですか?」と小森が尋ねた。

「いえ、なんでもないです」と輝和は、それをズボンのポケットに入れた。石は割れている。堪え難い事柄を頭から追い出すように、輝和は大きく息を吐き出す。

淑子の死……。

その石は、生き神としての淑子の生命であるような気がした。

自分を慕って集まってきた人々を率いて、ごく小さな救いの国を造りだした淑子は、その神としての力を使い尽くして死んでいったのではないだろうか。

それなら死体はどうなったのだろう?

違う。淑子は死んでいない、と輝和は、その悲観的考えを否定しようとしていた。

死んだのではなく消えたのだ。ちょうどあの通夜の晩に鍵をかけた土蔵から忽然と消えたように、淑子の肉体が消えた。

しかし今度は、淑子には二度と会えないかもしれない……。

息苦しさを覚えた。朝、最後に見かけたとき、なぜ追わなかったのだろうと後悔の念が込み上げる。

　家に戻ったが、やはり淑子はいなかった。

　清美と小森は、淑子がどこかで事故にあったか、病気で倒れているのではないか、あるいは何かの事件に巻き込まれた可能性があるのではないか、などということを話し合っている。人が消えてまず疑わなければならないのは、そうしたことだ。

　しかし霊力を失っていたとはいえ、依然として多くの者にとって淑子は生き神であり続けている。薫やスガは、何か理由があって淑子様は消えたのかもしれない、すべては淑子様の意思の内にある。何か理由があって淑子様が消えられたのなら、探してはいけないのではないか、などと言っている。

　輝和は、信者が探そうが探すまいが、淑子に出てくる気がなければ姿を現わさないだろうし、おそらく二度と会えないのではないか、と半ば絶望の思いに捉われながら、ポケットの中の形見の石に指先で触れていた。

　もう一度外に出て農道の草の上に腰を下ろし、石を取り出した。それは蛍よりも淡い光を放っていた。しかしその面から眼球は消えていた。いや、あった。小さな赤茶色の柘榴石もそれを取り巻く白雲母もあったが、何かを透視する眼光と見まごうような生々しさを失って、単なる鉱物の集合体になっていた。

　明るくなると同時に、小森たちは再び山に入り、ある者は以前淑子のもとに相談に訪れた人々の家を回り、ある者は淑子の写真を片手に駅や商店街に行き、それぞれ手分けして探した。

輝和は清美と一緒に警察に行き、彼らと淑子との関係をなかなか呑み込めない警察官に、何度も同じ説明を繰り返した後、すこぶる冷ややかな対応をされながら捜索願いを出した。

教団には、数枚の淑子の写真が残されていた。しかし、淑子は、教祖としての写真をとられるのを嫌がったため、御真影の体裁の整ったものはない。畑仕事や鶏の世話をしているところを、共同購入会のメンバーが写したスナップ写真ばかりだった。肩まである髪を無造作に束ね、軍手をはめて土手の草を刈っている姿やしゃがみこんで鶏を抱いている姿には、生き神にふさわしい神秘性はなく、ごく平凡な兼業農家の主婦のようだった。しかしそうした淑子の様が今になってみればたまらなくいとおしく、輝和を切ない気持ちにさせた。

警察を出た輝和は、写真を手にニュータウンに向かった。

街道から山の中腹に開かれた住宅地に続く道を輝和はあえぎながら早足で上っていく。失せ物探しや動けない老人の足の痛みをとってやってほしいと頼まれて、淑子もときおりこの坂を上った。その軽やかな足取りが瞼に鮮やかによみがえり、降りそそぐ春の陽光の中にその小柄な姿が今にも現われるような気がして、輝和は何度かまばたきした。

しかし真昼の住宅地に人影はなく桜を散らす風の音が聞こえてくるだけで、しんと静まり返っていた。

坂を上り切った高台にある小さな集会場が、共同購入会の事務所になっている。中では共同購入会の役員の主婦が二人、電卓を叩いているところだった。

「あら」と一人が顔を上げた。

「今、新規会員募集のビラが刷り上がったところなのよ」

主婦は段ボールの中から見本を一枚取り出し、輝和に渡した。

この共同購入会の代表である唐木という男が書いたものだ。

二十年も前に大学の立看板や、アジビラでよく見かけた直線的な右上がりの文字で、教団の畑で作られた野菜や卵などの優れた特性について説明してあった。

「森林と畑と養鶏場が有機的なつながりをたもった共同農場で、責任を持って野菜を育てているのは、結木さん。地域に親子代々根を下ろし農業を営んできた、筋金入りの日本の農民です」と輝和のことを紹介してある。

「結木さんの健康野菜は、まずゆでただけで食べてください。自然の甘みを感じるはずです。結木さんの野菜は本物の味がします」という宣伝文句も忘れていない。

「共同農場」と彼らが称した生産システムの図解からは、見事に宗教色が消えている。同時に、この共同購入会の代表としての唐木の見解らしいものが、簡潔に述べられていた。

「日本の農業を疲弊させた原因は、狭い耕地に囲いをつける一人一人の所有欲と、閉鎖し孤立する農村の封建思想の中にこそあったのです。それは市場競争原理を導入することによっても、補助金による国家の手厚い保護によっても、決して解決しうる問題ではなく、日本の農業の再生はむしろ農家自体の内面的な革命によって、唯一達成されうるものと私たちは考えます。結木さんたちのグループは、日本でも数少ない、実践農民として、優れた農産物を私たちに供給してくれます」

ビラの中に繰り返し出てくる「結木さんの野菜」「親子代々、日本の農民」という言葉に、輝和は皮肉なものを感じた。もともと輝和は、表向きは野菜作りを生業《なりわい》にしていた。しかしそれは内実に乏しい、結木家の看板のようなものだったのだ。ところがこの二年間に、輝和は本当の意味で農業を生業として取り戻した。その上に「結木」という、今は完全に没落した自分の家の名がかぶせられている。

なぜ淑子という生き神が、この教団めいたものを林業、農業の方向に導いたのか、輝和にはなんとなくわかるような気がした。

確かに閉鎖し、孤立し、平成のこの時代に至ってなお、その封建思想に縛られたまま、結木家は、次第に活力を失いつつあった。根幹である農を失い、跡継ぎの息子に嫁の来てもなく、山林と農地と家を抱えて、そのまま終息しようとしていたのだ。

淑子はそれを早め、徹底的に没落させることによって、結木家再生の道を示したのではないかという気がしてくる。

そうした意味で、淑子が起こしたのは宗教などではない。淑子は生き神でも教祖でも、信者の母でもなく、代々、他の土地から嫁いできて家と地域に尽くしてきた結木家の嫁の一人にすぎなかった。

輝和は、ビラを役員の主婦に返した。

「どうかなさいました」

そのときになって、ようやく輝和の深刻な表情に気づいたらしく、主婦は尋ねた。

「教祖が……結木淑子が失踪しました」

主婦は驚いたように目を見開いた。

「失踪したって……」

「ええ、いなくなりまして」

「あの、まさか今週の入荷に影響はないでしょうね」

彼らにとっては、教祖の消息など関係はない。集配日に物が入るか入らないかだけが、問題なのだ。

「それは大丈夫です。実った野菜を放置して、探し回ったり悲しみにくれたりすることこそ、教祖の意志に反することですから」

辛うじて輝和が答えると、主婦二人は視線を交わしてほっとしたような顔をした。

「それで教祖の姿をこちらの方で見かけた人はいないですか」

「さあ」と一人が首を傾げた。

「あたし、顔、知らないし」ともう一人が言った。

輝和は、淑子の写真を見せる。

「え、教祖って、こんな人？」

相手は、驚いたように言った。

「そのへん歩いてても、農家のお嫁さんと区別がつかないわね」

「一度、見たことあるけど、普通の女の人よ」ともう一人が肩をすくめた。

「もし見かけたら、連絡をください」と頼み、輝和は引き上げた。

それから一週間、輝和も他の信者も、淑子の行方を手を尽くして探したが、何の手がかりも得られなかった。

消えたのは、生き神だ。普通の人間の失踪とは違う。何か手がかりを残して消えるなどということはありえない。淑子が消えて一週間目の夜、清美は信者に向かってそう言った。

清美はとうに淑子を生き神だなどと思ってはいない。それが彼女の方便であることは、輝和にはわかった。

その言葉を機に、信者の不安や動揺は悲嘆と諦めに、さらに、ある種の決意のようなものへと変わっていった。

淑子は小さな国を築いて消えた。この先は悲しみをのりこえ、人と人との愛情の絆で結ばれ、手を取り合い、淑子の意志に添い平和に生きていこう。だれからともなく、そんな言葉がささやかれ始め、教団にいつもの生活が戻ってきた。

翌日の夜、輝和はポケットに入れてずっと持ち歩いていた、あの石の破片を清美たち、数人の信者の前に置いた。それはもはや光を発してはいなかった。

清美は、緊張した顔で輝和を見上げた。

「これをどうして？」

輝和は、あの朝、淑子を見送っていたら、山裾あたりで不意にその姿が消えたこと、後で探しに行ったところ、淑子の消えた場所に、その石が、いくつもの破片となって落ちていたことなどを手短に話した。

「なぜ早く言ってくれなかったんですか」

清美は低く、いくぶん掠れた声で言って、輝和の手のひらにある破片を手にとって握りしめた。

深いため息とすすり泣きが、今まで冷静そのものだった清美の口から漏れた。

「入滅された……」

薫の小ささやきが聞こえた。

「淑子様は、私たちを見届けられて入滅された」

割れた石に、彼らが見たものは、淑子の死だった。

水を打ったように静まり返った部屋に、いくつかの吐息が聞こえ、やがてそれは悲嘆のうねりとなってその場を押し包んでいく。

あちらこちらで上がるすすり泣きの声を、輝和は膝の上にこぶしを置いたまま、微動だにせずに聞いている。

そうしていると、この場の空気に、何か皮膚の下がざわついてくるような違和感を覚えた。

信者の間に流れている温かく湿った感情、連帯感に満ちた悲嘆の感情から、輝和は完全に孤立していた。

彼らの悲しみは、この一週間、輝和の胸に去来した悲痛な思いとは、はっきりと異質なものだった。

輝和は自分の心の抱え込んだ空隙を、だれとも共有したいとは思わなかった。それを満たすものがあるとすれば、淑子の存在だけだ。

今まで、幾度か輝和の前から姿をくらませた淑子が、また消えた。しかし今度こそ、いくら待っても戻ってこない。

石は割れた。淑子は死んだ。今、清美をも含めた信者たちが悟ったその事実を受け入れろというなら、受け入れてもいいと輝和は思っている。しかしそれなら骨だけでも拾い、結木家の最後の嫁として手厚く葬り、やがて自分も同じところに入りたい。

輝和は石の破片を摑み、立ち上がった。

清美が涙に濡れた目を上げ、無言で片手を伸ばしてきた。

「わかったよ。別に、俺はこんなものいらない」

輝和は、破片を渡した。ご神体だ。それが神の憑代《よりしろ》になり、やがて清美たちが淑子の教えを教義としてまとめ、ここは再び宗教団体らしい体裁を整えるのだろうか。

悄然《しょうぜん》と頭を垂れて合掌する人々の間を擦り抜け、輝和は玄関に向かう。棚の上に置いてあるざるの中に手をつっこんだ。そこにあるだけの札を取って、ポケットにねじ込み、外に出た。

それが長年自分が一緒に生活してきた人々に対する決別にしては、やけにそっけないような気もした。

輝和は小森たちと造った間伐材の家をもう一度振り返り、さほどの感慨もないまま明かり一つない夜道を早足で下り始めた。

二十分も下りると国道に出る。水銀灯に照らされた青灰色の四車線道路を輝和は、駅の方に向かって歩いていく。

淑子をみつけ出すつもりだった。それがたとえ骨の一かけらであっても、もう一度、しっかりと淑子をこの手に抱き留めようと思った。

自分や信者の探せる場所にもはや淑子はいない。その痕跡も残していない。それが教祖を探した一週間で得た結論だった。

結木の家に来てまもなくの頃、淑子は忽然と消えて三十キロあまり離れた飯能でみつかったことがあった。地形と道と交通機関に制約された現実の距離を淑子は悠然と飛び越えてしまう。その淑子を探すのは、重力によって地上に縛り付けられた人間が、三次元上を自由に移動する鳥を探すのに似ている。

淑子の中から確かに神としての力は失われた。しかし消え去った淑子は今、再び輝和にとって、何かこの世のものならぬ力を備えたものになった。

その夜輝和は、駅の地下通路で眠った。シャッターを閉めた店の脇にちょうど段ボールが立てかけてあり、それを敷いてコンクリートの上に座った。最終電車が着いて、自分の前を通り過ぎていく人々の足を輝和はながめていた。そんな位置から、人を見るのは初めてだった。

四月も半ばになっていたが、そうしていると寒さが腰から上がってくる。泥のような眠気と疲労感にからめとられる身を横たえていると、寒さはさらに激しく、痙攣するような震えが、二、三分に一度くる。

家に戻れば、ねぐらはある。彼らと暮らせば、少なくとも食べるには困らない。十分に幸福で、真に豊かな人間らしい暮らしがそこにはあることだろう。

しかし輝和はもう彼らを心の内に受け入れる気持ちにはなれない。もとより、あのメンバーのだれも、家族としては受け入れてはいなかった。清美とも、スガとも、小森たちとも、淑子がいたから辛うじてつながっていただけだ。

信者にとっての母、淑子は、役割を終えて入滅した。しかし輝和にとっての淑子は、結木家の淑子だ。自分に残されたたった一人の家族として、肉体と性を持ち、心のうちに根を下ろしている。

淑子とは、いったいだれだったのだろうと、この期に至って輝和は再び考えていた。

ネパールから連れてこられた従順な妻。生命を癒す神秘の力を駆使しながら婚家を没落させた生き神。そして結木家最後の嫁。

輝和は、借家人に家と土地を贈与する旨をしたためた淑子の筆遣いを思い出した。文字通り、あれは母の筆先だったのか。ありえないことだが、そうとしか思えなかったから輝和は抗うことができなかった。そして数千万の金を引き出した淑子が、母によく似た話し方をした、という銀行員の言葉……。

教祖になった後に、淑子が盛んに口にした「強くなってはいけません。強くなるということは他の生命を食べてしまうことだからです」というたどたどしい日本語に、今になると思い当たることがあった。

縁側で、祖母の膝に抱かれて泣きじゃくっていた幼い日のことだ。そのとき輝和は近所に住んでいた知的障害のある子供を、年上の悪童たちと一緒になってからかったのだった。それを父にみつかり土蔵に放りこまれた。そうした行為には人一倍厳しい父のことで、なかなか出してもらえず、暗い土蔵のそこここに物の怪《もの　け》でもひそんでいるような気がして、恐怖のあまり輝和は声の限り泣き叫んだ。しばらくして出してくれたのが祖母だった。

陽のさんさんと射す縁側で、祖母は輝和の涙を拭きながら言った。

「あの子は、仏様に近いんだよ。生きてれば切ないこともあるし、他人様を泣かせることもしなけりゃならない。長生きするってことは、悪業を重ねるってことなんだ。けれどあの子は他人様も親も泣かせやしない。本当に仏様のような心を持っているんだよ。けれど大事に、大事に敬って育ててやらなきゃいけないんだよ。見ててごらん、他の子がみんな親を捨てたってあの子は捨てやしないよ」

祖母は、その年の暮れに肺炎でこの世を去ったので、それが祖母にまつわる輝和の最後の思い出になっている。

言葉つきがあまりに違うから、気がつかなかった。しかし神がかりになった淑子の語った事と内容は、そのとき聞いた祖母の言葉と気味が悪いほど一致する。

そこまで考えると、いまさらながら思い当たることが他にもいくつかあった。『多摩の偉人』という本の中にあった「結木コウ・村の子供たちの母」の逸話だ。曽祖母結木コウは、決して村の子供たちだけの母ではなかった。

あの中には、赤子を抱いた女乞食《おんなこじき》がやってきたとき、追い返そうとした女中をたしなめ、青い顔をして泣いている赤ん坊に、自分の乳を与えたという話もあった。真っ黒に汚れ、触ることはおろか近づくことさえためらわれるような赤子に自分の乳を含ませる姿に、村人は驚いて奥様がついに気が狂われたと、ささやきあったとも伝えられている。

善行も度を越せば、気がふれたと思われる。結木コウの慈悲深さも、どこか度を越した愛情の苛烈《かれつ》さがあった。

教祖、淑子の中に結木家の女たちの姿がいくつも重なる。母は金沢の人だった。しかし曽祖母も、祖母も、その他、結木家に嫁いできた人々の出身を、輝和は知らない。ネパールではないにしても、どこからかやってきて、結木の人となった。そして彼女たちが受け継いだのは、家、土地、財産の類ではなく、大いなる慈悲の心だったのではないだろうか。それは多くの子供を失った悲しみや、結木家の搾取収奪の歴史と無関係ではないだろう。どこかよその土地からやってきて、舅姑に仕え、作男作女と同様に働き、子供を産み育てて死んでいった彼女たちが、淑子の体を借りて現われたような気がする。

樹勢の衰えた木々の茂った、昼なお暗い森のような結木家を焼き払い、その焼け跡の滋養あふれる土の上に、やがて木々が芽を吹き、若木となって育ち始めたのを見届けて、生き神、淑子は去っていった。

輝和は自分の中に流れている結木家の者としての血を思った。結木家は没落などしてはいない。これは再生だ。自分は何も捨ててはいない。すべては淑子の中にあると……。


数時間後に、地下通路に再び、さまざまな音が戻ってきた。

書類カバンの他にボストンバッグを抱えたスーツ姿の男が、リュックサックを背負った小学生を連れた一家が、段ボールの上の輝和に無関心な一瞥をくれて通り過ぎていく。

輝和はのろのろと立ち上がり、段ボールを片づける。ふと何年もこんな生活をしていたような、奇妙に馴染んだ感じを覚えた。

外に出て、街道筋を歩き、徳山のいる郵便局まで行った。数年ぶりに現われた輝和を見て、顔見知りの局員が、驚いたようにまばたきした。親しげに話しかけていいのか、それとも一人の客として扱うべきか迷っているようだった。

輝和は今は地域に大きな影響力を持つ結木家の跡取りではない。神がかりになった妻とともに奇妙な宗教を起こし、家を潰した変人だ。

「徳山はいる？」と輝和は落ち着かない視線を自分に向けている局員に尋ねた。

「いいえ」と相手は答えた。

「半年前に辞めたよ」と、奥の方で年配の局員が答えた。

「辞めた？」

「甲府で電子部品作ってる会社があってさ、そこに婿養子に入ったんだ。今は、工場一つ任されて若社長やってるよ」

「結婚したんですか……」

「養子だよ」と相手は、連絡先を教えてくれた。

渡されたメモを握りしめたまま、輝和はしばらくの間迷っていた。

生き神の行方を探すのはいいが、神の通る回廊が自分に開かれているわけではない。平成の日本を淑子が歩いているということ自体に現実感がないが、とりあえずは、最初の淑子との出会いから、記憶を掘り起こしていこうと輝和は考えていた。

まずはあの大月の商工会館を再び訪れ、彼女が働いていた工場を見て、初めて言葉を交わした店に行ってみるつもりだった。そしてその前に、徳山に会っておこうとしたのだ。

電話ボックスに入り、教えられた徳山の電話番号を押すと、工場の事務所にかかった。二度、三度、いろいろな部署に回されてから、ようやく徳山本人が電話口に出た。

「おっ、なんだ。めずらしいじゃないか」

屈託のない野太い声が、受話器から聞こえてきた。

「結婚したんだって」と尋ねると「養子だよ、養子。番頭やってらあ」と徳山は笑った。

「どうだ、拝み屋をやってるのか、まだ？」

「拝み屋」という言葉に揶揄《やゆ》の調子はなく、心配している気配だけが感じられる。

「廃業だよ」

輝和は短く答えた。

「なんだ？」

「かあちゃんに逃げられた」

「いつよ？」

「ちょっと前」

徳山は、少しの間黙りこくった。

「探してるのか？」

「ああ……」

「こっちに手がかりがあるかってことか？」

紙をめくる音がする。

「あ、いや、そういうことじゃなくて……」

「今夜、来いよ。飲もう」

輝和の心中を察したように、徳山は言った。

特急券を買う金の余裕がなく、鈍行列車を乗りついで甲府に着いたのは、徳山の指定した時刻ぎりぎりだった。

改札口で待っていた徳山は、挨拶もそこそこに輝和を車に乗せた。

「ほんとはうちに来てゆっくりしてもらいたいんだが、まずはかあちゃん探すのが先決だろう」

「すまない」

輝和は、丸三年、音信不通にした旧友に頭を下げた。

車は甲州街道を東に進む。

「どこに行くんだ」と輝和が尋ねると、「畑中さんとこ」と、徳山は答えた。

あの見合いをした日、徳山の友人に案内された、フィリピーナと結婚した男を訪ねようというのだ。

「あのかあちゃん、ボランティアやっているんだ。日本に来た外国人妻の面倒なんかみてるんで、今じゃすっかり顔が広くなっちまったらしい。何かわかるかもしれない」

「ああ……あれ」

さほど期待もせず、輝和はあのアグネスという名の妻の知的で我の強そうな瞳と、鉢の縁にぶつかって音をたてていた、ビーズのネックレスを思い出した。

「あのとき結婚してうまくいったのは、結局半数だ。逃げられたり、亭主の方がやっぱり日本の女の方がいいと、他に女作ってもめてみたり。うまくいかないもんだな」

徳山はため息をついた。

「おまえのところは？」と尋ねると、徳山は「まあ、日本人同士だからな。何よりお互い四十過ぎると、相手の見てくれについちゃ文句は言わなくなるものだぜ」と答え、快活に笑った。

「親父さんもいい人だし、うちのは、おっかさんを早くに亡くしているんで、けっこう苦労もしてるんだろうな、なかなか情の厚いところがあって。家の中はよくやってくれるし、俺にとっちゃあ上等だ」

「ほう」

輝和は気のない返事をした。

「で、どうしたんだ、また。今頃になって逃げられたとは？」

徳山は尋ねた。

「入滅しちまった」

ため息とともに、輝和は答える。

「なんだそれ？」

「小さな教団作って、軌道に乗せて」

「そりゃよかったな」

「軌道に乗った後は、自分がいらないと思ったらしくて、消えちまった」

「内紛が高じて、闇討ちでもされたのと違うのか」

「いや」と輝和は首を振った。

普通の教団なら当然起こるはずの内紛や後継者争いが、あそこでは全くない、ということを外部の人間に説明するのは、むずかしい。その点では希有《けう》な宗教団体だった。

「消えたんだ……。忽然と」

「里帰りじゃないのか？　寂しがっているのを気づかなくって、それで一人、逃げられてるぞ、あのときのメンバーで。中国人なんかと違って、はっきり要求をつきつけてこないから、こっちが察してやらなけりゃならないみたいだ」

「里帰りといっても、難しいだろう……。実は三年前、文無しになって山に入ったとき、他の荷物と一緒にパスポートなんかもみんな焼いちまったんだ。いや、俺がやったんじゃなくて、あいつが自分で」

「わからんな。どうも、拝み屋さんのやることは」

ゆっくりハンドルを切りながら、徳山は首を振って息を吐き出した。

「俺にもわからない」と輝和は答えた。

車で三十分ほど走ったところ、ぶどう畑の真ん中に、一際高い玄関ポーチのついたアーリーアメリカン調の大きな家が見えてきた。

「去年、親父さんが死んで建て直したそうだ。半年前からペンションを始めた。嫁さんの趣味だってよ、この家は」と言いながら、徳山はインターホンを押した。

日はとうに暮れて、ポーチにともった明かりの下に現われたのは、この家によく似合う、エキゾチックな容貌の女の子だった。

「長女だよ」と徳山は、子供の、ウェーブした漆黒の髪を撫でた。女の子は眼窩の深い大きな目に人なつこい笑みを浮かべて、徳山を見上げる。

「どうも、いらっしゃい」と畑中と、フィリピン人の妻が出てきた。

畑中の印象はあまりないが、妻のアグネスの方はよく覚えている。大きな目の回りに、うっすらと小皺ができていたが、前よりいっそう肚《はら》の据わった印象で、なんともいえない威厳のようなものが漂っている。

広いダイニングに通されると、テーブルの上には花が飾られ、食事の用意ができていた。大きな鉢に盛られたフィリピン料理が並んでいる。

畑中は、半年前から夫婦でペンションを始めたこと、ぶどう園と、妻アグネスの作るエスニック料理が受けて、週末などはかなり賑わっていることなどを話した。

アグネスは流暢というより、早口で実用的な日本語を話し、すぐに本題に入った。

「奥さんが、出ていったのですか？」

「ええ」

「けんかをしましたか？」

輝和は少し躊躇した。徳山やその知り合いの畑中にこれまでの経緯を話すことに抵抗はないが、異国の女性に、あまりプライベートなことを話す気にはなれない。

「大丈夫だよ」

輝和の気持ちを察したように畑中が言った。

「彼女は、口が堅い。この国に来ているフィリピーナだけではなくて、ネパールやスリランカの女性たちの相談に乗ったり、ネットワークを通じて国内での売春防止の運動などをしているんだ。河合君の一件も最終的には、彼女が中に入って和解にこぎつけた」

そうだ、と言うように、徳山もうなずく。

輝和は、これまでのことをぽつりぽつりと語り始めた。淑子が神がかりになったことを話すと、畑中は驚いたように目を見開いたが、アグネスは「信仰をしている人には、よくあることです。私たちの国にもありました。ネパールにも神様がたくさんいると思います」と言った。

すべて話し終えるとアグネスは、輝和の目をじっとみつめた。

「奥さんを愛していますか？」

輝和はうろたえた。

愛しているという言葉を現実の自分の配偶者との関係に当てはめて考えたことはない。

あえていうなら、淑子と離れたくない。離れられないということを愛していると言いかえるなら、愛しているといえるのだろう。

「奥さんを理解してますか？　あなたはさっきから奥さんのことを淑子と呼んでいます。なぜ、淑子と呼びますか？」

「それは嫁さんを海外からもらった男は、たいてい」と徳山が言いかけたのを遮り、アグネスは鋭い声で言った。

「みんな、名前があります。私はアグネスです。キリスト教の聖女の名前ですね」と自分の右手を胸に当てる。それから輝和を指差した。

「あなたの奥さんにも名前があります」

輝和は黙りこくった。前にも、同じことを言われた。淑子が入院した精神科病院の女医に。そのときは、意味がわからず、ただ反発を感じただけだった言葉が、今は深刻に心に響いた。

「カルバナ・タミ……」

低い声で、ひとつひとつの音を切って、輝和はつぶやくように言った。

とっさに思い出せない名前だ。あの切れ長の目をした、小柄な東洋系の女を輝和は「淑子」とだけ認識している。もしかすると探せない原因はそこにあるのかもしれない。

アグネスはしばらくの間、押し黙って輝和とその隣の徳山を見ていたが、やがてにっこり笑ってうなずいた。

「日本の中にいくつかの外国人支援団体が、ありますね。そこに明日すぐに連絡をとってみます。あなたのところを出たあと、カルバナさんはそこに助けを求めているかもしれません。それから入局管理局やネパール大使館にも問い合わせをしておいた方がいいです」

「もう、してあるだろう」と徳山が、輝和の方に顔を向けた。

「いや……」と答えると、徳山は小さく舌打ちした。

輝和はアグネスに言った。

「その支援団体の方にも、私から連絡を取りますから電話番号を教えてください」

「いえ」

アグネスは首を横に振った。

「それは教えないことになっています。結木さんは、いい人だと、私は思います。しかし世の中には、悪い男の人がたくさんいます。電話をしてきて、妻を返さないと殺す、と言う人もいます」

「それじゃどうすれば、いいんですか？」

「私たちは、全国にネットワークを持っています。助けを求めてきたネパールの女の人がいないかどうか調べてみます。もしいたら連絡を取って、結木さんに電話します」

「そうすれば会えるんですね」

思わず膝を乗り出した。

「奥さんが会いたいと言えば、会えます」

「しかし……」

「おまえ連絡先、あるのか？」

事情を察したように徳山が尋ねた。

確かに電話も、今日の行き場所さえない。あのざるの中から摑んできた千円札数枚だけが、全財産だ。

輝和が黙っていると、徳山が「ここに電話してください」と自分の名刺を差し出した。

そして輝和に向き直り「しばらくうちにいるといい」と言った。

「いや、それは」

輝和は辞退しかけた。

「いや、いいんだ。さしてきれいな家じゃないが、広いことは広い。工場も今、人手が足りないことだし、落ち着くまで、少し手伝ってくれないか」

礼を言って輝和は断った。気がねではない。見栄でもプライドでもない。

人の世話になり、人間らしい境遇に身を置くことで、淑子から遠ざかるような気がした。

「どうするつもりだ？」という徳山の問いに、「わからない。二、三日したらこっちから電話する」とだけ答え、その夜輝和は、徳山に大月まで送ってもらって別れた。駅の券売機の前で徳山は、自分の財布から一万円札を出し、輝和に握らせた。

輝和が何か言いかけると「間違えるんじゃないぞ。貸しただけだからな。次、会ったとき返してくれればいい」と言い残して、去っていった。

輝和はそこから中央本線に乗って高尾まで出て、最終の東京行きに乗り換えた。

18

体の節々が痛んだ。朝の光がまぶしい。

地下道をねぐらにして、二日が過ぎた。一昨日は、日曜日で官庁は休みだったので、輝和は淑子の写真を片手に、アジア人女性が流れていく盛り場を尋ね歩いたが、徒労に終わった。

昨日は入国管理局に出向き、淑子の写真を見せて名前を言い、彼女がここに送られてこなかったかどうか尋ねた。

相手は輝和に、まずその女性との関係を尋ね、身分を証明するものの提示を求めた。

結木家の没落とともに、身辺のすべてを灰にした輝和に、世間に対して自分を証明するすべはない。

「すみません、今日は免許証も何も持ってきていませんので」と輝和は答え、自分がその女性と国際結婚をしたことを話した。

もっと何か尋ねられるのではないかと身構えていたが、係官は輝和に待っているようにと言い残しどこかに行った。しばらくして戻ってきたが、そうした女性は今のところ記録にないということだった。

そしてこの日、渋谷の地下道を出た輝和は、ネパール大使館に向かった。所在地は等々力《とどろき》で、地図を頼りに自由が丘に出て、そこから西に三十分あまり歩く。目黒通りから少し入ったところにあるはずだが、そのあたりは古い屋敷が並ぶ住宅地で、大使館らしいビルはどこにもない。

二度、三度行きつ戻りつしているうちに、ガレージのシャッターの上に、色褪せた布がだらりと垂れ下がっているのに気づいた。

まさかここがそうかと目を凝らすとたしかに、その布はネパール国旗だ。ガレージの横に階段があって、そこを上ると二階建ての民家がある。それがかろうじて大使館とわかるのは、国旗とドアの表札に書かれている「ネパール王国大使館」という文字からだけだった。

それらしいビルの受付を想像していた輝和は、拍子抜けしてインターホンを押した。

「どちら様ですか」

男の声が聞こえた。

「お尋ねしたいことがありまして」

「どういったことでしょうか」

ドアは開かなかった。

「実は、ネパール人の妻が失踪しまして、私は結木と申します」

「それで？」と相手は答えた。

「こちらの方に来たとか、あるいは証明書を発行して帰国したという記録はありませんか」

「そういったことには、プライバシーの問題もありますから、お答えできないのですが」

「ですから私の妻のことですので。あの……カルバナ・タミというのが、ネパール名です」

相手は少しの間沈黙した。期待をこめて、輝和は次の言葉を待った。

「お教えしないことになっております」

事務的な言葉が、インターホンから流れてきた。

輝和は、ドアを叩いた。

「すみません。ちょっと開けてくれませんか」

「悪いんですが、お答えできません」

「ちょっと、開けるくらい開けてくれよ。ここは大使館なんだろう」

輝和は、叩きながら怒鳴った。ドアの向こうは沈黙している。

もう一度インターホンを押す。

「とにかくこちらでは、証明書やビザについては個人名は一切お知らせしていませんから、お探しになりたいなら警察に捜索願いを出してください」

「出しました。しかし妻は、ネパール人ですから、ここに来たことがあるかもしれないので」

「そういうことなら、ここではなく日本ネパール協会というところがありますので、そちらに相談に行ってみたらいかがですか」

「それは、公的機関ですか？」

「いえ」

相手はそこが社団法人で、在日ネパール人や外国人支援団体などと密接につながりを持っていること、品川区の大崎にあることなどを告げた。

「わかりました」

ドアを開けてもらえないまま、輝和はそこをあとにして大崎に向かった。山手線を降りたときには、昼近くになっていた。

商店街を抜け十分ほど歩いたところにマンションがあり、協会はそこの一室にあった。

エレベーターで七階に上がり、インターホンを押すが、だれも出ない。

時計を見た。十二時少し前だ。途方にくれて立っていると、廊下の端のエレベーターから降りてくる人影があった。中年の女だった。

「何か？」

「ここの職員の方ですか？」と輝和は尋ねた。

「ボランティアですが」と相手は答える。

聞きたいことがあって来たと輝和が告げると、ここは十二時で一旦閉めるので、と前置きした後、「緊急の用事ですか？」と相手は尋ねた。

「ネパール人の妻が失踪しました」

輝和は言った。

「戸籍上の配偶者の方ですか？」

相手は、鋭い調子で聞く。

「はい」と輝和は答えた。

「お話をうかがいます」と彼女は輝和を部屋に招き入れた。

内部はごく普通の住居用マンションだ。

入ってすぐの六畳間の中央に会議用の机があって、折畳み式の椅子がいくつか置いてある。後ろの壁は、天井あたりまで本棚になっており、ネパール語と日本語の本がぎっしり詰まっている。

輝和は、五年前にネパール人の妻と結婚したこと、その妻がある日、神がかりになって教団のようなものを設立し、それによって自分の家が没落していったこと、そしてつい最近失踪したことなどをかいつまんで話した。

相手は捜索願いは出したか、国内に同じネパール人の友人などがいなかったか、といったことを尋ねた後、残念ながらそのような人は、こちらでは知らないと答えた。

「五年もいたということなら、言葉は日常生活に不自由しない程度には話せますね?」

「いえ……」

なんと答えたらいいものだろうか。あの鮮明で厳かな神の声の日本語。そして輝和と言葉を交わすときの、ぎこちない日本語。そして客や外部の人間と話していたときのアクセントに乱れはあるものの、必要にして十分な日本語。いったいどれが淑子の日常の日本語水準だったのだろう。

自分との間で交わされた、片言の日本語は淑子の能力を示すものではなく、もしかすると淑子という女が単に寡黙だったからに過ぎなかったのではないか、という気もしてきた。

「少なくとも、他人に自分がどんな人間で、何をしたいのか、といったことについては、一通り話せます」と輝和は答えた。

「そうなると、その気になれば国内で生活できるわけですね。むしろ問題は、なぜ奥さんはあなたのもとを去ったか、ということですが」

輝和は黙ってかぶりを振った。

「心当たりはないということですか」

「出ていったのは、妻の心によってなのか、神の心によってなのか……」

「異文化の中で、孤立感などから精神の健康を害《そこ》なうケースも多いのです。奥さんが宗教に傾倒し、神がかりになったというのは、おそらくそういうことなのでしょう。問題はむしろ、家庭とかご主人との関係にあったのではないですか」

「わかってますよ」

輝和は不機嫌な声で言って、立ち上がった。

「わかっているんです、そんなことは。いやというほど考えたんです」

自分自身に腹を立てているのか、目の前の女の無遠慮な物の言い方に腹を立てているのかわからない。

挨拶もせず玄関に出て靴を履いていると、相手は冷静な調子で続けた。

「もしも奥さんが、みつかったら、お伝えしておくことはありますか？」

「いえ」

短く答えて、輝和はそこを出た。歩いているうちに今の自分の的外れな怒りに羞恥を感じてきた。同時に、なぜこうして尋ね歩く先の人々と、気持ちが行き違うのかと思った。

特に何かに使ったという覚えはないが、財布の中身はまもなく底をつこうとしている。爪が黒く汚れ始めていた。体も少し臭っているかもしれない。

仕事をみつけ、簡易宿泊所にでも泊まったほうがよさそうだが、仕事より先にみつけなければならないものがある。

午後から、輝和は都内の外国人労働者弁護団の事務局や婦人保護施設などを回ったが、結局何の手がかりも得られなかった。

夕方、渋谷駅の公衆電話から徳山に電話をした。

「何をしているんだ」

電話に出るやいなや、しかりつけるような調子で、徳山は言った。

「昨日、アグネスから連絡があったんだよ。それらしい女性に関する情報が入ったそうだ」

「どういう内容だ？」

「いや、よくわからない。直接本人に会って、話をしたいと言っている」

「いつ、会えるんだ？」

「今、どこだ？　いつこっちに来られる？」

　輝和は、とっさに財布を取り出し、中身を勘定していた。千八百二十円。鈍行で行くとしても、甲府までの乗車券を買うには足りない。

「大月でいいか？　これから行く」

「待ってくれ」

　慌てた様子で、徳山は言った。

「アグネスに連絡を取らなくてはならないんだ。一応、セッティングはこっちでする」

　セッティングはこちらでするという言葉に、輝和は不安を覚えた。

　淑子はもうみつかっているのだろうか。みつかったが、淑子が会いたがらない。そこでアグネスや徳山が橋渡しをして、話し合いの場を持とうとしているのではないだろうか。

　一時間後にかけなおしてくれ、と徳山に言われて、輝和は一旦電話を切った。

　二度目にかけたとき、明日の夜、アグネスたちが徳山の家に来るので、そこで会えるようにしたからと伝えられた。

「淑子は、来るのか？」と輝和は尋ねた。

「いや、よくわからないんだ。とにかく、彼女は話し合いをしたい、としか言わないんで」

期待と不安で、こめかみのあたりが痛んだ。

翌日の夜、輝和は約束の一時間も前に大月に着き、徳山の車で甲府市内にある彼の自宅に向かった。

いったいアグネスはどんな話を持ってきたのか、淑子は一緒なのか、輝和にしてみれば、聞きたいことは山ほどあったが、徳山はときおり世間話をするくらいで、巧妙にそうした話題を避けている。

高速道路に乗って甲府南インターで降り、渋滞する道を三十分ほど走ると、やがてカイヅカイブキのよく手入れされた生け垣が見えてきた。広大な敷地に、切り妻造りの総檜《ひのき》の新築の家が、辺りを圧するように建っている。

「新居だよ。親父さんたちは、ここの裏手に住んでいる」

徳山は説明し、にやりと笑って付け加えた。

「なんだ、逆タマってか?」

「いや」と輝和は、首を振る。

敷地内のガレージに車を入れ、徳山はだだっ広い玄関に輝和を案内する。

石や植木を配した庭を輝和は振り返る。自分がつい三年前まで住んでいた、あの家を思い出した。いかにも格式高げな旧家然としたたたずまいではあるが、ここには結木家の敷地に一歩入ると感じた、何かかびて湿ったような重たい空気の感触はない。

玄関に迎えに出た徳山の妻は、落ち着いた感じの中年女性で、徳山の上着を受け取ってハンガーにかけるその仕草にも、もう何年も前から夫婦であったような慣れ親しんだ雰囲気があった。

「ちょっと、風呂、使わせてやってくれ」と徳山もまた、二十年も夫婦をしているような、いくぶんぞんざいな口調で妻に言った。それから輝和に向かい、「一応人に会うんだから、体洗って髭剃ってこいよ」と風呂場の方を指差した。

若草色のタイルを張った広々とした風呂には、湯がたっぷりと張ってあった。数日ぶりの風呂だが、のんびりする気持ちにはなれなかった。もしもアグネスが、淑子を伴って現われたとしたら、自分はどう対処すればいいのだろうか、と思うと緊張感に空っぽの胃が少し痛んだ。

風呂から上がり、徳山の妻の用意してくれた真新しい肌着に袖を通して、座敷に戻ると、アグネスはもう来ていて、徳山と何か話をしていた。

その隣にいたのは、淑子ではなかった。見知らぬ日本人の四十代後半と見える女性だった。パーマ気のない白髪混じりの髪を緩くまとめ、髪留めで上げたその人は、驚くほど柔和な微笑を浮かべて、輝和に向かい挨拶した。

それが淑子でなかったことに落胆しながらも、輝和はその人の柔らかな物腰に安堵した。

入江知子と名乗るその女性は、都内にある外国人支援団体、「アガペ・女性の家」の代表だった。

入江は、淑子の本名と結婚に至った経緯、結婚後失踪までの出来事などについて、丁寧な口調で、細かく尋ねてきた。

「それは大変でしたでしょう。いろいろご苦労がありますよね」などとうなずきながら、次の言葉を引き出す入江の何ともいえない柔らかさと、女性的な包容力に、輝和は何もかも、包み隠さず語っていた。

最後に入江は、もう一度淑子の本名について尋ね、淑子の写真を見せてくれるように言った。輝和は紙袋からそれを取り出した。木漏れ日の下で杉の皮むきをしている淑子を斜め横から写したものだ。入江は何か考え込むように唇を結んだ。

「確かにこの方です……」

「で、彼女はどこに」

輝和は身を乗り出した。

「彼女カルバナさんは、確かに大月市の電気部品工場で働いていたんですよね。そこであなたに紹介されて、結婚なさった」と入江は、確認する。

「そうです」

入江は、輝和の顔をじっとみつめ、一言、一言吟味するような慎重な口調で話し始めた。

「カルバナさんは、ちょうど十日前、中央線の特急かいじ号に乗っていたところを保護されました」

「保護？」

その言葉も、カルバナさんという名前も、輝和にはどこかしっくりこない感じがする。

入江の話によると、淑子は甲府発新宿行きの特急に乗っていたという。

立川を過ぎたところで、車掌が検札のために車内を回ったが、何を尋ねても怯えたような顔で答えない女性がいる。車掌は大月を出たところで一回、車内を回っており、そのときその席は空いていたので、おそらく八王子か立川で乗った客だろうとは判断したが、それ以上はわからない。

対処に困っていると、隣のボックスにいた若い女性が、彼女に手話で話しかけた。聾《ろう》唖《あ》者だと思ったらしい。

そのとき淑子が、何か聞いたことのない言葉を二言、三言、話したので、外国人で日本語が理解できないのだということが彼らにわかった。さらにその若い女性が身振り手振りで尋ねるうちに、その客が切符も財布も何も持っておらず、また目的地もわからないということが判明し、いったん三鷹で降ろされた。手話で話しかけた若い女性が駅の事務室に一緒についてきて、そこからその女性が所属しているボランティアグループを通じて、入江たちのやっている援護団体「アガペ・女性の家」に連絡が入った。

連絡を受けたとき、入江たちは即座に、これは売春目的で日本に連れてこられた女性が、雇い主から逃げ出してきたケースだと判断した。

こういう場合は警察も頼りにならないので、入江は自ら三鷹駅に出向き、淑子を「アガペ」の事務所に連れてきたという。

そこでまず淑子の国籍などを尋ねたのだが、わかったのはネパール人らしいということだけだった。そこで都内に住むネパール人男性が、通訳として呼ばれた。しかし彼とも、まったく言葉が通じなかった。彼が言うには淑子の話す言葉は、標準的なネパール語でも、カトマンズ盆地で話されるネワール語でもなく、ビルマ・チベット系のキランティ諸族の言葉らしいというのである。

そこで入江は、日本ネパール協会に連絡し、在日ネパール人のうちインド・アーリア系ではなく、山岳系民族出身の人を紹介してくれるように頼んだ。協会の方ではすぐに調べて、中野に住む女性に連絡をつけてくれた。

「日本ネパール協会ですか？」

輝和は問い返した。ええ、相手はうなずいた。

「私も昨日行きましたが、心当たりはないと言われました」と言いかけ、そういえば、日本語が話せるのか、と尋ねられたことを思い出した。生活に不自由しない程度に話せると輝和は答えた。しかしこの入江たちが出会った淑子は、まったく日本語を理解できなかった。

入江は、話を続けた。

中野に住む女性は、ライ族という淑子とは異なる民族だったが、それでもその言葉の間には共通の単語も多く、淑子の話の大枠は訳すことができた。

そこで淑子が語ったのは、次のような内容だった。

自分はネパールのカトマンズの北にあるマンロンという名の村にいたが、母親が死に、またある事情から一生結婚できないと運命づけられていたので、十九歳でカトマンズに出てきて、工場でボタンつけの仕事をしていた。

ある日、自分を村からカトマンズに連れてきた男がやってきて、今日から働き場所が変わるから一緒に来るように、と言われ、市内の飲食店に連れて行かれた。男はそこの女主人に自分を預けると、どこかに行ってしまった。てっきりレストランの仕事をさせられると思っていたのだが、二、三日すると、そこの女主人が西洋式の衣服を持ってきて、サリーからそれに着替えるように言った。それで何をさせられるのかわからなかったが、女主人の言葉が理解できず、尋ねることはできなかった。

そうこうするうちに自分をマンロンから連れてきた男がやってきて、おまえはこれから日本の工場に行くのだ、と言った。そこに行って機械の使い方を覚えて戻ってくれば、給料が上がり簡単に首を切られたりしない、という。

日本という国がどこにあるのかわからず、自分に機械を使うことができるのだろうかと自信がなかったが、村を出るときに持っていたわずかな金は底をついており、男の言うことには逆らえなかった。

一緒に日本に来たのは、八人のネパール人女性で、みんな優しかったが、カトマンズの町中の娘たちなので、山村から出てきた自分とは言葉が通じなくて淋しく心細かった。

日本に来てからは工場で働かされた。寝るところも働くところもネパールよりきれいだったが、景色や食物がネパールと違い、気候も寒くて辛かった。

二週間ほどしてどこかに連れていかれ、何人もの日本人の男性と引き合わされるようになった。無遠慮にじろじろ見られるのが恥ずかしくて、とてもいやだったが、そのうちその一人と一緒にどこかに行くように命じられた。いやだと言うと、廊下に正座させられたり、狭い部屋に閉じこめられたりするので、言われた通りにした。

何回かそんなことがあった後、自分は日本人男性と結婚させられることに決まった。相手の言葉はわからなかったが、なんとはなしにそういうことなのだとは知ることができた。

異国で知らない男性と結婚させられることは耐えがたく、また結婚してはいけない自分が結婚することも恐ろしく、ネパールの故郷の村に帰りたいと思いながら宿舎で泣いていた。そうして気がついたら電車に乗っていた。

「待ってください、淑子がそう言ったのですか？」

輝和は遮った。

「結婚するのがいやで泣いていたら、電車に乗っていた、と？」

「ええ」

「はい」

輝和は混乱した思いでかぶりを振った。

「淑子は、確かに結木の家に嫁に来たんだ。一緒にカトマンズに行って式を挙げ、一年近く一緒に住み、そして……」

「記憶がないのですね。何か事故にでも遭われたのか、それとも」と入江は言いかけ、少しためらいながら、続けた。

「辛い経験……たぶん人格に崩壊をきたすほどの辛い思いをどこかでして、その間のことを記憶から消してしまったのでしょう」

どこか、と入江は婉曲《えんきょく》な表現をしたが、言わんとしていることは、あの精神科の女医や日本ネパール協会の女性ボランティアと同じなのだろう。

入江の語ったことが真実だとするなら、淑子は今、神でも、妻「淑子」でもない。悪辣な斡旋業者に騙され、日本に連れてこられたあげく、妻として売り飛ばされて、人格を崩壊させられた哀れな犠牲者だった。

「とにかく」と入江は、気を取り直したように言った。

「あなたは、淑子さんを取り戻したい、結婚生活か、あるいは宗教者としての生活を続けたいとお考えなのですね」

「いえ」

輝和は首を横に振った。

「宗教というか、あの教団からは足を洗いました」

言った後に足を洗うという自分の言葉に、思わず苦笑をもらした。

「それで」

輝和はためらいながら尋ねた。

「淑子は、今、どこにいるんですか」

「お帰りになりました」

「え……」

「大使館に行って、証明書を発行してもらって」

耳を疑うほど、素っ気ない言葉だった。雨風にさらされた国旗が、だらりと垂れ下がっていたあの民家を輝和は思い出した。あのときすでに大使館は、パスポートのない淑子のために、証明書を発行した後だったのだ。事情を問い質すこともなく、夫である自分に門前払いを食わせたことに、輝和は怒りを覚えた。

「なぜ？　なぜ帰ったんですか」

輝和は漆塗りの座卓に両手をついて、腰を浮かせた。

「本人が希望していましたし、私たちとしても、一日も早く故郷に戻って、異国での辛い日々を忘れて、人生をやり直してもらえれば、と思いました」

「本人の希望で……人生をやり直す……ですか」

輝和は、肩を落として座り込んだ。いったいあの結木の嫁としての一年と教祖としての四年は、淑子にとってどんな意味を持っていたのだろう。

「ネパールで、私は彼女を探すことはできますか？」

輝和はあらたまった口調で尋ねた。

入江は、眉間に小さく皺を寄せた。その目に淡い哀れみの表情が見えた。

「むりやり連れ戻すということは、人間として許されることではありませんよね。そうでしょう。彼女は十分傷ついているんです。記憶を失ってしまうほどに。妻とか嫁という以前に、あなたが彼女を一人の女性としてどれだけ愛し、信頼しているのか、彼女の育ってきた文化をも含めて、彼女の人格すべてに対し、どれだけ尊敬を払えるのかということを考えていかないと。乗り越えていくのにはとても難しい壁があると思いますよ」

とっさに輝和は、反発を感じた。それではいったい、没落させられた結木家はどうなるのだ？　あの宗教は何だったのだ？

説明したところで、他人にはとうてい理解できないであろう、あの結婚生活の内実ともいえるものに輝和は思いを巡らせた。

「淑子の向こうの住所は、教えてもらえませんか」

「教えないということではなくて、私たちも把握していません」と入江は困ったような顔で輝和を見た。

「私たちは、彼女が祖国に帰る手助けをしました。本当はそれだけではいけないんですけれど、それ以上のこと、彼女が向こうのどこに住んで、これからどうやって生きていくのかということまでは、フォローできないのが実情です。再び、向こうの業者によって日本に戻ってきてしまうケースも以前はあったのですが、このごろは日本の入国審査が厳しくなっているので、以前のように観光ビザで女性たちがむやみに連れてこられるということも少なくなりましたから、その点は心配ないんですが」

「淑子は、カトマンズに住んでいるのでしょうか。それとも故郷の、そのなんとやらという村に戻ったのでしょうか」

「マンロン村ですか……どうなのでしょうね」

入江は首を傾げた。

「本人の希望では村に帰りたいと言ってましたけれど、彼女を受け入れる親類がいれば
それもできるでしょうが……。やはりカトマンズ市内で働いているかもしれないです
ね」
「わかりました」
輝和は唇を嚙みしめてうなずいた。
淑子は、ネパールに帰っていった。あの異様な日々を記憶の内に封印して。
それでもとにかく生きてはいる。
「こんなことで、よろしいかしら」
入江は、輝和の顔をそっと覗き込み、立ち上がりかけた。
「ちょっと待って」と輝和は言った。
「淑子は、自分は結婚できない身の上だと、話したということですが、それはどういう
意味なのでしょうか」
「どういうことなのでしょうね……」と入江も首を傾げた。
「カーストの問題か、血筋か、宗教か、何かの慣習でたまたまそうだということにされ
ていたんじゃないかしら」
とすれば、そうした迷信に縛られることもなく、日本で結婚できるのはそれほど不幸
なことではないのではないか。輝和は素朴にそんな感想を持った。

それまで無言だった徳山の「じゃ、どうもご足労かけまして」というのを合図に、入江とアグネスは腰を上げた。

徳山が彼女たちを駅まで車で送り、戻ってくると、徳山と輝和は、あらためて座卓を挟んで向かい合った。

「どうする？」

輝和は腕組みしたまま、じっと天井を眺めていた。

「忘れられそうにないか？」

我知らず苦笑が浮かんでくる。胸の底に、切ない思いが湧き上がってきた。出会った頃の淑子の怯えたような目、神がかりのさなかに見せた深く慈愛に満ちた眼差し、枯れかけた作物に手を触れただけでよみがえらせる不思議な力。

徳山は部屋を出ていくとビールとグラス二つを持って戻ってきた。

「そうだよな、あの入江ってセンセイ、何もわかっちゃいねえよな。正義の味方だ、女はとかく」

独り言のようにそう言うと、徳山は輝和のグラスにビールを注ぐ。

「行くか？　行って、どうしても連れ戻したいって言うなら、援助はするぞ。地下道をねぐらにしている浮浪者にパスポートは取れないからな」

「そうだな……」

今後どうしたらいいものか判断がつきかねたままうなずいたとき、「どうぞ、何もありませんけど」と言いながら、徳山の妻が夕食を運んできた。煮物に焼き物、汁物と美しく盛り付けられた手料理の皿が座卓に並べられた。

19

翌朝早く、輝和は甲府駅からバンに乗せられ、塩山《えんざん》市の奥にある三富《みとみ》村に向かっていた。

昨夜、徳山は必要なら渡航費用を貸すし、働き口がないなら自分の工場で雇ってもいいと申し出たが、輝和はいずれも断った。自尊心だの意地だのというものは、渋谷の地下通路で寝起きするうちに、半ば失ってはいた。しかし家の中でいかに堂々とふるまっているにせよ、徳山はあくまで資産家の養子なのだと思うと、その好意に甘えるのははばかられた。

固辞する輝和に呆れながら、徳山は知り合いに電話をかけて、近辺で働けるところを探してくれたが、不況のせいもあって求人はほとんどない。職業経験としては農林業しかなく、歳もいっていてこれといった資格もない輝和に、それほどいい仕事があるはずもない。運転免許証さえ、三年前の冬、あの山で二夜目を迎える間際、作業小屋と一緒に焼かれていた。

結局みつかったのは、パチンコ屋の店員と土木作業員の仕事だけで、輝和は土木作業を選んだ。体を使う方が人相手の仕事よりも気が楽だと思ったし、何よりも賃金の高いのが魅力だった。現場には襟付き長袖シャツとニッカズボンで来るようにとのことだったので、輝和は徳山から金を借り、慌てて近所の洋品店に飛んでいった。すでに閉店している店のシャッターを叩いて開けてもらい、長袖のポロシャツやニッカズボン、地下足袋など必要な物を買い揃えた。

そして一晩、徳山の家で世話になり、輝和は現場に向かったのだった。

輝和たち作業員数人を乗せたバンは、市街地を抜け、曲がりくねった道を上っていく。一般道から林道に入り、しばらく走ると、木立の向こうに飯場の屋根が見えてきた。山の中の作業現場では、飯場に泊まっていた作業員たちがすでに体操を始めている。それが終わると輝和たちはヘルメットを手渡され、作業が開始された。

この現場で行なわれているのは、登山道の路肩修繕で、町中の道路やビル現場と違って機械類は入らないため、すべて手作業だ。

猫車《ねこぐるま》で運んできた石を路肩に手で積み上げ、土砂を敷いて均していく。

作業員の中には女もいる。それも五十をとうに過ぎたような女ばかりが、首筋を覆うように布を垂らした日除け帽を被り、日焼けした額に汗のつぶを浮かべて、黙々と土砂を運び、スコップを使っていた。

輝和は、結木家に吸収されて、土地を失った零細農家の話を思い出した。彼が読んだ資料の中には父親が首を吊り、母親は土工をして子供六人を養ったという記述があった。

土木作業は男の仕事と思われがちだが、地方都市では未だ、農業だけでは食っていけない農家の主婦の副業だ。しかしそれを悲惨と見るのがはばかられるほど、彼女たちの動きは力強く、たくましかった。

石積みの作業は、想像していた以上にきつく、一時間もやっていると、腕が痺れてくる。白い石の上に汗がしたたり落ち、ざらついた面にいくつもの円形の模様ができる。猫車で運ばれてきた石を全身で持ち上げ、定位置に正確に並べていくという単純な作業の繰り返しだ。視野は石積みの灰白色に埋まり、思考が停止する。

「ほら、にいちゃん」

いきなり、女の一人に声をかけられて面食らう。四十を過ぎた男に、「にいちゃん」はないが、周りの男はみんな五十を越しているし、還暦を過ぎたような人もいる。ここでは輝和などは確かに小僧の部類だった。

「石を腰で持っちゃだめだ。不精しないでちゃんと膝曲げろ。肝心なときに使えなくなるぞ」

どっと笑い声が上がった。女たちの大きく開いた口の中で、きらきらと金歯が光る。

輝和は、照れ笑いを返し、再び石を積み上げ始める。

人工の光のない場所でもあり、一日の作業は夕暮れ前に終わる。女たちはバンに乗せられて塩山市内に戻り、男子作業員の大半は飯場に戻る。

風呂は登山道を五分ほど下ったところにある山荘の温泉を使うことになっていた。

登山客が使った後の湯は多少汚れていたが、浴槽で手足を伸ばすと湯の温かさに疲労が溶けていき、充実感が体を満たす。

「山の現場はこれだからこたえられない」と六十過ぎの作業員が、目を閉じた。

「飲むとこも、女もない分、しっかり金が貯まるよ、ここは」

もう一人が、輝和に言った。

輝和は、笑ってうなずいた。

温まった体で外に出ると、あたりは漆黒の闇だった。山荘の玄関灯がともっているきりで、鬱蒼と茂った樫《かし》や小楢《こなら》の間の小道に一点の明かりもない。濃密な闇の中の一本道を輝和たちは懐中電灯を頼りにプレハブの宿舎に戻る。

不意に藪が切れ、頭上に満天の星のきらめきが広がった。空全体が白っぽく明るんで見えるほどの星の数だ。

少しの間、息を詰めて輝和は、プラチナの粉を撒《ま》いたような豪華な夜空を眺めていた。その煌《きら》めく天穹《てんきゆう》いっぱいに、淑子の巨大な面影を見た。甘い痛みとともに、懐かしさが胸に込み上げた。

夜空の淑子は、神の姿をしてはいなかった。怯えたような、思いつめたような顔もしていなかった。笑っていた。人なつこい笑みを浮かべて、輝和の瞳を覗きこんでいた。出会ってから、一度として淑子のそんな顔を見た記憶はないのに、そのイメージは鮮明で、生々しくさえあった。

登山道の工事はわずか四日で終わり、その後は甲府市内の道路舗装の仕事がみつかり、そちらに移った。

そして五月の半ば、輝和は給料三十万円あまりを手にして飯場を出た。

パスポートの取得申請は、すでに二週間前に休みをとって済ませてある。直通新宿行きの列車に乗った輝和は、まず都庁内にある旅券事務窓口で、パスポートを受け取り、その足で旅行代理店に行った。

カトマンズまでの格安航空券を探していると言うと、店員がファイルを持ってきて当たってくれた。上海経由で往復十二万くらいからある。雨期で観光シーズンからはずれていることもあり、想像していたよりは安い。

「ご出発予定日は？」と尋ねられ、「できるだけ早く」と答える。

ちょうど二日後にバンコク経由のキャンセル分があった。

国内のネパール大使館でビザを取っている時間がないので、入国する際にカトマンズの空港で取るようにと店員は言った。

チケットは片道分。帰りはいつになるかわからない。淑子をみつけるまで、向こうにいて、帰路のチケットは、二枚にするつもりだった。

淑子を連れ帰ってきた後の身の振り方は、まだ考えていない。ただ淑子と二人で戻ってくることに、輝和は淡く痛切な期待を抱いていた。これほどの思いを結婚した当初、淑子に抱けなかったことを後悔した。

「ホテルと観光はどうなさいます」と尋ねられ、最初の晩の宿泊と空港までの迎えをつけてもらう。

「ホテルは、安いところを」と付け加えることも忘れなかった。

旅行代理店を出て輝和はデパートに行き、残金の中から淑子のためにクリスタルグラスのネックレスを買った。淑子に贈り物をするのはこれが初めてだった。

出発当日の夕刻、輝和は空港の電話で徳山に、これからネパールに行く旨を伝えた。

「わかった。無事連れて帰ってこいよ」と徳山は快活な口調で言った。

受話器を置いた輝和は、淑子へのプレゼントと身の回りのものをつめたコンビニエンスストアのビニール袋を一つ持って、エア・インディア機に乗り込んだ。

夜中にバンコクに着き空港近くのホテルで一泊した。翌日の昼過ぎにバンコク空港を飛び立つはずだったロイヤルネパール機の出発は、何の理由も告げないまま十四時間遅れ、二日後の明け方、輝和はカトマンズに着いた。

入国審査のあと、ビザの発給を受けて外に出ると、いきなり何本もの垢だらけの細い腕が伸びてきた。

「ワンルピー」と叫びながら、輝和の袋に手をかけてくる子供たちを振り切って、輝和は迎えの車を探す。

背後から太鼓と口琴の音が近づいてくる。振り返ると肋骨を浮き出させた乞食が、手を伸ばしていた。真っ黒な体の中で、眼球だけが血を塗りたくったように赤い。はっと視線を逸らせ、離れる。

「結木さん、ですか？」

そのときたどたどしい日本語が聞こえた。頼んでいた旅行代理店の現地ガイドだった。十四時間も遅れてきた客に、何も問わず穏やかに微笑して車のドアを開けてくれた。救われた思いで、輝和は汚れたワゴン車に乗りこむ。

車は夜明けの国道を走り、カトマンズ市内に入った。五年前の春に淑子と眺めた景色がほとんど変わらずにそこにあった。一方にあまりに変わってしまった自分自身の生活がある。

レストランや土産物屋が軒を連ねるタメル地区のゲストハウスに辿り着き、ベッドに横になったときには、陽はすでに高く昇っていた。

うとうとして目覚めてみると昼になっている。明るくなった部屋を見回すと、バンコクのホテルとは天地ほどに差のある質素な宿だというのがわかった。しかしパイプフレームのベッドも漆喰《しっくい》の白壁も、木製の観音開きの窓も、どこか懐かしく肌に馴染んだ感触がある。

時計をちらりと見て、着替え、急いで外に出た。

こちらは雨期に入っているはずだが、空は晴れ、強い陽射しが石畳の道を焼いている。人々がひしめき、リキシャやバイクの行きかう道路を輝和はシズエの店に向かう。

しかしメインロードを外れ、ごみや吐き出された痰《たん》で汚れた石畳の路地に入ったとたん、方向感覚が失われた。狭く曲がりくねった小道は、視界を古びた中層建物に遮られ、しかも同じような小道が迷路のように入り組んでいて、いったん入ったら二度と出られなくなりそうな不安を抱かせる。

前回、車に乗せられて回ったせいもあって、シズエの店がどこにあったのか、記憶が定かでない。

そのうえ自分の足で歩くカトマンズの町の大気は、どこか現実離れした皮膚感覚をもたらす。新鮮な柑橘《かんきつ》類の香りと、それが腐っていく匂い。乾いた血と線香の香り。動物の脂と排泄物の臭気。ありとあらゆる生きものの清濁併せた匂いと死臭が、町全体に溢れ、漂っている。

輝和は石畳の道をさ迷いながら、それまで異物として拒否し続けてきたそうした臭気を、今、自分の内側に呑み込もうとしていた。

他ならぬここが淑子を生んだ国だ。この混沌とした空気から淑子の途方も無い優しさと神秘的な力が生まれた。淑子の行方をその匂いの中に探り当てようとするように、輝和は、黙々と石畳の上を歩いていた。

やがて僧侶にティカを授かって、式を挙げた寺がみつかった。道端に野菜を積み上げて売っている石畳の広場、その突き当たりに、見覚えのあるヒンズーの女神と男神の像があった。

そこから五分も歩かないうちに、英語とヒンディー語と日本語の三種類で書かれた看板が見えてくる。

「日本食、おみやげ、シズエの店」という部分だけが読めた。

色とりどりのサリーが暖簾《のれん》のように入り口に下がっているのをかき分けて、輝和は中に入る。

薄暗い店内にシズエの夫であるインド人が座っていて、濃い眉毛の下から胡散《うさん》臭そうに輝和を一瞥した。

「シズエ・ラトゥーナさんに会いたいんですが」

輝和は言った。

「シズエ？」

相手はちょっと眉をひそめ、二階の料理店に上る急な階段に向かい、大声で妻を呼んだ。

しばらく待っていると、赤紫色のサリーをまとったシズエが下りてきた。

輝和の顔を見て、青い隈取《くまど》りのようにアイラインを引いた目を細め、「いらっしゃいませ」と愛想笑いを浮かべた。

「結木です」

「は？」

本当に覚えていないのか、それともとぼけているだけなのか、わからないまま輝和は繰り返した。

「結木です。五年前にお世話になった。淑子、いや、おたくにカルバナを紹介されて結婚した」

「あ……」

シズエはぱっくりと口を開け、それから納得したように、何度もうなずいた。

「まああ、里帰り。で、奥さんは？」

「里帰りじゃありません」

輝和は言った。

「妻は失踪して、一人でこちらに帰ったことがわかりました」

「まあ、それはたいへん」

こんなことは、初めてではないのだろう。さして驚いた様子もなくシズエは言った。

「それで連れ戻しに来られたんですか。まあ、故郷が恋しくなることもあるでしょうから」

「淑子、いやカルバナを見てないですか。もし知っているなら、隠さずに教えてください」

相手はとんでもない、というようにかぶりを振った。

「知りませんよ。戻ってきていたなんて。もし、みつけたら私だって紹介した責任がありますから、いったいどういうことなのか聞きますよ」

気の毒がっているのか、とぼけているのか、わざとらしい困惑の表情が化粧の濃い顔に浮かんだ。

「とにかく、正直に答えてください。彼女、カルバナは、戻ってきてどこに行ったんでしょう」

シズエは眉間に皺を寄せて、店の外を眺めていた。あたりが薄暗くなっていた。厚い雲が出てきている。シズエは何も言わず、いきなり外に飛び出すと、吊るしてあったチベット絨毯や、きらびやかなサリーを店内にしまい始めた。インド人の夫の方は、店の奥で悠然とタバコを吸っている。

天の底が抜けたような雨が、いきなり降ってきたのは、表に出していた品物をシズエがちょうど全部取り込み終えた瞬間だった。

小さく息を吐いて、額にうっすら滲んだ汗を拭ったシズエは、輝和に二階に上がるように言った。

狭い階段を上がると、いつか淑子と祝いの宴《うたげ》を開いたテーブルで、白人観光客が四人、コーラを飲みながら外の叩きつけるような雨に見入っていた。

シズエは輝和を店の一番奥に案内し、手早くミルクティーを入れてきた。コップの下に溶け切らぬ砂糖がたまっている。一口すすって、その極端な甘味に少しばかり顔をしかめていると、シズエが口を開いた。

「私たちは、お嫁さんを紹介するときには、ちゃんと吟味しているわよ。それはわかってるでしょう」

「わかってます、ええ、わかってますよ。逃げられた方が悪いに決まっている」

ずいぶん前、徳山から聞いた、あの人身売買めいた話、現地の娘を騙して連れてきたという業者の話を思い出し、心の中で舌打ちしながら輝和は言った。

「しかし私は、妻を探したいんですよ。何か手がかりがほしいんです」

ふうっとシズエはため息をもらした。

「離婚したり孤独だったり、村から切り離された女性は、たいてい都市に出てくるわ。

工場で絨毯を織ったり、服を縫ったり。でも不幸な例を言えば、けっこうたくさんの女性が、南に流れるのよね」

「南？」

「インド……ムンバイよ。カトマンズなど比較にならないほどの大都市だから。そこでやることは、わかってるわよね」

「はあ？」

「わかるでしょう。女が他に何をできるっていうの？」

「もしや……」

「そう、ネパール人は、高い値段がつくのよ。特に、チベット系はね。こっちの人間にしちゃ色が白いから」

「やめてくれ……」

呻くように輝和は言った。

「あなたの家を出たとき、彼女、お金をたくさん持ってたの？」

「いえ……ほとんど」

沈鬱な思いで輝和は唇を嚙み締めた。

「ここに戻ってこられたのも、婦人保護団体みたいなところで面倒みてもらってのことですから」

「それじゃ自分のお金で南には、行かれないわね」

「ええ」

「すると……」

シズエは逡巡《しゅんじゅん》するように言葉を切った。

「カルバナには、家族はいなかったんですね。あのとき村に家族がいるってあなたや斡旋業者は言ったが、嘘だったんでしょう」

輝和は尋ねた。

「あら、そうだった？」と、シズエは濃い紅色に塗った唇でうっすらと笑う。

「カルバナは、山の中の村から出てきて、ここカトマンズ市内の工場で働いていたが、あるときあなたのところに連れてこられた。そしてこの店を手伝わされるのかと思っていたら、日本に売り飛ばされた……」

「人聞き悪い言い方はやめてちょうだいよ」

シズエは遮った。

「ここに来る前に、あの子はもう売られていたのよ。山の村を出るときに、支度金としてナイキに金を借りているから。ナイキって、山村を回って人を集めて町の工場に連れてくる人のことだけど、昔、日本にだっていたでしょう、そういう人が。そのナイキの一人が、この店に借金を作ったのよ。払え、払わないで、うちのダンナともめて、結局現金がないんで、手持ちの女の子で払うことになったの」

「そんな……」

輝和は息を呑んだ。女工哀史の時代さえ、斡旋人の借金のために女の子が売られたなどという話は聞いたことがない。

「驚くようなことじゃないわ、この国じゃ。もっといいお金になる工場があれば、ナイキは彼らを引き連れてそちらに移ってしまうことも多いし、年ごろの女の子なら、工場で仕事をするって約束で、ムンバイに売り飛ばすことだってするんだから。私のところでよかったわ」

「で、彼女の出身は、素性は本当は何だったのですか。まずそれを教えてください」

輝和は詰問するように言った。身を乗り出した拍子にテーブルが揺れて、ほとんど減っていないミルクティーがこぼれた。

シズエは答えずに、すばやくテーブルを拭く。

「彼女は、カルバナ・タミは、自分のことを結婚してはいけないと運命づけられた、というようなことを言っていたそうですが、それはどういうことですか？　日本でこちらに何度も来ている人に会って聞いたんですが、この国には寺院に女の子を奉納する制度があるそうですね。奉納された子は寺院住みの売春婦となり、結婚も禁止されるとか」

「私は、お嫁さんを紹介するときには、ちゃんと吟味している、と言ったはずよ」

憮然として、シズエは言った。

「その人は中途半端に、この国のことを知っているのよ。デパキなんて制度が残ってるのは、西の方のヒンズーの村の話よ。もともとインドから来たものなんだから」

「しかしカルバナは、ときおり、神がかりのようになることがあって、妙な座り方をするんですが、その姿がその寺院の売春婦とよく似ていました」

シズエは肩をすくめた。

「あなたここに来る途中、クマリの館を見てこなかった？」

「クマリ？」

「生き神よ。処女神クマリのついた生き神。小さな女の子よ。親兄弟から離されて、神様として祀られるのよ。インドラジャトラの祭りでは、神様として国王をひざまずかせるわ。でも初潮を見ると交替。家に戻されるんだけど、その後は一生結婚してはいけないということになっているの。もっとも今は、そんなことだれも守ってやしないわ。普通に結婚して、幸せになる人も多いし。これ、クマリの写真」

シズエは、テーブルの上に、観光案内を広げて見せた。

隈取りをして、額に赤い文様を描いた少女の絵だ。少女は、すでに輝和が何度も見せられた、あの両足の裏を合わせて座る、独特のポーズをしていた。それは、畦上の言った、寺に住み春をひさぐ女のポーズとも一致している。

「つまり淑子は、そのクマリだったわけですね」

「とんでもない」

シズエは、首を振った。

「クマリになれるのは、ネワールの由緒ある家柄の娘だけ。何しろ、こんなちっちゃい子が、お祭りじゃ国王をひざまずかせるんだから、山岳部族の娘なんかなれるわけないじゃない。聖処女なのよ。デパキなんかといっしょにしたら、ここの人たち、怒るわよ。でももうわかったでしょう。ここは部族の数だけ言葉と宗教があって、人の数より神様の方が多いところ。生き神はクマリだけじゃないわ。ヒマラヤの上の方に行けばラマ教の活仏《いきぼとけ》がいるし。一つの村にバラモンと坊さんがいて、その上ジャンクリなんていう呪術師までいる。女の子が、病気を治してもらって、ジャンクリニっていう女呪術師になることを運命づけられたなんて話もざらに聞くし。わかる？　生き神、活仏、巫女の類はぞろぞろいるのよ。あの子も三つ、四つのときから、神様をやってたんだって。でも、生理が始まったんで寺から追い出された。でもやっぱり結婚はタブーなのよね。結婚すると、相手の男は早死にするそうよ。神に取り殺されるんですって」

「僕は……無事だ」

輝和は答えた。あの一連の出来事は、自分が取り殺される代わりに起きたことなのかもしれない、とも思った。

シズエは笑った。

「ばかね、迷信に決まってるじゃないの。でも、かわいそうに、あの子の場合、家族が病気で死んじゃったのよ。それでナイキに連れられてカトマンズに下りてきたの。工場に一年くらいいて、ここに来たの」

「カトマンズに一年もいて、なぜネパール語が話せなかったのだろう」と輝和は首を傾げた。

「ネパール語を覚える暇なんかないからよ」とシズエは答えた。

「あの子がここにやってきたとき、私はあの子には何も言わず日本にやった。騙したと言うなら言ってもいいけど、どうせここにいたって、結婚なんかできないし、そのうちムンバイに行って、エイズでも背負って戻されてくるのが関の山よ。それならつまらない迷信のない日本で、真面目な人をみつけて結婚した方が幸せでしょう」

「それならそれで、なぜ初めから本当のことを話してくれなかったんですか」

輝和は、叱責するような口調で言った。

「でも、正真正銘の処女だったでしょ。今時、日本だったら絶対にありえないことよ。男と何かしたら祟りがあると、あの子は信じていたんだから」

「そういうことではなくて……」

輝和は口ごもった。そのことがわかっていれば、あの一連の奇妙な現象に、あれほどうろたえ、怯えないでも済んだかもしれない。

「おたくが何をして、逃げられたか知らないけど、こっちの女の結婚なんて、日本の何倍、何百倍って不幸なのよ」

シズエは自嘲的な笑いを口元に浮かべた。

「ぼろ雑巾なのよ、妻なんて。よく覚えておきなさい。この国では、喧嘩《けんか》しても絶対に、人を蹴っちゃだめなの。それこそその場にいる連中まで交じって袋叩きにされるから。それほど蹴るってタブーなのよ。それが唯一許される場合がある。亭主が女房を蹴るとき。インドじゃ持参金目当てに、花嫁が焼き殺されて、この国じゃ朝から晩まで、こき使われて、蹴られて、ぼろぼろになって、動けなくなれば追い出され、代わりに若い女が家に入るなんてことはしょっちゅう。能天気な日本の学者やバカなヒッピーが勝手なことを言ってるけど、ここは女にとっちゃ地獄よ」

輝和は言葉を失って、ぼんやりとシズエの顔を見ていた。

シズエは黙って立ち上がり、赤紫色の布で仕切った厨房《ちゆうぼう》の中に入り、それから輝和に向かって手招きした。

客席と反対の北側に厨房があり、その奥に窓があった。シズエは窓際に輝和を案内した。雨はすでに止み、天を突くような山並みが見えた。

奥多摩や丹沢の山々の穏やかで緩やかな稜線《りようせん》を見慣れた目に、それは影を背負ったように黒く、圧倒的な威圧感を持って迫ってくる。

「あれ」とシズエの指が一際高く屹立《きつりつ》している頂を指した。

「ゴサインタンっていう山。神の住むところって意味よ、ネパール語で。でも裏側のチベットではシシャパンマ、『家畜が死に絶え、麦も枯れる地』って意味の名前がついてるのよ。へんなものよね」

陽光を背に、空とのあまりに強いコントラストを見せて視野に飛び込んでくる峰の峻厳な表情に、輝和は何度もまばたきした。

「あっちの方向よ。あの子、カルバナの生まれた村は」

シズエは「神の住む地」の方を再びまっすぐに指差した。

「マンロン村、ですか」

入江の言葉を思い出し、輝和は言った。

「そう。山を登って、いったん谷まで下りて、吊り橋を渡ってまた登って、山を巻いた遠回りの道を通って。そうやってカトマンズに出てきたのよ、あの子は。村にいられなかったから。これはナイキから聞いた話なんだけど、カルバナのルーツはもっと東なんだけど、親がタブーに触れて、もともといた村を追い出されたらしいわ」

「タブー？」

「ここの国はいろんな民族がいるんだけど、その中がまたジャートだとか、タルだとかいって、ようするに部族だ、階級だって細かく分かれてるのよ。あたしなんか未だに何が何だかわかりゃしない。それでカルバナの親の村では同じ部族の人同士は結婚しちゃいけないし、もちろんセックスしてもいけないことになってたのに、カルバナの母親はそれを破って、カルバナができちゃった。そこで大きなお腹を抱えて村を追い出されて、マンロン村に逃げてきたわけ。だけど地の者じゃないから自分の畑もないし、作女みたいなことをしてた。生まれたカルバナは、寺に預けられて生き神様をやっていたけれど、生理が来ちゃったので追い出された。けれど戻ってきてすぐに母親が死んでしまったから、だれも面倒みてくれない。しばらく作女をやっていたけど、結局食い詰めて、そうなると人買いみたいなナイキを頼る他ないのよ。カルバナだけじゃなくて、自分の土地を持ってる地つきの村人だってあまり変わりはないわ。貧乏なのよ、わかる？　日本人の考える貧乏なんかと、ワケが違うのよ。夫に捨てられた女が、赤ん坊抱えて今日食べる粉のために山上の畑を耕してる。それでお乳が出なくて赤ん坊が死んじゃって、そんなことは日常茶飯事。カルバナは、そういう村に生まれ育ったの」

「なぜ……」

輝和はつぶやいた。

「え？」

なぜ、そんな苛酷《かこく》な生活がある？　なぜ、淑子らはそんな目に遭わなければならなかった？　なぜその淑子が日本に来なければならなかった？

いくつもの疑問が浮かび上がっては消えていく。

シズエはうっすらと笑った。

「別に驚くことじゃないわよ。私らの幼い頃、母の子供の頃なんか日本だって同じようなものだったんだから」

確かにそうだった。

栄養失調の瘡《かさ》だらけの赤子を連れた女乞食が村の中をさまよい、飢饉の冬に自ら紡いだ生糸の下で、一家が凍死する……。それが近世から維新を迎え戦後にまで続く日本の農村の姿だった。

「で、もしも淑子……ではなく、カルバナが故郷のマンロンではなくムンバイか、そんなところに行っていたら連れ戻せる可能性はあるんですか？」

輝和は尋ねた。

シズエは驚いたように、アイラインで隈取られた目を見開いた。

「あんた、そんな仕事についた女とでも、また一緒に暮らす気なの？」

輝和はうなずいた。

「彼女の中に、すべてがあるような気がするんで……私という個人ではなく、私の中に流れている血のすべて……」

シズエはため息をついて、こめかみを揉んだ。

「どうしても探したいっていうなら、このあたりで元締めみたいなことをやっている人がいるから、その人に聞けばわかるかもしれないけど」

「その人と会えませんか」

シズエは、じっと輝和を見ていた。輝和は財布を開き、米ドル札を出して、シズエの前に置いた。シズエはそれをそっと輝和の方に押し戻した。

「あたしは商人だからね。自分の売ったものには責任持ちますよ」

それだけ言うとくるりと体の向きを変え、ついてくるように言った。

石畳の道をシズエは裸足にサンダル履きで、歩いていく。サリーの裾をからげるようにして、雨上がりの道を飛沫を飛ばしながら、驚くほどの速さで歩く。不潔で猥雑《わいざつ》で異様なまでに人間臭いカトマンズのダウンタウンにその後ろ姿はすっかり溶け込んでいる。この人は、いったいどういう経緯でこの町に来たのだろう、と輝和は思った。

この人もまた異国人の夫を持ち、異国で暮らしていながら、その国の人間を売り飛ばすほどのたくましい適応のしかたをした。

大きく強くなるというのは、他のものを食べるということ、という淑子の言葉を思い出した。少なくともシズエというこの日本人女性は、他のものを食べて生き残ってきたのだろう。それが自分たち日本人の持っている本来的な姿なのか、シズエという一女性の特性なのか、輝和には判断がつかない。

途中から雨が降ってきたが、シズエはかまわず歩いていく。やがて商店と商店の間のごく狭い入り口の前で立ち止まった。

チャンドラギリゲストハウスという看板がかかっているから、アパートというよりは木賃宿のようなところだ。

シズエはすたすたと中に入っていき、並んでいるドアの一つをノックした。返事はない。隣のドアをノックすると、顔色の悪い髭面の男が顔を出した。何か現地語でやりとりしていたかと思うと、シズエは輝和の方を向き、ついてくるように合図した。

ゲストハウスの突き当たりのドアを開けると、レンガ造りの建物に囲まれた中庭になっていた。真ん中に小さな堂のようなものがあり、線香の煙がたなびく中に泥色の鳩《はと》が群れている。

ごみと鳩の糞の散らばる石畳の上で、男たちが数人、ミルクティーを片手に声高にしゃべっている。その一人にシズエはつかつかと近づいていき、輝和のところに連れてきた。

「カルバナの写真、持ってる？」

シズエは尋ねた。輝和は袋からごそごそと封筒に入った淑子の写真を出す。

男は微笑して何か言った。

「美人、だって」とシズエは通訳する。男は写真を持ってさきほど談笑していた仲間の方に歩いていった。彼らは写真を回して見ている。やがて男は戻ってきて、首を横に振り輝和に写真を返した。

「知らないそうよ。見たこともないって」

「つまり……」

「彼らのうちだれも、世話はしてないってこと。女が一人でインドの赤線に行くってことはないから、まあ安心していいわ。彼女はまだ国内にいるわね」

輝和の額から汗が噴き出した。

「あとは、この近辺の工場か売春宿だけど、それを仕切ってるのが別にいるから」と言いながら、シズエは通りに出て乗合いのオート三輪を止めた。輝和を押し込むように座席に乗せ、自分も乗り込んで勝手にメーターを倒す。

いくつもの角を曲がり三十分ほどで着いたところは、小さな町工場だった。

輝和はシズエについて裏口から入る。とたんに中に充満したにおいと暗さに驚く。目が慣れてくると、高い椅子に腰かけ、何かタペストリーのようなものを織っている子供の姿が目に入ってきた。それは子供というよりは、小さな亡者のようだった。痩せて目ばかりが大きく、異様に青白い子供たちだ。それだけではない、工場の片隅に、ねじれたような格好で転がっている子供もいる。

シズエが工場の中にいた男と何か話して戻ってきた。

「何なんですか、ここは？」

「絨毯工場よ」とシズエは事もなげに答える。

「あの子供たちは？」

「ナイキが村から連れてきた子供たち。ここの絨毯はチベット難民が自活のために織ったものだなんてガイドブックには書いてあるでしょ。そんなものは、先進国の歓心を買うための嘘八百よ。今じゃ、山岳民族の子供たちを連れてきて織らせているの」

「しかしあれは……」と、工場の床の上に転がっている子供を指差した。

「彼らに家はないから、ここで寝起きしてるのよ。少し寝て目が覚めたら、また織るの」

「そんな……」

「ここに連れて来られたら、三十くらいまでしか生きないわね、みんな。女の子なんか十四、五で子供を産んで、それが七つくらいになると一人前に絨毯織って、それであっという間に死んじまう。わかるでしょ、あたしのやったのが慈善事業の部類に入るってことが」

輝和は声もなく、かぼそい腕で糸を操る子供の不自然に膨らんだ腹を見ていた。

しばらくすると、整った顔立ちをした小柄な若い男が中から出てきた。

「ラジェシっていって、カルバナをここに連れてきたナイキよ」

ラジェシという男は、黒い瞳いっぱいに笑みを浮かべ「ナマステ」と、輝和の手を握った。その男の中に、ナイキ、「人買い」という言葉のもつ悪辣さがまったく感じられず、輝和は戸惑った。

「子供にしても女にしても、山から出てきた人々はカトマンズではナイキしか頼る人がいないの。カルバナにしても戻ってきたら、まずラジェシのところに顔を出して仕事を世話してもらうと思ったのだけど、まだ来てないんですって」

「では赤線に……」と輝和は悲痛な声でつぶやいた。

「赤線行くったって、ナイキの世話になるからね」とシズエは答えた。

「インドにも行ってない、カトマンズの工場や赤線にも行ってないとすると、やはりマンロン村に戻ったのかもしれない」

輝和が言うと、シズエは首を振った。

「ありえないわね、十中八九。頼れる親兄弟もいなくて、畑もなくて。戻ったって人の畑を手伝わせてもらいながら、乞食やるしかないんだから。それならここで絨毯を織ってるでしょう」

それからラジェシに向かい、何か言った。「マンロン」という言葉が聞き取れた。

ラジェシは大声で何か叫んだ。ふらふらと子供が現われた。年齢はまったくわからない、光のない目をした中年女のような少女が立っていた。汚れた顔は吹出物でいっぱいで、力のない咳をして足元に痰を吐く。

「ナマステ」と、シズエはその少女の頭を撫でた。少女の死んだような表情は変わらない。

「一ヵ月前にラジェシがマンロンから連れてきた子なの。うちの店でウェイトレスに使ってくれないかと連れてきたんだけど、断ったのよ。さっきのカルバナの写真を、この子に見せてやって」

輝和は言われた通りにする。少女は、顔に皺を寄せた。見えないらしい。ビタミン不足だろう。シズエは少女の腕を取り、工場の外に出した。少女は首を振った。ラジェシが何か尋ね、少女が答える。

「見たことないって言ってる」

少女の言葉をラジェシがネパール語に直し、それをシズエが日本語にする。じれったいやりとりだ。

シズエがラジェシに何か言う。ラジェシはもう一度、工場内に向かって叫んだ。子供たちと若い女数人が集まってきた。どの顔も生気がなく、痩せている。

表の明るいところに出て、写真を見せる。

若い女が一人、小さく声を上げ、早口で何か話し始めた。

「この子、ラジ村から来たタマン族の子なのよ。この写真の女の人が、ヘルスポストの建設現場で砂運び作業をやってたんだって。確かにそういう日雇い仕事ならあるかもしれないわね」

「ヘルスポストって？」

輝和は尋ねた。

「診療所のこと。ネパールにも一応病院があるし、インド帰りの有能な医者もいるわ。だけど、みんな都市に集まっちゃってるのよ。だって医者にかかれるような金持ちは都市にしかいないでしょ。それで村じゃ病人が出ると、何日もかかって山道を担いでこなくちゃならないわけ。それじゃ不便だから、ヘルスポストっていう小さな診療所をバザールのあるところに作るのよ。医療助手や看護助手が、一人二人いるだけで、医者はいないんだけど、村人にしてみれば心強いわね」

「わかりました。そのヘルスポストはラジ村にあるんですね？」と輝和は念を押した。

「ええ、マンロンに行く途中の村よ」とシズエは答えた。

輝和は、一路そちらに駆け出したい気持ちにかられた。淑子は、ムンバイにも、カトマンズの赤線にも行ってなかった。

輝和とシズエはその女とラジェシに礼を言って、その場を後にした。

「いい人でしょ。ラジェシは」

待たせておいたオート三輪に乗り込みながら、シズエは言う。

「人買いが、ですか?」

「彼らがいなければ、子供も親も飢え死にするわ。彼は良心的なナイキよ。子供が病気になれば作業からはずしてやるし、医者にみせることさえするのよ。女の子だってよほどのことがなければ、売春宿に売ったりしないし」

なぜこんなに感覚がずれているのかと内心憤慨しながら、輝和は黙って車に揺られていた。

やがてオート三輪は、工場から少し行った小高い丘にある集落の手前で止まった。

「運転手さんのお茶の時間よ。私たちも飲んでいきましょう」とシズエは、木造の仏塔のような建物に上っていく。最上階はテラスでカトマンズの町や、ヒマラヤの山々が見渡せる。

「近ごろは乾期でさえ、排気ガスで見えないのに、雨期にヒマラヤが見えるなんて奇跡だわ」

シズエはさきほど、店の厨房から見た山のあたりを指差した。

絨毯工場の光景がまだ瞼に焼き付いたまま重たい疲労を感じて、輝和は言われた方を見た。

わずかの間に太陽の位置が変わったのだろうか。ほんの少し前まで、黒々と影のように見えていた山々の頂は、陽光を受けて虹色に輝いていた。

ゴサインタン、さきほどシズエが説明した「聖者のいますところ」そして「家畜が死に絶え、麦も枯れる地」のあたりを輝和は食い入るようにみつめた。

どう見ても、七歳になったかならないかという子供が、ガラスのコップに入ったミルクティーを運んでくる。

「ワンルピー」と真っ黒な手が伸びてきた。輝和は財布から五ルピーの札を取り出し無造作に渡す。

「ああ、ばか」とシズエはかぶりを振った。とたんにどこからかばらばらと子供が出てきてその札に群がり、取り合いを始めた。五ルピーの紙幣はあっという間にいくつもの破片にちぎれ、その破片をなお子供たちは取り合う。

啞然として、輝和はその様を見ていた。罪を犯したような重い気分になった。

熱いミルクティーをすすり、「ラジ村はあの方向ですね」と輝和はゴサインタンの方向を指差した。

「あんた、本当に行く気なの？」とシズエは抑揚のない声で尋ねた。「さっきの工場の女の子の言ったことだって当てにならないわよ、写真一枚のことなんだから他人の空似ってこともあるし」

輝和は首を横に振った。

「彼女が戻るところはそこしかないような気がします。ムンバイでも、絨毯工場でもなくて。村に戻って、また生き神様をしているかもしれない」

シズエはうっすらと笑って、ミルクティーを口に運んだ。

「あのゴサインタンを正面に見たところに、バウンパティって村があるわ。ヘランプーっていう尾根歩きのコースがあるんで、トレッキングする人がよく行くところ。王宮の近くのバスセンターから、小型バスが出てて、それで二時間っていうけど、四、五時間かかることは覚悟しておいた方がいいわね。それでバスが行くのはそこまで。その先は歩きで、三日かかって、ラジ村。マンロンはそのさらに奥……」

「バウンパティですね。起点は」

「それでも行くの？」

「地図はありませんか？」

「ないわよ、そんなもの。言っておくけど、トレッキングコースじゃないのよ。ロッジも食堂も途中にないわよ。道や橋だってまともなのがあるかどうか。ここの人間は確かに人がいいし、素朴だけど、みんながみんなそうとは限らないわよ。アンナプルナの方のトレッキングコースじゃ追剝《おいはぎ》ぎが出たっていうし、それにおたく許可証、もってるの？」

「ビザですか？」

ふうっと首を振って、シズエは紅茶を飲み干した。

「ビザで滞在できるのは、町中だけよ。僻地《へきち》の村を通るには、トレッキングパーミットっていう通行証みたいなものが必要なの。仮にそれがあっても、外国人の入域禁止区域があるわ」

「軍事施設のある地域ですか」

「普通の村でもよ」

シズエは腕組みをして、首を振った。

20

翌朝、輝和はシズエに紹介された観光案内所に行き、トレッキングパーミットの手配を頼んだ。午前中にイミグレーションオフィスに申請して、できてくるのは午後遅くになるという。その間に、市内タメル地区にある登山用品店で必要なものを揃えた。

日本を出るときには、コンビニエンスストアの袋を一つ提げ、古びたスニーカーをはいていたのが、今、足はトレッキングシューズでかため、買ったばかりのリュックサックの中に水や食料、薬品や雨具防寒具など一式を詰め込んだ大荷物を担いでいる。

パーミットを受け取りに行くと、案内所のスタッフが、ガイドはいらないか、と尋ねてきた。単独行は危険だし、行く先々の宿泊の手配や食事がわずらわしいという。

シズエの言葉もあり不安だったが、残金は少なく、ここで使ってしまっては淑子を連れて帰るための航空券が買えない。幸い、荷物も自分で担げる程度なので一人で行くことにした。

そうこうするうちに空模様が怪しくなり、また雨粒が落ちてきた。昨日のスコールのような景気のいい降り方ではなく、日本の梅雨を思わせるじめついた雨が糸を引くように降る。

バウンパティに向かう最終バスはすでになかったので、この日はシズエの店で経営しているゲストハウスに泊まることにした。

二十年ほど前までは、ヒッピーやバックパッカーが利用していたというその安宿は、今インドやネパール各地から出てきた商人やナイキたちが使っている。部屋は狭く質素だが、シズエが自ら管理していると胸を張るだけあって清潔だった。

一階が食堂になっていて、客の男たちが大きなテーブルを囲んでタンドリーチキンに似たものをかじりながら酒を飲んでいる。

気後れして、輝和がその片隅に腰かけると薄紫色のダブルのジャケットを着た男が手招きした。近づいていくと酒の入ったコップを差し出す。信用して飲んでも大丈夫なのか、確信がもてないまま、輝和は恐る恐るそれに口をつけた。

「どこから来たのか」と英語で話しかけられ「日本からだ」と答える。

「シズエの友達か」とその男は尋ねる。

ややこしい言い回しはできないので「そうだ」と言うと、彼は鶏肉を注文し、輝和に食べるように、とすすめる。

男は行商人で、ラサとカトマンズとニューデリーを行き来しているのだという。

「ここには何をしにきた？」

行商人は尋ねた。

「家出した妻を探しにきた」

輝和は答え、それからすぐに自分の部屋にとって返して、淑子の写真を持ってきた。それを行商人に見せる。

「どこかで見たことはないか？」

輝和は尋ねた。行商人は首を振り、隣に座っている男にそれを見せる。男たちの手から手に写真は渡った。彼らは一様に首を横に振り、鶏肉の脂で汚れた淑子の写真が輝和の元に戻ってきた。

輝和は「明日、バウンパティからラジ村に向かう」とその日に買ったばかりのトレッキング用の地図を示して言った。一番端に座っていた髭面の男が何か言って笑った。それを行商人が、英語に直す。

髭の男は「この地図には道も村も書いてない」と言って笑っていたらしい。つまりハイカー用の地図なので、彼らが交易や人集めのために通る道や村が書いてない、ということだ。たしかに、ラジとかマンロンという村の名前は地図上に見当たらなかった。

行商人は、輝和からボールペンを取り上げ、地図の上に細く道を書く。さらにラジとマンロンという村の名前をネパール文字で書き、その下にローマ字でふりがなをつけてくれた。

翌朝、空は曇っていたが、雨粒は落ちてこなかった。ひどく蒸し暑く、気流の関係か、排気ガスのにおいが特にひどい。昨日見えたヒマラヤの山々は雲とスモッグにすっかり覆われていた。

輝和はバスの出る一時間前に、バスセンターに行った。発車ぎりぎりの時間に行くと、チケットがあっても満員で乗れなくなる、とシズエに注意されていたからだ。しかしバスは定刻になっても来なかった。人々が集まってきて、バス停の周りに人だかりができたが、いっこうに来る気配はない。一時間たち、二時間たち、いよいよ不安になってきた頃、ようやく一台の灰色のバスが近づいてきた。よく見れば車体は青なのだが、土ぼこりで灰色に変わっていたのだった。降りだした雨がその上にまだらな模様を描いていく。

乗客はバスに殺到した。つばなし帽を被った男たちがバスの屋根に荷物を結わえつけるのを横目に輝和も乗り込み、垢じみたシートに腰を下ろす。

人と荷物を満載したバスは混み合った市街地をのろのろと抜け、やがてラサに通じる広い道に出た。途中で何度か止まり、運転手が食事をしたり、客が用を足したりしながら二時間ほど東に進み、そこから北に折れる。

とたんに舗装が切れ、舌を嚙みそうなラフロードに変わった。四十分も揺られたころ、バスは二十戸ほどの家が集まったごく小さな村で止まった。ここが終点、バウンパティだ。

時刻はほぼ正午で、雨は上がっている。前日にカトマンズで買っておいたビスケットをかじりながら、輝和は蛇行した道を登っていく。

やがて前方に、意外な風景が見えてきた。道は小さな峠にさしかかっている。一帯に生えているのは竹だ。葉をぎっしりと茂らせた竹が風に揺れている。結木家の屋敷の一隅にも竹林があった。春になるとそこの竹の子を掘り、母が炊いたものだった。

馴染んだ景色にこんなところで出会い、輝和は何か不思議な感じがした。ここの人々は、竹でざるを作り、竹で梯子を作り、竹で床を張る。そんなことを言っていたのは、畦上だったか、シズエだったか、記憶に定かでない。

買ったばかりのトレッキングシューズが当たって、一時間ばかりで踵が痛み出した。バンドエイドを貼って再び歩き出す。

一時間半ばかり歩いたところに寺があった。シズエが言うには、このあたりにあるのは、カトマンズ市内に多かったヒンズーの寺ではなく、チベット仏教の寺院だという。素通りして、輝和は尾根を目指して登っていく。

地図によれば、あまり縮尺が当てにならないということを考慮に入れても、淑子の故郷の村、マンロンはカトマンズからせいぜい五十キロあまり。輝和の住んでいた黒沼田地区から東京駅までの距離と変わらない。それがバスで四時間、さらに徒歩で四日、五日、というのは、時間がかかりすぎる。

首を傾げながら、輝和は毒々しいほどの緑に囲まれた道を歩いていく。石ころだらけの未舗装道路だが、道幅はさほど狭くはない。これならタクシー一台くらいは通れそうだと思った矢先に、突然左右の森が迫ってきたように道が狭まった。人がやっとすれ違える幅の急峻な登り坂になった。

知らぬ間に脇道にでも入ってしまったのかと、いったん引き返したが、道はこれ一本だというのがわかった。

息を切らしながら歩みを進めるうちに、空が急に暗くなってきた。一昨日カトマンズで出会ったような大粒の雨が来そうだ。リュックから慌てて合羽《カッパ》と傘を取り出す。たちまちのうちに、雨粒が落ちてきた。大地に穴のあくような勢いで降る雨に、足元が泥水で洗われる。傘も合羽もほとんど役に立たない。

ちょうどそのとき、前方に鬱蒼とした森が現われた。小走りにそこに逃げ込むと、頭上を覆う緑の葉に遮られ、雨はだいぶ勢いを失ったように感じられた。さきほどよりさらに細くなった道は、急に勾配が緩くなり、輝和はほっと息をついて手の甲で額を拭った。その皮膚の上に奇妙な感触があった。

ぬるりとした粘液質のものが手に触れた。指先で額に触れてみたが何もない。手を見るが何もついていない。首を傾げ手首を見た。黒いゴムの切れ端のようなものが、袖口から顔をのぞかせている。引っ張って取ろうとしてぎょっとした。剝がれない。

ヤマヒルだ。慌てて指先でむしり取ろうとした。しかしその体はのびるばかりで剝がれない。頑強に吸い付いていて、力まかせに引っ張ると焼け付くような痛みが走る。

土相手の仕事をしていれば、虫の一匹二匹におじ気づいてはいられない。しかしこのヒルの気味悪さは尋常ではない。

せめてタバコでもあれば、火を押しつけてとれるのだが、輝和はタバコを吸わないので用意はない。荷物の中に機内食についてきた塩があったのを思い出し、急いでリュックを開ける。しかしそのとき、ふと背中に異物感を覚えた。恐る恐るシャツをまくり上げて息を呑んだ。いったいどうやって入ったものか、脇腹や背中に何匹ものヒルが張りついて、二、三匹はすでに血を吸って、ナメクジのように太くなっていた。

十分血を吸ったものは、シャツの生地でこすれてぽろりと落ち、その後に血が糸を引くように流れ続ける。

機内食についてきた塩くらいでは、とても間に合わない。なすすべもなくシャツを下ろしふと目を上げると、濡れた緑の葉のそこかしこに、血を吸う前の糸のような細いヒルがついている。通りかかるものの体温を感知し、今にも飛び付こうとするように、鎌首をもたげ、ゆらゆらと揺れている。

輝和は、悲鳴を上げた。自分の声が雨に湿った森に虚しく吸い込まれていくのを感じながら、輝和は踏み分け道の足元にだけ目を据え、森に体当たりするように駆け出した。

体に何匹ものヒルを張りつけたまま走り、やがて木の根につまずき倒れそうになって、はっと我に返った。そして走るような速さで歩き始める。息は弾み、血を吸ったヒルが皮膚から剝がれ落ちては、新たに糸のようなやつが吸いついてくる。

どれほど歩いたのか、不意に視界が開けた。

峠に出た。

雨が上がって、薄日が射している。

眼下に、山腹を見事なばかりに耕しつくした段々畑があった。その下にスレートのような黒い屋根が連なっている。集落だ。

ほっとしたものの、ヒルに血を吸われたせいか体がだるい。

道は急な下り坂になった。履き慣れないトレッキングシューズが雨に濡れ、踵にひどく当たる。片足を庇《かば》ううちに、もう一方の足が擦れ始めた。

あたりの景色を見る余裕もなく、痛みに耐えながら畑の間の道を下っていく。

そのとき背後から、軽やかなエンジンの音が聞こえてきた。

耳を疑った。ジャングルのような山道を通り抜け、秘境そのものといった感じの村に入って、そんな音を聞くとは思わなかったのだ。

一台のバイクが現われ、輝和を追い越しざまにスピードを緩め、止まった。

輝和は体を固くした。先日、シズエから聞いた、山道で追剝ぎが出るという話を思い出したのだ。

Tシャツの上に、黒い革ジャンパーを着た若者が、バイクから降りてきて、何か尋ねた。ネパール語なので意味がわからない。

彫りの深い褐色の顔が笑いかけ、輝和に向かい何度か同じ言葉を繰り返す。輝和はわからない、という様に首を横に振る。

若い男は自分の足を指差した。

両足に靴ずれを作り、よろよろと歩を進めている輝和を見て、どこか悪いのかと尋ねていたのだ。輝和はうなずいて、靴と靴下を脱いでみせた。自分でも驚くほど、ひどい擦り傷ができていた。さらに足首からふくらはぎにかけては、ヒルにやられた跡の出血がまだ止まらず、皮膚の上にだんだらの模様を描いて血が流れている。

若者は肩をすくめた。そしてヒルの跡を指差し、短い単語を言った。ジュガと聞こえた。ジュガジュガと言いながら、指でくねるような真似をする。ヒルを指すこちらの言葉らしい。

「ジュガ」と輝和が繰り返すと、若者はそうだ、と言うように大きくうなずいた。ナマステに続き、輝和が覚えたネパール語だ。

若者は身振りでバイクの後ろに乗れと合図した。下の村まで送ってやる、という意味らしい。少し躊躇してから、輝和はその荷台に乗った。若者の胴につかまると、革と汗のにおいが入り混じって、つんと鼻をついた。黒の革ジャンは、若者たちの間で流行しているらしい。カトマンズでは、Tシャツ一枚でも暑すぎるような陽射しの下を、この姿で歩いている若者をずいぶん見かけた。女は未だにサリーか、せいぜいパンジャビスーツ姿だが、男の方はほとんど西洋風の服装をしていた。

バイクは後輪で石を撥ね飛ばしながら見通しの悪い急斜面の道を降りていく。まもなく段々畑に挟まれた集落に着いた。トタン屋根の小さな雑貨屋兼食堂があって、薄暗い店内に瓶入りの飲み物が並んでいる。

得体の知れないジュースのようなものを二本買って、一本をバイクの青年にお礼がわりに手渡す。青年は首をひょいと横に傾ける動作をして瓶を受け取り、どこへともなく走り去っていった。

あらためてあたりを見回し、一昨日、カトマンズの工場やシズエの身辺で見た光景と、このあたりの印象がまるで違うことに驚いた。緑の森と石垣を積んだ階段状耕地のコントラストの美しさもさることながら、見知らぬ旅人をバイクに乗せてくれた青年の好意が胸にしみた。

真のネパールとは、淑子が生まれた国とは、本来こうした豊かな風土と素朴な思いやり深い人々によって成り立っているところで、シズエの語った凄惨極まる極貧の村というのは、一部の都市住民や先進国から来た者の傲《おご》った視線に映じた虚像であるように感じられる。それは物質万能の世界観に蝕《むしば》まれた人々の偏見に過ぎず、この土地の人々は、実は豊かな自然に囲まれて、調和を保って生きている。

しかしそこに外国人や、ナイキといった人々が半端な形で「近代」を持ち込むから、子供や娘たちが、あの不潔な工場で、苛酷な労働を強いられることになるのではないか。

そんなことを輝和は思いながら、もう一度店の内部に目を向ける。

土間で、男が一人、皿に入った飯に何かどろりとしたものをつけて食べている。急に空腹感を覚えた。カトマンズを出るときに買ってきたパンを取り出して食べようとすると、それは手の中であっけなく崩れてしまった。リュックの中が雨で水びたしになって、パンは水を吸ったスポンジのようになっていたのだ。

輝和は、店の奥にいた中年の女に向かい、手真似で何か食べたいと示した。

黒っぽいショールを腰に巻き付けた女は、うなずくとアルミの皿に飯を盛り付けた。

傍らの鍋から何かどろりとしたものを掬《すく》ってそれにかけて持ってくる。

輝和が財布からコインを取り出し並べると、女はそのいくつかを取りにっこりと笑った。

昨日、シズエに、「村のものなんか食べちゃだめよ。不潔なんだから、私たちが食べたらあっという間に病気になるわ」と言われたのを思い出した。しかし今、それがシズエのある種の特権意識から出た言葉であるように感じられ、反発を覚えながら、輝和は料理を口に運んだ。

どろりとしたものは、豆だった。まずくはなかった。淑子と結婚式を挙げるためにここにきた数年前、こちらの食事が一切、喉を通らずに困った覚えがある。ホテルの食事も機内食さえだめだった。それが今、十分食べられる。味覚が変わることによって、人格も変わりうるのだろうか、と輝和は思った。

雑穀の混じった飯に、豆のスープ。皿の上に肉類はない。禁欲主義でも菜食主義でもなく、こちらの人々はごく自然に肉食を断っているような気がする。淑子はこういうものを食べて育った。

「これ、何ていう料理?」と輝和は尋ね、女に向かいそのどろりとした豆を指差した。英語が通じないらしく、女は微笑しているだけだ。

さきほどから食べていた男が、代わりに自分の器を指差して答えた。

「ダル」

それから「ビーンズ」と英語で言いなおした。

「どこから来たのか」と男は輝和に尋ねた。多少の訛《なま》りはあるが、達者な英語だ。達者すぎて、輝和には聞き取れない。

身振り手振りを交えて話しているうちに、男はグルカ兵としてフォークランドに行った後退役し、傭兵として海外に渡り、一財産築いて故郷の村に戻ってきた、ということがわかった。

輝和は、尋ねられるまま、自分がどこから来てどこに行くつもりなのかを話した。座っているうちに足の痛みが引いていき、人なつこい男の微笑に心を許し、携えてきた淑子の写真を見せた。

彼女が自分の妻であること、家出してしまったのでここまで追ってきたこと、などを包み隠さず語った。

「愛しているのか」と男は尋ねた。「そうだ」と、照れもなく輝和は答えた。

「今夜、泊まるところはあるのか？」と男は尋ねた。

「ない」と輝和は答えた。

まだ十分陽は高かったが、時計を見ると四時を過ぎている。靴ずれがひどい上に、ヒルにやられて全身がだるい。これ以上進んでも、暗くなる前に次の村に着ける自信はない。

「この村でどこか泊まれるところはないか」と輝和が尋ねると、男は自分が泊まる予定の民家を紹介してくれた。

その夜、輝和はその民家の二階で正体もなく眠った。激しい雨が家のレンガ壁を叩く音を夢の中で聞いたような気がしたが、翌朝、目覚めたときには上がっていた。湿った草の上を濃い霧が巻いているのだけが見える。

少しばかりの心づけを置いて、輝和はすぐにその家を出た。一緒に泊まった元グルカ兵は、まだ寝ているのか姿が見えない。

一晩寝たおかげで、足の痛みはだいぶ引いていた。だがラジ村に行く道がよくわからない。地図に印刷されているのはトレッキングルートだけで、輝和はゲストハウスにいた行商人が描いてくれた髪の毛のように細く、自信無げな線に沿って北上しなければならなかった。

村外れで乳搾りの帰りらしいミルク缶を提げた男をみつけ、ラジ村への道を尋ねた。英語が通じないので、地図を見せ「ラジ」と言う。男は地図を上下反対にしたり裏返したりしていたが、首を傾げて返してよこす。「ラジ」と輝和は地図上に書かれたネパール文字の方を示す。男は笑いながら首を横に振った。字が読めないということらしい。それでも「ラジ」「マンロン」と繰り返すうちに、通じたらしく一本道の先を指差した。

輝和は首を横に傾け、にっと歯を見せて笑い、男と別れた。これが「ありがとう」の意味だと昨日、あの元グルカ兵に教わったのである。

石畳の細道はいったん谷川まで下り、丸木橋を渡る。そこから隣の尾根を目指しての急な登攀《とうはん》が始まる。

息を切らして登っていると、背後から飛ぶような軽やかな足音が聞こえた。女の声がする。振り返っても、密生した緑の葉に視界をはばまれて姿は見えない。

声はたちまち大きくなり、急速に距離をつめてくるのがわかった。なんという早足かと驚きながら、振り返って数回目に、鮮やかな深紅、芥子《からし》、碧《あお》などの色が目に飛び込んできた。

サリーの裾をひるがえし、若い女性のグループがやってくる。

ぽかんとして見ている輝和に、彼女たちはそれぞれ声をかけてきた。何を言っているのかわからない。おそらく簡単な挨拶なのだろう。「こんにちは、お先に」といったところだろうか。鈴を転がすようなという形容を輝和は初めて実感する。どういう民族なのか輝和にはわからない。混血が進んでいるらしく、彫刻のような鋭角的な顔だちの者もいれば、黄色っぽいなめらかな肌をした東洋系の者もいる様は、輝和にあの見合いの光景を思い出させた。しかしこの雨期の山道を一列縦隊でやってくる娘たちの瞳の中にはあのとき見たような、憂鬱な色合いはなく、今を盛りと咲き競う高山の花にも似た、みずみずしくかぐわしい情緒ばかりが感じられる。腰骨で支えて持っているのは、金属製の大きな瓶《かめ》だ。下の川から水を汲み上げ家に運ぶのだろう。いったいどれほどの重さがあるのかわからないが、彼女たちは、石ころだらけの道を踏みしめ、飛ぶように輝和を追い越して行ってしまった。

天女の行列だ。

輝和は、その後ろ姿を見送る。

尾根道に出ると、かなたまで幾重にも続く山並みが見えた。頂上まで階段状耕地の連なる山の中腹に、渋い菫色《すみれいろ》に霞《かす》んで家々の屋根が見える。手を伸ばせば届きそうなその集落に行くには、しかし谷を一つ越えなくてはならない。

道はそこから一気に下りに転じる。崖のような道の先を覗き込むと、眼下遥かに谷川が流れ、吊り橋がかかっているのが小さく見えた。下から吹き上げる湿った風になぶられながら、いよいよ急峻な下り坂にかかる。

山道とはいえ、ここは古くからの交易路になっているのか、何度か人々にすれ違い、また追い越されていく。リュックを背負い、重いトレッキングシューズで、慎重に歩を進める輝和の脇を、つばなし帽を被った男や色褪せたサリーの裾を風になびかせた女が、軽やかにすりぬけていく。

空が再び鉛色に変わり、風が急に冷たくなった。湿った寒気が、薄い衣服を通して染み入ってくる。輝和は、二度、三度、身震いしてから、合羽を取り出して着た。昨日から上ったり下ったりしているが、確実に高度を上げているのだ。

吊り橋のポールが見えて、それが次第に大きくなってきたとき、輝和はその橋の様子が少しばかりおかしいのに気づいた。歪んだようなねじれたような格好をしている。

近くまで行って、その理由がわかった。ワイヤーが切れ、ステップ部分もほとんど落ちて、その橋は、目もくらむばかりに深い谷に一本のロープで辛うじて繋がれているだけだったのだ。

いったいこの先をどう進んだらいいものか、輝和は地図を取り出し呻吟《しんぎん》した。赤く力強い線で描かれ、橋もロッジもきちんと記載されたトレッキングルートに比べ、この道に関する情報は何もない。

後ろから重たい登山靴の音が近づいてきたのと、細かい氷の粒のような雨が一帯を覆い、数メートル先も見えなくなったのは同時だった。

「ハーイ」

英語で声をかけられた。振り返るとあの元グルカ兵だった。

「休んでいるのか」と尋ねられ、輝和は吊り橋を指差し、「行かれない」と言った。

男は不思議そうな顔をした。谷底に下りれば、木の橋がかかっている、と当然のことのように言う。

ここを下りるのかと、輝和は首を伸ばし、氷河が削ったとおぼしい急峻な谷を覗き込む。黄や白の花々や青草に覆われた川原を、銀色の糸のようにきらめきながら水が流れている。

男がさっさと下り始めたので、輝和も気を取り直して後に続く。

道々、輝和はなぜここの人々は吊り橋を直さないのか、と男に尋ねた。

男は、下にも橋があるから必要ないのだろうと、素っ気なく答えてから、何か付け加えた。込み入った話で、輝和の英語力では聞き取れない。

面倒になって、輝和はふんふんとうなずきやり過ごそうとした。しかし男はその場に立ち止まり、切れ上がった目で輝和の顔をじっと覗き込み、ゆっくりした言葉で、一語、一語、輝和が理解できたことを確認するように語り始めた。

この先に、コミュニストをかくまった村があるのだと、男は言った。だからパンチャーヤト体制崩壊後の急激な民主化を恐れた政府軍が橋を落とした。

一九八八年に、カトマンズ近郊のある町で、祭りをきっかけに大規模な民主化運動が起きた。

その直後に反体制運動家に対する政府の大規模な手入れがあり、百八十人近い逮捕者を出したのだが、難を逃れた人々の一部は、雨期のジャングルに逃げ込みひたすら北上し、少数民族の暮らす山の中の村に散っていった。この辺りにも、何人もの人々が逃げてきたのだと男は言う。

輝和は少しばかり意外な気がした。ここに来るまでに彼が読んだガイドブックの中には、ネパールにそんな深刻な政治対立があるなどということは、まったく書いてなかった。

「私は、この国の政治については知らない」と輝和は正直に言った。

男は目を細めて、淡い微笑を浮かべた。

「外国人にとってのネパールは、山であり秘境であり神秘の国だ。そこで我々が何を考え、どんな暮らしをしているのかには、興味がない」

皮肉っぽい響きをこめずに、そう言った。

急な下りで男に遅れを取りながら、輝和は、いくつかの英語の単語を並べて語った。

「私は、あなたがたに、興味を持っている。ここは神の国かもしれない。ここの人々は、古い日本人と似ている。私の妻も、昔の日本の女と似ていた。素朴で心が温かい。来る途中に出会った若者も親切で、足を痛めた私をバイクで送ってくれた。宿の人も正直で良心的だった」

男は笑った。笑いながら、単語を区切って言った。

「素朴というのは、愚か、ということだ。多くのネパール人は愚かではない。しかし表立って政治的であることは、死を意味する。つまりお人好しでのんびりしていて、素朴な顔をしていなければ、ここでは生きていくことができない。我々は、スリランカの紛争にも、ビルマの政変にも、聞き耳を立てている。しかし外国人からしてみれば、我々の心の中まではわからない。甘く見ないことだ」

輝和は、口をつぐんだ。素朴さと人の良さ、それは物質的な豊かさのために日本人が失ったもっとも大切なものであり、愚かであると断じられるべきものではない。いかなる事情があるにせよ、称賛に値する美点ではないか。そんなことを思ったが、それを言葉にして反論する英語力は輝和にはなかった。

男は片手を輝和の前に突き出した。三本の指の爪が変形し、指先が引きつれていた。

「警察官」と男はゆっくりと言いながら、小枝を拾い自分の爪と肉の間に入れる真似をした。輝和はぶるっと身震いして、後ずさった。

「政治？」とだけ、ようやく尋ねた。

男は首を振って、彼がふるさとの村に帰ったとき、強盗事件が起きて自分に殺人の嫌疑がかけられたこと、そしてそこの警察官が、真犯人が挙がっているにもかかわらず、賄賂目当てに彼を拷問にかけたことを語った。

「私は金を持っていた。警察官は金が欲しかった。村人は警察を恐れていた」と男はしめくくる。

輝和は返す言葉もなく、黙って男の後をついていく。

つづら折りの道を下り続け膝が笑い出したころ、ようやく花々の咲き乱れる川原に出た。両側の壁に風が遮られ、空気は淀んだように暖かかった。空を見上げると、この谷に沿って細長く雲が浮いている。

輝和は自分がふと、巨大な仏の手のひらの上にいるような気がした。手のひらに刻まれた深い皺の上に、清冽《せいれつ》な水が流れている。

その軽やかな水音を立てる流れに、小さな橋がかけてある。少し水嵩《みずかさ》が増えれば、あっという間に流され、流されたらそれを必要とする人間が、またひょいとかける。そんな感じの橋だ。

反対側の岸に上がり、再び急な登りが始まる。

輝和は男に、どこに行くのか尋ねた。男はこの上の村で市《バザール》が立つので、買物に行くと言う。カトマンズでは物が高いから、ここまで来るのだと笑う。

男の歩みは、登り坂でさらに速まった。輝和は次第に遅れがちになり、さきほど見た吊り橋まで、高さにして、半分ほど登ったところで、息を切らして立ち止まってしまった。男は「彼女への口説き文句でも考えながら、登ってくるがいい」とウインクし、飛ぶような速さで登っていき、たちまち輝和の視界から消えた。

一時間近く歩いて、再び尾根に出た。五分ほど歩くと小さな集落があり、その先の開けたところが、人々で賑わっている。道の両脇の露店では、唐辛子やアクセサリー、野菜などを売っている。

あの元グルカ兵の言っていた市《バザール》だ。

「安いよ、おみやげ」

いきなり日本語で声をかけられ、驚いて足を止めると、黒のジャンパースカートのような民族衣装を身につけた一重瞼の女が石を押しつけてきた。ピンポン玉ほどの黒い色をしたアンモナイトの化石だ。こんな山の中で日本語を聞いて、あっけにとられている輝和に向かい女は言った。

「ヒマラヤのおみやげね。日本人、私、そっくり。だから日本人、好き、安くするね」

こうしてあちらこちらの市で外国人に土産物を売っているのだろう。彼女はおそらくネパール語の読み書きもできないはずだ。しかし生きていくために、外国語は覚えてしまう。輝和はその女の日焼けした、たくましい笑顔に圧倒され、逃げるように通り過ぎようとした。

「おみやげいろいろあるよ」と女はなおも引き止める。手にした籠の中に、民芸品や化石に混じってみかんと竹の容器に入れた赤飯のようなものがあった。

「これ」と輝和は、指差した。

「これ、私、食べる」と女は笑って首を横に振ったが、結局売ってくれた。

道端に腰を下ろして、みかんとその赤飯のようなもので遅い朝食にした。赤飯に見えたのは、赤米を蒸したものだった。唐辛子と乾肉を煮付けた辛いおかずが少量ついている。

食べながら眼下に点在する集落を見る。緑に彩られた畑の中に、レンガ積みの家々が霧に遮られて曙《あけぼの》色に浮かび上がっている。

丘の上に一際大きな石造りの建物があり、そのそばに仏塔らしいものが建っている。ガイドブックにあったゴンパという僧院だろうか。その美しい風景を見ていると、元グルカ兵の言うような問題はあるにせよ、ここは敬虔な人々の住む神の国なのだと思えてくる。

立ち上がって歩き始めると、バザールの外れに人だかりがしている。輝和は追い越しざまに、人の輪の中を覗き込み息を呑んだ。

美しい物があった。風に煽《あお》られた赤紫色のサリー。それに包まれて横たわっている幼さの残る顔は、白く固まっていた。

遺体だ。数人の女が、取りすがって泣いている。

これほど美しい死に顔を、輝和は見たことがない。サリーを着るには違和感のある東洋系の顔立ち。淑子とよく似た、やさしい線を刻んだ唇が半ば開かれ、乾いている。まだ若い女だ。事故か、病気か、いったい何があったのだろうか。

都市文明から切り離された神々の住む地で、この若い女性の魂は地上の垢にまみれることもなく、旅立っていったのだろうと、輝和は若い処女の清らかな死に甘い感傷を覚えながら、そっと合掌する。

陽が傾いたころ、谷間から少し上がったところにある小さな村に着いた。裸足の子供たちが駆け寄ってくる。

思わず身構えた。「ワンルピー」と突き出される、汚れたかぼそい手は見たくなかった。

しかし子供たちは、輝和を遠巻きにして、めずらしい動物を見るように目を輝かせてついてくるだけだ。ここは訪れる観光客もほとんどいない村なのだろうか。

早朝から歩き続けたせいか、体がだるい。輝和は一番年嵩の男の子に、どこか泊まれるところはないか、と身振りで尋ねた。意味が通じたのかどうか定かではないが、男の子は、ついてくるようにとやはり身振りで答え、斜面に開けた畑の中の道を早足で歩いていく。

夕霧が濃くなり、雨粒が落ちてきた。どしゃぶりになる寸前に、男の子は集落の中では、一際大きなスレート葺《ぶ》き屋根の民家の前に輝和を連れていった。輝和を外で待たせておいて、中にいる男とちょっと話をすると、人なつこい目で笑いかけて走り去っていった。

輝和はそこの家に泊めてもらえることになった。

宛てがわれた部屋は梯子のような階段を上った三階にあって、隣には神様を祀る部屋が独立してある。主人はこの村の有力者だそうで、片言の英語を話せる。主人の話によればラジ村までは、あと一日の行程だという。

一人で部屋に入ったとたん、輝和はなんとも言えない気分の悪さに襲われた。ベッドに身を横たえる間もなく、吐き気が込み上げてきた。転がるように階段を下り、外に出て草むらにしゃがみ込んで吐いた。

立ち上がるとめまいがする。ふらつきながら家に入ると、そこの主婦が食事ができたから座るように、と敷物を指差す。床の上に器が並べられ料理が湯気を立てている。立ち上る香辛料の香りに再び吐き気が襲ってきて、慌てて外に出る。

胃液を少し吐いて戻ってきて、主人に「気分が悪いので食事を取らずに寝る」とだけ伝えて部屋に上がった。喉が渇き、カトマンズで買ってきたミネラルウォーターを少し飲む。すると今度は寒気がしてきて、全身が小刻みに震え出した。立とうとしても腰から下に力が入らない。無意識に唇から呻き声が出た。

ここの家の子供が心配気な顔をのぞかせ、母親を引っ張ってきた。

母親は輝和に何か話しかけた後、煎じ薬のような物を持ってきて飲ませてくれた。しかし五分とたたないうちに、窓から顔を出しそれも吐いてしまった。

床に這いつくばり、輝和は自分の軽率さを悔いた。

「村のものは不潔だから食べてはいけない」というシズエの言葉は本当だった。それは村人に対する蔑視ではなく、脆弱《ぜいじゃく》な日本人への適切な忠告だったのだ。

まもなく下痢も始まり、輝和はふらつきながら、何度となく階段を上り下りした。回数を重ねるごとに力が抜けていき、とうとう最後は階段を上れなくなって、土間に座り込んでしまった。

心配そうに見守っていた主人とその妻が、一人の老婆を連れてきたのは、小一時間してからだ。薄暗い電灯の下でその顔を見て、輝和は後ずさった。

眼窩の深すぎる目や、黒く皺深い顔が、三途の川の奪衣婆《だつえば》のように見えたのだ。

「心配しないでいい。きっと治る」と主人は言った。

老婆は輝和をベッドに寝かせると、床の上にさまざまな供物の入った皿を置き、線香を薫《た》き、呪文のようなものを唱えはじめた。

以前、徳山の紹介で会った畦上という男の話に出てきた女呪術師だ。

妙な気分だった。輝和は老婆の姿を、黒沼田の屋敷に座っていた淑子に重ね合わせた。あのとき輝和たちを戸惑わせた淑子の奇行は、彼女が生まれ育った土地ではごく普通に行なわれている癒しの行為だったのだろう。

次に石を出すのではないだろうかと輝和は女呪術師の手に目を凝らしていたが、それらしきものはない。やがて彼女は手にした木の枝で輝和の体を軽く打ち始めた。呪文を唱えながら、額から足先まで丁寧に打っていく。それが終わるとまた呪文を唱え、治療めいた行為は終わった。加持祈祷《かじきとう》の類で病気が治るはずはないが、女呪術師の手当てに驚いて体の各所が動きを止めてしまったのか、震えも吐き気もなくなっていた。

少し気分が良くなってそのまま寝入った。

翌朝、静かな雨があたりの草を叩く音で目覚めた。子供が、素焼きの鉢を持って階下から上がってきた。中を見ると、ヨーグルトが入っている。この家の主婦が、客の体調を気遣って運ばせたものだ。心遣いはありがたかったが、今の自分の体が、村人の手作りヨーグルトを受け付けるとは思えない。階下に行き、主婦に何度も礼を言って辞退する。

雨はまだ止んでいないし体はふらつく。しかしそろそろ出発しないと、明るいうちにラジ村に着けない。目的地を目前にして体が回復するまで、この村に留まる気もしなかった。

家の人々に丁寧に礼を言って、輝和は村を後にした。吐き気と下痢は止んだが、体に力が入らない。なんとかリュックサックを背負い、北を目指す。幸い道は斜面を巻いており、上り下りはさほどきつくない。しのつく雨の中を合羽に身をかため、ゆっくりと歩く。むやみに喉が渇き、ミネラルウォーターを飲む。飲んだとたんに腹痛と下痢が始まった。

もとより一般の家々にさえ便所などないところなので、草むらにしゃがみこむ。

立ち上がって尻にヒルが吸い付いているのに気づき、身震いした。

喉の渇きが止まらず、ミネラルウォーターはたちまちなくなった。一度小さな川を渡ったが、シズエから川の水は家畜の過放牧によって汚染されているから絶対に飲まないように、と言われたことを思い出し、渇きに耐えて通り過ぎる。

途中で羊を連れた男に出会い、「ラジ?」と尋ねると、歯を見せて笑い輝和の行く手を指差した。淑子をそこで見たと語ったあの工場の女性の顔を思い出し、間違いではありませんように、と祈りながら先を急ぐ。

陽が傾きかけた頃、集落に入った。トタン屋根の雑貨屋をみつけ、輝和は中に入った。中にいた黒い民族衣装を着た若い女に、「ラジ?」と尋ねると、相手はうなずいた。

間違いない。ようやく着いた。

リュックから淑子の写真を出し、女の前に差し出す。女はうれしそうに笑った。

「いるのか、ここにいるのか?」と輝和は、せっつくように尋ねる。

女は笑いながら、カメラを構える動作をした。

「え、どういうことなんだ?」

女は店の土間に寝かせていた子供を抱いてきて、輝和のリュックを叩き「ピクチャー」と言いながら、カメラを構える動作を繰り返した。

ようやく呑み込めた。彼女は、自分と子供の写真を写してくれ、と言うのだ。

「違う、この人は、ここにいないのか？」

輝和は、写真の淑子の顔を指差す。女は不思議そうに輝和を見た。

諦めて店を出ようとしたそのとき、店内にあるミネラルウォーターの瓶が目に入った。まさかこんな山奥でそれが手に入るとは思っていなかったので、慌てて買った。開けようとキャップを捻《ひね》ると、すでに弛んでいる。妙な感じはしたが、喉が渇いていたので、中身を一気にらっぱ飲みした。

とたんに喉と食道と胃まで、焼け付くような感じが走った。激しく咳き込み、涙を拭いながら瓶を見る。たしかにミネラルウォーターとなっている。しかし中身は違った。カトマンズのゲストハウスで飲んだ地酒だ。この店では、アルコール度数五十度を超えるといわれる透明な蒸留酒を手作りし、ミネラルウォーターの瓶に詰めて売っていたのだ。

茫然としている輝和を見て、女は笑っていた。

輝和は腹を立て、吐き出すこともできないまま店を出た。しかし三歩と行かないうちに、吐き気とめまいに襲われて立ち止まった。そして次の瞬間、石畳の上に膝をついて崩れるように倒れていた。

女の笑い声がぴたりと止み、困惑したような叫び声に変わった。

輝和は、自分が仕留められた獣のように男の背に担がれ、山道を運ばれているのがわかった。

ひどく気分が悪い。よだれを垂らし、うなりながら揺られていると、やがて固いベッドの上に下ろされた。

前の晩にやってきた奪衣婆のような女呪術師が、自分の顔を覗き込んでいる。

なるほど、彼女はこのあたり一帯の村をかけもちしているのか、と納得しながらも、二度も彼女の世話になってしまったことが、妙に恥ずかしかった。

奪衣婆は輝和の体を揺すり、言った。

「大丈夫ですか。体を起こしますよ」

輝和は仰天した。日本語だった。

唖然としてその老女の顔を見る。眼窩の深い黒い顔、白髪混じりの髪を後ろに結った髪型は、あの呪術師に似ている。しかし額には赤いティカがあり、着ている木綿のサリーは、昨日の呪術師の着ていた黒の民族服とは違う。

そして彼女の行なった処置は、昨日の呪術師とは明らかに違った。体を起こされた輝和は、大量のぬるま湯と粉薬を飲まされた。

「あなたは、お医者さんですか」

輝和は尋ねた。

「いいえ。看護助手です」と老女は答えた。そして自分は村々のヘルスポストを結んで、健康と衛生に関する啓蒙活動をしているのだと言う。

「ヘルスポスト？」と輝和は問い返した。急に意識がはっきりしてきた。あの工場にいた女性が、「淑子はラジ村のヘルスポストの建設現場で働いていた」と言っていたのを思い出したのだ。

「ここがそうです。今、医療助手は隣の村まで出かけているのですが」

輝和はとっさに自分のリュックを探したがない。すると看護助手が隣の部屋からそれを持ってきてくれた。その中から淑子の写真を取り出して見せる。

「彼女はこの村にいると思いますが、見たことはありませんか？」

「日本人？」

「いえ、ネパール人です。日本人に見えますが」

輝和は、カルバナ・タミという淑子の本名を言い、自分が彼女を探していることを簡潔に説明した。

看護助手は首を振った。しかしこの村の人に尋ねればわかるかもしれないので、これから聞いてきてくれると言う。

輝和は、自分も行くと言ったが、もう少し寝ているように、と看護助手は止めた。

部屋を出ていこうとする看護助手を輝和は呼び止めた。

「あの……」

「その日本語は、どこで習ったんですか？」

看護助手は微笑した。浅黒い顔の中で歯だけが白く浮き上がった。

「日本の医者が、たくさん援助に来ています。村のヘルスポストを回り、村人の病気を治します。私はここに来る前は、タライで日本人たちと一緒に働いていました」

「へえ」

「ネパールは昔から日本と仲の良い国です。日本の天皇も皇太子のときに来ました。日本の観光客もたくさん来ます。カトマンズにもパタンにも日本語学校があります」

「知らなかった……」

輝和はつぶやくように言った。何も知らないまま、自分はこの国の人を嫁として迎えたのだ、とあらためて思った。

「私は日本人が好きです。私の名前はスリジャナ・ドゥワル。ドゥワルは、ネワール族のカースト名で農民という意味です、スリジャナと呼んでください」

「私は、結木輝和」それから、「テルカズ・ユギ・ドゥワル、日本からきた農民です」と付け加えた。

一時間ほどして、スリジャナは年配の男を連れて戻ってきた。男はこの村の村長だという。そして彼から話を聞き、それを日本語に訳してくれた。

それによると、淑子は一ヵ月あまり前、このヘルスポストを建設していたときに、確かに作業員として雇われていたらしい。しかし工事が終了したとき村を去っていってしまった。

「それでは彼女がどこに行ったかわかりませんか？」

輝和が尋ねると、村長は「わからない」と答えた。工事に携わる人々は、チベットや東部山地の少数民族が多く、建物や道路が完成すると、どこへともなく去っていくのだという。淑子がまた次の現場に流れていったのか、それとも故郷の村に帰ったのか、村長にはわからないらしい。

カルバナの故郷、マンロンはこの先だ。彼女は故郷に帰る途中に、ここに立ち寄り、一仕事していったのかもしれないと、輝和は考えた。

輝和は村長と通訳してくれたスリジャナに礼を言い、明朝、この村を発ちたいと言った。

「まだ無理です」とスリジャナは、首を振った。

「どうして？」

「エンテリック・フィーバーの恐れがある」

「エンテ……？」

「日本語で何というのかわかりません」

もう大丈夫なような気がする。しかしスリジャナは厳しい顔で首を振る。

今は、薬で急性症状を抑えてあるだけで、無理をすれば、腹膜炎を起こす。そうなったら、病院まで遠いこの村では、確実に命を落とすという。

「それじゃ、ここにしばらく入院しなくてはならないんですか？」

スリジャナは首を振った。

「ここは入院できません。泊まれる部屋はないので、村長が泊めてくれます」

日本語を理解したかのように、村長は笑みを浮かべてうなずいた。

「なんとか薬でもたせて、マンロンまで行かれませんか？」

「マンロンまでは丸一日かかります。道で倒れたら確実に死にます。奥さんも悲しむでしょう」とスリジャナは幼子に言い聞かせるように言った。

輝和はうなずいた。

その夜泊まった村長の家は、前夜、世話になった家とよく似た造りの石積みの家だ。

客間は二階で、スリジャナも村のヘルスポストにいる間は、この家に世話になるのだという。

ベッドに横になっていると、十歳くらいの村長の娘が粥のようなものを持ってきてくれた。スリジャナは、きちんと火を通してあるので、安心して食べるようにと言った。

食事を終えると、スリジャナはまた薬をくれた。

輝和はスリジャナが薬を出した黒い大きなカバンを指して尋ねた。

「往診用のカバンですか？」

往診という日本語がわからないらしくスリジャナは首を傾げ、中身を床に広げて見せてくれた。

石けん、薬、コンドーム、それに紙芝居……。予想もしないものが入っていた。

「子供に見せるんですか？」とその紙芝居を指差して尋ねると、スリジャナは「大人が見ます」と答えた。

女性の識字率は未だに低く、ビデオが使えない山村では、こうしたものが有効な啓蒙の手段なのだという。

紙芝居の絵をスリジャナは示した。最初に出てくるのは、赤い頬をした健康そうな少女に、一目で悪人とわかる目がつり上がり顎の尖った男が何かささやいている絵。次の場面では、少女は美しいサリーを身にまとい、宝石を身につけ、立派な家に両親を住まわせる夢を見ている。

それが格子のはまった部屋の真ん中で、髭を生やした男に殴られている場面に続く。さらに少女は痩せ細り、ぼろをまとって山道を歩いている。

そこにハンサムな青年が現われ、少女を救う。しかしラストは輝和の期待したものとは違った。青年の死体に取りすがり、痩せ細った少女が泣いている。傍らには赤ん坊が寝ている。

エイズ予防の紙芝居だった。

悪い男にそそのかされた少女が、都会の生活に憧れて町に出て行くが、待っている仕事は売春。雇い主に虐げられ、エイズに感染し、少女は変わり果てた姿で故郷の村に戻る。途中で、親切な若い男と出会い、愛し合うようになるが、少女の背負ったエイズが相手の男と生まれた子供に感染し、男は死に、病気に感染した母子が残されるというストーリーだ。

輝和は、ため息をついて首を振った。淑子が日本に来なかったとしたら、あるいは彼女に用意されていたかもしれない運命だ。

「エイズがここまで問題になっているとは、思いませんでした」と輝和は首を振った。

「エイズだけではなく、保健と衛生について、もっともっとここの人たちは知らなくてはいけません」とスリジャナは言う。「ここは、女の平均寿命が男より四年も短い国です。世界でもめずらしいそうですよ」

輝和は、カトマンズの工場で見た少女や、シズエの言葉を思い出した。

出産や病気で、若い女性がよく亡くなるのだ、とスリジャナは説明した。劣悪な衛生環境、栄養状態、そして苛酷な労働が、彼女たちの健康を蝕む。

女たちの一日は、水汲みから始まる。重たい水瓶を腰に載せて、数百メートルも上り下りし、遠い山まで薪を拾いに行く。力仕事を中心とした労働のほとんどを女が担い、四十を過ぎれば骨が変形し、様々な病気を併発して死んでいく。

輝和は、来る途中に出会った、天女の行列を思った。水瓶を抱えた若い女たちの明るさとあでやかさ……。

夢幻的な光景に見とれはしたが、その裏にある苛酷な現実に、輝和が思いをめぐらせることはなかった。

「昨日、バザールの外れで若い女の人が死んでいるのを見ました」

輝和は言った。

「知っています。私の友達です」

スリジャナは答えた。あの若い女は、バザールの近くのヘルスポストを始終訪れていたという。

「十三でムンバイに行き、十五で病気になって村に戻ってきました。しかしうつるというので、家には入れてもらえませんでした。村にもいられなくなって、バザールで物売りをしていましたが、病気がひどくなって死にました」

輝和は、言葉を失い、床に置かれた紙芝居を見ていた。そこに繰り広げられた話は、啓蒙用の絵物語ではなく、このあたりではあまりにありふれた事例だった。

あの少女の身につけていた美しい死に装束は、彼女が遠く離れたインドの港町で体を売っていたときの名残だったのだろうか。病気になって、売春宿を追い出され、故郷に戻ってきても、だれからも受け入れられずにのたれ死んだ女の悲惨さを知らず、詩的な甘い感傷で眺めた自分の愚かさを思い知らされ、輝和は唇を噛んだ。

「あなたは、この国の女性の健康のために、一生を捧げようと思ったわけですか」

輝和は尋ねた。

「女性が健康になるということは、子供が健康になるということであり、すべての国民が健康になるということです」とスリジャナは答えた。

彼女はカトマンズ近郊の農村で生まれ、十四で嫁ぎ、合計九人の子供をもうけ、そのうち六人の子供を病気で亡くし、二十六で寡婦になったという。

「六人の子供を亡くした……」

輝和は息を呑んだ。

「めずらしいことではありません」

スリジャナは表情を変えずに言った。

寡婦になったのち、スリジャナはカトマンズ盆地に出て、できたばかりの「ヘルスセンター」という保健センターと病院を併せたような施設で下働きをしていた。仕事のかたわら、字を覚え、勉強して三十で看護助手の資格を取ったという。以来十五年ほどは、僻地の村を回りながら治療や啓蒙活動をしているという。

輝和はスリジャナの落ち窪んだ目と鼻の脇や額に寄った皺を見ながら、簡単な計算をしていた。

二十六で寡婦になった女が、三十で看護助手になり、それから十五年。とすれば、スリジャナの歳は四十五。自分とさほど変わらない。足腰はしっかりしているものの、どう見てもその容貌は老婆だ。

失礼でなかったら、と前置きして、輝和はスリジャナの年齢を尋ねた。ためらう様子もなく、四十五、と彼女は答えた。そしてこの国の女の平均寿命まで、あと少し、と付け加えた。

スリジャナの老け方も激しいが、この国の平均寿命も極端に短い。

「女は早く結婚し、たくさん子供を産み、早く死にます。たくさん子供を産むので、人口が増えます」

「それでこれを村人に配るのですか」と輝和は、看護助手のカバンから出てきたコンドームを指差した。

「家族計画は、政府の方針です」とスリジャナは言う。

「けれども、本当はもっと深く考えなければいけません。彼女たちがたくさんの子供を産むのは、子供が死ぬからです。死んでしまうかもしれないから、たくさん産んでおかなければならないのです。子供が死なないようにしなければ、彼女たちは産むのをやめません」

熱っぽい口調でスリジャナは語る。

「薬と医者が必要ですか？」

輝和は尋ねた。スリジャナは首を振る。

「知恵です。教育と、簡易水道と、トイレと、履物が、村にあれば、子供はこんなに死なないですみます」

輝和は、小さくため息をついた。

裸足の子供たちと、水汲みする娘、子供たちに囲まれて作業する母親、旅人にとって郷愁を誘われるここの光景は、実は数多くの死や悲しみと隣り合わせに存在するらしい。

「おやすみなさい」とスリジャナは言い、ランプを消して自分の部屋に引き上げていった。翌日も、その翌日も、輝和はその家の二階に、寝かされた。

食事は次第に固形物や豆が多くなり、体力も回復してきた。そして四日目に、スリジャナから、もう歩いてもいいという許可が出た。

冷たく静かな雨が降りしきる朝だった。スリジャナも次のヘルスポストに出発するという。その家を出る前に、輝和はこの家の幼い娘の水汲みについて行った。何か一つくらいは手伝おうと思ったのだ。娘と一つずつ銅の瓶を担いで、水場まで二十分ほど歩いていく。

山の斜面の小さな湧水は、石で四角く囲まれていて、透明な水があふれていた。

少女は、瓶に水を入れる。続いて輝和も水を汲もうとして気づいた。底に黒い泥のようなものが沈んでいる。

ぎょっとして手が止まった。

糞だ。牛か山羊か、とにかく放牧している家畜の糞だった。

ためらったが、とにかくここで水を汲むことになっているのであれば、しかたがない。

輝和は瓶に水を満たし、抱え上げる。足元がふらついた。重くてバランスが取れない。

持ち上げるのがやっとで歩けない。しかし小さな女の子は、一人でさっさと運んでいく。

スリジャナの言葉を思い出すと、たくましいと手放しで称賛することはできない。

輝和は一歩一歩、坂道を踏みしめ、おぼつかない足取りで村長の家に戻っていく。

台所に水瓶を置くと、病み上がりの体は、もうすべての力を出し尽くしたように、何をする気力もなくなった。

先程の女の子は学校に行く気配もなく、粉を碾《ひ》き始める。

輝和は雨の降りしきる道に出て、石積みの家々の間をめぐる。

石畳の道の脇に、小さな白い仏塔、チョルテンがある。その脇の石垣から灰色の塩化ビニール製のパイプが突き出て、蛇口のようなものがついているのに気づいた。

蛇口をひねってみたが、からからと手応えはなく回るだけで水は出ない。首をひねりながら石段を上り、チョルテンの正面に回る。こちらは塩ビパイプが土から露出している。

昨日スリジャナの言っていた簡易水道だ。しかし水は出ない。

輝和は灌木の中をかきわけて斜面を上っていった。水の出ない理由はわかった。小さな地崩れがあったらしく、塩ビパイプは途中でつなぎ目が外れていた。そのまま斜面を回り込み高低差にして二百メートルくらい上ったところに、輝和は湧水を発見した。岩の間から水の噴き出るその場所は、急斜面ということもあって家畜の糞に汚染されてはいなかった。

輝和は、静かに土を掘り返し塩ビパイプを掘り出してみた。

三年前、小森たちと山の家に、簡易水道を引いたときのことを思い出した。

「パイプはしっかり埋めろ。面倒なように見えても、一メートル埋めれば、二十年はもつ」と言って、あのとき小森はせっせと土を掘っていた。

いったいこの簡易水道はだれが取り付けたものだろう。そしてなぜこんな状態のまま、放置されているのだろう。

村までこんなパイプを担ぎ上げて、水道を作って去っていったのは、政府に雇われた作業員なのか、それとも外国の援助団体なのかわからない。しかしこの水道はしばらく使われて壊れた後、修理する者もなく、放置されてしまった。

　輝和はいったん斜面を下りて、村長の家に戻った。朝食まではまだ間がある。仏間に食物や水を供えて戻ってきた村長に、輝和はスコップのようなものを貸してくれるようにと英語で頼んだ。しかし通じない。スリジャナはすでに出発してしまった後で通訳してくれる人もおらず途方に暮れていると、この家の息子が近づいてきて、家の裏の納屋に連れていってくれた。中には、鋤《すき》や鍬《くわ》の他に、一通りの工具類が揃っている。セメントまであった。

「何をするのか」

　村長の息子は、輝和と同じくらい拙い英語で輝和に尋ねた。簡易水道を直すのだ、と輝和は説明する。

　若者は表情を曇らせた。彼の話によれば、あの水道は四年前にこの村に来た日本人のボランティアグループがつけていったものだと言う。しかし半年も経たないうちに壊れてしまった。というのも、あの水場は森の死霊が棲《す》んでいるところで、そこに人が入って荒らしたので、死霊が怒って壊したのだという。

「もしもまた直して使ったりすると、死霊の祟りがある」

　若者は言った。

　輝和は黙ってスコップを手にすると、先程の斜面を上っていきかけた。

とたんに下から悲鳴のような声がした。歯の欠けた老人が一人、何かわめいている。いきなり足首を摑まれ、輝和は転倒しそうになった。その隣で中年の女が必死の形相で叫んでいるが、意味がわからない。

そうするうちに輝和は、数人の年配の男たちに囲まれていた。

「泉をいじると、死霊の祟りがあると、ジャンクリが言っている」と村長の息子が歯の欠けた老人を指さした。

とっさに「ジャンクリ」というのが老人の名前かと思ったが、ここに来る前に寄った村で、病気になった輝和にまじないのようなことをした女呪術師のことを、村人が「ジャンクリニ」と呼んでいたことを思い出した。

どうやら彼は、呪術師らしい。

「前に作ったときは、悪いことがあったのか?」

ジャンクリを一瞥し、輝和は、村長の息子に向かって尋ねた。

「村の男が一人、崖から落ちて死んだ」

村長の息子が答えた。

「反対に良いことはあったか?」

相手は、困ったような顔をした。この若者は、ジャンクリの話をまるきり信じているというわけでもないのだろう。ただ村のしがらみの中で、異を唱えられないだけなのだ。

「水道を引けば、遠くまで水汲みに行かないですむ。家畜の糞の入った水を飲まないですむから、病気も起きない」

たどたどしい英語で説明しながら、輝和は果たして自分のやっていることが正しいのだろうか、と自問自答していた。女性の仕事としての水汲みはこの国の習慣であり、家畜の糞に対し、不潔感を抱くようにと、異なる文化を持つ人間が強制することはできない。たとえそれが原因で病気が発生したとしても、それは冬に木枯らしが吹き、雨期に雨が降るのと同じように、ここでは自然なこととして受けとめられているのかもしれない。それよりも死霊の祟りや神の意志といったものの方が、彼らにとってははるかに重要なことかもしれないのだ。

そのとき村長が、何か言った。

「彼はヘルスポストのワーカーと同じことを言っている」と村長の息子が、その言葉を訳した。

歯の欠けたジャンクリは、さらに何か叫んだ。集まった人々が不安気に顔を見合わせる。

村長がジャンクリに何か言い、輝和を呼んだ。輝和が行くと、ジャンクリは輝和をその場に座らせ、何かまじないのようなことを始めた。何もない空間に向かってさかんに話しかけ、それが終わると輝和は解放された。彼は、死霊と話をつけたらしい。

「好きなようにしていい」と村長の息子は言った。輝和はその場を離れ、斜面にとりついた。まず半分土に埋まっているパイプを掘り出す作業を始める。それから詰まった泥を取りのぞき、深く埋め直すつもりだった。

しかしその日一日ではパイプ全部を掘り返すことができず、輝和は結局、マンロン村に行くのを遅らせた。乗りかけた船でもあり、病気の間、世話になった礼をしたいという思いもあり、簡易水道を完成させるまで留まる決意をしたのだった。

村長たち一家は、ジャンクリの一件が終わった後は、嫌な顔も怪訝な表情も見せずに、食物とねぐらを提供してくれた。

その翌日、二、三人の男が、輝和の作業を見にきた。口々に何か尋ねにくるが、輝和には理解できない。

初めは死霊の祟りを恐れて止めているのかもしれないと思った。しかし彼らは、特に作業を妨害するでもなく、二、三十分、ときには一時間以上もそばに突っ立ったまま、おもしろそうに輝和の手元を眺め、仲間同士で談笑している。

斜面から畑を見下ろせば、雨期の灰色の空の下で、女たちが鍬を振るい、草を運んできては牛に食べさせ、粉を碾《ひ》き、そのそばでは子供が鶏を追い、水を汲んでいる。しかし男たちは、牛を使って田畑を耕す以外仕事はせず、日がな一日道端でおしゃべりに興じている。

苛酷な労働にたずさわる女に対し、この村の男は総じて貧しいながらものんびりした暮らしを楽しんでいるように見える。

一箇所、土が固くしまっているところがあって、輝和は苦労しながらパイプを掘り出していた。そのときそばで腕組みして、輝和の作業を眺めていた男が、腰の刃物を抜くと素早い動作で土を掘り始めた。あっという間にパイプが露出する。

目を見張っている輝和に向かい、男はいたずらっぽく笑い、一緒に掘り返し始めた。しばらく掘っていくと、パイプの継目の外れたところが見えた。しかしボルトも接着剤も、この村では手に入らない。バザールでもおそらくそんなものはない。カトマンズまで行かなければ買えないだろう。

結局こんなことは無駄だったのかもしれないと思いながらも、なんとか外れたパイプを止めようと針金を巻き付けていると、別の若者が機敏な身のこなしで森に入っていったかと思うと、一本の藤蔓《ふじづる》を持って戻ってきた。そして丁寧な仕草で輝和を押しやり、腰につけた刃物でその藤蔓を裂き、それでパイプを結わえて止めつけた。接着剤もボルトも必要ない。滑りやすい塩ビパイプがたちまちきっちりと接続された。

しかし土に深く埋めたら、藤蔓などという天然素材はたちまち腐る。そのときはどうするのだろうと輝和は首をひねりながら、若者二人に手伝ってもらう。パイプの修理は下に向かって順調に進んでいく。しかし思わぬところに難問があった。今度はパイプ自体が破損していたのだ。地崩れで大きな岩にでも直撃されたのだろう。塩ビパイプはひび割れ、半ばつぶれていた。

この部分は取り替えなければならないが、塩ビパイプを、カトマンズまで行って買ってこなくてはならない。仮に買えたとして、道路がないから人力で運び上げなければならない。こんな長くて持ちにくいものを担いで、だれが下から登ってくるのだろうかと輝和は絶望的な気分になった。

何も簡易水道がなくても、女子供が瓶で水を汲んでくるのだから、困ることはない。病気が発生したにせよ、それで村が全滅することはない。文明という幻想にとらえられ、結局無意味なものを自分はこの村に持ち込もうとしていたのだろうか。

途方にくれているうちに男二人がいなくなってしまった。諦めたのか、厭《あ》きたのか、嫌けがさしたのか、そんなところだろう。

輝和は壊れたパイプを修理しようといじりまわしていた。下の部分のパイプを持ってきて、水の出口をもっと上にずらすという手もある。

そのとき男二人がパイプを持って上ってきた。しかしそれは塩ビ製ではなかった。青竹だ。枝を払った竹は、節を焼いて取り去ってあった。

それを壊れた塩ビパイプの代わりに藤蔓で接続する。別の竹をつなぐ。夕方にはパイプラインはチョルテンの脇まで伸びていた。一応は完成しているが、地面から一メートルは埋めなければならないはずの簡易水道の管は、斜面の土の上に露出している。しかも湿気に弱い竹や蔓でできている。

いったいいつまでもつことやら、と悲観的な気分になり、ふと気づいた。もつ必要などないのだ。どんな頑丈なものでもいつかは壊れる。全面的に壊れなくても、部分的に故障が出る。肝心なのは壊れたときに村の人々だけで直せる、ということだ。二十年もったにせよ、一旦壊れたら直すための特殊な技術や、手に入りにくい材料が必要なのでは意味がない。たとえ洪水や地滑りのたびに流されても、数日後には村人の手によって再び作り直せるものであれば十分役立つ。

翌日、輝和と若者二人は、パイプラインの最上部に上り、パイプを湧水と連結させた。一呼吸置いて青竹のパイプを下っていくくぐもった水音が聞こえてきた。

斜面をまっすぐ飛ぶように下っていく若者から遅れ、輝和は木々の枝に摑まりながら、おぼつかない足取りで下りていった。やがてチョルテンの脇から石段の上に下りたとき、いきなり桶《おけ》で頭から水をかけられた。驚いて突っ立っていると若者が、愉快そうに笑った。村長の息子や村の子供たちが集まり、水をかけ合いはしゃいでいる。輝和たちが作った竹のパイプラインから、水が勢い良く噴き出していた。少女が一人、早くも瓶を持って水を汲みにきた。

「死霊の祟りは？」と輝和は笑いながら、傍らにいる村長の息子に尋ねた。

「大丈夫だろう」と彼は答え、それから真顔で輝和に言った。

「作ったのは、外国人のあなただ。ジャンクリは死霊と話をつけた。泉をいじるのはこの男だから、我々の村には危害を及ぼさないでください、祟るならこの男に祟ってください、と。だから死霊が追いかけてこないうちに、あなたはこの村から逃げた方がいい」

輝和は笑って、若者の手を握った。

「方向が悪い」「死霊が祟る」「女神が怒る」といった言葉は、小金を貯めた村人が、家を建て直すときなど、ひがみやねたみから近所の人々に言われることが多いと、シズエから聞いたことがある。村長の息子や村人の大半も、その手の迷信を全面的に信じているわけではないのだろう。ただそう言われてしまうと、なんとはなしに気味が悪くて、避けて通りたくなるだけだ。そのあたりの心情は日本人もあまり変わらないように輝和には思える。

いずれにせよ村長の息子に言われるまでもなく、この仕事が終わったら輝和はラジ村を出発するつもりだった。彼がこの国に来た理由は、淑子を探し、連れて帰るためで、ここに長居をしているわけにはいかない。

翌日の早朝、輝和は一緒にパイプラインを引いた男たちに見送られ、ラジ村を発った。まだ薄暗いうちに石畳の道を歩き始めた輝和を村長の息子が追ってきた。彼は村外れで輝和に追い付くと、袋に入った物を押しつけてきた。中国製のピーナツヌガーだ。このあたりでは貴重品のはずだ。お礼の言葉もみつからないまま、輝和は両手を合わせて、精一杯微笑んでみせた。

降りしきる雨の中を輝和は一路マンロン村を目指す。このあたりには森がほとんどないので、ヒルに悩まされることはなかった。しかし直線距離にすればわずかな道程が、途中で深い谷に阻まれていた。谷には橋がない。急峻な坂を下り川原に出たが、谷底を流れる川にも橋がない。おそらく作っても増水すれば流されてしまうのだろう。

一時間あまりも上流へ向かって歩いたところにかかっている丸木橋を渡り、再び崖上に登っていく。川原から見上げると左右の崖が迫っていて、まるでクレバスの底にいるようだ。ヒマラヤの山岳地帯特有の峡谷だ。

体調はまだ完全に元には戻っておらず、きつい登りはこたえるが、この上の村に淑子がいると思うと、足運びは自然と速くなる。

午後も遅くになって集落の見渡せる小高い丘の上に出た。草地にまばらに木が生えているのが見えた。ここに来るまでの間にときおり見た木で、下の方に枝がなく、まるで椰子《やし》のように空の近くだけ葉が茂っている。山羊が草を食《は》んでいる斜面のところどころに赤土が剝き出しになった崩落箇所がある。雨期の激しい雨にやられたのだろう。

走るようにして、黒い屋根のついた低層住居の集まる村の中心部に入った。トタン屋根の作業小屋の前で、男たちが集まって何かしゃべっているのをみつけ、輝和は「ナマステ」と挨拶した。

「ナマステ」という言葉と、微笑が返ってきた。

息を弾ませ、輝和は淑子の写真を取り出し、男たちに見せる。いくつもの言葉が飛び交うが意味がわからない。

「カルバナ・タミ」と繰り返し、英語はわかりますか、と呼びかける。

若者が二人、はにかんだように「少し」と答えた。

事情を説明する輝和と若者の、たどたどしい英語のやりとりが始まる。

若者二人は、首を横に振った。

「いない？」

若者たちの顔に困惑の表情が浮かぶ。自分の口調が詰問するようになっていたことに気づき、輝和はもう一度「彼女は、この村にいますか」と丁寧な口調で尋ねた。

若者たちは淑子の写真を持って、年配の男たちにもう一度見せた。

若者の一人が、年配の男の言葉を輝和に伝える。

「この女性、カルバナは、昔この村に住んでいたが、この村の他の娘や子供たちとともにナイキに連れられてカトマンズに出た」

「それで？」

輝和は息を詰めて、次の言葉を待った。

「それきり戻ってきていない」

「嘘だ」

輝和は呻くように、日本語で言った。

ここまで来て、しかも少し前にラジ村にいたということまでがわかっていて、それで故郷の村、マンロンに戻っていない。そんなことがあるのだろうか。

「カルバナは、少し前、隣のラジ村にあるヘルスポストの建設現場にいた。その後どこかに行ったらしい。君たちは知らないか」と、もう一度尋ねる。

若者は首を振った。輝和は全身から力が抜けていくような気がした。

男たちは困惑したような、慰めるような口調で、言葉をかけてくる。

異国の言葉の独特のリズムが鼓膜を滑り落ちていく。輝和は、もう一歩も歩けないような気がした。

そのとき老人が一人近づいてきて、手招きした。

「昔のカルバナの家が残っているから見せてやる」

若者の一人が老人の言葉を通訳した。

「彼女の住んでいた家……」

石畳に尻をついたまま、輝和は老人の顔を見上げた。底抜けの人の良さと叡知《えいち》の同居したような目で輝和をみつめ、老人はうなずいた。モンゴロイド系の老人の顔は、結木家に出入りしていて、十年ほど前に亡くなった植木職人によく似ていた。

輝和は、のろのろと立ち上がりその後ろをついていく。

集落から外れた斜面に、石を積み、板屋根が真っ黒に朽ちた小さな小屋があった。ドアの跡なのか、壁に四角く開いた穴から入ると、破れ目だらけの屋根から射し込む光で内部は明るい。

土間にかまどが一つある。床はなく、寝台が一つあって、寝台の上にハンモックが吊ってある。そこに衣類らしき布がひっかかっていたが、雨風に叩かれて元の形をとどめていない。

あちらには住んでいなかったのか、と輝和は、集落の方向を指差し、若者に尋ねる。

「カルバナとその母はこの村の人ではなく、東の山の方からやってきた」と若者は説明した。村の人々が余所者を受け入れなかったのか、それとも故郷の村から逃げてきた母子が、遠慮して離れたところに住んだのかはわからない。

とにかく淑子はここで生まれ育ち、寺から戻された後も、しばらくの間、この小屋で暮らしていた。輝和の知らない、淑子の半生がそこにあった。

「寺は、どこにあるんですか？」

輝和は老人に尋ねた。

「カルバナがあずけられていた寺です」

「向こう。ただし少し前に、尼僧が死んでしまい、だれもいない」

そばにいた青年が、ラジ村の方向を指差して代わりに答えた。

輝和は部屋の中央に立ち、屋根の穴から見える灰色の空を見上げた。また雨粒が落ちてきた。

淑子の気配が数年の時を隔てて、この場に残っている。褐色に変わった布団の残骸のようなものの載った寝台に手を触れてみる。すっかり腐っているらしく、そうしただけでぐらりと傾いた。

輝和は振り向いて老人に尋ねた。

「私はここに住んでいいですか？」

青年が訳し、老人が答えた。

「かまわない。ここはだれの家でもない。しかし村の中には旅人を泊めてくれる家があるからそこに行った方がいい」

輝和は首を振った。

「私はここに住みたい」

淑子はラジ村まで来て消えた。しかしこの場所で待っていれば、いつか戻ってくるかもしれないような気がした。根拠のない期待だった。

輝和は、淑子を妻として迎えたときから今日に至る日数を数えていた。五年三ヵ月。それだけの年月を待っていれば、戻ってくるかもしれない。

いつの間にか、早急に淑子を連れ帰らなければという、痛切な気持ちは消えている。この小屋の残骸のようなところに立っていると、淑子はいつか戻ってくる、いつか会えるという確信に似たものが生まれ、いくぶんか安らいだ気持ちになった。

淑子が現われるまで、この村に腰を据えようと、輝和は決意した。

それにはとりあえず小屋の屋根を直さなければならない。教団にいた頃は、家も造ったし、屋根や壁も自分で直していた。

輝和は先程の英語を話せる若者に、屋根を葺く板がほしいと言った。

若者は自分の鉈を示し、遠い山を指差した。板がほしければ、山に行って木を切り出せということだ。輝和は、近くに見える森を指差した。若者はだめだと首を振る。

鎮守の森のたぐいだろうと思っていると、若者は理由を説明した。そこはこの近くの別の部族の森なので、彼らは手をつけられないのだと言う。

少し前までは近くにマンロン村の人々の森があった。しかし今はもうない。若者は、椰子のような木々がまばらに生えている赤茶けた斜面を指差した。そこに奇妙なものが見えた。

紐がぶらさがった鉄塔のようなもの。そしてもう一本の鉄塔が、手前にもある。

輝和は、そこで何が起きたのか理解し、小さく呻いた。

この村の人々は、森を枯らしてしまっていた。薪と家畜の餌と建材と、生活に必要なあらゆるものを提供してくれる森は、人口が増えることによって侵食される。しかしそれを驚異的に早めたものがあった。

マンロンでは、援助という形で不用意に持ち込まれた「近代」が、森を枯らし、村人に試練を与えたのだ。

森とマンロン村の間を、それまでの何分の一かの労力で木々や枝を運べるロープラインで結んだ人々が過去にいたのだ。三年前、小森が中心になって寺田の山に付けたものより、はるかに立派なロープラインがここに設置された。しかし現代の日本の山に付けられたロープラインが、道路を作り車を通すのに比べて環境への負荷を小さくして山仕事を合理化したのに対し、ここにできたロープラインは乱伐を招き、結果的に人々の暮らしを圧迫する方に働いた。森からの木や枝の運び出しが楽になった人々は、無計画に木を切り、家畜に与え、燃料として燃やし、売って現金に換えた。その結果、近くの森は消え、遥か遠くの森まで薪や飼料を取りに行かなければならなくなったのだ。

輝和はため息をついて斜面を眺めた。どうやら、板葺きの屋根というのは、この村では贅沢《ぜいたく》品のようだ。

その夜は、輝和は村人の家に世話になり、翌日、淑子の住んでいた小屋の屋根を草で葺いた。数人の男が頼みもしないのに、手伝ってくれた。

村の若者の話によれば、ここの村は傭兵《ようへい》やグルカ兵として、多くの男たちを外国に送り出しているということだ。そのために英語の話せる男がかなりいるし、所得も高い。しかし村内には男たちの仕事があまりない。仕事自体はあっても、農作業や家畜の世話のほとんどは女の仕事であり、兵士の収入に比べたら賃金はただのようなものだ。だから村に戻ってきた男たちはほとんど働いていない。

ラジ村でもそうだったが、昼日中から男たちが仕事もせずに、集まっておしゃべりに興じているというのは、そうした事情があるらしい。

輝和という外国人の滞在は、刺激のない村の生活を送っている男たちにとっては、何か華々しく、祭りめいたできごとのようだった。彼らは屋根を作るのを手伝ってくれ、まだ十歳にもならない少年が、竹を採ってきてベッドを作ってくれた。

女たちは食物を分けてくれる代わりに、めずらしい動物でも見るように、輝和の一挙一動を観察して笑い声を上げ、ひやかしていく。

そうした状態で一週間はまたたく間に過ぎた。輝和にしてみれば、いつまでも村人の好意に甘えているわけにはいかない。強い円を頼りに、手元のルピーがなくなるまで滞在するのも気がひける。

幸い、マンロン村には輝和のできそうなことがいくつかあった。ここは過去に何度も外国の援助団体の手が入ったところらしく、村内にはポンプや簡易水道などが作られている。しかし、それらのものは、ラジ村同様、破損したまま放置されていた。

輝和は手始めに壊れたポンプの弁を直し、次にラジ村でやったように竹を使って簡易水道を作り直した。

そうした技術のほとんどは、淑子の率いる教団で、小森や寺田から教えられたものだ。もしかすると初めからこうしたことはすべて淑子の計画のうちだったのではないか。そんな思いが頭をかすめ、だから淑子はいずれ自分の元に戻ってくるという、意味のない確信につながり、淡い期待が膨らんでいく。

簡易水道の修理が一段落した後、輝和は淑子が少女時代を過ごしたという寺に行ってみた。

村の青年の話によると、チベット仏教のギャンと呼ばれるところらしい。小さな堂と、かつては多くの僧が生活していたとおぼしき、簡素な造りの二階建ての僧坊があった。

無人の寺と聞いて、輝和は荒れ果てた様を想像して行ったのだが、意外なことに堂の内も外も、マリーゴールドやアネモネといった花々で飾られ、香の薫《た》かれた内部には流麗な顔立ちの金色の仏が鎮座していた。村の人々が朝に夕に詣で、花を手向けていくらしい。

村の若者や子供たちとも知り合いになり、ラジ村同様、彼らも輝和が作業していると、何も言わないのに手伝ってくれるようになった。しかも子供ではあっても手際は輝和よりよい。

村の中の「椰子の木」の正体は子供の一人に教えてもらった。近づいてみると、その木には枝を払った跡があり、まっすぐの幹にはいくつもの刻みが入っているのがわかる。どこにでもある普通の木だった。薪にするために下の方の枝をどんどん切って使い、手の届かない上の方にしか枝が残らない状態になっていただけだ。

人々は自分の首を絞めるように、土地も木も食い尽くしていく。結果として薪を拾いに、半日をかけて遠い森にまで行かなければならなくなる。

その労働から人々を解放しようという人道的発想から作られたロープラインは、森を丸坊主にし、あげくに、禿《は》げ山とともに打ち捨てられた。

手足を切られたような木を見上げ、輝和はこの国の人々が向き合わされてきた苛酷な生活に思いをはせる。

いったいどうすればいいのか、自分はこの国のために何ができるのだろうかと考えながら輝和は、その辛うじて命を保っている木の幹を撫でていた。

簡易水道を作り直した後、輝和は自分の住んでいる小屋の近くに汲み取り式の便所を作った。それから村の便所を作り直しにかかる。

マンロンは、このあたりの山村にはめずらしく、便所を設置した村だ。村人の話によれば、ヘルスポストのワーカーの指導によって、数年前に作ったものだそうだが、あまり利用されないまま、極めて不潔な状態で放置されていた。

その一方で、集落に近い畑が繰り返し使われて、地味がひどく痩せている。すきこむ家畜の糞も、薪が少なくなった今、燃料としても使われているので限りがあるからだ。人糞を使えばよさそうなものだが、村人はもっとも不浄なものとされる人糞を食物を作る畑に入れることには、強い抵抗感を持つ。

輝和は、一計を案じた。落とし込み型の便所に、枯草、枯葉を被せ、発酵させることにしたのだ。寺田の畑を借りて行なっていた堆肥作りに通じることでもあり、祖父の時代には黒沼田地区で広く行なわれていた土地作りの方法でもある。

その際出る発酵熱を利用して種を発芽させる方法も、地味の薄い関東ローム層に覆われ、冬場冷え込む多摩地区で作物を育ててきた人々の知恵として、輝和の身についている。

一通りの発酵が終わった頃、村人の忌み嫌う不浄なものは、畑に入れてもさほど抵抗のない優れた肥料に変わっているだろう。

とりあえず草をつかって屋根を作り、その下に穴を掘って、せっせと便所に堆積した排泄物を掘り出し、集めた枯草と層にして埋めていく。村人は眉をひそめながら見ているが、特に妨害はしない。所詮は違う部族のやることなのである。違う風習を持ち、違う言葉を操る人々が身近にいることに、多民族国家、ネパールの人々は慣れている。そうした意味では、日本の村人よりも寛容であり、輝和は、自分が、その寛容さに甘えてきたような気がする。

下痢や発熱といった体の不調には、その後も何度か見舞われた。

輝和が何も訴えなくても、村人は薬草の煎じ汁や、貴重な卵を焼いて持ってきてくれる。そのたびに輝和は手を合わせる。こちらの言葉を知らないために、うまく心の内の感謝の思いを表わせないことにもどかしさを感じた。

そしてあるとき、輝和は自分の体が、こちらの暮らしにすでに適応しつつあることに気づいた。

ひと仕事終えたとき、輝和はここの人々のように竹の管を伝って流れてくる簡易水道の水で体を洗う。初めは水の冷たさに身を縮めていたが、いつのまにか皮膚が慣れて、むしろ心地よさを覚えるようになっていた。

村人と同じ物を食べても、以前ほどひどい下痢を起こすこともなくなった。たどたどしい英語の他に、片言の現地語も操れるようになり、村人の中にしだいに溶け込みつつある。

夏の満月を祝う祭りに招かれたのは、輝和がこの村に着いて一ヵ月が経ち、とうにビザも切れた頃だった。

隣村から招かれたラマによる供養の儀式も終わり、草の上に料理や酒が並べられた。輝和は男たちの祝宴の輪に入れられて濁り酒を飲んでいた。

たまたま話題が斜面のロープラインのことになった。彼らはあの外から持ち込まれた「近代の遺物」には、関心を持っていなかった。

しかし輝和は、それを解体したら、何か役に立つものができるのではないかと思い、若者の一人に話した。

酒が入っていたせいもあるのだろう、現地語に訳された輝和の言葉に、喝采《かっさい》に似た同意の声が返ってきた。

ワイヤーロープはともかく、あの塔や滑車については、何かに使えるだろうという者もいる。使い道について、いろいろなアイディアが出された。やがて酔い潰れる者、踊り出す者も出て、その話はなんとなく終わった。

深夜、輝和は若者の一人と肩を組むようにして自分の小屋に向かって歩いていた。ビジャイ・クマーというその若者は、香港のグルカ工兵連隊から休暇で村に戻ってきている。きれいな英語を話し、ばねのようにしなやかで強靭《きょうじん》な体を持った男だ。

小屋に戻る途中で、酔いが回って、二人とも草原の上に座り込んでしまった。そのとき穀物倉の陰から、女のけたたましい笑い声が聞こえてきた。はっとして、そちらを見ると声は止んでいた。そして再び、笑い声が聞こえてきて、やがてそれはどこか艶《つや》めいてくもった響きに変わっていった。

輝和はぎょっとした顔でビジャイの顔を見る。ビジャイは、甲高い声で月を見上げて笑った。

どうやら月の光の下の、愛の交歓場面に遭遇したらしい。

「恋愛などというのは、この国にあるのか?」と輝和は、ビジャイに尋ねた。

「当然だ」とビジャイは答えた。

「祭りの夜だからか?」とさらに尋ねる。ビジャイは怪訝な顔をした。

この国の結婚は親と相手の男によって決定される。女は家畜と人の中間に属する存在として、その意思に関わりなく、ほとんどの場合、顔も知らない男と結婚する。ここに来る前、シズエからそう聞いた覚えがある。

そのことを輝和は、ビジャイに話した。若者はけらけらと笑った。そのいかにも陽気な笑い声に、穀物倉の陰から漏れる忍び笑いと歓喜の声が重なり合い、闇の中に溶けていく。

「それはヒンズーの人々の話だ。我々山の民は好きな女がいたら口説き、愛し合う。女が言うことを聞かなければ、さらって逃げる」とビジャイは笑いながら言った。

「君たちはカトマンズの人々と違うのか?」と、輝和は尋ねた。

「違う」とビジャイは胸を張った。

「金持ちの家は親が結婚を決めるが、それだって嫌いな男と一緒になる女などいない。同じ部族同士は結婚できないという決まりはあるが、そうなったら好きな女をさらって村から逃げるまでだ」とビジャイは言う。

「どっちにしても、さらって逃げるのか」

輝和は苦笑した。その言葉の開放的な響きに、すがすがしいものを感じると同時に、こうした村から連れ出され、異国の顔も見たことのない男に嫁として供給された淑子の心中を思うと胸が痛んだ。

「そうか、好きな女に出会ったら口説くのか」と輝和は、独り言のように言った。

「それで言うことをきかなかったら、さらうんだ」

ビジャイは繰り返し、太い右手で何かをかき抱くような格好をした。とたんにおかしさが込み上げてきた。何がそんなにおかしいのかわからないが、輝和は草の上にひっくり返って笑っていた。

そのまま草原で眠ってしまい、翌朝、子供の小さな手に叩かれて輝和は目覚めた。男が数人、輝和を取り囲み、行くぞというように合図し、煎り豆をくれた。昨夜酒の席で話題になったロープラインを見にいくというのだ。あれは酒の上の話ではなかったらしい。彼らは律儀にやってきた。

輝和は慌てて起き上がり、彼らの後をついていく。

村を出て二時間あまりも斜面を上り下りしたところにロープラインは残っていた。輝和たちはろくな工具もないまま、ナイフや鉈を使い、日暮れまでかかってそれを解体した。

錆びたボルトや防腐処理をした材木、そして長さにして二千メートル近い、ほとんど傷みのないワイヤーロープなどが草原に積み上げられた。

物の少ない村にとっては、大事な資源だ。これでいったい何を作ろうかという話になった。村の内部に小さなロープラインを作るのはどうかとか、材木を利用して穀物倉を作ろうとか、いくつかの案が出てくる。

男たちの目は、普段とは別人のように輝いている。戦地や都市で働いて現金を抱えて帰ってきた男たち、村では茶や濁り酒をすすりながら無為に過ごしていた彼らが、村の中にようやく自分たちの位置をみつけたのかもしれない。

輝和は頭上を行き交う早口の現地語を解せないまま聞いていたが、ふと思いついたことがあった。

「吊り橋はどうだ？　ホルトコマにかけよう」

ホルトコマというのは、ラジ村から来る途中に輝和が渡ったあの川だ。

市が立つのも、ヘルスポストがあるのも、そして大きなギャンのあるのも、ラジ村の方なので、マンロンの人々は用事があるたびにラジまで片道六、七時間をかけて歩かなければならない。橋がかかれば、病人が出たときも、ここの産物を売りにいくときも、歩く時間は大幅に短縮される。

輝和は、土の上に釘《くぎ》で吊り橋の絵を描いた。

「そんなものをどうやって作るんだ？」

「この細いワイヤーで？」

確かにロープラインに使用したワイヤーロープは吊り橋にするには、強度が足りない。男たちのいくつかの質問を、ビジャイが英訳して輝和に伝える。輝和は返答に詰まった。

「わからない」と小さな声で答えた。

「まずケーブルを支えるための支塔を作らなければならない。ロープラインの支塔を解体した木でできるが、基底部を固定するためのセメントはどうしたら手に入るだろうか。価格はどのくらいだろうか。それからワイヤーの末端を固定するための針金をどうやって手にいれたらいいだろうか」

ビジャイが工兵にふさわしい質問をしてきた。

輝和は黙りこくった。吊り橋を作ろうというのは思いつきに過ぎない。小森は色々なことを教えてくれたが、吊り橋の作り方までは教えてくれなかった。

沈黙していると、「無理だ」「できるはずない」という言葉が聞こえてきた。

現地語ではあったが、この短い言葉は輝和に理解することができた。確かにそのとおりだ。

輝和は、黒沼田の裏山にかけられていた吊り橋を思い出した。人が乗るとひどく揺れる橋だった。

「一人ずつお渡りください。自転車は降りてください」と立て札がそばにあったが、確かに揺れた。

幼い頃、その中央まで行った輝和が下を見ると、踏み板の隙間から深緑色の川面《かわも》が光っているのが見えた。足元から水面までとてつもない距離があって、それに気づいたとたん恐怖が体を貫いた。輝和はその場にしゃがみこんだ。先に渡った兄の高敏が、笑っていた。笑っている顔は、次第に心配げな表情に変わっていった。

「大丈夫だ、歩いてこいよ。絶対大丈夫」と兄は叫んだ。それからどうしたのか覚えてはいないが、今、こうして無事でいる、ということは、どうにかして渡るか戻るかしたのだろう。

「大丈夫だ」と輝和はつぶやいた。

「大丈夫……」

当てもないまま、輝和はつぶやくように繰り返していた。

男たちは解体した材木やワイヤーを、とりあえず村まで持ち帰った。

翌日、輝和はそのワイヤーを撚っていた。細いワイヤーを撚ることによって、人間の重量を安全に支える強度になるだろうと思ったのだ。立ち木に端を結びつけ、全身の力を込めて撚ってみたが、たちまち手が痛くなり、四時間かかっても数十センチしかできない。

しかし時間はある。淑子がここに戻ってくるまで、時間はいくらでもある。途中まで撚ったワイヤーをそのままにして、輝和は吊り橋を設置する予定の崖上に行った。下を覗き込んで足がすくんだ。黒沼田の山の吊り橋どころではない。切り立った岩の遥か下で、水が逆巻いていた。

ここに支柱を建てなければならない。下は堅い岩盤だから、穴を掘って柱を埋めるというのは難しい。やはり大量のセメントが必要になる。

何も車を通そうというのではないのだ、と気づいた。人一人通れればいいのだ。家畜を二、三頭連れて渡れればなおいい。あの黒沼田の吊り橋を思い出した。あれでいい。

「一人ずつお渡りください。自転車は降りてください」という程度で十分なのだ。

黒沼田の吊り橋のワイヤーを支えていたのは、天然の立ち木だった。

輝和はあたりを見回す。道から少し外れたところにまばらな林がある。

ちょうどいい立ち木があった。幹の太さは直径七十センチはあるだろう。岩盤にしっかり根を張った広葉樹だ。そして対岸は、と見るとそちらはマンロン村とは打って変わって緑濃い、大量のヒルの雨を降らせそうな森だ。支柱がわりの立ち木ならいくらでもある。

輝和は村に駆け戻った。ワイヤーロープが置いてあったところまで来たときだった。輝和を淑子の住んでいた小屋に案内してくれた、あの老人がワイヤーをいじっていた。単にいじっていたのではない。輝和の撚った部分は解かれ、きちんと編まれて、いかにも頑丈そうなケーブルに変わっている。

その手元を見て輝和は驚嘆の声を上げた。器用で力強く皺深い指が、三本のワイヤーを適度な緩みをつけながら着実に編んでいた。

輝和は、その隣にしゃがみこみ、呑まれたように老人の穏やかな横顔とその手の動きを見守っていた。蔓を、竹の皮を、その他のしなやかで丈夫なあらゆる天然素材を自在に操り、加工して生活してきた文化が、ここの人々の体に息づいているのだ。

四日後にワイヤーは完成した。男たちが六人ほどかかって、橋の床部分になる敷き綱を張る作業にかかる。

まず横木に四本のワイヤーを固定し、それを支塔代わりの二本の立ち木の間に引っ掛けるようにして蔓で止める。これが吊り橋のアンカー部分になる。

もう片方を対岸に渡すためには、ワイヤーを蔓に結びつける。

こぶしほどの岩にその蔓が括り付けられ、村いちばんの強肩の若者が、それを対岸に向かって投げた。

岩は弧を描いて深い谷の上を飛び、蔓はするすると伸びて、対岸の林の中に吸い込まれていった。

まもなく向こう側で待機していた男たちによって蔓が引かれ、蔓と接続された太いワイヤーの橋がゆっくり谷を渡り始める。

こうして谷の向こう側とこちら側は四本のワイヤーで結ばれた。

立ち木の幹の、人の背丈くらいの位置に、さらに一本横木を固定し、上下の横木の間に柱を二本立てて、立ち木を補強すると支塔はでき上がる。

黒沼田の吊り橋のおぼろげな記憶にもとづいた輝和の設計をたくみに修正して、具体的な作業手順を指示したのは、ワイヤーを編んだ老人だった。

立ち木と蔓を使った支塔は丸一日で完成した。さらに柱にワイヤーを張り、手摺《てす》り部分ができ上がると、橋の骨組みはほぼ完成する。村の男たちが代わる代わるやってきて作業に加わり、ここまでは一週間かかった。工兵のビジャイは、まもなく休暇が終わり部隊に戻らなければならないので、最後の二日は日の出からあたりが暗くなるまで、ほとんど休まず働いた。そして手摺りと敷き綱の間をワイヤーで固定する作業が終わった日、対ゲリラ戦のために駐留地ブルネイに向かって旅立っていった。

翌日から四人ひと組で、敷き綱の上に踏み板を敷いていく作業にとりかかった。日に

二、三度来る叩きつけるような雨の中でも、作業は順調に進む。輝和も遥か下の逆巻く激流に身を強ばらせながら板を運び、綱の上に蔓でくくりつけていく。

十日後、朽ち果てたロープラインは、日本とネパールの伝統的な技術をつなぎ合わせたような形の、簡便な吊り橋となって生まれ変わった。

最初に渡るようにと、老人に促され、輝和は首を振った。遠慮したのではない。作業のときは夢中になっていたから、気にならなかったが、揺れる吊り橋というのが未だに怖かったのだ。

輝和が躊躇していると、作業に携わった男たちが、一人一人渡り始める。こちらの崖上に突っ立ったまま、ラジ村側に渡った人々を眺めていると、若者や子供たちまでがはやしたてる。最後に輝和は両手で綱を摑み、踏み板の上を這うようにして渡りきった。

その日は、山羊が一頭つぶされ祝宴が催された。どこから集まってきたのか、見慣れない顔、見慣れない衣装の人々も交じり、歌や踊りの輪があちらこちらでできている。

濁り酒をしたたか飲み、千鳥足で小屋の前まできたときだった。山羊や羊の糞の散らばる草原に人が倒れているのが、月明かりに見えた。

老人だ。ぼろをまとい、杖《つえ》を片手に手枕で横になっているが、その安らかな寝息からどうやら行き倒れではなく、単に野宿をしているらしいというのがわかった。それにしても雨期のことでいつまた豪雨になるかわからない。

輝和は老人を起こし、自分の小屋に入るように手真似で伝えた。のそりと起き上がった老人は、ありがたがるそぶりもなくついてきた。そして屋根の下に入ると、またごろりと土間に横になってたちまち寝息を立て始めた。

翌朝、輝和が目覚めたとき、客は家の中にいなかった。戸を開けてみると、朝もやの中に立って、小さなマニ車を一心に回している姿があった。どうやら高地からきたチベット系の巡礼らしい。

昨夜飲み過ぎたせいか頭痛がして、輝和はすぐに寝台に戻りうとうとした。

数分して妙な気配で目を開けると、老人は輝和の寝台に体を寄せるようにして座っていた。はっとして上半身を起こした。老人が見入っている物に気づいたのだ。

枕元に置いてある淑子の写真だ。扉の隙間から射し込む朝日が、スポットライトのように淑子の顔を照らしていた。

写真がめずらしいのかと思っていると、写真の中の淑子の顔を指して、老人は何か言った。しかし言葉がわからない。ネパール語とも、このマンロン村の言葉とも違う。

単に、「この女は君の妻か？」と質問したのか、それとも淑子について何か知っていると言っているのかわからない。

「一緒に来てくれ」

輝和はとっさに老人の腕を取って言った。表情から輝和の意図を理解したのか、老人は輝和についてきた。

淑子の写真を片手に、輝和は集落に入り、片言の英語を話せる若い村人の家に行った。煎り豆をかじりながら、畑に出ようとしていた若者を摑まえ、老人の言葉を通訳してくれるように頼む。

しかし若者は老人と言葉を交わしたが、理解できないと首を振った。そして家を出ていき、別の男を引っ張ってきた。二段構えの翻訳を経て、輝和に老人の言葉が伝えられた。

——自分はこの女を知っている。彼女はこの先の村にいた。——

その内容は、英語に翻訳される前に輝和の心に飛び込んできた。渇望していた言葉を、輝和はわずかに知っている現地語の語彙で理解した。

若者が、細かな情報を英語で伝える。

老人はチベット国境の村からカトマンズのボドナートに向かって巡礼の旅をしている。淑子を見たのは、この奥にあるチリメ村というところで、淑子は村の寺《ギャン》に寝起きし、とうもろこしの刈取りを手伝っていた。なぜ覚えているかというと、淑子は西洋風の服装をしているので、村の中でとても目立ったからだ。

「寺《ギャン》に寝起きしていた、というのは、彼女は尼僧なのか？」と輝和は尋ねた。

「我々巡礼は、雨露をしのぐために寺《ギャン》で寝ることがある」と老人は答えた。

そのことにはそれ以上触れず、輝和は、老人がいつ淑子を見たのか尋ねた。

「少し前」と老人は言う。少し前が、何日前なのか何ヵ月前なのかということについてさらに尋ねても、「知らない」と老人は首を振る。

助け船を出すように、若者が、「とうもろこしの刈取りなら最近のはずだ」と言う。

「チリメ村はどこにある？」

輝和はせっつくように尋ねた。老人ではなく若者が、北を指差した。晴れていればヒマラヤの見える方向、あのゴサインタンの峰の見える方向だ。

「この道をまっすぐに行って、二つ目の村だ。急げば明日の夕方には着く」

一刻の猶予もない。

輝和は礼もそこそこに小屋に駆け戻った。淑子の写真とコッヘルと寝台の上の寝袋といった数少ない家財道具をリュックに詰め込み、石畳の道を北に向かう。

「どこへ？」

石垣に腰を下ろして竹を削りながら村の老人がのんびりした口調で尋ねた。

「チリメ。女房がみつかった」

それだけ叫び、輝和は笑いながら片手を振った。

今度こそ会わなければならない。そして日本にさらっていくのだ。あの若いグルカ兵ビジャイ・クマーが語ったように。

石畳の道はやがて切れて、傾斜地の草原を巻いた、比較的平坦な踏み分け道に変わった。一時間ほど歩くと、辺りは五葉松の明るい森になり、さらに急な登り坂に変わった。陽が傾きかけた頃視界が開け、前方に集落が見えた。ラジやマンロンよりも、少し大きめの村だ。若者の言った一つ目の村だ。

沈みゆく夕日を映して、川が流れている。今までいくつか通り過ぎてきた深い谷川ではない。乾期になったら干上がってしまいそうな細い流れに、どういうわけか立派な木造の橋がかかっている。

そこを渡りきったとき、夕闇の中から男が一人現われた。肩章のついた服と帽子。警察官だ。

ちょっと来い、というように男は合図する。面倒なことになったと輝和は舌打ちした。

警察官が何か言った。「チェックポスト」という言葉が聞き取れた。

胸を撫で下ろした。何のことはない。トレッキングパーミットの確認をするだけだ。

警察官の後について民家や畑を通り過ぎ、小高い丘を登っていく。まばらに木が生えた草地の中に石垣を積んだ黒っぽい家々が、肩を寄せ合うどころか、スクラムを組んだように壁も屋根もぴたりと接して建っている。木々はマンロンにあったように、やはり下の方の枝がない。

道に犬が一頭、寝そべっていた。マンロンやカトマンズ市内にも野良犬はずいぶんいたが、それよりも一回り大きく体の幅も広いマスチフ系の黒い犬だ。がっしりしたあごの獰猛《どうもう》そうな犬が、輝和たちの姿を見ると、のそのそと立ち上がり藪に消えた。

丘の上にあるオフィスは、清潔な二階建てのコンクリートの建物だった。

スチール机の前で、年配の警察官が一人、書類に目を通している。久しぶりに見る近代的な光景だ。

輝和はその前に行き、リュックからトレッキングパーミットを取り出し年配の警察官に差し出した。

相手は首を横に振った。

「この村に入ってはいけません」と年配の警察官は英語で言った。

怪訝な顔の輝和に彼は説明する。

「ここはトレッキングの許可証を持っていても入れません。なぜならあなたは外国人だからです」

はっとした。確かシズエは入域禁止区域があると言っていた。それがここだ。

輝和はリュックの底から地図を取り出した。カトマンズのゲストハウスで会った男の書いてくれた道筋は、マンロンで止まっている。その先を指差し、「チリメ、チリメ」と様々な発音とイントネーションで、言ってみる。

警察官は、片手を顔の前で振った。行かれない、ということだ。

「この先のチリメ村に、妻がいます。事情があって私は日本から妻を迎えにきました。私は急いでチリメ村に行かなければなりません。私が行きたいのは、ここではなくチリメ村ですので、すぐにここを出ていきます」

警察官は首を振った。

「あなたはこの村に入れないし、この先にあるチリメにも行ってはいけない」

「なぜだ？」

輝和は叫んだ。

「私の妻がそこにいる。私は妻に会うために日本から来た。妻を連れて帰らなくてはならない」

警察官は、遮るように平手で机を叩いた。

「とにかくここに外国人は入れない」

ここに、と言いながら警察官は地図の上を指でなぞった。その位置を見て、ここがチベットとネパールの国境の緩衝地帯なのだと輝和にはようやく理解できた。本来なら軍隊が駐留していてもおかしくないところだ。

たまたま中国との関係が特に悪化してはいない時期なので、警察官がいるというだけだ。しかし警察官なら、どうにかなるかもしれない。ラジへの途中に出会った元傭兵は確かに言った。

「彼らは賄賂目当てに、無実の者を拷問した」と。この国の警察官は金で動くということだ。

輝和は警察官に目くばせした。そして財布を取り出し、千ルピーの札を二枚取り出す。警察官は微笑した。感触はある。その目をじっとみつめ、さらに千ルピーを足す。警察官は首を振り、札を輝和の方に押し返してきた。そしてはっきりとした、わかりやすい英語で言った。

「私はあなたを奥さんに会わせてあげたいと思う。しかしもしそうすれば、私のクビが飛ぶ」

警察官は微笑しつづけていた。哀れみの微笑であったことが、そのときになってようやくわかった。この国のすべての警察官が、あの元傭兵の出会った警察官と同じように行動するわけではなかった。

警察官は静かな口調で「パスポート」と言った。

輝和はリュックから取り出し、手渡す。パスポートの最初のページを開き、写真と輝和の顔を見比べていた警察官は、次にぱらぱらとページをめくり手を止めた。

しまった、と輝和は小さく呻いていた。

三十日間の観光ビザは切れていた。

「すぐに延長の手続きをします」

輝和は言った。

姿勢を変えず、警察官はゆっくりと視線だけ上げた。

「何のためにこんな長期間、この国にいた？」

「妻を探していました」

輝和は言った。

「どこで、何をしていた？」

鋭い口調だった。

逃げるように視線をオフィスの向こうにそらせて息を呑む。

さきほど輝和を連れてきた若い警察官が、窓の外に目を向けたままライフルの手入れをしている。

「昨日までは、どこにいた？　何をしていた？」

賄賂は効かない。そしてここは中国国境の緩衝地帯だ。

あの元傭兵の変形した爪が脳裏に浮かんだ。腹の底が冷たくなり、足が震えた。

海外で連行されたら、もう終わりだ。何を抗弁しても無駄だ。大使館に連絡を取れるほど事態は甘くない。かりに連絡が取れたところで、日本の大使館など役に立たない。無実とわかっていても、スパイ容疑なり麻薬所持容疑なり、相手はいくらでも罪状を用意している。あとは拘禁、拷問が待っているだけだ……。昔、友達から聞いたそんな話を思い出した。

「マンロン村に滞在していた。村に吊り橋を作って、ビザの切れたのに気づかなかった。本当だ。マンロンの村長に連絡してきいてくれ」

哀願するように輝和は言った。

警察官は無言のまま輝和の顔を見ていた。

ここまでやってきて、淑子のいる村に行き着けない。それどころか命も脅かされている。あとわずかの距離まで来て、淑子は限りなく遠退いた。

それともこれは、自分とは二度と会いたくないという淑子の意思表示なのか。

警察官は、先程窓辺で銃の手入れをしていたもう一人の若い警察官を呼ぶ。そして輝和に言った。

「もう陽が沈んでしまった。夜道を歩くのは、危険なので、今夜は、ここの村に泊まりなさい。その代わり夜が明けしだい、マンロンの方向に戻りなさい」

「戻るだけで、いいんですか」

「戻りなさい」

厳粛な声で、年配の警察官は言った。

ほっとすると同時に、体中から汗が噴き出した。

若い警察官が、ついてくるように合図した。

彼は村の家の一軒に輝和を案内した。そこの家の主人とネパール語でやりとりした後、輝和に向かい「今夜はここに泊まりなさい。明日の朝までこの家から一歩も出てはならない」と身振りを交えて、言い渡した。

その家は村では金持ちの方らしく、ランプに照らされた内部は広々として清潔だ。

二階で、輝和は食事を出された。豆と野菜と雑穀の入ったカレーだ。

拷問はともかくとして、留置場に泊められることくらいは覚悟していたから、思いのほか寛大な扱いだ。

出された食事を輝和は残さず食べた。お茶も飲み干した。

警察官の好意を無にするようだが、輝和は素直にマンロンに戻るつもりはない。決意などではない。マンロンに戻るという選択肢が、今、輝和の意識から欠落していた。

この先は、厳しい旅になるだろうと思った。地図によればチリメまで、一山越えなくてはならない。高度も上がってきており、高山病の危険も出てくる。予防は水分を取ることだけだ。

村の夜は早い。不夜城の東京とは違い、人々は夜になれば寝る。街灯もない。輝和は家々の明かりが消えたころそっと出発しようと考えていた。

輝和は用意された二階の寝室に上がる。一時間もしないうちに、家族は寝静まったらしく、一階の奥にある家族の部屋からは物音一つしなくなった。

しかし外に出るには、家族の寝ている一階を通過しなければならない。まだ八時を回ったばかりだ。もう少し待ち、家族が完全に寝入ったところを見はからって出発しようと、輝和はベッドに横になった。疲労感から吸い込まれるような眠気が襲ってくる。このままでは朝まで眠ってしまうと思い、慌てて起き上がり床の上に座る。

眠気に姿勢が崩れ、壁にもたれかかる。

しばらくして激しい痒《かゆ》みを脇腹に感じた。何か変な虫がいるのか、それともヒルの噛み痕か。引っ掻《か》くほどに痒みが強くなる。爪を立てる。たまらない。かきむしり、血が滲む。

ようやく目が覚めた。いつの間にか墜落するように眠りに落ちたものらしい。慌てて木の窓を開ける。

光が射し込んできた。夜明けだ。

輝和は絶望のため息をもらした。もうマンロンに戻るしかない。

窓枠に手をかけ空を見上げ、はっとした。

黎明《れいめい》ではない。月明かりだ。まぶしいほどに明るい満月が空にかかっている。

慌てふためいて、リュックを手元に引き寄せ、用意しておいた荷ひもを結びつける。それを窓から下ろす。丈の短い草の上に、リュックは静かに着地した。

ベッドの脇に宿代として二十ルピーを置き、足音を忍ばせて階下に下りる。ドアを開けようとすると、家族がむくりと起き上がる気配がした。

ネパール語で何か聞こえた。

「どこへ行く?」とでも尋ねたのだろう。

「トイレット」と輝和は、はっきりした声で答えた。

相手は眠たげな声で何か言った。気をつけて、とでもいう意味なのだろうか。

屋内に便所のないこのあたりの家の造りに救われた。

荷物を拾い、月に照らし出された道を一目散に北に向かう。チェックポストのある丘を巻いて道は一本、チリメに続いていた。

街灯一つない道は、月に照らされて明るい。足元の道から階段状耕地が深い谷にかけて広がっている。

そして月明かりに異様なシルエットを見せている、あの椰子のような木々。耕して天に至る美しい畑は、森を伐《き》りつくし、土地を痩せさせる収奪的な農耕の姿だった。そうして切り開いて、作物を作らねばならないほど人々は貧しく、その行為が結果的に土地を疲弊させ、人々をさらに貧困の淵に追い込み、カトマンズで見たあの地獄のような工場や、ムンバイの売春宿や、あるいは異国の男のもとに女や子供を追い立てていく。男たちは平和で貧しい村から、豊かさを求めて他国の戦場へ行く。

妻を連れ戻しにこの国にやってきた自分は、淑子にとってはどう映るのだろうと輝和は思った。

村外れまで来た。何事もなかった。あまりにうまくいきすぎて怖くなった。

振り返ればチェックポストのある丘の中腹の崩落地が、月に照らされて異様に白い。

ふと妙な感じを覚えた。チェックポストの窓にうっすらと明かりがついている。さきほど見たときは、月明かりの他、何もなかったような気がする。

本能的な恐れを感じて、平坦な道を小走りで逃げる。歩きやすい道だ。まっすぐの緩い下りで、森もなければ岩もない。隠れるところはどこにもない。

リュックが重い。

突然、夜の大気を切り裂くように、銃声がこだました。

体が凍りついた。

再び振り返る。真南にチェックポストの建物が見える。どこまで逃げても、この道は視野の中だ。

あの家の主人は、トイレットと言ったまま、いつまでたっても帰らぬ客を不審に思い外に出たのだろうか。そこでリュックを背負って遠ざかっていく自分の姿を発見したのか、あるいは二階に上がって、荷物がなくなり、宿代が残されているのをみつけたのか。とにかく彼は警察官に通報した。

もう一発……。

弾は上に向かって撃たれている。威嚇だ。止まれという合図。さらに進めば、次は水平に飛んでくる。

足を止め、体をチェックポストに向けて両手を上げた。

ここを抜ければ、淑子に会える。不意にそんな思いが体をつらぬいた。

ここまで来て、引き返してどうするのだ？　急峻な坂道を上って下りて、カトマンズでビザの延長をして戻ってきて、立入禁止区域の外で淑子が出てくるのをひたすら待つのか？

輝和はきびすを返して走りだした。決断などない。判断さえない。本能に導かれるように走っていた。

銃声が響く。

前方の小石が弾け飛んだ。

水平に撃ってきた。

体がすくむ。すくんだ体をむりやり動かし走る。口の中がからからに渇く。さらに一発、足元の岩に弾ける。

呻き声を上げて、輝和は走った。リュックが背中で揺れる。頭がずきずきと痛み、息を吸い込むことができない。

リュックを貫通した弾が、背骨を砕いて肺に食い込む瞬間を想像した。目の前に死の黒い裳裾《もすそ》が広がるような気がした。

「淑子」と声の限り叫んでいた。

果てしない暗黒に落ち込む瞬間、自分は淑子の姿を見て、その姿を抱き締めるだろう。そんな場面を想像した瞬間、恐怖が去った。

走る。何も考えずに走る。

静かだ。聞こえるのは自分自身の重い靴音と、機関車のような息遣いだけだ。

銃声が止んでいた。射程距離を越えたのだ。

止まっていた汗が一気に流れ出し、首筋を伝い背中を濡らす。

そのままへたり込みそうになる体を励まし、歩き続ける。道はゆっくりカーブして、しばらくすると急な下りに入った。水音が聞こえる。下を川が流れている。

ふと、何かかさりと小さな音がしたような気がした。耳を澄ます。

今度ははっきり聞こえた。背後の闇から聞こえる。それもだんだん大きくなる。

木の葉を踏み分ける音だ。

確かに自分は射程距離を越えた。もうライフルの弾は届かない。しかし逃げおおせたと思ったのは甘かった。慣れた道を彼らは追ってきたらしい。

しかしどこか違う。人の歩みにしては忙しない音。そしてかすかに息遣いが聞こえてくる。動物だ。それもかなり大型の。

輝和は走った。ここにどんな猛獣がいるのかなどということは、知る由もない。しかしその気配は凶暴で、生臭いにおいさえ漂ってくる。

輝和は川に向かい、飛ぶように下りる。幸い月は明るく、足元の小さな小石まで見える。しかし明るい月は、自分を隠してはくれない。

まもなく川原に出た。狭い川だ。橋は見当たらない。上流か、下流か、それとも流されてしまってないのか。

とたんに目前に黒い影が飛び出してきた。

犬だ。村に入ったときに見たあの犬。しかしあのときとは形相が一変している。犬は吠えなかった。身をかがめ、静かな攻撃姿勢を取ったまま、低いうなり声だけを発している。マスチフ系の犬独特の垂れ下がった口元からむき出しになった牙が、月明かりに異様に白い。

背後にも気配がする。振り返ると藪の中に、蒼《あお》く光る目がいくつか見えた。

後ずさりしながら、輝和は流れに目をやった。月に照らされた川面はきらきらと光っている。石がところどころ顔を出しているところからすると、深くはなさそうだ。

素早く足元にある子供の頭ほどの石を拾い上げ、そのまま犬の後ろにある川に突進した。

とたんに、黒い影のようなものが飛び付いてきた。腿に鋭い痛みを感じたのと、手にした石で、その硬毛で分厚く覆われた体を殴ったのは同時だった。

一瞬、犬は飛びすさった。間隙をついて、輝和は、水しぶきを上げて渓流に入った。凍てつく冷たさが下半身を覆い、痙攣するような震えが肩まで上がってくる。かまわず向こう岸に向かって足を踏み出す。流れは思いのほか速い。

そのとき川底の石がぐらりと傾いた。バランスを崩し、水の中に倒れこんだ。足をすくわれ体が浮く。水が体を押し流す。立てない。両手をばたつかせ、重いリュックごと流されていく。

黒い水が視野を呑み込む。渇いた喉に、水が流れ込み、輝和は咳き込んだ。手足をばたつかせて、空気を吸い込もうとしたとき、入ってきたのはヒマラヤの雪溶け水だった。足がつり、肺が痙攣する。月だけが、やけに明るく美しい。

そのとき手に何かが触れた。柔らかなものだ。輝和は五本の指でそれを摑んだ。それは輝和の手を握り返してきた。月光に白い手が見えた。ふっくらとして、指の短い、小さな爪のついた、淑子の手だ。

輝和は夢中になってしがみついた。

迎えにきたらしい。長い旅は終わり、淑子が迎えにきた……。

ほどなく自分が一本の蔓を摑んで、川の中に立っているのに気づいた。村人がかけた橋の残骸にひっかかり、輝和の体は止まっていた。もうどこにも、犬の姿はない。

蔓を頼りに対岸に渡り、岩の上に両膝をついたまま、輝和はしばらく肩で息をしていた。だいぶ流されたらしくあたりの景観は変わっている。

石ころだらけの川原を上流に向かって歩いて行くと、崖上に続く細い踏み分け道がみつかった。水に浸かったリュックから濡れた地図を取り出し、破らないように気をつけて月明かりの下に広げる。

このまま一気に登り尾根に出れば、まもなくチリメ村だ。

五分ほどの急な登りで、足が棒のようになった。対岸の斜面は、月の光で明るかったが、こちらは影になっている。闇の中を手探りで登る。

濡れたズボンが膝に張りつき、曲げ伸ばしが難しい。一旦脱いで、水気を絞り再び歩き出す。ほてった上半身をもてあますように足が前に踏み出せず、呼吸が苦しい。

もう銃声も犬の追ってくる気配もない。このままどこかに腰かけて一眠りしたかったが、座ったら最後、二度と歩き出せそうにはない。何より標高が上がっているので、濡れた衣服で寝入ったらたちまち凍死する。

十分ほど登っては、立ったまま休み、また歩き出す。空腹を感じリュックの中を探す。外に出るときは煎り豆を持ち歩いていたので、もしかすると入っているのではないか、と思ったのだがない。ひっかきまわしているうちに、底の方から川の水で濡れ、ぼろぼろになった紙袋が出てきた。取り出して見ると、ヌガーだった。ラジ村を出るときに村長の息子にもらったものだ。心遣いはありがたかったがそのまま食べるのを忘れてリュックに入れっぱなしにしていたのだ。暑さで溶け、他の荷物に押されて、真ったいらにつぶれたヌガーの包み紙を丁寧に剝がし、口に入れる。

少しひなたくさい甘味が口に広がった。

再び歩き出すと、疲れと緊張が極限に達したせいか、吐き気が襲ってきた。少し登っては足を止め木に寄り掛かり、また歩き出す。

いったいどれほど歩いただろうか。

湿った風が吹き下ろしてくる。顔を上げると稜線に出ていた。あたりに乳白色の光が降り注いでいる。霧は深いが夜は明けている。

気温が下がっている上に、風が強く、顔が凍り付くようだ。思わず自分の頰を叩き身震いしたそのとき、雲に覆われていた空が割れた。

一筋の光が射し、輝和の体の上を照らす。奇跡を見るような思いで空を見上げると、雲はゆっくり移動していた。青い裂け目が、次第に広がっていく。すると青空の一角に、まばゆく白い頂が現われた。

ベールを剝ぐように、いくつもの峰が姿を現わしていく。真正面に山肌を朝日に黄金に染めて屹立しているのが、カトマンズで見たゴサインタン「神の座」そして別名シシャパンマ「家畜は死に絶え、麦も枯れる地」だった。

山塊は呼吸していた。移動する雲が山肌に微妙な陰影を刻み、金から朱に、そして淡い菫色へと、色合いを変えていく。ゆっくりと山は脈打ち、呼吸していた。

自分はどこにいるのだろう、と輝和は思った。

なぜ自分がここにいるのだろう。

東京近郊の、結木の家に生まれ、あの土地に根を生やして生きてきた。それがなぜここまで来たのか。そしてなぜここに今、いるのだろう?

輝和は両膝が震えているのを感じた。震えはしだいに腹から胸に上ってくる。ぽんやりと口を開けて、その峰をみつめていると、すべての記憶と感覚が肉体を破って流れだし、その峰に吸い寄せられていくのを感じた。

自分はだれでもない。名もなく、素性もわからず、心さえない。永遠の闇の中を一瞬走るパルスのようなものだ。彼を彼と特定し意識させる肉体、空気や足元の岩に連なるこの肉体の無数の細胞が、結木輝和という意識を作り出し、ここまで連れてきた。

あれが神か、と輝和は深い藍色をした空にそびえる神の座の白い峰に向かい手を伸ばした。

あれが神だ。淑子は長い年月をかけて、自分をここに導いた。あの神の存在を知らせるために。

とたんに彼の中のもう一つの意識が叫び声を上げた。

違う、と。

あれは神などではない。褶曲《しゅうきょく》した大地の頂点に過ぎない。

しかし人はそこに神を見る。

神はそびえる。神は五穀を実らせ、神は家畜を殺し、麦を枯らし、神は罪の無いものを殺し、罪のある者も無い者も救う。神は突然現われ、何も告げずに去る。神に倫理はなく、もちろん論理もない。

痙攣する体と精神を抱え、輝和は長い間、白い峰と相対していた。

合掌することはなかった。祈ることさえ無意味に思えた。

再び陽が陰ってくる。あたりはゆるゆると霧に閉ざされていく。白い半透明の靄《もや》のようなものが、神の座の上に降り柔らかな布のように揺れて、山稜を覆いつくしていく。

オーロラだ。北緯二十八度の地点に、白昼出現した白いオーロラ。

吹き上がってくる湿り気を含んだ大気に背中を押されるように、輝和は再び歩き始めた。

急峻な下り坂がしばらく続き、気がつくと丈の短い草の生えている、平らな道に出ていた。向こうからTシャツ姿の裸足の子供が二人やってくる。だいぶ標高が下がっているらしく、暖かくなってきた。子供たちは輝和の姿を見るとしきりに何か話しかけてきた。

カメラを構える格好をする。写真を撮ってくれという意味らしい。持ってない、と片手を振って、行く手を指差し「チリメ？」と尋ねた。

ぽかんとしている子供に、二度、三度、発音を変えて「チリメ」と言う。子供の一人が「チリメ」と首を横に傾げ、自分たちの来た方向を指差す。首を傾げるのは、肯定のサインだ。

まもなくだ。

恐ろしいほどの期待と不安が胸を締め付ける。

淑子がそこにいる、とは限らない。とうもろこしの刈取りという日雇い仕事を終え、またどこか遠くの村に行ってしまったかもしれない。あるいは生き神か尼僧として、寺の奥深くに住み、一外国人には会えない存在になってしまったかもしれない。

道はいつのまにか石畳に変わり、緑深い森に入っていった。

ヒルの攻撃を覚悟しながら、大股で一気に歩いて抜ける。

どれだけ来ただろうか。

流れる汗を拭いたとき、輝和は天に至るような階段状耕地の谷間を走る一本の農道に立っていた。

青空に雲が一つ二つ浮かんでいる。畑には一面、そばの白い花が咲いていた。

高台に格子のはまった閻魔堂《えんまどう》のような木造建築が見える。寺《ギャン》だ。

輝和はまっすぐにそちらに向かって、歩き始める。

もしもあの建物に住み、淑子が幸せに暮らしているのなら、日本に連れ帰らなくてもいいという気がしてきた。一目見て手を合わせ、一人分の航空券代を寺に喜捨して帰ろうと思った。

手前の畑で数人の女が、とうもろこしをもいでいる。鶏と山羊と豚と家鴨《あひる》が、行く手をふさぐように群れている農道を上っていくと、中腰で稗《ひえ》の間の草を刈っている女の姿が見えた。

黒髪を後ろでまとめて日除けの布を被り、袖口が伸びたアクリルのカーディガンに、色の褪せたスカートをはいている。それが黒っぽいジャンパースカート風の民族衣装の人々の中で、一際目をひく。

穴だらけの、ぼろをまとったような姿ではあった。しかしそれはまさしく、教祖淑子が姿を消したときの服装だった。まるで輝和がやってくるのを待っていたかのように、あのときの姿のまま、淑子は黙々と鎌で草を刈っていた。

輝和は畑に足を踏み入れ、うねの間を近づいていく。稗の緑の穂が揺れて、その間から淑子のなめらかな黄色っぽい肌が汗で光っているのが見える。

まぎれもない淑子、生き神でもなく、ムンバイの娼婦でもなく、一人の農婦である淑子がそこにいる。

「淑子」

碑の間から、ささやくように呼びかけた。彼女はこちらを見なかった。のんびりとした、しかし確実な手つきで草を刈っていく。

「淑子」ともう一度叫んだ。

淑子は、ようやく視線を輝和に向けた。そして微笑した。少しはにかんだような、淡い笑みは、「こんにちは、何かご用ですか」というような挨拶の表情で、慣れ親しんだ夫に対するものではなかった。

「淑子、俺だ。日本から来たんだ」

震える声で、顔をくしゃくしゃにして語りかける輝和を、淑子は不思議そうな、すこし怯えたような顔で見た。

何もかも忘れてしまったのだ。あの入江という女の言うとおり、淑子は一連のできごとを、異国での日々を、心の底に完全に封印してしまったらしい。

「カルバナ」

輝和はあらためて、呼びかけた。淑子の目が大きく見開かれた。

「カルバナ、俺、輝和」と自分の顔を指差して言った。

淑子は笑った。今度は、他人行儀な顔ではなかった。人なつっこい瞳で、輝和の顔を見て、何か輝和の知らない言語で返事をした。

ぽってりした瞼には、憂鬱も、神秘も、何も見えない。笑うと寄る目尻と口元の皺が、なんともいえない親しみを感じさせる。見たこともない淑子がそこにいた。

この女はもはや淑子ではない、と輝和は悟った。結木という家にやってきて死んでいった、母や、祖母や、曽祖母たちとは何の関係もない。あの奇妙な教団とももはや関わりのない、カルバナ・タミという名前のネパール人女性。

神の座という名の山を仰ぐこの国と、この国の風土が彼女を生み育んだ。

聖なる森がヒルの雨を降らせ、人々は木を切り倒して土地を食い潰し、王政のもとで拷問がまかりとおり、人々は口を閉ざし、女性は重労働に疲弊し、あるいは南に行って売春する。男は戦地に行き命がけで金を稼ぎ、生まれた子供の三分の一が成人になる前に死んでいく。そうした国で、人々は畑を耕し、病気の旅人を手厚くもてなし、月夜の物陰で愛し合い、祭りの濁り酒ではめをはずし、踊り、歌う。

この国が、彼女、カルバナ・タミを生み育んだ。

もとより聖地など地上のどこにもない。あるとすればそれは同時に家畜を殺し、麦を枯らす場所だ。

「一緒に暮らしてくれ」と輝和は言いながら、リュックをその場に下ろした。中から彼女のために持ってきたネックレスの箱を取り出した。水に濡れたボール紙の箱を開け、輝和はネックレスを差し出す。

淑子は驚いたように輝和をみつめ、それからおずおずと手を伸ばしかけ、自分の手が泥で汚れていることに気づいたらしくスカートで拭った。

「みやげだよ。一緒に帰ってくれ。もう一度、一緒に暮らしてくれ」と言いかけ、言葉を止めた。そして自分に向けられた、屈託のない淑子の笑顔を正面から見た。陽に焼けた頬が陽光にオレンジ色に輝いて見えた。

「やめた……」

輝和は首を振ってつぶやいていた。

「やめた、やめた」と輝和は笑った。

「さらって逃げるなんて、俺にはできない」

彼女を日本に連れていくことなど、二度とできない。

どこにいても、彼女は自分にとっては、生き神だ。そして生き神の座はここだ。カルバナ・タミはこの天上の畑で稗を植えているのがふさわしい。そして彼女の居場所が、すなわち自分の居場所だ。

「俺がここで暮らす」

輝和は宣言するように言った。

父も母も、結木の家も、自分を日本の黒沼田に縛りつけていたものは、すべて失われた。神秘もなければ、聖地もない。そして永遠もない。あるのは長くてあと四十年に満たない彼自身の人生だけだ。

その間にここの土地に種をまく。どんな芽が出て、どんな実を結ぶかわからない。しかし岩の露出した崩落地にもう一度緑を根付かせることは、できるかもしれない。この人とここの土地のために、何かができるかもしれないと輝和は思った。

やり直すだけだ。こちらの言葉を覚え、喜びも悲しみも苦しみも、すべて揃った当たり前の人生を、カルバナ・タミという名のネパール人女性と一からやり直すまでだ。

「一緒に暮らしてくれ」

輝和はカルバナの手を握りしめた。その感触にわずかに記憶がよみがえってきたのか、彼女は、いぶかしげに眉を動かした。

「輝和」

もう一度、自分の顔を指差した。

「思い出さなくていいよ。日本から男が一人、求婚しにきた。それだけだ。金はないが、体は丈夫だ。酒はあまり飲まない。妻を蹴ったりすることは、二度としない。畑仕事は得意だ」

その言葉の意味を理解したかのように、カルバナ・タミは輝くばかりに無邪気な笑顔を見せた。

解　説——まるで予知夢のような

尾　崎　真　理　子

『ゴサインタン』——この書名はずっと、記憶の底に残っていた。あらためて強く引き込まれながら読み返し、三十年近く読み継がれてきた、さすがの大作であると感じた。力量を知られる作者にしても、創作の原泉、原風景を惜しげなく投入した、これほど熱量を込めた長編は、そう何度も書けるものではないだろう。デビューから約五年を経て「小説推理」に連載され、山本周五郎賞を受賞した本作は、篠田節子という作家のその後の展開、可能性まで雄弁に予告していた。

単行本の刊行は一九九六年。バブルが崩壊し、「日本」が失われ、衰え始めていた——この成立時期が持つ意味も重い。それは経済だけの問題ではなかった。江戸時代から脈々と蓄積してきた伝統も常識も、昭和の面影が残る町並みや里山と共に脆《もろ》く崩れ始めていた。代わりに、何をおいてもまず金儲《かねもう》けを優先する生き方が社会の表面に出てきた。貧しさは敗北であり、ささやかな矜持《きょうじ》や倫理を後回しにして、見栄《みえ》や物質的充足を求める人々が急速に増えた。その時代を振り返ろうとする時、一九五〇年代生まれの女性作家たちの作品の中に、とりわけくっきりと、拝金主義へ傾斜する世の中への強い違和感、憤りが表されていたことに気づく。高村薫は『レディ・ジョーカー』を、桐野夏生《なつお》は『ＯＵＴ』を、いずれも九七年に発表している。両作家より少し年下の篠田節子は、戦後も地域で力を発揮してきた封建的な旧家の崩壊を描いて、金よりもっと人間を変えかねない宗教にまで、『ゴサインタン』で先んじて踏み込んでいたのだ。

この作品の舞台となっている神奈川県境に近い東京都Ｈ市。そこを八王子市辺りと想定してしまうことを許していただきたいのだが、主人公の結木輝和は、江戸時代から総名主として地元に貢献してきた市内屈指の資産家の次男である。四十歳を迎えても親と同居している彼は、物語の始まりにおいて当時の日本そのもののように、ともかく何もかもに行き詰まっている。

出来のよい兄は妻を得てさっさとアメリカへ移住し、結果、跡継ぎとなったものの、輝和にはさしたる覚悟も見通しもない。四十回以上繰り返した見合いの相手は残らず気付いたのだろう、一緒になっても幸福とほど遠いその先の生活に。貸家などの不動産収入に恵まれ、利益の出ない片手間の農業を一応は営みつつ、地域振興事業に参加して輝和は世間体を保とうとはしている。が、未婚のままでは〝市民権〟を得られない。窮余の末、斡旋《あっせん》業者がお膳立てしたネパール人女性たちとの集団見合いで、賢婦で知られる母親の眼鏡にも適《かな》った、どこか懐かしい顔立ちの娘、カルバナ・タミと結婚するが……。淑子と呼ばれ、結木家で躾《しつ》けられることになった彼女は、さっぱり日本語を覚えず、意思の疎通もおぼつかない。誰にも心を開かぬまま、そのうち時折り閃光《せんこう》のように不思議な力を発揮し始める。その霊力に撃たれたように輝和の父が、続いて母が絶命すると、淑子は見知らぬ者の病を治し、千里眼を発揮し、母が憑依《ひょうい》したかのように古風な日本語で、ご託宣めいた言葉まで告げ始める。〈おまえたちは、私の子供である。私は、おまえたちを救うために、ここに降りてきた〉と。

にわかに降臨したこの「生き神様」は、救いを求めて群がる人々に、誰彼構わず撒《ま》き散らすように結木家の財産を施す。淑子を教祖とする教団を立ち上げようとする者を中心に疑似家族集団が発生し、社会に居場所のない者たちが寄り集まる。善意で土地を使わせてくれる山林地主も現われる。渦中の輝和は成り行きを傍観するばかりで、淑子へのわずかな執着と、得体の知れない嫁をつかまされた被害者であるという意識を募らせる。聖女なのか娼婦《しょうふ》なのか、精神に異常をきたした者なのか……。〈本来、もっとも生産的な仕事、農業にたずさわりながら、停滞し衰退していくだけの結木の家、そこに新たに芽生えたのが虚業の極ともいうべき、宗教だったとは〉。嘆息し怯《おび》えながらも輝和はまだ、行動を起こさない。これが前半の進み行きである。

どうしてこのような設定で、農業と宗教を両極に据えた深刻な物語は始められたのか。

それは物語の場所が、作者が生まれ育ち、暮らし、体感してきた環境と重なるということが大きいだろう。多摩丘陵には大小の宗教団体に関連する施設も散在する。それだけでなく、首都の周縁に位置するその宏大《こうだい》な場所を統括する八王子市役所に、農政や福祉を直接担当したのではなかったにしろ作者は十三年も勤め、住民の置かれた状況を知悉《ちしつ》している自負もあったはずである。実際、この作品が出世作となって、やはり勤め人としての経験に裏打ちされた『女たちのジハード』で翌年、直木賞を受賞している。

奇遇なことに、評者も九〇年代初頭の約一年、新聞記者として立川・八王子方面の行政を担当していた。おりしも生産緑地法が改正されることになり、市街化区域内の農地を持つ近郊農家は岐路に立たされ、生産緑地の指定を受けて税金を軽減されることを選んでその先、少なくとも三十年間営農していくか、それともこれを機に宅地に転用するか。何かというとその話が持ち上がっていたのを思い出す。

〈宅地にして農地を売り払うつもりで時機を待っている家、節税のために、一応、農地に作物らしきものを植えたきり、手入れもせずに虫がついても放ってある家、年寄り二人だけで、朝から晩まで畑に出てその家最後の農業を守っている家……。／武蔵野の赤土を耕し、畑作中心に発展してきた黒沼田の農業の歴史は古いが、都市化が進む中でその様相は変わり、この十数年で農地の広さも家族構成も、将来の展望も各家ごとに大きく異なってきている〉と、結木家のある〈黒沼田地区〉の様子が作中にあるのは、まさに当時の現実の風景であり、輝和の度を越したような無気力、孤立感には、事実の裏付けがあった。だからこの物語は強いのだ。

それから三十年を経て、再度の選択を迫る「生産緑地の二〇二二年問題」が話題になっていた頃、中部地方のとある平穏な市で、市議会議長まで務めた父と、地元の女性たちを集めるサロンの主催者として知られた母を持つ独身の息子が、近隣住人を殺害する事件が起きている。輝和とそっくりな環境ではないかと、本作を想起した読者もいただろう。農家の跡取りにアジア出身の花嫁を迎える事業に行政機関が相次いでかかわるようになったのも一九九〇年代であり、トラブルも発生した。郊外の造成地に建てられた住宅が豪雨によって土砂崩れに巻き込まれるという、半ば人災のような事故も繰り返し起こり続けてきた。

昭和の末まで守られていた盆や正月に祖霊を迎えるという素朴な信仰、風習が急速に廃れ、かつての村落共同体が生き延びていた大都市周辺にも、無縁社会が広がった。その代償を求めるように、オウム真理教の一連の大事件に象徴される、新興の宗教団体に吸い寄せられる人々をめぐる様々な事件も絶えぬようになる。つまり作者は、この国の重大な転機をいち早く捉えて作品に取り込んでいたのであり、作中の輝和同様、茫然《ぼうぜん》として手をこまねいているうちに、これらの問題が日本を衰弱に導く病巣となることを予見していたのではないか。

ではなぜ、これだけ現実的な題材をそろえながら、ノンフィクションを書いて告発するのではなく、淑子の造形に、〈闇の中に白目だけが浮かび上がっている〉といった、ホラーさながらの描写と超常現象を大胆に招き入れたのか。

推察するに、ひとつには急速に社会の常識も実態も変わりゆく中、のちにモンスター・クレーマーと呼ばれるようになる攻撃的な人間が諸々《もろもろ》のトラブルを起こし始め、人間の心理が直情的、戯画的になりつつあった背景がある。そうした現実に対抗する物語をつくるには、従来のリアリズムの手法では足りない――。作者はそう考えたからではないのか。大都市の郊外で起こり始めていた奇異なドラマをリアルに描くには、却《かえ》って、無垢《むく》な少女にして娼婦、悪女にして生き神であるかもしれないキャラクターが必要だった。それも近代化の行き着いたこの国からもっとも遠い、アジアの深奥に出自を持つ非力で儚《はかな》い巫女《みこ》の託宣によって、日本の現実を読者に突きつける必然があった……。

〈捨てなければならない、人々の血を吸って、蓄財した物をすべて捨てなければならない。早く捨てなければ、一刻も早く、蔵を空にしなければならない〉

聖性を帯びた淑子が輝和に告げる時、言葉は神通力を発揮する。事実と、その対極に位置するような大胆な虚構をぶつけ合ってこそ、人の心に届き、社会の通念を変えていく力にもなる――輝和と同じく四十歳を迎えていた篠田節子は、多くの経験と読書から小説の醍醐《だいごみ》味をそう確信し、読みやすいエンターテインメントにして強烈な時代の真実を届けるという自身の流儀を、本作で打ち立て、現在に至っているのだろう。
神がかり、霊媒という日本古来の素朴な固有信仰と、ヒンズー教、仏教、イスラム教、土着の神々がせめぎ合い、習合した複雑な様相のネパールの宗教。タミを探す旅の途上で輝和はその真価に気づいて畏怖し、元々は生まれ育ちに恵まれた平凡なこの男の、善の部分が引き出され、思いがけない境地にまでたどり着く。宗教というものをさらに深く捉えるため、この旅の終りには作者も、『弥勒《みろく》』となる長編を続けて書かねばならないと、構想し始めていたのかもしれない。

日本は本当に豊かで、安定した国だろうか。世界最貧に近い、前近代的な貧しい国に暮らす無学な人々より、幸せなのだろうか。真摯な問い掛けを終始どこかに含ませながら、崩れゆく東京の周縁部からアジアの最深部まで、途方もない遠路を踏破していった、作者の豪胆な筆力に感嘆する。社会派というよりこれは予知夢のような小説であり、二〇二〇年代の現実を背景にした今、いっそう怖さも面白さも迫りくるはずである。

（おざき・まりこ　文芸評論家）

本書は、二〇〇二年十月、文春文庫として刊行されました。

単行本　一九九六年九月、双葉社刊

初出　「小説推理」一九九五年十一月号～一九九六年二月号

※本書中には、今日においては差別しているととらえられかねない語句や表現があります。しかしながら、著者自身に差別的な意図はなく、作品発表時の時代的背景を考えあわせ、原文のままとしました。この作品はフィクションであり、実在の個人・団体・事件・地名などとは一切関係ありません。
（集英社文庫編集部）

篠田節子の本

聖域

関わった者たちを破滅へ導くという未完の原稿「聖域」。小説に魅せられた編集者は、失踪した作者を探し求め、小説の舞台である東北に辿り着く。著者真髄の重厚な傑作ミステリー。

篠田節子の本

コミュニティ

子供のアトピーと収入減のため、家賃の安い郊外の団地に引っ越した一家。団地の住人はやけに仲がよいが……（「コミュニティ」）。恋愛からホラーまで、日常の中の陥穽を描く傑作六編。

集英社文庫

篠田節子の本

アクアリウム

ダイビングの最中に突然現れた謎の生物は不可思議なコミュニケーションで正人の意識に入り込んできた。果たしてその正体とは。篠田節子の原点となるファンタジー小説。

集英社文庫

篠田節子の本

家鳴《やな》り

幸せな夫婦を悲劇が襲う。摂食障害を患った妻が際限なく太っていき……（「家鳴り」）。些細な出来事をきっかけに膨れ上がる暴力と恐怖を描く。表題作を含む七編のホラー短編集。

集英社文庫

篠田節子の本

廃院のミカエル

食品輸入会社の社員としてアテネで働く美貴は、最高級の蜂蜜を求めた先で修道院に立ち寄る。それ以降、彼女の周りでは奇妙な事件が続き――。ギリシャを舞台とした長編サスペンス。

集英社文庫

篠田節子の本

弥勒

新聞社の永岡は、国交を断絶しているヒマラヤの仏教美術の国パスキムに潜入を試みる。そこでは僧侶たちが虐殺され、都市は壊滅していた。そんな中、永岡も革命軍に捕縛され……。

篠田節子の本

介護のうしろから「がん」が来た！

老いた母の介護をする娘が「がん」に冒された！　乳がんの発覚から手術後までの、トホホでどよーんな怒濤の日々とは。直木賞作家がユーモラスに綴る、介護&がん闘病エッセイ集。

集英社文庫

集英社文庫

ゴサインタン 神《かみ》の座《ざ》

2024年1月25日　第1刷　　定価はカバーに表示してあります。

著　者　篠田節子《しのだせつこ》

発行者　樋口尚也

発行所　株式会社 集英社
東京都千代田区一ツ橋2-5-10　〒101-8050
電話　【編集部】03-3230-6095
【読者係】03-3230-6080
【販売部】03-3230-6393（書店専用）

印　刷　中央精版印刷株式会社　株式会社美松堂

製　本　中央精版印刷株式会社

フォーマットデザイン　アリヤマデザインストア　　マークデザイン　居山浩二

ISBN978-4-08-744610-4 C0193